麒麟

上册

周游 ◎ 著

长江出版传媒

长江文艺出版社

北京长江新世纪文化传媒有限公司
www.cjxinshiji.com
出品

麟之为灵，昭昭也。咏于《诗》，书于《春秋》，杂出于传记百家之书，虽妇人小子皆知其为祥也。

然麟之为物，不畜于家，不恒有于天下。其为形也不类，非若马、牛、犬、豕、豺、狼、麋、鹿然。然则虽有麟，不可知其为麟也。角者，吾知其为牛；鬣者，吾知其为马；犬、豕、豺、狼、麋、鹿，吾知其为犬、豕、豺、狼、麋、鹿，惟麟也不可知。不可知，则其谓之不祥也亦宜。虽然，麟之出，必有圣人在乎位，麟为圣人出也。圣人者，必知麟。麟之果不为不祥也。

又曰：麟之所以为麟者，以德不以形。若麟之出不待圣人，则谓之不祥也亦宜。

——韩愈《获麟解》

目 录

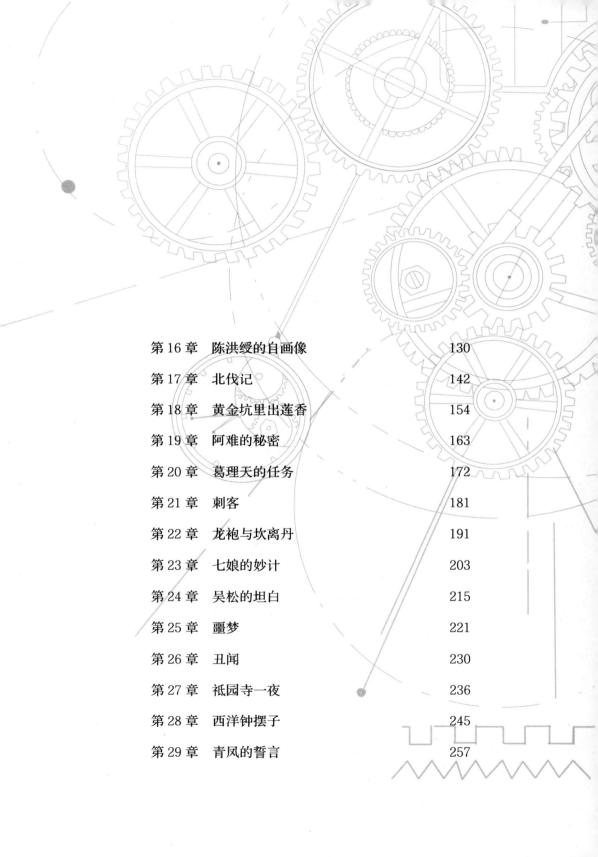

第 1 章　棺中记（上）

"今儿个暖和，人也多。"赵敬亭端坐在太师椅上，啜了口茶，对着纷纷杂杂的人群点了点头。底下有嗑瓜子吃炒豆的，醉了酒打瞌睡的，卖核桃仁、山里红的，抽旱烟的，挖耳朵剔牙的，在胳肢窝里抓虱子的，听见赵敬亭开口，都安静了下来。

"我打小自学说书，乾隆十六年正式入行，眼看就十年整了。说的不是神佛鬼怪，就是英雄豪杰；不是朝代兴衰，就是风花雪月，来回这些玩意儿。今天，我要讲个不一般的，无神无怪，但也称得上奇绝。这段书，今天新娘子喊老公——头一回开口，你们苏州的百姓有耳福了！"

"啪嗒"一声，赵敬亭将醒木在桌上重重一拍："闲话休提，且说在前朝嘉靖年间，在位的皇帝乃明世宗朱厚熜。从太祖朱元璋开国，传到他这，江河日下！嘉靖帝年少登基，开始还算励精图治，中年之后，迷恋神仙方术，整日在后宫炼药，将朝政托付给大奸臣严嵩。这严嵩结党营私，一味奉承皇帝，报喜不报忧，对忧国忧民的忠臣不是贬就是杀，把大明弄得乌烟瘴气！有首诗专门说当时的风气：

学道天子重权豪，忠臣谏言惹祸苗。

原来读书也下品，世间唯有奉承高。

"正所谓上梁不正下梁歪，严嵩有个儿子，叫严世蕃，自小仗着父亲溺爱，在家称王称霸，在外肆意妄为。一次在街上骑马，有人挑着扁担擦着了他的新衣裳，他竟命手下把那百姓当街活活打死。官府知道他是严家公子，哪敢放个屁，便草草结了这桩命案！

　　"有钱有势的人家，都爱附庸风雅，这严世蕃也招揽了一帮品格龌龊的文人，整日聚在家中，赏花玩月，吟诗作对。这天，严世蕃忽然起意：'在北京待久了，颇有些腻味，之前随老爷子回江西老家，路过南京，最是富贵风流。如今春暖花开，咱们何不去耍一遭？'众人纷纷赞同。也不禀过父亲严嵩，只留下一封信，就带着十来个随从南下，不日，来到了南京城。南京乃是洪武爷龙兴之地，繁华无比，里城门十三，外城门十八，城内几十条大街，上千条小巷，到处金粉楼台，莫不雕梁画栋。秦淮河穿城而过，画舫如织，游人喧天，昼夜不绝。严世蕃每日四处游玩，看些名胜古迹——咱们苏州人最了解，不管真才子还是假斯文，到了好风景的地界儿总爱赋个诗，写个文章，严世蕃也有此雅好。不过他不仅在纸上写，还在楼上、山上到处镌刻，惹得游人纷纷抱怨：你这公子，写在纸上就完了，为何还要刻上去？刻了还不完，再用红漆金粉那么一刷，真是扎眼！

　　"严世蕃一意孤行，谁敢阻拦，随从就虎狼一般扑上去将他打个半死。这天，严世蕃一帮人去了南京夫子庙，参观一圈，来到正殿。严世蕃对着至圣先师像三跪九叩，甚是恭敬，谁知刚起身就发了呆。这是为何？原来他瞧见正堂的楹联儿，揣摩上了。写的是：

气备四时，与天地日月鬼神合其德

教垂万世，继尧舜禹汤文武作之师

　　"这联儿雅正肃穆，可谓对孔圣人的至评。严世蕃肚子里虽没什么墨水，也知道这两句厚重，咬着手指头，起了个歪心思：这夫子庙是名教圣地，天下的读书人在这里连咳嗽都不敢，就是皇帝来到这也得跪下磕头，如果我写副对子挂上去，每天受到万人敬仰，岂不是一桩美事？主意定了，他叫来随从，在廊下铺纸研磨，舔着笔头想了好半天，终于凑出来一副对子，深为得意。随行的文人自然是捧臀呵屁，大加吹捧：这文才，真正天下第一！公子这对子，压得整个江南的文士都抬不起头！就是李太白、杜子美在世，也只能投笔惭愧了！

"严世蕃写的这对子云：

自远方来求学，仁义礼智信什么也问

抄近路去看戏，生旦净末丑每个都赏

"还自评自赞：'自远方来'对'抄近路去'，'求学'对'看戏'，'仁义礼智信'对'生旦净末丑'，妙的是后四字，'什么也问'对'每个都赏'，可谓工整至极了！还教训手下们：你们这些书呆子，净写些狗屁不通的文章，哪有我才思敏捷！随从们纷纷称是。

"严世蕃写了这副绝世好对，命人换下原先的。随从有些发怵：公子呀，此处特殊，换这里的楹联，怕是要和南京的官儿打个招呼。严世蕃怒道：'扯淡！南京的官儿有多大？大得过我爹吗？赶紧给老子换了！'随从们无法，只好去市上找匠人刻了楹联，下午就抬了进来，登梯爬高地要换。夫子庙的官劝阻不得，远远躲开了。这当口，一个三十来岁的汉子站了出来。

"这汉子，生得八尺身材，浓眉长须秋水眼，方鼻大口佛陀耳，气宇轩昂，一表人才。看严世蕃胡闹，上前呵斥：'大胆狂徒！敢在夫子庙闹事！你这破对子，挂上去白白玷污了圣人的眼睛！'严世蕃哪被人骂过？气得嘴歪眼斜，命随从将这汉子好一顿毒打，用绳子捆翻在地。严世蕃打人时，有人赶去报了官。应天府府尹一听有人在夫子庙闹事，亲自带兵赶来，不由分说，将众人都绑了。严世蕃的随从狗仗人势，早嚷起来了：'这是严阁老的长公子！狗官，你动动试试！'一听是严嵩的儿子，府尹吓得魂儿都散了，连忙令人松绑，磕头如捣蒜，连称得罪。严世蕃看府尹殷勤，也就不计较，只命他严惩那汉子。

"府尹赔笑道：'这奴才不识好歹，冲撞了公子，下官自然好好整治他。只是，这夫子庙不比别处，楹联不能随便换，待下官往礼部递个奏本，上面准了，公子的大作才能挂上去。'严世蕃啐道：'放你娘的屁！你爷我的对子挂上去，就别想摘下来！'府尹不敢再说什么，唯唯诺诺，请严世蕃回府，好酒好肉招待自不必说。私下里，府尹还是往南京的礼部上了奏本，说明了楹联的事，又命人从监狱里提出那汉子，准备亲自审问。"

说到这儿，赵敬亭端起茶杯，喝了一口，从牙齿间捏出一根茶叶梗："诸位瞧瞧，这茶馆子也是看人下碟儿，见我这几天生意冷淡，就供应这种柴禾茶。"众人咯咯笑："老赵，讲完了我们另赏你买茶钱！""快说，别停了！"

赵敬亭清清嗓子："花开两朵，各表一枝。这汉子，乃是山东人氏，姓萧，名啸生，从小最爱诗词歌赋，最厌恶那时文八股，守着祖上传下来的几万两银子、千来亩良田，活得逍遥自在，连个秀才都不愿意考，很有名士风范。去年来南京游玩，不慎丢了行李盘缠，也不急着回家，在市上抄书卖字过活。昨天去夫子庙拜圣人，遇到严世蕃胡闹，萧公子虽然性情风流，但骨子里最崇敬圣人，山东人，心肠也热，就和严世蕃做了对头。

"府尹见萧公子衣帽虽破旧，气质倒雍容，一看就是才士，便起了恻隐之心。劝他：'你走霉运，得罪谁不好，偏偏得罪了严阁老的公子。本官看你也不是歹人，不为难你，你去跟严公子赔罪求情，也许他就饶了你。'这汉子重重冷笑道：'他要是别人，我或许还能低个头服个软，可严世蕃？天下谁不知道他爹祸国殃民，他胡作非为！要我向他求情，我呸！要杀要剐，只管来！'又骂府尹：'你吃着朝廷俸禄，不主持公道，欺软怕硬，对得起祖宗父母么！'府尹本来有心宽容他，见他这样硬骨头，一时暴怒，命皂隶打了四十大板，说他在圣人庙寻衅滋事，乃大不敬，收押在监，等候判决。萧公子被打得下身血烂，在牢里奄奄一息。

"退了堂，府尹来见严世蕃，点头哈腰地说：'审了那汉子，也好生打了一顿，下官不敢擅自判罚，还请公子定个罪名。'严世蕃乜着眼冷笑：'这话奇了，你是府尹，判案子倒问我。'府尹笑道：'下官的意思是，断他个充军一千里，也就罢了。'严世蕃登时横眉竖目：'充军？忒便宜了那下贱贼！必须砍了他的狗头，我心里才解恨！'

"府尹犯难。斩刑可不是随便能判的，上面要层层复审，萧公子的罪，实在也不至于砍头，但又不敢反驳，只是站着不言语。严世蕃也知道些国法，砍头确实不妥，眼珠子一转，想出了个邪门的主意，笑眯眯地说：'不砍他了，但也要他活不成！你如此如此，这般这般……'

"听完严世蕃的话，府尹吓得面如土色：'公子爷，自古还没这样的杀人法子，传出去，被令尊知道了，下官的仕途也就到头了！'严世蕃诡笑道：'所以，这事儿要做得隐秘，不要传出去就是了。'看府尹犹豫，严世蕃又发起性子：'本公子的脸是帘子做的，说卷上去就卷上去，说拉下来就拉下来，你自己合计！'府尹不敢得罪他，只能答应了。退下后，府尹想着萧公子在堂上说的话，真是字字钢铁，十足的好汉，心里又是敬佩，又是惭愧。

"当天深夜，府尹穿着便服，来到大狱中，屏退旁人，又劝萧公子服软求情，萧公子态度依旧。府尹没办法，就将严世蕃如何要杀他等等都说了出来，苦叹道：'本官于心不忍，但也无可奈何。'饶是萧公子这样的硬骨头，听了严世蕃要杀他的法子，也禁不住冒出冷汗：'大人，事到如今，我也不求什么公道了——但是把我装在棺材里埋到地下，活活憋死我，这是哪门子道理？还不如一刀砍了我！'

"府尹叹道：'我也这么说，但严公子就是为了折磨你，不想给你个痛快。我来，就是提前告诉你，让你心里明白。我能帮的，自然会帮，但这事我解不开——埋你的时候，严公子会亲自看着，我无法做手脚。'萧公子发了好一会儿愣，哆嗦着问：'在地下的棺材里，能活多久？'府尹摇头道：'我不知道，谁知道呢？从古至今就没有这样的事，萧公子，这都是命数。'说完，从腰间掏出一只三四寸长的纯金小麒麟来，递给他：'这是你随身的佩物，我找狱卒要了回来，是你的东西，就陪你下葬罢。'

"府尹又叹息几句，起身去了。萧公子心里七上八下，着实害怕了起来。列位想想，把你装棺材里，埋在地底下，一点光没有，一点声儿没有，活活憋死你，饿死你，渴死你，吓死你，那是什么滋味？真是想都不敢想！这严世蕃真是心狠手辣，什么样的蛇蝎心肠，能想出这样的杀人法子？

"隔日一早，狱卒端来断头饭：一瓶酒、一大碗白饭、一碗炖得稀烂的猪肘子、一碗糟鱼。萧公子只喝了两口酒，饭菜却不肯吃一口。列位猜，这是为什么？原来萧公子最是讲究风雅的，他自知逃不过此劫，便下定决心，死也要死得有风度。在棺材里一时半会儿死不了，少不了有内急，若弄个秽臭腌臜的，他死也死得窝心，所以一口饭都不肯吃。

"狱卒将他装进囚车，车后绑着一口薄木棺材，出了南京城，去往郊外的乱坟岗。半路上，府尹的仆人偷偷塞给他两样东西——一只小瓷瓶、几颗丸药，低声说：'老爷给你的，瓷瓶里是蜂蜜，可以充饥。那丸药是梅花末儿和珍珠粉、云母片炼的闭气丸，让你在底下多活些时候儿。'萧公子谢过了，心里苦笑：'我只想早死，不想延命，真熬不住了，就咬舌自尽。'

"来到乱坟岗，府尹和严世蕃正等着，许多野狗远远张望，不少坟头已被它们成群结队地刨开寻尸体吃，那场面真是瘆人。为了避人耳目，府尹让狱卒们先回城去，只留下心腹仆人。严世蕃指了块空地，让手下人开始挖坑，萧公子看着他们忙活，心中凄惨，真个是：眼见得望天的日子远，入地的日子近！

"挖了坑，将萧公子提出来，严世蕃走上前，狠狠打了他几个嘴巴，朝他脸上吐了口唾沫。萧公子被按进棺材里，上了盖儿，嘣！嘣！嘣！外面的人开始钉钉子。萧公子开始还能看到一丝儿的亮光，很快，变得黑漆漆一片。

"他感觉棺材被抬了起来，咯吱咯吱走了几步，忽然心跳到了嗓子眼儿，棺材掉了下去，咕咚一声，摔得他眼冒金星。又听上面开始填土，砸得棺材盖儿敲鼓一样响！萧公子呼吸越来越急促，使劲捶棺材，可棺材早被钉死了！捶了不知多久，满手是血，上面也没了动静，估摸着土已经埋实了。又过了会儿，模模糊糊听见马蹄的响动，萧公子啊呀一声：上面的人，走了！"赵敬亭双手撑桌，声音激动了起来，"没人管他了，可他还活着哪！"

听到此处，不少人掏出帕子擦泪。

"萧公子就这样被困在了地下的棺材里，叫天天不应，叫地地不灵。八尺大汉，竟然哭了起来。想死去的爹娘，想如花似玉的妻妾，还想几个儿女，哭得呜呜咽咽，涕泪涟涟，真是肝肠寸断！咬舌自尽罢！使劲，嘿！疼得啊！狠不下心啊！萧公子狠狠抽了自己几个大耳刮子：窝囊东西！平日里装好汉做英雄，这会子却不敢咬舌自尽！过了好久，萧公子才平静下来，逃出去？除非是神仙才有法子。渐渐地，棺材里闷热起来，喘气也困难了。咱们在地面儿上，想怎么喘气就怎么喘气，这气又不要钱，但在地下的棺材里，这一口气就是千金也难买！萧公子想起府尹送的那几颗丹药，摸出一丸，放进嘴里嚼了。也是神奇，吃了后，感觉体内真气鼓荡，又舒畅又清爽，呼吸越来越细，也不觉得憋闷了。

"折腾这两天，连个好觉都没睡，萧公子乏得厉害，两眼一耷拉，沉沉睡了去。这一睡，不知睡了多久，反正棺材里黑黢黢的，不辨昼夜。醒了又饿，拿出府尹送的小瓷瓶，啜了口蜂蜜，哎哟，香！甜！滑！王母娘娘喝的仙露，怕也不过如此了！就这么着，困了睡，闷了吃一丸丹药，饿了咂两口蜂蜜，混混沌沌地熬着。实在睡不着了，就想事儿。想什么？想以前生活的乐子，住的是高楼广厦，吃的是龙肝凤髓，用的是金玉象牙，睡的是天香国色，啧啧，真可谓人间无极之快乐，天下第一享福人！

"想这些到底不顶用，那就背诗文罢，把打小儿读的楚辞、汉赋、唐诗、宋词，挨个儿背了个遍，最后精疲力尽，又号啕大哭。这滋味儿，咱们如何能晓得？萧公子又摸出随身戴的金麒麟，默默祝祷：麒麟呀，快快现身，带我冲破这棺材，冲破这厚土，回到地上！

"到底没用！

"萧公子又祷告菩萨：大慈大悲救苦救难观世音菩萨，若能救弟子出去，发誓给你老人家开庙塑像，日日供奉！又想：哎，自己在地下，是不是归地藏王菩萨管？好咧，又开始祷告地藏菩萨，反正横竖三世佛，各方菩萨罗汉力士天王，都祈祷了个遍。过了几天几夜了？不晓得。最后丹药吃完了，蜂蜜也干了，口渴，肚饥，气闷，一股脑儿全来了。萧公子彻底放弃了，静静等死。

"这时，隐隐听到上头咕隆咕隆的，似是打雷声。过了会儿，棺材缝里渗出几滴水砸在脸上，他赶紧用手抹着舔了。又过了好一会儿，听不见雷声了，有窸窸窣窣的刨土声，萧公子心内惨笑，定是那些野狗，看我这是新坟，想刨出我来吃了。猛一激灵，萧公子拍手大笑：狗子能把我刨出去，我可不就活了么！兴奋地大叫：狗爷爷，狗奶奶，使劲刨！别停下！等救我出去，我买两扇子肥猪肉，好好犒劳你们！

"果然，这刨土的声音越来越近了。萧公子那个高兴啊！也不敢再叫，生怕吓跑了野狗，就攥着拳头等着，终于刨到棺材盖儿了，只听咔嚓一声！"赵敬亭停下来，看着瞠目结舌的听众，笑道："你们猜怎么着？"

"怎么着？""老先生快说！""是狗子挖开了！"

"哪里是什么狗子呀！是一柄大锄头撬开了棺材，竟是几个人！他们把萧公子从棺材里抬了出来。下着雨，天色昏沉沉的，也不知道是什么时辰。看其中一个，正是府尹的那个心腹仆人，萧公子激动地跪下：'多谢恩公救命大恩！'仆人扶起他，递上来吃食，萧公子喝了些水，吃了块酥饼，感觉身上有了些力气，两条腿却似那柳条，软软绵绵，走不得路。那仆人牵过一头驴，扶他上去：'老爷让我来挖你，我还担心，过了八天，人不早死了？谁想你还活着！了不得，了不得，公子以后必有大福！'萧公子这才知道，自己在棺材里足足待了八天！

"也没回南京城，仆人将萧公子送到一家村店，才说明原委。原来，萧公子被埋下去的第三天，礼部传下文书，说不管是谁，敢在夫子庙擅自更换楹联，都轻饶不得。当晚，严嵩的家信也到了，命严世蕃立刻回京。严世蕃天不怕地不怕，就怕他老子，只得乖乖地离开南京。但他五脏六腑坏得冒烟儿，竟留下一个随从，说要监视着，怕府尹救人。又拖延两天，府尹耐不住，设了个局，把这随从灌得烂醉，让家仆赶来营救，并叮嘱救了也不要回城，麻利儿回家乡就是。听了这一段，萧公子感动得泪流满面，对着南京的方向给府尹磕了头。家仆留下一封银子给他做盘缠，告辞去了。在村店将息了几天，恢复了体力，萧公子便上路，回到家乡山东兰陵。

"家中一切都好，妻妾们娇滴滴地抱怨他久不归家，萧公子又过回逍遥日子，棺材里的这段经历，谁也没告诉。过了一年，萧公子信了佛，天天念经吃斋，也不大理会几个妻妾，但心里总觉得满满当当又空空落落，有一肚子的感悟想说。他是个富贵闲人，便在家中写起了书，将'空即是色，色即是空'的道理用小说敷演出来。

"想起棺材中的往事，身上只有三样物件：一个金麒麟，一只白瓷瓶，几颗梅花丸药，各取一字，合为书名——《金瓶梅》。作者名字简单——兰陵萧啸生，索性取个谐音——兰陵，笑，笑，生！"

赵敬亭将醒木在桌上使劲一拍，说书完毕。

底下人张嘴瞪眼了好久，轰的一声躁起来，拍手跺脚，狂呼大叫，甚至将凳子桌子都掀翻了："痛快！痛快！""赵先生真乃神人也！""原来如此！妙哉妙哉！"闹嚷着，早有大把铜钱、碎银子撒了上来。

第 2 章　棺中记（下）

　　赵敬亭的《棺中记》轰动了苏州城，各大茶馆纷纷来请，赵敬亭连说了七八日，觉得有些腻烦。这天在观前街的龙泉茶馆说完，听众里一个十二三岁的小哥儿道："既然说到《金瓶梅》了，赵先生说段潘金莲呗！"赵敬亭笑骂："又是你这小鸟蛋，见过你多少次了，鸡巴毛还没长全呢，就想听《金瓶梅》！上次讲李瓶儿，刚说到见西门庆，他俩还没亲嘴儿呢，你底下就撅得跟个帐篷似的！咱这是说书，不是让你泻火呢！"

　　众人大笑，这小哥儿臊得面红耳赤，离了茶馆，来到阊门附近的十里街，拐入仁清巷，在一家当铺里逛了逛。伙计纷纷上来请安，端茶捧果，拿出一堆古董玩意儿给他瞧。小哥儿扫了两眼，不稀罕，指着一个伙计笑道："你不是葫芦庙的和尚么？留起头发了？"那伙计笑道："没法子，得过活不是。"小哥儿出了当铺，踱到一座气派的大宅前，使劲咳嗽了两声，在门口靠着石狮子打盹的老仆一抬头，满脸带笑，一面上来抱住，一面朝里头大喊："少爷回来了！"

　　来到正堂，小哥儿毕恭毕敬地给母亲问了安。他母亲把他拉在怀里："你今天怎么回来了？你爹都好？"小哥儿道："乡下没意思，我来城里逛逛，爹好着呢，让我问娘好。"他母亲捏捏他身上："才开春，怎么就减了衣裳？"让丫鬟去找一件棉背心给他加上，又让仆人端来鸡鸭鱼肉给他吃。

待了半下午，小哥儿要回乡下。他母亲絮叨："每次来去匆匆，跟个客人似的，隔了十里道儿，倒像海角天涯一般。"小哥儿叹道："我也想和娘多待几天，但爹的脾气娘知道的，生怕我在家里养成纨绔的习气，让我跟他在乡下，读什么佛经，吃什么斋，学什么打坐，弄得我生不如死。"他母亲扑哧笑了，戳了他脑门一下："什么生不如死的，你鬼点子多，想法子混过去就是了。"将儿子送出门，又叮嘱："过两天再来，娘给你打牙祭，跟着你爹天天豆腐青菜，不长个子。"

出了阊门转南，小哥儿顺着田间小路走了一截，到了所住的三棵柳村。他父亲叫乔陈如，是苏州有名的大户，他叫乔阿难，名字是父亲起的，说是佛祖一个弟子的名。三棵柳村的家宅也很阔，十来间房，就他父子俩，还有七八个奴仆，家里素净得令人不自在，连棵花草也没有，寡寡淡淡的。

转过影壁，父亲正在厅上和家塾先生闲话，他躲不过，上来行了礼。乔陈如骂道："畜生！一大早就出去，太阳落西了才回来！又偷偷做什么勾当！"阿难笑道："爹息怒，儿子又没去吃喝嫖赌，只不过听了听说书。"乔陈如啐了一口："不正经的人才听说书！前天让你抄的《金刚经》，你抄完了？"

"抄了四个字：如是我闻。"看父亲又要发怒，阿难赶紧对家塾先生作揖："先生病可好了？"他的老师叫陶铭心，前几年从外地搬来这里的，笑道："不过是风寒，今天感觉好了，一大早过来说要教你几篇文章，你又不在，和你父亲坐了一天。"阿难笑道："先生明天来，我不乱跑了。"陶铭心问："你今天听了什么书？""大名鼎鼎的赵敬亭讲的，他自己编的一段《棺中记》！"阿难兴冲冲地将这段故事说了个大概。乔陈如连连摇头："荒唐，真是荒唐。"陶铭心捋着胡子笑道："这段故事倒新奇有趣。"

看天色晚了，陶铭心起身告辞，乔陈如要留晚饭，陶铭心婉拒："已经打搅一日了，家里也等着回去。"乔陈如命人拿上来几样礼物——一只象牙柄川金扇儿、四个香荷包："扇子先生用，荷包给姨娘、姑娘们玩。"陶铭心谢过："对了，小女素云这几天不舒服，明早要请大夫，我只能下午来了。"乔陈如笑道："不妨，先生下午来，正好帮我陪个客，这个客人不一般，我怕自己没法子应付呢。"陶铭心好奇："是个什么客人？"乔陈如道："一个西洋人，来中国传教的，叫汤普照。"

陶铭心刚进家门，听见屋里笑哄哄一片，站在窗下一听，里面有个汉子正说着："电光石火间，只见穆桂英往后一仰，杨宗保的大刀将将从她面皮上砍过，把她的眼睫毛削下来几根。你们想啊，穆桂英是个大姑娘，最爱美了，眼睫毛被削了，能不气么？两脚在马镫上一使劲，身子挣起，抡起长缨枪，使了个蛟龙出水式，红缨子飞起，乱了杨宗保的眼，杨宗保只觉得腰上一震——"说到这，止住了。大女儿素云忙问："接着呢？"他的妾袁七娘笑道："接着就俘虏了杨宗保，和他结为夫妻啦！"

陶铭心摇摇头，大步跨进去："我回来了！"吓得一家大小纷纷站起来。七娘和素云半尴不尬，满脸通红，二女珠儿揽着小女青凤正傻呵呵地笑，在椅子上盘腿坐着的，是赵敬亭。见陶铭心脸色不好，七娘带着三女赶紧出去了。

赵敬亭拜揖下去："大哥！"陶铭心扶起他："好兄弟，什么时候到的？"赵敬亭道："刚到没一会儿，和姨娘、侄女儿们闲话哩。"陶铭心笑道："你啊，这张老嘴不知道歇一歇？跟她们女儿家说什么书！"赵敬亭嘿嘿一笑："女儿家也要开蒙，穆桂英的故事很合适。"玩笑几句，两人坐下，赵敬亭问："咱哥俩好些年没见了，大哥可适应了乡下的生活？"

陶铭心道："既来之则安之吧。最难受的，是连个说话的朋友都没有，南京那些故交，都以为我死了，我也不敢和谁通信。生活上，也不能像以前那样讲究了。"赵敬亭笑道："哦？大哥现在没有洁癖了？"陶铭心用手摸了下地面，笑叹："以前那是惯出来的矫情毛病，在乡下，到处都是牛羊粪，还洁癖，就别活了。"赵敬亭长叹："之前大哥出事，我在山西，没赶回来帮手，心里愧疚。"陶铭心道："你当时也不知道，不必内疚。"

赵敬亭道："年前过山东，看了老三一趟，跟我说了当年的事。他现在是聊城知县，听说要升知府了，咱们三个，数他最有能耐。我一个江湖讨饭的，大哥一个村秀才，都不如他风光。"陶铭心问："上次老三来信，说你临走和他大吵了一架，为个什么？"赵敬亭一摆手："还能为什么？我劝他不要做官了——他那性格，官场上肯定要栽跟头。他哪里肯听？喝多了酒，我急他也急，就吵了一顿，也没怎样。"

说了半晌，七娘端来酒饭——一只炖鸡，一条煎鱼，豆腐干炒火腿，一盆素丸子汤，两大碗饭。赵敬亭让七娘和侄女们一起吃，陶铭心道："她们在厨房另吃。我还有话跟你说。"

喝了几杯酒，陶铭心把酒杯重重往桌上一蹾，吓了赵敬亭一跳。未等陶铭心开口，赵敬亭先跪了下来："大哥不用说，我知道是什么事。我在城里讲《棺中记》，一定有人告诉大哥了。我到苏州好一阵子了，今天才壮着胆来，就是怕你生我的气。"陶铭心面带怒色："敬亭，那件事关系有多厉害，你不是不知道，不把它烂在肚子里，还编出来给人讲书？你想害死我不成！——你起来，我不受你的跪。"

赵敬亭坐回位子，自饮了一杯酒："大哥，你那件事是个千古奇闻，我编排编排，传扬出去，也有我的一片心意：三年前那事，但凡有良心的，都知道大哥你是冤的。"他压低嗓音，"那个老贼，天天嘴上满汉一家，干的却是阴辣狠毒的事！大哥你不过写首诗，就要处死，就要抄家——这事儿虽然过去了，但我心里的气咽不下去，我把你的事换个朝代，换个人物，跟人讲讲，百姓里若有几个聪明的，自然知道我的意思。"

陶铭心长叹道："登基二十五年，平心而论，头十来年是好的，对百姓也宽容，天下也可称得上太平。但近些年，真是越来越无德了……罢了，牢骚没用。敬亭，我知道了你的心意，但这段《棺中记》，以后还是不要讲了。"赵敬亭笑道："我连说几十遍，也腻得慌。"陶铭心用筷子敲了下他的手："你这狗嘴，竟说我是兰陵笑笑生，写了《金瓶梅》。"赵敬亭大笑："千古奇闻配千古奇书，岂不妙哉！"

吃酒到深夜，兄弟俩抵足而眠。赵敬亭轻声问："大哥，当时在棺材里，到底是个什么滋味儿？"陶铭心沉默了许久，缓缓道："要说黑，现在也黑，但那种黑又不同，黏稠稠的，像在娘肚子里。现在想起来，我全身还禁不住哆嗦。"

"足足八天？"

"八天。"

"老三就给了你一只装了蜂蜜的瓷瓶？"

"一只鼻烟壶，装了点子蜂蜜，还不够耗子吃的。"

"气闷吗？"

"老三给我弄了口大棺材，开着小孔，土也埋得松，侥幸没有闷死。"

赵敬亭喟然长叹："大哥，你以后必定有大福。"

说了会儿，赵敬亭鼾声响起，沉沉地睡去。陶铭心却没了困意，在黑夜里睁着眼睛，回想起三年前那场家破人亡的大祸。

他生在南京，本名张慕宗，十五岁上，父亲给他起了个字：完器。这两个字有讲究，出自明末大儒陈确的一段话："人之未至于圣者，犹人之未完者耳。人之未完，且不可谓之人，如器焉，未完者亦必不可谓之器也。"父亲对他寄予厚望，不是因为他多么龙章凤彩，而是因为他的祖上名德重望，他的曾祖父是鼎革之际闪耀史册的大名士——张岱。

祖父辈上定下了家规——祖宗是个有气节有操守的大丈夫，张家世代儿孙要遵循他老人家的志向，决不能为清朝做官。为生计故，可以考个秀才做教书先生，也可以行商，赚个温饱安适。祖父白手起家，做绸缎生意，苦心经营到父亲这辈，有十来间铺面，三家当铺，城外良田三千亩，家中奴仆上百人，已然是南京城的赫赫富商。张慕宗十五岁上娶了妻，两人举案齐眉，颇为恩爱。他十六岁那年的秋天，父亲和两个兄长去扬州收账，船翻了，父子三个淹死在江里，母亲伤心欲绝，几个月后也死了。偌大的家业，落得他一人受用。

那些年过得快活，家资丰厚，不愁用度。他没有经商的才干，和扬州、杭州、苏州那边的老主顾没了来往，整日在家读书写字，品诗赏画，颇有些曾祖张宗子的逍遥气派。他自小就爱洁净，之后渐渐成癖，见不得一点儿污秽，衣服鞋袜每天换新，穿过的都赏了下人，若见到家中有一点灰，就大发雷霆。有一次，他和妻子吃饭时，一旁伺候的小丫鬟来了月事，血染在裙子上，他掷箸不食，又是换衣服又是洗澡，当天便贱卖了这丫鬟，把她站过的地砖都换了，在厅上焚了十来斤的香，才肯踏进去一步。

十八岁那年，妻子怀了身孕，后来小产，生下来个成了形的小哥儿。夫妻俩伤心了许久，妻子身体也大为损耗，一直怀不上子息。张慕宗虽然不说，心里也急，父兄死后，他必须要将这条血脉传下去。他妻子是通情达理的人，为他娶了个妾，就是袁七娘。七娘嫁来第二年，生了素云，后来妻子也怀孕，生了珠儿，虽是个女儿，但也有了指望，谁想妻妾自此肚子都安静了。妻子提议再纳一个妾，张慕宗不肯，再之后，妻子怀了青凤——正是出事的那年，乾隆二十二年。

那年初，诗社的一个朋友归八爷在莫愁湖上办了场品画雅会，品的是一卷倪云林的真迹。倪云林传世的作品多是山水，这幅画竟是个仕女图，相当罕见。上面有他的私印，还有唐寅、董其昌诸大家的题词，真宝无疑，说是从乡下一个穷秀才那里花了三千两银子买来的。众人围着这幅画看了又看，赞叹不绝。归八爷说："今日这雅会，也是个雅赛，咱们以此画为题，各作一首诗，谁的诗占了头筹，就题在这画上，如何？"众人一听，精神大振，纷纷构思起来。

张慕宗也写诗，在一众文友中出类拔萃，不过此时他却没了诗兴，心里寻思：这样一幅稀世珍品，在座的这些人，连我自己在内，不论写出个什么，都配不上这画儿，只有古人的上品古诗，才庶几可当。仔细盯着这画儿，山头松树森森，美人幽然独立，望着天上的月亮，面色悲戚。他搜刮肚内的无数好诗，突然想起一首冷僻的，无比契合这画的意境，便写了下来。诗云：

白云山上尽，清风松下歇。欲识离人悲，孤台见明月。

众人写好了诗，拿出来一比，都推张慕宗的这首为尊。张慕宗笑道："虽如此，这首诗却不是我写的。"众人奇道："那是谁写的？确实有些熟，却想不起。"张慕宗道："南朝时的张融写的《别诗》。兄弟惭愧，借花献佛。"归八爷笑说："虽不是老兄写的，这诗也确实配这画儿，就请老兄题上去罢。"众人也无异议。张慕宗仔细洗了手，焚起香，对着这画恭敬地拜了三拜，要来兔毫笔，蘸匀了墨，用端正小楷将这首诗题在了画卷边儿上。众文士欢饮一整日，尽兴而散。

没多久，归八爷家里失了火，家中荡为灰烬，单单救出来这幅画，想卖了救急，开口就是一万两银子。张慕宗想买下来，妻子劝阻："老爷，这些年咱们坐吃山空，铺面、田产典卖了不少。我闲来算了算，家里的现银子、金玉首饰加一起，拢共也就万把两银子，你若买了这画，咱们就只能搬去乡下，守着几亩薄田过日子了。"

踌躇了几天，到底没有买。

在南京找不到买主，归八爷便带着画去了北京，宣扬一番，被翰林院编修纪昀听说了，花了八千两买了下来。在家玩赏了两天，不敢私藏，献给了皇上。乾隆最爱文墨古董，听说是倪云林的仕女图，欣喜若狂，茶饭不思地看了又看。他又喜欢给画儿题词，就作了首七律，看边角处已写满了藏家题词，没了空白，便大笔一挥，题在美人头上，写得畅快，有一笔还擦到了美人的额头。正自鸣得意，忽然在最边上看到了张慕宗的题诗。

初时还赞叹：这是张融的《别诗》，倒很契合这画的意境。但细嚼这四句诗，越发觉得不对——清风松下歇，清风歇，这不是诅咒大清国运衰败么？离人悲，见明月，分明是思恋前朝，反清复明也！当下龙颜大怒，召来纪昀，狠狠骂了一通。纪昀惊惶万分，磕头磕破了脑袋。乾隆让他戴罪立功，专责此案，将画主、题词者都抓来，尤其是题词者，严惩不贷。

纪昀立刻派人拿住羁留在北京的归八爷。初审时，八爷念着与张慕宗的情谊，谎称这题词是明末一位文士写的，早已死了。纪昀不肯轻信，上了重刑，八爷熬不过，只得供出真相。纪昀立即知会刑部，传文南京，捉拿张慕宗。

当时，张慕宗的结义兄弟宋知行正在北京守选，听说了这件轰动朝廷的大案，得知画主供出的题词人正是自己的契兄，赶紧派出最稳当的心腹仆人，火速赶往南京，定要赶在公文之前通知张慕宗，让他避难。仆人前脚刚走，宋知行还是不放心，索性称病告假，带足了银子，一路买最好的马，不几日就赶到南京，直冲进张家。

张慕宗夫妇正在下棋，看到宋知行，大为惊讶："三弟！你怎么来了？"宋知行先请大嫂回避，才说："大哥！大祸临头了！"便将皇上看到那幅画，认定那首诗有反清之意，派纪昀调查的经过说了一遍，吓得张慕宗魂飞魄散。宋知行力劝："大哥，事不宜迟，赶紧离开南京！"张慕宗镇定下来："你嫂子和孩子都在，我走了，她们需受连累。"

宋知行急道："你不走，她们也会受连累！若定了谋反，这是株连九族的大罪！嫂子和侄女便是不杀，也要罚为奴隶。你走，还能留条性命！"张慕宗瘫坐在椅子里："俗话说，陷水可脱，陷文不活。遇到这种事，我逃也逃不了多久的。"宋知行是官场上的人，心里明白，这案子钦定为谋反，非同小可，皇上不会善罢甘休，就算逃到天涯海角也是枉然。他急中生智，猛然想出了个法子："大哥，我有个主意，你何不就死了？"

张慕宗皱眉道："什么？"

"大哥，你假死，把你出了殡，让南京城无人不知，等官司下来，也不能对一个死人怎样。"

"你是说，将我装在棺材里，城里城外走个过场？"

宋知行摇摇头："我估摸着，官差和公文最晚明天就到，便是今晚假死，明天出殡，也瞒不得他们。只能委屈大哥进了棺材，然后埋入地下，才能让他们罢休。"

"把我装进棺材，埋在地下？"

"对，躲个三五天，趁人松懈，再把你挖出来，换个别的尸体进去，防备他们开棺戮尸——皇上经常这样处罚死去的罪犯。如此，大概可以混过去。"

张慕宗不肯："与其在地下憋死，不如一刀砍了我痛快！"宋知行急道："大哥不要固执！蝼蚁尚且偷生，你怎能就放弃了？这是没办法的办法！兄弟几天几夜不睡觉，马换了十多匹，就是为了赶来救哥哥一命，你不要如此丧气！"犹豫片刻，张慕宗整个人委顿下来："好罢，就按你说的办。"宋知行嘱咐："此事要做得秘密，连大嫂、侄女也不能告诉，走漏了一丝儿风声，了不得！"

势态十万火急，吃过午饭，张慕宗便装病躺在床上，一口一口喘不上气来，把夫人吓得不知所以。张慕宗叮嘱她："我这是暴疾，没救了。我死后，后事一总让三弟主持，你万事听他的安排。"夫人哭哭啼啼地答应了。张慕宗又让人去请城中多位朋友前来告别。

宋知行跑去棺材铺买了一口大棺、一身寿衣，他心思缜密，办事的同时已经在筹划，如何让兄长在棺材里多挨些时日，偷偷在棺材四周凿了小孔，又去药铺买了些聚气养神的丸药，一总带回来。此时家中已经哀号一片，张慕宗的众朋友伤感不已：好好一个人，怎么突然就不济了！张夫人哭得死去活来："早上还好好的，中午吃了饭，就说心口疼，喝了碗参汤，倒加重了。"号啕个不住，凄惨不已。

傍晚时，张慕宗假装断了气，宋知行亲自给他换了寿衣，抱进棺材内。张家上下挂起孝，张夫人、袁七娘、两个女儿不明就里，哭得肝肠寸断，众朋友、四下街坊都来吊唁，哀叹连连。深夜，杂人去后，宋知行让张夫人、袁七娘、侄女挪去院中守灵，他在棺材旁边，低声对张慕宗说："大哥，你衣裳袖子里有一包丸药，是聚气的，在底下憋闷了就吃一颗。这里有些点心和卤肉，我给你塞进去，再给你放一罐水。"

"不要。我什么都不吃。"

"大哥，在地下少说要四五天，怎么可能不吃不喝？"

"好兄弟，我是爱干净的人，在这里头屙屎撒尿，弄得自己一身腌臜，不如死了！"

宋知行哭笑不得："什么关头了，还在乎这个！"坚持几次，张慕宗发怒了："不要啰唆！再说，我掀开板子出来。"宋知行无法，只好拿出随身的一个鼻烟壶，腾空了，洗干净，去厨房装了些蜂蜜，再塞进去："大哥，鼻烟壶里是蜂蜜，便是吃了，怕也屙不出屎来。"说完，兄弟俩都笑了。

大清早，外面突然吵了起来。宋知行在墙头偷偷一看，几百个兵已经将张家围了起来，接着，一班猛恶的公差闯了进来，嚷着要拿张慕宗。张夫人哭道："我家老爷犯了什么罪？他已经死了，你们还要拿死人不成！"为首的是江宁府知府，听了这话冷笑一声："你丈夫什么时候死的？"张夫人道："昨天下午。"知府笑道："真是邪门，有这么巧的事？刚要来抓他，他就死了？"等不及仵作来，知府决定亲自验尸，张夫人张臂拦着："死者为大！你们当官的就可以侮辱亡人么！"知府看她挺着个肚子，不好动粗，让人将她拉开，走到堂上，看那棺材已经钉上了，怒道："还没出殡，为什么这会子就钉棺！"

宋知行怕官场的人认出自己，在灶下弄了灰，弄得脸上脏兮兮的，站出来道："我们老爷信佛，临死前说早钉棺，早超生。"知府啐了一口："放狗屁！什么佛经有这个讲究！"当下命差人开棺。宋知行早料到会如此，早些时候一个人忙活了许久，也不管什么丧葬规矩，给棺材钉了足足上百支长钉。知府一边骂，一边催人起钉。张夫人扑在棺上，回头骂七娘："瞎眼的奴才！平日里撒泼骂街逞能耐，现在你老爷要被人开棺了，你还愣着！"

袁七娘是小户人家出身，生性泼辣，刚才是吓蒙了，听主母训斥，登时缓过神来，一蹦三尺高，大叫一声，一头撞进公差堆儿里，咬手抓脸吐唾沫，在地上撒泼打滚，公差们又打又骂，七娘兴头更足了，高嚷没天理了。知府气得直跺脚，命人将两个女眷叉出去。宋知行看不是办法，上前道："大人要奉旨搜查，我们不敢说什么。但开棺也要有规矩，验尸，更是要尊重，我们老爷是得了痰症，死得突然，能有什么差错！"知府冷笑道："到底怎么回事，咱们开棺再说。"差人总算起完了钉子，掀开棺材盖，宋知行在众人身后提心吊胆，默默祷告。

知府看张慕宗身穿寿衣，双目紧闭，嘴巴微张，嘴唇已经干裂了，轻轻将手指头放在他人中处，试了片刻，拿起来道："确实没了气。"又摸了摸张慕宗的手，皱眉道："有些温热。"宋知行忙道："刚死几个时辰，自然有些余温。"知府又要切脉，下手去撸张慕宗的长袖，宋知行赶紧对七娘使眼色，她又冲上来，披头散发地撞在知府怀里，鼻涕眼泪在他身上乱蹭："当官的欺负良民！要抢老爷陪葬的宝贝呀！"这时，院子里挤满前来看热闹的街坊，也纷纷抗议起来。

知府看群情激愤，不好用强，甩手道："罢了！谁稀罕碰一个死人！张慕宗虽死了，但这件案子不算完！"又问，"你家什么时候下葬？"宋知行道："眼下天气炎热，停不得，明天就下葬。"知府想了想，留下几个官差，交代道："你们就在这里守着，不许离开半步，直到明天埋进土里，看实了，回来跟我禀报。有一点疏忽，明年今日也是你们周年！"说完，带着余人愤愤地去了。第二天，直到棺材入了土，那几个官差才返回城中。

八日后的深夜，宋知行和早已赶到的心腹仆人，将奄奄一息的张慕宗挖了出来。仆人在附近找了座新坟，挖出个男尸，用土抹了脸，换了张慕宗的寿衣，放进棺中，重新埋好。仆人背着张慕宗，和宋知行匆匆消失在夜幕中。

在一处乡间的寺庙休养了几天，张慕宗恢复了元气。宋知行拿出一包银子："大哥回不得南京了，去苏州的三棵柳村，那里有一位乔陈如，和我有交情，他家最近正好在请教书先生，包袱里有我的荐书，他必会用你。我只说你是我娘家的亲戚，姓陶，你也要统一口径。大哥，你得换个名字，以后天底下没有张慕宗这个人了！"张慕宗问："你嫂子、侄女们都好？"宋知行道："一言难尽！皇上已经斩了那画主，要开棺戮你的尸，家产抄没，嫂夫人、侄女也被罚为功臣家奴——放心，这事我来料理。大哥先去，我之后让她们去找你。"

逃难来苏州后，张慕宗从了三弟改的陶姓，化名铭心，字也换成慎行。乔陈如看了宋知行的信，热情款待他，帮他赁了房子，请来家中坐馆，脩金一年五十两银子，逢年过节另有谢礼，足可以温饱一家人。

来这里三个月后，七娘和女儿们才赶来团聚，还带来一车南京家中的藏书。难后重逢，七娘和女儿们先是惊恐，继而狂喜。如何解释这一场假死戏，让陶铭心伤透脑筋，他只说得罪了权贵，外出避难，棺材里其实是另一个人。着重交代家人："以后咱们家姓陶，都牢牢记着。"七娘听得连连吐舌："还有这样的事！真是惊险！"女儿们弄不懂这段缘故，但父亲活着便好，都开开心心的。

据七娘说，都是宋知行一力操办，花了多少银子，打通了多少关节，才让女儿们没有做了人家的奴仆。而陶铭心依然悲痛，因为在地下的时日，妻子死了，是生下幼女青凤后死的。不知是产后体弱，还是伤心绝望，或许是内外夹攻所致——她不知道陶铭心假死，看着他棺材入了地，哭得晕厥数次，第二天夜里，羊水就破了，诞下了青凤。七娘说："太太一看又是个没把儿的，哭得更厉害了，说她不争气，让张家绝了血脉，之后便不吃不喝，三天后，就断了气。"

陶铭心问夫人可有遗言，七娘说没有，长女素云偷偷对他说："太太有遗言的，留了句话：三姐儿别裹脚。"陶铭心问："太太跟你说的？"素云摇头："跟我妈说的，但妈不想告诉爹，说三姐儿要不裹脚以后嫁不出去。"陶铭心痛哭了一场，设了祭台，对着南京的方向拜了，深深悔恨："假死之前，应该告诉太太的，还怕她告密不成？真是百密一疏，自作聪明，误了太太的性命。"

经此大厄，他整个人脱胎换骨，彻底告别了张慕宗。痛定思痛，他深切理解了祖宗张岱在明亡后的无尽悔恨：广厦精舍、美妾娇娃、古董花鸟，以往所享受的一切，莫不是造下的罪业，如今种种清苦，皆是赎罪。他现在的生活颇有些苦行的意思，每日粗茶淡饭，潜心钻研经书，一言一行都循规蹈矩，褪尽了早年的风流气质——那种风流到头来只会招致灾祸——变得越发周正、严肃甚至迂腐。只有如此，他才能平息内心的苦楚，才能将过去罪恶深重的种种快乐连根拔去。

此时，陶铭心隐约听到素云在厢房中痛苦地呻吟——她刚开始裹脚，每天晚上如受刑一般。昨天看了看，她的脚已经变了形，黑黢黢的，脚背肿成了弓状，轻轻一碰，就从脚趾缝儿里流出黄腥腥的脓水来。陶铭心很心疼，再这么下去，这双脚就废了。问她这样多久了，素云说个把月了。七娘在旁唠叨："都是这么过来的，谁像你这样鬼哭狼嚎的。趁骨头软了，赶紧裹，长痛不如短痛！要成个大脚三，以后找不着婆家了。"

赵敬亭鼾声如雷，陶铭心轻轻翻了个身，想着明天要做的事：早上去城里给素云找大夫，下午帮乔陈如陪客——一个西洋人，真稀奇。

第3章　传教士

天蒙蒙亮，赵敬亭起来在院子里做八段锦。七娘做了早饭，赵敬亭喝了碗粥，往褡裢里装了两个馒头，起身告辞："我去福建广东那边走走，搜些新故事说。"陶铭心知道他是闲不住的，也未挽留，亲自送他到了村口。赵敬亭要去渡口搭船，陶铭心进城请医生，两人依依惜别。

之前患风寒，乔陈如替他请了城里有名的薛神医，循着住址，陶铭心来到饮马桥东边第二家，上前敲门。一个小厮开了门："我们爷出去看病了。"陶铭心问："几时回来？"小厮道："知府老爷的小儿子出天花，日夜在那儿守着，一时半会儿回不来。"陶铭心叹道："这可怎么好，我也急。"小厮问："先生家人是什么病？"陶铭心道："足疾。"小厮指着西北方："您去桂和坊，那有个红毛子郎中，老爷说过，那红毛子治跌打损伤也说得过去。"

素云不是跌打损伤，但无法，别的大夫也不认得，总不能找街上的游方郎中。来到桂和坊，也不用打听，前面闹成一团的就是了：十来个百姓把一个红头发的西洋人围在中间，一个麻子脸扯住西洋人的衣领子，污言秽语骂个不停，西洋人脸上挂着伤，明显挨了老拳。

有好心的上来劝架，那麻子脸情绪激动，竟哭了起来："饶不得他！这个红毛淫贼占我老婆便宜！什么都看了！打死他，我偿命！"原来，他老婆昨晚生产，他跑出去找接生婆。接生婆来了，说他女人怀的是脚踏莲花捧心胎，生不下来的，连试也不敢试。接连找了好几个接生婆，都这么说。眼看老婆要死了，他跑去城隍庙烧香，家里的一个小丫头不知道听谁说的，便找来这个洋大夫。洋大夫在这女人两腿间忙活了一番，竟然把孩子接下来了——一个大胖小子，母子平安。等他回来，洋人已经去了，他得知洋人看了他老婆的身子，当场气得昏死过去。大早上，就来找洋人算账，非要杀死他。有人劝他："再怎么说，这洋人也救了你老婆的命，又给你接下来一个儿子，就算了罢！"麻子脸哭道："我宁肯老婆死了，不要儿子了，也受不了这委屈！自己女人身子给男人看了，还是个洋人，谁能咽下这口气？你们不要站着说话不腰疼！"

陶铭心冷眼瞧那洋人，闭着眼一言不发，任凭麻子脸打骂。他想劝解也不知道如何说，洋人救人是善事没错，可看了人家女人的身子确实很不妥当——哪有男人接生的呢？这些洋人果然是教化未开的野蛮人，全然不懂男女大防的道理。

正僵着，一顶轿子停在路边，从轿子里出来一个粗壮的妇人，怀里抱着婴儿，指着麻子脸骂道："杀千刀的畜生！这洋先生是咱们的救命恩人，你怎么打人家？"那麻子脸啐道："臭娘们，你还有脸说？我没脸见人了！"那妇人一步踏上前，啪啪打了丈夫几个耳光："狗畜生，翻天了！"那麻子脸明显是惧内的，敢怒不敢言，手上也松开了，攥着拳头生闷气，看得众人一个个都笑了。那妇人对洋人欠身道："要不是您老昨晚相救，我这会儿已经在棺材里了。我男人是个粗人，您老别介意。"那洋人展展衣服，用流利的中国话说道："没事的，如有冒犯之处，还望见谅。"那妇人揪着丈夫耳朵又骂："是你老婆的命重要还是你的脸重要？想让我死，我偏不死！"麻子脸一个劲儿地求饶，劝她消气，还没出月子，赶紧回家歇息。闹腾一场，众人嘻嘻哈哈一阵，也就散了。

陶铭心想起正事，上前行了礼："先生可会瞧足疾？"那西洋人正在用帕子擦脸上的伤，点头道："会瞧，但我有事要出门，明天再来罢。"一个仆人上前道："汤老师，骡子备好了，可以走了。"陶铭心想起什么，笑问："先生可是姓汤讳普照？这是要去三棵柳村见乔陈如老爷？"

汤普照惊讶道："咦？先生怎么知道？"陶铭心报了名字："在乔老爷家做西宾的。"汤普照赶紧扑扑衣服，恭敬地作揖："原来是陶先生，久仰！早听说三棵柳村有位陶大名士，学问渊深，无心功名，不想在这里遇到了！"陶铭心笑道："我哪里是名士，一个穷秀才罢了。"汤普照又问谁患了足疾，陶铭心说了，两人一起回三棵柳村。

进了院中，坐南一排水磨灰瓦房，西手两间草顶厢房，素雅洁净。地上一条青石板路，墁在青苔里，青苔似流水般连到墙角处的一方小花圃，花圃中一块小巧的太湖石，几株耐寒的花草爬在上头，还有些生气。厢房前一桩大葡萄架，葡萄藤又粗又大，七娘正在底下晾衣服，见来了个红头发洋人，吓得叫了一声，躲进了厨房。陶铭心带他进了厢房，三个女儿看他红发碧眼的，捂着嘴乱笑。青凤指着他咿咿呀呀地说："猴子，大猴子。"陶铭心连忙喝止了，尴尬赔罪。

汤普照笑道："令爱没说错，我确实像猴子。"说完对青凤做了个鬼脸，逗得她咯咯笑。汤普照要解开素云的裹脚布看伤，陶铭心道："汤先生，不能隔着袜子看吗？"汤普照笑道："老先生说笑了，隔着袜子怎么看？"素云低头红了脸。陶铭心又道："就跟治跌打损伤一样，稍微捏捏，也能断个所以然罢？或者，只看脚底板？"

汤普照微笑道："老先生，贵国的规矩我不是不知道，但令千金还没出嫁，我又是个传教士——相当于和尚的，这又是治病，看看令千金的尊足，怕也不妨？"陶铭心还在犹豫，素云道："爹，就让他看吧。"陶铭心勉强答应了。看了素云的脚，汤普照皱紧眉头："再晚两天，就没得救了，快打一盆热水来。"陶铭心忙让珠儿去打水。汤普照打开随身带来的木箱，里面两排整整齐齐样式各异的小刀子，取出一把，用药水擦了，对素云道："好姑娘，别怕，蚂蚁咬两下那么疼。"素云咬牙点点头。

汤普照在膝盖上垫了块厚布，把素云的脚放在上面，各处揉了揉，用小刀子在脚背上轻轻一划，大片黄色的脓水淌了下来。割了七八刀，把两只脚的脓血都放干净了，又往水里倒了瓶粉末，要为素云洗脚。陶铭心忙制止了，唤来珠儿，给素云洗了。汤普照又上了药粉，用带来的干净布条缠了缠，笑道："七八天就能好，只是，这骨头都变形了，不要再裹了罢。"陶铭心感激不尽，拿出银子做病金。汤普照坚辞不受："陶先生，就当欠我个人情，以后也帮我好了。"

陶铭心见他是爽直的人，也不坚持，留他在家吃午饭："吃了饭，咱们一起去乔老爷宅上。"

袁七娘只煮了一碗青菜汤，用蒿子炒了两三片豆腐，拌了个咸菜。陶铭心恨道："实在无礼！"要出去骂她，被汤普照劝住："老先生，这已经很好了，我们来中国传教，不在乎吃穿。"说完娴熟地拿起筷子，津津有味地吃了起来。陶铭心问他何年来的中国，跟谁学的中国话，天主教的教义等等，汤普照一一回答了："其实唐朝就有我们这个教，那时候叫大秦景教，可惜没流传起来。明朝时候利玛窦、金尼阁、汤若望等前辈在中国生活多年，发展了不少信众。"陶铭心点点头："我也听说过，只是很少遇到传教士。"

汤普照无奈地笑道："在本朝，传教不很方便，幸好我学过医术，给人看病时顺带着讲一讲，能听懂的人少，信的就更少了。北京那边的传教士，都是图名好利之辈，在宫里给皇上算历法、造玩意儿罢了，他们又说我们迂腐，不会变通。"陶铭心不禁笑了："你们在中国的外国人还互相鄙视呢。"汤普照道："是，有些教会门派也不同，这里头很复杂。"

饭后，两人来到乔陈如家，已经备下围碟香茗等着了，任弗届也在。任弗届是阿难的开蒙先生，这几年在专心备考，准备下场的。他辞馆后，乔陈如才请了陶铭心代替。乔陈如见他两人一起来，惊奇道："你们怎么凑一起了？"陶铭心说了早上的事，汤普照道："和陶先生有缘分。"乔陈如向汤普照介绍了任弗届，汤普照躬身作揖，任弗届背着手冷笑，并不搭理他。

阿难上来给众人行了礼，着重对任弗届道："好阵子不见先生，先生一向可好？学生日夜悬念，生怕先生吃不饱穿不暖，这疼那痒的，常提醒父亲照拂照拂先生。"任弗届点头笑道："难哥儿有心了，真可谓'君在，踧踖如也'。"乔陈如咳嗽了一声："阿难，没你的事了，下去罢。"转对陶铭心道："任先生要出门，这是来辞行的。"陶铭心忙问："哦，老兄要去哪里？"

任弗届捋须而答："弟要去杭州，有个同学老友新放了浙江布政使，请我去做些文翰事情。本来我说在家里好好准备来年大比，老友说我非池中物，在这乡野之间白白消磨了志气，不如去他府上知行合一，制艺之外学些政务，以后做了官也不至于抓瞎，便答应了。又说每年送我一千两银子，被我说了几句：'你虽然做了官，是我的老爷，但咱们之间到底是故人，我去帮你，也是为这个情分，开口闭口说银子，是你们官场上的恶习。'这不村子里要凑份子办迎神赛会么，咱们这些相公，每个人要出一两，扈老三什么狗东西！觍着脸来跟我要钱。我说我马上要出门，赛会不关我的事，他还不依，说了些没有油盐的话，我丢了银子赶他走了。就为这些俗事，我在家也不得安心备考。"

陶铭心笑道："老兄有大才，明年鼎甲在望，必能抢元。"任弗屆道："陶先生，别怪兄弟话直，你做秀才，乡试也不应，科、岁也不考，图个什么呢？俗话说，读的半边儿也是个卖字，读成了，货与帝王家嘛！"陶铭心摆摆手："我是房檐下的家雀，老兄是天上的鸿鹄，不可同日而语。"

晾了汤普照好久，乔陈如才和他搭话。汤普照来中国已十余年，先在两广、福建那边传了几年教，又去了杭州、南京、北京等地，去年才来苏州。他和乔陈如是在织造府的元宵节宴会上认识的，此次来访，是想求乔陈如向江苏巡抚说情，允许他开设教堂，公开传教："我本想借行医来传教，但如今苏州百姓都认定我是西洋郎中，不知道我是传教士，这不是本末倒置么？"

乔陈如眯着眼睛想了想，缓缓道："汤兄，我不妨直说，自从康熙末年禁教，雍正爷、当今万岁，对西洋教都不大喜欢。不要说西洋教，连我们中国的教，除了佛和道，万岁爷也恨得牙痒痒。即便我说得动巡抚大人，巡抚大人也不敢让你传，若让上面知道了，万岁爷龙颜一怒，巡抚大人的性命也难保。"

陶铭心插话道："汤先生，如今的形势不比从前了。陶某听说过，康熙初年允许你们自由传教，可惜贵教不允许中国人拜祖宗、拜孔子，闹得很不好看。现如今，除了在宫中供奉的，今上恨不得将所有洋人都赶出中国去。先生就安心做个好医生，也是一件大功德。"汤普照苦笑道："我要行医，何必万里迢迢来中国呢？哪里没有病人呢？我就是为了将天主的恩德传到中国来，救这里的穷苦百姓。"

乔陈如正色道："汤兄，这话可差了，我们中国的百姓哪里穷苦了？需要你们来救？"他转头问陶铭心："陶先生说说，咱们大清国需要洋人来救么？"

陶铭心微笑不语。又问任弗届，任弗届阴阳怪气地："当然需要，咱们疆域太广大，物产太丰饶，皇上太圣明，百姓太富足，洋人不来救的话，全都乐呵死了！"

乔陈如大笑，举手不让汤普照辩解，继续说："汤兄若会行医懂天文历法，我可以举荐老兄去北京，在太医院、钦天监任个职，讨万岁爷欢喜了，兴许会让你们传教。全天下，只有万岁爷说话顶事儿，别的官，任你多大，都只是奴才，听令办事儿。"

任弗届噌的一下站起来，把小辫子往背后一甩，因为胳膊骤然抬起，一股狐臭轰地袭散开来，如一条无形的鞭子，打得余人猛地往后一仰。他喷着唾沫星子道："要我说，西洋的玩意儿全是狗臭屁！我中国文物制度传承几千年，尽善尽美，至深至大，用得着你们红毛子天主来指手画脚？高兴了，让你们受一些恩泽；不高兴了，一顿大板子，滚回山洞里茹毛饮血去！"

乔陈如大为震惊，连忙打圆场："任先生不是要去赶船么？"让仆人取来五十两银子，"乔某一点心意，不成敬意。"任弗届从怀里掏出一个布褡裢，抖搂开了，将银子哗啦啦倒进去，往肩上一甩，一拱手："多谢乔老爷，就此别过！"瞪了汤普照一眼，恨恨地去了，乔陈如跟在后面送。

陶铭心拍拍汤普照的胳膊："汤先生不要介意，那人是条老疯狗。"汤普照笑道："不要紧，我听过更难听的。"乔陈如回来坐定，连连摇头："老任今天怎么了，这样荒唐。"也安慰了汤普照几句。汤普照垂着头沉默了会儿，突然道："四书五经我也研读过，不过是为人处世的警诫，我看并不如天主的宣示深刻动人。贵国的读书人都被这些经典框住了，精神如一潭死水，毫无生气。我实在不懂为什么不让我们的教义流行起来，给这潭里来些活水。"

陶铭心刚才还对汤普照有些同情，听到他这番话，立刻红了脸："汤先生，我不知道你跟谁学的四书五经，不过是为人处世的警诫？要这么着，孔孟的书还不如街头叫花子唱的莲花落来得有用。诚然，你说一潭死水，是有些，那是因为科考风气，真正有风骨的中国士人你还没见过，他们可不是死水，他们的精神如洪流，如海浪，一刻也不曾死气沉沉！"乔陈如拍手笑道："陶先生这番宏论，可谓精当！"

这时，阿难跑上来："爹，祇园寺的月清大和尚来了。"乔陈如连忙起身："两位稍待，我去迎客。"留下陶铭心和汤普照，颇有些尴尬地对坐。静了会儿，汤普照轻声道："我自学的四书，用的利玛窦翻译的本子。"陶铭心摇头笑叹："看翻译的本子？怪不得。"汤普照搓搓手："古文过于艰深，我学力还不济。"

乔陈如和月清和尚进来，互相介绍了。月清长得高壮雄健，五官也挺括，眼大鼻子大，笑起来，牙齿也大，如驴马的，一颗顶别人两三颗。陶铭心见过他几次，他住持的祇园寺在藏鼎山脚下，离此十来里路，偶尔来乔宅做客。月清跟汤普照客气了几句，冷不丁地道："听说，汤先生在城里常和僧道辩论，说我们佛教是掩耳盗铃之法，今日遇到，正好请教，佛教到底怎样一个掩耳盗铃法？"陶铭心暗笑，汤普照今天不顺，先被任弗届辱骂，再被自己戗，眼下又被和尚缠上。

汤普照到底是西洋人，自小受过辩论的教育，不顾人情世故这一套，直接道："贵教说世间万物都是虚伪幻象，这么着，何必努力做事业？反正最后都是个虚无。又何必思索？反正连自己都是镜里的花，水中的月。教人行善是没错，但什么宗教不教人行善呢？也不见什么特别之处。一面是虚无八苦，一面又劝人布施，可不是掩耳盗铃么？"月清冷笑道："我先不反驳，先生且说说你们的西洋教高明在何处？"

"我们的天主派下他的儿子耶稣来到人间，无条件地爱，无条件地原谅，任何恶人，不管会不会放下屠刀，都会得到天主的慈爱，不分等级，不分国界。这是真正教人奉献的教法，要人拿出最热情的爱对待别人，而不是将别人的爱拿过来受用。别人的父母兄弟姐妹，也是自己的父母兄弟姐妹，天下的信仰者都是一家。"

"听着倒也不错。"月清笑着点头，"只是，为何不信你们的教，以后就会入地狱呢？"他看看陶铭心，接着说："陶先生这样的儒士，我这样的和尚，不管生前再怎么做好事，只要不信你们的天主，死后就得在地狱受苦哩！这教义，可太霸道了些。"汤普照道："不信天主，宛如山谷中迷途的羔羊，没有牧羊人，能去往哪里呢？不信天主而做的好事，也是瞎子聋子做的好事，很可能有私欲，好事也变成坏事，必须要在天主的引领下前进，才能见到光明。所以不信天主，到底会下地狱，信天主，才会升上天堂。"

陶铭心平静地问："如此，我有一点不明白：孔孟的时候，贵教可有了？孔孟不知道天主，自然也不信天主，那他们如今是在地狱还是天堂？"

月清笑道："是了，我们释迦牟尼老祖，又在哪里？"

汤普照铁青着脸不说话了，他想说，但不敢说，说出来，不仅在乔陈如家待不下去，在苏州、在中国，也难待下去了——历代传教士都遇到过这样的诘问，来中国前，耶稣会的教宗就叮嘱他，遇到这种问题，应对的办法只有一个：避而不答，这个没法答。

看汤普照词穷，月清得意地笑了，对乔陈如道："今天找老檀越，还是刻经的事，经文我都注解好了，需找几个手艺好的匠人刻版，少不得还要老檀越操心。"乔陈如道："好说，我明日就去城里办这事。"月清起身，对陶、汤拱拱手，飘然去了。

又聊了会儿，忽然听见有人啼哭，乔陈如不快道："好端端的，家里谁在哭泣？好不丧气！"管家跑上来说："是卖炭的老吴头，来咱们家求一两金子，我哪有金子给他，他就哭了起来。"乔陈如皱眉道："他要金子做什么？叫他进来说。"

老吴头哭哭啼啼地进来，给乔陈如磕了头。乔陈如问："你家断炊了？来找我打抽丰？"老吴头道："回老爷，小人儿子一大早中了邪，挺在床上打摆子，吐白沫。请了罗道士来，说是给妖魔上了身，跳了神，施了法，还是不行，眼看就要死了。罗道士说得用一两金子，磨成粉，混着鸡血喝了才有救。小人家里哪来的金子，所以来老爷府上求。小人就这一个儿子，求老爷救命！"

乔陈如皱眉道："你儿子病了，不找大夫，找罗光棍？金子我有，但听你说的，老罗明显是骗财了。"扭头问汤普照，"汤兄，你听着，这是个什么病症？"汤普照道："光听没用，得看看才知道。"乔陈如问："先生愿意帮他瞧瞧么？"汤普照点头："当然。"乔陈如站起来："老吴，你带路，我们去看看你儿子。"

陶铭心本欲告辞，却被阿难缠着一起去，众人跟着老吴头来到村东的家中。老吴的儿子躺在一张门板上，停在院子里，罗光棍穿着一身脏兮兮的道袍，一手举着桃木剑，一手摇着铜铎，绕着他跳来跳去。老吴的亲邻紧张兮兮地看着，只听罗光棍嘴里唱道："都天大雷公，霹雳震虚空。神兵千万万，来降此坛中。敢有违令者，雷公敕不容。吾奉太上老君急急如律令，敕！"

见老吴回来，罗光棍停下来问："金子呢？"老吴头道："罗道长先歇歇，让这位洋大夫看看。"罗光棍气急败坏，指着老吴头骂了几句，又啪地往汤普照脚下啰了口浓痰："红毛儿×养的，有金刚钻么就揽瓷器活儿！"掇了条板凳，气鼓鼓地坐下了。

汤普照提着药箱走上前，只见老吴儿子脸色蜡黄，双眼充血，嘴唇咬破了，一下巴血，龇着牙呜呜乱叫，被绑着的四肢疯狂地挣扎，晃得门板咯吱咯吱响。汤普照把耳朵贴在那孩子的肚皮上听了会儿，对乔陈如道："确实是中了邪，西洋也有这样的。"乔陈如问："那在你们西洋要怎么治呢？"汤普照道："得先知道中了什么邪，谁上了他的身。"

问老吴头，老吴头不知，他的家人也都不知。阿难插嘴道："前天我经过村南的黄金坑，瞧见你儿子几个人在坑边玩儿，用石头砸坑里一个死孩子，你儿子砸得最欢，估计被那个死孩子咒上了。"老吴头一拍脑门："是有这么回事，我还为这打了他一顿。"汤普照纳闷道："黄金坑？死孩子？"阿难道："就是个大粪坑，常有人往里面扔孩子，都是女娃娃。"乔陈如呵斥："就你多嘴！"

"原来如此。"汤普照点点头，从药箱里拿出一瓶红色的药水，又取出几片小面饼，齐齐摆在桌上，再从怀里掏出十字架，刮痧一般，在老吴儿子的身上蹭来蹭去，用西洋话大声念些什么。老吴儿子被针扎似的，依旧剧烈颤抖，从嘴角里流出一股股涎水。汤普照念经的声音越来越大，用十字架一下一下戳在老吴儿子的眉心。终于念完了，汤普照回过身，看桌上的药水和面饼不见了，惊呼道："谁拿了我的圣物？"众人都说没看到，汤普照往角落里一看，罗光棍正吃着面饼，一口喝了红药水。

汤普照又惊又怒："你好大的胆子！"罗光棍擦了把嘴："这药水儿是葡萄酒，这饼是馄饨皮。"汤普照急道："那不是葡萄酒，是耶稣的血；那也不是馄饨皮，是耶稣的肉呀！"罗光棍冷笑："是你娘的血！你娘的肉！还唬起我来了！"

汤普照急得快要哭出来，乔陈如看不过，给了几块银子，让老吴头将罗光棍打发走了。陶铭心问："那两样东西很要紧吗？"汤普照道："那死孩子的恶灵已经示弱了，用耶稣的血和肉可以将他赶走。"陶铭心皱眉道："真的是你们耶稣的血和肉？"汤普照摊摊手："唉，葡萄酒和面饼都被主教加持过的，可不就是真的！"

汤普照又让人取来普通的黄酒和一块饭团，对着酒饭一通祈祷，而后将饭团塞入老吴儿子的嘴巴里，用黄酒洒遍他的全身，又用十字架在他身上戳了戳。很快，老吴儿子干呕了几下，不再颤抖了。再揉了揉他的太阳穴，老吴儿子慢慢坐了起来，吞下口里的饭，眼神也有了光，看着众人道："干吗呢你们？"

老吴夫妻高兴得老泪纵横，对着汤普照咣咣磕头，汤普照扶起他们："不是我救的你儿子，是耶稣救的。"老吴哭着说："多谢你们的耶稣，我会给他烧香。"汤普照对众人道："你们见识了我主的神力，想信仰我主的，来苏州城找我，我传授你们真正的教义。"

这时，罗光棍扒在墙头上大笑："你们别信他的洋屁！这孩子不过发了羊角风，他用那破十字架点了点穴位，黄酒也被他掺了药粉，安神定气，所以才好了。"老吴喊道："那你怎么没治好？"罗光棍呸了一声："非要老子说破么？不赚点银子，我肯让他好？"他用桃木剑指着汤普照："洋鬼子，你真行，比老子还能唬人哪！"汤普照不屑地瞥了他一眼："无耻之徒。"乔陈如和陶铭心相视一笑。

汤普照不收医金，老吴头整治了酒饭，众人吃了一回。黄昏时，汤普照告辞，乔陈如和陶铭心送他到村口。汤普照一拍脑门："差点忘了，正好陶先生也在，有件私事要求二位。"乔陈如道："传教的事帮不上，别的，乔某定竭力而为。"

汤普照道："我在澳门时，有一对同乡的朋友夫妇，先后生病死了，留下一个儿子，叫保禄，如今九岁。我一直带在身边，教他一些西洋的学问，但我有心让他学一学中国的经典，这就非我能教了。所以想问问乔先生，等过了年，能否让保禄做令郎的伴读，随陶先生念书——他中国话很好的。"

乔陈如笑道："我还以为什么事，让他来就是了，往来不方便，就住在我这里。陶先生意下如何？"陶铭心道："一个是教，两个也是教，让他来罢。"

第4章 杀人卦

　　乔陈如一大早接到什么消息，匆匆去城里干事。阿难听说今天要来一个洋孩子给他做伴读，高兴得手舞足蹈，也没心思听课，催管家去村口迎接，又要人准备茶点，还拿出自己珍藏的一套文房四宝准备给这个保禄使用。陶铭心训了他几句，才安生了些。快中午了，保禄还没来，阿难焦躁，让管家派顶轿子去城里接。

　　正说着，本村保正扈老三领着汤普照和保禄来了。陶铭心和阿难好奇地打量保禄，瘦瘦高高的，土黄色的头发，蓝眼珠亮得如雨后晴空一般，长而浓密的眼睫毛跟茅草屋檐儿似的，皮肤白得如纸，嘴角带着羞涩的笑，十足像个小姑娘。他先上来给陶铭心跪下行礼："学生保禄，见过陶先生。"

　　陶铭心见他举止有礼，长得又文秀，大为喜爱，连忙扶起他："好孩子，不必多礼。"拉过阿难和他见了，"这是阿难，以后你们一起跟我学习。"保禄有模有样地作了个揖："见过乔公子。"阿难还了礼，亲切地拉住他的手："什么公子不公子的，咱们差不多大，以后直接叫名字。"

　　汤普照擦汗道："一大早就出门了，在城门被盘问了半天，在村口又被盘问，到处都是官兵，也不知道怎么了。幸亏遇到了扈老爹，把我们带了过来。"陶铭心问扈老三："发生什么事了？"扈老三低声道："陶相公不知道，出了件大事！" 原来昨晚在附近的藏鼎山上，一队押运官银的士兵遭到埋伏，全部被杀，好几万两银子被抢去。有猎户清晨上山打猎时发现了，赶紧报了官，衙门派出大量官兵在这一带搜捕匪盗。扈老三还说："听说啊，那些官兵死得好惨，胳膊和腿都被砍下来了！"陶铭心愕然道："砍下人的肢体？真是丧尽天良。"

送走扈老三和汤普照，陶铭心给阿难和保禄上课。保禄不仅中国话说得好，毛笔字写得也端正，他说自学过《论语》和《易经》，让陶铭心该怎么讲就怎么讲，课业上不必迁就他。陶铭心讲了《滕文公》一节，问他俩："有哪句不懂的？"

阿难撇着嘴："一句都不懂。"问保禄，保禄也摇摇头。陶铭心无奈地笑道："那我一句一句解释。"阿难摆摆手："那得讲到什么时候，先生就讲讲'持其志，勿暴其气'这句罢。"他翻着书，"朱圣人解释的这些我也看不懂，什么心啊气啊的。"陶铭心细细讲解了一番，又道："读书，要先认字，认字不是光要会念，还要会解，比如这个志字，上士下心，士之心则为志。圣人十五志于学，就是以学为志。阿难，保禄，你俩可立下志向没有？"

阿难当先道："我啊？我没什么志，以后做什么呢？伤脑筋，做官倒很威风，但要做官得先考试，我不想考试，这八股文章，我光看看就头昏。"保禄想了想说："我的志向是弄懂天底下的一切学问。除了孔孟的道理，我还想知道别的，比如太阳为什么从东方起从西方落，月亮为什么有时候圆有时候缺，为什么马车的轮子一定是圆的，等等等等，我都想弄明白。"

阿难惊讶道："我的娘，你怎么可能学得完？"保禄笑道："尽我所能罢了。"陶铭心赞许道："有志于学，这是好事，但也不要杂而不精，最要紧的是圣人学问。"

黄昏时下了课，陶铭心正要回家，乔陈如回来了，留他吃晚饭。刚坐下，管家说长洲县知县来访，陶铭心起身告退，乔陈如道："先生不是外人，不必回避。"知县进来恭恭敬敬地行了礼，乔陈如正眼都不瞧他，依旧吃自己的饭。陶铭心知道乔陈如做过京官，因为厌倦宦场辞官回乡，也知道他与江苏本地的官员来往密切，但知县是父母官，他如今是百姓，竟如此倨傲，实在匪夷所思。

知县战战兢兢地站在旁边，不住用袖子擦汗，乔陈如仍旧不理他，反让陶铭心很是局促，起身给知县让座。乔陈如道："先生不必跟一条狗客气，狗也不会坐。"他用筷子夹起一块肉，往身后一甩，微笑道："狗么，只配在地上蹲着。"

接下来的一幕让陶铭心更加惊惶了——那知县扑通跪在地上，用嘴叼起那块肉，囫囵咽了，使劲磕了几个头，哭道："乔大人恕罪！乔大人救命！"接连喊了十来声，乔陈如才开口："我可以恕你的罪，又不是你抢了银子，但你的命，我可救不得。"

那知县哭道："抚台大人命卑职十天内破案，否则革职论罪，这样的大案，十天的期限实在太紧。卑职不求别的，只求乔大人跟抚台说说情，给卑职宽些时日。大人损失的银子，卑职愿倾家荡产赔付。"乔陈如冷笑道："你还真是糊涂。我稀罕你的钱？你手下死了十个官差，你不急这个，倒急银子？十天的期限不短了，也该让你忙一忙。十天后，你拿不到强盗，后果如何，自己掂量去吧！"

等知县哭啼啼去后，陶铭心问："是为藏鼎山的案子？"乔陈如点头道："看来这案子已经传开了。这帮强盗太猖狂，十名官差，一个没活，全割了脖子，连个全尸都没有。有的被砍了胳膊，有的被砍了腿，还跟挑衅似的，把这些胳膊腿整整齐齐摆在一块儿，真是没人性的畜生！早上巡抚大人邀我去商议这案子，说可能是本地百姓干的，熟悉藏鼎山地形，提早设下了埋伏。谁能想到呢？苏州如此秀气的地方，竟会发生这种事。"

听刚才知县的话，遭抢的那笔银子是乔陈如的，也不好问，乔陈如却主动提起："祖上留下了不少田产，这几年收成不错，我变卖了三万两银子，捐给海宁那边造堤，也算给朝廷分分忧。这笔银子由长洲县派公差押送，没想到却被盗匪抢了。"陶铭心暗暗咂舌——三万两银子，乔陈如说得云淡风轻，没想到他竟如此阔绰，安慰了他几句，乔陈如道："银子先不管，这案子太蹊跷。"他从袖子里拿出一张纸，递给陶铭心："这是仵作验尸的报单，先生帮我参详参详。我弄不明白一件事——那些强盗，为何把官兵肢解了，还把残肢摆起来？这里头似乎有什么玄机，但我参不透。"

陶铭心接过报单，上面写着案发现场的简要情况，尸首数量及伤痕等，着重提及：尸体十具，两具各砍去一条大腿，其余八具，各砍去一条胳膊。残肢列于地上，拼成两个"川"字形。这个仵作记录得极为详细，还写下了两个"川"字的构成：一川，左为一大腿，中间为两臂竖置接成，右为一大腿。另一川，三竖皆为两臂接成。

陶铭心皱眉道："'川'字？为什么要摆成这个字？"乔陈如捻着胡须摇头："我也不明白，难道是那些强盗随意摆着玩的？儿童游戏一般？但我觉得又不像，先生你想，于情于理，他们杀了官差，抢了官银，本应速速逃走才是，为何要费时费力地砍下官兵肢体，摆成个形状？这其中必定有说道。或许，参透了这两个'川'字，就能知道强盗的身份——但这也说不通，强盗为什么要留下这个哑谜呢？哎呀呀，真是一团糨糊。"

陶铭心命人取来笔墨，在纸上画了两个"川"字，直盯盯地看了好久，百思不得其解。这时，一阵穿堂风吹进来，把那张纸吹落在地。陶铭心弯腰捡纸的刹那，忽然大叫了一声，吓了乔陈如一跳："先生看出什么了？"陶铭心并不答言，对照仵作的记录又想了会儿，抚掌大笑道："我明白了！"乔陈如忙问："怎么个说法？"

陶铭心喝了一口茶，笑着把那张纸推到乔陈如面前。乔陈如纳罕道："还是两个'川'字呀。"陶铭心轻轻把纸张一掉转："这么看。"

乔陈如一瞧，成了两个"三"字，还是不解："两个'三'，又是什么意思？"陶铭心微笑道："老先生细看，这不是'川'，也不是'三'，而是卦象！"乔陈如睁大了眼睛："卦象？"陶铭心解释道："两条胳膊一组，是阴爻，一条大腿，是阳爻。"乔陈如兴奋起来，看着那图形念叨："初九，六二，九三，六四，六五，上六——啊，是明夷卦！"

陶铭心点头道："易经第三十六卦，明夷。这图形本来要上下看的，仵作却是左右看的，又没弄明白胳膊和腿的寓意，所以记成了两个'川'字。"乔陈如咽了口唾沫："糟糕，我知道是谁干的了。"这下轮到陶铭心纳闷了："谁？"

乔陈如站了起来，在房中不安地徘徊："想不到他们竟然来江南了……"定了定神，他解释道："是八卦教。"陶铭心听说过这个教名，只是入清以来，民间宗教林总复杂，教义也多淆混，他并不了解八卦教。乔陈如唤来管家宋大："上次为什么事来着，你提了一嘴八卦教，好像很熟似的，把你知道的都说说。"

宋大道："小人老家是山东曹县，好多乡民信教。听老人们说，这个八卦教兴起于明末清初，是一个叫李亭玉的折腾出来的。还有一说，是康熙初年，山东单县一个叫刘佐臣的创立的。哪个真哪个假也不知道，反正都讲什么弥勒再生、救人脱离苦海的鬼话，他们每年五次上供、每天三次烧香，拜太阳，念咒语，还有什么八字真言，小的也知道，叫'真空家乡，无生父母'，也不懂什么意思。最开始呢，这个教叫五荤道、收元教，也叫清水教，民间多称八卦教，叫法很乱。山东乡里人，小一半儿都信。这个教上头是教主，底下按卦象分为八个卦派，每个卦派还有什么卦长，向教徒收香火钱。小人离开家乡多年，也不知道现在如何了。老爷问这个做什么？"乔陈如道："没事，你下去罢。"

陶铭心叹道："真是瓦釜雷鸣！儒教式微，这些邪教便猖狂了。"乔陈如恨道："前阵子和官场上的朋友闲话，说八卦教在山东、河南一带装神弄鬼，聚敛民财，无所不为。弄来了钱，就招募教众，打造兵器，对抗朝廷，和其他邪教一样，也打着反清复明的旗号。他们留下这个卦象，是告诉苏州人，八卦教来江南了。"说着，乔陈如又揣摩上了："可是，明夷的寓意是明入地中，他们反清复明的，怎么用了这么不吉利的一个卦？"

这话提醒了陶铭心，他又将那张纸掉换了个儿："这卦上下颠倒覆过来，明夷卦就成了晋卦。晋卦，象辞说，明出地上，顺而丽乎大明。"乔陈如击掌道："原来如此！彻底解了！他们摆的卦不是明夷，而是晋卦，是宣扬大明将出！"他重重冷笑一声，"一帮刁恶狗贼！痴心妄想！"

陶铭心听说八卦教是反清复明的，内心有些波动。他是大明遗老之后，知道大清对中国犯下的罪恶，复明，也是他心底最深远的愿望。这帮八卦教教徒杀人夺财，若是为了反清的大业，似乎也没那么可恶。

"先生觉得呢？"乔陈如打断陶铭心的胡思乱想。"哦？什么？"他问。乔陈如笑道："我是问先生对这帮恶贼怎么看，对国朝怎么看。"陶铭心听这话问得重大，也圆滑起来："这帮人自然是十恶不赦的凶徒，杀官兵，抢官银，在什么时候都是大罪。"乔陈如对他的回答很满意，笑道："今日多亏了先生，若非先生高才，这哑谜就解不开了。只是啊，猜破了这谜底，我反而不太开心。"

陶铭心问为何，乔陈如叹道："知道是八卦教干的，这银子就万无可能追回来了。我并非心疼银子，只是——要是寻常江洋大盗抢了银子，花天酒地去，那倒没什么，可是八卦教得了银子，定然会用来造反。如此，我岂不是成了国朝的罪人了？"陶铭心没有接他的话，兀自说："我不明白，他们为什么要故意留个哑谜呢？"

乔陈如道："很简单，他们这样做，一是为了挑衅官府；二是为了蛊惑百姓。跟陈胜吴广的篝火狐鸣是一个道理，造反前装神弄鬼的，怎么神秘怎么来，百姓多愚蠢，就信这种东西。所以，陶先生，此事不能对外说，若漏了风声，百姓传扬起来，就中了那些恶贼的下怀了。"

隔日一早，陶铭心在院子里做了套五禽操，出去例行散步。他习惯走到村南的城隍庙，绕两圈，再回来。家家门口都扫了地，泼了水，收拾得干干净净，墙头还插着香烛，迎接即将到来的迎神赛会。走到村南路口，发现西头好多人聚着，嘈嘈杂杂的，还有人痛哭。那边有个大粪坑，村民戏称为黄金坑，陶铭心嫌腌臜，轻易不往那边去的。有村民嚷着"死了人了"，都往那边跑，好奇心作祟，他也跟了过去。凑近了才知道，是住村北的一个叫张卯的木匠死了，家里去年请他打过一套板凳，手艺很说得过去。张卯的妻子张何氏在旁哭得死去活来，几个婆娘受到感染，也抹起了眼泪。

张卯的尸体停在黄金坑旁边，全身上下都是屎尿、烂树叶，白色的蛆虫在鼻孔里钻来钻去，两眼还睁着，嘴里有几片鸡毛，臭味儿如波涛般汹涌而来，陶铭心使劲捂住嘴巴才没吐出来。最可怕的是胸前的伤口，一尺多长，极深，翻着白色的骨头和红色的血肉，很明显，这是一击致命。

一个汉子在旁激动地演说，每新来一拨看热闹的，他就复述一遍。原来他早上从这里路过，见黄金坑里漂着一截黑黑长长的东西，他以为是条大蛇，想捞起来弄一张蛇皮，用棍子一搅，吓了个半死，那竟是一条辫子。他赶紧叫了人，用挠钩把人拖上来，认得是本村的张卯，早死透了。很快，扈老三带着城里的仵作来了，看了看尸体，说至少泡了一天了。问张何氏，张何氏说她丈夫两天没回家了，还以为他在哪里做活儿——他们木匠经常在主顾家住下打器具。仵作弄了辆骡车，把尸体运去衙门细验。村民议论纷纷，劝着哭哑了的张何氏回家去了。

接连出现命案，陶铭心心里很不自在，给阿难和保禄讲课时也心不在焉，早早放了学。回到家，七娘说村中风言风语，说张何氏和老吴的儿子吴狗儿有奸情，之前有人撞到过他俩幽会。"吴狗儿发羊角风那天，还有人看到张何氏急得哭哩。"七娘补充说。由此揣测，张卯的死，很可能是张何氏和吴狗儿合伙谋杀。吴狗儿是出了名的地痞，吃喝嫖赌无所不为，杀人，自然也不在话下。更要命的是，前天晚上，张家的邻居听到他两口子吵架，吵得挺厉害，这就更让村民怀疑了——早上张何氏哭丧，是猫哭耗子呢。

沉默了一会儿，陶铭心突然问："你记不记得，咱们家在南京时，我不是卖了一个丫鬟么？叫什么菱儿花儿的，两眉中间有颗痣，长得伶伶俐俐的。"七娘笑道："老爷怎么问起这个了？那孩子姓何，叫荷花，是太太给起的名字。老爷那时候脾气大，又爱干净，那孩子那天头一回来月事，弄脏了裙子，吓得直哭，老爷二话不说就把她给卖了。我记得太太为这事还跟老爷置气呢——问她做什么？"

陶铭心点头道："对，叫荷花。早上我见到那个张何氏了，瞧着她很像那个丫头，两眉中间也有颗痣，又姓何，算着年纪也差不多。"七娘道："两眉中间有痣的多着呢，也不好说就是一个人——是又怎样？这个张何氏是何家庄的，上头有个哥哥，也是木匠，她男人就是跟着她哥哥干活的。"说了一通，两人睡下。

张卯的案子一时难破，村民议论了几天，也就抛诸脑后了。到了三月三日，三棵柳村按旧俗办起迎神赛会。赛会最重要的仪式，就是祭拜村口的那三棵大柳树。按村民的说法，这三棵柳树是三位神明的化身：左边的是元始天尊，中间的是玉皇大帝，右边的则是释迦牟尼。每年的迎神赛会，除了请神游行、唱戏，还要一齐跪拜这三棵神柳。树干上裹着大红绸子，柳条上系满彩线，披红挂绿打扮得跟新媳妇似的，大大小小的香炉围成一个大圆圈，里面堆着村民的供品，腾腾的烟笼罩着柔柔的枝条，也是一番盛景。

两年前陶铭心第一次参加赛会时，跟扈老三建议："玉皇大帝和元始天尊都是道教的神仙，重复了，不如把玉皇大帝换成孔夫子，元始天尊和释迦牟尼分列左右，凑齐儒释道，这才对意思。"扈老三笑说："相公自己跟村民们说吧，我管不了这事。"陶铭心不屑和村民打交道，只好按下了这个念头。

今年的赛会更加隆重，苏州城内和附近村乡的百姓都来凑热闹，戏班子在村口搭了台子唱《单刀会》，卖吃食玩意儿的小贩挑着担子高声叫卖，儿童们乱跑乱撞，年轻的男女偷偷摸摸地拉手掐腰，乞丐偷供品，泼皮寻衅打架，老叟老太们只顾磕头拜神，熙熙攘攘，攘攘熙熙，踩得树周围的黄土夯夯实实的，竟发起了亮。

陶铭心给阿难和保禄放了假，今天可以自在一天。自从有了保禄伴读，阿难心情大好，两人脾气相投，天天腻在一起，以兄弟相称。这天吃过早饭，管家给阿难送了一袋碎银子："老爷给大爷的，让大爷今天出去逛，喜欢什么买什么。"阿难大喜，要拉保禄出去玩，保禄不愿意："你自己去罢，我懒得动。"阿难心思聪明，知道保禄是怕遭人嘲笑——他是西洋人的长相，金发碧眼的，和这里的人差异明显，走到哪里都招人围观，对着他指指点点。阿难拍着胸脯道："在家要憋死了！咱们去热闹热闹，你不要担心，有我在，没人敢欺负你。"

经不住阿难缠，保禄只好答应了。两人来到街上，看百姓抬着一只竹子编的长龙绕村游行，祈求今年风调雨顺。后面跟着土地神——一尊泥巴塑的干巴巴的小老头儿，百姓们跳来跳去，祈祷全村百姓身体安康。两人看了会儿众人祭拜三棵神柳，遇到陶铭心一家，和陶家三个女儿玩了会儿，又觉得无聊，到处瞎转，买了些芝麻糖，跑去西边看唱戏了。

这里不少孩童，见到保禄，轰地炸了窝，将他团团围住，看耍猴一样瞅着他。这个捅他屁股一下，那个揪他头发一下，做鬼脸骂道："红毛鬼子又来了！""他是黄毛，叫他黄毛怪！"有的要上去扒保禄的裤子："敢不敢打赌！他们洋鬼子没有鸡巴，用肚脐眼儿撒尿！"保禄又气又羞，握着拳头到处抡，找阿难，却没了影子，想逃，也逃不掉，急得满头大汗。

这时，阿难舞着一根长长的竹竿冲了过来，嘴里大骂："我 × 你们娘的 × ！"劈头盖脸地用竹竿一阵乱打，孩童们抱头鼠窜，有两个年纪大的抄起木棍反攻，阿难打折了竹竿，随手捡了块石头，砸破了一个大孩子的额头："小 × 养的畜生！欺负到你乔爷头上了！"大人们本来乐得瞧孩童们欺负保禄，见乔陈如的公子动了手，都上来三拳两脚地打那些村童："瞎眼的东西！还不快滚！"又给阿难拍尘土、抻衣服，"乔少爷不要和这些泥腿子一般见识，脏了自己的手。"

脑袋被打破的大孩子，就是老吴头的儿子吴狗儿，他是远近有名的泼皮，最是好勇斗狠，吃了阿难的亏，先是骂："你和洋崽子×屁股！"阿难也回骂："关你鸡巴事，你就是我×出来的哩，好儿子，回去找你娘吃奶去！"吴狗儿嘴笨，骂不过阿难，气冲冲地到处找兵器要打回去。大人们看他急了眼，纷纷劝他，也有好事的故意激他："狗儿，你平时跟别人横一横就算了，乔大公子是你惹得起的？"狗儿听了这话更气了，要回家拿刀来报仇，想砍死阿难，然后逃亡到江西，他有个娘舅在那里做米商。一边筹划，一边捂着头上的伤口疾跑，一不小心撞了个人，抬头一看，是扈老三。扈老三看簇新的袍子当胸沾了血，骂道："急着投胎呢！"一巴掌打得吴狗儿在地上滚了两圈。

吴狗儿自知打不过扈老三，忍着气爬起来，也不耐烦回自己家了，就近跑进了一户人家，偏巧是刚死了丈夫的张何氏家。狗儿冲去厨房里找菜刀，恰碰上张何氏在切菜煮饭，她见到狗儿一脸血地进来，吓得乱叫。狗儿上来抢菜刀，张何氏哪敢松手，惹急了狗儿，把张何氏揪小鸡儿一样摔在地上，夺了刀就跑，走得太急，绊在了门槛上，扑通栽倒在地，菜刀飞出去老远。等爬起来，狗儿突然捂着胸口哎哟哎哟地叫了两声，再次栽倒，全身抽搐了几下，从七窍里流出黑血来，腿一蹬，呜呼死了。

张何氏吓得没了魂儿，号啕大哭，惊动了邻居，很快就传遍了全村，赛会也不看了，都来张家看死人。老吴夫妇也从街上赶了过来，见儿子死了，以为是张何氏打杀的，鬼哭狼号地要和她拼命。张何氏哭着解释原委，老吴夫妇根本不听，村民也说："青天白日的，他怎么来你家？还死在了你家院子里，这里头必有隐情。"更有刻薄的说："看来传言没错了，你和狗儿肯定有点子什么。真是没天理了，你丈夫前脚儿刚死，后脚儿就招汉子来家，不怕遭报应！"张何氏辩解了几句，急得昏死过去。

扈老三也来了，心里慌张，打狗儿的那只手也隐隐疼了起来，问了一番，得知狗儿与张何氏冲突，不知怎么的，狗儿便死了。老吴头痛哭道："三爷，您老可得为我做主！我就这一个儿子，这个狐狸精——"他指着昏倒的张何氏，"杀死了我儿子！"扈老三挠头道："你儿子胳膊比她的腿还粗哩，她软绵绵的一个娘们家，怎么可能打死你儿子？"这时，一个狗儿的玩伴跳出来叫道："是乔阿难打杀的！头上那伤才是致死的！"

扈老三不敢擅作主张，赶紧去城中叫了县里的仵作过来。仵作查验了尸体，说头上的伤口不至于死，身上也无其他外伤，问狗儿可有什么疾病。一个邻居道："前阵子狗儿被鬼孩子上身了，好不容易才救了回来。"那仵作点头道："是了，鬼上身，最伤元气，他今天又气血大动，活活给急死了。"

老吴婆娘指着他大骂："什么狗屁话！哪有活活急死的人！我家狗儿之前也不是中邪，是羊角风！刚有人说了，乔陈如的儿子和狗儿打架，砸破了他的头，加上这个骚寡妇，不知用了什么手段，把我儿弄死了！你衙门里的人，最爱财主，定是收了乔陈如的好处，在这里打马虎眼！别以为我们穷人家好欺负，这事不能这么完，你先抓起来这个寡妇，再去抓乔阿难，我要他俩偿命！"

仵作怒道："你这婆娘，怎么信口胡言！你儿子刚死了多大工夫儿？老子从城里火急火燎地赶过来，来得及收谁的好处？你敢在衙门这么乱说，不拿拶子拶断你的手指头！臭婆娘，给你脸了！"扈老三劝着送他去了，又让人把张何氏抬到衙门收监，等待断案。

阿难听说狗儿暴死，吓得浑身冰冷，躲在家里发呆。保禄知道他为自己出头才惹下祸，又是感激又是愧疚，不住安慰他。阿难紧张得一杯杯喝茶，全身都汗透了。下午，乔陈如进来，问了一番早上的事，保禄代为详细地说了。乔陈如啐了阿难一口："瞧你这点出息！多大点事，吓成这样？你是死了老子吗？怕没人给你撑腰不成？给我打起精神来！"阿难哭丧着脸："爹，真是我杀的他吗？"乔陈如冷笑道："是又怎样？一条狗而已，死不足惜。"

老吴家向县衙门告了状，说狗儿是阿难和张何氏先后殴打致死，要他俩抵命。知县甚至都没传唤阿难，只根据仵作的证词，说狗儿死于"气血大崩"，阿难与之斗殴，虽非致死，也有激怒之责，判乔家出银三百两，葬送狗儿，抚恤双亲。至于张何氏，并无证据证明她和狗儿之死有关，也释放宁家。老吴婆娘不服，要继续告，被一顿板子打出来了。

阿难得知狗儿的官司已了，放松了一些，但心中深深愧疚，觉得狗儿的死和自己大有关联，哭了几次，又连连梦魇，梦见狗儿满身是血地来索命，日惊夜惧，很快病倒了。乔陈如请了城里的薛神医住在家中，寸步不离地照料。不巧阿难母亲也病着，动不得身，只能每天派人来询问病情。

这日，陶铭心和薛神医在堂上一起吃饭。薛神医道："阿难母亲的病也很怪，今年元宵节听到外面放炮仗，突然就昏倒了，醒来时，除了脸上能动，全身都瘫痪了，一丝儿动弹不得。我行医几十年，没遇到过这样的怪病。谁知前天我回城，去瞧乔夫人，身子竟然能动了，精神也比以前大好，真是奇了。只是母亲好了，儿子又遭难，乔家今年流年不利呀！"他左右看看，压低声音："乔家下人都说，这是报应。乔老爷不知道做过什么亏心事，不然他天天念佛吃斋做什么？那是忏悔呢！"陶铭心慢慢嚼着米饭，咯嘣一声，吐出一块小石子，心里也不痛快起来。

乔陈如委托扈老三去给吴家送赔金，老吴夫妇看到三百两白花花的银子，气也消了大半。老吴头感激扈老三跑前跑后，塞给他一块碎银子做人情。离了吴家，扈老三不经意间发现，老吴给的碎银子不对劲，能看出来是一块元宝的边角，上面隐约有一个"乾"字。平常小户人家多用铜钱，即便有银子，也是些稀碎银块，很少有整个儿的银锭。扈老三想起藏鼎山官兵被杀的案子，丢失了三万两官银，知道此事重大，连忙去禀告乔陈如。

乔陈如拿着那块碎银子看了看，冷笑一声："明显是五十两一个的银元宝上凿下来的，这个'乾'字，就是银子上乾隆的年号，这肯定是官银。"他立刻传信长洲知县，派官差去吴家搜查。一搜，果然在老吴家的米瓮里找出七锭整个儿的银元宝，足足三百五十两，还有一个已凿成碎银了。更不得了的是，在狗儿的床下，发现了一把开山刀，上有干透的血迹，此外还有一个绿绸子荷包，里面是一条红手帕，上绣花鸟，还有一只三寸绣鞋，明显是妇人赠的信物了。

公差立刻将老吴夫妇抓起来，还没上刑，老吴就招了。说这银子是几天前的一个深夜，吴狗儿带回来的，说是赌博赢的，要爹娘给他娶媳妇用。狗儿叮嘱他们要使用时就凿成碎银，不然太过招摇。老吴夫妇本就愚昧，眼见这么多银子，高兴还来不及，也未多问。知县派人把银元宝送到乔家，乔陈如传话，让知县放了老吴夫妇，不知情者不罪。

与此同时，知县派出捕快大肆搜捕平时和吴狗儿厮混的泼皮无赖，施以重刑，当堂打死了两个，其余的吓破了胆，乖乖认罪，承认随吴狗儿在藏鼎山抢劫官银并杀死官兵，只求速死。此时，距案发正好十天，知县欢喜地禀复乔陈如。乔陈如自然不相信这些人是凶犯，但八卦教神出鬼没，一时也难捕获，只得暂时默认了。

紧接着，知县提审张何氏，她见到荷包等物，立刻红了脸，转瞬又大哭起来。问了半天她才说，手帕和绣鞋是她给丈夫的私物。张卯做木匠，走乡跨县地讨生活，常常十天半月不着家，张何氏就做了这个荷包给他佩戴，以慰思念。知县冷笑道："按说你们小夫小妻的，有这种事也没什么。但既然是给你丈夫的，如何又到了狗儿的床下？据本官暗访，村里早有传言说你和狗儿私通，如今物证有了，你再狡辩也没用！"张何氏哭诉，狗儿为人轻浮，在外造谣与自己有染，村民也如此信了，实则他俩并无瓜葛，"我跟我男人说过，他老实，不敢惹狗儿，就让我轻易不要出门。青天大老爷做主，我清清白白，都是狗儿和村民造谣！"

知县对张何氏的说辞并不买账，坚称是她与吴狗儿合谋杀死亲夫——狗儿的那把开山刀，与张卯尸体的伤痕吻合，至于狗儿如何死在张家，暂时不明，等待蒸骨验尸，再做决断。知县还说，狗儿既然有失盗的官银，必然是八卦教同党，张何氏也有为奸夫藏赃的嫌疑，派人去张家搜查，并未搜出官银。对张何氏上了拶刑和夹棍，问她官银下落，张何氏坚称不知，实在熬不过，只得认了谋杀亲夫的罪名。知县将供词叠成文案递上去，很快断了张何氏斩刑。

消息传回村子，陶铭心大怒："什么糊涂狗官，这么断案！"七娘道："老爷也先别骂官呢，人的心，海底针，别人家的事咱们也不知道。那个张何氏，人年轻，长得也有几分姿色，说不准真是个狐狸媚子哩。"陶铭心骂道："你也是好人家出身，怎么净说些混账话！让孩子们听到成什么体统？你以后少跟村里的长舌妇来往！"七娘不服道："我知道老爷为什么同情这娘们儿，无非是当年卖了她，心里过意不去。我打听了，她十多年前确实在南京生活过，当过大户人家的丫鬟，八九不离十，就是咱们家的荷花了。"

陶铭心脸上有些不自在："哪怕没这一茬，我也同情她的遭遇，一个妇人家，被污蔑成通奸杀夫，这比窦娥还冤。"七娘冷笑道："我还没说完呢，都说出来怕不好听。老爷这么想救她，心里怎么想的，我全知道。"陶铭心皱起眉头："你这话奇怪了，我怎么想的？你说说。"七娘拧着脖子道："无非是她长得像太太，如今又是寡妇，老爷想救了她，再娶了她生儿子呢！当年太太喜欢她，就因为她长得像自个儿，老爷肯定也这么觉得。"陶铭心摇头笑道："老袁啊老袁，你可真是糊涂！随你怎么想吧，我反正要救她。"

第 5 章　铜烟锅与荷包

这天，陶铭心来看望阿难，他的病越发重了，全身冒虚汗，不停说胡话。陶铭心来到书房见乔陈如："张卯和吴狗儿的案子实在蹊跷，那个张何氏，怕是冤枉的。老先生在衙门里有人情，或许可以再审一审。"乔陈如微笑道："这是衙门的事，咱们不在其位不谋其政吧。"陶铭心又说："先不说张何氏，阿难的病是惊悸所致，他一直以为是自己杀死了狗儿，若不查清楚狗儿暴死的真相，阿难的病也好不了。"乔陈如很淡然："先生不要操心了。人各有命，阿难——会好起来的。"

单独给保禄上了会儿课，保禄总走神，陶铭心用戒尺打了他手心一顿。保禄搓着火烫的手心，看看四周没人，低声道："先生，我刚才走神，是犹豫要不要告诉您一件事。"陶铭心问什么事。保禄道："我知道是谁杀了那个木匠张卯。"陶铭心惊讶道："你怎么知道？是谁杀的？"保禄道："具体是谁我也不知道，但一定是抢官银那帮强盗。"

乔陈如和陶铭心揣摩卦象那晚，阿难在外头偷偷听了会儿，得知自家捐的银子被抢了，强盗还杀了官兵，很是愤慨。他平日爱读《包公案》《狄公案》一类的小说，便跃跃欲试起来。和保禄商量，两人正是少年，心气儿高，生性又是爱动的，竟想私下调查此案。起了个大早，两人悄悄溜出家门，步行来到藏鼎山。案情早传开了，案发地是半山腰的拐角处，山路过了这个弯，就可以绕下去了。

两人来到案发地，还能看到地上大片红殷殷的血迹。两人猫着腰到处看，想找到什么蛛丝马迹。公差已经打扫收拾过了，找了好久，什么也没发现。保禄看了看附近的地形，指着一片小树林说："到林子里看看，那里适合强盗埋伏，也许有些什么线索。"两人又到林子里转悠，忽然，保禄叫了起来——他发现一棵砍到一半的树，斧头还凿在树干上，树根下有一只布袋，里面装着一把手锯，还有凿子、干荷叶包着的饭团等物。

　　阿难捏捏那饭团，已经干透了："肯定不是今天的，不过也不久，还没馊呢。"又认了认周围的树木，"我爹说过，官府把藏鼎山上的树都划给了祇园寺做香火树，百姓不得砍伐，这些黄杨树，都是给寺里做雕像的。白天有和尚在山下的路口守着，就怕人偷木头，不过还是有好多人趁夜里来砍树。"保禄把那柄斧头拔下来，指着斧柄道："瞧，上面有个字，看不清楚。"阿难吐了口唾沫，用袖子擦去泥垢，看清了，是个歪歪扭扭的"张"字。保禄道："这是个张姓的木匠。汤老叔找木匠打过家具，我还跟着学了学手艺，他们木匠平时一起干活，为了不把家伙弄混，都在斧头上面刻着自己的姓。"

　　阿难蹲在树后，望着案发的那个拐角："保禄，你瞧，这里离那边不过几十步，特别适合打埋伏——莫非，是这个张木匠打劫的？"保禄摇摇头："一个木匠，哪有本事打劫官兵？"阿难道："肯定还有同伙，估计也是木匠。不过，要是他们干的，为什么留下这些家伙事儿呢？"

　　保禄在旁边转了转，看了看山坡，拍手笑起来："阿难，快瞧！"此时正是初春时节，满山披绿，山坡上长满了嫩茸茸的青草，一道鲜明的划痕，如一条绸带，从高往低顺延下去。阿难欣喜道："有人从这里滑了下去？"保禄皱眉思索，阿难一拍脑门："保禄，我知道了！这个张木匠，不是强盗，而是目击者。那天晚上，他来山上偷偷砍树，无意间看到了强盗行凶，肯定吓坏了，从这里滑下去逃命——这些工具，就是那晚匆匆留下的。案子是前天深夜发生的，昨天一早，官兵就封锁了藏鼎山，那个张木匠肯定也不敢回来取这些东西。"保禄频频点头："有道理。咱们下去看看，说不定有别的线索。"

　　收拾了木匠的工具，两人顺着山坡滑了下去。滑到底，是一片灌木丛，两人又仔细寻觅，阿难从灌木上提起一片灰布条："保禄！快瞧，这是一片衣裳！"保禄拿来看了看："像是裤子上的。继续找！"没多远，保禄又发现了一只铜烟锅，阿难激动得直蹦："这肯定也是那木匠丢的！咱们真查对了，原来有这么多线索呢！"

两人穿过灌木丛，一路来到山脚，却没有新发现。阿难看看日头："不早了，快回去吧，我爹和陶先生发现咱们不在家，又得挨训。"他们顺着一条土路回村子，走了一截，保禄又在路边发现了一只脏兮兮的布鞋。阿难揣摩："莫非也是那个木匠掉的？"保禄皱眉道："很有可能。这里离山有一截了，路又硬，光脚走路很难受的。他掉了鞋也不捡，肯定很慌张，莫非，是强盗发现了他，在后面追他？强盗发现有目击者，肯定要灭口的。"阿难笑道："嘻，也许是咱们想多了，一只破鞋而已，路边常见的。"

这条小路通向村南口，两人刚进村，就发现一帮人在黄金坑那边聚着。听到有人喊死人了，两人面面相觑，几乎同时想到了什么，连忙奔过去，发现是本村的木匠张卯死了。看尸体身上的衣服，和那片布一样的料子，脚上仅剩的一只布鞋，与他们发现的那只也是一对儿。阿难震惊道："张木匠，原来是张卯。"保禄指着他胸口的伤："应该就是追张卯的强盗干的。他追了一路，追到这里，杀死了他。"两人正嘀咕着，发现陶铭心过来了，赶紧缩着脖子溜走了。

听保禄说完，陶铭心好久才缓过神来："你们两个……也真是少年有为。可是，这么重大的事，怎么现在才告诉我？乔老爷知道没有？"

保禄撇着嘴道："乔老爷不知道。本来发现张卯尸体那天我就想告诉先生的，阿难不让。一是怕先生和乔老爷责备；二是他查案子查上瘾了，说虽然知道张卯是藏鼎山抢银子的强盗杀的，但强盗是谁呢？他想把凶手揪出来，一总破了这两件大案，好逞威风。迎神赛会那天，他拉我出去，本来要去看赌钱的。阿难很聪明，他说那些强盗抢了银子，肯定会挥霍，他知道官银上有铭文，就想看看有没有赌徒用官银。谁知道那天发生了吴狗儿的事，阿难吓得神志不清。我也不好说什么，毕竟阿难是为我出头，才打了狗儿。我是来给阿难伴读的，吃乔家的，住乔家的，要是乔老爷知道我和阿难去查案，肯定会怪罪我。可如今张卯的妻子张何氏被断了死刑，我实在不好再隐瞒，就跟先生说了。"

陶铭心背着手在房间里走了几圈，沉吟道："问题是，现在官府认为吴狗儿是杀张卯的凶手，而且又在他家发现官银，认定了他是藏鼎山的强盗。这和你们的调查是一致的，还是救不了张何氏——官府说她和狗儿串通杀夫，串没串通不知道，可确实是狗儿杀的，这就说不清了。"保禄笑道："先生，张卯不是吴狗儿杀的。"陶铭心问："可有什么证据？"保禄从书架后面拿出来一样东西，陶铭心一看，是一只铜烟锅。

保禄道："我们在山坡下发现了这个烟锅，本以为是张卯的，后来打听了，张卯从来不抽烟——先生看这烟管，用了很久了，可见也不是新学的。如果不是张卯的，那就一定是追杀张卯的强盗掉下的，现在官府认为是狗儿杀了张卯，我也去问了老吴头——汤老叔上次治好了狗儿的病，老吴头现在信了天主，我问他也方便——他说狗儿不会抽烟。如此一来，说明杀张卯的肯定是另一个人。不管狗儿是不是强盗，但他至少没有杀张卯。"

陶铭心连连赞叹："保禄啊保禄，你真是聪明。那么，只要查清楚这烟锅是谁的，他就是凶手了——至少有很大的嫌疑。"保禄笑道："这烟锅的主人是谁，我们不确定，但有个怀疑的人。"迎神赛会那天，遇到狗儿前，保禄和阿难在街上闲逛，有挑着担子卖各样稀奇玩意儿的杂货郎，阿难瞅见担子里有烟锅和烟丝，好奇抽烟的滋味儿，拿起一只玩了玩，抽了一撮儿，呛得直咳嗽。这时，一个五大三粗的汉子也来买烟锅，那杂货郎认得他，问他以前的烟锅哪儿去了，那汉子说丢了。保禄和阿难立刻起了疑心，跟了他一段路，他买了些吃食去了张何氏家。他是张何氏的亲哥哥——何万林。

送了东西，何万林就走了。阿难和保禄打听了，这何万林是苏州有名的木匠，张卯——他妹夫，就跟着他讨生活。他们本想继续追查何万林，但随后保禄被狗儿等人欺负，阿难出头，发生了之后的一系列事，调查也就戛然而止了。

陶铭心问："你和阿难觉得，这个何万林可能杀了自己妹夫？"保禄像汤普照那样耸了耸肩："不好说，我们那天本来想查查藏鼎山出事那晚他在干什么，这不阿难就病倒了么。"陶铭心道："接下来，我查吧。"保禄笑道："我生怕先生骂我不务正业呢，没想到先生也要查。"陶铭心道："这是救人呢，若不弄清楚，张何氏把性命和名节就搭进去了。而且知道了张卯的事，也许对狗儿的事也有新了解，阿难的心病才能好。"

何万林住何家庄，离三棵柳村七八里路，陶铭心借了头驴，骑着去了。谎称要请何万林做活儿，跟村民打听到他家所在，敲了门，一个四十上下的婆娘开了门，是何万林的妻子。陶铭心说找何万林打几样家当，那婆娘说他一早就出去了，还没回来。无法，陶铭心只好离开。骑驴到了村口，迎面一个汉子，身形壮硕，叼着长长的铜烟锅，腰间插着斧头，手里提着木箱，迈着外八字步，裹着风走来。

陶铭心控住驴，试探地喊了句："何老大？"那人停下脚，瞅着陶铭心："你喊我？"陶铭心下了驴，拱拱手："我是三棵柳村的，想请何老大去家打些家伙。"何万林问："打什么？"陶铭心随口道："条桌板凳。"何万林摆摆手："这阵子忙，不得闲，下个月再说罢。"说完径自去了。

回去路上，陶铭心内急，左右都是稻田，一条斜插的小路上有几堵坍塌的土墙，似是荒废的什么庙，忙赶去，绕到墙后小解。刚整好衣衫，背后一个人冷笑："亏你还是读书人，竟然在关二爷跟前撒尿。"陶铭心忙回头，是何万林。他手里提着斧头，磨得锃亮的刃儿闪着寒光，眼神露出杀意。陶铭心不由往后退了一步，踩在自己的尿上，厌恶地叫了一声。他努力镇定下来，看到草堂里的泥塑关帝像，已经被风吹雨打得看不清面目，只有那柄木制的青龙偃月刀还直直地竖着——原来这里是关帝庙。

何万林往前逼了一步："你是乔陈如家的教书先生，姓陶的？"陶铭心不由恐慌："何老大，你我无冤无仇，你这是何意？"何万林冷笑道："你来找我，不是让我做活儿吧？"他把斧头在手里娴熟地转了一圈儿，继续道："最烦你们这些读书人，说话做事就喜欢绕弯子。有什么想问的，直接问，打你娘的条桌板凳！我妹夫年前刚给你家打了一套，莫非几个月就坏了？你编瞎话也要动动脑子。"陶铭心不敢言语，这样的情形，再问张卯的事，他肯定要杀人灭口的。

"陶铭心，家里一个老婆，三个闺女。你是乔阿难的老师，最近还收了个洋崽子，叫什么豹什么鹿的。我没说错吧？"何万林把斧头别在腰间，掏出烟锅抽了起来。陶铭心心里七上八下，紧绷着脸不说话。对别人一无所知，自己的底细却被摸得清清楚楚，眼下这情形，真是人为刀俎我为鱼肉了。

何万林继续道："阿难和那洋崽子在查藏鼎山杀官兵的案子，不知道怎么，怀疑到我头上了，你这是来刺探我的，对不对？"陶铭心愈发惊讶了，见何万林把话说开了，索性道："你很厉害，我没什么可辩解的。想灭口，就动手罢！"何万林大笑，拍了拍手："一个老秀才，还装硬汉。老陶，是死是活，你自己说了算——你想问什么，我可以告诉你，但你要先回答我一个问题。"陶铭心疑道："你要问我什么？"

何万林看看天，太阳偏西了，忙整理了衣裳，把烟锅当香，冲西边跪下，磕了几个头，嘴里念着："愚门弟子，请圣帝老爷。金乌归巢，清气上升，浊气下降，原是一句无字真经。三头磕开天堂路，一炷信香到天宫。弟子迟学晚进，愚昧不明，求圣帝老爷照应，弟子给圣帝老爷磕头。"看他虔诚礼拜的样子，陶铭心吓得浑身冰冷——这种邪教徒最是可怖。何万林站起来，恢复了混不吝的样子："我问你，你本来姓张，是南京人，怎么来到三棵柳村，改姓陶了？"

陶铭心瞬间冒了汗，这个何万林简直神通广大，连自己改名换姓的事都知道，可听他的意思，并不清楚自己假死的事，若告诉他，那是亲手把要命的把柄送出去，可若不答他，怕也活不成。何万林看出他犹豫，笑道："你莫怕，我不是神仙。我妹子，以前在你家做丫鬟，本来好好的，说什么弄脏了你的地，就被你给贱卖了。我不忍心再让她做丫鬟，借钱赎了她，那天我瞧见你了，记住了你这张老脸。我就跟自己说：老何，好好干，以后争口气，再也不受这种王八财主的气。后来，我把妹子送回老家，嫁了人，我呢，继续在南京讨生活。有一天，听说你病死了，我还高兴呢。他娘的，怎么你到了这里？你起死回生了不成？"

听了何万林的解释，张何氏果然就是荷花，但陶铭心依旧心存提防，隐去细节，只说当年那场葬礼是欺骗官府的，自己化名来此躲避灾祸。何万林咂舌道："这么说，你得恨死乾隆老儿了？"陶铭心冷笑不言。何万林上前扳住他的肩膀，大笑道："他娘的，无生老母保佑！我不用杀你了，咱们是同道中人哩！"

何万林承认了，他表面上是木匠，私下里其实是八卦教震卦派教徒，藏鼎山杀官兵的案子，就是他和同伙做下的。至于陶铭心的底细——附近村乡所有财主、泼皮无赖、秀才的底细，他都门儿清。他们图财主的钱，所以提前得知了乔陈如要运银子的事，图无赖们能入伙，也图秀才肚子里的墨水儿——"梁山还有个吴用呢，自古以来，造反离不开读书人。我们也想拉拢些穷秀才，对世道不满的，怨恨皇帝的，来给我们出谋划策写写字儿什么的。"

也不待陶铭心追问，他详细说了整件事的经过。那晚，他们埋伏在山上的乱石后面，等官兵车辆经过，便冲出来偷袭，三下五除二杀了十个官兵。他们把官兵的胳膊腿卸了，拼成卦象，宣扬八卦教，吸引苏州一带的反清义士——陶铭心解的卦没错，乔陈如推测他们摆卦的目的也没错。

正忙活着，一个同伙突然发现树林里有人，他们干这种反逆大事，最怕有目击者，同伙冲过去，一刀把那人杀了。那人死前喊了两声，何万林正忙着摆卦，听这声音耳熟，连忙去树林中，在月光下一看，心凉了半截儿，死的人原来是自己的亲妹夫——张卯。看他身边的家当，显然是趁夜上山偷偷伐木的——他们干木匠的，常常有这种小勾当。

何万林痛惜不已，他和妹夫关系极热，张卯常跟着他揽活。他之前想把张卯拉入八卦教，但张卯为人憨厚，胆子也小，不愿意进这邪途，何万林也没逼迫他，谁知妹夫不走运，今夜上山伐木，偏偏遇到了他们打劫。他也怪不得同伙，遇到目击者，必须要灭口的。但他也后悔，要是他早点认出妹夫，拿自己的性命为他担保，也许同伙会饶了他。总之，张卯就这么成了冤死鬼。

同伙每人分了些银子，将剩余的都藏了起来，准备招兵买马，将来造反。他寻思，不能把妹夫的尸体扔在这里，若官府发现了，定会怀疑他是被官兵杀死的强盗。想了想，他决定把妹夫的尸体运回三棵柳村，好给妹子一个交代。死尸沉重，他背着吃力，不耐烦走下山的路，就从山坡上滑了下去，赶回三棵柳村，一路剐破了衣服，掉了鞋，他都没注意。

刚进村口，发现那头过来一个人，似是醉了酒，摇摇晃晃的，嘴里哼着小曲儿。何万林忙躲在暗处，等那人走近了，认了出来，是本地有名的泼皮吴狗儿。他想起来，妹子跟他抱怨过，吴狗儿当众调戏过她几次，到处宣扬和她有私情，气得妹子吃不下饭。张卯是个老实人，轻易不敢惹事的，他早想教训狗儿，只是忙于八卦教的活动，没空对付他。

刹那间，何万林起了个心思。他从腰间掏出一个小包袱——里面是几锭抢来的官银，悄悄往前面一扔。吴狗儿蹒跚地走过去，绊了一跤，骂了几句，提起来一摸，打开一看，高兴得乱跳，跪在地上对着夜空磕头："老天爷，您老真仗义！给咱发了笔横财！"抱着银子赶紧跑了。来到黄金坑边，何万林对张卯的尸体拜了拜："好兄弟，你死得冤，这也是命。既然死了，就再帮老哥办点事，也帮你媳妇出口恶气。"摘下了妹夫腰上的荷包，然后把他的尸体推进了黄金坑。那天，村民并未立刻发现张卯的尸体——黄金坑里什么腌臜东西都有，轻易看不出来。等回到何家庄，何万林发现自己的烟锅丢了，他以为落在了案发地，加上张卯的木匠家伙也在树林里，若被官兵发现，追查起来可不好。隔天清晨，他再次偷偷上山，无意间撞见阿难和保禄在案发地转悠。

他躲起来，看他俩忙活，听到了他们的对话。他们正确地猜到张卯是目击者，推测他顺着山坡滑下去逃命，却不知那时他已经死了。看阿难和保禄拿走了张卯的家当，他稍微放了心，只是没找到自己的烟锅。回到何家庄，终于听到消息，妹夫的尸体被村民发现了。妹子成了寡妇，伤心欲绝，他和媳妇过来帮忙料理了后事，并没告诉张何氏真相。何万林的计划完成了大半，但他还有别的安排。

等到迎神赛会那天，三棵柳村家家户户都出门寻乐，何万林潜入老吴头家，把同伙杀妹夫的那柄开山刀，还有妹夫贴身的荷包，藏在了狗儿床下。他在赛会上重新买了只烟锅，发觉阿难和保禄偷瞄他，还悄悄跟了一截——他明白自己被他俩盯上了，说不准丢的那只烟锅就被他们捡了。之后，何万林给妹子送了些东西，又去赌摊前逛了逛，果然见到吴狗儿在和人赌钱，用的银子就是官银凿下来的碎银。他准备去报官——他要告吴狗儿抢劫官银，并杀害目击者张卯。如此，可以一石二鸟，既迷惑了官府，又给妹子出了口恶气。

正要去城里时，吴狗儿和阿难、保禄发生了冲突，没多久，他就听说吴狗儿暴死——巧的是，竟然死在了妹子家里。这件始料未及的意外打乱了他的计划，官府竟然听信了谣言，认定妹子和吴狗儿有私情，并合谋杀死了张卯。

"干他娘的，苦心筹划了一通，本想给妹子出气，谁想竟让妹子成了谋杀亲夫的犯人。那个荷包，我也没打开看里头有什么，只知道是妹夫随身的东西，想用这个来嫁祸狗儿的，真是没想到。"何万林把烟锅往墙上磕了磕，腾起一阵灰，"我这几天正为这事儿发愁，得想个法子救出我妹子才好——我总不能说出我们的事，说心里话，我妹子的命，和我们要干的事业比起来，真不算什么。"

陶铭心点头道："自然，不能供出你们来。"想了想，他一拍手："何不就把你原本的计划当作证词报上去？就说张卯那天夜里上山砍树，无意间撞到了强盗，其中就有狗儿。狗儿要杀张卯灭口，一路追，追到黄金坑，杀了他。狗儿有赃银、荷包，又有凶器，人又死了，总是可以编排的。你是张卯的舅哥，为证明妹子清白，私下调查这件事——阿难和保禄的发现由你说出来，官府听了也不会起疑。"

何万林挠挠脑袋："就算说通了张卯的事，那狗儿的死呢？有人说是我妹子害死了他。"陶铭心道："狗儿的死是一笔糊涂账，官府也没证据咬定是你妹子。只要揭开张卯被杀的真相，证明你妹子不是和狗儿合谋杀的他，你妹子就没事了。至于那荷包，不能算作偷情的证据，大事都了了，小事也不算什么。等明天，我把阿难他们找到的张卯的家伙、布条、鞋子都给你，算作凭据。"

何万林想了想，也觉得妥当，拱手道："这法子不错！咱在此谢过了！"感谢几句，他直接说："老陶，你干脆入了我们教算了！当我们的吴用！"陶铭心忙道："罢了罢了，我信孔孟的，不信你们的说道。"

天色渐渐暗了，两人出了关帝庙。陶铭心忍不住问："那天晚上一起行事的，都有谁？"何万林歪着脖子笑道："老陶，这是你该知道的吗？怎么，你要给我们挨个儿发赏金？"他指指身后颓败的关羽像，"二爷看着呢，我敢出卖兄弟？我丑话可说在前头，要是走漏了一点消息，你家那三个闺女——你明白罢？"陶铭心很厌恶他的威胁，一挥手："你非君子，我也非小人。"

第6章　福运

按陶铭心的建议，何万林去县衙击鼓鸣冤，编造了吴狗儿是藏鼎山强盗杀死目击者张卯的故事。知县听他分析得有理，又有物证，便拟了公文向巡抚请示。经过一系列复审，召来三棵柳村的一些村民拷问，没有任何人亲眼见过张何氏和狗儿私会，都是道听途说而已。有良心未泯的，承认见过狗儿调戏张何氏。七娘也上堂作证，说那个荷包确实是张卯的私物，去年在陶家打家具时，张卯拿出红帕子擦汗，七娘还笑他一个爷们儿怎么用红帕子——总之，通奸之说完全是子虚乌有。折腾了两个多月，张何氏终于脱了罪，释放宁家。

至此，藏鼎山案与张卯案告一段落，只是坑了狗儿的许多泼皮朋友，莫名其妙做了替死鬼。私下里说起来，陶铭心很是内疚，何万林倒很坦然："这也怪不得咱们，又不是咱们供出来的，是官府想迅速结案，冤枉他的朋友。这是他们的命。人啊，得认命。"

休息了几天，何万林带着张何氏到陶家拜谢。七娘嫌寡妇晦气，不让她进屋，就在院子里说话。张何氏跪下来哭道："哥哥说了，陶先生为救我出了好多力，小女无以为报，给先生磕头了。"陶铭心忙让七娘扶起她，叹道："天理昭昭，一丝不爽。张木匠死了，以后，你可要为他争口气。"何万林听这话的意思是鼓励张何氏守节，嘀咕道："以后的路她自己走，咱们别多管了。"

七娘问："你男人离开家那晚，有邻居听到你俩吵架了，是为什么呢？"

张何氏擦泪道："一点鸡毛蒜皮的小事，夫妻拌嘴而已，我男人性子憨厚，当时就赌气出去了。我是知道他的，一生气就去藏鼎山上砍木头，哪知道就遇到强盗了呢……也是怪我，气着了他……"

何万林不耐烦地说："算了算了，都过去了。妹子，你看陶先生面熟不？"陶铭心忙给他使眼色，何万林笑道："这怕什么，说开了才好。"张何氏怯怯地瞅了眼陶铭心："是有些面善。"何万林笑道："你小时候在南京的张家当丫鬟，不记得了？"陶铭心窘迫得脸色都白了，七娘也很紧张。张何氏说："隔了十多年，记不清了。"何万林笑道："张老爷已经死了，陶先生是张家的教书先生，他对你还有印象的，所以才救你。"张何氏轻轻点头："原来如此。我在张家只做了几个月，只记得张家大太太特别和善，待我很好。陶先生，张太太可都好么？"陶铭心这才缓了口气，伤感道："张太太前些年过世了。"张何氏叹道："回去我给她老人家上个香，人要感恩。"

这天吃过晚饭，老吴头忽然造访，陶铭心不明所以，请他进屋。老吴头不敢和陶铭心对坐，盘腿坐在地上，脸上沧桑得不成样子，皱纹里都是黑泥，两只眼睛肿肿的。他不停用手背擦鼻涕，蹭在衣服上，原来一直在哭，只是没有声音，看得陶铭心也心酸起来。

老吴道："陶老爷，您是相公，是咱们村最知书达理的，有件事，咱想求老爷主持公道。"陶铭心猜测是狗儿官司的事，为难道："我一个穷秀才，无权无势，衙门里也没人情，官司的事帮不上忙。"老吴道："不是官司的事，官司的事咱认了，狗儿做了强盗，死有余辜。如果是官府砍了他脑袋，咱没话可说，但他突然就那么死了，这事儿还没弄明白。"

陶铭心一想也是，不管怎么编排狗儿和藏鼎山案、张卯案的关系，他暴死一事到现在还是个谜团，便问："你说让我主持公道，是要求什么公道呢？"老吴擦了把眼泪："狗儿的死，跟那个张寡妇没关系。当爹的，知道儿子的德行，不能冤枉好人，当时，我们老两口也是气急了……之前，汤神父给咱施了洗，咱们现在是天主教徒了。汤神父说，天主教徒不要仇恨，要原谅。咱寻思，这话很对。狗儿到底是不是阿难打死的，要我说，不是。阿难虽然调皮，但心眼儿不坏。

他老子就不是了——狗儿的死，是他老子在中间使坏！"

陶铭心很是不解："那天你儿子压根没遇到乔陈如，怎么会是他害死的？吴老爹，我知道你死了儿子心里难过，但不要妄加揣测。你老婆到衙门告阿难，也许乔陈如在里头用了些手段，了结了这官司，但不能说是他害死的狗儿。"老吴拧着脖子道："我说他害死狗儿，不是说是他亲手杀的——今儿黑家来，想求陶老爷帮咱查查，恁天天去他家，乔陈如是不是暗地里咒咱呢？是不是偷偷扎小人儿呢？"

陶铭心云里雾里的："他一个大财主，你一个穷苦人，他没什么图你的，平白无故咒你做什么呢？""没什么图咱的？他图咱的多了！"老吴有些激动，脸色涨红，"他一直用邪门的法子吸咱身上的福气、运气，把这些福气、运气拿来自己受用！多少年了，我家一直这么穷，都是被他克的，为他挡灾的！全村儿都被他糊弄了，全村儿人的福运都被他吸呢！这个人根本不是什么大善人，是一个大恶人！"

听他这番话荒诞不经，简直像得了疯病，陶铭心不想跟他胡缠，起身道："吴老爹累了，快回去休息罢！"老吴头依然激动："陶老爷听我说，罗光棍给我算过命，他也说村儿里有人克我，上次狗儿发病，赛会那天又突然死了，都是乔陈如克的！但凡他遇到小灾小祸，就施法把灾祸转移到我家，赛会那阵子，他老婆病重，就选了我家狗儿，弄死了，给他老婆挡灾哩！"

陶铭心烦躁道："越来越荒唐，我没工夫听你说胡话，请回罢！"老吴叫道："乔陈如知道我的生辰八字！"陶铭心莫名其妙："那又如何？"老吴道："生辰八字，是一个人的命。他知道咱的八字，就能吸咱的福运，跟蚊子吸血一样。这些年他那么富贵，都是吸了咱的福运，不只是咱的，好些年前，他派扈老三在村里搜集人家的八字，说他家要选仆人，看和主人合不合。从那年开始，我做什么什么不成，越来越穷，生了两个儿子都没养大，好不容易狗儿长大了，又这么死了——可不是他克的吗？"

陶铭心皱眉不语，他想起来，自己在乔家坐馆没两天，乔陈如问他的生日——东家问先生的生日很正常，请教书先生除了每年固定的修金，逢着节庆生日也要送礼的。但陶铭心是死里逃生的人，想与过去的张慕宗划清界限，便随口将生日说晚了一天，本来是八月十三，谎称是八月十四。当时乔陈如还问他出生的时辰——八字要紧，除了婚嫁丧葬之事，不便跟人说，陶铭心含混过去了，还纳闷为什么乔陈如追问这种细节。听了老吴的话，想起这段旧事，他不由得生起一丝狐疑："这些说道，都是罗光棍告诉你的？他的话你也信？"

老吴用袖子撺了撺鼻涕，说他本是山东人，在老家好好的，有一天，几个趸枣子的商人路过他们村子，说要去南方做买卖，鼓吹如何如何赚钱，撺掇老吴入伙，他就跟着来了苏州。谁知赔了本儿，那几个客商也跑了，老吴没盘缠回家，正碰上乔陈如，让他住在三棵柳村，帮衬他做起了烧炭的营生，还把家里的丫鬟配给他做媳妇。老吴道："这几天我睡不着，琢磨这些事儿，好像都是乔陈如安排好的——把咱放在身边，好控制咱。"陶铭心笑道："他派人大老远去山东引你来苏州，就为了吸你的福运？老吴，你不要无凭无据地胡思乱想。"老吴长叹了口气，起来拍拍屁股上的土："陶老爷不信，咱也没办法。您在他家做先生，多加小心吧。"

老吴去后，陶铭心隐隐有些不安。他已过了不惑之年，经历不少，凡事不能听信一面之词。躺在床上细想：老吴这样的苦命人，天下有无数，除了极少聪明的、会钻营的，很少能翻身发家，一辈子如猪狗一样能活且活，看见富贵豪奢的，难免会生仇恨，怨憎老天不公，凭什么他就富贵，我就卑贱——怨气日盛，头脑也糊涂了，幻想富贵的是吸了他的福运才富贵，殊不知，死生有命，富贵在天，一切都是定数。

人越穷越迷信，老吴说的"邪门法子"可能是压胜诅咒之类，陶铭心学的是正心诚意、格物致知的圣人学问，对怪力乱神邪术左道向来嗤之以鼻，自然不相信老吴的那番话。不过他又是信命的，命是真切存在的，孔子不是说么？五十而知天命。他有些犹豫：万一，老吴说的是真的呢？自己跟乔陈如来往数年，但对他并不了解，这个人像是一颗核桃，外面一层硬得跟石头一样，根本窥不见里头，有时候觉得他深不可测，两只小眼睛闪着瘆人的光，不像是信佛人的眼神。

辗转反侧挨到天亮，吃过早饭，去了乔家。乔陈如一大早就出门了，陶铭心问薛神医："阿难可好些了？"薛神医摇头叹息："不好，他这是心病，他自己想不开，就很难好。再这么着，神仙也救不回来了。"

阿难脸色蜡黄，额头上满是豆大的虚汗，一摸，黏黏的跟糯米汁儿一样。陶铭心心里很不是滋味，用手帕帮他擦了汗，安慰他道："好孩子，想开点，这件事不是你的过。"阿难紧紧攥住他的手，撇着嘴道："先生，虽然官司平了，但我心里平不了。吴狗儿到底怎么死的，谁也说不清楚，一天说不清楚，我就一天好不了。也许，真的是我用石头砸死他的。先生，我杀人了……他的魂儿要我偿命……"

陶铭心劝慰了几句，暗道：阿难心地善良，所以才如此内疚，这样下去不是办法，吴狗儿的事不能稀里糊涂地这么完了，为了阿难，也要查个清楚。细想，狗儿死后七娘去看了，说七窍流血，血是黑色的，不可能是外伤所致，更像是中毒，仵作说的"气血"的话，谁都不信。后来老吴夫妇要求验毒，不知怎么的，官府敷衍过去了。狗儿被定为强盗后，人们又自然而然地想：肯定是狗儿的强盗同伙因为分赃不均毒杀了他。

陶铭心也认为狗儿是被毒杀的，是谁要杀他？又是如何下的毒？那天的细节保禄说过，和阿难打完架，狗儿就跑了，紧接着就死在了张家，实在想不通是如何中毒的。陶铭心不由自主想起昨晚老吴头的话，身上一阵冰冷。他叫来保禄："你在这里住着，平日里可发现乔老爷有什么奇怪的举动没有？"保禄想了想，摇头道："没什么奇怪的，他不大跟我们说话，多数时候在自己书房里抄经念佛。"

回家路上，他偶遇了罗光棍，穿着一身脏兮兮的道袍，光着一双黑脚，边走边用那柄桃木剑去砍路边的野草。罗光棍本名阳，四十出头，长得却极早衰。传闻他有龙阳之好，爱撩拨貌美的年轻男子，老不正经，所以村中人很少和他来往。他早年间跟一个游方道士学了些辟邪之法，弄了身青袍，刻了把桃木剑，堂哉皇哉地扮起道士来。谁家有什么灾病，请他去作作法，烧几张符箓，喷两口水，也赚几文钱，比请医生便宜。他还懂一点命理，捻着胡子胡诌一番，也有人信。凭这两样骗人的本事，他也饿不死。

陶铭心主动跟他招呼："罗兄，借一步说话？"罗光棍瞟了他一眼，并不停脚："你不是那个秀才？咱们有什么话说？"陶铭心跟上去，忍着一股酸臭："你给老吴头算过命？"罗光棍也不瞧他："算过，怎么？"陶铭心问："是你跟他说，有人背地里咒他，吸他的福运？"罗光棍停下来："是我说的，怎么？"陶铭心道："因为你的话，他觉得他儿子是被人克死的。"罗光棍把桃木剑伸到背后去挠痒，嬉笑道："他儿子死不死，怎么死的，跟你有什么关系？"陶铭心道："我不想这件事牵连无辜。"

罗光棍左右看了看，压低了声音："当今这个世道啊，满街都是坏人、恶人，他们知道了你的八字，就给你下咒——你不好，他们就好了；你倒霉，他们就交运。你读书的，阴阳的道理懂吧？你亏了，他就赚了。陶老弟——"他挤了挤眼，"你也小心被人咒！"陶铭心彻底糊涂了："我不太明白。这里头是个什么道理？真的有法术？"罗光棍神秘地笑了笑，腆着肚子走了。

阿难病情越来越重，已经水米不进，脸上一点血色也没了。薛神医用了各种药方，如泼在石头上。保禄守在阿难床前不停地哭，又心疼又愧疚，阿难是他唯一的朋友，整件事也是为他出头引起的。乔陈如也慌了起来，阿难是家里的独苗，眼下性命垂危，愁得他寝食难安。否极泰来，这天，扈老三火急火燎地来通报喜讯：杀死吴狗儿的凶手找到了。

原来邻村一个叫牛大的泼皮，上个月和吴狗儿赌博，输急了眼，动起手来，狗儿这边人多势众，牛大吃了亏，寻思报复。迎神赛会那天，牛大准备了一根铁钉，钉子上染了剧毒，准备偷袭吴狗儿。谁知狗儿先和阿难冲突了起来，牛大装作拉架的，混乱中用钉子在狗儿屁股上扎了一下，狗儿就此中了毒，到张何氏家闹腾一番，毒性发作，就死了。

钉子扎的伤口极小，仵作验尸时也没查出来。还是昨天下午，牛大在他们村的酒店里喝醉了酒，自吹是苏州一霸，有人讥讽他在狗儿手里栽过，激怒了牛大，说狗儿就是被他弄死的。众人不信，他更急了，说他杀狗儿的法子最是巧妙，问他详细的，他就不说了。众人见是人命大事，不敢马虎，偷偷去报了官。今早抓了牛大来审问，他开始还不承认，打断了一条腿，终于才招了。之前他和狗儿因赌博结仇的事，有不少证人，他钉子上的毒是用砒霜等料配的，生药铺的人也能作证，整件事严丝合缝儿。牛大如今被收在死牢中，等候秋后处死。

乔陈如很欢喜，赏了扈老三几两银子，老三又拿出一张公文："这是从衙门里要出来的。"乔陈如接过来看了看，递给陶铭心，上面和老三叙述的差不多，连忙去阿难床头，跟他讲了这番事。保禄又为他念了公文，阿难强撑着坐起来，看到公文上有官印，才终于信了，如释重负地叹了一声："原来如此！"心病已除，阿难身体很快好了起来，又让父亲出钱，托祇园寺的和尚做了盛大的法事超度狗儿，心中才彻底安稳了，去城中看望了母亲，回来继续和保禄随陶铭心上课。

起初狗儿死得蹊跷，如今这案子结得更蹊跷，陶铭心怀疑是乔陈如在中间施展了手段。不惟他这么想，三棵柳村都这么传。七娘说："听隔壁李婆说，狗儿根本不是牛大杀的，那牛大虽是个泼皮，但最孝顺父母，他老婆早死，底下还有个三岁的儿子，所以收了乔陈如五千两银子，认了这桩案子，赔上自己性命，爹娘和儿子一辈子吃喝不愁。乔陈如真是豪气，为了让儿子心安，花五千两银子买一条人命！"

陶铭心沉吟道："也许本来就是乔陈如出钱让牛大杀了狗儿，不料中间牵扯上了阿难，为了救他儿子，便让真凶出来认罪。"七娘惊讶道："老爷怎么会这么想？八竿子打不着的关系，乔陈如为甚要杀吴狗儿？"陶铭心摇摇头："不知道，我也不知道自己为什么会这么想。"

到了四月二十六，是乔陈如生日，因为夫人和儿子大病初愈，他心情极佳，头一天在城里请了官场上的朋友，正日子又在乡间别墅设宴，请了戏班、汤普照、任弗届、陶铭心、薛神医、扈老三、几位本村的耆老，都来赴席庆贺。祇园寺的月清和尚来拜了寿，送了一串念珠作为贺礼。他是出家人，不喜热闹，略坐了坐，便告辞去了。

陶铭心和汤普照相邻坐着。听戏时，汤普照低声问："陶先生，村里那个老吴头你可还记得？"陶铭心道："当然，他不是信了你们天主教么？"汤普照哀叹："前两天，他夫妻两口突然死了。"陶铭心大惊："死了？"汤普照道："上吊死的，自尽。"陶铭心忙问："为什么呢？"汤普照叹道："可能儿子的死，对他们打击太大。我教教义明确禁止自杀的，真是令人难过。"陶铭心想了想："确定是自杀？"汤普照摊摊手："上吊，不是自杀是什么？"

没一会儿，几个老妈子带着乔陈如的小女儿从城里来了。乔小姐才四岁，小名叫文姐儿，跪在地上给父亲磕头祝寿。乔陈如将女儿抱在怀里，掰了块点心喂她吃。奶妈说："太太给老爷捎话，两江总督送来了寿礼，已经打发家人去回礼了。巡抚下帖子明天要请老爷，老爷去不去也尽早回个话。"乔陈如道："回去跟太太说，再有人请客，一概回绝，只说我身体不好，在乡下休养，也不准他们来探望。"奶妈答应着，乔陈如又道："文姐儿刚好了，记得给娘娘庙里送些功德。"

薛神医对陶铭心笑道："就说今年乔家撞太岁——乔小姐前阵子出水痘，也是九死一生，小棺材都备下了，得亏我用尽平生本事，方救回来了。今年我什么都没干，净给乔家人看病了。"陶铭心隐约觉得不对劲，问道："乔小姐的水痘，是薛先生治好的？"薛神医拧着眉毛："这说什么呢？不是我治好的还是谁？陶先生莫非也信什么痘神娘娘？那都是骗她们娘们儿家的。"

陶铭心陷入沉思，将最近乔家的事细细捋了一遍：乔夫人过了年突然生了怪病，阿难上个月也那样，文姐儿不久前又出水痘，中间夹杂着老吴头家的遭遇，狗儿先是发羊角风，然后暴毙，前几天老吴头夫妻也自杀，隐隐中，这些事似乎都是有关联的。

他问薛神医："去年腊月，乔家可有什么不好的事没有？"薛神医笑道："陶兄怎么问这个？"陶铭心道："没什么，只是好奇。"薛神医想了想："去年腊月里他家厨房失了火，烧死了两个丫鬟，乔老爷为这事很不高兴，觉得不吉利，果不其然，今年就不顺了。"陶铭心追问："腊月几号失的火？"薛神医更纳闷了："陶兄要给他家算命？好像是初七失的火，腊八那天乔老爷派人给我送过年的礼物，他家仆人说起了这事。"陶铭心忍不住"啊呀"了一声，薛神医问他怎么了，他也不说。

腊月初七，乔家失火，初九，吴狗儿便发病，若非汤普照帮忙，狗儿那次凶多吉少；过了年，乔夫人生了怪病，三月三迎神赛会那天，狗儿暴毙，乔夫人病愈；这个月，文姐儿出水痘奄奄一息，没多久，老吴头夫妻自杀，文姐儿竟起死回生——乔家一旦有灾，老吴家接着便有灾，而且老吴家倒霉后，乔家都安好了。回想起那晚上老吴说的"吸福运"的话，陶铭心脊背上一阵发凉。莫非，乔陈如真的在克吴家，用什么见不得人的手段，将自家的灾难转移到吴家？天下哪有这样的事？这一连串的巧合，莫非只是巧合？

至于阿难生病，应该是意外，自己之前的猜测也许是对的：乔陈如事先收买了牛大，要他暗杀吴狗儿，以狗儿的死，为夫人挡灾，却不料阿难和狗儿打了一架，被牵扯到这件命案中，之后阿难惊惧，吓得重病，为了救子，乔陈如花费重金，让牛大出首抵命。但这番猜测需要一个根基，那便是老吴头那套"吸福运"的说辞是真的——怎么可能是真的？

"命运"一词实为二体，命和运不同，命是天注定的，运却是可以变化的。君子安于天命，但能通过趋利避害来改运和积运，这个易学的道理他懂，但可以像开渠建坝改造河流那样操控别人的福运，拿来自己受用？这却是闻所未闻。不，也有所闻，民间各种诅咒人的法子——扎小人下降头等，细究，都是这种道理。若老吴的话是真的，那乔陈如可真是一个人面兽心的邪魔了。这件事，真假未定，还需慢慢调查。陡然想起当初乔陈如追问自己的生辰八字，陶铭心深觉后怕，幸亏自己撒了谎，不然乔陈如也可能偷取自己的福运了。转而又自嘲：我此生已经这般，哪还有福运可言？——再看乔陈如，正用手在膝盖上轻轻打着拍子，摇头晃脑地随小生一起唱《满床笏》。

第7章　生日

"这个小凳子倒很精巧，跟谁学的？"汤普照将一只小板凳翻来覆去地打开折叠，啧啧赞赏。保禄笑道："这叫鲁班凳。村子里有个寡妇叫张何氏，她丈夫生前是个木匠，给阿难打过一只玩，我照样子做了一个。老叔出去给人看病，带这个板凳方便。"

汤普照收起笑容："谢谢你的好意。我上次问你的学业，陶先生说你不爱读书，和乔公子整天只会疯玩。我当初把你送过去，是想让你学习中华典籍，长大了方便和他们读书人往来，传播天主教义。你这么懈怠，真是让我失望。"保禄道："老叔，我读不下去那些'子曰''诗云'的，况且我将来也不想做传教士。耶稣天主那一套，我也弄不懂。"

汤普照虿了他脑门儿一下："你不用心，当然不懂！你父母都是最虔诚的教徒，你生下来就受了洗，怎么长大反而不信了？我告诉你，你不信也得信！"保禄鼓着腮帮子不说话。汤普照又问："还有，你用鞭炮把乔公子炸伤了，这是怎么回事？"保禄忙解释："老叔，你听我讲，上个月阿难买来许多鞭炮，让我给他做个大火箭玩，忙活了好一阵子，前天才做好。他抓了只老鼠，想把老鼠捆在火箭上打上天去，我不忍心，劝他也不听，最后点着了，老鼠跑了，把火箭带倒了，打在了他胳膊上——也不是什么大伤，只是青了一片。"

汤普照不听，让保禄伸出手来，用藤条狠狠打了七八下，疼得保禄眼泪啪嗒啪嗒地掉。打完了，汤普照用佛郎机语说了句什么，保禄半张着嘴巴，答不上来。汤普照怒道："我问你知错没有！这么简单的话，还是听不懂？"保禄撇撇嘴："太难了，学不会，还是让我说中国话罢。"汤普照哭笑不得："中国话是天底下最难学的，你倒说得溜，佛郎机语不难学，你却连句话也听不明白。记着，你是佛郎机人，必须要会自己的本国话，不然你父母在天之灵也不能安息！"

保禄道："既然我是佛郎机人，为什么我和老叔长得并不像？老叔是正经西洋人的样子，我头发虽是金黄的，眼珠子是蓝的，但鼻子不算挺拔，眼窝深是深，可有时候是单眼皮儿，有时候又是双的……"汤普照无奈道："这也是入乡随俗。你从小长在中国，吃中国饭，喝中国水，说中国话，日久天长，潜移默化，相貌自然也有几分像中国人了。但你到底是我佛郎机人，做一国人，先弄明白这国的语言。我给你画的字母图，必须背熟了！"保禄吐吐舌头："好罢，我尽力学就是了。老叔，还有一事，我想随陶先生出趟远门。"汤普照问："去哪里？做什么？"

保禄说，素云要嫁到济南——宋家去年来下聘礼办酒席，汤普照还去庆贺了——约定的婚期要到了，陶先生打算亲自送亲。保禄想跟着，路上照顾先生，也见识见识北方的地面儿，"在江南待了好些年，烟水气太重。"汤普照想了想道："跟着陶先生，我也放心。你也不小了，应该开阔开阔见识。什么时候动身？"保禄道："就这几天，临走少不了跟老叔告别。"

这时，阿难在门口叫："保禄，该回去了！"保禄跑出来，二人同回三棵柳村。见阿难背着个小布袋，保禄问："又是你娘给的好吃的？"阿难嘻嘻笑道："两只肥肥的大烧鸡，十个肉烧饼，还有两斤卤鸭胗、猪耳朵，晚上我弄点酒，咱们偷偷吃。"保禄舔舔嘴唇："好！天天吃白菜煮豆腐，我都抽缩了。"

回到家，乔陈如正等着："赶紧换身干净衣裳，陶先生今天过寿，我让人送了一席酒菜过去，你俩也跟着去玩玩罢。"

如今初秋，天气凉爽，八月十四的月亮耀如明灯——阿难说像个猪尿脬，保禄说像银盆子——难以想象明天中秋的月亮还能怎样增辉。酒席就摆在院中的葡萄架下，架上挂了两盏油灯，陶铭心和乔陈如分宾主坐了。乔陈如说了些恭贺寿诞的话，一招手，阿难抱上来一只匣子，乔陈如打开了："微薄心意，权作先生寿礼。"

匣子里，一排十个金锞子。陶铭心震惊道："乔兄，这使不得！"阿难笑道："先生收下罢，我们家别的没有，金子银子多多的。当年任弗届那老狗的儿子娶媳妇，我爹还送了不少银子，先生这样的人物，自然要送金子。"

"畜生！就你多嘴！"乔陈如骂了一句，对陶铭心道："请先生来家坐馆，寿辰要送礼物，这是规矩，先生不要推辞。"陶铭心道："规矩是规矩，只是这礼太重，我收不得。不瞒乔兄，其实我从来不过生日的，今天只当是饮酒谈天，寿礼，实不敢当！"乔陈如拍拍他的手背："就说咱们是一路人！我也不喜欢过生日，但无奈朋友多，每年不摆几桌说不过去。先生既然不要寿礼，那这些玩意儿，就当给侄女儿的嫁妆罢！"他摆手不让陶铭心拒绝，"置办嫁妆，去济南一路盘费，都需不少。宋老弟虽不是势利的人，但先生是衣冠中人，不可失了体面，让他们家的下人说闲话，看低了侄女儿。先生是潇洒的人，不要在金钱上面纠结。"

陶铭心还是不肯："若老先生执意要送礼物，金子不必，我点名要一样东西。"乔陈如问是什么。陶铭心道："咱们村子的那三棵柳树，神位里竟没有孔子，这极不妥。老先生说话顶事，让村民改一改才是。"乔陈如笑了："这算个什么事！我一句话就完了，这金子先生也收着。收下了，我才好说心里话。"

相比这些金锞子，陶铭心更好奇乔陈如要说的"心里话"是什么，只得道："那我就恭敬不如从命了，乔兄有什么吩咐尽管说。"乔陈如现出狡黠的微笑："陶兄，咱们相识好几年了。当今的读书人，比人拐子还奸诈，比泥腿子还龌龊，为了钱，可以出卖朋友，为了色，连爹娘都可以杀了，妻子孩子都能卖了。陶兄你不一样，你是闲云野鹤般的人物，品格高洁，甘于贫贱，胸中又有大学问，我是佩服之至的。"

陶铭心不知乔陈如为何突然夸赞自己，心中大不自在，等他继续说。乔陈如道："陶兄这样的人品学问，不为朝廷效力，实在可惜。"陶铭心松了口气，听乔陈如的话，是想劝他考举，便道："乔兄谬赞了，我学问浅薄，做到秀才已经使尽平生力气，而且岁数大了，对做官的事也不再指望。"乔陈如微笑道：

"如果我有办法让陶兄不科考就能做官呢？陶兄愿意么？"陶铭心拱手道："多谢乔兄青目，我对仕途并无兴趣，不管是科考还是举荐，都免了罢。"

乔陈如笑着摇摇头："孔圣人都想做官，陶兄怎么不想？不做官，读书是为了什么？再说，我想让陶兄做的官，没有品阶，没有官俸，但有品阶的也没你大，每年得的银子也不如你多，不用低声下气巴结人，不用削尖了脑袋去钻营，只需和乔某一个人打交道——这样的官，你不稀罕？"陶铭心很好奇："这是什么差事？"乔陈如故作高深道："具体我还不能说。这两年我一直在物色身边的人，考虑过任弗届、月清和尚，但都不如陶兄你合适。你性子沉稳，那句话怎么说来着？泰山崩于前而色不变，是帮我做这件差事的绝佳人选。具体的，等陶兄从济南回来，到时咱们再细细商量。"

陶铭心直觉到这件差事怕不是正经差事——乔陈如果然有秘密，这秘密似乎关系重大，而今邀请自己做帮手，真是出乎意料。

吃到二更，乔陈如已经半醉，叫上阿难和保禄，起身告辞。七娘笑道："阿难和保禄还没给他们先生行礼呢。"乔陈如拍额道："呦，瞧我糊涂的！阿难，保禄，来，给你们先生磕头，说几句吉祥话儿。"阿难和保禄笑呵呵地上来跪下，说了一通寿比南山福如东海的套话。陶铭心知道这是师生间的规矩，安然受了。

七娘扶起阿难，给他拍拍膝盖上的土，笑道："昨天你先生吃长寿面时还感叹，活了这么大，要有个阿难这样的儿子就好了。你先生平日里不说，心里最疼的就是你，比对自己姑娘还疼呢，之前你生病，你先生天天在家求神保佑。"陶铭心知道她在故意讨好乔陈如，很是不快，板着脸站着。

乔陈如若无其事地问："昨天吃长寿面？陶先生不是今天生日么？"陶铭心有些尴尬，一时语塞，七娘道："乔老爷记错了，我们老爷是昨天生日，八月十三。"乔陈如怔了刹那，忙笑道："恕罪恕罪！我记晚了一天。"他意味深长地对陶铭心道："昨天是万岁爷的圣诞，早上我去巡抚衙门，和众官一齐望北磕了头，忙了一天，谁想只记着主子，忘了先生了！先生之前说过，生于康熙五十年，这么说来，先生竟和万岁爷同年同月同日生，难得，难得。"

七娘在旁道："何止同年同月同日咧，我们老爷生在子时，传说皇上也生在子时,可见我们老爷多大的福运!"陶铭心狠狠瞪了她一眼:"你快去收拾吧!"乔陈如不住赞叹:"真是罕见,这福气怎么修来的。"

临走,乔陈如冷不丁地说:"先生的头发,也要打理打理才好。什么国家法度,咱们在乡下,也不必太讲究,但让扈老三看见,少不了要絮叨。他说,先生自然不屑,但他告到县里,也是一场麻烦。"陶铭心摸摸头顶,已经长出了寸把长的短发。大清制度,头顶必须"童山濯濯",别说寸把长,就是露出毫厘,也得剃干净。他笑道:"明天我打理打理就是了。"

回到屋中,陶铭心责骂七娘:"你不说话没人当你是哑巴!何必多嘴说我昨天生日呢!"七娘委屈道:"生日还说不得了?和皇上同年同月同日同时,这是多大的造化,说出来也给老爷添光彩。"陶铭心跺脚道:"你懂什么!八字是随便告诉人的?"骂了七娘一通,越发提心吊胆起来。他担心乔陈如知道了自己的八字,会像对付老吴那样对付自己——不知不觉,他已经相信了老吴的那番话。

去年正月里,宋知行寄来一封信,问候一番,提出想为长子宋好问聘娶素云。当年素云还小时,宋知行就透露过意思,说素云长得端正,性格温柔,两家该配个娃娃亲。当时陶铭心一口应承了。之后遭遇灾变,一家人的生活翻天覆地,从豪富之家沦为乡民小户,本以为宋知行早忘了这番事,谁想他还念着,信里极为恭敬,竟有些恳求的意思了。

陶铭心知道这个三弟,最会照顾人情,既然曾有口头之约,便如约行事,当下就回信同意了。跟七娘说了,七娘劈头就问:"三叔叔如今做到了什么官?"陶铭心知道她俗气,没好气地说:"济南知府。"七娘又问:"是清官还是贪官?"陶铭心恼了:"哪来这么多问!我已经同意了这门亲事,只告诉你一声,不是和你商量!"

七娘道:"老爷不知,若是清官,一点油水也没有,空有个门面,素云嫁过去也享不了福;若是贪官,稍有疏忽,以后被革职抄家,素云更是惨。所以呀,我要问明白,三叔叔最好是又清又贪,半清半贪的才好。这样素云又能享福,以后也不会出事。"陶铭心被她的话逗乐了:"你啊,天天一堆怪心思。你去跟素云说一声。"

见七娘站着不动，陶铭心问："又怎么了？"七娘皱着眉头："老爷疏忽了一件事。"陶铭心问何事，七娘道："我只是老爷的偏房，素云是我生的，算是庶出，三叔叔这儿子是正经嫡长子，他娶素云算什么？"她凑近一步，脸上怪模怪样的："太太过世好几年了，老爷何不将我——"陶铭心打断她："三弟在信中明白说了，是让素云做正房太太。我这三弟，不计较这些的。别的事，你不必多说，我心里有数。"

七娘这才高兴了，踮着小脚跑到厢房，让珠儿和青凤出去玩，拉着素云的手笑道："好闺女，你有福了。"素云已十五岁，这两日隐约知道家里在议论她的亲事，夫婿是父亲把兄弟的儿子，她满脸羞红："娘要说什么？"七娘道："你那个做官的三老叔，想娶你过去做儿媳哩。他儿子叫宋好问，长得俊俏，文武双全。他家里做官，自然是有钱的，光使唤丫头就七八十个，做饭的老婢子三十个，专门倒马子痰盂儿的也有十来个。你过去做正经奶奶，可不是福气么？"素云低头道："这些事，娘和爹决定就是了，我做女儿家的好说什么。"

六月里，宋知行派儿子宋好问、管家、几个家仆、媒人，来到三棵柳村，正式下了聘礼。宋好问十六岁，长得白白胖胖，蝌蚪样的小眼睛，塌鼻子，看上去怯懦懦的。见着陶铭心，垂着头不敢说话，问十句，回一句，最后被管家推了推，扑通跪在地上就喊岳父大人，倒让陶铭心很不好意思。

款待了他们几日，宋好问一行返回济南，约定隔年九月初十为合卺之期。眼下八月中旬了，陶铭心忙着准备嫁妆，采买风物。和老三多年不见，着实想念。恰好之前收到赵敬亭的信，他如今在福州，准备住个半年，陶铭心托商客带了封信，要他九月初赶到济南，三兄弟好好团聚一番。

隔天一早，乔陈如又来了，也不进门，从袖子里拿出一个锦套轴子："家里藏的一幅古董画儿。昨天疏忽了，先生不要寿礼，但今天是中秋，节礼可不能少，这是坐馆的规矩，先生切不可推辞——何不先打开瞧瞧？"陶铭心接过来，褪下华丽的锦套，缓缓打开那幅画，猛地，手一哆嗦，差点掉了。

这画，乃明末丹青高手陈洪绶所绘的自画像，是自己南京家中的旧藏——陈洪绶死于顺治九年，和自己的曾祖张岱有很深的交情，张岱在《石匮书》中还提到过这幅画。那年题诗的风波后,南京家藏的名画、翰墨、古董及绝大部分藏书,都被朝廷抄没。谁想数年后竟重逢了。要只是幅自画像,也就罢了,要命的是旁边陈洪绶的自题词:

浪得虚名,穷鬼见诮。国亡不死,不忠不孝。

"国亡不死,不忠不孝",这直白的意思,根本不用深文周纳,摆明是留恋前朝。陶铭心努力克制住情绪,勉强摆出笑容来:"老先生,这画应该上交给朝廷。"乔陈如看出了陶铭心的担心,笑道:"不要紧的,此画还是巡抚卖给我的,传世的陈公自画像,天底下就这一幅,真正的宝贝。那几句题词,也是他国破家亡的感慨,算不得什么。巡抚大人都敢卖,陶先生还怕什么?"推谢数回,乔陈如有些恼:"陶兄须眉丈夫,何必这般小气。难道是看不起乔某,觉得我的东西脏不成?"陶铭心看他说到这个份上,加上这画本来就是家藏,这也算物归原主,于情于理都不过分,便道谢收了。

忙了几天,买了不少绸缎、衣裳、首饰、器具、土产,装满了一辆大车,陶铭心向乔陈如辞别,拜托照看家人。少不了又是几顿饭饯行,汤普照也从城里赶过来送别,千叮咛万嘱咐保禄一路小心云云。陶铭心道:"汤先生放心,我自会照料他。"本来阿难也要去,乔陈如不允,气得他在家哭闹。

又收拾一天,给素云雇了轿子,陶铭心和保禄骑骡子,往山东而去。七娘抱着素云哭成了泪人儿,万般舍不得,一口一个我的儿,珠儿、青凤也哭哭啼啼地拽着大姐衣裳不撒手,陶铭心看得心酸,让人拉她们回家了。

第 8 章　赈匪记

"入山拜土地，出外靠贵人，多谢列位捧场！说书前，也觍着脸表白表白自己。老汉我姓赵名敬亭，祖籍金陵，周游九州，靠这张嘴皮子混个温饱不死。天下说书人多矣，流派杂矣，我老赵和别的说书人不同——有人问了，你也是俩眼睛一嘴巴，不同在何处？我老赵不属任何流派，勉强来说，咱自成一个流派，姑且叫它'自编派'。

"因为我讲书，不爱讲耳熟能详的三国水浒、封神西游，爱说那新奇不俗的西门西厢、红线隐娘。而且说这些时，我最爱随机生发，同一段书，我和别个说的就不同，今天和昨天说的也不同。这也罢了，我老赵尤其稀罕的，是自己编故事，或取于历史典故，或取于今人时事，正所谓：

古今多少悲欢事，贵贱贫富俱泥沙。

假作真时真亦假，天下独此一赵家！"

赵敬亭将纸扇啪嗒一声合上，插在腰间，重重一拍醒木："今天要讲的，是老赵新编的一段故事，名为《赈匪记》。各位要问了：只听过赈灾赈穷，赈饥赈荒，那匪盗之流，为何要赈济他？巴不得他们饿死冻死哩。古人言：仗义每出屠狗辈，负心多是读书人。那些匪盗虽可恶，却也有多少大仁大义的英雄豪杰藏身其间，因为官府欺压，因为命数使然，脏污了爹娘给的清白身子，做了匪寇，也有个迫不得已的缘由。正如水浒一大段书，就是这个意思，大家不要给那纲常道德束住了，分不清个真正真邪。

"道理先按下，正经说故事。且说在元朝，有个天下梨园的领袖，绝世才子，姓关字汉卿，出身医户人家，他本人也懂些神农之术，不过最爱的，还是生旦净末丑的行当。他饱读诗书，能文会曲，二十出头，就已经名满天下。老年间，他有一套《南吕一枝花·不伏老》，末尾一段如此唱的：

> 我是个蒸不烂、煮不熟、捶不匾、炒不爆、响珰珰一粒铜豌豆，恁子弟每谁教你钻入他锄不断、斫不下、解不开、顿不脱、慢腾腾千层锦套头？我玩的是梁园月，饮的是东京酒，赏的是洛阳花，攀的是章台柳。我也会围棋、会蹴鞠、会打围、会插科、会歌舞、会吹弹、会咽作、会吟诗、会双陆。你便是落了我牙、歪了我嘴、瘸了我腿、折了我手，天赐与我这几般儿歹症候，尚兀自不肯休！则除是阎王亲自唤，神鬼自来勾。三魂归地府，七魄丧冥幽。天哪！那其间才不向烟花路儿上走！

"这套词儿，是关汉卿自评，也是至评。他先在大都，就是现在的京师生活，中年之后，南下苏杭，在勾栏瓦肆里讨衣食。这年春天，他起身从苏州北上济南，那里有个组戏班的老朋友，请他过去教些戏、改些曲本。关汉卿先走水路，又骑驴陆行，一路观赏风景，唱些小曲儿，神仙般快活。走到滕县地面儿，过了荆沟河，迎面是一座山，当地人唤作'耗子山'。

"正要进山，遇到个老汉，劝他说：'客官，你还是绕别的路过去罢，这耗子山里多耗子，不是闹着玩的。'关汉卿笑道：'区区耗子，怕个什么？'老汉摆手道：'我说的耗子，是强盗！三四百人，在山里头聚着，劫掠往来行人，轻者夺其财物，重者害他性命，可不是耍的。'关汉卿道：'朗朗乾坤，竟有这等恶徒横行！官府不管的么？'老汉四下看看无人，说道：'元人只管收税征兵，管你百姓死活呢！就是来剿，这山里无数密道，错综复杂，官兵进去就是个死。'

"关汉卿心里寻思：我这一路游山玩水，耽误了不少日程，老友那边急等着开班子，我再绕路怕就耽误了，这是其一；其二，我身上只一个包袱，里面几件衣裳，些许碎银子，也不值什么，耗子们见是个穷过客，想也不会为难；其三，我最近正发愁没新故事可写，强盗窝里必有豪杰，若经历一番，或许可以写个新的曲本。当下决定了，也不顾老汉劝阻，骑着驴就进了耗子山。

"山中树木茂密，新点了绿，郁郁葱葱的，竟有些冷。关先生顺着一条小路往深处走，忽而——"赵敬亭停下来，从腰中拔出折扇，打开了，遮在鼻子下，两只乌溜溜的黑眼珠四下乱转，猛地咔嚓一声，响起了一声霹雳。

底下的众人一齐打了个哆嗦，不约而同地朝上看，有靠近门口的出去瞧了一眼："晴天呢！没打雷！"继而又是连续几下霹雳，接着一大声闷雷，竟哗哗地下起大雨来。有雨声，有雷声，有大风声，更妙的是还有大雨打在树叶上、鸟兽哀鸣、山石崩裂的各种声响。众人这才反应过来，齐呼道："啊呀！是口技！"只见赵敬亭用扇子挡着嘴巴，两只眼睛喷出光来，风雨交加，石树崩摧，把在场听众震惊得瞠目结舌。陶铭心和保禄更是坐直了身子，眼睛连眨也不眨。

炫技一番，赵敬亭撤下折扇，继续道："正走着，遇到大风雨，山上乱石断木纷纷滚落下来，还暴发了山洪，涌过了膝盖，关汉卿只得牵驴上了高处，发起了愁，进也不是，退也不是。这时，忽然脖子上一凉，被一只绳索套住了，还没来得及回身，就被一股狠劲儿拽倒，往山洞里拖去了。

"四下漆黑一片，关汉卿被人提起来，背剪了胳膊，蒙了眼，又被推着走。走了许久，终于停下来，只觉周围阴飕飕的，眼睛上的布条扯下来，他被眼前的景象吓得浑身一哆嗦——是个七八丈见方的大洞，角落里燃着几个大火盆，四周密密麻麻都是人，手拿刀枪剑戟，个个凶神恶煞，没有一个说话的，齐齐瞪着他。关汉卿心里嘀咕：我的娘，这是进了阴曹地府么！

"洞内突然响起一个声音：'你可是关汉卿？'关汉卿大惊，这里如何晓得我的名字！循声一望，只见最高处的一个山洞内，盘腿坐着一个汉子，明显是首领了。因为离得远，又在阴影中，面貌打扮也看不清楚，便高声问道：'抓我者何人？'那人怒喝：'我问你，可是叫关汉卿！'关汉卿虽是梨园行的，但从小在市井上摸爬滚打，又熟悉历朝历代英雄故事，胸中有一股豪勇之气，此时也不惧怕，大声道：'咱行不更名坐不改姓，正是关汉卿！'

"那人大笑，几百人也一齐欢呼起来，早有人上来给关汉卿解了身上的绳索，还给他作了个揖。关汉卿此时可谓丈二和尚，摸头不着，心想：这些鬼怪一样的人，为何见到我如此兴奋？我且按捺着，看他们要如何。他昂首挺胸，雄赳赳地望着这些人。那首领一个鹞子翻身，从高处稳稳落在地上，看上去武艺相当高强，从昏暗处慢慢走过来，刚跨出两步，关汉卿便'啊呀'一声，朝后就倒，双腿蹬着地连连后退，正所谓：身如五鼓衔山月，命似三更油尽灯。

"列位猜，关汉卿为何如此惊恐？原来这首领长得奇怪。如何奇怪？莫非是夜叉鬼的模样？非也。莫非他有三头六臂？非也。莫非他长了两个嘴巴四个眼睛？也非也！而是这个人，简直就不是人！他呀——没有脑袋！"

底下人"嗡"的一片低鸣，保禄紧张地攥住陶铭心的手。

"关汉卿到底是见过世面的，知道天下之大无奇不有，有人长尾巴，有人三只眼，哪吒还是从肉球里跳出来的哩！镇定下来，起身拍拍身上，拱手道：'敢问好汉大名？'那首领哈哈大笑，笑声从他颈子腔里发出来，近了听，像是大风呼啸一般。他说：'关老先生果真英雄，寻常人见到我这模样，早吓死过去了。'当下拉着关汉卿的手，在黑暗中左转右转，来到一间小室，里面石桌石凳倒也齐整，两人分宾主坐下，喽啰们络绎搬来酒肉。

"两人先对饮三大杯，关汉卿看他将酒倒进脖子里，咕噜咕噜一阵响，又是惊骇，又是赞叹，笑道：'真乃天下奇观！'那首领也不言，将酒杯一放，扑通跪在地下，噗噗噗地磕起头来——大家要知道，他没有头，磕的是脖子肉，所以不是咚咚咚，而是噗噗噗。关汉卿又是一惊，忙扶起他：'好汉！这是从何说起？'首领脖子里发出一串哭声：'求关先生助我！'关汉卿扶他回到座位：'好汉，有什么事请直说，老关能够的，一定帮手。'

"首领胸口起伏了几下，缓缓道：'说来话长。我姓文，名不忘，乃是大宋第一等忠臣文天祥的嫡孙。德祐元年，蒙古大军南下，文祖兴兵抗敌，战事不利，血战到最后一兵一卒，遭蒙军俘虏，之后押解到大都，誓死不降，被蒙军杀害。蒙元兴连坐之法，将我文家族男数百人，一并砍了头。也许是苍天有眼，不知怎么，我被砍头后竟没有死，从死人堆里逃了出来。我没有头，也看不见，乱撞了好些天，

快要饿死时，被好心人救了，之后辗转来到这里，藏身于山洞。'

"关汉卿听得连连感叹，拱手拜道：'原来是文公之孙！失敬！'又问，'那么，文兄弟是如何聚起这帮人的？又为何做那打家劫舍之事？别怪老关唐突，文公在天之灵若知道兄弟做这等勾当，也会大失所望罢！'

"文不忘叹道：'老先生不知，我聚起这帮兄弟，也不说什么替天行道，只是为了有一天能唤醒迷众，反抗蒙元，恢复我大宋社稷。我们只打劫官军、衙门、朝廷的商队。抢了钱，就打造兵器，招揽好汉，就为了将来能夺回我汉人的江山。不然，我一个残废怪人，这帮兄弟为何要跟我？都是看在大宋的分上。祖宗若知道我这片心，想必也不会怪罪我。'

"关汉卿感慨道：'大宋偏安江南百余年，亡国也十来年了，你还如此执着，真是令人钦敬。'文不忘笑道：'没有脑袋后，我改名不忘，不忘有三：不忘祖宗文天祥，不忘大宋好风光，不忘蒙元没天良！'关汉卿点点头，又问：'文兄弟拦住我，又说要我相助，这是怎么说？'

"文不忘道：'老先生的大名天下无人不知，还不比那些文人骚客，只在风雅圈子里知名，在百姓中间，他们算个屁！老先生就不同了，上到八十岁老婆婆，下到几岁娃娃，都听过先生的曲儿，看过先生的戏，而且我早有听闻，老先生对蒙人也多有愤慨。'

"关汉卿微笑道：'你继续说。'文不忘道：'我早就想拜会先生，打听得先生要北上济南，必经过我们这耗子山，便令小耗子们早晚机警些，见到有过路的上了年纪的，都掳进来盘问。因为怕先生惊恐逃走，加之不认得先生样貌，所以才不得不用强，还请先生恕罪。'关汉卿是再聪明不过的人，已经猜到了大概的意思，便道：'文兄弟是想让我助你的复宋大业？文兄弟，先不说我年岁已高，拿不得轻，负不得重，且说我本是北人，打小在金人的统治下，之后元灭金，又灭宋，我虽心有愤恨，却不想再有兵事，打起仗来，受苦受难的是百姓。对文兄弟的志向，我很钦佩，但无心襄助。'

"文不忘笑道：'老先生不赞同我的作为，也没什么——我拦住老先生，也不是逼先生入伙。'关汉卿疑道：'不为拉我入伙，却是为个什么？'文不忘道：

'我只求老先生将我这番事业写个本子，流传天下，不管我这事成不成，总不能湮没无闻，让后代子孙不知道咱们汉人也是有骨气的！也只有老先生的如椽大笔写了，才能传播四方，才不负我这些年的折腾。'

"关汉卿考虑片刻，答应了：'我愿意把你这段事写出来，只是不可能明白地写，那样会引火烧身，再好的戏也就绝了。'文不忘道：'这个自然，我不为自己求名，是为这段事业求名，好亮一亮百姓的眼睛。老先生任意敷演，任意虚构，名字可换，朝代可换，不违背这段事本来的意思就行。'

"之后，文不忘留关汉卿住了三日，赠送了一大堆礼物，通过密道送他过了山去。经历了这番奇事，关汉卿似是做了一场大梦，真有庄周梦蝶之感。来到济南，帮老友忙完了戏班的事务，就开始潜心创作文不忘的故事，编为《赈匪记》。

"写完之后，教人演唱，真是万人空巷，男女传诵。过了几年，关汉卿想带这戏回江南，路过滕县，想再拜访文不忘，却发现那座耗子山竟已不见了！如今这里是一片农田，问人，说是前年官兵来剿，用火药炸山，这耗子山是中空的，一震，全坍塌了，那些强贼都压在里面死绝了。关汉卿感伤不已。正所谓：

巍巍山峰已成田，人世悲欢只眼前。

日暮子规啼更切，闲修野史续残篇。

"隔了几百年，这《赈匪记》的本子早已失传。幸运的是，我老赵昨晚做了个梦，梦见了关老先生，将这段奇遇细细地告诉了我，所以我今天才有的讲。这么说来，我这段书却不是自己编的，而是关汉卿编的了。而我说的这段书是真，关老先生失传的那部《赈匪记》是假，将这段事改动颇多。在梦中，关老先生也给我看了曲本，本子里的故事，比真实的故事还要精彩——日头儿偏了，我老赵也累了，明天午后，列位再来，我把曲本《赈匪记》给大家说上一番！"

赵敬亭起身行礼，听众纷纷喝彩，茶馆的伙计端着竹篮走了一圈，装满了碎银子和铜钱。陶铭心也往里面扔了一把钱。

等人群散去，赵敬亭和茶馆平分了钱，与陶铭心、保禄一起回旅店。素云上来兴冲冲地问："二叔今天讲了什么故事？"保禄笑道："说的咱们前阵子遇到的事儿！"素云嘟囔："咱们自己的事都不让听！"陶铭心道："你女儿家，又不是老妈子，去那种场合做什么？"

晚饭间，陶铭心连连赞叹："老二，你说书的功夫越发高超了，昨天咱们刚重逢，我跟你讲了路上的事，你今儿个就能编出个故事。"保禄笑道："我仔细听着，和咱们遇到的事大概有三分像，七分不像。"赵敬亭笑道："要是十分像，那就不是说书了。"又对陶铭心道，"大哥遇到白莲教的这段遭遇，也真是奇绝，你把侄女儿的嫁妆全赈济了他们，比关汉卿还要讲义气呢。赶明儿我要讲的，才是大哥这段事的本来意思，我的书里，那人还把女儿嫁给山大王了。"

素云跺脚道："二叔！"陶铭心叹道："老二，你少打趣我了。他们把刀架在我脖子上，把箱笼细软都抢了，要不是保禄机灵，说起了外国话，又从袖子里放出烟火来，震慑住了那帮刁民，还不知道会怎样。"赵敬亭拍拍保禄的脑袋，笑道："好小子，明天的书里，专门给你加一段儿。"

保禄挠头笑道："我会做烟火，准备带来济南给素云姐姐结婚放的，谁想到派上了用场。我是黄头发、蓝眼睛，陶先生吹嘘我是西洋的神仙转世，要去泰山和东岳神商量天下大事的，素云姐姐是献给泰山三太子的媳妇，那帮人才怕了，放了素云姐姐，还退了一点钱，让我们走了。"素云也道："当时我吓得昏死过去了，那帮人比野狗还野蛮。"

陶铭心恨道："他们还求我在泰山为他们祈福，将来成了事，请我做宰相。这帮人要反清复明，我很敬佩，但打劫百姓？这真是可恶。这些人要夺了江山，恐怕还不如当今呢！你把这事儿改得忒厉害，他们不是英雄，我也不稀罕赈济他们！"赵敬亭问："大哥没去报官？"陶铭心摇头："白莲教如此猖狂，本地官府怎么会不知道？这其中肯定有勾结，我何必自去碰一鼻子灰，只当晦气了。"

隔天，赵敬亭在茶馆讲了托名关汉卿作的《赈匪记》。又过一日，众人一起上路，赶往济南。走到泰安，在城门口看到一个熟人，是宋知行的管家余庆，脑袋跟拨浪鼓一样四处望。陶铭心喊了他一声，余庆看到，立刻跑上来，眼中掉了泪："可等到了！陶先生，我们老爷坏事了！"

第 9 章　托孤，托孤

　　余庆，就是当年把陶铭心从地下挖出来的、宋知行的心腹仆人。问宋知行犯了何罪，余庆也说不清楚，只说陷在狱中，已经断了斩刑。陶铭心一行听罢，拼命赶往济南。济南城门口也有家仆接着，路过翠丽潋潋的大明湖，也没心思赏景。匆匆进了宋府，几个婆娘正在廊下喁喁私语，见陶铭心和赵敬亭过来，立刻散了。

　　宋夫人正坐在堂上默默垂泪，陶铭心和赵敬亭上前礼见了。宋夫人还不到三十岁，是宋知行在山东续的夫人，宋好问的生母前几年病逝了。茶还没端上来，陶铭心就迫不及待地问："怎么回事？"宋夫人拭泪道："几天前，突然就摘了印，说是什么河防的事，具体我也不晓得。"赵敬亭问："如今关在哪里？"正好宋好问进来对陶赵行礼，宋夫人道："就关在府衙的大狱，问儿昨天去看了一次，送了些吃食衣服。"宋好问叹道："父亲身子不大好，牢中阴冷，哮喘发作了。"赵敬亭问："事不宜迟，今天可能见一面？"宋好问摇头："打点的狱卒今天轮休，明天一早去罢。"刚说完，余庆来报，说通判家人来传话，宋好问赶紧出去了。

　　见宋好问去了，陶铭心才让素云进来，对宋夫人行了大礼。宋夫人忙扶起，细细打量了素云一番，哽咽着笑道："媳妇长得真标致，本来过几天就是大喜日子，什么都准备下了，谁知遇到这桩灾祸。"陶铭心劝了两句。至晚，设了接风宴，宋好问陪席，说父亲的下属——济南府通判下午也被拿了，众人都无甚兴致，草草喝了几杯便休息了。

保禄随陶铭心睡书房，问道："先生，咱们在路上遇到白莲教时，那人说黄河决了堤，他们流离失所，迫不得已才打劫，宋老爷的事，怕就是为这个。"陶铭心沉吟道："我也想到了，具体如何，明天当面问问老三。"

隔日一早，保禄还没睡醒，陶铭心和赵敬亭就起来洗漱，也不吃早饭，和宋好问来到府衙大狱，狱卒事先得了银子，引他们进去。宋知行正躺在一团干草上哼哧哼哧地喘气，浑身肮脏，辫子散着，脸上黄蜡蜡的。赵敬亭叫道："老三！"

宋知行抬起头，见是两位兄长，一跃而起，奔上前扳着栏杆："大哥！二哥！"三兄弟隔着栏杆好一番感慨，问事情原委，宋知行叹道："到底是我时运不济，前些年官运亨通，如今福运到了头，便有了这番灾难。"陶铭心问："就为了河防的事？"宋知行摇摇头，说夏天黄河决堤损失并不大，只是这次决堤是往北泛滥了，民间向来传说，黄河北流则天下大乱，是个不好的兆头。巡抚大人害怕皇上忧心，只说决堤，未说北流，但最终纸包不住火，加之各种邪教在山东猖獗，正应了大乱的不祥之谶。皇上大怒，追责起来，巡抚竟把这事推到了他头上。"唉，我为自己辩白，谁听呢？我治内的黄河河段并未泛滥，也没有邪教暴民，我是冤枉的呀！"

赵敬亭叹道："我早就劝你，不要蹚这浑水！官场上，清白的也给你弄成脏的！"陶铭心问："有解救的法子么？我和老二在这，要我们做什么？"宋知行苦笑道："大哥，我是斩立决，就这两天了，我让你侄儿使了上万的银子打点，莫不石沉大海，能救的也没人敢救。皇上这是杀鸡儆猴，做给其他地方看的，一定要死人的，只能说我倒霉。"陶铭心握着栏杆，眼中掉下泪来："老三，大哥不能就这样任你死了。"

宋知行咳嗽了两声，抚了抚嗓子："大哥，你不知道，做官这些年，上对天地，下对百姓，我都有愧。"他平摊出自己的双手，"这双手，都是脏的。捞了泼天的家私，也该让我拿命来还。我已经想明白了，这就是天道轮回。"隔着栏杆，他握住两位兄长的手："两位哥哥在上，兄弟只有好问一个儿子，我死之后，两位哥哥千万照顾他。"说着就跪下来。陶、赵心中凄恻，连声答应了。

说了半日，狱卒来催，只好回去。陶铭心和赵敬亭茶饭不思，想方设法要救宋知行，可惜他俩毫无门路，宋好问又是个没用的，不禁忧心如焚。保禄隐约听说了，夜间偷偷对陶铭心道："先生，我有个主意，何不让宋老爷装作死了，只需买通狱卒，再找个死人装进棺材里，然后改名换姓到别处去隐居。"陶铭心五味杂陈地笑了，没有说话。

　　第二天中午，阖家人正在商议此事，余庆突然大叫着冲来厅上，手中拿着一条白绫，跪下痛哭道："狱卒送来的，让去给老爷收尸。"宋夫人、宋好问听说，登时瘫坐在地上大哭起来，陶铭心和赵敬亭同时惊呼："自尽？"

　　原来一大早皇上降下御旨，念宋知行为官多年，政绩显赫，从斩立决改为赐自尽，而且特赐免抄家，其余官员有的改为斩监侯，有的改为流放迪化、宁古塔，还有的竟赦免了。宋家无法，只得把宋知行的尸体接回家中。

　　丧事由陶铭心一力操持，入殓时，他将那个鼻烟壶放了进去，流泪道："好兄弟，你用这件东西救了我的命，如今陪你下去，就当大哥陪着你。"宋家多财，延僧请道，大开水陆道场。忙过了头七，陶铭心把葬礼一应开销列了单子，交给宋夫人："太太和大爷若看着没错儿，我过两天就回苏州了。"

　　宋夫人言谢不住："老爷没有亲兄弟，多亏了伯伯，才完得这件大事，账目不消看了。"又让丫鬟取来一盘银子，"这三百两银子，权作回去的盘缠。看在亡人分上，伯伯一定要收下。"陶铭心坚辞不受："老三没了，你们也要节省些，不要坐吃山空。"来回几次，宋夫人也罢了："还有一件事要和伯伯商量。"

　　陶铭心料到了："素云的事？"宋夫人点点头："本来要办喜事，谁知办了丧事。可素云既然来了，就不消回去了，等三年孝满，就和问儿成婚。"陶铭心问："这是三弟的意思？"宋夫人道："老爷哪里来得及交代这些，但聘礼下过了，素云也上门来了，就是宋家的媳妇，没有再回娘家的理儿——我是个妇人家，不懂什么，伯伯是读书人，这其中若有违背礼节的，还要伯伯教训才是。"

　　陶铭心想了想道："太太说得很在理，我也没什么说的，只是素云留下来，一定要遵循大礼，足足地守满三年孝，再说婚事，平时一应行止，也不可乱了规矩。"宋夫人道："伯伯放心，我们家地方不小，让媳妇另院别住，我再分几个丫鬟老妈子服侍，不会有任何悖礼之处，饭单独吃，早晚也不用向我问省。"顿了下，她又道，"问儿起居都在书房，俩孩子也见不着。守孝期间，我会督促他读书，出了孝就要应试的。"

陶铭心见她说得稳妥，也同意了，来跟素云说了，素云撇着嘴哭了："反正三年后才结婚，我在这里做什么呢？我想跟爹回苏州去。"陶铭心摸摸她的头："好孩子，你已经是他家的媳妇了，按礼节，是应该留下来的。"素云哭得更厉害了："什么礼节？把我关在别院里，跟坐牢有什么分别！"

赵敬亭也劝陶铭心带素云回苏州："她在这里一个人都不认得，还不能出门，别说她一个小姑娘，就是只小猫小狗，这么憋屈三年，不也得活活憋疯了？大哥，你不要轻信老三这个婆娘，我冷眼瞧她的言行，不是正派女人。宋家的下人，除了那个余庆，一个个也是势利眼，能指望他们伺候好素云？"陶铭心为难道："我岂不知这些？但礼法不能乱，素云已经是宋家的人了。"赵敬亭急道："什么礼法不礼法的！大哥读书读呆了，现在是个什么世道，你讲礼法，别人讲么？到头来吃亏的还是自己——是素云！什么孔孟程朱，谁要教我委屈自己孩子，那就是混账糊涂蛋！"陶铭心怒道："老二！你又口不择言了，圣人你都敢侮辱的么！"

临行前，素云唤来保禄，拉着他的手道："保禄兄弟，你虽不是我们家的人，但我向来把你当亲弟弟，你是个聪明人、细心人，以后要照顾你先生、你姨娘，还有两个妹妹。姐姐给你行礼了。"说着双膝就屈下来，保禄连忙扶住："姐姐，你放心。"又宽慰她道："姐姐，你这院子外头不远就是大明湖，你要觉得憋闷了，就找个梯子，在墙头看看风景，也宽一宽心怀。"素云苦笑道："傻兄弟，我们做女儿的，那样做会被唾沫星子淹死。"

陶铭心又来交代了几句，眼看素云要哭，咬咬牙，转身去了。宋好问和余庆送到城外二十里才回。走了一程，赵敬亭也告别："我要去山西，那里有个老前辈，口技天下第一，我去拜个师。"将身上的碎银子全给了陶铭心，"大哥不要推辞，我有这张嘴，一路都不愁。"陶铭心收下了，目送赵敬亭走得看不见了，才和保禄上路。

路上闲话，保禄问："赵先生真是个潇洒的人，他没有家室么？"陶铭心道："我们两家本来是南京的邻居，我家做绸缎生意，他家做蚕丝生意，常有往来，我们从小就交好的。皇上第一次南巡时，他们家的货船在河港里没停好，被大风一吹，撞了皇上的龙舟，他父亲被江宁府抓去活活打死，家产被抄没了，他夫人和儿子也失踪了，老二就此流落江湖，做了个说书先生。"保禄感慨不已，又问："宋老爷也和先生从小相识么？"陶铭心道："和老三的交情，要复杂些。"

路上多日，二人回到苏州，先探望了汤普照，保禄要在城中住两天，陶铭心自回三棵柳村。珠儿和青凤扑上来抱着他，经过这趟旅程，陶铭心恍如大梦一场，抱着两个女儿久久不撒手。跟七娘说了宋知行犯罪自尽、素云留在济南的事，七娘很是郁闷，埋怨他不将素云带回来，陶铭心也不解释。

当晚，阿难来了，带了两包茶叶："听说先生回来了，学生来看看。"陶铭心拉他坐下，问道："我不在的日子，可读书没有？"阿难搓手笑道："读，每天都读呢。"问候他父亲，阿难道："父亲也知道先生回来了，让我来请先生明天过去，设宴洗尘。"

隔日去乔家的路上，遇到了任弗届，陶铭心问："老兄何时回来的？"任弗届一脸诡笑："回来一阵子了，听说慎行兄出了趟远门儿？"陶铭心料他这次大比又名落孙山，也不问他在杭州的事，客套了两句便过去了。

乔陈如摆了素宴等着，喝的是葡萄酒。先关切地问了一番北上的事，得知宋知行已死，乔陈如大惊："宋兄弟犯了什么事？"陶铭心说了河防的案子："他实在是无辜的。"乔陈如唏嘘不已："这案子我听说了，但不知道宋兄弟也被牵连进去了。做官就是这样，做京官，是伴君如伴虎；做外官，也好比是万岁爷放的风筝，那根线断不断，全凭万岁爷一句话，而且天上那么多风筝，难免线跟线打了绞，连累了性命。"

陶铭心道："乔老先生当年辞官，怕也是悟到了这一层。"乔陈如点点头："正是。雍正爷在位时，先尊做到了国子监祭酒，病死在任上。今上念着先尊的微功，将我从纂修直接拔到军机处行走——历来中进士的，没有升迁这么快的。我心里总是不安稳，恰逢那几年身体不好，信了佛，于是就辞官回到了苏州。在京时，和宋兄弟交情不错，如今他坏了事，我也很难过。"

两人谈到日落，陶铭心惦记着去济南前乔陈如说的"差事"，旁敲侧击了几句，乔陈如不动声色地挪了话头："不急，有别的事跟先生商量。"他回书房搬来一大摞书，放在桌上。陶铭心瞧去，有《全像古今小说》《觉世名言十二楼》《情天宝鉴》《忠义水浒传》《隋炀帝艳史》等。"先生瞧瞧，这都是阿难偷偷买来的书，这些是能看的？"乔陈如抽出那本《忠义水浒传》："尤其这本，是朝廷明令禁止的，也不知他从哪里买来的。幸亏我查了出来，不然被他瞒到什么时候！"陶铭心局促不已，他知道阿难爱读小说——这个年纪的少年，谁不爱呢？他觉得只要有度，也不为过。如今被乔陈如弄破了，他脸上也无光彩，许久未说话。

乔陈如唤来仆人："酒菜热一热，就用这些书烧火。"仆人搬着书去了，乔陈如又从柜中拿出一封银子："这是明年的馆金，请陶兄收下。"陶铭心疑道："老先生这是何意？"乔陈如笑道："阿难也不小了，我已给他捐了个监生，下次大比，就让他进场。乔某相信先生的本事，定能让小犬一战功成，这银子，是提前给先生的谢礼。"

陶铭心冷笑不言，乔陈如的用意很明白了，无须自取其辱，便拱手道："今日来，正好要跟老先生说，往来山东一趟，我精力大损，想休养一年半载的，阿难的学业，还是另请高明罢！"乔陈如佯装吃惊，劝了几句，也就同意了，让陶铭心收下银子，陶铭心坚辞不受。

几天后的中午，阿难跑来陶家，在院子里打滚撒泼，哭着求陶铭心回去。陶铭心拉他起来，替他拍了拍土："我不教你是我的过，不是嫌弃你。"阿难哭道："先生一走，我爹又请了任弗届！那个老王八，教了我一早上，打了我十来回。"伸出手来给陶铭心看，被戒尺打得肿起老高。陶铭心皱眉道："你啊，不要顶撞他，忍耐忍耐。"

"我看见他就犯恶心，怎么忍耐！我在底下读书，他在上头不住地放屁，用手帕子擦胳肢窝，还总往地上吐痰，还不如一条狗干净！"阿难啜泣个不停，又说，"我早听说了，他在杭州强奸人家丫鬟，被他朋友赶了回来。去年乡试，他在衣领子上写小抄，被宗师打了一顿板子，不让他考了，所以来求我父亲，要代先生的馆。我把这些跟父亲说了，他不信，还抽我嘴巴。"陶铭心又气又笑："苏州城里多少好先生，你父亲怎么来回都请他呢？"阿难咬牙道："他早年间跟我爷爷有点子交情，爷爷死前，让我多多看觑他。对了，我爹还说，不让保禄跟我一起学习了，打发他回城里去，说我俩在一起只会胡闹，白白耽误了。"

送走阿难，陶铭心闷闷不乐。此后，每天在家读书，带两个女儿玩耍，教她们认字，尽享天伦之乐。青凤出落得越发俊俏，直如粉雕玉琢的一般，性子也伶俐。只是珠儿依旧憨憨的，每日里只会傻笑，轻易不说个连句的话，像个木头人。

过了个把月，汤普照带着保禄造访，陶铭心正抱着青凤在院子里玩九连环，笑道："巧了，正想着这两天进城去看你们呢，你们就来了。"见汤普照面带戚色，陶铭心放下青凤，让保禄带她去玩，将汤普照请进内室，客套几句，问道："汤兄有什么不顺心的事？"

汤普照眼圈红红的："我要走了。"陶铭心惊讶道："去哪儿？"汤普照道："教宗下来了命令，让我回欧罗巴。"陶铭心问："我不太懂贵教的规矩，来来去去都是上面定的？"汤普照点点头："教宗下令给澳门那边，澳门再派人传达给我们。我在中国快二十年了，没做成什么事业，好不容易收了老吴夫妇两个教徒，又都自杀了，这件事大大地坏了我的名声——教宗觉得我白白糟蹋经费，便令我回去。"说完双手捂住脸，沉沉地抽泣起来。

陶铭心问："保禄也要跟你回去么？"汤普照掏出帕子擦擦眼角："今日来访，就是要和先生商量这事。我回去有各种事务要处理，或许会被派到其他地方传教，不可能一直带着他。而且保禄也说了，不想去西洋，他生在中国，习惯了这里。"他往前探了探身子，"陶先生，咱们相识不短，你是我见过的最有操守的中国文士，我可以把保禄托付给你吗？"

陶铭心想都未想，直接道："当然可以。保禄是我的学生，我也喜欢他，家里再穷，也不缺他一口饭。"汤普照眼泪又掉了下来，强笑道："先生也过知天命之年了，还没个儿子继承血脉，若不嫌弃保禄是个异种的，就将他收为儿子，以后改姓为陶。我是没有意见的。"陶铭心笑道："这就无从谈起了。"

这时，青凤兴冲冲地跑进来，手里举着一个竹篾片做的小风车："爹瞧，保禄哥哥给我做的！这会儿正给姐姐做哩。"陶铭心接过来，摇了摇，绿晃晃地转，又递给她："跟你保禄哥哥说，小心割破了手。"青凤笑着跑出去了。汤普照瞧瞧窗外，保禄正在墙角处忙活，珠儿和青凤蹲在他旁边，三人说说笑笑。他长叹一声："我一心想让这孩子将来做传教士，继承我的事业，但看样子，他以后会成个木匠——我也管不得以后的事了，只希望他好好活着。"

看汤普照哀伤的样子，陶铭心猛地闪过一个念头，低声问："汤老师，勿怪陶某唐突——保禄，真的是你朋友的儿子？"汤普照垂着头，好一会儿才说："不是。"陶铭心惊讶道："莫非他是——"汤普照脸上泛起红来："一念之错。"陶铭心轻叹了口气："怪不得……贵教不容这等事的？"汤普照道："这次召我回去，很重要的原因，就是关于这事的风言风语传到教宗那里了。"

陶铭心又问："那保禄的母亲是谁？"汤普照有些局促："广州那边一个大户人家的丫鬟，信了教，跟我私奔到扬州，那年她才十五岁。后来她受不了清苦的生活，保禄两岁时，便悄悄走了。这些年，我也不知她的下落，或许已经死了。"陶铭心感慨道："汤兄，你还会回来吗？"汤普照哽咽道："保禄在这里，我当然想回来，但路途遥远，人生无常，谁知道以后的事呢？"

"关于保禄的身世，要告诉他真相么？"

汤普照坚定地摇摇头："不要，永远不要。"

第 10 章　保禄长出了"猪尾巴"

　　陶铭心和保禄送汤普照到渡口上船，他要先去杭州，和那里的传教士交割一些事务，然后南下广州。渡口纷纷攘攘，三人的告别很仓促。汤普照送了保禄一只象牙十字架："顶多三五年，我必回来，届时教会要不同意，我就随商队偷偷来。"又和陶铭心紧紧握了手，"城里的房子退了，有些家当，先生可变卖了，那些书，叮嘱保禄勤学。"

　　看着汤普照的船走远了，保禄才伤心起来，默默地擦泪。陶铭心想带他散散心："咱们就在城里吃饭，四处逛逛。"带保禄去逛了让王庙，又去附近的酒楼，点了他爱吃的板鸭和煎鱼，饭后又到观前街看杂耍，保禄的心情才好一些。

　　街心最热闹处，有人表演鞭技，老远就听见啪啪乱响。陶铭心和保禄凑过去看，只见一个中年汉子，右脸一片紫胎记，瘦小，结实，光着膀子，胸前几条刀疤，腰中间扎着巴掌宽汗巾子，灰裤子，短帮鞋，踏着丁字步，一双小眼睛如鹰一般，溜溜儿闪着光。保禄见他空着手，疑道："他的鞭子呢？"

　　他的鞭子不是寻常的，而是他的辫子，高高盘在脖子上，黑亮亮的，如一条大蟒。有个看似他儿子的，和保禄差不多年纪，高高举着一块砖头。那汉子转几圈，舞动起辫子来，身子往前一倾，那辫子就嗖嗖地带着响儿，如闪电般劈下，咔嚓一声，将砖头打得粉碎。又试铜盆，打出个大坑；试一柄刀，打豁了刃儿；再试一枚铜钱，没打坏，而是用辫子梢儿不偏不倚地打过了钱眼儿，提着给众人看：“我刘神鞭的名声，不是假的！这套本事，不是虚的！若没脏了乡亲们的眼，莫教咱空手过去！”那少年捧着一个瓷碗，绕着走了一圈，很快就装满了铜钱。

刘神鞭从碗中抓起一把铜钱，往天上一扔，旋风一般转了几转，将长辫在天上搅了几搅，一个不落地把那些铜钱都穿起来，又在空中翻腾了几下，用手把辫子一压，十来枚铜钱齐刷刷飞在地上，一个叠一个，整齐地摞在一起。众人欢呼如雷：“果然刘神鞭！”

保禄也使劲拍手叫好，陶铭心却脸色铁青：“寡廉鲜耻！畜生败类！”保禄不解：“他一个卖艺的，怎么无耻了？”陶铭心道：“他一个汉人，岂不知为这根辫子，死了多少同胞，不仅不以为耻，还用来哗众取宠，真是猪狗不如！这些为他鼓掌叫好的，也都是愚昧的败类！”保禄吐吐舌头不敢言语了。

去汤普照的旧居收拾了，几样粗重家具卖了两百个钱，雇了车，将三大箱书运回三棵柳村。多是外文书籍，还有徐光启、李之藻、杨廷筠翻译的《天主实义》《几何原本》《畸人十篇》《同文算指》《火器图解》等等，顶稀奇的，是一卷《万国全图》。

对着地图，陶铭心愣愣地看了半天，除了中国，还有经常耳闻的俄罗斯、日本、朝鲜、越南、印度等，大多数国家是他未曾听说过的，平时读古书，倒知道昭武九姓什么的，但跟图上的国名完全对不上。他惊奇地发现，中国只是这广袤世界的一块罢了。保禄在旁笑道：“汤老叔让我从小就背这幅图，说世界是个西瓜样儿的，压根没有中心，中国虽然叫中国，但也不是中心。”陶铭心不以为然：“我可不相信世界是西瓜样的，那么着，边角处的国家和百姓不得都滑落到大海里去？佛教中有四大部洲的说法，倒比这个可信。”他小心地卷起这幅地图，放在书架顶上，“画这幅图，除非是神仙在天上俯视着才能够，凡人目及不过数里，怎么能画出世界？可想这图并不准确。”

家里凭空多了一张吃饭的嘴，七娘大为光火，在陶铭心面前不敢说什么，只是背地里嚼舌头，不是柴米贵就是灯油费，从来不给保禄好脸儿，说话也冷嘲热讽的。保禄知道她向来看自己不上，又寄人篱下，万事忍耐。珠儿和青凤得知保禄今后要住在家中，高兴得手舞足蹈，尤其是青凤，整天和保禄腻在一块儿，想出各种新奇玩意儿让保禄做，什么带轮子的鞋，会抓耗子的竹子猫，还有一个自动摇扇子的木头侏儒。陶铭心总忍不住呵斥几句"奇技淫巧"。

读书时，保禄倒认真，一字一句地问，但总是提出异议。有次竟然说："跟先生学了好几年，我觉得四书五经都没什么意思。"如一盆冰水，浇得陶铭心脊梁骨都冷了，训斥也好，打手心也好，只是难让保禄服膺。相比经书，保禄更喜欢研读汤普照留下的书籍，还跟陶铭心商量："早上先生教中国学问，下午我自己学汤老叔的学问。"陶铭心暗自哀叹：前些年倒没瞧出来，这孩子如今越发古怪了，到底不是中国人，骨子里和这些经典格格不入。

这天，扈老三来到家中，送了两斤猪肉："城里文庙祭了孔，有千把斤猪肉，许多秀才排队领呢，正好我进城办事，帮任先生和陶先生领了回来。"陶铭心称谢，让七娘拿去整治。扈老三看见保禄和青凤正在葡萄架下下棋，笑问："听说那个治病的老汤走了，这孩子如今跟着先生过？"陶铭心道："是，他没人可依靠。"

扈老三讪笑道："这孩子虽是个洋种，但既然长住咱们大清，也要遵循大清的制度——他都十来岁了，怎么不留辫子？"陶铭心冷笑道："老三，保禄前些年住在乔老爷府上，也没见你计较，怎么住到我家来，就开始苛刻人了？"扈老三道："先生不要误会，以前睁只眼闭只眼，大家方便，我也省心。但如今上头拘管得严，三番五次下指示，要我们在地方上多留神头发的事儿。整个三棵柳村，就这洋孩子没有辫子，一头黄卷毛儿，看着实在不像话。咱们村里几个两三岁的娃娃，都留起来了呢。"

"他是洋人，不是中国人，不按中国的制度。"陶铭心看着扈老三那副黑油大脸，越发恶心，指着大门道："我还有事，您老自便。"扈老三正色道："陶先生，话我已经说到了，若不听，只怕后头不好看！"陶铭心大怒，上前抽了他一耳光："混账东西！也不瞧瞧自己的身份！"扈老三敢怒不敢言，捂着火辣辣的脸颊，咬牙切齿地去了。

七娘上来劝："何必跟他动怒呢？俗话说，不怕官，只怕管，咱们在这村里住，少不了要对他客气些。"陶铭心怒气不消："你懂什么！我好歹是个秀才，乃衣冠中人，就是知县、知府也得尊重，他拿那话压我，必须教训他！"

当天下午，家里突然来了四个皂隶，气势汹汹地闯进门，如猛虎扑羊般，先将在院子里玩耍的保禄捆了。陶铭心从屋里出来，呵斥众人。一个皂隶拱手道："陶相公，堂尊大人说了，不拿绳子捆你，咱们也不费唾沫，去衙门走一趟罢。"珠儿和青凤吓得哇哇大哭。七娘跑回屋里拿了一把铜钱，塞给皂隶："是什么事？大爷们好歹宽待宽待。"那皂隶把铜钱往地上一扔，揉了七娘一把："看不起谁呢？鸡零狗碎儿打发叫花子呢？"陶铭心见皂隶动粗，上前要打，早被两个皂隶按住，背剪了胳膊，也拿绳捆了，推着他和保禄出了门。

三棵柳村属长洲县辖内，一径来到苏州城西南的长洲县衙。知县升了堂，先命人给陶铭心松绑，还骂皂隶："狗奴才，反了！连读书的相公都敢绑！"陶铭心扭扭胳膊，让也给保禄松绑，知县笑道："不急。老先生，你高低是个秀才，难道不知国家律法么？扈老三让这孩子留辫子，你为什么阻拦？"

陶铭心正要答话，突然膝窝上挨了一脚，扑通跪在地上，两只膝盖疼得钻心，急得大叫："国有国法，秀才上公堂不必下跪！"皂隶啐了一口："瞎眼的东西，苏州城里最不缺的就是秀才和婊子！"知县摆摆手："说话要恭敬。"对陶铭心微笑道，"本官是明理的人，陶先生，你先说说，这洋孩子是谁，你为什么不让他剃发留辫？"

陶铭心忍着怒火，回道："这孩子叫保禄，生在澳门，父母是来中国经商的西洋人，生病死了，他跟着一个西洋郎中，辗转来到苏州。去年那西洋郎中也走了，将这孩子托付给我抚养。学生不让他留辫子，是因为他是洋人，以后也要回西洋的。"他看了保禄一眼，接着道，"广州、澳门还有杭州等地的洋商，也没有改变服饰发式，保禄的情况，应该和他们一样。"

知县笑道："这孩子的情况，和那些洋商可不一样。那些洋商来做买卖，前后几个月就走了，停留期间也不准他们胡乱走动，衣裳发式不打紧。但这孩子从小生长在大清国，说的话，吃的饭，穿的衣裳，都是咱们大清的，就算是咱们大清国人。陶先生，你是读书人，本官也不为难你，好生让这孩子剃了头发留了辫子，编户齐民，这事儿也就完了。"

陶铭心圆睁着眼："大人此言差矣，多少西洋传教士来中国，一待几十年，除非在皇宫里做官，否则也不用剃发留辫的。保禄是不得已淹留在此，何必剃发呢？"知县重重冷笑一声，朝上拱手道："万岁爷下过几次圣谕，不让西洋人传教，你拿这孩子跟传教士比，是想将他赶出中国么？"见陶铭心语塞，他又问保禄："你这孩子也不小了，本官听听你的主意。"

保禄挺胸道："我不愿意留辫子！"知县怪笑道："留不留也不是你说了算，我且问你，你自个儿觉得，你是中国人还是西洋人？"保禄愣住了，这个问题他也问过自己，但难说清楚，论样貌骨血，他确实是西洋人，但论言行习气，他又是中国人，简直是一盆墨水：这是墨，还是水呢？他想了想，回答道："我不是中国人，也不是西洋人。"知县忍不住笑了："你这样的情况，倒也罕见。罢了，不管你长什么鬼样，既然在我们大清生活，就算大清人，就要剃发留辫。"保禄抻着脖子喊道："我好好的，不要那个猪尾巴！"

知县暴怒："大胆！"陶铭心也慌忙道："保禄！不要这么说话！"知县已经掷下签子来，令皂隶打保禄二十大板，两个皂隶将保禄踏在地上，陶铭心早扑了上去，护着保禄不让打，求情道："大人！刚才那句话，实在是他少不经事，学生愿意代他受罚。"知县冷笑道："他跟着你生活，说出这样大逆不道的话，确实该罚你！左右的，四十大板！"

皂隶把陶铭心拖翻在地，两只毛竹大板轮番打下来，陶铭心咬着牙一声不吭。保禄哭着求情，皂隶看陶铭心年纪大了，生了恻隐之心，板子收了劲。知县瞧出来了，怒喝道："你们收了他的好处不成！再打人情板，本官严惩不贷！"皂隶无法，只得上了力气，才五六下，就打得陶铭心皮开肉绽。保禄使劲磕头："我剃发！不要打了！我留辫子！不要打了！"

知县挥挥手，皂隶退到两侧，陶铭心面色苍白，喘着粗气道："不剃！不留！县衙门不公，我去知府衙门告状！"知县正要发怒，一个杂役从外面跑进来，手里拿着一封书，递给知县，耳语了几句。知县拆开信看了，望了眼陶铭心："你和乔老爷认识？"保禄看有转机，忙喊道："我先生之前在乔老爷家坐馆的！"

知县从台上走下来，站在陶铭心面前："秀才里原来也有硬汉，本官算见识了。

陶先生，乔老爷知道了你的事，吩咐我从宽处分，我劝你也见好就收。你难道不知，我大清第一等忌讳的就是头上这点子事？让这孩子乖乖剃了头，你要心里恨，我让扈老三给你磕头赔罪，你的伤，我也出钱给你治。你看如何？"

保禄哽咽道："先生，我可以剃头。"陶铭心捏着拳头朝地上重重一捶："不准剃！"他瞪着知县，"我要往上面告！告你滥用律法，告你欺压良民！"知县冷笑道："本官依法办事，还怕你告不成？来人，去街上找个待诏，给这崽子剃了！"

很快，皂隶带来一个剃头匠，剃头匠将挑子往地上一放，给知县磕了头："大人有何吩咐？"知县笑道："请得好，你的手艺出了名的。"指着保禄，"给这崽子剃了头，打了辫子！"陶铭心动弹不得，气得胸膛都要炸裂，看这剃头匠，右脸上一片紫胎记，登时想起来，正是之前在街上见到的那个"刘神鞭"，不禁暴怒："原来是你这狗奴才！"刘神鞭笑道："你这相公，平白无故骂我做什么？"知县急道："赶紧的！"

一个皂隶将保禄按住，刘神鞭摆出挑子里的家伙事儿，先给保禄湿了头，用剃刀去发，保禄憨愣愣地呆在那里，任由他摆弄。刘神鞭边忙边念叨："头一回弄洋人的脑袋，头发倒很软。来我们大清，就要守我们大清的规矩。留头不留发，留发不留头，简简单单，明明白白。剃头好，凉快，不生虱子。系辫子好，摇摇头，还能赶苍蝇哩。"很快，剃光了大半块脑袋，剩下的往后一顺，三五下就打好了一根辫子。只是保禄头发尚短，辫子只有七八寸长，黄黄的，卷卷的，倒有一丝滑稽。

知县又道："也给这先生刮两下，头发长出来了。"刘神鞭对着陶铭心一躬身："您老担待。"陶铭心疼得几乎昏厥，只能任他剃。刘神鞭麻利地给他刮了几刮，露出青皮来，又往辫子上抹了些桂花油，收拾了挑子，领了知县的赏钱，唱着曲儿去了。

知县让皂隶扶起陶铭心，笑道："多简单的事！两口茶的工夫儿，这不就完了么！老先生，本官打你是为你好，上面问起来，一听罚过你了，也好交代。你若往上面去告，本官给你打包票，铁定是个输，好的话，发回来让本官重审，歹的话，直接让你丢了脑袋！"陶铭心红着眼道："想当年，为这缕子头发，丢的脑袋还少么！"

知县听他说得不像话，又不好违拗乔陈如的嘱咐，掉臂而去。皂隶将陶铭心拖到街上，骂了几句，也回去了。保禄背着陶铭心走了一截，实在走不动了，抱着陶铭心在街边哭泣，忽然听到有人叫他，一扭头，是同村的张何氏。她挎着大包袱，里面都是要给人浆洗的衣裳。看陶铭心受了重伤，已经有些昏迷了，张何氏惊问："你先生怎么了？"保禄哭着说了经过，张何氏哀叹几句，出钱租了辆驴车，和保禄一起将陶铭心抬上去，拉回了三棵柳村。送到家门口，张何氏自己先去了。

七娘大惊，把陶铭心扶到床上，珠儿和青凤要来看，被她撵了出去。拉着保禄问了半日，知道了来龙去脉，七娘指着保禄的脑袋大骂："你个丧门星！为了你，害老爷成了这样！你这是金脑袋还是银脑袋？你的头发是金丝儿还是银丝儿？别人剃得，你就剃不得？你舍不得你娘个×！"

保禄颤抖着肩膀只是哭，一句话不说。

第 11 章　陶瓮里的和尚

　　七娘骂了一通，让保禄再跑去城里请薛神医。薛神医来看了，陶铭心从臀到胫已是血烂，裤子黏在伤口上，褪不下，用剪刀豁开了，各处捏了捏，连说麻烦，已经伤到了骨头。上了药膏，又开了副化瘀的方子，要了一两的医金，便骑驴去了。

　　屋漏偏逢连夜雨。过了两天，珠儿也突然病了。先是高烧，然后又低烧，一会儿喊冷一会儿喊热，忙得七娘在夫女之间穿梭不停。令人气闷的是，薛神医也断不出珠儿害了什么病，只说要用食补，白粥里面加百合和燕窝丝儿。七娘舍不得，想用银耳。陶铭心发了脾气："平日让你，不要忒拿大！这家里还轮不到你做主！"让保禄每天去城里抓药时，顺带买两钱燕窝回来给珠儿吃。

　　七娘忙了头几天，便将照顾病人的活计全派给保禄，自己也啾唧起来，嚷着身上不舒服，日夜使唤他，简直像个奴仆。保禄毫无怨言，尽心服侍一家人。青凤看不过去，对七娘抱怨："姨娘，你对保禄哥也太过分了，姐姐生病又不怪他。"七娘叉着腰道："三姐儿，你懂什么，你姐姐就是看了你爹的伤吓病的，归根结底还是那洋崽子的过。"

　　如此月余，家中积蓄已所剩无几，幸好陶铭心伤口结了痂，珠儿也渐渐好了，只是保禄吃不好睡不稳，瘦了一大圈。这天，保禄带青凤在门口的草丛里捉蟋蟀，忽而瞧见街角处一个女人朝他招手，保禄跑过去，是张何氏。

　　保禄道："婶子叫我？"张何氏递过来一个纸包："你先生的伤好些了么？

这些三七粉是活血的，回去煎了喝。"保禄道谢收下，正要走，张何氏拉住他："你急什么，还有事呢。之前你不是给我修了修柜子么？我看你手倒灵巧，最近祇园寺要修罗汉堂，需要木匠，我想着你先生如今病着，家里也没个进项，你想不想去搭个手，十天半月赚几百钱，也贴补贴补家里。"

保禄拍手道："好呀！我正惭愧白吃白喝呢！只是我的手艺都是自学的，人家肯要我么？"张何氏笑道："领头儿的是我亲哥哥，我一句话就完了，愿意的话，明早来我家。"保禄喜不自禁，对着张何氏连连作揖。

回到家，趁旁边没人，保禄将打算告诉了陶铭心。陶铭心皱眉道："你什么时候认识张娘子的？"保禄笑道："之前阿难让我做玩具，没家伙，我去她家借过几次——张卯死后，先生帮她雪了冤，她对我也客气，一来二去就熟了，我还给她修过东西。"陶铭心摇头道："你和阿难就没个正事儿。"想了想，说道："也好，祇园寺也不远，你就去充个数，钱不钱的不打紧，给你几个就是几个，不要和人家争。咱们家虽困难，也不等你的钱用，干活儿的时候小心点，不会的多请教老师傅。"保禄答应了。

隔日清早，跟七娘告别，七娘听他说要出去做活，拧着眉头道："你？做木匠？眼睛放亮些，砸到胳膊腿儿的，家里可没钱给你治。"来到张家，张何氏笑道："你倒心急，来这么早。"得知保禄还没吃早饭，便下了半斤面，两人对坐着吃了。半上午时，何万林来了，端着长烟锅子，提着一个大箱子，往地上一撂，扯着嗓子喊："人呢？走了！"张何氏拉着保禄出来，笑道："哥，你留心照顾他。"

何万林一看是保禄，不快道："怎么是这个洋崽子？鬼模鬼样的，我瞧着就烦。"张何氏笑道："只要能干活儿，管他长什么样呢！哥哥别看他瘦，力气大得很呢，这么长、这么粗的木头也搬得动。"何万林问保禄："你不在乔家了？"保禄道："我现在跟着陶先生过。"

何万林从箱子里拿出两块边角木头，往地上一扔："做个榫卯瞧瞧。"保禄二话不说，拿过凿子和斧头，片刻工夫，就做了个榫卯，将两块木头牢牢揳在一起。何万林喷了两口烟，点点头："手倒快，就是有些糙，算了，跟我走罢！"张何氏要他吃了午饭再走，何万林头也不回："没空！回头去看看娘，天天念叨你！"

随何万林来到村口，十来个匠人在等着，里头有两个孩子，和保禄差不多大，穿得破破烂烂，手脚都是干泥巴。众人见到保禄都笑："这就是三棵柳村的洋崽子？早听说过的。"一个汉子问保禄："洋崽儿，你会说中国话？"保禄白了他一眼："会不会，关你屁事！"众人大笑。两个孩子害怕保禄，躲在他背后嘀咕："他尾巴呢？他们洋人不是都有尾巴么？""在裤子里藏着呢！"

一行人步行了好一会儿，来到藏鼎山下的祇园寺。一个眉目俊秀的年轻和尚，自称是月清方丈的徒弟，法号缘冲，引他们进了山门，来到破旧的罗汉堂前："之前一直当粮仓，顶上的椽子都烂了，墙皮也掉了，地上都是耗子洞，师傅们辛苦些，好好翻修。"又问谁是木匠，谁是泥瓦匠，谁是塑像的，"木匠和泥瓦匠师傅修着殿内，塑像的师傅就做起十八罗汉来，图样我一会儿拿来，一定要按图来造，我们寺不比别的野寺村庙，菩萨罗汉的样子都极讲究的。"

吩咐一番，又带众人来到西北角的一处院落，有几间土房子："本是给挂单的僧人住的，现在也没人，师傅们将就几天罢。一应饭菜，随我们吃，只是不能在斋堂吃。"单独叫过何万林，低声说了些什么，似乎是核定工钱。

吃过午饭，众人就开了工。保禄随何万林爬架子修堂顶，嘴里塞满了钉子，腰间别着斧头，何万林让他修哪里，他就钉哪里，还要替换椽子，做榫卯补斗拱，稍微慢点儿，何万林就用烟锅子敲他脑袋。天气燠热，干坐着就一身汗，还不如动起来凉快些。众人各有分工，忙得不亦乐乎。

偶尔，月清和尚会来看看，之前保禄在乔家常见他的，被他认了出来："你怎么做起这行当了？"保禄擦了把汗笑道："趁些钱用。"月清皱眉道："听说汤普照走了，你跟着陶先生过，他能允许你干这个？是不是偷偷跑出来的？"保禄道："先生同意了的。"月清也不再说什么，背着手各处看了看就走了。

一天晚上，保禄刚睡下，缘冲来叫，说有人要见他。保禄揉着睡眼跟他左转右拐，来到一间幽静的净室，乔陈如正在灯下看书，招手让他坐过来。缘冲给二人倒了茶，便出去了。乔陈如吸了吸鼻子："瞧你身上臭的，你家若缺钱用，跟我说一声就行了，陶先生何必派你出来做活儿？和那帮泥腿子混一块儿！"保禄笑道："靠手艺吃饭，不丢人。"

问阿难，乔陈如道："在城里呢，他母亲病着，他要伺候，还得读书，这大半年很少出门，你们自然见不到。你和你先生出事那天，他正好去村子里看你们，听袁姨娘说了，跑来告诉我，我就给知县写了封信，没想到还是晚了，打了陶先生。"乔陈如拿出鼻烟壶，往手背上倒了些烟末，轻轻吸了，又问："你先生的伤可好了？我最近在这里静修，也没去看望他。"

聊了几句，乔陈如让保禄不用干活儿了，回去好好伺候陶铭心："修罗汉堂，是我做的功德，到时候少不了给你一份。"保禄谢绝了："先生有姨娘照顾，我还是干完了活儿再拿钱，心里踏实些。"乔陈如喝了口茶，沉沉地说："保禄，你不必跟着陶先生受苦，他这辈子，不会有什么转机了。你若听我的话，我让你过上好日子。"保禄故意问："我要听老先生什么话？"乔陈如微笑道："也没什么特别的事要你做，只是每隔几天来见我一次，跟我说一说你先生做了什么，说了什么。除此之外，没了。按我说的做，你少不了银子花。"

保禄纳闷道："这是要我监视陶先生？"乔陈如挑挑眉毛："监视？不能这么说，你先生那么抵触剃发留辫的事，是要和朝廷过不去？我让你看着他，是为了确保他不会跟杂七杂八的人往来。二十两——你跟我汇报一次，我给你二十两，够你做工做一年了。"保禄拒绝了："我不知道您老要干什么，听着不是好事。"

几天后，木匠活儿已经完工。保禄想多赚些钱，又跟着泥瓦匠铺瓦、刷墙、嵌地砖。地面多是耗子洞，一踩一个坑，何万林让众人挖开地面，找平了再铺砖。保禄一铁锹下去，触到了硬物，扒开土一看，是一块锈迹斑斑的铁板。有个匠人说："把铁板挖出来，可以卖钱的。"众人又掘了几下，发现这块铁板四五尺见方，原来是个盖子，底下有个圆肚陶瓮。匠人们都狂喜起来："肯定是藏宝贝的！"何万林赶紧让众人低声，不要让僧人听见。

几个匠人掀起铁板，惊呼一声，吓得一齐往后跌倒，保禄看不见，钻上前一看，也吓得叫了出来——陶瓮中，有个人。这人在瓮里盘腿坐着，双手合十，土黄色僧袍，头上精光，两条雪银色的眉毛垂下来，和白花花的长须并成三道瀑布，两手的指甲似藤萝一般老长，缠绕在一起，脸上没有一丝肉，左右脸颊紧贴在一起，眼睛眯缝着，纹丝不动。何万林抚着胸口大喘气："我×他娘的……怎么死在瓮里！"看众人惊呆，又骂，"这是你娘的宝贝！赶紧去叫和尚来！"

整个祇园寺都轰动了。月清带着一众弟子匆匆赶来，围在大坑四周。月清捻着胡子沉吟："也是个僧人，怎么在瓮里圆寂了……"僧人们正议论纷纷，缘冲大呼："师父！他胡子动了！"月清和众人一起俯身去看，果然这和尚的长须在缓缓蠕动，猛然间，"阿嚏"一声，吓得众人纷纷往后仰倒，瓮里的和尚连打七八个喷嚏，发出了一声长吁。"活着呢！"月清忙命人将和尚抬出来，"仔细些！别磕碰着他！"

几个僧人跪在瓮边，小心翼翼地把住那和尚的胳膊，如提夯子似的，轻轻将他抬了上来。他的双腿依然保持跏趺状，像是一尊木佛。早有人拿来一领软席，放和尚上去，月清又要来水，亲自喂给他喝。和尚呷了一口，缓缓睁开眼，眼珠甚是黑亮，对月清道："阿弥陀佛。"月清和众僧人一起回礼："敢问和尚尊号？怎么在这瓮中？"和尚又吸了两口水，用力将合十的双手分开，平摊在膝上，老藤般的长指甲轻轻摇曳，跟树枝似的："贫僧法号江澈，敢问师兄，朱元璋可走了？"众人面面相觑，不知其意。

月清瞬时目瞪口呆："江澈和尚——本寺的开山祖师！"缘冲也惊呼："元末至正年间，江澈和尚开创祇园道场，至今已经四百年了！"月清对着江澈一通磕头，僧人们见说是本寺祖师，纷纷跪下，就连几个匠人，也随之行礼。保禄看看何万林，两人都是一脸困惑。

月清颤抖着问："本寺有志，和尚圆寂于至正二十七年，如何，如何会在瓮中？"

江澈微微皱眉："现在是哪年？"

"乾隆二十七年。"

"什么朝代？"

"清朝。"

"元灭后，便是清朝么？"

"中间还有明朝。"

江澈和尚惊讶道："明朝？朱元璋灭了元，建了明朝？"

月清点点头："明朝国祚两百七十多年，大清也开国一百多年了。"

江澈连诵佛号，眼泪汪汪的："原来已经过了四百年……"沉默了许久，缓缓道："我本是吴王的幼弟，俗名张士仁，自小出家为僧。元末起义，家兄占了平江后，便让我在此开祇园寺道场。前不久——至正二十七年秋天，朱元璋的军队攻破了平江城，吴王自尽。朱元璋得知老僧是吴王兄弟，便来烧寺，杀了所有僧人，又将我装入瓮中，活埋于地下。不想过了四百年，老僧尚能重见天日，侥幸惭愧，阿弥陀佛。"

保禄在旁听得瞠目结舌，陶铭心跟他讲过明朝的历史，平江即是苏州，吴王便是张士诚，是明太祖朱元璋当年在江南最强悍的对手，这和尚，竟然是张士诚的亲兄弟，竟然在地下过了四百年都没死，简直是旷世的奇闻。

僧人掇来一个方凳，将江澈和尚扶上去，抬去方丈房内休养。月清对众匠人拱手道："今天的事，多亏了各位施主。不然，江澈祖师不知何年何月才能脱此劫难。"说完对众人深深一揖，又指着那尊陶瓮，叹道："此瓮是圣物，你们不要搬动它，也不要磕坏了，好好用土掩埋。"

又忙活两天，罗汉堂焕然一新，缘冲给了何万林一袋银子。出了山门，众人在路边的树林里分工钱。那两个孩子，每人三钱银子，其他的匠人每人一两，保禄二两。众人不服："凭什么这个崽子多？"何万林道："他什么活儿都干，你们谁敢说自己比他干得多？"又有人道："我听净头说，挖出那个老和尚，方丈多给了你十两谢金，这事大家都出了力，这十两怎么算？"何万林拧着脖子怒喝："放你娘的屁！一个扫茅厕的净头说的话你也信？"众人道："口说无凭，何老大，有本事让我们搜搜身上！"

何万林将烟管抄在手里，胸膛像青蛙那样鼓起来，大骂道："× 你们娘的！反了！以后还想不想跟老子混饭？忘恩负义的王八羔子们！老子一句话，这苏州城内外，十里八乡，让你们一样活儿都干不成！这么好的活计，给你们吃给你们住的，以为是自己交了大运？我呸！都是老子赏你们的！以为寺里住不要钱，往死里吃，一顿嚼人家十来个馒头，做你娘的春梦呢！老子为你们垫了多少银子，看在彼此乡亲的分上，没跟你们计较罢了，现在觍着大脸，噘着×嘴，抱怨我不分钱？但凡对你们和气些，就蹬鼻子上脸，一个个挨狗×了屁眼子似的，朝我吠起来了！"

被何万林一顿痛骂，没人敢说话了。走到大路口，匠人们各自散了。等他们走远了，何万林从怀里拿出一小包银子："给你张婶子送去。"保禄答应着要接，何万林又把手缩回去，板着脸道："老老实实送到她手上，之后我要和她对账的，少了一分一厘，我扒你的皮！"保禄笑道："老叔放心，我最廉洁的。"何万林把银子塞给他，摸摸他的头，大步去了。

回到三棵柳村，先去张何氏家送银子，张何氏拿出一块儿给他："好孩子，拿去买点心吃。"保禄死活不要，张何氏无奈道："你不要钱，之前借给你的斧子刨子的，就留着罢，算是我的一点心。"保禄欢喜不已："这就很好了。"回到家，保禄掏出那二两银子，递给七娘："大娘收着，买些柴米。"七娘笑个不住："好，回头再出去干活儿，大娘给你买双鞋穿。"陶铭心看他破鞋烂裤，一脸汗泥，鼻子一酸，眼泪差点掉下来："保禄，好好歇一歇。"

晚饭间，保禄说了罗汉堂挖出江澈和尚的事，家人个个惊叹。陶铭心问："你亲眼看到从瓮里出来的？"保禄点头："可不是！把他从瓮里抬上来时，我还搭了把手，身上一点肉都没了，在地下四百年，怎么活下来的？敢情真是神仙！"七娘兴奋道："怎么不是？我是相信神仙的，我娘小时候就在山里见过菩萨，浑身发着七彩光。"

陶铭心又问："他说是太祖将他活埋的？"保禄道："对，他说自己是张士诚的亲弟，叫张士仁——先生跟我讲过，太祖皇帝和张士诚打了多少年的仗，打下了苏州，杀了张士诚全家，把他的这个和尚兄弟装进瓮里埋了。"保禄又说在寺里见到了乔陈如："他在那里静修，挖这个和尚时，他也来看了，还说要给这和尚盖个大房子住。何老叔说，挖出这个老和尚，月清和尚并不高兴，因为这和尚是祖师爷，他是方丈，以后祇园寺就不是他最大了。"

临睡前，保禄偷偷跟陶铭心说了乔陈如在寺中跟他的谈话："他说怕先生和杂七杂八的人往来，要我监视，我自然拒绝了。"陶铭心"哦"了一声，捻着胡子沉吟不语，望着灯台里跳跃的火苗发起了痴。

第 12 章　藏鼎山有异兽出没

神僧的奇闻鼎沸了一阵，便被另一个传言冲淡。苏州附近，盛传藏鼎山有异兽出没。百姓将异兽和多年前山上官兵被杀的案件联系起来，说那些官兵不是被吴狗儿等人杀的，而是异兽杀的。传言怎么起来的，谁先传的，难寻源头，关于这异兽是什么兽，也众说纷纭。有的说是虎，有的说是熊，也有豹、犀牛甚至野猪之说，所以笼统概括为异兽。顶神奇的一种说法，是说这异兽是麒麟。每个人都听过麒麟，却没有人见过——墙上的画儿、书上的图、夫子庙门口的石像不算，没有人见过真的麒麟。

说这异兽是麒麟的，只有一个人——保禄。保禄说他看见了，确实是麒麟。他说在书上、画儿上见过模样，在文庙门口见过雕像，一模一样，龙头鹿角，满身鳞片，只是个头比想象中更大，两头牛叠在一起那么高，两头牛连在一起那么长。一个洋崽子的话，自然没人信。村里人说："你一个西洋人，怎么会见到我们中国的神兽？麒麟要见到你，非得把你嚼巴嚼巴吃喽！"陶铭心知道保禄不是乱说话的孩子，问他："你真见到了？"保禄赌咒发誓："老天在上，我怎敢对先生撒谎？不光我看见了，葛先生也看到了。"

葛先生，汉名葛理天，是年初新来苏州的传教士，他给保禄带了汤普照的信。汤普照在信里说了回到欧罗巴的事，教会罚他禁闭三年，研究教义。这位葛理天是法兰西人，是他当年在澳门结识的好友，精通西学，之前在广州十三行的洋人教堂中任神父，教会派其北上来内地传教，汤普照已拜托了他教导保禄。

汤普照也给陶铭心写了信，嘱托他"不要让保禄忘本，中国经典之外，务必敦促他用心西学"。陶铭心很不痛快，心想：你一走了之，将保禄托付给我，如何教导他，我自有主意。他不大待见葛理天，觉得他面相不好，薄嘴唇，大鼻子，满脸黄胡子，颧骨极高，一双眼睛藏在深深的眼窝中，仿佛那里面躲着两个小人儿，可以射出箭来。

葛理天送了信，先去了南京一趟，回到苏州时，已经剃了头，留起了辫子，在沧浪亭附近租了套民宅，直接在门口挂了个铁十字架，堂而皇之地传起教来。听说，葛理天有手段，没去找江苏巡抚，而是通过信教的洋商，和一位旗人总兵攀了交情，总兵又帮他搭上了两江总督，允许他在苏州一带传教，但不准涉足南京和杭州。据说，作为条件，洋商每年要给总督赠送许多西洋礼物。上个月，葛理天来到陶家，想接保禄去城中住，好每日教导他学习西洋学问。陶铭心本不乐意，但保禄很有兴趣，和陶铭心商量，每个月在城中二十天，在村中十天。陶铭心有些失落："你也大了，随你的意。"

保禄将汤普照留下的书籍搬到了城中，每日随葛理天学习天文、算学、外语等学科。他最爱天文学，葛理天又精通此道，还带来了几样仪器，勤加指点，保禄进步很快，学会了使用纪限仪，可以计算一地的纬度，又学着推算日食和月食的时刻，只是还不精确。他心灵手巧，在葛理天的指导下，用木头造出了几架简略的仪器，用来观测天象。

这天午后，葛理天看着天空道："今天天气好，晚上适合观察天象，我教你多认几个星座。"保禄道："不如去藏鼎山，那里高，看得清楚。"两人便带着仪器，从教民家借了一头骡子，前往藏鼎山。路上有许多下山的轿马，藏鼎山风景壮丽，比起文秀秀的虎丘来，别有一番景致，许多苏州的贵人去腻了虎丘，都来藏鼎山游玩。

天色擦黑，山上没了人，保禄和葛理天顺着蜿蜒的山路来到山顶，吃了干粮，选了一处地方，架设好仪器。果然夜空清澈，明星煌煌，葛理天指着各种星座介绍一番，保禄缩在仪器后面不住地调试，估算星星之间的距离，兴趣盎然。

半夜里寒冷，两人在山顶上找了块大石头，铺下带来的被褥，露天而眠。时不时能听到山中野兽的吼叫，保禄有些害怕，问葛理天："葛先生，教会为什么把汤老叔关起来？"葛理天道："他传教传得不好，又允许中国教民祭祖祭孔，教宗生气，就把他关了起来。"保禄纳闷："教会不允许中国教民祭祖祭孔？"葛理天道："不允许，我们只准拜耶稣。"

保禄道："那怪不得天主教传不开了，中国人最敬重祖宗和孔圣人了，不让他们祭拜，那等于要他们的命了。"葛理天幽幽地笑了："保禄，你等着罢，不出多少年，天主教一定会在全中国传播开来，让他们的皇帝、皇后、皇子、公主、官员、百姓一个个都信上帝，每个城、每个村，还有紫禁城里，都建起大教堂来。"

保禄又问："耶稣死了三天又复活的事，是真的么？"葛理天严肃道："当然是真的！不相信这个，就无法理解天主的教义。汤先生说你不信教，这可不好。你不是说过么，山下的祇园寺之前从地下挖出一个老和尚，说是活了几百岁，这种荒唐的事你都信，竟然不信耶稣死而复生？"保禄沉默了，望着璀璨的星空渐渐睡着了。

清晨时分，保禄被一阵惊呼声吵醒，刚要起身，被葛理天一把摁住。两人躲在石头后面，瞧见十来个官兵朝这边奔来，一个个丢盔弃甲，狂呼乱叫，仿佛有什么东西在追他们。光线昏暗，隐约看到那边林子里有一头巨大的野兽在摇晃身子，发出阵阵低吼。保禄咂舌道："那是什么？"葛理天道："不知道，咱们先躲着。"

那只怪兽从林中冲了出来——真如保禄事后形容的："两头牛叠在一起那么高，两头牛连在一起那么长"，浑身铁甲似的鳞片，在晨光下熠熠闪亮，那只硕大的龙头左右摇摆，一对儿大眼睛像两盏灯笼般火红透亮，映着两只尖尖长长的犄角，似是两把剑，浑身发出怪异的、瘆人的嘎吱声。

保禄低呼："这不是麒麟么！"

前面是悬崖，官兵无路可逃，惊叫着逃散，往保禄这边的乱石堆奔来。那头麒麟如受了惊的马儿一般四下奔逐，用大犄角乱撞，几名官兵登时便被杀死，躲得开犄角的，又被大尾巴扫到，立刻肢体残断，哀号着流血等死。葛理天赶忙拉保禄蹲下，只听得外边惨叫连连，没一会儿，便没了声息。

又是一声重重的嘶鸣，是他们的骡子，也被麒麟杀死了。保禄探出头，迎面趴着一个已经死了的官兵，正瞪着眼睛看他，半截身子已经没了，身下一大摊血。保禄吓得大叫了一声，那只麒麟听见动静，轰隆隆地迈着大步，朝这边奔来。保禄吓得不知所措，紧紧攥住葛理天的衣裳。葛理天也极惊恐，握着胸前的十字架不住地祈祷，忽而大叫一声，跳到石头上，将十字架扯下来举在身前，用拉丁语大声喊着什么。保禄睁开眼一看，那只麒麟在石头下一动不动，呆呆地看着葛理天，仿佛他才是怪物。葛理天声如洪钟，威严赫赫，如打太极拳一般，把十字架一下一下朝麒麟推出去。神奇的是，那只麒麟竟摆摆头，转身朝林中奔去了，扬起一阵尘土，久久不散。

葛理天脸色苍白，扑通坐在地上，不住地吻自己的十字架，一把拉过保禄来，激动得带着哭腔："保禄！这就是天主的力量！这就是天主的力量！"

天色大亮了。两人看了眼死去的官兵，都是肢体残断，死状极惨。无暇多顾，两人收拾了东西，急急下了山，回到苏州城。葛理天去报了官，晚上才回到家中，跟保禄说："官府已经派人去藏鼎山上搜寻了，按你的说法，我说那是头麒麟，被知县骂了一通，说那是一头老虎，不要危言耸听。可是，哪有长犄角、长鳞片的老虎呢？"

他又恨恨地说："公差里有个教民，偷偷跟我讲，这是近两个月来，藏鼎山发生的第四起案子了，死了七八十人。那异兽杀人却不吃人，杀人的法子也残忍，将人肢解。这事衙门一直压着，怕传出去引发恐慌，而派出去的官兵，竟没一个活着回来的，咱们清晨遇到的官兵，就是来搜捕异兽的。我说呢，在城中听见不少传言，说藏鼎山那边有怪物，还以为是没影子的话，谁想真被咱们遇到了。早知道，还去看什么星象呢？"

"若没有这一回经历，我也不信他。"保禄仰望着堂上悬挂的耶稣受难像，忘情地长叫一声，扑通跪下，噙着眼泪道，"我亲眼见识了天主的神力，我信了。"葛理天欣喜不已，为保禄操办了一套仪轨，摸着他的头道："好孩子，你终于迷途知返了。汤先生若知道你信教，一定会很欣慰。你是有大才的，将来学问修行，定会在我之上。"葛理天讲了许多天主教的历史，保禄听得很耐心，对着那个朱红色的耶稣受难像不停地在胸前画十字。

保禄回三棵柳村住了几日，先跟陶铭心说了在藏鼎山上的险遇，陶铭心惊愕不已。再告诉他自己信了教，陶铭心反而没那么吃惊，沉吟半晌，只说："我虽是你的老师，但管不得你信仰什么，你信佛，信道，信天主，都是你自己的事。只要品行端正，这些都是细枝末节。"保禄道："我虽然信了教，但永远是先生的弟子。葛先生说了，明朝的徐光启、李之藻都是耶儒。耶儒，就是既信耶稣，也信孔子，我也可以的。"陶铭心苦笑道："这话就算了。"

过了两天，异兽的事在城里城外传得沸沸扬扬，百姓人心惶惶，官府出了告示，正式宣告了"藏鼎山有异兽"的事实，并派官兵在山下守卫，禁止百姓上山打猎砍柴。紧接着，又有一股传言散播开来：已死的几十人，要么是官兵，要么是满人，没有一个汉人百姓。

事件变得越发诡异了，每户人家都在私下里谈论此事：这异兽，怕是反清的异兽，不然为何只杀官兵和满人呢？苏州城的满人不多，但个个都有权势，要么是文官，要么是武将，他们立刻采取措施，对江苏巡抚庄有恭施压。这件事迅速传到了京城，乾隆派了钦差下来督查此案，大批官兵在祇园寺集结，准备上山搜捕异兽。

保禄说："眼见为实，我相信那只麒麟是真的，因为没有人可以造出那样的东西。"而陶铭心决不相信那是麒麟，他说："麒麟是仁兽，天下有明君才会出现。现在是什么世道？麒麟不可能下凡的。"听保禄的描述，那异兽用犄角可以将人砍为两段——没有什么异兽的犄角这般锋利，所谓的犄角，定是刀剑做的，那异兽的皮囊底下，则是有人操控了。北方的白莲教、无为教、罗祖教、八卦教、大成教、一炷香教，南方的天地会，都是反清的，这只异兽很可能就是他们伪装的，用来报复朝廷。想起数年前何万林他们抢劫官银的案子，陶铭心认为八卦教的嫌疑最大。

但不论是三棵柳村的百姓，还是苏州城的居民，都不愿意相信异兽是人伪装，坚持说藏鼎山出现了神兽。关于异兽的传言已经神乎其神，说其会飞，会喷火，会钻洞，这绝非凡人假扮能为。还有更大胆的一种传说，在百姓中间瘟疫一般飞速传播：这只麒麟，乃是崇祯皇帝转世下凡，此来是要夺回大明的江山。一同下凡的还有一只三眼猛虎，是史可法转世；一只金毛大狮子，是袁崇焕转世。

这天，陶铭心去城中的利贞书店闲逛，和娄禹民谈到此事，娄禹民说："我也觉得是人假扮的，但百姓不这么想，他们不是不信，而是不愿意相信，他们更愿意相信天上降下来一只神兽，为汉人出气来了。这个说法更耸人听闻，也更激励人心。我估摸着，这个说法，正是假扮的那些人传出来的。"

娄禹民，是陶铭心在南京时的故友。上个月，青凤着了风寒，陶铭心来城中抓药，发现有个高大的汉子一路跟着他，走到一条偏僻巷子，那汉子赶上来，张口便问："可是张慕宗张兄？"听到本名，陶铭心浑身颤了一下，看这汉子有些眼熟，似是哪里见过的，心中更是忐忑，说了句"认错人了"，拔脚便走。那汉子又赶上来："不对，我记性好得很，咱们见过几次，你就是张慕宗，字完器！"

陶铭心停下脚步，冷冷道："先生贵姓？"那汉子作揖道："草姓娄，名禹民。早些年在南京时，与张兄在归八爷府上喝过几次酒的。"陶铭心陡然想起来，确实与他见过，归八爷，就是当年那幅倪瓒仕女图的画主。他紧张地回了礼，依然不承认："娄兄弟，我不是什么张慕宗，你认错人了。"娄禹民左右看看无人，低声道："张兄，你的葬礼我也去了。"见陶铭心满脸是汗，他又道，"张兄，你忘了我父亲是谁么？"陶铭心想起来，娄禹民的父亲娄天德，是黄宗羲的嫡传弟子，曾长年从事反清活动，康熙时遭通缉，躲入深山避祸。娄禹民私下也以遗民自居，不屑功名，当年在南京很有清望。后来，不知怎的，娄禹民携家小离开了南京，不想今日在苏州重逢。

娄禹民拉着陶铭心的胳膊："此地说话不便，到我书店去。"走了一程，来到因果巷的一处铺面，上面挂着招牌：利贞书店。穿过堆满书的前厅，过了青砖铺地的小院，到了内室。检查门窗都关好了，陶铭心这才问："娄兄，我的事，你都知道？"娄禹民笑道："我哪里知道？今天在街上看老兄面熟，心里还嘀咕：张兄不是死了么？但细细一想，就明白过来了——当年老兄出事，正逢我回南京办事，去葬礼上祭拜，知道了画上题诗的案子。朋友们私下议论你死得蹊跷，我也存了个心，刚才见到老兄，便恍然大悟，果然是一场假死。这中间，到底是怎样个法子？"陶铭心叹道："不提也罢。"

娄禹民见陶铭心不喝茶，坐立不安，心里明白过来，回身去柜子里拿出一幅卷轴，展开了给他看。陶铭心看去，大吃一惊，是一幅手书，乃明末忠臣史可法给清将多铎劝降信的回书，字字激愤，句句正大，不禁站了起来，对着手书拜了一拜。娄禹民收起卷轴，放回柜中，笑道："我娄禹民是个光明磊落的汉子，老兄的秘密被我知道，心里肯定不安稳，那我也把自己的秘密给老兄看，让老兄放个心。论起来，私藏这幅字的罪过，足够剐上千刀了。"陶铭心感动非常，拱手道："娄兄弟，今后咱们就是至交！"

娄禹民命家人设宴，和陶铭心痛饮至黄昏，说了多年的经历。原来他当年悄悄离开南京，是为了来苏州的穹窿山寻找父亲。重聚没多久，娄天德便去世了，娄禹民在苏州定居下来，开了间书店，卖些笔墨纸砚、时文选集、小说戏文。那卷史可法的手书，本是扬州一位和尚的私藏，和尚和他是好友，临死，将手书送给了他。陶铭心悲欣感慨，他来苏州后，最难受的就是没有知心朋友，而今重逢故人，又是志同道合的，真是喜从天降。自此，两人便常相往来。

两人说到藏鼎山的异兽，娄禹民也认为是人假扮的，又说："如今呀，天下太平只是个面子，里子早糟烂了。"他提了提自己的辫子，"谁愿意拖着这么个玩意儿？上次皇上南巡来苏州，只有满人能抬头看他，汉人只能低头跪着，谁敢偷看，立马拖走下大狱。连看都没资格，凭什么安安生生做他的子民？所以有人扮异兽杀满人，我是高兴的。"

陶铭心道："话虽如此，但要指望汉人百姓这会子起事，也不可能。活到这个岁数，我越来越明白，老百姓，有奶就是娘，谁能让他吃饱肚子，就会对谁感恩戴德，什么耻辱不耻辱，气节不气节，到底是读书人的心思。能活下去最要紧，管它家仇国恨呢？而今里子再糟烂，也没有到遍地饿殍的地步。异兽这件事，到底成不了气候，且看如何收场罢。"

又说起祇园寺江澈老和尚的奇闻，娄禹民笑道："这几个月，祇园寺的香火钱能买下半个苏州城了。有这样的好处，就有为这好处起心思的人，那个四五百岁的老和尚，肯定是假的。至于怎么造的假，我还没想明白。"陶铭心笑道："我学生在那里帮工，干了半个月才挖出来，断不可能是事先埋进去的——没人能在地下的瓮里活半个月。"娄禹民叹道："陶兄等着瞧吧，最近什么都不正常，肯定有大事要发生了。"

第 13 章　一夜动乱

娄禹民果然言中了：三天后的深夜，苏州城内多处接连发生火灾，烧得满城一片通红，警戒的梆子声冰雹一样急促，铜锣、破盆烂瓦敲得震天响，成千上万的百姓在街上乱跑，疯传藏鼎山的那只麒麟来到了城里，正在到处喷火杀人。

不知是谁起的头，怂恿百姓说麒麟专杀满人，保护汉人，应该趁乱去抢劫，一帮无赖、光棍、地痞、破落户挥舞拳头应和："对！这是咱们汉人的苏州！所有钱财都是咱们汉人的！"不少人被这话激得血脉偾张，聚集了上千名暴徒，成群结队地扑向城中的满人大户。

还有更癫狂的，说看到麒麟——崇祯皇帝，正带着猛虎史可法和狮子袁崇焕，还有无数恶狼小兵，在巡抚衙门大开杀戒，又说衙门的钱库里有几十万两雪花银，引得无数百姓也不救火了，乱哄哄地往巡抚衙门赶去，一头撞见衙门的大批官兵，两下混战在一起，百姓们死伤惨重。

又不知是谁，号召百姓去打兵力薄弱的县衙门，百姓趁着夜色像潮水般地往南狂奔，不到一个时辰，就接连攻下了长洲和元和两县的衙署，打开库房，见银子抢银子，见粮食抢粮食。元和知县不知逃去哪里了，便拿了他的家人，女的奸，男的杀，又洗劫了家私。把长洲知县从柜子里搜出来，剥光了衣裳，用长枪穿了屁眼，从嘴巴里出来，旗子一般竖在公堂上。他的妻妾躲在井里，也被乱民用石头砸死，把小儿女开了膛，掏了五脏，塞进衙门口的鸣冤鼓里。两处县衙值守的公差不敢阻拦，躲在暗处不敢出来，也有脱了公服和百姓一起作乱的。

僧多肉少，许多百姓没分到钱粮，内讧了起来，闹乱中死伤多人。有一个道："大家伙儿不要打了！想要银子，你们都忘了苏州第一个大财主！"另一人大呼："对！乔陈如！咱们去打他家！"提议一出，响应云集，上百人拿了县衙里的兵器，冲去乔府。

暴乱初始，乔陈如就听到了动静，赶紧穿衣起床，叫起全家人戒备。阿难将墙上挂着辟邪用的宝剑拿下来，到母亲房中守护，乔夫人训他："多大点子事，你就动起刀兵来了！快放下，小心割伤了手。"乔陈如拿了一柄镶金嵌宝的西洋手铳，在正堂上焦躁地徘徊，听着外面的动静，不安地念叨："怎么突然就乱起来了，庄有恭这下子可惨了。"

乔家的院墙修得又高又厚，比巡抚衙门还阔气，前后大小门也裹了铁皮，钉了铜扣，马厩旁的库房里存了足足上百件大刀长枪，俨然一座小城寨。在墙上望风的管家看见暴民朝这边涌来，赶紧敲响铜锣，乔陈如下令家丁抄起兵器，各处守卫，凡有暴民进来的，格杀勿论，又挑了十个壮健的家仆，架起梯子，在墙头放箭。

乱民还没靠近大门，就被射杀了十多个，吓得不少人转头跑了。另一些人无师自通地学会了攻城的兵法，从附近小民家拆了门板，举在头上遮挡箭矢，护着几个壮汉抱着大木头去撞乔家的大门。门虽牢固，但经不住人多力大，很快被撞得摇摇欲倒。乔陈如急了，爬上墙头，往人群里打了几枪火铳，杀了几个人，激得乱民更愤慨了，嚷着要将乔家荡为平地。阿难提着长剑满院子跑，指挥家丁搬运桌椅，牢牢抵住正门。外面又放起火来烧门，阿难让人打水来救，里外闹得喧声鼎沸。

有几个乱民不知怎么从墙头翻了进来，闷头就朝正堂上跑，吓得女眷们鬼哭狼嚎地四下躲避。乱民看着满屋子富丽堂皇，一时不知道拿什么好，抱了花瓶又要去摘墙上的字画，卷了字画又要扛紫檀木的太师椅，忽而又瞧见桌上的花糕点心，块块精巧，甜香扑鼻，别说没吃过，就是见也没见过，两手抓着就往嘴里塞，嘴里塞满了直接一盘一盘往怀里倒，忙得岔了气儿，噎住了，青蛙一般原地乱跳。

幸而管家忠勇，带人冲上去将乱民砍死，把尸体拖到院中，又听得一下下的重响，爬到梯子上一看，一堆人正在用锄头、斧子、铁锹、耙子热火朝天地凿墙。射箭砸石，他们有门板挡着，眼看着扒下来大片的砖，墙都裂了缝，管家大叫："狗日的拆墙哩！拆墙哩！"乔陈如大怒，叫来阿难，从腰间摸出一把小钥匙："去书房，把墙角的那只黄花梨柜子打开，把里头的震天雷都拿来！"

　　阿难跑去书房，打开那只柜子，看见里面七八个香瓜模样的铁坨坨，外面耷拉着一截捻子，惊讶道："这就是震天雷？我家里竟然还有这种东西！"一股脑兜在衣襟里，跑来交给父亲。乔陈如让他一起爬梯子站在墙头，一手拿了半根香，从阿难怀里拿过一只震天雷，点燃了捻子，簌簌闪着火星，瞄准了朝人群里一丢，轰隆一声巨响，震得阿难差点摔下去。下面的乱民被炸得血肉横飞，哭爹喊娘地满地乱爬，一小块带皮的肉飞在阿难脖子上，阿难干哕着揭下来扔了。

　　父子俩在墙头边走边投雷，炸得乱民死的死，残的残，哀号之声响彻夜空，吓得阿难双腿不住地哆嗦。炸死了数十人，吓得这些乱民朝后退了老远，有人提议去打别的富人家，有的说乔家一家顶别人一百家，坚持要攻。这时，一个乱民指着不远处大喊："啊呀！麒麟！"

　　乱民、墙头上的乔家父子，一齐朝那边看去，果然见到一头巨大的麒麟在巷子里左冲右撞，四只水桶般的大蹄子在地上发出咚咚咚的闷响。后面跟着十来个官兵，拿着一张大网要捕，麒麟脚下打滑，摔在了地上，大网撒过来牢牢罩住，谁知麒麟摇摇犄角，将那网子割得粉碎，撞死了几个官兵，又往别处跑了，蹄子在石板路上留下丛丛火星。

　　乔陈如大声呼救，那些官兵顾不得这边，继续追逐麒麟去了。这些乱民发了兴头，指着乔陈如大笑："乔老贼，今天你逃不了了！"乔陈如又投了一只震天雷，却没炸到人，有个年老的道："他这是西洋的火药弹，我有法子治他！"当下抓来几个妇人，打昏了，扒光了衣服，扛在肩上，分开双腿对着墙头，大喊："西洋的火药弹，最怕娘们儿的×！弟兄们大胆上前！"

　　震天雷已经没了，有乱民开始扔石头，砸中了乔陈如的腿，乔陈如摔下墙去，幸好这边是鱼池，没摔伤，家人们赶紧救起。乱民以为妇阴御洋的法子起了效，士气大增，又来撞大门、凿院墙。没多大工夫，正门先被撞开了，乔陈如果断放弃了前院，命令所有家丁拿着兵器退到后院，将妻女丫鬟们护在身后。

此时天已经微微亮了。乱民在前院搜索一番，只抢了些家具器物，金银珠宝连个毛儿也不见，发一声喊，又来冲击后院。这时，从街上冲进来一队官兵，呐一声喊，汹涌上前，刀劈剑砍，顷刻间杀散了乱民。为首的一个把总上来给乔陈如行礼：“乔老爷受惊了！庄大人担心贵府有难，派小人带兵来救！”乔陈如满脸煞白，也不感激，气愤道：“好个庄有恭！我家里被打破了才派人来救！”那把总忙解释：“乔老爷不知，今晚巡抚衙门的乱民最多，好不容易杀散了，才挪出兵过来，一刻也不敢耽误呀！”当下，乔陈如让这位把总带兵在家里巡逻一番，把受伤倒地的乱民尽数补刀杀死。

天色大亮了，庄有恭才骑着马急匆匆地赶来，对乔陈如深深一揖：“下官来晚了，乔大人千万恕罪。”乔陈如已经消了气，回了礼：“庄兄力挽狂澜，乔某感激不尽。”问夜里的情况，庄有恭哭丧着脸道：“不知怎么，突然就乱了起来，先是城东的双塔寺、圆妙观失火，然后织造北局、抚院、布政司接连有人放火，阊门、娄门、胥门都烧坏了……吴县、元和县的知县全家被杀，布政使大人重伤，我手下的同知、通判也被乱民杀死……家母吓得背过气去了，大夫正在救……”

乔陈如不禁悚然：“闹得这么严重！什么人起的头，现在可有眉目么？”庄有恭正要说，几个把总进来汇报了情况，说全城暴乱基本已经弹压，火也扑灭。庄有恭下令安抚百姓，救治伤员，不准滥杀无辜，着重说：“烧坏的城门立刻修理，全城戒严，不准放任何人出去。”把总们接令去了。庄有恭这才道：“眼下还不清楚，但北城右营的官兵说，天色刚黑，就看见一只麒麟冲进了大营，杀了许多人——这麒麟，明显就是藏鼎山那只了。前阵子城里就传言，说这麒麟是前朝崇祯帝转世，带着什么史可法来苏州报仇来了。我抓了几个妖言惑众者，打了个半死，谁知道真的出现了麒麟。”乔陈如啐道：“放屁的话！什么崇祯转世，他转世为什么转到苏州来了？那只麒麟肯定是乱党假扮的！昨晚的事他们早有预谋，先在各处放火，煽动民众，然后到处抢掠，妄想趁乱占了苏州城，好做个造反的老巢！庄大人，此事非同小可，定要严厉处治！"

庄有恭上前两步，顺势跪下："这么大的事，瞒不得皇上了，下官这颗脑袋料想也保不住了。乔大人慈悲，救兄弟一救！"乔陈如扶他起来："不要急，这件事的奏折我代老兄写，你今天就加急递上去，两江总督那边，也由我来应付。老庄，你现在专心破这件乱党案，就从那只麒麟入手，切记：宁可错杀一千，也不要放过一个！"

庄有恭道谢连连，低声说："有官兵听到这边有爆炸声，乔兄，贵府有火药的话可得当心，保不住有些人要私下议论。"乔陈如知道私藏火药乃是重罪，笑了笑，拍拍庄有恭的胳膊："写好了奏折，我派人送到衙门。"

送走庄有恭，乔陈如命家仆打扫狼藉，将乱民的尸体都抬到河边，浇上油烧了。又安慰家小，乔夫人脸上满是泪水，文姐儿正给她抚胸口。乔夫人抽泣道："好端端的，怎么就暴乱了……官兵来得再晚一些，咱们全家已经死了。"这时，文姐儿问了句："我哥哥呢？他去哪儿了？"乔陈如一跺脚："呀！好一会儿没见他了！"找遍了家里，也不见阿难的影子，全家上下慌成一团。乔陈如跑到死尸堆里翻了半天，没有阿难，派出所有家人上街去找："带上兵器，找不到大爷，你们都活不成！"乔夫人听说阿难失踪，又哭死过去。

原来阿难在墙头上看见那只麒麟，心神震荡，乱民朝他父子丢石头时，他也被砸中，恰恰摔在了外街上，跌了个七荤八素，幸亏乱民急着攻门，没人注意到他。阿难爬起来，左胳膊似乎脱臼了，幸好腿脚没伤，此时家也回不去，又不敢混在乱民中，便顺着麒麟的方向跑去。好奇心作祟，他想一探究竟——这只麒麟到底是传说的神兽，还是人假扮的。

麒麟跑得不快，跨过许多官兵的尸体，阿难追上了它，也不敢靠近，躲在一棵树后面看。几个百姓跑过，见到麒麟吓得大叫，只恨爹娘少生两只脚，飞也似的去了。麒麟停下来，歪着脑袋四下看了看，又拐入小巷。奔跑时身上掉下来一片什么，在拂晓的晨光中微微闪亮，阿难上前捡起来一看，是一块薄薄的铁片。

"估计是麒麟的鳞片。"阿难握在手里，再追。刚拐过墙角，迎面撞到麒麟的大脑袋，磨盘那么大，两只火红大眼冒着尺长的火苗，正凶狠地瞪着他，身上一股血腥味儿，吓得阿难"哇呀"一声坐在地上。麒麟从他身上跨过去，尾巴扫到他的脑袋，阿难顿时昏过去了。

昏迷中，模糊听到有人喊自己的名字，阿难缓缓睁开眼，眼前一片金星，头疼得厉害，揉揉眼睛，发现保禄正蹲在跟前。阿难激动地一把拉住他的手："保禄！"保禄欢喜道："原来你没死！吓死我了！"阿难忙问："你怎么在这里？"保禄指指身后："这是葛先生的教堂，我在城里就住这儿。晚上闹得厉害，有一拨乱民冲击教堂，我和葛先生还有教民拼命抵抗，到底没撑住，教堂被洗劫一空，葛先生也不知哪儿去了。我出来找他，撞见了那只麒麟，等它过去，就见你躺在这里。"

阿难叹道："这是怎么了？全城百姓都发了疯，我家也被围攻，不知道现在怎样了。"他扶着墙站起来，"保禄，我得回家看看，我爹娘是死是活都不知道呢。"这时，乔家家仆跑上前来："找到了！大爷在这里！"阿难忙问："家里怎么样？"家仆道："巡抚派了兵来救，老爷太太都安好，就是找不到你，急得不行，大爷快跟我们回去。"阿难将那片鳞片交给保禄："我最近出不了门，这是那只麒麟身上掉下来的，你收着，也查一查这件事。"

阿难走后，保禄又在附近找了半天，将近中午，才在一家六陈铺里找到葛理天。他浑身衣裳湿透，脸上还挂了伤，铺子主人正在为他包扎伤口。见到保禄，葛理天也宽了心："我被那些乱民追打，不得已跳到了河里，被这位好心的大伯救了上来。正说要去找你呢，教堂怎么样？"保禄叹道："圣像全砸烂了，粮食也抢光了，还好那些经书他们没发现，放了两把火，也没烧起来。几个教里的大叔大婶正在清理废墟，让我出来找先生。"

铺子主人恨道："真是丢死人！我苏州向来是有廉耻懂礼节的地方，平时大家说话都小声声的，怎么突然一个个成了禽兽一般！我铺子里的货，也被抢了大半，要不是我三个儿子争气，所有家当都留不住！"葛理天在胸前画了个十字，用拉丁语念了些什么，拜谢了铺子主人，拉上保禄回教堂。

保禄把那片鳞片给他看："那只麒麟身上掉下来的，这就是一块铁片，可那麒麟怎么看怎么像是真的，人怎么可能造得出来呢？"葛理天拿过那铁片，翻来覆去看了看："现在还难下结论，这铁片也许是官兵铠甲上的，挂在了麒麟身上。"

苏州城经历了一场大乱，满目疮痍。大火烧毁了上万座房屋，一条条的黑烟滚滚地直冲云霄，仿佛是边塞烽火台的狼烟，紧急警示敌情。黑烟在高空混成一片，挡住了阳光，像是扣了一只大铁锅。河里、街上到处都是死尸，有不少官兵的，更多是百姓的，死尸旁围着家人，捶胸顿足地号哭。

紧接着，巡抚庄有恭下令发放赈济的钱粮，并全城搜捕作乱凶徒，两天内抓了数百人，也不用审了，拉到河边排成长队，哗啦啦砍了脑袋。脑袋一时半会儿沉不下去，在河面上漂着，辫子绞成一团，像是一大丛水葫芦。

第 14 章　求子得子

苏州城的暴乱并未波及三棵柳村，村民多有亲友住在城中，听说了消息，一个个火急火燎地担忧。闭城了几天，屠戮了上千名乱民，终于开了城门，大批百姓蚂蚁般进进出出。陶铭心挂念保禄，去城里的路上正好遇到保禄回来，师徒紧紧相拥。陶铭心摸摸他身上："你没受伤罢？"保禄笑道："没事。"陶铭心叹道："这几天我吃不下饭睡不着觉，你要有个三长两短，我怎么跟汤先生交代！"

回村的路上，保禄说了动乱那晚的事，听得陶铭心连连咂舌："村里传言是城中的驻兵因为上头克扣兵饷造了反，原来是那只麒麟带头作乱……苏州的百姓怎么了？怎么一夜之间都成了禽兽、夜叉鬼了？"他兀自冷笑，"也难怪，入清以来，就没什么教化，礼义廉耻，四维不张，可不就是禽兽么！"

问阿难家的情况，保禄说了和阿难的偶遇，并拿出来那片鳞片："这是麒麟身上掉下来的，阿难捡了又送给我，麒麟的鳞甲是铁片？葛先生说，也可能是官兵铠甲上掉下来的，也有道理。"陶铭心拿过铁片看了，后面还有个小铁环，点头道："麒麟这件事，迟早要破的。"

保禄在陶家住了一阵子，又要回城，陶铭心担心："万一城里又动乱呢？你就在村里住着罢。"保禄说要回去跟葛理天上课："功课落下不少了。"陶铭心莫名动了情，噙着泪花儿道："再住两天，我见不着你心里不踏实。"

随着年纪渐长，陶铭心近来常常考虑将保禄正式收为儿子，当初汤普照也同意了的，但心里总梗着一样事：保禄是个中洋混血的。他以为自己不介意，但每每想跟保禄说时又犹豫，他到底有些介意的，堂堂张岱先生的血脉，要由一个中洋混血的孩子来继承？祖宗在天上知道了会怎么想？他有些鄙视自己，到底华夷有分。也觉得对不起保禄，这么个好孩子，人品、性格、聪明劲儿都是百里挑一的，难道就因为头发是黄的、眼睛是蓝的，便无法以父子相称吗？可他就是无法克服内心的矛盾，只好按下此事。

这晚，七娘为陶铭心洗脚时，笑眯眯地问："老爷，咱们明天去祇园寺逛逛？"陶铭心道："去那里做什么？我的腿最近还有些疼。"七娘道："我找李婆借头驴，老爷坐着，咱们去拜拜那个神僧。"陶铭心微皱眉头："平日也不见你烧香礼佛，怎么想拜和尚了？"七娘把他的脚端在膝盖上，用干布轻轻擦拭："听说，那个挖出来的老和尚神通广大，求什么应什么，十里八乡的人都去拜哩。李婆的孙子出天花，总不好，前几天去拜了神僧，得了一包香灰，回来给她孙子冲水喝了，立马就好了。我想着，老爷也有了春秋，还没个儿子，趁我还来月事，不如去拜拜，也许就成呢？"

陶铭心心里很不是滋味，再有几年就花甲了，没有子嗣的遗憾如一条蛇，蜷伏在他体内，时不时在五脏六腑里游窜。近几年他年老体衰，和七娘极少再行敦伦之礼，本想就此认命，收了保禄继承宗祧，可总拿不定主意。七娘一说，让他心中又蠢动起来——若能有个亲生儿子，最好不过。他虽不信佛道，但关乎血脉的大事，不妨试上一试。想了想，便道："也罢，去一趟。"

隔日清早，七娘用半盆白米去李婆家借了驴，双手兜成个肉镫，让陶铭心踩着上了驴背，交代保禄："煮了一锅饭，罐子里有酱咸菜，你们晌午吃。和两个妹妹在家里玩，不要出去，尤其要看住青凤，她爱乱跑。有什么要紧事，去隔壁找李大娘帮忙。我和老爷下午就回来的。"保禄答应着："大娘放心。"

走了一程，遇到同村的一个妇人，见陶铭心骑驴，七娘踮着一双小脚深深浅浅走得难受，便道："陶老爷也心疼心疼自己老婆，那双小脚儿是走得了长路的？"陶铭心冷笑一声不言语，七娘笑道："我们老爷是读书的相公，哪能给人牵驴？你们种地的人家不懂这些规矩的。"

祇园寺山门前人山人海，成千累万的香客哄哄嚷嚷，张牙舞爪地往里面挤。不远处，一队队的官兵拿着刀枪往山上行去——搜山已经好些天，但一无所获，连异兽的影子都未发现。寺外有专门看管骡马的，七娘给了三文钱，拴了驴。陶铭心举着胳膊拨开人流，七娘紧紧揪着他的衣裳跟在后头，好不容易挤进了寺内，如蚂蚁入蜂蜜，黏稠得走不动。

半个时辰，挪过了天王殿，再半个时辰，过了大雄宝殿，穿过一条狭窄的甬道，来到罗汉堂前的空地，地上密密麻麻跪满了人。罗汉堂的廊下，整齐列着十来个膘肥体壮的和尚，手持水火棍，阻止香客乱闯。空地上已经没处放脚，陶铭心和七娘只好站在廊下。

香客捧着供品一个个进去，很快就出来，脸上满是喜悦之色。又等了一个时辰，终于轮到了陶铭心，七娘从腰间拿出一锭银子，约莫五六两重，陶铭心颇为震惊，低声问："哪里来的银子？"七娘笑道："从牙缝里抠出来的。"引导的僧人收了银子，并不请他们进去，僵了一会儿，那僧人问："没了？"七娘摊手道："精光了。"僧人嫌弃地一扬手，让二人进去了。

堂内空阔，四下十八罗汉新上了彩漆，栩栩如生，中央四方须弥台上有尊等身漆金释迦牟尼像，前方，是一尊香樟木雕的莲花宝座，江澈老和尚盘腿坐在上面，穿着金丝线袈裟，手里拿着一串水晶念珠，微合着眼睛念佛。莲花座周围都是香炉，飘着袅袅烟气，这种香叫荷露香，极名贵，陶铭心小时候在家中常焚的。

江澈和尚开口了："施主要求什么事？"七娘跪在地上，拉陶铭心也跪下，祈求道："求神僧保佑，让我们老夫妇得个儿子。"江澈微笑道："最近来求子的太多，观世音菩萨着实繁忙，施主的愿望，得往后排一排，估摸着，要等两年后，才能有身孕。"顿了顿，又说："你要等不得，去买一千斤鱼，放生到太湖中，或者做一万个馒头，斋养祇园寺的僧人，如此，菩萨可以早一些为你们施法。最快的法子，是给这十八尊罗汉镀一层金，保你下个月就能顺心如愿。"

七娘惨然道："我们小民小户的，哪塑得起金身？只能等了。"江澈和尚从身后的布袋里抽出一张黄纸："拿着这张纸，找知客僧，他会带你们去拜菩萨。施主切记：诸恶莫作，众善奉行。去罢！"陶铭心站起来，双手接过黄纸，突然问道："敢问和尚，在地下的瓮中数百年，是怎么活下来的？"江澈睁大眼睛，打量了陶铭心一番，平静地说："老僧自幼出家，修行有法，打上坐，入了定，数百年也不过弹指一挥间，这是佛门禅定的功夫，常人自然做不到的。"

陶铭心笑着点点头，念了声佛号，和七娘出去了。门口的僧人接过黄纸看了一眼："求子的往观音殿去。"来到观音殿，又是数十人排队，一顿饭的工夫，轮到他们了。殿门口有个大簸箩，里面装满了水滴状的铁片，也不知做什么用的，僧人拿出一片来："三两银子。"

七娘惊呼："这也要钱？我们刚才供奉过大和尚了！"僧人乜着眼道："你刚才是供奉和尚，现在是供奉观音菩萨，一个是上山，一个是下海——两码子事儿！吃烧饼还得赔唾沫呢，想白白得个大胖小子？哪有这么便宜的买卖！"七娘为难地看着陶铭心："这可糟了，没有钱了。"陶铭心瞪了那僧人一眼，拉七娘走，七娘不肯："都来了，总不能不拜呀！不然前面那银子也打了水漂儿！"她从怀里摸出几块碎银子和一把铜钱，都给那僧人："我佛慈悲，通融通融。"僧人笑道："我可以通融让你进去拜，但你这是没诚心，菩萨不会遂你的愿的。三两得个大胖儿子，你说赚不赚？"七娘依然缠着恳求，被后面的百姓抱怨："求不起就别求，我们等着呢！"

陶铭心往地上啐了一口，扭头就走，忽然听见有人喊"陶先生"，扭头一看，是同村的张何氏，小半年没见过她了。她脸上红扑扑的，白腻的额头上凝着几颗汗珠："巧了，陶先生也来拜佛。"陶铭心还未答话，七娘从廊下跳过来，恶狠狠地瞪着她。张何氏见礼道："袁大娘好。"七娘冷笑道："真是马头上长角，稀奇了，你一个寡妇家，也来观音殿求子？"

张何氏尴尬地笑了："是，我也求子。"七娘拍手道："呀！你不是要守节的么？不是要等着立牌坊的么？这是嫁到谁家了？"张何氏道："我没有改嫁，但也想有个孩子，一是给先夫继承香火，二是和我就个伴儿。我去城里保育堂问了，管事的说我一个寡妇，养不起孩子，不答应，听人说，他们养的孤儿是要卖给戏班子的。我又打听哪里有卖孩子的，那些人家也嫌弃我是个寡妇，出不起太多钱，只肯卖给有钱的人家。所以来拜拜菩萨，能让我收养个孩子就好了，没有男娃，女娃也行的。大娘也帮我打听着，有谁家生了孩子不想养的，我愿意出二十两银子买，与其扔在黄金坑里淹死，还不如给我哩。"

陶铭心赞叹道："难为你有这片善心。"七娘从鼻子里哼了一声："你倒富裕，能拿出二十两银子。可惜我们连三两都拿不出，拜都不让拜。"张何氏从腰间拿出一个荷包："我身上还有三四两，先给大娘用。"陶铭心忙道："使不得——我看这寺的勾当实在下流，观音菩萨的坐骑是金毛犼，怎么成了麒麟？简直荒唐，明显是这寺故意招引人来拜，好搜刮钱财。这种龌龊地方，我不信求子能应验，不拜也罢！"

张何氏笑道："陶先生读圣人书，自然不肯轻信这些。我们普通百姓求神拜佛，只是图个念想，心里有个指望。若得不了孩子，还抱怨菩萨不成？陶先生，你和大娘就先拿着用罢。"七娘一把接过荷包，倒出银子，将荷包还给她："多谢妹子，你改天再来拜罢，这银子我回头还你。""不急，大娘方便了再说。"张何氏笑着去了。

无法，陶铭心只得跟七娘又来到殿前，供了三两银子，得了一片铁片。僧人指着殿内："看见没？菩萨站在一头麒麟上，这铁片，就是麒麟身上的鳞片，你们挂上去，默默祝祷几句，没多久就会得个儿子。"

铜铸的观音菩萨像高一丈，旁边立着矮一截儿的善财童子和龙女侍者，菩萨光足踏着一头巨大的麒麟，足有两头牛那般大，能看出木头底子，外面裹着铁皮，眼睛用两团红蜡雕成，造得惟妙惟肖。陶铭心想起麒麟在城中造反的事，不禁发起了怔。

七娘推推他："这鳞片还是老爷亲自挂上去好，显得心诚。"陶铭心回过神来，看麒麟身上的鳞片稀稀疏疏，似是一条刮到一半鳞的鱼，不禁笑叹："这些铁鳞片，肯定是每天晚上摘下来，隔天再卖给人挂上去，反反复复无穷匮，好一个生财之道！"七娘从他手里拿过铁片，嘟囔道："无非图个彩头儿，老爷小心说话，菩萨听到了不高兴的。"

铁片后面有小环，麒麟身上有倒钩儿，七娘虔敬地挂上去，念念有词地祈祷一番。陶铭心趁她不注意，从怀中掏出保禄带回来的那只铁片，往麒麟身上一挂——正合适。他紧张地咽了口唾沫，如此不经意间，竟然发现了一个大秘密：藏鼎山上的那只麒麟，在苏州城中作乱的那只麒麟，就是这只了。

可是这么大的麒麟，如何上山又进城呢？莫非这麒麟到夜里就活了不成？即便里面有机关，人可以操控——什么样的技艺可以如此神奇？——又怎能来去自如瞒过人们耳目呢？这麒麟就在这里放着，祇园寺不会不知，莫非这寺里的僧人也和反清事业有瓜葛？他想着本寺方丈月清和尚的样子，实在看不出什么特别来。

被七娘拉着跪拜了菩萨，陶铭心懵懵怔怔地出来，这些疑问一时难解。回去的路上，七娘兴致高昂："从小就听说，观音菩萨送子，麒麟也送子，这是如来佛祖和玉皇大帝一起加持，这事一万个稳当了。"

回到家，保禄和青凤正在院子里摘青葡萄吃，陶铭心道："又淘气！葡萄还没熟，吃了要拉肚子的。"青凤委屈道："饿得不行，不吃葡萄没别的。"陶铭心问："不是给你们留了一锅饭么？"青凤气得只噘嘴，保禄笑道："先生刚走，珠儿姐姐就吃了那一大锅饭，连那罐子咸菜也吃光了。"七娘跺脚道："我的娘！这丫头成馋痨子了！这么下去，真养不起了！以后怎么嫁得出去！"

陶铭心来到屋内，珠儿正垂着头摆弄衣衫，见到陶铭心，两眼含着泪："爹，我一饿，肚子里就敲大鼓，得吃好多饭，才安生下来。我怕肚子里有条大虫子，我吃的全养活它了。"陶铭心笑道："傻丫头，大夫给你瞧过，没有虫子的。你正是长身体的年纪，饭量大些也正常。"七娘从旁经过，叽咕道："买米钱都不够了！"

这晚，七娘抱着被子来到陶铭心房中，平日她和两个女儿一起睡的，陶铭心正坐在床边看书，抬头问："你来做什么？"七娘歪头道："老爷读了一辈子书，读糊涂了。蜡烛不点不亮，田不耕不长粮食，求了菩萨也要自个儿上进些，不然菩萨在天上也干着急。"陶铭心反应过来，笑道："你呀，在乡下生活几年，变得越发粗鲁了。"七娘边整理床铺边笑："我刚嫁给老爷时，说话跟蚊子似的，大气儿也不敢喘，太太又那么端庄，我只好整天端着，生怕坏了规矩。如今咱们落魄了，我反而觉得自在了。"

第二天午后，突然有客上门，竟然是余庆，忙让进房中。余庆带了许多山东的土仪礼物，神情不尴不尬的，陶铭心问候宋夫人和宋好问，他略略而答。陶铭心直觉不对劲："余管家，你大老远来苏州，是有什么不好的事？素云都好？"余庆搓搓手："这件事确实关于云小姐，是好事，也是坏事，所以不知道怎么跟老爷说。"

陶铭心不耐烦，要他直说。余庆垂首道："老爷不要动怒——云小姐，有身孕了。"陶铭心手里的茶杯咣当掉在地上，脸上涨得发紫，怒喝道："三弟死了才两年，如今还在孝里，怎么就有了这种事！"余庆跪下道："陶老爷息怒，太太派我来，正是要我代宋家赔罪。"陶铭心大发脾气，余庆跪下道："少爷年轻，不守规矩，做下这样的事，是大不孝，太太已经责打过他了，把他锁在柴房反省。"陶铭心愣了一下，突然问："是宋好问那畜生，逼迫的素云？"余庆叹道："那天太太去庙里烧香，本来要少爷也去，少爷说不舒服，打发我们伺候太太去。谁想一回来，就听见云小姐哭，一看那情形，大家都明白了。小姐不吃不喝，病倒了，太太请大夫来看，才知道有了喜。"

陶铭心双目泪流，一脚踢翻余庆，恨道："我要打死那个畜生！"气急了，嚷着要雇骡马，奔去济南杀宋好问。七娘在窗外听得一清二楚，见陶铭心急了，忙进了屋，拉着他劝："事已至此，要想想怎么办才好，不要气坏了身子。也要往好处想，云儿已经是他们家的人了，只是还没正式过门儿。宋好问是咱们家的女婿，老爷要杀他，是想让云儿做寡妇吗？"

陶铭心恨道："还在孝中，就这么寡廉鲜耻，这样的女婿不要也罢！"七娘笑道："老爷又说气话了，眼下云儿都怀孕了，怎么可能不要女婿？光生气没用，咱们得想个办法，把这事遮掩下去，等满了三年，立刻补办婚礼。"说完看着地上的余庆，"你家太太是什么主意？"

余庆道："太太也是这个意思。常言道：胳膊折了往袖子里藏，家丑不好外扬，之后会对少爷严加看管，结婚之前，他们再也不能见面儿了。眼么前儿，云小姐的身子最重要。这件事后，小姐心情抑郁，不大进饮食，瘦得不像样子，她刚有身孕，胎还不稳，这样下去，肚子里的孩子也危险。派我来，一是为了赔罪，二是想让老爷家去个人，小姐见到娘家人，也许心情好些，身子也会康健起来。"

"我呸！"七娘重重冷笑道，"你们家的爷们儿没教养，欺负了我闺女，还要我们家搭个人去安慰？你们太太倒会打算盘！"余庆听出她话里的意思，忙道："太太说了，不管谁去，几个人去，路上一应花销，在济南的一应花销，都由我们家承担。等来年大婚，所有聘礼重新备一份儿。此外，还让我送来五百两银子，聊表歉意。"看陶铭心又要发火，他抢着说："太太还说，她和少爷不算什么，但求陶老爷看在死去兄弟的分儿上，大人不记小人过罢！"

好一会儿，陶铭心才平静些："你不要跪着了。素云身子不好，是该去看看，今天也晚了，你去书房歇着，别的事明早再说。"又对七娘道，"让保禄今晚跟我挤着，你去跟女儿睡，不要跟她们闲言碎语。"

隔日一早，余庆知道陶家要商量事情，找了个借口出去。七娘问："要不，我去一遭？"陶铭心道："不用，我亲自去。"七娘扑哧笑了，陶铭心恼道："你笑什么？"七娘道："老爷腿脚还没大好，经不住一路折腾，况且素云现在怀着孕，需要人贴身照顾，你是她爹，怎么方便？少不了她老娘我去。"陶铭心发了愁："你一走，家里谁来操持？全得乱了套。"他捻着胡子思忖，"保禄倒体贴，但是男的，不方便；青凤机灵，但还小；珠儿又是个没用的，竟然没人可去。"

正愁闷间，帘子掀开，珠儿走了进来，对着陶铭心麻利地跪下："爹，姨娘，你们都去不得，还是我去罢。"陶铭心惊道："你？太阳打西边儿出来了——你没出过远门，性子又木讷，更没伺候过人，到了宋家连人都不会叫，只会让你姐姐更发愁。"

珠儿笑道："天底下的事，哪有不学就会的？我怎么没出过远门？当年从南京来苏州，我也走过不少路。说到伺候人，只要勤快些、耐心些，能有多难？况且是自己的姐姐，我照顾不周到，她还打我骂我不成？至于在宋家的礼节，反正我性子木讷，平时少说话，少出姐姐的房门儿，也不会有什么麻烦。我去，还有两件好处：第一，姐姐从小最疼我，见到我肯定高兴，身子好得快；第二，我饭量这么大，咱们家实在吃力，宋家有钱，不差我的几碗饭。爹，我说的可有一丁半点的不妥？"

陶铭心震惊得哑口无言，珠儿一向憨痴，从小到大都没一口气说过这么多话，而且条理清晰，句句在理，一刹那仿佛认不出这是珠儿了，半晌才说："好闺女，你说得很妥当。那就辛苦你，等你姐姐生了孩子，你便回来。"珠儿笑道："都是一家人，哪有辛苦不辛苦的。况且能给爹分忧，我心里也高兴。"说完扑扑膝盖上的土，去收拾行李了。

七娘惊诧地望着陶铭心："这丫头吃什么药了？怎么一下子变了个人？"陶铭心笑道："大概这就叫福至心灵。"忽而想起什么，质问七娘："珠儿怎么知道这事的？你说了？"七娘撇撇嘴："昨晚睡不着，和俩闺女唠唠闲话，提了一嘴。"陶铭心指着她："你说说你！"七娘笑道："老爷该谢我，我要不说，珠儿也福不至心不灵。"

等余庆回来，陶铭心说了决定，余庆很讶异，他本以为铁定是素云的生母七娘过去，但无所谓了，能带回去一个娘家人就好，便道："陶老爷放心，这一路，我会好好伺候二小姐，将她当我的亲妈，当我的亲奶奶。"陶铭心忍不住笑了："劳你费心。"

又歇了一日，余庆带着珠儿坐船北上。陶铭心全家送到渡口，依依不舍。看余庆两鬓也星白了，想起当年他的救命之恩，陶铭心不禁动情道："余管家，这番没好好招待你，还对你发火，是陶某不对，这事跟你没有干系，却让你白白受了一场气。"余庆笑道："陶老爷说哪里话，我们做奴才的，就是替主子受气的。宋老爷是我的主子，宋家的事，就是我的事。"

回家的路上，七娘对陶铭心嘀咕："世上的事真奇怪，咱们去求子，倒给素云求上了。"

第 15 章　不速之客

余庆租下一条乌篷船，带着珠儿往北行。他履行承诺，真将珠儿当亲妈一般服侍，饭菜从岸上买了端到珠儿跟前，睡觉时让珠儿睡舱内，他裹条被子在船头蜷着睡。珠儿也不扭捏，安然享受。两人岁数相差几十岁，没什么话可说，珠儿整日趴在船舷上欣赏两岸的风景，偶尔上岸溜达溜达。

这日黄昏，来到高邮地面，船家说起了逆风，要等一夜。泊子里有几十条客船，天一擦黑，各船就热闹了起来，有的打着盐院、学政的灯笼；有的挂起羊角灯，在船内接朋会客，饮酒高歌；有的甚至请了戏班子来水上唱夜戏，咿咿呀呀，欢笑阵阵。灯火照得整个泊子宛如白昼。珠儿抱膝坐在船尾，远远地听戏。余庆知道她食量巨大，吃了晚饭，又从卖吃食的小船上买了两斤茯苓糕、三斤炒栗子、一屉鸭子肉蒸饺、一屉猪肉馅儿包子，外加一碗素面，给珠儿当夜宵。珠儿一边听戏一边吃，戏还没唱完，所有东西已吃完了，自己又买了一包莲子，剥着剥着就睡着了。

她睡觉浅，深夜里，感到篷船微微晃荡了一下，船尾窸窸窣窣的，还以为是船家活动，忽而，听到有人低低地叫："可是珠儿妹子？"珠儿坐起来，揉揉眼睛，看昏暗中有个人影儿，瘦瘦弱弱的。"可是珠儿妹子？"那人又问。珠儿听出声音来，笑道："阿难！"

阿难赶紧摆摆手，示意她低声，弯腰爬进来，握住珠儿的手："好妹妹，果然是你！晚上我偷偷瞧了好久，看身形儿、听声音就像。"珠儿笑道："阿难，你怎么在这里？我让船家点灯，咱们好说话。"阿难将手指头放在嘴上："咱们悄悄地，千万别有动静。"他指着旁边的一条大船，"让那老狗听见，又是一场麻烦。"

"老狗？"

"任弗届。我爹要我去京师的亲戚家准备科考，派任老狗看着我。"

"看着你，还不让你跟人说话儿？"

阿难叹道："让我说话，但不让我和陶家人说话。"

"为什么呀？"

"我还纳闷呢，喏，你帮我传封信给陶先生。"阿难从怀里拿出一封信，递给珠儿，"好久没见到先生了，有些事想跟他说，在苏州也出不了门，连个传信的人都没有。好妹妹，你一定要送到。"珠儿道："我要去济南看素云姐姐，一时半会儿不回苏州——罢了，我先收着，有机会我给你寄。""要寄的话，一定找个稳妥人。"阿难轻叹了几口气，和珠儿告别，神不知鬼不觉地又跳回自己的大船上，在黑暗中对珠儿摇了摇手。

珠儿收好信，重又睡下，等醒来时，船已经行了个把时辰了，阿难的船也见不到了。出了运河，又转旱路，一直到了济南，来到了宋府。珠儿见过宋夫人，便迫不及待地要丫鬟带她去看素云，姊妹俩一见面，抱在一起痛哭。哭完了，素云拧着她的脸蛋笑道："老二，你怎么吃得这么胖了？"

见到家人，素云果然心情大好，当晚便吃了一碗红枣薏米粥，珠儿吃了一桌子菜，续了十来碗饭，才将将饱了，把宋家丫头们吓得直瞪眼。素云惊讶道："妹子，早先倒不知道，你现在的食量也忒吓人了！不会是什么病罢？"珠儿笑道："不是病，就是能吃。"姊妹俩晚上同床歇息，珠儿将一路上好玩好看的事讲给素云听。如此过了几天，素云精神好转，也能下床走动了，宋夫人很是欣慰。

过了月余，赵敬亭忽然到了宋府，会过了宋夫人和宋好问，说想看望素云。宋夫人面上有些尴尬："二伯伯，素云身上不自在，改天再看她罢。"赵敬亭本相信了，谁知宋好问冷不丁来了句："素云是少奶奶，也没有见二爷的理儿。"赵敬亭一听这话就恼了，冷笑道："哎哟，贤侄儿教起我礼节来了！别说素云还没正式过门，就是过了门，我做老叔的见自己侄女儿还不妥了？"宋好问一脸羞惭，宋夫人赶紧赔不是。

赵敬亭犯嘀咕：他们母子两个拦着不让我见素云，敢是素云受了委屈，怕我发现？索性不理他母子，径自来到别院，笑喊："大侄女儿呢？"素云的丫鬟掀开帘子，看是赵敬亭，回头对屋里道："小姐，赵老爷来了！"素云忙吩咐让进来。赵敬亭背着手笑道："我哪能进姑娘的闺房，出来说话罢！"

院子里有个小凉亭，素云扶着珠儿的胳膊出来，给赵敬亭跪下行了礼，赵敬亭看她举止笨重，双手捂着小腹，顿时明白过来。在亭子里坐定，赵敬亭对珠儿笑道："我还以为是个丫头呢，怎么这么脸儿熟！原来是珠儿，你几时来的？"珠儿笑道："来一个月了，照顾姐姐。"素云红了脸，强笑道："二叔从哪里来的？"

赵敬亭道："上次离开济南，我去了山西，又往陕西跑了趟，前阵子到了北京，想着再去江南，路过济南，来看看你。"珠儿给赵敬亭倒了茶："老叔给我们讲一段书听听。"赵敬亭笑道："讲什么？金玉奴棒打薄情郎？素云，咱们是一家人，你也是我闺女，有什么委屈的，告诉二叔，我给你做主。"

素云轻叹道："珠儿来了，我也不觉得委屈了。"她摸摸自己的肚子："总不是迟早的事。只是拜托二叔，去苏州见着爹了，好好劝劝他，这种事，他最见不得，他若气坏了身子，那我真就死无葬身之地了。"赵敬亭微笑道："这个你放心。素云，你真没事？"珠儿笑道："有我在这儿，姐姐就算有事也没了事。"赵敬亭歪头道："真是奇了！你小时候连句整话儿都说不利索的，怎么现在这么机灵了，敢情是青凤藏在你肚子里，帮你说话呢？"

住了两日，赵敬亭实在看不上宋好问，说话也不投机，便收拾行装告辞。珠儿将阿难的信交给他："这是爹的学生乔阿难给爹的信，烦老叔交给爹。"赵敬亭答应了，叮嘱素云好好休养，吃了饯行酒，便离开了济南，宋夫人送的盘缠，他也没要。

不日，来到三棵柳村，提前来信通知了，陶铭心备着酒宴等着。老兄弟见面少不了又是一通眼泪。饮酒间，赵敬亭将在济南看望素云的情形说了，劝陶铭心不要介怀，陶铭心苦笑道："木已成舟，我能怎样呢？看在老三的分上，认了罢。我要介怀，就不让珠儿去了。"

说着，赵敬亭一拍脑门："珠儿去济南的路上遇到了大哥的学生乔阿难，阿难让她给大哥带封信，珠儿交给我了。"他在身上摸索一番，又在行李中翻拣一通，恨道："瞧我这个老糊涂！怎么就丢了！肯定是在扬州，俩船撞了，慌乱间上岸，估计落在船上了。"陶铭心安慰他道："算了，想必阿难也没什么要紧事，无非好久没见，写信问候我。"赵敬亭是豁达的人，也将此事抛在脑后，和陶铭心痛饮至深夜，隔日住去城里相熟的茶馆中，继续说书的营生，三天两头来村子里和陶铭心喝酒聊天。

这晚，陶铭心夜读，七娘催了几次，正要睡下，忽而听到有人叩门，七娘抱怨："谁大晚上来串门！"隔着门问是谁，一个男人焦急道："找陶先生的！快开门！"陶铭心听着像是娄禹民的声音，忙命开门，只见娄禹民满脸汗水，背着一个大麻袋，身后还跟着一个十岁上下的孩子。

不等陶铭心说话，娄禹民就跨进来，往屋里走，陶铭心满腹困惑，跟着进来，让七娘关好大门。娄禹民将麻袋放在地上，一解开，竟露出个人来，满脸是血，陶铭心看到他的模样，大惊道："刘神鞭？"娄禹民拱手道："陶兄，你要帮忙！"陶铭心道："这是怎么说？你和他认识？"娄禹民叹了口气，眼睛里闪着光："藏鼎山和苏州城造反的事，就是他干下的！"陶铭心更加震惊，忙让七娘打热水来，给刘神鞭洗了脸。刘神鞭脑门上一拃长的伤口，汩汩冒着血，背上还插着两根断箭，气息微弱。上次受了杖刑，家里还剩些药，给他敷上，又拿来刀子，让娄禹民将带倒钩儿的箭头挖出来，用布条绕胸裹了，扶他到书房里睡下。

七娘拉着青凤去厢房了，保禄见说藏鼎山的异兽就是刘神鞭捣的鬼，深为惊奇，想问也不敢问，站在一旁静听。娄禹民拉过那个少年："这是刘老弟的独子，刘雨禾。"刘雨禾一脸泪水，给陶铭心跪下谢恩。陶铭心让保禄带他去休息，迫不及待地问："这是怎么回事？"

娄禹民自倒了杯茶喝了，喘了几口气，缓缓道："老兄不知，刘神鞭本名刘稻子，是八卦教的大头领！他潜伏在苏州，联络各方好汉，计划从这里起事，打下北京，夺回咱们汉人的江山。那只麒麟，就是他们造的。今天遇到官兵围剿，打了起来，他拼死逃了出来，苏州城里到处都是官兵搜捕，我藏不得他，知道老兄仁义，冒死把他带到这里避难。"陶铭心紧皱眉头："娄兄，你这话蹊跷。他从藏鼎山杀出重围，怎么偏偏遇到了你？而且他儿子也跟来了，莫非你帮他照管儿子呢？娄兄，我可以帮忙，但你我至交，还望真诚相告。"

娄禹民犹豫片刻，终于坦白。原来在父亲死后，他入了八卦教，任离卦的点火一职——八卦教分为八大卦派，以离卦、震卦、坎卦实力最盛，各卦都有卦长，下设开路真人、挡来真人，又有总流水、流水、点火、全仕、传仕、麦仕、秋仕等教职。他所任的点火，执掌派内文书名单等事，他常外出购买书籍古董，其实多是去山东处理教务。

他继续道："八卦教内斗激烈，如今的教主刘省过，是刘稻子的堂兄，自称是弥勒佛转世，自封什么先天中元九宫教主，其实徒有虚名，并无实权，底下的八大卦派各自行事，不奉他的命令。前几年，刘教主秘密派刘稻子来江南，就是为了招揽嫡亲信众，借着反清大业整合所有教派。之前麒麟的事，也有我的一份儿。我的两个兄长，大哥娄尧民，是震卦的指路真人，二哥娄舜民，是震卦的开路真人，常年住在藏鼎山里，为刘稻子出谋划策，我定期给他们送吃的。之前怕连累老兄，所以没说，还请老兄恕罪！"

陶铭心震惊得好半天说不出话，心里虽不悦娄禹民入了这种邪教，但又佩服他们反清的大志，想起当年何万林打劫官银的事，不用问，肯定是他们一起干下的，只是万没想到，文质彬彬的娄禹民竟也是他们一伙的。娄禹民咬牙道："我们最恨的就是满人，像刘爷，他给人剃头，用辫子表演杂耍，假装最是效忠大清的，实则是幌子，私下里沟通各路豪杰，干了多少大事！他一个剃头匠，平时也不会引起官府的注意。"陶铭心狠下心来，毅然道："既是反清的豪杰，我舍命也要救他。"

早上，刘稻子苏醒过来，挣扎着向陶铭心谢恩，陶铭心扶他起来："刘兄弟，以前我错怪了你，且在这里安心养伤，我不会告诉任何人。"刘稻子摇头道：

"这样会连累陶先生，我现在就走。"陶铭心一把拉住他："外面到处都是官兵，你身上有伤，怎么走得脱？不要说连累的话，你的事业，何尝不是我的志向！可恨陶某是个百无一用的书生，手无缚鸡之力，不能随你打仗，只藏一藏人，算个什么！"

刘稻子拱手称谢，微笑道："和先生也是有缘，其实咱们在山东见过一面。"陶铭心蹙着眉头不解："我们在山东见过？"刘稻子羞愧地笑了："我带人抢了令千金不少嫁妆……"陶铭心惊道："那不是白莲教么？"刘稻子道："我随口扯谎的，我们八卦教，很早之前就和白莲教决裂了，只是民间混着乱叫。我当时蒙着面，先生看不见我的脸，我却记住了先生。"说着，他往地上一跪："刘某做了不仁义的事，求先生恕罪！"陶铭心心里膈应，隔了一会儿，问道："那些东西，都用来反清了？"刘稻子点头："打了一批刀枪。"

这时，保禄跑进屋内："扈老三找先生说话，我让他在门口等着。"昨夜陶铭心和娄禹民说话，他听得清楚，知道此事干系重大。陶铭心让娄禹民、刘家父子躲在书房，来到大门口见扈老三："老三有事？"扈老三道："昨天官兵在藏鼎山上遇到了强贼，跑脱了几个，咱们附近几个村子离那边近，如果看到有什么陌生的闲杂人等，先生速速告诉我，抓了贼，官府有赏的。"陶铭心道："自然，不用你说。"

扈老三道："还有一件事，陶先生眼下不是赋闲在家么，村里人和先生不熟，也不敢打扰，拜托我来说：有几家人想让孩子读书，商量着办起一个私塾，请陶先生教导。地方好说，村南那个城隍庙修一修，就可以做学堂。我才从乔老爷府上来，乔老爷说，修学堂的花费全在他身上。修金的话，我问问那些人家，估摸着一年也能凑个二三十两。先生意下如何？若同意了，我才好办其他的事。"

陶铭心欢喜道："乡下人想让孩子读书，当然是好的，修金多少，全看众人心意。我没别的意见，只是修学堂的钱，不用乔老爷出。"扈老三笑道："乔老爷是一片好心，他也不缺那点钱，干吗不让他出？"陶铭心道："不用就是不用，你要是拿他的钱，就另请高明罢！"

回到屋中，陶铭心叫过保禄："你最手巧，能不能想个法子，在家里弄个密室出来？再有外人来家，好将刘爷藏起来。"保禄在家里转了几圈，有了主意："可以在书房做手脚，把书架往外挪一挪，我在墙上开个洞，像供佛的龛一样，有人来，刘大爷就躲在书架后面，这才稳妥。"陶铭心对这个法子很满意，保禄带着刘雨禾忙活了半天，整顿好了墙洞，刘稻子躲在里面，连称受累。娄禹民看事情稳妥，对陶铭心千恩万谢，带着刘雨禾先回城了。

深夜，三棵柳村突然鸡飞狗跳，大批官兵将整个村子包围起来，挨家挨户地搜查反贼，陶铭心赶紧让刘稻子藏好。差人来了，乱哄哄地把家里捣了个稀巴烂，唯独没有检查书架后面。正要走时，一个差人无意间带倒了架上的一只瓷瓶，摔碎在地上，露出一卷画轴来。

陶铭心暗暗叫苦，这画，正是当初乔陈如送的陈洪绶自画像，千忙万急中，偏偏忘了家里还有这样要紧的东西。那差人打开画看了看，他不识字，以为是个古董，忙揣在自己怀中，不想却被带头的巡检瞅见："什么东西？拿来瞧瞧。"

差人只得将画递过去，巡检展开来看了，把鼻子凑上去闻了闻，笑道："一股霉味儿，定是上了年头儿的。"陶铭心一句话也不敢说。那巡检忽然看见了画像旁的题字，不巧他肚里有些墨水，看到"国亡不死，不忠不孝"八个字，立刻皱起了眉头："这画上的是谁？"陶铭心满头是汗，不知如何回答。

那巡检又看到了陈洪绶的印章，虽认不得篆字，却生了疑惑："不对劲！这人戴着方巾，穿着宽袍，明显是前朝打扮，这国亡，就是大明亡了，他骂自个儿没有为国而死，所以不忠不孝哩——姓陶的，你收藏这幅画居心何在！"陶铭心忙道："这是别人送的礼物，我并没瞧见那些题字。"巡检啐了一口："少跟老子扯淡！拳头大的字你瞧不见？一对儿招子长你娘屁股上了？说别人送的，谁送的？点出名来！"陶铭心虽后悔收了乔陈如的这份寿礼，却不忍心连累他，只是垂头叹气。

那巡检一招手："拿下！肯定是乱党的同伙，带回衙门里审问，不怕你不说！"

第 16 章　陈洪绶的自画像

天一亮，保禄跑去城中茶馆找到赵敬亭，说了刘稻子的事，请他来家商量营救陶铭心。赵敬亭赶来村中，见到刘稻子，两人施了礼。七娘哭道："这是老爷结义的兄弟，这事全靠他做主。你们想想法子，老爷若有个三长两短，我也活不成了。"刘稻子叹道："都是我连累的陶兄，没别的法，我去衙门自首，救他出来！"

赵敬亭抬手道："刘爷不要冲动，大哥被抓，还不是因为你的事，是那幅画儿，就算不藏你，那幅画的罪过也脱不掉。"问七娘，"那到底是幅什么画？谁送的？"七娘擦泪道："几年前老爷过寿，乔陈如送的，是幅画像，叫陈什么的画的，老爷说是——"她看了眼刘稻子，将赵敬亭拉到一旁，"老爷说是南京家里的旧物。"

赵敬亭瞬间明白过来："是陈洪绶的自画像，我见过的，图样没什么，定是那题词惹了祸。"嗟叹道，"大哥真是时运不济，接连在题词上栽跟头！既然是乔陈如送的，自然要他从中斡旋，不然大哥供出来，他也吃不了兜着走。"七娘也道："是了，老爷昨晚不肯说，是他讲义气，但衙门里的事最需要'贝才'，乔家有的是钱，一应打点得让他们家出，先不能让老爷吃苦头。我一个妇人家，不好抛头露面，劳烦二叔叔去乔家商量这件事。"

赵敬亭正要去，娄禹民来了，两人早年在南京也交往过，还依稀记得，今日重逢自然惊喜。娄禹民道："一早就听说了陶兄的事，赶来看看。"听赵敬亭说要去找乔陈如，娄禹民道："他不在苏州，动乱之后就去了京城，临走派家人来我书店买了十几方端砚，说是年底才回来。"赵敬亭挠着额头："送画的不在，这可怎么弄？"

刘稻子一拍手："不行我就从山东叫些人，劫了牢狱，救陶兄去山东。"又看着七娘道，"嫂子和侄女也搬去山东，那里是我八卦教的地盘，官府也不敢怎么样。"七娘不乐意："我家老爷是冤枉的，只要说明白画儿是别人送的，也不至于判死罪。你一劫狱，我老爷一辈子就是逃犯了。"说完又冷笑，"你们这帮人不是神通广大么，怎么不使唤那麒麟劫狱？比你叫人还方便些哩！"臊得刘稻子脸上一道红一道白的。

娄禹民道："眼下最要紧的是打通衙门里的关节，别让陶兄吃苦。这事说大也大，说小也小。我做书店生意，市面上多少禁书，里面的话多少大逆不道的，查也查不过来，查到了也能用银子摆平。"他从怀里拿出一包银子，"这是五十两，先打点使用，之后我再想办法筹措。"赵敬亭连说有理："火到猪头烂，钱到公事办。我在茶馆也存了些，一总先贿赂牢狱的人，探探口风，看当官的开多大口，咱们也好准备。眼下得有个熟悉衙门事体的人居中打点。"想了想，让保禄去找扈老三来，保禄风一般去了。

藏好刘稻子，赵敬亭让扈老三进屋说话。老三做张做智地说："昨晚的事实属偶然，本来是抓乱党的，谁想因为一幅画把陶先生抓去了。带头的周巡检是我好哥们儿，打点的事尽可以交给我，只是这种乱党的罪名可不是闹着玩的，要想用银子摆平，没个几千两想都别想。"赵敬亭笑道："只要能救人，几千两也不算什么——眼看中午了，我去给大哥送饭，老爹和我一起进城罢。"

七娘胡乱做了些饭，众人吃了，收拾了食盒让赵敬亭带上。赵敬亭和扈老三先去了茶馆，取了自己存的十几两零碎银子，交给他，却不拿出娄禹民的那五十两，只说："老三费心，我大哥家什么景况，你也知道，这十几两先用着，有什么消息及时告诉我。"扈老三面色作难，说这点钱不够。赵敬亭笑道："一尺水行一尺船，脱罪自然不够，买个不挨打肯定够了，衙门里的行情我也知道些的。"

"罢了，蚊子腿也是肉！我尽力去办，成不成咱们另说！"扈老三拿着银子先去了。赵敬亭又让茶馆的厨子做了几样菜，添在食盒里，去长洲县大牢给陶铭心送饭。陶铭心吃了两口，便哀叹着吃不下了："老二，你说我这是什么命……"赵敬亭道："乔陈如眼下不在苏州，审问时大哥就说画是他送的，让县里开张票子传他回来。"陶铭心道："这是砍头抄家的事，我不想连累他。"赵敬亭急道："这是救自己的命呢！他有钱有势，官府不会对他怎样，让他出头，也能救你。"

陶铭心只是不肯，赵敬亭无法，只好先去了。黄昏，扈老三来茶馆找他，拍着手说："这事可麻烦了！"赵敬亭忙问如何，老三道："打点了狱卒，对陶先生自会照顾——周爷还没把这事上报给县太爷呢，那画儿在他自己手里，就等着陶家人来打点营救。周爷还夸我仗义，肯居中办这事。他的意思也明白，昨晚本是搜捕反贼的，陶先生不走运，被顺带捎上了，周爷也不打算计较，拿两千两银子来，把那画烧了，就放陶先生出去。我为陶先生死死求情，说他如何清贫，如何有德行，说了足足一大缸唾沫，周爷才答应减到一千五百两，限期十天缴足，到时候烧画放人，这案子就罢了。见不着银子的话，就把案子递给县太爷，轻松问个造反大罪。"

赵敬亭拱手道："我知道了，多谢老三费心，这几天我就想办法凑银子。"他从腰间掏出一把碎银，约莫七八钱，"先拿去买酒吃，之后少不了还有厚礼相送，凡事求老爹周旋，赵某感激不尽。"扈老三攥着银子笑开了花："走江湖的人就是不一样，你大哥是个书呆子，你比他会来事儿得多。"

赵敬亭连夜来到利贞书店，娄禹民在后院已备下酒菜等着："陶兄在狱中如何？"赵敬亭道："精神不大好，别的也没什么。扈老三打听了，可以用银子消灾，一千五百两。"娄禹民咂舌道："我的娘，一千五百两，这一般人谁拿得出来？"他看看自己的书店，"我这店全盘出去，也只有四五百两，陶兄家又是那般，刘稻子也是个穷人，赵兄你也是个没有恒产的，咱们怎么凑得上数？"

赵敬亭也一时无策，闷头饮酒。没一会儿，娄禹民去解手，娄家的一个小厮上来给赵敬亭添酒，拿眼睛不住地睃他。赵敬亭不快道："狗崽子，谁教你这么贼眉鼠眼的！"小厮忙垂手道："常听赵爷说书，心里仰慕得很，不由失礼了，您老恕罪。"赵敬亭苦笑道："我一个没用的人，有什么值得仰慕的。"那小厮道："赵爷说书，比唱戏还好听哩，而且赵爷的书拐弯抹角地带些意思，我们都能听出来。"赵敬亭开心道："你能听出别的意思，也不枉我的苦心。"

小厮低声问："赵爷懂得多，小的有件事想请教。坊间有人传说，当今万岁是海宁钱塘陈家的孩子，是雍正爷用闺女换的，这事可是真的？万岁爷之前南巡都去海宁的，有人说他是去偷偷探亲呢。"赵敬亭大笑道："这种蠢话你也信！有些无聊下流的小说家最爱编造这种扯淡事，难怪皇上恨这些人呢，抓住一个杀一个，污蔑人家身世，谁不恨呢？稍微用点脑子就知道是假的，皇上之前，雍正爷已经有皇子了，用得着再去换儿子？"

小厮笑道："好罢，我信赵爷的话。还有一件事，也是人们传说的：雍正爷继位是篡改了康熙爷的遗诏，把什么'传位十四子'改成了'传位于四子'，这事是真是假？邻家那小逼崽子常和我争论，他不信，我信。"赵敬亭轻蔑地笑道："这件传闻也荒唐得可笑，堂堂皇帝的诏书，哪里那么容易篡改？而且传位十四子这种俗话也不会出现在遗诏中，是那些无聊文人瞎编的。"

正说着，娄禹民回来了，小厮赶紧退得远远的。赵敬亭莫名发起了痴，娄禹民和他说话，他也不答应，用手指蘸着酒，在桌子上写写画画，写了又擦掉。娄禹民在旁看着，丈二和尚摸不着头脑。没一会儿，赵敬亭拊掌大笑，娄禹民纳闷："赵兄怎么了？"赵敬亭兴奋道："我大哥有救了！娄兄弟，你可认识那个周巡检？"

娄禹民道："不认识他本尊，不过他家人常来光顾敝店——苏州城的大户人家都从我这里买书，这位周巡检想让他儿子走文举的路，有新的八股选集我都派人送过去的，不过他儿子似乎不稀罕这种书，偷偷来买过几次小说。"赵敬亭沉思了一会儿，点头道："我有个计策，不用一千五百两银子，也不用去求乔陈如，就能把我大哥救出来。"他细细说了计划，娄禹民激赏道："妙招！妙招！"又担忧，"只是有些危险，赵兄可要精神些！"

隔日，赵敬亭早早起来，在茶馆里吃了饭，等人渐渐多了，说了两段书，将近中午，来到娄禹民的书店。娄禹民包好了两本书："这套选集还没给他家送过。"赵敬亭又在书架上找了一本李笠翁的小说，揣在怀里，问了路，来到周家门口。他知道自己说书名气大，怕人认出来，故意佝偻个腰，在脸上抹了些土，上去叩门，送了门房老汉几文钱，让他进去通报。老汉进去了一趟，回说："老爷不在家，少爷让你进去。"

也不是什么深宅大院，转过影壁，周巡检的儿子正在廊下教一只绿毛鹦鹉说话："乖乖，叫爹！"那鹦鹉尖叫道："我的亲爹！"周少爷拍手大笑："好儿子！叫×他娘！"那鹦鹉叫道："谷子！谷子！"周少爷弹了它一下："馋嘴！"回头一看，赵敬亭正在底下站着，"哟，您老贵姓？娄禹民怎么派你跑腿？"

赵敬亭笑道："小的姓赵，家里赶车的。店里新进了两本时文集，给少爷参照参照。"周少爷不屑道："放台阶上罢，我们家每半年给老娄结一次钱，回头你来收账。我问你，店里可有什么新鲜小说没？"赵敬亭从怀里掏出笠翁的那本："新刊了这本，少爷可要看看？"周少爷向他手里望了一望："早看过了，没什么意思。"

他下了台阶，四周瞧瞧没人，邪笑道："老赵，你家可有绣像本的《金瓶梅》？别管多少钱，你给我弄一套，我另外赏你。"赵敬亭挠挠头："这个我得问娄老爷，这种书不会摆在明面儿上，明天来给少爷回话儿。"周少爷道："你明天过了辰时再来，我爹那会儿不在家。"

回到书店，赵敬亭让娄禹民找一套绣像本《金瓶梅》，娄禹民发了愁："这书的绣像本之前有一套，被乔陈如的儿子乔阿难买去了，剩下的几套都不是好刻本。绣像本太贵，要五两银子，一般人也买不起。"赵敬亭道："那老兄帮忙找找，荆轲没有地图也没法儿见秦王。"娄禹民亲自在外面跑了一整天，磨破了嘴皮子，才从阊门附近的一家书店高价买了一套，共五册，缎面装帧，彩色绣像，极是珍贵。

这早，太阳老高了，赵敬亭拿着一册去了周家，周少爷抱怨："昨天等了你一天！你这么大岁数怎么不守信呢？"赵敬亭连忙赔不是："这书藏在娄老爷的田庄上，为了少爷专门去取，往返大半天，所以耽搁了时间。"说完将那册书递上去，周少爷在手里翻了翻，眼睛里光彩四射，哈喇子都要流下来："啊呀！好书！好画儿！咦，怎么就这一本？其他的呢？"

赵敬亭道："娄老爷说了，这书太珍贵，并不售卖，看在老主顾的情分上，借给少爷看看，不好全部带来，少爷看完了一册，我再来送下一册。"周少爷急道："娄禹民个狗娘养的，看不起人是怎样？这套书能值几个银子？谅老子买不起么！还一册一册地借，这是抹他娘的骨牌呢，一张一张出？"赵敬亭只是道歉："老爷交代的，小的也没办法。"

周少爷无法，着实心爱这书，揣在袖子里，让赵敬亭明天拿新的来。之后三天，赵敬亭每天都来收回看过的，带来新的，看得周少爷两眼乌鸡一样黑，脸上蜡黄，说话都软绵绵的，连打哈欠："明天把最后一册带来，早点看完早点解脱，这熬不住又忍不住的滋味儿太难受了。"

回到茶馆，扈老三在等着，焦急道："赵先生，怎么好几天都没个动静？限期十天，这眼看就火烧眉毛了，银子凑齐没有？周大爷一天催我七八遍，让我来问，也不知道你这几天忙什么，总找不见你。"赵敬亭笑道："老三别急，银子凑了大半儿了，保证按期缴足。"老三不信："你给我瞧瞧，让我心里也有个底。"赵敬亭歪头道："这是救人的大事，我哪里敢骗你？这茶馆是什么地方，人多眼杂的，我吃了豹子胆不成，敢将千把两银子给你看？"又塞给他一些碎银块，"老爹担待，买两杯酒吃。"扈老三牢骚了几句，约定后天一早来兑银子。

安稳睡了一夜，赵敬亭在茶馆说了大半日书，到黄昏，去牢狱里看望陶铭心，正遇到七娘来送饭，见他没有受罪，也便放心。七娘问："二叔叔这几天忙什么？你哥的事到底有没有着落？这县太爷也不提审，也不开口要钱，竟像不知道有他这个罪犯似的，弄得我心里怪不踏实。"赵敬亭笑道："姨娘放心，横竖不出这两天，我管保叫大哥一根汗毛不少地出来。"

第八日中午，赵敬亭不紧不慢地来到周家，周少爷指着他大骂："老不死的狗奴才！又害我等了你一天，把这册书翻来覆去看了七八遍，看得我都要吐了！不诚信的老狗，最后一册呢？赶紧拿来！"赵敬亭将另外四册全拿出来："周爷息怒，我家主子想通了，整套书都可以卖给少爷。"周少爷狂喜，把书抱在怀里："多少钱？"赵敬亭笑道："一千五百两银子，分文不让。"周少爷呸了一口："放你妈个臭屁！再怎么样儿珍贵，也是纸印的，就是拿玉雕的，也值不了一千五百两银子！"

赵敬亭笑道："看少爷急的，小的跟少爷开玩笑呢。娄老爷说了，这套书难以论价，便宜了显不出它珍贵，高了也不合情理，娄老爷想了个法子，要我问问贵府上有没有什么善本古籍可以换，以书换书，也是一桩雅事。"周少爷笑道："这还差不多。我的藏书基本都是小说，也不知道有没有你看得上眼的。"他带赵敬亭来到自己的书房，"你随意看，看上哪些就拿。"赵敬亭在书架前徘徊良久，抽出这本看看，拿起那本翻翻，总没个满意的："这些书，大多是我们家卖的，没什么稀罕。"周少爷抓耳挠腮："那可怎么办，家里的书都在这儿了。"

"府上有没有古画一类的？我家主子爱好丹青，有好的画，也可以换。"赵敬亭经过多日筹划，终于说到了正题，紧张又期待地望着他。周少爷道："哎，你还别说，前阵子我爹真弄了一幅画，说是明朝的，也算个古董了，放在哪儿来着……"他自言自语地在书房里寻找，赵敬亭咽了口唾沫，直直盯着他，提醒说："要是宝贝，令尊可能放在卧室也说不定。"周少爷一拍额头："对，肯定在床头那个箱子里，你等着。"

没一会儿，周少爷取来了那幅画："喏，就是这幅。"赵敬亭接过来，展开一看，正是陈洪绶的那幅自画像，按捺住激动的心情，笑问："少爷看过这幅画么？"周少爷摆摆手："草草扫了一眼，一个大男人有什么好看的？哪里有绣像好看。你要看得上这幅画，就拿走，换了这套书。"

赵敬亭将画展开在桌子上，上下左右地仔细看："我得鉴一鉴是不是真古董，外头有很多做旧造假的。"周少爷不耐烦，歪在春凳上，跷着一条腿，津津有味地看起最后一册《金瓶梅》。赵敬亭瞧他入了神，悄悄拿起桌上的毛笔，在"国亡不死，不忠不孝"八个字上加了几笔，拿袖子轻轻吸干了墨，小心地将画卷起来："少爷，这画儿虽是真古董，但笔法平庸，算不得上品，我要在外面收，顶多出五十两银子，抵这套书还是差了不少。"

周少爷耍起了赖，把书紧紧抱在怀中："那画儿你爱要不要，这套书你休想拿走——外面那只鹦鹉你喜欢么？我当初花了二十两银子买的，调教得可乖巧了，会喊爹，会骂人，算个添头儿送给你。"

赵敬亭踌躇一会儿："不如这样：画和鹦鹉我都不要，这套书少爷也留着。我回去跟主子说一说，还是折个价，要么就和少爷立个契约，以后每个月我家送来多少多少书，少爷是个大主顾，看觑我们两年，这套书的本儿还怕赚不回来？"周少爷极欢喜："老赵，你真是个乖人！这话触着我的痒痒了，就这么着，以后你们每个月想送多少书来就送多少，我照单全收，也不要半年一结账了，我俩月给你们结一次。我爹老说什么诗书传家，家里没个几千本书叫诗书之家么？"

这时，家仆上来说老爷当值回来了，周少爷赶紧将画收起来，让赵敬亭从后门出去了。出了周家，赵敬亭忍不住大笑了两声，紧紧握了握拳头。看天快黑了，赶紧小跑着去了大牢，给了牢子三分银子，进去见了陶铭心，细细叮嘱："不是明天就是后天，县太爷肯定要提审你，到时候你如此这般说。"陶铭心又惊又喜："老二，你怎么做到的？"赵敬亭得意地笑道："等大哥出了狱再说。"

晚间赵敬亭又来到利贞书店，跟娄禹民说了今天的事，娄禹民要摆酒庆贺，赵敬亭摇头道："此事才成了八分，不要高兴得太早。"娄禹民连说有理，又问："只是我不明白，既然周家少爷也答应，老兄为何不把那画带走？为何只做了些手脚？毁了这物证岂不万全？"赵敬亭微笑道："凡事不可做得太绝，不仅要给自己留后路，也要给别人留后路。我不拿走那画，自有我的道理，你瞧着吧。"

第九天一早，扈老三来找赵敬亭取银子，赵敬亭哭丧着脸说："如今我是属太监的——净了身了，一千五百两，全被狗吃了。"老三大惊："狗吃了？"赵敬亭擦眼抹泪地说："昨天本来凑够了，带了银子去找你，谁知走到观前街，窜出来一群野狗，龇牙咧嘴地撞过来，吓得我狂跑，一包袱的银子也掉了，二十两一个的银元宝，被那群野狗吃馒头一样全吞了。我自然要追这些狗，可比人家少两条腿，哪里追得上？眼睁睁看着它们跑散了，急得我只是哭。这群狗日的狗子吃的不是银子，是我大哥的命啊！"

扈老三目瞪口呆地听完，真个是狗咬尿脬——空欢喜一场，跳脚大骂："我信你的鬼话我就不是人养的！赵敬亭，你个狗×的说书贼，在你三爷面前扯起淡了！还他妈的狗吃了，我看你压根儿就没银子！行，我也不和你争口，我现在就跟周爷说去，不把陶铭心整死我就不姓扈！你，你也跑不了，等着下半截儿打成肉泥罢！"

老三气冲冲地离开茶馆，去衙门里跟周巡检一五一十地说了，气得周巡检破口大骂："老×养的，欺人太甚！不给他点颜色瞧瞧，拿我当傻子戏弄！"立刻找人写了呈子，向知县告状。知县一看是造反的大案，立刻升堂。周巡检回家取来那幅画，当堂出首陶铭心："私藏逆画，足证反心。"之前为保禄留辫的事责打陶铭心的那个知县，在动乱中被乱民杀死了，新知县是个年轻的新科进士，为人敦厚，不顾周巡检咋咋呼呼，不让给陶铭心上刑，还允许他站着回话。

陶铭心一口咬定那幅画不是"逆画"，只是一件古董而已。周巡检暴跳如雷，举着那幅画喊："这是陈洪绶的自画像，陈洪绶是什么人？以为咱不知道呢！是个前朝的遗老，画上写着'国亡不死，不忠不孝'，傻子也知道什么意思！你收藏这幅画，还敢说没有反心！"陶铭心冷笑道："国亡不死，不忠不孝？我怎么不记得有这些字？你看真了么？"

周巡检啐了一口："老子虽然是个武夫，也认得字，怎么看不真？"说着哗啦一声将那幅画抖开，提在陶铭心面前："老贼，你还狡辩！"见陶铭心只是笑，他翻过来一看，不由脸色刷白，两只鼻孔腾腾地冒气。知县在上面说："把画拿上来，本官瞧瞧。"皂隶见巡检呆着，上来拿了画，呈给知县。知县看那题词，写的是：

浪得虚名，穷鬼见诮。国氓不死，怀忠怀孝。

知县皱眉道："这哪里是'国亡不死，不忠不孝'？周巡检，你真是看差了。不过，前两句也罢了，后面这两句'国氓不死，怀忠怀孝'实在有些不通，什么叫'国氓不死'？"陶铭心拱手道："大人，氓者，无定所之人，颠沛之人也。国朝入主中国，这位陈洪绶家破国亡，奔波乞食，所以自称国氓。《诗经·国风》有'氓之蚩蚩'一篇，说的是女子怀情恨男子无义，陈洪绶自称国氓，也有个怀才不遇的深意。他这四句题词，说自己徒有虚名，却穷困潦倒，之所以没有选择自杀，是因为还怀有忠和孝。忠是忠于天地教化，孝是感恩父母养育。这十六个字，只是夫子自道，自嘲打趣而已，何来的反心？"

知县点点头："先生这一讲，也说得通。这陈洪绶我也知道的，前朝数一数二的丹青高手，这画可是件宝贝——"

"不对！"周巡检不顾尊卑，跑上去指着那几个字说："堂尊请看，这个'氓'的'民'字，和那两个竖心，明显是后来加上去的！这一点都不工整嘛！"知县笑道："老周，这你就不懂了，书法之道，若只求工整，那是还没入门呢。你说是后来加上去的，是谁加的？何时加的？这幅画从陶先生家里抄来，不是一直由你保管么？"周巡检瞪着一双牛眼，哑口无言。

知县当堂释放了陶铭心，将那幅画也还给他。陶铭心道："这幅画平白无故让学生遭此一难，可见是不祥之物，学生也不想要了，送给周巡检赏玩罢。"知县对周巡检笑道："陶先生如此慷慨，周巡检也要懂得人情世故，不要欲加之罪何患无辞。"

周巡检也不好说什么，拿了画，气闷闷地回到家，饭也不吃，在屋子里背着手来回踱步，心里嘀咕：这画一直在我床头秘藏，家人自然不敢捣鬼，敢情是神仙同情陶铭心，施展了法术？越想越气，恨道："他妈的，一大注银子，就这么没了，连个响儿都听不到！"周少爷听到，上来问缘由，周巡检将此事头尾说了，周少爷猛地想到书店那个老赵看过这幅画，但不敢跟父亲说，只道："这画怎么说也是件古董，爹就收着玩罢。"

周巡检烦道："我又看不懂这玩意儿，收着它有什么用！今天的案子传出去，都知道这画容易惹祸，谁还敢要？真是一块烫手山芋，砸自己手里了。"周少爷笑道："儿子拿出去吃喝吃喝，也许能卖个三五十两。"周巡检叹道："若能卖几十两，也不枉这阵子操心。"

这天下午，赵敬亭带着几本新书又来了。周少爷质问他："上次给你看那画，你是不是做了什么手脚！"赵敬亭装作全然不知："我看画时，少爷就在边上，我赏鉴赏鉴而已，敢做什么手脚？少爷不能这么冤枉人呀！"周少爷不屑地摆摆手："我问问而已，管你呢！你上次不是说么，那画在外头收要五十两，喏，你给我五十两，画拿走，我们家不稀罕。"

赵敬亭装模作样地说："我得回去和主子商议，收也是他收哩。"周少爷让他赶紧去问，立等回话。赵敬亭回了趟茶馆，将娄禹民送的那五十两带了过来：

"主子说贵府是大主顾，彼此照顾，愿意出五十两买。"周少爷开心不已："这就见咱们的交情了。"便将那幅画给了赵敬亭，喜滋滋地收了银子，等他爹回来，他谎称只卖了三十两，昧下二十两梯己。

陶铭心祭奠过祖宗，又宴请众人，庆贺脱狱。赵敬亭提前跟陶铭心商量过了，拿出那幅画，送给娄禹民："用老兄的五十两银子买的，加了几个部首，消了灾，这画现在安全得很了。"娄禹民喜不自禁："陈洪绶的自画像，只要五十两，真是捡了个大便宜！"

席间，娄禹民又问赵敬亭，为何不早将那幅画带走。赵敬亭笑道："我如果当时拿走，周巡检必定追查，难免连累到娄兄弟。而且他吃了亏肯定要报复，那幅画虽没问题，可经不住他找个别的借口为难我大哥，他是个巡检，要抓谁折磨谁还不容易？不如把那幅画留给他，再拿五十两银子买，他做这件事无非是求财，虽然只落了五十两，也聊胜于无，不至于狗急跳墙再找麻烦。至于他儿子，一是没有证据说我做手脚，二是这事他也有牵连，不敢跟他爹说，三是我也送了他一套绣像《金瓶梅》，他感激我还来不及呢，别的也不计较啦！"娄禹民咂舌赞叹："赵先生的心就像那太湖石，少说也有一万个窟窿眼子，什么细节都能想到！做事就好比马蹄刀瓢里切菜，真个是滴水不漏，小弟佩服之至！"

风朗气清，众人兴致高昂，杯酒间论叙时政，纵谈生平，直说到黄昏。赵敬亭缠着刘稻子问了许多问题，刘稻子一一回答，最后笑道："看先生这架势，是准备将我们这段事编成书了？"赵敬亭笑道："刘爷放心，我说书向来不直说——兄弟这桩英雄事业，不能埋没无闻。"

据刘稻子说，麒麟是用木头、牛皮、铁片做成的，肚子里有齿轮机关，连动四肢，他们有七个人，四人操纵麒麟前行，三人分别控制犄角、尾巴攻击，犄角是用两支长戟做的，麒麟尾则是一条挂满小尖刀的鞭子。之所以扮麒麟杀人，正如娄禹民先前说的，一是为了遮掩身份，二是为了煽动民心。

刘稻子说："咱们汉人最迷信鬼神，这好比陈胜吴广篝火狐鸣、鱼腹丹书的法子，有个杀满人的神兽出来，百姓们就相信这是神仙显灵，是上天派来灭满人的。果然，那晚上我们在苏州城稍一搅动，全城百姓都沸腾了起来。只可惜，他们都急着抢钱，不听调动，没能拿下巡抚衙门，功亏一篑！"陶铭心道："那晚上的事，你们做得太鲁莽了，连累了多少无辜性命。"刘稻子喝酒不说话，陶铭心又问："祗园寺观音殿里的那头麒麟，就是你们的家伙罢？那么大一件东西，你们怎么往来进出的？是不是祗园寺也有你们的人？"

刘稻子望了娄禹民一眼，说道："祗园寺没人参与我们的事，观音殿的那头麒麟不能活动，我们只是仿造了那个样子。"至于谁帮他们造的麒麟，除了他和娄禹民，操控麒麟的另五人是谁，刘稻子没有回答，用别的话敷衍过去。陶铭心也没追问，这等灭族的大事，刘稻子谨慎些也正常。陶铭心暗想：何万林肯定也参与了，也许那头麒麟就是他造的——他是木匠，技艺精湛，鼓捣出一头麒麟也不是不可能。

保禄不相信刘稻子的话，他依然坚定地认为那头麒麟是真的。他懂些木匠手艺，任何木匠——包括何万林，都没有那样的本事。造鲁班凳是一回事，造一头如此灵活矫健的麒麟，对这帮粗人来说，简直不可能。刘稻子这么说，是给自己脸上贴金——好显得八卦教与众不同。况且，刘稻子的叙述存在漏洞，保禄不无讽刺地说："上个月刘爷还来教堂给葛老师剃头呢，现在一想，刘爷胆子真大，在官兵眼皮子底下来回跑。"刘稻子解释说他为了掩人耳目，偶尔会从藏鼎山回城继续干剃头的生意。

对刘稻子的话，赵敬亭也起了诸多疑惑：近几个月来，官兵将藏鼎山搜了个底朝天，就算刘稻子一伙有绝佳的藏身之处，但官兵将整座山都封锁起来，所有大路小路都有官兵把守，堵了泉水，烧了树木，他们如何活下来的？便是有娄禹民偷偷提供饮食，也不可能骗过官兵。而且，严防之下，刘稻子是如何在两地之间任意游走的？莫非官兵中有他们的人，暗中给予方便？他直觉这件事绝非那么简单。

第 17 章　北伐记

　　"每次在苏州讲书，老赵的心就分成上下两半——那叫一个忐忑！苏州是什么地方？天底下数一数二的风流富贵之地。不是有个笑话么？走在苏州街上，一块招牌砸下来，能砸中四五个举人，一两个状元，上前救他的十来个人，又都是会作诗的。老赵学的是说书，讲究个雅俗共赏，论文采，论腔调，论技艺，都不如本地的弹词，真可谓拿着铜钱入宝山，也就是老少爷们儿太太奶奶们宽容慈悲，容我在宝方讨口饭吃。我老赵走过多少地方，每到一处，都会奉承几句钟灵毓秀人杰地灵的话，但打心底里说，也就苏州能配上这八个字。"

　　观前街，龙泉茶馆，上百位听众一齐欢呼。

　　"今天要讲的书，叫作《北伐记》。话说在一千三百年前，乃是司马晋朝，天下分裂，宇内大乱，已经有了末世之象。列位读过《通鉴》的当知道，什么八王之乱、五胡乱华，就是那段时期。八王之乱后，晋朝元气大伤，百姓吃不上饭，军队打不赢仗，盘踞在中原附近的匈奴人趁机入侵，很快打下了洛阳，俘虏了晋朝皇帝，屠杀我汉人同胞。不仅匈奴，还有鲜卑、羌族许多胡人，都开始瓜分中原，建立国家，一时间，泱泱神州大地，尽成牧羊放马之所。

　　"丢掉中原后，晋朝王室逃亡到建康，便是如今的南京，多次组织北伐，中间或胜或败，总是不能收复中原。一直到晋朝末年，天生一位大将军，姓檀，名道济。他天生神力，五岁能拉开十石的弓，十岁能扳倒千斤的牛，自小父母双亡，没人拘管他，越发好勇斗狠，最爱打抱不平，端的是条好汉！有一天，他又和人冲突，仗着本事，独自一个把十来个汉子打得落荒而逃。檀道济非常得意，在酒店里喝酒唱歌，唱的是：大风起兮云飞扬，大丈夫兮肝胆壮，无人能敌真豪杰，仗剑长啸震四方！

"这时，角落里的一个老头重重冷笑道：这等鼠目寸光的小儿，哪里配称豪杰！简直玷污了这两个字！檀道济这暴脾气，哪能听这种话？顿时大怒，冲上来就要打人——"

赵敬亭正说着，突然有人大骂："我 × 你娘！"往底下一看，是个凶煞的黑胖大汉，正指着前面骂，惊讶间，前排的一个汉子也站起来："我 × 你姥姥！"原来是对儿仇家，遇上了，各自都有同伴，很快就打起来，掀桌子扔板凳，十来个人打成一团，掏出匕首、手刺、铁鞭子跳手跳脚地招呼。有只板凳飞了上来，赵敬亭赶紧闪开，桌上的茶壶、茶杯、装果子的围碟儿被砸了个稀巴烂。

听众纷纷往外面跑去，茶馆小二拉着赵敬亭来到二楼躲避，底下打得热闹，桌椅粉碎，好几个人头破血流，互不相让。很快，巡逻的官兵来了，大刀一拔，怒喝两声，这些恶徒都停了手，任官兵捆的捆，拖的拖，拉到衙门去了。

茶馆掌柜哎呀呀地叫着，看着满地狼藉，心痛不已。赵敬亭看今天是讲不成了，也很扫兴，便回房中休息。小二送来了茶水点心："老先生受惊了，掌柜的说了，停两天，先生养养嗓子，每天饭菜照旧。"赵敬亭摆摆手，让他去了，拿起毛笔来，在纸上细细梳理这段书的情节。

三天前，他还没整理好这段书，藏鼎山异兽的故事按刘稻子叙述的，也能讲，但他不满意，觉得其中还有玄机。光靠想也想不出，不如去实地看看，兴许有什么线索，于是他独自一个，骑了茶馆的骡子，去了藏鼎山。在山上晃悠半日，到处都是烧得焦黑的树，风一吹，刮起呛人的灰烬。

这山圆墩墩的，像个大馒头，山顶多怪石，四下里多岩洞——如今都被官兵用大石封了。人们传说，当年项羽举起来的大鼎化成了这座山，也有的说那大鼎就藏在这座山中，所以得名藏鼎山。赵敬亭在山上空逛半日，也没发现什么，日头又烈，便下山去祇园寺纳凉，顺便拜一拜那位神僧。

他在北京时就听到了江澈神僧的传说，很是好奇，一个和尚如何在地下的瓮里待了几百年还能活下来。他走南闯北，听过各样怪力乱神之事，对这等事也不好说信还是不信，大部分都是假的，却也有无法解释的。来苏州后，保禄跟他说了当时挖出神僧的经过，他想了几天，琢磨出一个猜想，看百姓为这和尚毁家倾财，他很不平，想当面戳破江澈，逼他收手。

寺门口簇拥着许多官兵杂役，外围还有看热闹的百姓，赵敬亭走上前，见到方丈月清正陪同一位官员出来，看官员胸前的补子图样，当是江苏巡抚。月清毕恭毕敬地送巡抚上了轿，又低低说了些什么，前面打起执事，奏起鼓吹，闹哄哄地去了。听百姓说，巡抚大人是来传圣旨的，原来皇上也听说了江澈和尚的事迹，一道圣旨下来，召江澈入宫觐见。巡抚大人过来宣读了圣旨，赠了丰厚的礼物，商定三日后来接，到北京面圣。

巡抚一走，百姓们又涌入寺内礼拜神僧，赵敬亭也跟着进去了，见罗汉堂前人多，便四处闲逛。前些年来时，这寺还很普通，如今到处金碧辉煌，连牌匾上的字都用金粉填了。放生池里，铜钱、碎银子堆成了小山，几个僧人正光着脚在里面清理，用铲子将银钱装在布袋里，岸上摞着十几袋。

逛到观音殿，依旧不少人，踮脚看过去，果然如陶铭心说的，这里的观音坐骑是一头麒麟。问了等待的百姓，都是来求子的，他摸出几块碎银，贿赂了僧人，容他先进去。绕着麒麟看了看，用手敲了敲，里头是实心儿的，不可能藏有机关——刘稻子他们操纵的麒麟，果然不是这头了。

按刘稻子说的，那头麒麟制造精巧，寻常的匠人断无这等技艺。当日问他，那头麒麟现在何处，刘稻子说那天本来打算偷袭官兵，不料官兵太多，麒麟被逼到了悬崖边，无奈之下，他们只得跳了出来，将麒麟推下悬崖，与官兵步战。除了他和娄禹民，另五人都壮烈战死。这番话，赵敬亭并不信。

离开观音殿，又回到罗汉堂，等候的信众依然很多，再想贿赂和尚已是不能了。那和尚笑道："我佛讲究个无分别心，不能给你方便，老实等着。"等到黄昏，和尚开始赶人："神僧累了，今天到此为止，明天再来祈愿罢！"赵敬亭找到知客僧，谎称是北上应考的书生，求借宿一晚。知客僧收了他三分银子，安排他在一间狭窄的客房休息。

等夜深人静了，赵敬亭偷偷出来，摸到罗汉堂前。里面红亮亮的，从门缝里看去，江澈和尚静坐在莲花台上，微垂着头，一动不动。门没有锁，只挂了条铁链子，赵敬亭轻轻解下铁链，推门进去。须弥台上燃着数百盏长明灯，红红黄黄的光映着神僧枯瘦的脸，仿若一尊泥塑。赵敬亭对着神僧双手合十，微笑道："和尚，敛财也敛够了，是时候收手了。"

江澈和尚一动不动。赵敬亭冷笑道："老赵斗胆猜一猜，他们是在这罗汉堂挖出你来的，你坐在瓮里。我想，那瓮的底儿是可以活动的，瓮底下，则有一条密道，你先进入密道，然后再钻入瓮中，装作在地下几百年了——有一丝错么？"他走上前，"和尚，明天你若还不收手，我就把这段事说出来。"

江澈还是不动，赵敬亭觉得有些不对劲，走上前，将手指头放在江澈鼻子下面，试了一会儿，不由大惊——江澈已经没了呼吸，又拿起他的胳膊搭脉，果然没了生机。赵敬亭又是惊讶又是恐惧——白天还好好的，怎么突然死了？

他绕着莲花座转了两圈，发现江澈的背有些弯，坐姿也有些怪异，像是悬浮起一截儿似的。伸手在他腰上、臀下摸了摸，触到一根硬硬的东西，手上湿漉漉的，凑在灯光下一看，竟是黏黏的血。赵敬亭小心地揭开江澈的袈裟：一根粗粗的铁扦子从他的谷道插入腹部，他被活活钉死了。

冷静下来，赵敬亭揣想这件事的原委：本寺和尚为了敛财，设计将江澈通过密道藏在瓮中，故意让修罗汉堂的匠人挖出来，编造其身份，鼓吹其神奇，引诱百姓来拜。名声日隆，传到了皇帝耳中，如今下旨接神僧入京，本寺和尚害怕事情败露，那是欺君的大罪，只好处死了江澈。赵敬亭猜测，明日祇园寺必定放出消息，说江澈和尚突然圆寂了，再招引最后一波供奉。

赵敬亭正欲离开，想着这位江澈和尚虽不是好货，但这样的死法真是悲惨，便双手合十，对着他俯身一拜。偶然间，看到江澈的双手很奇怪，本是结成了禅定印，但两个小拇指却指着下方。赵敬亭一激灵，暗道：莫非，江澈临死前在暗示什么？指头向下，莫非他身下的莲花座藏有玄机？莲花座是实木雕成，藏不了东西，莫非莲花座下有什么秘密？一瞬间，他突然悟出了什么：难道，江澈藏身的密道，就在这莲花座下？赶紧卷起袖子，用力移开莲花座，跪在地上轻轻叩打地砖，果然，有一块地砖听起来声音异样。

赵敬亭兴奋不已，从供桌上寻来一只灯台，拔了蜡烛，用铁扦撬开石板，下面是木板，再掀开木板，忍不住笑出来——下面是一只陶瓮。赵敬亭跳下去，在瓮底摸索一番，摸到了一个把手，使劲一拉，瓮底的石板忽然翻了，他脚下一空，掉了下去。身下一层沙子，并未跌伤，果然是一条密道，很宽阔，到处黑黢黢的。赵敬亭爬上去，拿了盏灯又下来，深吸了一口气，往前走去。

密道极长，赵敬亭走了一截，发现两边有许多小房间，举灯一看，惊得张大嘴巴：里面堆满了银钱、金银器物、药材、粮食、兵器等等，随意看了看，不少麟趾金、马蹄金，还有好多银锭子，已经发黑了，依稀能看清铭文，竟是"癸未年大明元宝五十两足"。掐指一算，癸未年是崇祯皇帝上吊自尽前一年，距今已经一百多年了。赵敬亭诧异不已，明末的官银，为何会在这密道中？其余杂物，明显是百姓献给祇园寺的布施。

继续往前，走了不知多久，开始有弯，弯也极多，仿佛是盘旋往上的，累得赵敬亭满身大汗。他心里很急，怕天亮后罗汉堂那边就暴露了，也好奇这密道通向何处，不由加快了脚步，简直要跑起来。终于，来到了尽头，陡然阔大起来，一阵阴冷激得他打了一阵哆嗦。这是一个巨大的山洞，有淅淅沥沥的流水声，拿灯台四处一照，又是一惊，角落处石桌石凳一应俱全，木架上还有许多书籍，角落里几张稻草垫，似乎是睡人的。前方隐约有人声，他连忙用手遮住灯光，循着声音轻步前去。

隔着一片小瀑布，不远处的一块大石下点着一盏油灯，两个穿宽袍的汉子，约莫五六十岁，盘腿对坐，一人手里拿着毛笔，一人手里拿着书，正在说话。

"第一件事，就是改发式，改服装，先把辫子剪了，恢复高冠博带。"

"不，第一要紧的是要去孝陵祭太祖，宣告天下。"

"年号我已想好了，叫天威。"

"我也想了一个，叫文昌。"

"文昌乃星宿之名，不妥。罢了，这个再议。还有件要紧的事，一定要有宰相，废宰相数百年了，到底不成个体统！"

"到时候大哥做左相，我做右相，老三做尚书。"

"老二，你要敢想——明白我的意思吗？"

赵敬亭听得稀里糊涂，这时，一阵风从左边吹来，赵敬亭往前摸索了几下，竟然有个洞口，用块石头挡着，用力挪开，探出头去，只见满天星辰，左右一望，原来是在藏鼎山的山顶。他兴奋得简直要叫出来，赶忙缩回去，下了密道，将石头封好，原路返回。

他想：也许是八卦教买通了祇园寺，通过这条密道，刘稻子等人可以秘密上下山，逃过官兵耳目，也可以借此条通道运送饮食。一方是反清的豪杰，一方是欺民敛财的恶僧，互有把柄，通力协作。很可能，这寺的方丈月清和刘稻子是一伙的，和尚敛财，难不成是为了来日招兵买马，进行反清大业？至于山洞中的那两人是谁，明末的银两又是何处来的，暂时不知。也罢，虽然还有不少疑点，但今晚收获颇丰。赵敬亭从密道出来，盖好木板，又铺好地砖，把莲花座挪回原位，对着江澈的尸体拱了拱手，离开了罗汉堂，也没忘记挂好铁链。刚回到客房，祇园寺的晨钟就响了。

果不其然，天亮后，祇园寺上下骚动，纷纷嚷着江澈神僧圆寂了。月清派人去苏州城里禀告巡抚，消息很快传开，大批的百姓蜂拥而来，罗汉堂大门敞开，任百姓们瞻仰江澈坐化的肉身，寺里寺外，哭声震天。中午，江苏巡抚亲自来了，感喟一番，对江澈的遗体磕了头，捐了一笔造塔的钱，回了城，细细写了折子说明此事，奏明皇上，自不必说。黄昏时分，和尚们在大雄宝殿前搭起了柴堆，月清亲自主持仪式，念了往生咒，把江澈的遗体焚化了。火还没灭，许多百姓就冲上去找舍利，烫伤了许多人，也不见一颗舍利。

回到城中，赵敬亭疲惫不堪，睡了一夜，第二天闭门不出，忙活了一整天，将这段事编写成要说的书，在心里默默顺了两遍。谁知刚开始讲，就遇到了斗殴的事。

忍耐了两天，待茶馆收拾好了，赵敬亭重新坐在台上，往下一扫，看到刘稻子也在人群中，对他意味深长地一笑，赵敬亭点头致意。将开头又说了一遍：

"檀道济一听，顿时大怒，冲上来就要打人。那老头昂着脑袋，也不退缩，笑道：'我也有一首歌，你敢听我唱一遍么？听完了，你再打我也不迟。'檀道济叉着腰骂：'老畜生！你唱！'

"老头唱道：大风起兮云飞扬，可叹小儿耻辱忘。无人能敌皆内斗，威震四方弥天谎。豪杰应为国家死，马革裹尸侠骨香。中原已成牧羊地，犹将逞强作豪强！

"老头唱完，檀道济愣住了，呆了好久，扑通跪在地上：'多谢老先生点拨！我如今全明白了，真豪杰，不该为一己意气，而要为国为民，去收复国家故土！'老头摸着胡须笑道：'你能明白这个道理，也不枉我的苦心。要记着，北方多少同胞正在被胡虏欺压，咱们偏安江南，不能忘了永嘉之乱的大耻辱！'"

前排坐着几个上次打架的，脸上还挂着伤，听了赵敬亭的一番话，互相看了看。赵敬亭继续说："之后，檀道济参加了官军，灭后秦，打北魏，一心以收复中原为己任，战功卓著，很快就成了统率千军万马的大将军。这年，他带领官军北伐，经过安徽、山东，往西打入河南境内，准备攻打洛阳，但在偃师附近遇到了鲜卑的军队，打了七八仗，损失惨重。

"原来鲜卑有个邪门的战法：他们不知从哪里弄来了十几头猛虎，威风凛凛地列在军前，每次檀道济的士兵冲锋，鲜卑人就先放老虎。檀道济的兵多是江南人，哪见过这样的猛兽？而且这些老虎最听号令，锣鼓一响，就冲进檀道济的军中又扑又咬，老虎的身上还有铠甲，用刀砍，用箭射，都没用。十几头老虎，将檀道济的大军搅得阵型大乱，鲜卑兵再冲上来一阵掩杀，大军毫无还手之力。

"接连损兵折将，檀道济也不敢硬打了，集合副将商量破虎阵的法子。众人一个个霜打了的茄子般垂头丧气，只是想不出对策。北魏的兵马每天在大营外挑战，檀道济也不敢应战，只是闭关死守。

"这晚，檀道济在营帐里借酒消愁，喝醉了，恼怒起来：'堂堂七尺男儿，经历过多少死战，如今竟被十几头畜生难住了不成！'当下拔出剑来，要独自去杀猛虎。侍卫拼死拦住：'将军乃三军之首，怎能如此任性使气！若将军不测，光复中原的事业再没第二个人能做了！'好不容易劝住了，檀道济把宝剑往地上

一扔，长叹道：'可恨檀某无能！谁要有法子破敌，我情愿将大将军的位子让给他！'

"一个侍卫战战兢兢地说：'小人倒有个法子，只是这个法子说来荒诞，也不晓得灵不灵，怕惹怒将军，所以一直不敢说。小人也不敢妄想做什么官儿，只想为将军解忧。'檀道济大喜：'你有什么法子？说来听听，若成了，我重重赏你！'侍卫道：'小的就是本地人，此地往西五十里，有一个清虚观，里面有个道长，姓贾名震，据传活了五百岁，绰号神通真人。这贾道长学的天师道，法力高强，千里眼，顺风耳，呼风唤雨，撒豆成兵，总之神通广大。将军若把他请来，不愁破不了猛虎阵。'檀道济很是不快：'法术这种伎俩，我向来不信！况且我数万军马，要仰仗一个道士？传出去我无颜见人了！'

"侍卫笑道：'将军，事到如今，还顾什么颜面呢？只要能破敌，哪怕请个叫花子又怎样？将军是正人君子，不信怪力乱神也正常，但小的亲眼见过这道士的法术，真个厉害！如今情形如此，将军何不死马当活马医，万一能成呢？'

"檀道济考虑一番，别的法子也想不出，只好同意了。天一亮，就让侍卫骑快马去清虚观请这位贾震道长。侍卫道：'回将军，不是小人偷懒，请这位道长，还得将军亲自去，他架子很大，脾气又怪，要小人去，连见都见不着呢！'檀道济笑道：'是我疏忽了，求人相助，可不得亲自跑一趟。'

"当下，檀道济带着几个侍卫，骑着马，一溜烟儿赶到了清虚观，拜见了贾道长。这位贾真人长得仙风道骨，风姿神秀，听了檀道济的苦处，感叹道：'难为将军还念着故土的百姓，猛虎阵，老道帮你解。'说完从拂尘上随手拔下来一缕鬃毛，吩咐道：'在军中找七匹杂花马，喂它们吃混了朱砂的豆子，喝掺了雄黄酒的水，再将这鬃毛系在马尾上，念咒语如何如何，重复三遍，自有道理。'

"檀道济将信将疑地接过鬃毛，郑重谢了。回到营中，按贾真人交代的，挑出七匹杂花马，系了鬃毛，喂了朱砂豆和雄黄酒水，准备齐全，正好北魏的军队又开始挑战，檀道济点起各路兵马，来到阵前，一字排开。按常例，来回骂阵一通，一者说你不义之师犯我国境，一者说你无耻胡贼占我故土，很快，北魏就放出了猛虎，怒吼着冲来。檀道济赶紧命人牵出那七匹战马，念起贾道长传授的咒语，念了三遍，用手一指，大喝一声："疾！"

"他心里也嘀咕：此法到底有没有用，这些马如何能应付猛虎？数万士兵一齐紧张地看着，眼看猛虎越来越近，那些马忽而全身冒起了白烟，一匹匹地颤抖起来，只见马儿的脑袋越来越大，顶上刷地生出了一对犄角，全身上下都布满了闪光的鳞片。檀道济惊呼道：'麒麟！马变成了麒麟！'

"这七匹马变成了七匹麒麟，四蹄一跃，齐齐飞到半空，朝那些猛虎俯冲而下。猛虎有被犄角戳穿身子的，有被蹄子踩断骨头的，有被鳞片割瞎眼睛的，哀吼连连，纷纷逃回本阵，反而将自家的军队冲散了。檀道济一看，立刻下令全军出击。这场仗打得痛快，杀得北魏军队哭爹喊娘，狼奔豕突，很快就占了偃师。

"大军得胜，檀道济欣慰不已，命人备了厚礼送去清虚观，继续行军。谁知没过几天，就遭到北魏军队偷袭，烧光了辎重粮草。附近村子连个人影也没有，粮食更是没有一颗，全军数万人陷入饥荒，如此下去，只能退兵。无奈之下，檀道济只好又来到清虚观，求贾真人再次相助。

"谁知贾真人不在观内，一个唇红齿白的小道童说：真人云游去了，归期不知，哪知道你们又遇到了麻烦。檀道济跌足叫苦，小道童笑道：'我是真人的弟子，也跟真人学了些本事，你有什么难处，说来听听，也许我能帮你呢。'檀道济看他不过七八岁，也不把他当回事，还是侍卫跟道童说了缺粮的事。

"小道童听了，往手心吐了口唾沫，伸进衣服里，在肚皮上使劲搓了搓，揉成一个泥丸，递给檀道济：'把这颗泥丸埋在地里，可救全军性命。'檀道济啐了一口：'黄口小儿！敢侮辱我！'举起马鞭要打，被侍卫拦住：'不看僧面看佛面，将军不要和他计较。'檀道济骂了两句，气呼呼地走了。

"全军又挨了两天饿，不少兵偷偷逃了，眼看就要生乱，檀道济正要下令退兵，忽然感觉自己耳朵里痒痒的，一掏，竟掏出一颗泥丸——他陡然想起那道童的话，莫非那天走时，那道童将泥丸丢进了自己耳朵里？事已至此，也顾不得多想了，来到一片平地，挖了坑，把泥丸埋进了土里。一盏茶的工夫，地里忽然长出许多稻子，长得飞快，金灿灿的，如潮水一般迅速铺满了上百亩地面。檀道济大为惊喜，揪下穗子，放在嘴里嚼了，竟是真的大米！还没等他下令，士兵早已经冲进田里收粮了，最后一算，竟得了数月的粮草。

"檀道济以手加额：'惭愧！竟冤枉了那个小道童。'备下厚礼，让侍卫送去酬谢。谁知这侍卫起了私心：要是酬谢真人，那也罢了，这道童不过是个孩子，要这礼物也无用，不如我自己留着，将来娶妻买田。出去了一趟，藏了礼物，谎称送到了，骗过檀道济。

"过了黄河，加急行军，檀道济兴奋不已，以为这次一定可以打下洛阳，收复中原，自己也将成为彪炳青史的千古名将。谁知战事突然不顺起来，接连吃了败仗，最后竟然被敌军围困在一处山坳里。敌军也不强攻，只是断了水源，想逼迫晋军投降。几万人如瓮中之鳖，束手待毙。檀道济担心被困得久了，军心不稳，他又想起那道童，如此绝境，只能寄希望于他了。于是点起数百猛士，深夜时发起突围，死伤许多，终于冲了出来。

"赶到清虚观，檀道济跪拜那道童：'檀某有眼不识泰山，上次冲突了小真人，望小真人看在数万人性命的分上，不计前嫌，再救檀某一次！'道童笑道：'师父说过，将军做的事业很了不起，眼下被围困而已，算不得绝境，我帮你解。'他从手上脱下来一只银镯子，口授了檀道济一段咒语，叮嘱将镯子放在山坳正中，念咒语十遍，自有道理。檀道济很纳闷，一只镯子怎能救全军脱困？但上次领教了泥丸变粮的神通，也不敢再怀疑，拜谢过了，拿着镯子便往回赶，少不了又是一通血战，终于回到了阵中。

"来到山坳正中，将镯子放在地上，檀道济念了十遍咒语，只见那镯子越来越大，大如车轮，而后原地旋转，越转越快，竟在地上挖出了大坑，如石入水，镯子迅速钻入地下，很快不见。众人挤在大坑边上窃窃私语，不知这是什么道理。檀道济突然反应过来——这镯子在挖地道！他领着一队人跳入坑内，打起火把，顺着镯子挖好的通道往前走。那只镯子在前方依旧如旋风般转着，成了一只银色的光圈，将土都吞到光圈儿里，半个时辰的工夫，已经通到了地面上。众人爬上来，往回一看，魏军已经在身后了。

"檀道济狂喜，数万人通过地道逃出了包围。檀道济又备下厚礼，让侍卫去酬谢道童。侍卫再次私吞了礼物，骗过檀道济。而后援军赶到，合力再战，谁知厄运再起，军中生了瘟疫，损失惨重。正值国内有叛乱，皇帝急命大军班师，檀道济无可奈何，率残军回到南京。之前打下的城池，又被北魏军队占了回去。这次北伐，最终无功而返。

"此次失利，也让檀道济在朝廷里的对头有了把柄，皇帝渐渐冷落了他，最后竟下令处死。接到圣旨后，檀道济难抑悲愤之情，怒道：'杀我，乃是自毁万里长城！'檀道济死后，北魏上下欢庆：姓檀的一死，南方小儿何足畏惧！——一世英雄，落个如此下场，真令人不胜感慨！"

赵敬亭喝了口茶，继续道："檀道济到死也不明白，有贾真人师徒相助，此次北伐为何会失败。他不知道，一切的关键都在于那个侍卫。侍卫私吞了礼物，没有酬谢那道童，道童开始不以为意，接连两次如此，着实恼了——这道童，其实是贾真人的化身。他以为檀道济到底是个以貌取人的俗流，见他是道童，便心存轻视，于是施展法术，降下瘟疫，惩罚檀道济。真人再神通广大，也有疏漏之处，疏漏的，就是那个侍卫。

"世间事就是这样，成败都在不起眼的细节之中，若檀道济的那个侍卫不捣鬼，老老实实把礼物送到，真人便不会发怒，北伐的事业将一举而成。但要知道，若没有那个侍卫，檀道济也没有机会认识贾道长——这真是耐人寻味。列位，这段书说不出什么大道理，非要说，就是告诫世人，不管是做人做事业，要慎而又慎，稍有不慎，满盘皆输！"

赵敬亭起身鞠躬，听众欢呼不已。这次收的银钱比前几次要多些，茶馆主人很是高兴，多分了赵敬亭五钱银子。刘稻子拉着儿子走上前，对赵敬亭拱手笑道："听赵先生说书，次次都新鲜，这次，尤其新鲜。"赵敬亭笑道："我这回书，多亏了刘兄弟。"

刘稻子道："我心里还悬着，生怕赵先生说得直白了。"赵敬亭道："我若说得直白，不仅官府要抓我，就是刘兄弟，也饶不得我。"刘稻子笑了，左右看看，听众已经散了，搭住赵敬亭的胳膊低声道："先生既然发现了密道，可知道这密道是谁开的？"赵敬亭摇摇头："这可不知，也猜不到。"

刘稻子微笑道："我告诉先生罢：这密道，是大明的大忠臣、大英雄——

史可法史公命人凿的。当年史公在江南领兵抗清，在藏鼎山中开凿通道，储藏钱粮，好方便进退。"赵敬亭恍然大悟："怪不得！我发现有崇祯末年的银元宝，原来是史公留下的。"刘稻子点点头："知道这条密道的人不多，赵先生可要保密，走漏了消息，不是要的。"

第 18 章　黄金坑里出莲香

　　赵敬亭接到一封信，教他口技的师父患了重病，他匆忙收拾行装，别了兄长，奔去太原了。关于密道、神僧诸秘密，赵敬亭都告诉了陶铭心，叮嘱他对娄禹民、刘稻子存个提防："虽说他们的事业咱们也认同，但他们的为人可不好说，但凡做大事的心都狠辣，大哥小心些，不要引火烧身。"

　　扈老三又来了两次，办村塾的事定了下来，总共有十来户人家有意，商定修金一年十八两。"那个在城里剃头的刘神鞭，也搬来咱们村了，他一年独出二两，只是无力再出修学堂的钱了。"陶铭心道："此事我来办，让他们不必操心。等修好了学堂，选个吉日，我们就开学。"扈老三答应着去了。陶铭心带着保禄去城隍庙看了，破门破窗，房顶豁了几个洞。陶铭心让保禄算计算计，修好这里要多少钱。保禄用木棍在地上画了画："这活儿我可以做，能省下工钱，余下的主要是个材料钱，少说也得二十两呢。"陶铭心发愁："这笔钱，却从哪里筹呢？"

　　过了两天，张何氏派了个孩子将保禄叫来家中："听说村里要办学堂，那座城隍庙破烂多少年了，要修一修才好。"保禄道："我和先生正为这事发愁呢，没有钱，也修不起来。"张何氏道："所以才叫你来商量。这宅子就我一个人住，那间厢房是我丈夫活着时盖的，我住不着，不如拆了，木头可以抵一些，活计就让我哥哥做，将就着就修补起来了。"保禄很是感动："婶子，你这可谓是毁家纾难了。"张何氏听不懂文词儿，笑道："别跟我转文，这事就定了，我跟我哥哥说，你等我的信。"

第二天是张何氏母亲七十大寿，何万林驾了辆牛车接妹子回娘家。路上，张何氏说了要拆房修学堂的打算，遭到何万林一顿骂："建不建学堂，关你屁事！你又没个儿子，修好了学堂对你有一丝好处？"张何氏道："大哥，这是做善事。咱妈七十大寿，就当给她老人家做功德了。"

吃饭时，她母亲、嫂子又唠叨起来："人啊，要听劝。你这件丑事，我们帮你遮掩了——你瞧你！又哭！算了，说正经的，上次苏州城的那个彭老官儿，人忠厚，家境也殷实，刚死了正房奶奶，只有两个女儿。你嫁过去，就是正经主母，再生个儿子，所有家私怕不都是你的？怎么你就想不通呢！"见妹子不言，何万林道："难不成，你看上了那个陶秀才，所以要拆房子帮他？我知道他家的事，三个闺女，也没儿子。可惜他太穷了，养不起你！"

张何氏气得流泪道："平时老说惦记我，怪我不回来瞧你们，我何尝不想娘们儿之间说说知心话，每天在那空房子里，只能对着狗、对着鸡说话，可我一回来，你们就唠叨这些，嫁不嫁我自有主意！这件事对你们是丑事，对我不是丑事。再唠叨，我就不回来了！反正你们也说，我是泼出去的水，收不回来，正好彼此都安生！"听她说这话，她娘和哥嫂只得闭口了。

何万林带着各样工具，和她一起回三棵柳村，叫上保禄，拆了厢房，收拾出几十根好木头，又从附近村子叫了几个木匠，不过五天工夫，就修好了学堂。何万林请木匠们吃了一天酒，又偷偷给妹子留了些钱，回自己家去了。

谁知张何氏拆屋助学的事被她先夫家知道了，住在村东南的小叔子张二赖子领着老婆来闹，很快吵得四邻皆知，都聚在门口看。二赖子的老婆梁氏是远近有名的泼妇，说话刻薄："嫁过来几年，也没留个种，就克死了我大伯，还是我儿子举的幡儿。看你寡妇家可怜兮兮的，把这几间屋子留给你住，谁知你还不安分！拆我们张家的屋子去便宜别人！先和吴狗儿勾搭，又和教书的酸秀才不清不白的，大伯地下知道了，不咒死你这个娘们儿！"

张何氏躲在屋里只是痛哭，一句话也不回。邻居都是看热闹的，笑盈盈地听戏一般，也不解劝。有好事的偷偷商议："陶秀才的婆娘老袁也是个厉害角色，不如把她叫来，和这梁婆子对决对决。"便奔去陶铭心家，叫出七娘来："有人骂你家老爷和张寡妇偷情哩！"

七娘正在切菜做饭，一听，把菜刀狠狠剁在案板上："哪个婊子养的骂的？在哪里？"人说就在张寡妇家。七娘卷起袖子，踮着小脚一溜烟儿跑到张何氏家，挤进院子，梁氏还在骂："大字不识一个的臭寡妇，还妄想巴结相公！人家玩玩你罢了！"七娘上前，一把揪住那婆子的头发，往地上狠命一拖，坐在她身上，啪啪十几个大嘴巴："我撕烂你的臭嘴！"

张二赖子看不过，要上来打七娘，被邻里团团拦住："你一个大丈夫，要欺负女人家不成！"众邻一边拉着他，一边给地上的两个妇人鼓劲叫好："老梁！不要输了！""老袁，你要掐死她了！""真是棋逢对手！""果然是铜笤帚刷铁锅——恶人还需恶人磨呀！"

两人正厮打着，陶铭心来了。他去城里娄禹民的书店买书，回村时见到张何氏家门口聚集了好多人，隐约还听到七娘的骂声，一问，七娘竟在和人打架，忙走进来，拉开七娘，怒道："你瞧瞧你！成何体统！"七娘脸上几道血淋淋的抓痕，红着一双眼道："这老骚货骂老爷，我来教训她！"陶铭心丢人不过，拉着她要走。

这时，邻里放开了张二赖子："好了，这会儿轮到丈夫对丈夫了！"那汉子大骂着要上来打陶铭心，却被另一人一脚踹翻在地，是张何氏的亲哥何万林。他来给妹子送东西，正好赶上这场闹剧，本来刚才就想动手的，突然奔出个袁七娘来，将那婆子痛打，他便在人群中看，这下张二赖子要动手，他才站出来。

何万林身高体壮，手里又有铜烟管，把张二赖子打得满地乱窜，邻里高声喝彩，张何氏听到她哥的声音，忙出来劝，哪里劝得住？得亏扈老三来了，嚷着要报官，才镇住了何万林，张二赖子逮着空子拉着老婆一瘸一拐地逃了。

扈老三问了邻里，知道了事情的大概，对何万林道："何老大，你是娘家人，为你妹子撑腰也在情理之中，这事我也不报官，让张家族里判个公道。"何万林冷笑道："行啊，张家族里敢欺负我妹子，我把他整个家族都打了！"又用滴着血的大烟锅指着众人说，"你们这村人的德行我是知道的，欺负我妹子，可以，只是别让我知道，知道了，我拆了他的房，打断他的腿，杀了他的儿子！"众邻都笑着说："何老大气糊涂了，乱骂人。"一哄而散了，扈老三看没了事，也去了。

陶铭心拉着七娘正要走，被何万林叫住："陶先生留步，说句话。"陶铭心让七娘先回家，何万林也让张何氏进了屋，劈头便问："老陶，你今年高寿？"陶铭心听这话别扭，不快道："五十有四。"何万林咂咂嘴："不小了，也不算大。你觉得我妹子怎么样？"陶铭心奇道："这是从何说起？"何万林道："我是粗人，不会跟你们读书人说话。我只问你，对我妹子中意不中意？要中意，就让媒人来传个话，我妹子做小也愿意的，省得这样天天遭人闲话。若不中意，就算我放了一声响屁。"陶铭心怒道："不知所云！"拂袖去了。

接连几天，陶铭心都不好意思出门。学堂开学的日子到了，扈老三各家都通知了，足有二十多个孩子来上学，刘稻子也将儿子刘雨禾送来，都带了贽礼。县学听说了，派人送了几十套书和几套长桌长凳。

自此，陶铭心重新做回了教书先生。保禄大部分时间在城里跟着葛理天学西洋学问，偶尔来村塾听听课，遇到初一十五陶铭心领着学生拜孔子神位时，保禄就远远地站开。他信了教，不拜孔子，陶铭心心里不快，也奈何不了他。倒是青凤，闹着要去村塾上学，陶铭心本不同意，怎奈她闹起了绝食，无法，只得让她随堂听讲，单独为她弄了个小桌椅，和男孩们分开。

课上依旧主讲朱熹的《四书五经集注》，陶铭心不再像以往为阿难讲课那般，执着于文字解义，只是讲个大概意思，再用最日常不过的事情去阐发。比如说"行不由径"四字，他这么讲："你们去苏州城里耍，不走大路，常从田里抄近路，这就不对了，你无缘无故踩了别人辛辛苦苦种的庄稼，别人拿住了要么打你，要么去你家里骂，让你父母蒙羞。同样的道理，你长大了以后，不管务农做匠人还是做官，总是坑蒙拐骗的事来财容易，但这些都是偏门左道，一定会受到惩罚。"

这么讲，一是因为这些村童智识有限，深奥的道理说了也是对牛弹琴；二是因为陶铭心感悟到，如今天下最大的问题不是别的，而是四个字：道德人心。明末以来，上面的士人骄奢淫逸，无耻卑鄙的行径层出不穷，下面的百姓也一味逐利忘义，不仅商人，连农夫也一肚子坏心肠，不知礼义廉耻。他想对症下药，校一校这世道。

学堂里的村童分四种：第一种是天性憨傻的，根本不是读书的料子，见到黑字就头昏，翻开书本就犯困，好言软语地抚慰不行，铁脸打骂也无用，只能由他；第二种是聪明伶俐的，整个学堂也就两三个，背书背得勤快，字写得端正，先生说的，他也能懂几分，不懂的还知道请教，可惜这几个孩子听多了父母说做官最好的话，底子还不扎实，便催陶铭心开讲八股，到底是俗流；第三种最尴尬，悟性有限，却最是勤奋，鼓着腮帮子、瞪着大眼、抓着头发背一天书，也背不过三行字，让人好生同情，刘稻子的儿子刘雨禾便是这种；第四种，就是青凤——听讲认真，背书认真，写字认真，但都是幌子，来上学是为了热闹，陶铭心去解个手，回来就看到青凤带头打闹，训她，她也知错，转背就忘，简直是害群之马了。

学堂里，青凤和刘雨禾玩得最好，偶尔保禄来时，他们三个亲密成一团。刘雨禾性格内向，皮肤又白嫩，跟人说话常脸红，同学都叫他"刘姑娘"。还有不长进的大孩子爱扯他裤子，用木棍戳他屁股，弄得刘雨禾常哭。每次都是青凤为他出头，众人知道青凤是先生的女儿，也让她三分，只是讥讽她和刘雨禾是一对小夫妻——青凤是夫，刘雨禾是妻。

这话，保禄最听不得。和青凤耳鬓厮磨地一起长大，保禄对她有了一丝模糊的爱慕，每次从城里回来，说是看望老师，其实是为了看青凤，和她说说话，送她几样新奇的玩意儿。偶尔去学堂听讲，看到青凤总是和刘雨禾窃窃私语的，心里就有醋意，但他不是偏狭的人，将刘雨禾当作弟弟般看待，对青凤也一如既往地热情。

今年夏天的雨水很多，连下个不停，黄金坑泛滥起来，粪便、畜生死尸、腐烂的菜叶、破衣烂鞋被雨水冲得到处都是，弄得整个村子一片狼藉。糟糕的是，城隍庙最靠近这黄金坑，有次，陶铭心正上课时，一只泡得肿胀的死猪顺着雨水漂到了学堂门口，几个村童还跳上去骑它，让陶铭心恶心不已。雨停后，又是接连的大晴天，湿气蒸腾，恶臭熏天，好多村民染了时疫，还死了两个老人。

保禄早就看不惯这个黄金坑，提议将这坑用土填了。陶铭心很赞同，召集了学生，从家里拿来簸箕铲子，一起去填此坑。忙活了没一会儿，便有几个老人拄着拐杖来骂："有娘生没爹教的狗崽子！谁让你们填这坑的！"学生推出陶铭心来，陶铭心道："这坑最脏，一下雨，整个村子都得遭殃，我们的学堂就在旁边，天天捂着鼻子上课。"几个老人气得直哆嗦："管你怎么上课呢！嫌臭就换个地方，谁逼你们在这里上课了！这坑是咱们村子的聚宝盆，填不得！"

陶铭心又气又笑，看他们比自己年长，也不好顶撞，给保禄使眼色继续填。几个老人举着拐杖到处打村童，老胳膊老腿的也追不上，有一个差点栽到坑里，弄了一脚的粪，要抓土去擦鞋，谁知却抓起一只腐烂的死耗子，吓得一把扔了，不偏不倚，正扔到一个老人脸上，惊得他乱舞拐杖，打破了另一个老人的鼻子，蹲在地上惨叫。村童笑得前仰后合，老人们骂得更凶了，场面一片混乱。

很快，扈老三来了，知道陶铭心要填黄金坑，皱眉道："陶先生，这坑填不得！我还小时——先生那会儿还没来我们村，这坑是乔太老爷开的池塘，方便灌溉农田的，虽然后来荒废了，但风水先生看过，说这坑是咱们村的聚宝盆，关系着每家每户的财运。先生要填这坑，不仅村民不乐意，乔老爷知道了也不高兴。"

这时，乔陈如的管家宋大也来了，摆着手道："填不得！我们老爷知道有人要填坑，气得不得了！"不少村民也赶过来，将自家孩子打的打，赶的赶，都抓回家中了。陶铭心见状，只得罢手。保禄和青凤气得乱骂，说这村子的人简直愚蠢至极，两人叫上刘雨禾，私下里商量好了，要在晚上偷偷填这坑。青凤说："爹讲过精卫填海的故事，我就不信了，每天填它一点，还怕填不平！"

三人偷偷填了几晚上，也不见这坑小了些。刘雨禾打起退堂鼓："这么个填法儿，要填到猴年马月？我手上起了好几个大泡，白天总是犯困，早上又被先生打戒尺，不如不填了，臭就臭罢。"青凤骂他道："你也是穷人家的孩子，这么点苦都吃不得，拿起少爷的款了！要是阿难在都比你顶用！"听青凤骂刘雨禾，保禄心里有一丝高兴，却不敢表露出来，劝了几句，每天夜里继续努力。

这晚，三人又悄悄在坑边忙活，刘雨禾说手酸腿疼，坐在坑边的石头上歇息。保禄和青凤一个挖土，一个运土，忙得热火朝天。忽然，刘雨禾低声道："停一停，有人来了！"三人躲在暗处，看着一个模糊的影子朝这边走来，到了坑边，叽咕了几句，将什么东西扔进了黄金坑中，只听"扑通"一声闷响。

紧接着，"哇"的一声，一个婴儿在坑里哭了起来，那个影子匆匆跑去了。婴儿在黏稠的臭水中起起伏伏，哭声也起起伏伏，因为裹着厚厚的襁褓，一时半会儿也沉不下去。青凤骂道："畜生！又往这里扔孩子！"刘雨禾颤声道："我怕，咱们快回去罢！"保禄起身道："什么话！咱们把这孩子救上来！"三人找来一根长树枝，试图去钩那婴儿的襁褓，但婴儿挣扎着往坑心里漂去，襁褓浸透了水，开始往下沉。保禄跺脚道："来不及了！得下去救他！"青凤爱干净，靠近这黄金坑已是强忍着，要跳进这粪坑里是绝不能了，刘雨禾也犹豫："这坑不知深浅，我也不会游水。"

眼看婴儿已经淹过了脑袋，保禄猛地朝前一跃，一个猛子扎进臭水中，扑腾一番，终于抓住那婴儿的襁褓，托到水面上，他的脑袋一上一下的，已是支撑不住，口中喊着"树枝！树枝！"，青凤缓过神来，赶紧伸下去树枝让保禄抓住，和刘雨禾协力将他拉了上来。

保禄浑身都是屎尿，脸上沾着烂树叶、鸡毛，肩膀上还有一只死耗子。他将婴儿放在平地上，狗甩毛一样扑腾了半天，又扑通跪下，双手撑着地，猛烈地呕吐起来。刘雨禾捂着鼻子跳到一旁，青凤心疼地看着保禄，却不忍上前去扶他，只好用帕子围住口鼻，脱光了婴儿的襁褓，赤条条地抱在怀里，轻轻地揉她肚子。婴儿无声无息，青凤急得快哭出来了："死了！死了！"

保禄吐干净了，爬起来，上前摸了摸婴儿的脸蛋，冰冰凉凉的，哽咽道："你要活啊！你要活啊！"狠狠掐了她的小脚一下，婴儿哇地哭了出来，保禄跟着也哇地哭了："还活着！还活着！"边哭边在胸前画十字，"天主恩佑，天主恩佑。"

刘雨禾受惊不小，先回家去了。青凤脱下衣裳，将婴儿裹了，问保禄："现在怎么着？"保禄道："只能先带回家了。"他知道青凤爱干净，怕她嫌弃，离她远远地走，青凤回头笑道："我偷偷看了，是个小妹妹。"保禄叹道："扔到这坑里的，都是女娃娃。"青凤问："看你跳下去，还以为你会游水，原来不会的？"保禄笑道："不会。"

两人回到家，叫起陶铭心和七娘来。七娘一边点灯一边抱怨："哪来的臭气！"陶铭心穿衣起来，看到青凤抱着一个孩子，保禄浑身肮脏，忙用袖子遮住口鼻，问道："你们干吗去了？这孩子哪里抱来的？"

青凤说了原委，陶铭心气得举手要打，到底舍不得，抱过那孩子来，正要掀开衣服看，青凤道："我瞧了，是个妹妹。"陶铭心苦笑道："是了，谁家扔儿子呢？"这婴儿长得可爱，看着才个把月大，揪着陶铭心的长须咯咯笑了起来。陶铭心叹了一声："可怜的孩子。"他夸奖保禄做了一件好事，"救人一命，胜造七级浮屠。"

七娘熬了些米糊来喂这婴儿，孩子显然饿坏了，很快将一碗米糊吃了个干净。七娘道："救人是好事，但咱们家平白无故多了张嘴，我年纪又大了，没精力照顾她，还是找到她父母，送回去罢。"青凤急道："姨娘这话糊涂了！她爹娘不要她才扔了，怎么又送回去呢？"七娘又道："那就送到城里的保育堂。"

保禄说："葛先生说过，保育堂的孩子长大了要卖给戏班子的，要么就卖给大户人家做丫鬟小厮，官府才不会白养哩！葛先生要给那些孩子洗礼，他们每个孩子要收一两银子。那里的孩子，吃的不如狗，穿的不如乞丐，把这妹妹送去，就是扔回粪坑里。"七娘叉着腰道："我们养她能好到哪里去！""你急个什么！"陶铭心呵斥，"珠儿那么能吃，咱们都能养活，这孩子难道就养不起了？先养着再说罢！"又对保禄道，"傻小子，你还愣着做什么，快去洗洗！"

隔日，七娘悄悄出去打听谁家要孩子，有个婆子愿意出五两银子买，带回家中，被陶铭心赶了出去，骂七娘道："就算要送她走，也要找个好人家，那婆子是有名的黑心牙子，弄来女孩子当猪狗一样养大了，再转卖到城里的妓院，你作孽呢！"七娘丧着脸："我也不知道呀！这是什么世道，到处都是粪坑！"

当晚，陶铭心读了会儿书，正要睡下，有人轻敲大门。七娘和青凤在给那婴儿洗澡，保禄回了城中，陶铭心只得自己去开门，竟然是张何氏。陶铭心道："这么晚了，张娘子有什么事？"张何氏往后退了一大步，尴尬地笑了："麻烦陶先生让袁大娘出来，我和她说。"

陶铭心知道她在避嫌，便叫出七娘来。张何氏和她悄悄说了些什么，七娘大喜，拉着她进了屋，对陶铭心道："老爷，这下好了，张妹妹想要这孩子呢！"七娘将婴儿从澡盆中抱出来，用大帕子擦干净了，裹了领小褥，递给张何氏。张何氏将她温柔地抱在怀中，用手轻轻捏了捏她的小鼻子，笑道："长得真招人疼。"

七娘拍手道："可不是么！瞧这孩子的鼻子眼睛，还有那小嘴儿，简直跟张妹妹一个模子刻出来的！这叫什么？这叫缘分！张妹妹做她的娘，再合适不过了！"陶铭心道："差点忘了，张娘子也想要个孩子的。只是你一个寡妇家，怕是想抱个儿子继承你夫家的香火，长大了也好给你支撑起家业来，这孩儿是个女的，恐怕不合你的意。你也不必勉强，若不想要，这孩子我自会好好抚养。"

张何氏笑道："前不久，我先夫家族里商议，由他侄子继承先夫这支血脉，先夫留下的田产也不外租了，并给老二家，只给我留下那几间屋——那天他们来闹，就是为了那点田。所以我也省心了，要个女娃娃也好——我本来就喜欢女娃娃。"说完，张何氏从荷包里掏出几块银子来："这是十两银子，算是这孩子的身价。"陶铭心忙道："这从何说起！我们又不是卖孩子的！我养也好，张娘子养也好，都是做善事，不要学那论斤卖肉的商贩。"

七娘道："就是的。张妹妹不要客气，上次你在祗园寺不是借了我们三两银子么？依我说，这孩子就送给你，那三两银子就权当你的谢礼了。这样你心里也过得去，我们也积了阴骘，岂不是两全其美？"陶铭心皱眉道："那三两银子你一直没还呢？"七娘白了他一眼。张何氏笑道："既然先生和大娘这么说，这孩子就给我养罢！先生可为这孩子起了名字？"陶铭心道："昨晚才抱来，还没来得及起名呢。"张何氏道："先生现给起一个罢——别起太有学问的，我叫不来。"

陶铭心想了想："她是从粪坑里救出来的，长得又这么白净，可谓出淤泥而不染的莲花了，就叫莲香罢。"

第 19 章　阿难的秘密

立秋后，禀过陶铭心，保禄随葛理天出了趟门，先去扬州，再去镇江、杭州、宁波等地，一是随葛理天传教，拜访衙门官员和许多文士，二是带着仪器跋山涉水，到处测绘，制作地图。跟葛理天学习日久，保禄天文、地理、算数的学问都大有长进，还学了些法兰西语，也能用拉丁语背诵经文。

回到苏州已是冬天，马上要到西洋历的耶稣圣诞日，保禄忙着布置葛理天居住的教堂，制定圣诞那天的祭拜礼仪，还按葛理天的吩咐，用桃木雕了几十个耶稣受难十字架，作为送给教众的礼物。为何用桃木做，葛理天解释说："中国人认为桃木可以辟邪，我们的十字架也可以驱魔，这就叫中西汇通。"

圣诞节的弥撒结束，教民散去，保禄正在院中收拾东西，突然从墙外飞过来一块石头，吓了他一跳，石头上绑着一封信，封皮写着"保禄亲启"。打开一读，惊喜不已：保禄吾弟，请于本月十五日午时三刻，与陶先生在双塔寺大雄宝殿前等候。要紧要紧，千万千万。兄阿难书。

保禄已经快两年没见过这位好友了，之前听说他被父亲软禁在家中读书，后来又听说他去了京城，具体做什么也不知道。而今终于接到他的消息，却是用这种方式，真是令人费解。保禄远眺着城东巍峨的双塔，满心期待和阿难见面。

十五这天，陶铭心在学堂领着学生拜了孔子，讲了几章书，不到中午就放了学，来城中会合了保禄，同去双塔寺。路上，保禄问："先生，你说阿难要跟咱们说什么？"陶铭心道："这可猜不到，我看他给你的那封信，字迹潦草，定是匆匆写成的，也许他有什么难处，要咱们帮忙。"

双塔寺是苏州城中的大寺，今日十五，来烧香的善男信女很多。陶铭心领着保禄看了会儿碑林，估摸着快到三刻了，便在大雄宝殿前等候。很快，阿难来了，身边跟着两个脸色阴沉的仆人，保禄正要打招呼，阿难对他使了个眼色，摇了摇头，保禄赶紧装作不认识。

陶铭心请了束香，在佛前跪拜，阿难机灵，也拿香来拜，朝下磕头时，他轻轻说："藏经阁。"陶铭心先起身，带着保禄去了藏经阁。这里不允许香客进入的，陶铭心拿出两分银子，说自己是居士，想进去选两本佛经刻印，守门的老和尚收了钱，为他开了门。

没一会儿，阿难和两个仆人也来了，乔家常在这寺做功德，上下都认识的，老和尚赶紧给阿难奉茶。阿难坐下喝了半盏，对两个仆人道："老爷要我在这里抄经，给母亲消灾。这里面是庄严地方，你们在外面等着罢。"老和尚领阿难进去，来到三楼的一间抄经房，端来茶水和果子，便下去了。阿难咳嗽了两声，陶铭心和保禄从经架后面转出来，三人相见。

阿难朝上两步，给陶铭心行了礼，两眼淌泪："先生一向都好？"陶铭心扶起他："我都好，就是挂念你。"阿难委屈道："我何尝不想老师，说来话长！"阿难和保禄也相见了，紧紧抱住："黄毛贼，想死我了！"在抄经房里坐下，阿难问："先生之前可收到我的信了？"陶铭心想起来："你托给珠儿的那封信？珠儿让我兄弟带回来，可惜半路丢了，可有什么要紧事？"

阿难惋惜道："怎么就丢了！我在信里提醒先生，赶紧把我爹送的东西都扔掉，不然会招致灾祸呢！"陶铭心立刻想起陈洪绶自画像的事，忙问："这怎么说？"阿难先问："先生不在我家坐馆后，家里有没有什么奇怪的事发生？"陶铭心皱眉想了想："事情是有许多，但要说奇怪的，好像没有。怎么这样问？"

阿难道："任弗届重新来我家坐馆后，我父亲就不让我见先生了，还要我远离保禄，问他为什么，他也不说。我开始想，也许他知道先生不爱教我八股，对先生不满，也知道保禄和我整天瞎玩，怕误了我的学业。但有一天，我不经意间发现一个秘密，觉得这事大有蹊跷。"陶铭心忙问什么秘密。

阿难垂下头道："我家不是汉人。"陶铭心很惊讶："不是汉人？"阿难点头道："确切来说，是汉人，又不是汉人。"原来，阿难的先祖父年轻时随着施琅将军收复台湾，立了军功，康熙爷特赐做了正黄旗包衣。包衣，说白了就是旗人的奴才，但又不是一般的奴才，比一般的汉人地位要高，加上是正黄旗的包衣，比普通旗人面子上还光鲜。乔陈如袭了这一身份，将来也要阿难袭的。所以阿难既是汉人，又是旗人。

更奇的是，阿难的母亲，是正经的皇亲国戚，乃是康熙爷的第五皇子恒温亲王的亲孙女，虽说是庶出的，但也是血统纯正的旗人。按律例，旗人和汉人不许通婚，但他父母结婚是雍正爷特别恩准的。前段时间，阿难母亲生了重病，以为自己要死了，才把这些告诉了阿难。

"我娘说，我爹做了太多坏事，她生病是上天的惩罚。我问她为何瞒着我，爹又做了什么坏事，她就一概不说了，只说这是天大的秘密，说出来，不仅乔家全要死，就是我外祖家也要满门抄斩的。我一听，吓坏了，也不敢再问。挨到年初，母亲病好了，叮嘱我不要跟任何人说这些事。没多久，父亲就派任弗届送我去京城，在国子监读书。半路上，我见到珠儿妹子，就将这些事写在信里，想寄给先生，劝先生速速离开苏州。"

陶铭心紧皱着眉头："你家的这些事，奇是奇，但和我有什么干系呢？"阿难道："我去北京前，有那么几天，任弗届每天晚上和父亲在书房里商量什么。我实在好奇，有天晚上便在窗下偷听，也听不懂是什么事，只听到他们二人说什么'虫草'，我还以为是药材呢，随后就提到先生，说是要让先生某年某月吃些亏，某年某月享些福，还说什么寿礼，准备让先生吃个大亏。"陶铭心不禁惊呼了一声，仿若一桶冰水浇在天灵盖上，全身都冰寒起来。

阿难继续说，那晚上，他正听得云里雾里，忽然房檐上掉下来一只老鼠，砸在他头上，吓得他叫出了声，被乔陈如抓住了。问他可听见什么，阿难只说起夜，乔陈如不信，痛打了他一顿。无奈之下，阿难就说听见他们提陶铭心了，还求父亲不要害陶先生。那之后，乔陈如就把他软禁起来，派任弗届把他送去北京，再也不要和陶家人见面。阿难担心陶铭心的安危,便写信让他扔掉父亲送的礼物,最好离开苏州,虽然阿难不知道父亲有什么计谋,但肯定对陶铭心不利。

陶铭心问:"我与你父亲无冤无仇,他为何要害我呢?"阿难摇摇头:"这我就不知道了,这些事如一团乱麻,我也解不开。"陶铭心感到一阵恐惧,心想:莫非乔陈如知道我在南京的事了?若知道,为何不捅破呢?各种疑问盘桓在他心头,让他头晕目眩。

阿难在国子监读了几个月的书,乔陈如也来北京了,带他进宫觐见了皇上。皇上赏了阿难一些礼物,让乔陈如好生教导,将来继承他的事做。阿难心里很纳闷,父亲早已不做官了,要自己继承他的什么事做呢?没多久,乔陈如先行返回苏州,乔夫人想儿子,让他回来过年,等过了年,阿难和任弗届还要去北京的。今天是乔夫人生日,他借口说来这里给母亲抄经,父亲才放他出门,还派心腹仆人跟着,就怕他跟人乱说话。

阿难双眼盈泪:"一日为师,终身为父。我从心底里敬仰先生的为人,所以才想方设法把这些事告诉先生。"陶铭心沉默着,宛如石像。保禄插话道:"听起来,你父亲在帮皇上做什么秘密的差事。"阿难点点头:"我也这么想,但不知道父亲的差事是什么。我从小就纳闷,父亲辞官好多年,家里的钱却花不完,黑天半夜里,时不时有大车往家送银子,一送就是几千上万两。这肯定是皇上特赏的了。"

保禄对陶铭心道:"先生,我也觉得你应该离开苏州,阿难说的这些太诡异了。"陶铭心缓缓坐直了身子,胸中鼓荡起一股浩然之气,坚定道:"我行得正走得直,仰不愧天俯不怍地,不怕什么邪魔鬼怪。我不走,谁想害我,尽管来!"保禄和阿难似乎被老师的从容震慑住了,两下无语。

这时,楼下有脚步响,阿难赶紧将桌上的抄经纸卷了:"我先下去,你们隔会儿再走。"刚走两步,阿难转身道:"再有什么消息,我会想办法告诉先生。"等阿难和仆人去后,陶铭心和保禄也下楼离开。

阿难回到家中,父亲正和任弗届在书房聊天,叫他进来问道:"你抄了什么经?给你母亲拿去佛前焚化了。"阿难撒谎道:"抄了《妙法莲华经》的《随喜功德品》，在寺里已经烧了。"乔陈如又叫仆人来："难哥儿在寺里可跟什么人厮混没有？"仆人道："少爷在大殿前拜了佛，就去藏经阁抄经，没跟什么人说话。"

乔陈如点点头，对阿难道："任先生说你最近的文章大有起色，所谓业精于勤荒于嬉，千万不要自满——我拘得你紧，也是为你好，现在吃苦，以后享福。我跟你母亲说了，以后只初一、十五让你吃素，平时你可以开荤。快过年了，你有什么想要的玩意儿，跟你小厮说，让他们买来给你玩。"任弗届捋着山羊须笑道："严父爱子，莫过如此也！难哥儿还不快拜谢老爷！"阿难苦笑了笑，俯身拜谢了父亲。

第二天，家里来了贵客，新任的江苏巡抚明德登门造访。乔陈如让阿难套了件自己的黄马褂，他则穿常服，和巡抚大人行礼见了。阿难要上来磕头，明德看他穿着黄马褂，连忙上来抱住："世兄见外了！"

分宾主坐下，上了茶，明德道："愚弟刚调任江苏巡抚，这几天正在和庄大人交接公务，偷个空闲来拜访乔兄。当年京中一见，已经十三年了，真是白驹过隙！"来回客套一番，明德道："此次来访，一是和乔兄叙叙阔别之情，二是来取些真经——愚弟对苏州地面儿不太了解，怕巡抚这个位子坐不稳，凡事还请乔兄多多指教。"乔陈如微笑道："江苏巡抚可谓大清国最肥的差了，做这个官，哪怕闭着眼睡几年，床上也能堆满了银子——能拿到这个缺，明大人胸中定有经天纬地的才学，治理这方水土，可谓杀鸡用牛刀了。乔某不过一介布衣，连个官都不是，哪敢指点大人。"

明德哈腰笑道："乔兄过谦了，谁不知道乔兄是万岁爷最仰仗的心腹，光黄马褂就赏了多少件儿了，我还跟老庄说，知道万岁爷为什么撤你的官吗？上次城里动乱，其他地方也算了，乔老爷府上竟也遭到冲击，就因为这茬儿，让你不仔细！咱们京城的官场里流传一句话，'一品的总督，二品的巡抚，比不过没品的乔陈如'——哎哟，瞧我这嘴，"他自掌嘴了一下，"竟说了乔兄的尊讳，该死，该死。"

乔陈如笑问："明大人可知道，万岁爷为何疼我么？"明德摆摆手："愚弟不知，官场上想也没人知道。有人传说，乔兄学了一套神仙的法术，万岁爷肚子里想什么，想要什么，隔着千里地儿，立刻就能知道，采买了献上去，没有不合万岁爷的心的。"乔陈如冷笑道："万岁爷心里想的只有四个字——祖宗百姓，想要的也只有四个字——国泰民安。乔某为万岁爷做的事，你们自然不知，我也不怕说：就是为了祖宗百姓，为了国泰民安。"

明德知道自己说错了话，满面通红，不住地欠身称是。阿难看着明德惊惶的样子，十足可笑，而扭头看父亲毫无波澜的脸色，又深觉恐怖，脊梁骨阵阵发冷，心里寻思：原来父亲为皇上做的差事，连官场上的人也不知道，看来是件绝密的事了。到底是什么呢？为何这些大官如此敬畏他？

乔陈如悠然道："咱们做奴才的，主子爱吃什么、爱穿什么、爱玩什么，都得记在心里。主子高兴了，咱们就富贵；主子不高兴了，咱们顷刻间就在乱坟岗里。明大人也是官场上的老手，这个道理不必我说。咱们是有交情的，老弟又荣任到我这里，我私下告诉你罢：万岁爷已经决定了，等过了年，不出正月，会再次南巡，到时候必来南京、苏州、扬州，万岁爷不愿意扰官扰民，所以按着不说，就怕地方上的官员铺张奢靡地准备。皇上下来，明大人伺候好了，巡抚的位子自然固若金汤。主子意在节俭，咱们也不必太省。我只说一句：万岁爷是最爱热闹的。"

明德激动得离开座位，对着乔陈如一通作揖："愚弟也听说了要南巡的风声，影影绰绰的只是拿不准，如今乔兄说了，必然是定了的。这下愚弟就知道做什么了，乔兄这件恩德，愚弟没齿不忘！"

过了年，两江总督尹继善从南京赶来，在明德的陪同下来拜访乔陈如，阿难又穿上黄马褂随父亲应酬。乔陈如知道两江总督乃是贵极人臣的朝廷大员，也不再怠慢，换了官服，只是胸前的补子上没有品阶图案，但顶戴上镶嵌红宝石，花翎上足有三个眼儿，都是皇上御赐，与亲王同级。

尹继善也不敢拿大，只受了阿难的作揖，和乔陈如平磕了头。乔陈如嘴里一连串的该死："大人有什么吩咐，派人叫我去衙门就是，如何敢劳动尊驾亲来寒舍，真是折杀乔某了。"尹继善拉着他的手坐下，笑道："咱们至亲手足，不说见外话。此来，是想和乔兄商量皇上南巡的事，南京那边我已在准备了，苏州，向来是皇上最爱的地方，前三次来，每次都在这里多住两天。我担心明大人新上任不熟悉情况，所以请乔兄参谋参谋，看怎么个准备法儿。"

乔陈如客气了一番，经不住尹继善追问，才娓娓而言："我心里已经有盘算了，斗胆跟大人说一说。之前来苏州，皇上多在织造府行宫中处理政务，闲来要么考核本地的文士，拔擢遗才，要么接见百姓，访查民情，没怎么游玩山水。此次来，咱们要勤勤劝着，再叫些百姓在行宫外跪着，请求皇上不要只为国劳神，也出来逛逛，让百姓们瞻仰圣容，让本地的山神河神受些封号。这是第一。"

尹继善拍手道："老兄开口就不凡！真可谓知君贤臣了！"

"第二，苏州以园林闻名天下，城内大大小小上百处园林，咱们选出十来处最佳的，该修的修，该扩的扩，整顿得精美些，让皇上散散心；城外的虎丘、灵岩山、穹窿山、藏鼎山等风景胜地，地平的地方多种花草，地高的地方多建亭台，皇上游累了，休息也方便。尤其要紧的，是在各处好风景的石头上刮出地方，请万岁爷留下御墨——万岁爷最有这项雅兴。"

明德拍着大腿感叹："乔兄心细如此，令弟佩服！"

"同样地，要提前召集起江南最好的刻版匠人。万岁爷爱作诗，每到一处风景必然赋诗，记着，万岁爷前脚作成，后脚就立刻抄录了送去刻版，万岁爷临走前，一定要献上一本御制诗集来。到时候再让学政带领所有的秀才，跪在行宫前求万岁爷赏赐诗集。这时就不要等万岁爷的谕旨了，尹大人或者明大人直接上去请罪，说皇上的诗太好，已经私下刻好了上千本。皇上必然不会怪罪，反而会高兴你们心细，会办事。"

尹继善和明德对视了一眼，使劲点头。

"第三，明天就贴出告示，征集历代名人字画、古籍善本、金石古董，分门别类地摆在织造府大厅里，请万岁爷赏鉴，咱们苏州最不缺的就是这些。这件事有两点尤其要重视：一是千万不要以官压民，要用公帑从百姓手中购买，宁可多给，不要少付；二是收上来的这些玩意儿，要掺些假货。"

尹继善掏出一只西洋水晶鼻烟壶，吸了一撮鼻烟，正揉着鼻子，听乔陈如如此说，猛地打了个喷嚏，惊讶道："掺些假货？那岂不是欺君的大罪了！"

乔陈如笑道："大人这就不知了，欺君是我们拿着假货跟万岁爷说这是真的，但我们只是将所有玩意儿贡献上去，鉴赏真假，是给万岁爷玩的游戏。让万岁爷亲自辨别出假货，显得比咱们有学识有眼力，万岁爷岂不龙心大悦？这不是欺君——彩衣娱亲知道吗？咱们这是掺假娱君。"

尹继善佩服得直摇头："听君一席话，胜读十年书！"坐在下首的阿难也暗暗叹服，父亲的心思如此缜密圆滑，怪不得受到万岁爷恩宠。听尹继善和明德连连夸赞父亲，他竟也有了一丝自豪之情。

"第四，则是些老生常谈，但又不得不说：万岁爷去哪儿，都要有重兵保护。之前有反贼在藏鼎山装麒麟杀人，苏州乱了一场，这些事皇上也知道的，所以千万不要掉以轻心。此外，总有些无知刁民，喜欢在万岁爷御驾经过时拦路告状，这需吩咐下去，严防这等刁民。但也不要过严了，事先选两件不要紧的案子，叮嘱了，让他们去告御状，也没什么，不然显得太太平了，万岁爷反而会生疑。

"第五，则是些细微末节，但又极重要的：万岁爷爱吃苏州菜，为此宫中还起了个苏灶局，专门给万岁爷做菜。此次南巡，肯定有御厨随行，咱们就供应新鲜的鱼肉蔬果，不要轻易送菜，送了万岁爷也吃不上，都被太监们吃了。不如召集本地的名厨，琢磨些精致的新菜品，御厨都不会做的，大人每天亲自献个一两样，请万岁爷给起个菜名，有趣又不俗套。此外，万岁爷爱听戏，本地的弹词不用说，叫最好的艺人伺候着，还要从安徽请来最有名的戏班子，所有行头全换最好的。唱戏的时候在城里选四五十个模样齐整的老人，六十往上的，陪万岁爷听，到时候让这些老人坐在你们当官儿的前面——万岁爷最是敬老，你们这么着，万岁爷才高兴。"

明德听得呆了，手里端着茶也不喝。乔陈如拱拱手："暂时先这么些罢，都是乔某没见识的胡话，两位大人不要见笑。"尹继善咳嗽了一声："明大人都记住了？"明德缓过神来，忙命手下人拿出笔墨，将这五条细细抄下来，对乔陈如夸赞个不住，又道："先说改造城中的园林罢，我在北京时随万岁爷逛过圆明园，万岁爷最爱西洋的大水法，咱们苏州的园林，能不能也造些水法？"

乔陈如笑道："明大人也可谓知君贤臣了。年前我去北京面圣，万岁爷着重提了苏州的园林，说之前来匆匆逛过两处，美则美矣，就是太幽静了些，应该造些水法，显得热闹。只是，圆明园的水法是宫里的西洋人造的，苏州怕找不到会这技艺的匠人。"

明德想了想道："我倒知道一个，城内有个传教士叫葛理天，精通西洋各项学问，或许他会造。"乔陈如瞟了他一眼："就是那个顶替汤普照来传教的葛理天？我很纳闷，万岁爷下了几次禁教令，为何前任巡抚庄有恭还容他传教？"他又看着尹继善，"听说，那个葛理天在南京得到了尹大人的默许，方敢如此，更有人说，他每年给大人进贡不少西洋的珍宝，这事可是真的？"

尹继善猛一拍案："谁吃了熊心豹子胆！敢如此污蔑本官！我根本不知道有什么传教士，更不认识什么葛理天，肯定是庄有恭私下的勾当！我早就看他不惯了，多亏皇上圣明，把他的巡抚革了，要不是前些年他治水有点功绩，就凭苏州动乱那件事，早砍了一百个脑袋了！——既然如此，也不要找那个葛理天，直接将他赶出中国就是了！"

乔陈如摆摆手："大人不必激动，先问问他会不会造水法，整治好了园林，再处理他传教的事也不迟。"尹继善拱手道："乔兄说得是了。有乔兄在苏州坐纛旗儿，我也放心了，赶明儿我就回南京。明大人，时间紧迫，你立刻去办水法的事。"

第 20 章　葛理天的任务

葛理天兴奋地对保禄说："接下来，咱们有的忙了！"保禄正在用圆规和尺子计算一只碗的容量，头也不抬："先生，我可不想出去传教了。"葛理天笑道："不是要出门传教，是江苏巡抚派了我一件大差事，做好了，说专门划给咱们一块地方，造个大教堂。"保禄一听，放下工具，笑问："什么差事？"

葛理天道："皇上马上要南巡，在苏州停留，巡抚大人选了十处园林，要在园子里造起水法来——皇上喜欢这种西洋景观。"保禄好奇道："水法？那种从下往上喷水的机关？先生知道怎么造么？"

葛理天得意道："我当年求学时，在我们法兰西的首都大西巴里见过。明末来华的传教士里，有个熊三拔，写过一本《泰西水法》，我也读过，原理并不复杂。苏州城水多，造起来不难。北京圆明园里的水法，是宫里的传教士造的，他们能造，我就不信我不能。保禄，你就作为老师的助手，帮我做成这件事。"他从袖子里掏出一张公文，"巡抚盖了印的，这些园林咱们任意进出，选好地方，定了方案，就开价预算。只是时间很紧，巡抚要求两个月内造好，所以我需要你的帮助。"保禄一口答应了，他好奇水法的原理，想学门技艺。再者，造成了水法，巡抚答应盖一座教堂，这对天主教在江南的传播意义重大。

花了三天工夫，保禄随葛理天将巡抚选定的十处园林逛了个遍。从早到晚，走得两人浑身散了架一般疼，也分不清此园彼园了，闭上眼，感觉花花绿绿的风景都是一个样子。让葛理天头疼的是，这十处园子有大半儿都不适合造水法，要么水池太狭窄，要么附近无河——造水法，最重要的是有活水，借高低之势，用机关将水积在高处，然后以下压之力喷出水来。只有一处拙政园，地方大，池子深广，附近也有活水，按理应该能造起。

当天逛完，拙政园的主人偷偷给葛理天送了三百两银子，求他放过这园子："官府要征用给皇上游幸，那是我的福气，不敢抱怨。但要造水法，可就煮鹤焚琴了。先生既然管这件事，帮我在巡抚大人跟前说说，哪怕加盖亭台楼阁呢，也别造水法，就好比往茶里吐口唾沫，想着就反胃！"其他园子的主人也陆续来见葛理天，都送了厚礼，求他咬定说这些园子不适合造水法，让巡抚放弃这个打算。葛理天来者不拒，尽收了银子，去见明德，禀道："小人游览一圈后，发现苏州本地的园林清幽秀气，若造水法，水大声大，就破坏了这份意境。"他又不想放弃这差事，便提议在城中央新开个大池，造一组大水法，这样既不坏了园子的意境，还能便利百姓。

谁知这提议惹恼了明德："真是放骡子屁！你一个洋人，懂什么清幽意境？园子，供人游乐散心的地方而已，既然是给人游乐的，自然要热闹起来。在城中央造池？亏你想得出来！水法是皇上爱看的玩意儿，岂是给百姓饮驴饮马、洗衣洗脸的？简直大不敬了！不要拿着鸡毛当令箭，你给我老老实实听令办事。让你在园子里造，你就在园子里造，造不来，我另请高明，你也立刻卷铺盖去广州，坐船回你们欧罗巴去！"

葛理天生怕明德将他赶出中国，立刻笑道："是小人该死了，小人一个西洋老货，怎敢在大人面前妄论中国的山水之美，这岂不是班门弄斧么？园林里自然有水法才好看，才有生机，不然死气沉沉的有什么趣儿？大人放心，小人一定按期造好！"

明德满意地点点头："这才是！我也不是强人所难，这十处园子有地理不合适的，水源不方便的，就造小一点的水法，有条件齐全的，就造大的水法，因地制宜就是了。你赶紧细细筹算了，要多少银子，多少工匠，开个详尽的单子，同造水法的图样一起报上来。我这阵子忙得觉也睡不好，你们也勤谨点儿，忙过接驾的大事，少不了皇上有赏，我也有赏的。"

葛理天说了几句奉承话，磕了头去了。很快，他将水法的图样和造价开支呈了上去，明德批了两条意见：那九处小水法还凑合，拙政园的水法最大，样式却太小器，莲花出水算个什么？依我说，竟造个大龙头样子，从龙口中喷出水来，方显得气派。此外，造价太少，你洋人穷惯了，性子抠搜，我与你三倍银子，定要造得精致，造得壮观。欧罗巴的水法若高一丈，你就照着三丈去造；欧罗巴的池子雕一朵花，你就雕十朵。切记切记！

葛理天看了回文，不住地咂舌："大清国真是富裕！造个水法，能起三五十座宅子了！"保禄叹道："大清是国富民穷，苏州街上破鞋烂袜的乞丐成千上万哩！先生造的时候，还是要节俭些。"葛理天道："巡抚大人话都这么说了，我哪里敢节俭，索性放开手去造罢！"官府公文发下去，十大园林的主人都无可奈何，看葛理天深得明德信任，也不敢和他理论钱礼的事，葛理天如此白落下上千银子。这些勾当，保禄一概不知。

造水法的银款很快拨下来，葛理天派了几个老成的教民分头去找工匠，又买了两匹大青骡，和保禄骑着往返于各个园林之间。先造那九处小水法，没有活水，则造水库，箍成几个丈长丈宽的大木桶，安置在高处，在外面盖了阁楼遮挡，这些水桶储满了水，能让水法喷一顿饭的工夫儿。若造更大的水库，就得拆房腾地。

葛理天又在水库中造了一排小水车，可以将水法延续得更久些，但水车太慢，水流的冲压力也小，水法喷出的水柱不够高、不够大。他向明德建议，若想让水法喷得好看，平时可关着水闸，等皇上要来，一进园子大门，立刻开闸放水，让水法喷起来。

明德又不满意，但也知道无活水的难处，一日后，发下批文来：一顿饭的工夫也忒短，谁能算准皇上在某园子里盘桓多久呢？万一延时，水法停喷，岂不羞杀我等？小水车的法子也不甚好，若喷得不好看，便成鸡肋了。所谓万事由人，不如每个小水法配五十名民夫，等皇上游览某园时，让这些民夫轮流往上抬水，以使水法不竭，皇上雅兴绵长也。

接到回批，葛理天笑叹："每个小水法配五十个抬水的，那就要四百五十人，为了喷那点子水，也真是兴师动众。"保禄也无奈地笑："人定胜天，此之谓也。凡事仗着人多，仗着人好使唤，蛮上硬做，到底还是迷信人力，不信机巧的玩意儿。之前我在三棵柳村，闲来造了几样农具，用起来更省力气，让阿难送给他们家的佃户用。他们试了试，说确实省劲，也留下了，但后来我和阿难去田里玩，看他们依然用旧家伙，把我造的那些都扔在家里堆灰呢。"

葛理天问："他们为什么不用？"保禄道："他们说，该省的力气不能省，老天爷知道你偷懒，就不给你下雨，庄稼也长不成——中国人迷信两条腿和两个膀子，人能靠力气干的，轻易不靠工具，好像用了就对不起谁似的，好像省点力气就是做恶事似的。"葛理天无法理解，连连摇头。

拙政园的大水法才是真正的挑战。虽有活水，但水势平缓，需堆山挖池，增大水势。园子主人苦苦哀求不可再堆山，不可再挖池："动一处，便俗一截，等弄成了，我这园子就是个养鱼养鸭的农庄了。"葛理天只说："有意见找巡抚大人说去，我是听令办事。"园主人不忍看着自己的园子被毁，满怀悲愤，带着家小回乡下了。

上百匠人砍林开路，为了图省事，从园子角落挖土，用来堆山，挖了十几个大坑，看着像是一个个大疤瘌，一下雨，里面积满了水，成了十几个水潭。因为是死水，落下的树叶、花草腐烂在里面，蚊虫滋生，匠人们又在这里拉屎撒尿，没几天就弄得臭烘烘的。

作为葛理天的副手，保禄什么事都要管，光是为了匠人们随地便溺，就发了无数次脾气。有次，因为一个匠人抽旱烟，引着了地上的枯叶，烧了半片竹林。而且他们手脚也不干净，园子里有果树，果子刚冒了头就被掐了个干净，池子里的鱼，也多被他们捞走，就在空地处烧起火盆烤着吃。干活也磨蹭，忙半个时辰，歇两个时辰。保禄训斥，别人认得他是苏州唯一的"洋崽子"，都拿他取笑，也不将他的话当回事。保禄无奈之下叫来巡抚衙门的监工，那监工舞着大鞭子一顿乱抽，那些匠人们才老实些。

新堆了几处小山，终于抬高了水势，剩下的就是造水法的样式了。开工没多久，明德就派人特地去福建，花了一千八百两银子买了一块巨大的汉白玉石料，光水陆运费又花去三百多两，好不容易才运到园中。葛理天按照图样，让十来个技艺精巧的石匠雕琢龙头。

保禄惊奇地发现，何万林也在石匠中间忙活，他跑上去笑道："何老叔，你也会石匠活儿？"何万林光着膀子，抖着一身黑油油的肉，笑道："都是用凿子斧子，手艺差不多，石匠能干的，木匠也能干，无非多使点子力气。"说完一斧子下去，凿下来一大块石头，另一个石匠恼了："老何！说了你多少次，这他娘的不是砍木头！轻点！轻点！"

葛理天正指挥人清理池子里的淤泥，见到保禄和何万林说话，把他叫到跟前："你认识那人？"保禄道："我跟着何老叔修过祇园寺的罗汉堂，也一起修过村里的城隍庙。"葛理天微微点头："少和他说话，也不要和他走得太近。"保禄问为什么，葛理天也不说。

龙头终于雕好了，足有一丈三尺高，龙颈两个人合抱不住，雕得威武雄壮，每片龙鳞都锋利无比，上面刻着细细的祥云纹。龙眼镶了两块黑色的玉石，在太阳底下闪着刺眼的光，极是可怖。龙口到龙颈是中空的，能钻进去一个大人，保禄从龙脖子里爬进去，从嘴巴里钻出来，叹道："这要喷出水来，该有多壮观！"

明德来看了龙头，赞叹一番，又说要在龙背上磨出一大片地方来："给万岁爷题诗。"不光葛理天和保禄，石匠们也纷纷抱怨："费了多少工夫，才雕好了鳞片，再磨平就糟蹋了。况且在这上面题诗也不好看，像是龙长了癞癣一般，这岂不是咒万岁爷么！大人慎重！"随行的几个官员也劝说，明德只好作罢。

先将池子里的水都放干了，把龙头安置好，又高高低低铺了几排曲里拐弯儿的陶管——俗谓过山龙，用来导引高处之水下压喷射——一头放在龙口中，一头放在水闸处，再放水注满了水池，淹没了龙颈，只露出高昂的龙头。葛理天将水闸里的机关调试了一番，又用绳子吊着保禄下去用手试了试机关连接处的水流，保禄笑道："水大得很，打得我手疼。"

保禄上了岸，来到葛理天身边，见他面色紧张，安慰他说："先生不要担心，一定能成的！"他看着远处亭子里的明德和一众官员，忽然瞧见一个熟面孔，是乔陈如，他正摇着折扇和明德说笑，很快也看到了保禄，朝他点了点头。保禄没有回应，拉了拉葛理天的袖子："放水罢！"

葛理天用拉丁语祈祷了好久，明德派人过来催了好几遍，葛理天才停下，拿起胸前的十字架轻轻吻了吻，便下令开闸。小山上的匠人早已等得不耐烦，一把抽掉水闸的铁板，上面的水轰隆隆地奔下来，从机关处奔泻进水池中。龙头嗡嗡地响了一阵，突然喷出一注水来，保禄开心地叫了出来，亭子里的官员也兴奋地挤在栏杆边，抻着脑袋，如一群鸭子似的盯着龙头。忽然，那水柱软了一下，像是下滚水烫了的鹅肠一般，连连缩短，最后竟不出水了，只滴滴答答往下淌些细流。

明德在那边大怒："死洋贼！这龙流哈喇子呢！"乔陈如轻蔑地笑道："这叫龙涎。"葛理天满面苍白，豆大的汗珠不住地淌下。保禄也紧张万分，看看亭子里，看看葛理天，一时不知所措："这是怎么回事，没差错呀……"葛理天咬着牙，瞪着眼，在水闸和机关之间来回跑了十来趟，也说："不可能断流呀！"猛然间，他想起什么，把黄辫子在脖子上一绕，利落地脱了靴子，往池子里纵身一跳。保禄以为他情急之下，要畏罪自杀，忙喊着"救人"，明德举手示意众人不要动，冷笑着看葛理天在水里扑腾。

保禄见无人营救，正要跳下去，葛理天在水中站定了，示意保禄不要跳。原来他会游水，浮沉一番，来到机关下面，深吸一口气，一个猛子扎下去。许久不见动静，水面浮起来一串串气泡，保禄急个不住。终于，葛理天浮出了水面，让保禄去寻个铁钩子来。

保禄跑去园子的厨房里，找来一只扒灶灰的长钩，跪在岸边递给葛理天。葛理天拿着钩子，又一个猛子扎下去，没一会儿，那只龙头嗡嗡地又响起来，唰的一声，珍珠般的水柱再次喷了出来，比上次喷得还高还远，打在亭子下方，溅得里面的官员连连后退。众官员拍手大喜："此乃钱塘潮也！"

葛理天终于露了头，已经精疲力尽，保禄等人把他拉上来。他扔下铁钩，一展衣服，倒出来许多破烂树叶，还有几条死鱼，笑道："原来上面冲下来许多杂物，堵了管子，立刻做一块密密的铁网，罩在那里就好。"保禄长出了一口气，笑个不住。

大功终于告成，明德赏了葛理天礼物：一块五两重的银锞子，两把泥金花鸟扇子，一整套四书五经。葛理天一看礼物如此轻微，心中有不好的预感，鼓起勇气道："大人，小人不要什么赏赐，只是教堂的事，还望大人支持。"明德笑道："什么教堂？葛理天，你辛苦了，今晚好好睡一觉，明天一早本官派人送你去广州，路上盘缠也另外赏你。"

葛理天大惊，明德竟然要"鸟尽弓藏，兔死狗烹"了，不服道："大人为何要赶我走？大人答应小的造成了水法就建教堂，如今教堂没个影子，却要驱逐小的离开中国，小的不懂这是什么道理。"明德冷笑道："好，本官告诉你是什么道理：我大清有令，禁止你们西洋教传播，你在苏州罔顾禁令，擅自传教，早就该驱逐出国！本来念你造水法有功劳，让你多待阵子，如今你觍着一张猴屁股大脸，问本官要地方盖教堂？真是不知天高地厚！本官不和你废话，明天赶紧离开苏州！"

葛理天不慌不忙地笑道："虽说功臣多无好下场，只是大人也太急躁了些——大人就这么有把握，用不着小的了么？皇上还没来苏州呢，小的一走，那些水法出些小毛小病的，大人下水去修？还是能找到第二个人下去修？"明德心里咯噔一下，但嘴上依然强硬："死洋贼，我哪怕从北京请宫里的洋人来，也用不着你！你私自传教，就是再造一百座水法，也抵不了你的罪过！"

葛理天冷笑道："大清国的律法小的也不清楚，皇上对我们教是怎样个看法，我听到的消息也不一样。小的只知道，两江总督比江苏巡抚要大一级，总督若允了的事情，巡抚也拦不得。自然巡抚可以往皇上跟前告状，但新巡抚若将旧巡抚的钱粮账目全作了假，空套出三万两银子，那新巡抚想必也不敢告——前任巡抚庄大人也是允了小的传教的。"

明德又惊又怒，气得脸色煞白："狗洋贼！造水法一事，你中间还不是收了多少银子！谅我不知道呢？本官不和你计较这些，你倒敢威胁起本官了！"立刻叫来皂隶，要打葛理天一百大板。葛理天也怕了——一百大板，非得死在这里了。

正要下板子，一个衙役跑上来，在明德耳边说了些什么。明德恼道："本地就没有会修的？"那衙役摇摇头："本来只坏了一处，找本地的铜匠修了一顿，倒坏了十来处。"明德气得狠狠捶了下桌子："把那铜匠关进大牢，等待严审！"又问趴在地上的葛理天："你，会不会修西洋的自鸣钟？"

葛理天忙喊："会！"明德无奈道："先给你记下这顿板子，你立刻去织造府行宫修钟，这钟是万岁爷上次带来苏州的，定要用心修理。修好了，咱们还有的说，修不好，本官给你下半截儿打成肉酱！"

葛理天随衙役去了织造府，检查了自鸣钟，毛病虽多，却不难修理。他装作极为棘手，绕着自鸣钟只是转圈叹气，问他修好要多久，他算计着皇上还有半个月就到苏州，便谎称需要二十天。织造府的官不耐烦："十天内修好，修不好，放狗咬死！"

侥幸逃脱大难，葛理天连连称颂天主恩德，保禄也放了心。花了九天时间，葛理天修好了钟表，宁波的洋商朋友也接到了消息，送来十几样镶金嵌银的西洋物件，葛理天私下送给明德，又主动建议检修十处水法。明德担心水法会出疏漏，更忌讳葛理天抖出自己贪污公帑的事，收了礼品，对他也客气了些："本官平时多少事要忙，本来没空理你这些传教的破事，只是你也不要太明目张胆，好像我们做官的包庇你似的。此次皇上来了，若问起那水法，我会说是你造的，若你有造化，皇上特许你传教，那就是通行金牌了。若皇上还是不允——你能不能留，到时候再议罢。"

忙活几日，保禄随葛理天检查了各处园林的水法，疲惫不堪。葛理天让他回三棵柳村："这阵子你好久没见陶先生了，去看看他，你也在乡下休息几天。"又拿出教民送的茶叶、糖、腊鸭等物，让保禄送给陶铭心。

保禄骑骡子刚出城门，忽然想起忘了带上给青凤的礼物——他近来随葛理天修水法，得了些零碎钱，给青凤买了个大花风筝，如今春风起了，正是放风筝的好时节。掉转骡子，保禄又回到教堂，却发现两扇大门锁上了。

他以为葛理天出门了，自己也有钥匙，便打开门进去，走到正堂才惊讶地发现，里面围坐着好几个人，不光葛理天，还有刘稻子、何万林、娄禹民，和一个从来没见过的妇人，正在面红耳赤地争论什么。何万林嗓门最高："这有什么不行的！畏畏缩缩地什么都别干了！"看到保禄，众人一齐止住话头。葛理天慌忙站起来："你怎么又回来了？"保禄去房中取了风筝，神情复杂地看了他们一眼，葛理天跟着他来到院中，嘱咐道："你不要和任何人说他们在这里，陶先生面前也不要说。"

保禄从外面锁上门，骑骡子出了城，一路上恍恍惚惚：刘稻子、娄禹民都是反清的，何万林怎么也在？那个妇人又是谁？葛先生为何和他们来往？他隐约觉得，这些人在商议什么了不得的大事，很可能跟皇上南巡有关。

第 21 章　刺客

　　青凤很喜欢保禄送的风筝，叫上刘雨禾，三人兴冲冲地跑去田野间放。青凤抱着线拐子跑了半天，终于将风筝兜起来了，在空中红艳艳的一团，猎猎地响，渐渐成了拳头大，等线放完了，那风筝也成了个豆子。青凤用一块石头压住线拐子，和保禄尽兴说笑。刘雨禾吃了醋，趁他俩不注意，一脚踢开那块石头，线拐子被风筝拽上了天，傍晚风又大，很快吹得不知何处去了。保禄瞅见刘雨禾捣鬼，但没有说破，青凤只以为是风力太大，懊恼不已。

　　刘雨禾道："这个破风筝不值个什么，回头我给你买个大老鹰的，才好看！"青凤翻了个白眼："你爹那么小气，才不肯给你钱买。"刘雨禾叫道："我爹小气，我娘大方！"青凤道："你还有娘？从来没听你说过。"

　　刘雨禾道："我当然有娘！我娘才了不起，我外公是扬州开镖局的，武功天下第一，我娘学了他所有的本事，可以在水上面跑，我爹的本事都是跟我娘学的。不过我娘不喜欢走镖的生意，外公死后，镖局也关了，我娘就去扬州织造府里做了个织匠，逢年过节我和爹会去扬州看望她呢。最近她来苏州了，说皇上要来苏州玩，我娘要领着人给皇上织龙袍哩！等我娘织好了龙袍，少不了有几千两银子赏赐，到时候我给你买一百个风筝，放满了天。"青凤啐道："放屁。一百个风筝？非得绞了线掉下来。"保禄心里揣想：莫非在教堂遇到的那个陌生的妇人，就是刘雨禾的母亲？怪不得她和刘稻子坐得很近，关系不似一般。

晚饭后，七娘伺候青凤洗澡，保禄趁机和陶铭心说了下午的事："我觉得葛先生有什么秘密瞒着我，他怎么和刘稻子等人聚在一起？怕也是要反清？"陶铭心苦笑道："看来每个人都有秘密。"保禄笑道："我就没有。"陶铭心看着厢房那边，青凤大声地咯咯笑，七娘正训斥她不要玩水，陶铭心笑着说："哦？果真没有？"保禄脸上一红，不说话了。

不知从哪里来的一股冲动，陶铭心把自己的秘密告诉了保禄："我是死过一次的人了，跟你说这些，是想告诉你谨言慎行的道理，葛理天不管做什么事，你都不要掺和，免得牵累到自己。"保禄听了"棺中记"的事，惊愕不已："怪不得先生提起皇上总是恨恨的，原来有这层缘故。既然要自保，先生之前为什么又帮助刘稻子呢？"陶铭心道："那个关头要不救，就枉为人了。上次听阿难说了那些话，我还是想不通。但不管他父亲有什么阴谋，我只遵循一条道理，你也记着：事情到了跟前，要随机应变；事情不来，要明哲保身。"保禄点点头："我记住了。"

保禄又说了造水法的事，陶铭心哭笑不得："我要是园主人，得活活气死。野蛮人就是野蛮人，穿上衣服满口之乎者也依然是野蛮人，见不得精致安静，骨子里就爱那热闹庸俗的东西。"两人叹息一回，保禄问可有素云和珠儿的消息，陶铭心笑道："忘了跟你说了，你素云姐姐生了个儿子，珠儿也快回来了。"保禄拍手欢喜："我有小外甥了！"

次日一早，陶铭心去村塾教书，让保禄和青凤不必去，放一天假。青凤想去张何氏家看莲香，保禄笑道："咱们想一块儿了！"来到张何氏家，她正抱着莲香在廊下逗一只小狸猫，看保禄和青凤来了，笑着让他们进屋，端来瓜子、冰糖给他俩吃。

莲香见长了好多，能蹒跚地走两步了，青凤拉着她的胳膊，在地上滑稽地走来走去，嘴里还念叨："小莲香，快快长大，姐姐带你去城里逛庙会。"保禄道："我给莲香做个学步车罢！"张何氏道："她舅舅给做了一个，她也不爱坐。"

正说着，何万林在院子里喊起来："我来了！"张何氏笑道："说曹操曹操就到。"出去招呼她哥，何万林扛着一袋米、提着两只肥鸭子进了屋，看到保禄，脸上有些惊讶，很快就恢复自然："哎哟，有两个小客人在呢！"保禄上来行了礼："何大叔好。"何万林点点头，上前抱起莲香，用大胡子扎得她哇哇乱叫："养得不错，比小狗子长得还快。"

张何氏道："上次送来的米还没吃完呢，你以后不要老给我送东西，嫂子知道了又得生气。"何万林啐了一口："她敢！一个大老爷们，还被老婆拘住了？"语气忽然有些伤感，"以后想让我来我都来不成了——我要出趟远门，少说一年半载才回来。"张何氏问他去哪儿，他也不说，给保禄使了个眼色，两人来到院中。

何万林像是没见过保禄似的，将他浑身上下细细打量了一番："保禄，你今年多大了？"保禄道："十五了。"何万林搭着他的肩膀："老叔知道你是个可靠人，等我走了，你有事没事多来看看你婶子，手头宽裕了，接济接济她。"保禄听他似有诀别之意，故意道："老叔出远门而已，又不是不回来。"何万林拿出烟锅，装了撮烟丝，吹着火折子点了，用力抽了一口："这趟远门，够呛能活着回来。"

听这意思，保禄暗道：果然是要做什么大事了，难不成是趁皇上南巡而行刺？他想起当年藏鼎山杀官兵的往事，后来他问过陶铭心，何万林是不是强盗之一，陶铭心也没告诉他。如今要问也不好问，想了想，便道："老叔托付我，不如托付葛先生、娄先生、刘老叔。"

何万林哈哈大笑，凿了保禄一个爆栗："你这鬼崽子！"他警惕地看看四周，低声道，"保禄，你听着，昨天你撞见我们，我懒得编瞎话哄你，你也不要乱猜，知道得越少，对你越好。这段时间你就在村子里住着，不要和你葛先生来往。"

离开妹子家，何万林回到自己家中，陪母亲吃了午饭，说了好些话。两个儿子一个五岁，一个三岁，缠着他造弹弓，何万林吩咐老婆："下个月初一，你把他俩送去三棵柳村的村塾里念书。"他婆娘吐舌道："真是三更半夜见太阳了，你天天说念书狗屁用没有，以后让他俩也当木匠。"何万林道："当他娘的木匠，还是念书，准备着做官——以后天下指不定姓什么呢。"

他婆娘收拾了一包行李，送他到村口："去北京修紫禁城可是个大活计，这趟赚了钱咱们再盖两间房。"何万林不耐烦道："再说再说。第一，照顾好娘，不准惹她生气，不准摆脸子，她要吃什么喝什么，你都要依着，我回来了娘要抱怨一句，我揪光你的毛！第二，送去村塾的时候，给陶先生送二两银子，这叫贽礼，你不懂但也别疏忽；第三，不要宠溺俩儿子，该打就打，你自个儿……你自个儿也要照顾好身子。"他婆娘笑道："你路上少吃酒，不要和人打架，更不要找粉头。"

何万林背着包袱在城里逛了半日，见到熟人就主动打招呼，问他去哪儿，他说揽了件北京的大活儿，马上要北上。路过薛神医家，他从后门闪了进去，薛神医在廊下等着，交给他一只小盒子。何万林轻声问："妥当？"薛神医点点头："拿的时候千万小心。"又揭开他的衣裳看了看，"已经落了痂了，这身花绣没被人见过罢？"何万林笑道："连我婆娘都没见过，薛先生好手艺。"

从薛神医家出来，继续逛，到茶馆、酒铺里闲坐，还跟人赌了两把骰子。到天黑，街上人少了，他悄悄来到葛理天的教堂，从头到脚换了衣裳，把旧衣和行李全扔进灶膛里烧了。半夜，刘稻子夫妇翻墙进来，四人在堂中坐定。

刘稻子说："还有三天就到。"葛理天道："明天一早，所有园林都会戒严，官兵会到处搜查，防止有人躲在里面。等皇上要进园子了，才开水法。"何万林抽着烟问："那老贼什么时候看水法呢？"葛理天摇头："谁知道呢？也许是来的当天，也许是隔天，也许临走才看。"何万林道："罢了，我一会儿就躲进去。"

葛理天道："说不定什么时候来看呢，你要一直躲着？"何万林道："没别的法了，明天之后，就进不去了。"刘稻子拍拍他的肩膀："老何，这件事做成了，你就是我汉人的千古英雄。"何万林冷笑道："先别给我戴高帽儿呢，你和你媳妇儿准备得怎么样了？"

刘稻子媳妇叫孙兰仙，长相文秀，气质娴静，此时道："放心，也许你还没动手，那老贼就蹬腿儿了。"葛理天拍手道："双管齐下，万无一失！"刘稻子搭住何万林的胳膊："你放心去干，娄禹民已经北上了，如果有什么不测，令堂、弟妹和侄子我来照顾。"

凌晨，刘稻子夫妇和何万林悄悄离开教堂，趁着黑夜来到拙政园的一处围墙下，刘稻子用胳膊搭了桥，送何万林翻入园子。何万林在黑暗中撞了许久，终于来到龙头水法处，紧了紧背上的小包裹，里面装着十几个馒头，看看四周无人，轻轻下了水。此时水法没有开启，他顺着龙嘴钻入龙头之中，躺下睡了。

醒来时，天微微亮，何万林饿得慌，吃了一个馒头，捧了些池水喝了，闲着无聊，开始抽旱烟。看着日头高了，园子里有了动静，他赶紧灭了烟。上百名官兵四处搜查，树林中、花圃里、假山下、亭台楼阁搜了个遍，用长枪在池子里搅了搅，有一个兵扒着龙头朝里看了看，何万林在水下憋气躲过。

下午，园子里悄无人声，只有各种鸟儿啁啾个不停，叫得何万林心烦意躁，他本就是急性子，而今要在这龙头里耐心等着，如在一只石棺材里，狭长逼仄，手脚不得任意伸展，又潮湿，出了汗也散不干净，浑身酸臭。他甚至有些后悔了，后悔为什么揽这件要命的事做——之前在藏鼎山扮麒麟，九死一生地逃了，如今又自愿入瓮，王八一样缩在这里，真是自讨苦吃。

他入反清一途，实属偶然。当年去湖州的路上遇到劫匪，危难关头，是刘稻子救了他，两人结为金兰兄弟。刘稻子是八卦教的人，一心反清，让他入教，他不乐意，让他反清，却中了他的下怀。当年在藏鼎山劫官银，刘稻子杀了张卯，他很惋惜，却怪不得刘稻子，也不敢告诉妹子，只是加倍地对她好。他没上过学，认字不多，却也知道清朝对汉人犯下过累累血债，杀满人，恢复汉人天下，是天理应然。再者，他父亲当年被人杀死，乾隆皇帝包庇了罪犯——这也算是一段仇。

这两天无聊透顶。饿了，又吃馒头，渴了，再饮池水。尴尬的是，拉屎撒尿也要在龙头中，底下的一汪水被他糟蹋成了粪水，喝也喝不成了，只能在夜里爬出来，去别的池子喝。这天晚上，他喝饱了水，活动活动筋骨，又抽起旱烟来，忽而听到一声奇怪的叫声，似是鸟叫，怪瘆人的，正要走，前方假山下的花丛动了动，站起来一个人。

何万林吓得不轻，竟呆住了，看那人身形似是个少年，不知是人是鬼。他灭了烟锅，掏出匕首抄在手中，准备凑上前看，若是人，就杀了灭口。那少年看他动了，掉转头狂跑。何万林追了一截，看那少年在和几个兵说话，暗暗骂娘，小步跑回池边，跳到龙背上，进龙头里躲好。他很紧张，怕此事破了，又自我安慰：也许是附近人家的孩子，趁黑夜进来玩的。

隔日早上，他正迷迷糊糊地睡觉，突然身下的陶管开始嗡嗡大响，水法开了。很快，一大注水喷上来，差点把他打出去，他紧贴着石壁趴好，任水柱从身上哗哗流过。又过了好一会儿，隐约听见有吹打的声音，忙从龙头朝外看，一大群戎装侍卫，十来个官员、太监，簇拥着一架步辇朝这边走来。辇上，坐着一个穿黄袍的人，离得远，又隔着水帘，看不清面目，不过看这阵仗，定是皇帝无疑了。何万林心里狂喜：乾隆老儿终于来了。

　　他轻轻将烟管里的烟灰磕干净了，再从怀里掏出薛神医给的那个小盒，打开，里面是一排细微如汗毛的银针，针头黑乎乎的，浸了毒药。何万林用指甲小心地拈起来，一根根地放入玛瑙烟嘴儿中，把嘴凑在烟锅上，直视着前方。

　　乾隆终于来到了漱玉亭上，一群人指着龙头水法给他瞧，何万林认得其中一个，是江苏巡抚明德，造水法时来视察过，众人看着水法赞叹不绝。水帘后，何万林将烟嘴儿瞄准了乾隆，鼓足了气，对着烟锅猛地一吹，一丛银针就射了出去。何万林兴奋得直咬自己的拳头——筹划多年，大事终于成了！过了会儿，并不见什么异样，乾隆依然谈笑自若，何万林心里敲鼓：老薛这针到底灵不灵？

　　正揣测着，乾隆突然就往后倒了。众人大乱，明德大喊："传御医！传御医！"何万林激动不已，明德没有喊"有刺客"，说明没发现是暗器伤人，还以为是中了恶疾。几名御医提着药箱飞奔来亭上，俯身忙活了一会儿，忽然，一个御医举着一根银针大喊："是暗器！"

　　明德大惊，立刻命官兵搜捕刺客。何万林也慌了，紧紧握着匕首，看官兵四处搜索，很快，搜到了池子这边，周围无花树可藏人，明德指着龙头水法："那里头！那里头！"官兵纷纷跳下水，朝龙头这里游来。

　　何万林啐了一口："×他娘的！到底破了！"他折断烟管，扔到身下的水中，又反拿匕首，大吼一声，在自己脸上胡乱划了十来刀，此时也不必顾虑了，疼得胡喊乱叫，忍着巨大的痛苦把眼睛也剜了，即将痛昏过去时，他吼出八卦教的八字真言："真空家乡，无生父母！"希冀可以升入天堂，将匕首插入脖颈，一拧，瘫在龙头里死了。

　　官兵把何万林的尸体拖了出来，乾隆已经被抬去别处医治了。明德对着何万林的尸体又踢又骂，简直要哭出来："完了，完了，这下全完了！"一个把总嘀咕道："刺客划烂了脸，这下可难查了……"明德上去使劲打了他几个嘴巴，对众人怒道："给我查个水落石出！"

不出所料，首先把葛理天抓了起来，又按照工匠名单将当初造水法的、雕龙头的匠人全都拘来，一个个审问。葛理天当初录名单时没有写何万林的名字，却被另一个石匠供出来："有几个木匠，也来帮忙了两天，不知道名姓。"问葛理天，葛理天说工期紧张，是请了五六个木匠来帮手，但都不认得。

明德派人将苏州城的木匠抓起来，足有上百个，把何万林的尸体摆在大堂上，让他们挨个辨认。有几个说："看身形像是何万林，但脸都烂了，也不确定。"也有的说："肯定不是他。何老大上北京趁活儿去了，前几天刚见到的。"

明德下令严查何万林，他婆娘被抓来，听说要认尸，初时还大哭："我男人前几天就去北京了，怎么死了！"看到死尸手臂上、胸前都是花绣文身，开心地拍手道："不是老何！我家老何可没这个！"明德道："你可要看清楚了，这人为了救皇上被刺客杀死，要是你男人，赏你一千两银子。"何万林婆娘怒道："我男人我怎么会认不得？莫非贪图你的银子，还让我认个死鬼做丈夫不成！"

明德不敢疏忽，怀疑何万林和他老婆串通好了，立刻派出能干的公差北上，向各水关、路卡打听可有何万林经过。过了两天，公差回来了："打听了，前两天确实有个叫何万林的木匠北上，出事儿那天下午，还在如皋县城问有没有当地的木匠愿意跟他去北京干活。"明德至此才信了，释放了何万林的婆娘。

北上的"何万林"，是娄禹民假扮的。他谎称自己是木匠，一路上到处吹嘘自己要去修紫禁城赚大钱，还招揽路过之处的同行，故意散布消息。这套计划，是他亲自筹划的。明德查不出个所以然，气得朝葛理天大嚷："谁让你把龙头做那么大的！里面竟能藏个人！"骂完，也自觉理亏，毕竟这图样是他定的，不咸不淡地说了几句，放葛理天走了。

几天前，保禄便在村中听到消息，皇上到了苏州，驻跸织造府行宫，城里城外驻扎着数万军兵，三棵柳村附近也有骑兵昼夜不停地巡逻。扈老三挨家挨户通知，夜里不准串门，抓住了就关进大牢。还在村中选择面目端正、嗓门洪亮的百姓，拉去城中的街上跪着，等圣驾经过时齐喊万岁。

七娘和青凤想进城凑热闹，被陶铭心一顿骂，不敢再提了。村中到处流传皇上今天去了哪里，吃了什么，赏了谁多少银子等等，保禄冷眼瞧着，陶铭心对这些新闻毫不关心，依旧每日在村塾上课，虽然学童们大多逃了课，跟着他们的父母去城里喊万岁了——皇上经过时，太监会撒赏钱。

圣驾到苏州的第四天上，忽然传来消息：皇上在园林里参观水法时，无缘无故生了怪病，浑身发烫，皮肤溃烂，而今在织造府行宫垂垂待死，随驾南来的太医和苏州本地的医生正全力救治。村中百姓议论纷纷，连陶铭心都上心起来，经过人群时，站着听了几句。扈老三赶上来，骂道："一个个听风就是雨，再说，把你们捆去衙门里捵断手，夹断腿，割了舌头！"百姓被他的话吓到，纷纷散了。陶铭心问他传言说的可真，扈老三摆手道："假的！先生读书人，不要信这些泥腿子造谣。等皇上走了，这些传谣的都要抓起来严办！"

过了几日，正当百姓们揣测皇上性命如何时，突然得知圣驾已经离开了苏州，前去杭州了。

保禄想着皇上出事肯定与葛理天有关，担心他的安危，赶紧跑进城中。发现教堂大门锁着，他多了个心眼，没开锁，借着骡子背爬上墙，从茅厕上翻了进去，瞄见几个人正在堂上说话。他躲在台阶下准备偷听，忽然，一片影子迅速遮过来，一抬头，是刘稻子。

刘稻子将他拖进堂中，质问葛理天："这些事，他知不知道？"葛理天把保禄拉到身边："他不知道。"刘稻子板着脸："上次被他撞见，我就说杀了他灭口，你们死活拦着，如今他又要偷听，谁知道他会不会乱跟人说！"

听了他这话，保禄很是生气："姓刘的，当初我在墙上掏洞藏你时，你怎么不说杀了我？"一句话让刘稻子满脸通红，孙兰仙看着保禄道："你就是和雨禾一起玩的那个洋孩子？"保禄看她双手揣在袖子里，露出来一截，手指黑紫肿胀，吓了一跳，也不回答，朗声道："不就是要造反杀皇帝么！你们的事我稀罕知道呢！"

葛理天赶忙捂住他的嘴："我的小祖宗，这是能喊出来的！"保禄一把推开葛理天的手："葛老师，你不是说没事瞒着我么？"众人不尴不尬地沉默着，孙兰仙扑哧一声笑了出来："这孩子很有意思。"她看着刘稻子笑道，"他说的没错，当初藏鼎山的事被他知道，你就该杀了他灭口，如今又吓唬人干什么？"扭头问保禄，"我问你，你恨不恨皇帝？"

保禄想起陶铭心说过的题诗案，心中对乾隆也有怨恨——为了这点小事，就要杀人，可见是个无德的暴君了，如今有人要杀他，我虽不会帮忙，但肯定也不会告密，便说道："恨不恨，不该我说，但你们不要担心我会告密。"孙兰仙点点头，看着刘稻子道："我相信他。"葛理天道："我也信他，瞒着他，只是怕连累他。"刘稻子不耐烦道："罢了！继续说正事。"他问孙兰仙："你们用的什么毒？有解药么？"孙兰仙道："老薛配的毒，只要暖和些，那毒就能渗进肌肤里，两三天就死。他嘴上说没有解药，但我估计他是有的。这次老贼痊愈，肯定就是老薛救的。"刘稻子抓着脑袋："真他娘的搞不懂！老薛为什么要救老贼？他随着去杭州了，我真担心他背叛咱们。"

孙兰仙很镇静："你多虑了，他不会背叛咱们。"保禄轻声问葛理天："这么说，外面的传闻是真的了？"刘稻子听见了，忙问："外面怎么传的？"保禄道："说皇上在逛园林时撞了鬼祟，生了怪病。"孙兰仙笑道："看来百姓把两件事搅到一块儿去了。"

此时天上打了声闷雷，吓了众人一跳，很快下起大雨来。刘稻子夫妇趁着天黑翻墙去了，临走，孙兰仙从腰间掏出两枚钱，用可怕的手递给保禄："皇上赏的，分了我四个，给了雨禾两个，也给你两个，算是见面礼儿了，也贿赂贿赂你，不能乱说哟！"保禄接过钱一看，竟是玉做的，雕琢精巧，忙称谢收了。

他们走后，保禄沏了一壶茶，放在葛理天面前："先生，咱们打开天窗说亮话罢，说到天亮都可以，我听着。"葛理天无奈地笑了："这……可从何说起呢？"保禄冷着脸："就从先生为什么和他们结盟说起。"葛理天摇摇头："这个先不说了罢，我告诉你这几天的事。"便将何万林如何在龙头里藏着杀人，孙兰仙如何给皇上下毒等等全说了出来，"只可惜何万林杀错了人，那个穿黄袍的不是皇上，是一位亲王。"得知何万林已死，保禄伤心地流下眼泪，他很喜欢这个何老叔，为人爽烈，有劲儿，比绝大多数中国人都更像活人。

葛理天说，何万林有个秘密，只有他和刘稻子知道。原来何万林的父亲生前也是木匠，当年在北京修紫禁城，木匠活儿做完了，闲不住，又帮着铺瓦。也是合当有事，铺瓦时没拿稳，掉下去一块儿，正巧一个老太监路过，砸是没砸到，但将老太监吓到了。何老头赔礼道歉，老太监开口要一千两银子。逼急了，何老头詈了几句，那老太监竟诬蔑他在紫禁城预谋行刺，也不禀明皇帝，命人将他捆在树上，让手下用琉璃瓦活活砸死了。

何老头悲惨，被砸死了，还不让收尸。老太监说刺客不容有全尸，砍成十来块，扔到郊外乱坟岗去了。张何氏的丈夫张卯，就是何老头的徒弟。师父死后，他天天在北京城里喊冤，最后闹得皇上也知道了，才晓得那老太监私自杀人。但因为他伺候过康熙爷，也没要他偿命，只革了他的官，让他回家养老去了。张卯把他师父的尸块收在箩筐里，一路背回苏州来。何万林大为感动，把他当亲兄弟似的敬爱，后来又把妹子许配给他。何万林本来要去杀了那个老太监复仇，打听得知那太监已经病死了。这件事，那老太监算是罪魁祸首，但何万林也怨恨，皇帝若公正些，他父亲也不会白死。所以认识刘稻子后，他也跟着一起反清了。

听完这段故事，保禄才确定了，藏鼎山抢劫官银的旧案，铁定有何万林的份儿。听葛理天解释，他们刚才说的老薛，就是薛神医，保禄惊诧极了，又问："那么，先生怎么跟他们认识的？"葛理天有些不自在："保禄，我说了不谈这个。"

第 22 章　龙袍与坎离丹

　　余庆带着珠儿回来了，带了许多土产风物，玩笑说："皇上南巡刚走，我和二小姐又来南巡了。"珠儿见过父亲和七娘，陶铭心拉着她的手笑道："长高长胖了，饭量不会又大了罢？"余庆在旁笑道："二小姐心宽体胖，能吃是福呀！"青凤上来抱着珠儿哭了半天，两姊妹去别屋说知心话儿去了。

　　问素云和外孙，余庆笑道："托老爷的福，小姐和小少爷都好。找算命先生给小少爷起了名字，大名叫宋育德，小名叫升哥儿。"陶铭心满意地点点头："《易》云：君子以果行育德，好名字！"余庆又道："皇上这次南巡，专程去曲阜拜圣人，想起前几年河防的案子，发了慈悲，下圣谕说宋老爷等人只是一时疏忽，算不得恶官，父祸不及子，他们的儿子全都加了贡生。太太又给大爷用了些银子，据说不出一两年就能做官了。"

　　陶铭心冷笑道："希望你家大爷做个好官。"他掰着指头算了算："三年的孝快满了，我岁数大了，近来身体也不好，看来素云的婚礼我不能去了。"余庆道："老爷放心，我们家不会怠慢大小姐。大爷还说呢，做官的话想来江南，让小姐离家近些。以后见面的日子多着哩！"

　　歇了几天，余庆告辞回济南。从渡口送行回来，陶铭心看到三棵柳树下聚着好多人，一个五十上下的妇人浑身肮脏，乌黑着两只眼睛，肿着嘴巴，歪着鼻子，哭得一把鼻涕一把泪，在向乡亲控诉什么。陶铭心在村中见过这个妇人几次，是个跛脚，也不知是谁的老婆。听人一说，才知道是任弗届的老妻。

她哭道："好好一个女儿，竟许了十个人家，我劝也不听，还把我打成这样——从嫁到他们任家，三天一小打，五天一大打，这张脸就没好过。我也顾不得脸皮了，说出来让大家评评理，这日子我过不下去了，哪个乡亲行行好，去说说他，让他休了我罢！"一个妇人问道："为什么把女儿许给十家人？那十家人莫非都不知道的么？"任弗届妻子哭道："就为了图人家的彩礼！他们知道什么？看他是个相公，是个体面人家，以为女儿多哩，不知道就这一个！"村民纷纷道："任先生也是个读书人，怎么做下这样没廉耻的事！"陶铭心不住地叹气："斯文败类！衣冠禽兽！"

众人正说着，任弗届提着一只木棍跑来，驱散了村民："都滚开！"用木棍照着他老婆身上就抡，边打边骂："老不死的！在外面给我丢人！"陶铭心气得冲上去，一把拉他："任先生！你不要太过分！"任弗届气得两眼鼓鼓的："关你屁事！"陶铭心夺下他的木棍："有本事和我去县学里，让学政老爷评评理，你一个秀才，当众殴打发妻，看他怎么说！"任弗届被镇住，嘴上依然不服软："学政算个屁！老子怕他？"撇下妻子，骂骂咧咧地回家去了。

陶铭心气得午饭也吃不下，到下午，肝也疼起来，躺在床上休息。七娘要去找大夫，陶铭心不让："找什么大夫，找人把任弗届打死，我就好了！"七娘劝道："不是我说，老爷也是闲的，哪里犯得着跟他生气！这个老狗不要脸的事多着呢！"她压低声音，"听李婆说，他老婆裤裆里常年挂着一把锁，他在外头混吃的，怕他老婆偷汉，就把那块儿地方锁起来，自己拿着钥匙。村里人都以为他婆娘是瘸子，其实不瘸，底下吊着锁，走路费劲。"陶铭心捂住肝又哎哟了起来："你可不要说了！"

傍晚，保禄竟和阿难一起来了。陶铭心看见两个孩子，心情好了些。珠儿和青凤更是拉着阿难不放手："可想死我们了！这两年你跑哪儿去了！"欢笑一番，陶铭心让保禄和阿难来书房说话，问阿难："你今天怎么脱了身？"阿难道："皇上回北京，父亲送驾跟去了，一时半会儿回不来。我跟母亲说村里的宅子许久没人住，我回来照管照管，又碰巧任弗届家中有事，好多人去他家打闹，说什么嫁女儿的事，好像和他儿子打了起来，闹到县衙去了。他没空看着我，我就趁着天黑跑了出来。"

陶铭心笑个不住："任弗届终于要吃亏了。"阿难问保禄："这阵子的事，你都告诉陶先生了么？"保禄笑道："今天来就是要说的，这不遇到了你，一起来了。"阿难道："那你先跟先生说，我也听听。"保禄便将葛理天告诉他的，悉数告诉了陶铭心。陶铭心惊讶道："连薛神医都是反清的？真没看出来。"又感叹何万林死得惨烈，"他的这番事迹，能入《刺客列传》了。"阿难却惊讶道："原来我那晚在园子里遇到的，就是何万林呀！"

皇上到苏州的第一天晚上，在织造府行宫接见了十几个苏州本地的文士——都是明德遴选出来的，阿难是众人中最年轻的。皇上当场考了他的四书，他答得流利，又让他即兴写了首诗，他写得不好，皇上也没生气，鼓励他："虽说八股才是正务，但诗词歌赋也能陶冶性情，你很像朕少年时，慧心玲珑，学起诗词来易如反掌。"

见皇上喜欢阿难，乔陈如便奏请让阿难在行宫伺候，当皇上的跟班小厮儿，皇上也允了。这是莫大的荣耀，让明德等大小官员羡慕不已。文士退下后，苏州织造普福捧着一个杏黄包袱上来，说织造府为皇上新做了套龙袍。太监打开了给皇上看，黄绸鲜亮，刺绣精密，乾隆很是喜欢："苏州的匠人手艺越发好了，比南京的云锦还鲜丽。"

明德笑道："龙床的帐子也是这些匠人织的，普大人有心，让匠人们每缝一根线，就念一声佛，做这领龙袍和帐子，念了也有几千万声佛了，就为了祈祷皇上安康。"乾隆高兴，赏了普福一幅御书，发下三吊玉钱，赏赐织造府的匠人。

入夜后，明德送来十名苏州美人，乾隆责备了他几句，选了一个侍寝。太监们往来伺候递水送香，唯独阿难在寝殿外面无所事事。有个管事的老太监，也不知名字的，叫来阿难："乔公子，既然要做万岁爷的跟班小厮儿，得把你的小雀儿割了。"阿难一听要净身，吓得脸色煞白。那老太监见阿难害怕，乐得大笑："傻小子，逗你呢！我要阉了你，你老子得扒了我的皮。"阿难抚抚胸口："幸亏是玩笑，不然，我底下那玩意儿就出师未捷身先死了。"

"有一件美差给乔公子办。"老太监提了只灯笼，带阿难来到一间耳房，门口有两个兵看守，命他们打开门，里面扑腾腾一阵响，借着灯光，阿难看到地上竟有一只肥大的孔雀，羽毛璀璨，尾巴足有半丈长，在昏黄的光里显得神雅幽魅。

阿难咂舌道："怎么有一只孔雀在这里？"老太监凿了他脑门一下："胡说八道！这不是孔雀，这是凤凰！"阿难笑道："公公又逗我呢，我见过孔雀，这种鸟多产自云南，南京亲戚家也养了两只。做官的帽子后面那花翎，就是它的尾巴做的。"老太监严肃道："乔公子，可不要自作聪明，这不是孔雀，这是如假包换的凤凰。"

他让两个兵小心捉了孔雀，关进一只竹笼里，把阿难拉到暗处，低声问："乔公子，那个有大龙头水法的园子是哪处？"阿难道："拙政园。"老太监点点头："你现在就去拙政园，把这只凤凰绑在园子里最高的树梢上。你听我说，明天早上万岁爷要逛园林，等圣驾一进拙政园的大门儿，你就跑上来禀告，说树上出现了凤凰，这是大清太平，国君有德，所以天降祥瑞，然后使劲儿磕头，大喊'恭喜皇上'。这几句话可记住了？"

阿难想笑却不敢笑："大清太平，国君有德，天降祥瑞，恭喜皇上。记住了！只是，公公，皇上要看破了这是孔雀，我岂不是欺君的死罪？"老太监笑道："你这傻孩子，怎么这么轴呢？说了这是凤凰，就是凤凰。你明天第一个说它是凤凰，所有人都会说是凤凰。再说，皇上老花眼，这鸟儿在树梢上，远远地也看不真。这是件天大的美差，你第一个报告祥瑞，皇上会大大地赏你，直接封你个官儿都说不定。你可知道，多少大官儿捧着上万银子追在我屁股后头送，就想占这个彩头儿，我是看在你父亲的分儿上，才将这事派给你。"

老太监让两个兵抬上竹笼，又拨了十个兵护送，随阿难一起来到拙政园。园门口有守卫的官兵，摆了张桌子，点了盏油灯，正幺二三地摇骰子。阿难上前通报了身份——"万岁爷跟前儿办事的"，官兵连忙打开园子大门，让他们进去了。

园子极大，官兵打了两只灯笼在前引路，转悠许久，终于挑了一棵高七八丈的大树。阿难指派道："你们俩，在底下当上马石，你，抱着鸟儿爬上去，爬到最高处，将这大鸟儿系在树枝上，千万系牢了。"众人不敢违拗，照阿难的命令行事。

忙活完，阿难突然肚子疼，让众兵在原地等着，提着衣襟跑去假山下屙屎。屙了个痛快，拽了把草揩了屁股，刚站起来，猛然看到前面黑暗里站着一个彪形大汉，吓得他叫也叫不出来，愣在了原处。那大汉也呆呆站着，嘴里冒出一团团的白烟，吓死个人。阿难缓过神来，掉头就跑，那大汉竟追了起来，阿难九魄去了七魄，拼命狂奔，脚板子都快打到后脑勺了。

士兵见他慌里慌张的，笑道："小爷遇到鬼了？"阿难喘着粗气道："可不是！那鬼高一丈，还会喷毒烟子！你们快去看看！"士兵笑个不住，往假山那边转了一圈，什么也没发现。阿难也以为自己看花了眼，刚才那样惊慌又着实丢人，扯淡两句，带他们出去了。

天还没亮，织造府行宫就闹成一团。阿难也醒了，揉着睡眼出来，只见老太监在寝殿门口连喊"来人"，值事小太监们疯了一般往殿内跑。很快，扛出来一个大包裹，露出一个女人头，头发黑缎子一般垂着，脸上满是烂疮——好端端一个美人，简直变成了夜叉鬼。

乾隆在殿内乱打乱砸，好一通发脾气，太医赶来，给乾隆检查了，并无大碍。早有人通知了明德，明德正战战兢兢地在里面磕头认罪。阿难问小太监怎么回事，小太监说，那美人刚侍寝时还好好的，刚才皇上要喝茶，点起灯，突然发现那美人脸上全烂了，眼睛里流出脓水来，鼻子也化成一团，吓得皇上魂飞魄散，赶紧让人抬走了。奇的是，那美人还不觉得疼，不知道发生了什么事，一摸自己的脸，竟抓下来一块肉，顿时吓昏过去了。

乾隆心情极差，早膳只吃了一口鸡汤燕窝，想起那美人腐烂的脸庞，哇的一口又吐了。幸好北京传来奏折，同一天新添了两位皇孙，脸上终于有些笑容。乔陈如又献上来一幅李思训的青绿山水，一只宋神宗御用的玉杯，乾隆开心得连连拍手，让太监端来御宝，在画儿上盖了几个戳子，又写了首诗，题在边儿上，用那玉杯喝了口茶，越发手舞足蹈起来。

明德悬着的心终于放了下来，小心翼翼地请皇上逛园林。乾隆打了个哈欠，看今日天气甚好，便同意了，随即换了织造府织的新龙袍，在西洋镜前照了好一会儿，连夸手艺精湛。织造府外面跪着千万百姓，见圣驾出来，山呼万岁，乾隆在高高的御辇上向百姓挥了挥手，一众太监端着大簸箩使劲撒铜钱。

　　先逛了两处小园林，看了小水法，乾隆有些倦，对乔陈如道："此处园林秀气，似乎不适合造水法，好比给年轻小姐穿了凤冠霞帔，不像那回事儿。"乔陈如笑道："万岁爷所言极是，这两处园子太窄小，咱们去拙政园，那里阔大，配上水法，堪比圆明园呢！"乾隆笑道："堪比圆明园？朕不信，走，去瞧瞧。"

　　刚进拙政园，老太监连连给阿难使眼色，乔陈如也推了他一把，阿难无奈，指着系着孔雀的大树高喊："啊呀！凤凰！"众人望去，果然在树梢上有一只毛羽鲜艳的大鸟，在阳光下闪熠发光："真的是凤凰！"阿难跑来圣驾前跪下，硬着头皮道："大清太平，国君有德，所以天降祥瑞，恭喜皇上，贺喜皇上！"

　　乾隆眯着眼望过去，看也看不真切，问乔陈如："果然是凤凰？真稀奇了，捉下来瞧瞧。"乔陈如笑道："万岁爷玩笑了，凤凰乃是祥瑞之物，只可瞻仰，怎能捉下来呢？"乾隆冷笑了一声："这一路，可没少出现祥瑞。"乔陈如道："这是皇上盛德上感于天，所以才有祥瑞降世。正所谓凤凰于飞，媚于天子也。合了《易经》的话：自天佑之，吉无不利。"听了乔陈如的话，乾隆笑个不住："罢了罢了，朕岂不知道是好事么？"

　　命太监去树下点起香炉，乾隆从步辇上下来，要亲自拜那凤凰。凤凰在树梢上不断尖唳，扑腾着两只大翅膀要飞走，腿上绑着绳子，扑腾下许多树叶来，乾隆刚俯身拜下去，那凤凰终于挣断了绳子，飞到别处去了。

　　谁知凤凰刚飞走，乾隆就抚着额头说头痛。乔陈如忙让太医上来，一瞧，乾隆的脸上出现了几块红斑，全是密密麻麻的小疹子。几个太医上来轮番诊了脉，都说是着了热，奏请立刻回行宫休养。乾隆烦躁地对乔陈如说："你不是说吉无不利么！"

　　众人要随驾回去伺候，乾隆摆手道："众爱卿想逛的就在这里逛逛，朕无大碍，回去歇一歇，精神好了再来。"虽如此说，大小官员依旧护送着回到行宫，乾隆喝了碗去内火的汤药睡下了。此时才刚刚巳时，老太监出来，跟一位亲王道："皇上连说扫兴，让晚宴就摆在园子里，晚上再看水法。皇上吩咐只让乔大人在此伺候着，王爷和明大人领着京官儿们回去继续耍耍，晚上直接在那里听戏。"

这位亲王在北京拘束久了，早就想逛苏州的园林，随乾隆逛还得时刻伺候着，巴不得自己玩一玩，便坐了轿子，带着随从官员又返回拙政园。阿难在行宫里不自在，也跟着去了。众人进了漱玉亭，看到大水法壮观无比，赞叹个不住。谁知亲王本来还好好的，突然就倒了，嘴巴里吐出白沫来，满脸黑紫，七窍流血。

保禄恍然道："原来拙政园死的那个穿黄袍的，不是皇上，而是一个亲王呀！"陶铭心也懊悔地拍大腿："一个中毒，一个被刺杀，完全是两码事。百姓不清楚原委，传来传去，把我弄糊涂了。"

官兵将刺客从龙头里拖出来，阿难看到刺客的脸已经划烂了，吓得不知所措。等其他御医从行宫赶过来，亲王已经死透了。而皇上的病情也急转直下，脸上生起大疮来，溃烂流脓，浑身火烫，神志全无。半日之内，接连发生意外，阿难恍如在梦中，乔陈如也急得团团转，明德更是呼天抢地——在他的管内发生这些事，够掉一百个脑袋了。

尹继善接到密信，连夜从南京赶来，会同乔陈如、明德商议了，决定将此事暂时按下，严锁消息，先将亲王遗体装入棺椁，等来日发丧回京，眼下最紧要的是治疗皇上的怪病。太医一个个都不明所以，有的依然说是热毒，已入心包，当立刻用牛黄、犀角去邪，再辅以大黄、芒硝退热；有的说是痰火侵胆，乱了神志，当用胆星、菖蒲；有的说心液亏散，紧要的是归脾定心；还有的说是昨晚那女子传染的瘟病。众人委决不下，争论成一团。

尹继善猛地问："什么女子？"明德红着脸道："昨晚万岁爷临幸的女子，半夜里忽然发了恶疾，症状和万岁爷的很像。"尹继善跺脚道："那肯定是传染的了，那女子现在怎样？"明德快要哭出来了："已经死了——我提前三个月就选好了美人，饮食起居都是隔开来的，大夫也定时检查，没有一丝儿毛病的，谁想昨晚忽然发了恶疾，实在是诡异。"

尹继善看着乔陈如："乔大人，你觉得呢？"乔陈如满面愁云，将老太监叫过来：“公公，昨夜皇上和那女子的一举一动，你都细细说来。”老太监回忆道："皇上选中了这女子，我们就带她去洗澡，还让太医检查了，验了是处女，身子没有异味儿，也没甚疾病。之后，我们用毛毡把她卷起来，送到龙床上，又伺候皇上更衣、洗漱，然后皇上就上了床，我们放下帐子，就退在一边儿了。"

“那之后呢？”

老太监笑道：“之后？皇上在床上的事，大人还问我么？”

乔陈如不快道：“我是问可让你们伺候什么，比如喝茶、吃点心什么的。”

老太监揣着手道：“没要茶，倒是吃了颗坎离既济丹——这药皇上常年吃的，由我贴身带着，也没什么不妥。那姑娘是戏班子里长大的，极会奉承，说话也风趣，皇上喜爱得很，要我给那姑娘做新衣裳、打首饰，还要造一顶大轿，来日带这姑娘回京。那姑娘看皇上高兴，就拉着簇新的床帐子说这个好看，可以做衣裳穿。皇上就扯下帐子来，让她裹了身子在地上唱戏——咱们主子性情风流，常有随性的举动，我们也只当看乐子。欢闹了一阵子，皇上又吃了几颗坎离丹，让我们挂起床帐，继续宠幸那女子。寅时一刻，那姑娘就发了恶疾，抬出去了。"

尹继善和明德嘀咕：“听不出有什么不对劲呀！莫非那女子体内有瘟病，太医没查出来？”

乔陈如捻着胡子想了想，一跺脚道：“不对，不是瘟病，是毒！”

老太监道：“太医也说了，可能是热毒。”

乔陈如摇摇头：“狗屁的热毒！是外毒！是别人下的毒！帐子，快把床帐子扯下来！”

老太监不明白为何要扯床帐子，看乔陈如急了，只能带小太监解下了床帐，抱给乔陈如看。尹继善拉着帐子道：“这不就是普通的帐子么？”乔陈如忙道："松手！别碰！"老太监一听，忙将帐子扔在地上：“乔大人，这是怎么说？”

乔陈如命人煮了一大盆水，将帐子扔进里面，叫众太医来看。帐子在水中浸泡了会儿，也没什么变化，只是散发出一大股桂花的香味，香气中还隐隐有刺鼻的酸味。明德让官兵牵来一条狗，按着狗头往水里一蘸，那狗舔舔鼻子，突然惨叫一声，躺在地上全身抽搐，很快死了。在场诸人莫不大惊，阿难看着那只死狗，浑身起了鸡皮疙瘩。

一个太医道："这明显是在浸染的时候加了毒，平时没事，一旦受了热气会蒸腾出来，慢慢浸入肌肤，置人于死地，这种下毒法真是阴险。那女子柔弱，先发了病，皇上龙体强健，所以晚了几个时辰。"明德怒道："原来是帐子有毒！一起送上来的还有龙袍，皇上今天穿着，怪不得中了暗算！"

尹继善命太医研究这毒如何解，又传来苏州织造普福，让他速速捉拿造龙袍和帐子的织匠和染匠。明德冲上去，打了普福一个嘴巴："真是好奴才，办的好事！要死大家一起死！"普福吓得痛哭，忙去抓人了。

当晚，三十多个匠人被捉拿到案，普福回说："都拿齐了，就是他们造的龙袍、御用帐子。"尹继善、明德、乔陈如要去巡抚衙门一齐审问，阿难想跟去看，被乔陈如训斥："以为多好玩的事呢！老老实实在这里伺候着，皇上要有个好歹，咱们都得死！"

太医们聚在一间小厅，围在桌边苦苦思量，桌上放着那一大盆毒水，不时有太医凑上去闻一闻，有的说混了砒霜，有的说是硫黄加了野葛，还有说蛇毒水泡了川乌头，众说不一。老太监不断地往这边跑："赶紧着呀！皇上喘不上气来了，全身烫得脱皮！"

太医们急得手忙脚乱。一个说手头药材不够，要在皇宫里就好了；一个说北京的家里有很多解毒的医书，可惜查不着；一个说要立刻祭天，祈求上天保佑；一个说知道一种能解任何毒的神方——每个人从大腿上割下一块肉，放在一起煮，割的肉越多越灵验，喝了这种肉汤，再棘手的毒也能化解，还自告奋勇愿意第一个割股疗君。别的太医不同意，说他迂腐："割股治病一说乃亲生子女才有用，阿哥、格格们都在北京，也鞭长莫及呀！"

老太监又来催了几次，皇上的脉息越发微弱了，太医们顾不得，一个个按自己的法子配起解药，给皇上灌下，没有任何效用，反让皇上吐得一塌糊涂。一个太医蹙紧双眉："莫非——是民间最毒的花柳病，天疱疮？昨晚那姑娘不干净！"老太监急了："放你娘的屁！让你们检查的身子，说是个雏儿，现在又说什么花柳病，敢情是她胳肢窝里带了花柳病？人家说的真没错儿——翰林院文章、太医院药方，都是有名无实的！"

正绝望时，一个太医猛一拍大腿："我学医的一位师伯，外号叫薛扁鹊的，天下独步的妙手，就是苏州人，也不知现在活着没有，也许他能治。"阿难在旁听见了，笑道："早死了，但他有个儿子，我们都叫他薛神医，也是好医术。"太医道："虎父无犬子！快快去请！"

阿难正要去，一个小太监跑上来："一个姓薛的大夫在织造府门口卖药，自称能治各种疑难怪病。"老太监欢喜道："这么巧！莫非上天派他来救皇上？快请进来！"一个太医捋着胡子道："不尽然是天意，我们行医的，也多会占卜，此人必定卜到这里有事。"

薛神医进来，磕了头，问道："哪位大人要看病？"老太监低声道："皇上。"薛神医大惊："这是要杀头的勾当，小人不敢治。再说有太医院的诸多高手在此，小人也不敢造次，求公公放小人出去罢！"老太监道："你这个人是傻是呆？要是太医能治，请你来做什么？眼下实在是没办法了，你也是苏州有名的，不是那种江湖郎中，就大胆去治，治好了，转眼间荣华富贵，要治不好——太医们也治不好，你又怕什么！"

薛神医只好答应了，连连感叹："我昨晚做梦，梦见织造府上空有一尊金甲力士，拿着大铜锤和一群妖魔鬼怪打架，今天我还琢磨，这是个好兆头，也许织造府的哪位达官贵人会买我的膏药，所以来吆喝吆喝，谁想是万岁爷龙体有恙！那位金甲力士，原来就是保护万岁爷的神仙呢！"

给皇上诊了脉，看了看全身的烂疮，薛神医沉吟不言。老太监又告诉了他床帐子和龙袍的事，带他看了那盆水，薛神医闻了闻，点头笑道："我知道了。"请老太监到角落里，细细问了些什么，好一会儿，薛神医叫来配药的杂役，写了方子，让他立刻去配解药。

几个太医不屑地问："薛先生能解这毒？"薛神医抱拳道："惭愧，小人真能解。这毒不是帐子、龙袍里带的，诸位弄了个本末倒置。"几个太医不快道："你不要信口胡说，这泡出来的水如此剧毒，怎么不是浸染的时候做了手脚？"

薛神医笑道："是皇上昨晚吃的坎离丹——我问了公公昨日皇上的食谱，

有一道冰糖炖燕窝，一道羊乳笋汤，还有清蒸鸭子焐猪肉的攒盘，这几道菜本来没什么，但和皇上吃的助兴春药混一起，就是大热大毒。公公说，皇上平日服用的坎离丹，是各位大人炮制的，我想，定是用了不少淫羊、肉苁蓉、川山甲、大附子、巴戟天、菟丝、玄参、虎骨、地龙、鹿茸等料，本来便是猛阳之物，羊乳锁热，冰糖本性平，遇燕窝则也发热，加上鸭子猪肉等大腻之物，简直烈火浇油。本来一颗坎离丹也没什么，但皇上一夜连吃五颗，龙体内好比太上老君的炼丹炉，所以烧成这样——什么帐子、龙袍，都是吸了皇上的汗和气，才有的毒。"

一个太医不住地点头："我就说罢！是体内的热毒！"另一个太医道："不对，若皇上体内生毒，那女子又是怎么回事？反而在皇上之前发病？"薛神医笑道："老大人，这阴阳采战的房中术道理，不消晚生细说了罢？"那个太医恍然大悟："啊呀，确实确实，那女子受了皇上的雨露，自然也要发病，而皇上因洒了雨露，泄了些热毒，所以拖延到今早才发作。"他拱手道："薛先生不愧是神医，老朽佩服！"

很快，薛神医的解药配好了，煎了一小碗，灌入乾隆口中。才过一刻，乾隆身上便退了烧，微微能睁开眼了。老太监高兴得热泪滚滚，让阿难赶紧去巡抚衙门通知尹继善等，又说："别审那些匠人了，跟他们无关。"

刚进衙门的大门，阿难就听见一片鬼哭狼嚎。大堂外面，挺着三具尸体，全身血肉模糊，阿难吓得脚步都迈不动了。公人知道他是乔陈如的儿子，进去禀报，乔陈如让他进来说话。阿难迈过门槛，一大股血腥味儿冲得他干哕了好几下。满地的匠人，个个挂着伤，有的腿已经断了，有的眼睛瞎了，有的牙齿全掉了，有的手指甲缝里插着铁扦子，哭喊不停，好多已经晕死过去了。

只有一个妇人没有哭，也没有叫，就那么跪着。两个差人分列左右，又开大步，正龇牙咧嘴地用拶子拶她的手，十个手指头如萝卜般粗肿，看得阿难触目惊心。明德在上面喝问："孙兰仙，是你负责把蚕丝送到染坊，定是你下的毒！"乔陈如又说："你只要供出来用的什么毒，如何解，便饶你不死，决不戏言！"那妇人一声不吭，只是摇头。

阿难连忙跑上去，在乔陈如耳边说了薛神医治好皇上的事，乔陈如又跟尹继善、明德说了。尹继善忙站起来："先去看看皇上，这些人先不审了，关起来，若果然不是他们下毒，每人发三两汤药银放了。"

到晚上，乾隆已经清醒许多，脸上的疮结了层薄薄的粉痂，身上也温和了，只是没有胃口，只喝了口梨汤润喉。尹继善等上来拜了，痛哭道："皇上安好，便是臣等的福气，皇上身上有一丝儿的不快活，臣等的五脏六腑都遭大火烤似的。"乾隆抚慰了他们几句，说此次生病也是天意，警告自己应该清心寡欲。

众臣一拨拨地来问安，乾隆问为何不见那位亲王，看皇上大病初愈，明德不敢据实以报，怕再激恼了，只说也病着。直到两天后，乾隆好得差不多了，再问，明德才说了拙政园刺客的事。乾隆罕见地没有发怒，发怔了许久，才说："都是天意，那刺客明显是要刺杀朕的，没想到朕突然生了病，回到行宫。那天皇叔穿着金袍，刺客搞错了，皇叔是为朕死的。"洒了两滴泪，下令将亲王遗体运回北京厚葬。尹继善劝说乾隆回北京休养，乾隆道："中途而返，必然引发百姓猜忌。海宁那边海防的工程还没看，不能回京城。"

乔陈如陪着乾隆继续巡游，薛神医因治病有功，以庶人直接拔为太医院院判，官居六品，也跟着圣驾去了。乔陈如临走前，吩咐阿难这几天的事不要乱说，连母亲也不能告诉，又托任弗届管教阿难，不许他任意出门。

说完这些，阿难连喝了三杯茶："这几天的事，真可谓如梦如幻了！"陶铭心问："按保禄说的，是薛神医配的毒，孙兰仙浸染时下的毒，那薛神医为何又毛遂自荐去解毒呢？"保禄道："我听葛先生说了一句，孙兰仙好像是薛神医的表妹。"阿难笑道："所以他听说匠人们被抓，事情要破，为了救他表妹，就主动来解毒，说什么内毒的谎话。"

保禄拍手道："怪不得！那天提起薛神医给皇上解毒，刘稻子骂他是叛徒，孙大婶却说他必有隐衷，我估摸着，薛先生一定喜爱他这个表妹——对了，皇上吃的那个坎离既济丹，到底是什么药？"陶铭心咳嗽了一声："治咳嗽的。"

第 23 章　七娘的妙计

阿难去后，又好阵子没有音讯。皇上已经回北京了，对在苏州发生的事没有深究；尹继善荣宠依旧，从两江总督调入内阁；明德继续做他的江苏巡抚；而力挽狂澜的薛神医，耐不住宫里憋屈的生活，故意犯错，给一位嫔妃开方子时写了柴胡，皇上大怒，说他影射满人乃豺胡，本要砍头，念在他苏州的大功，只打了板子，革了职，赶回原籍。

数月后，宋好问寄来一封信，说已经选了元和县知县，近日便动身南下。陶铭心半忧半喜：忧的是宋好问以钱买官，他品行又是那般，怕会在官位上胡作非为；喜的是元和县衙署就在苏州城内，终于可以见到素云和外孙了，尤其是外孙，出生后还没见过。七娘和珠儿、青凤、保禄都很开心，期盼着全家团聚。

喜上加喜，陶铭心竟发了笔横财：邻居李婆家有一棵枣树，紧挨着两家的界墙，这两年越长越大，树根将墙顶裂了缝儿。七娘跟李家说了，要他们把这棵树往院中间挪一挪。等挖起了枣树，在下面发现一只锈烂的铁箱，这铁箱正正在界墙底下，一半儿在李家，一半儿在陶家。打开了，里面是些女人衣服，衣服底下，竟然用汗巾包着几封银子，成色也足，细丝儿好银，称了重，足足一百两。李婆主动说要跟陶家平分这银子，七娘乐开了花，夸赞邻居实诚。

陶铭心却主张报官，李婆和七娘自然不肯。陶铭心去找了扈老三，说明原委。扈老三咂舌道："陶先生的品行，真是罕见了！搁平常人，藏着掖着还来不及，谁会报官！"老三去长洲县衙汇报了此事，知县发下批文来，说这银子明显是房子的旧主人遗下的，按律法，掘藏之财归于新主。既然在界墙下，陶李两家平分合情合理，无须上缴官库，还赞陶铭心是"儒林楷模"。

见了知县回批，陶铭心方心安了，经不住扈老三搅缠，送了他二两人情。剩下的拿出十两请人在学堂造了两尊孔圣人和孟亚圣的塑像，还给妻女各做了套新衣裳，给外孙打了只小金锁，准备作为见面礼，自己则去娄禹民的书店买了不少书，难得的心情大好。

这日，李婆满头插着花，穿着新裙子，唱着小曲儿来到陶家，一进门就碰到陶铭心，慌张一笑："陶先生没去学堂呀？"陶铭心道："这几天农忙，学生只上半天课，吃了午饭再去。"李婆去厨房找七娘，两人叽叽喳喳一会子，李婆笑嘻嘻地去了。午饭后，七娘换了身干净衣裳，也要出去。陶铭心问她做什么去，她笑道："做好事，做善事！——我去给孤男寡女配对子。"

陶铭心皱眉道："你什么时候做起媒婆来了？媒婆动动嘴，神仙也做鬼，只听说坑蒙拐骗做坏事，就没听说过做好事。"七娘笑道："我是副将，主将是李大娘。"陶铭心问："她倒是常干这种事的，为什么叫上你？"七娘道："因为别人拜托她说的这个妇人，不好劝得动，拉我过去一起说。"

"谁？"

"张寡妇。"

"张寡妇？谁要娶她？"

"哎呀，老爷打听这个做什么。"

陶铭心正色道："我看张娘子是有志守节的，你们最好别去折辱人家。说个龌龊的歪货，岂不是把人家推在火坑里？"

七娘不服道："她心里想的咱们怎么知道？老爷是她肚里的虫？她从来没说过要守节，也常有人去她家说媒哩。我们去也不是折辱她，问问意思，还强迫她不成？愿不愿意她自己说了算。龌龊不龌龊的歪货，是咱们眼里的，王八都有鳖觉得可爱呢，兴许她就爱歪货哩！而且这事不管成不成，李婆都分给我二两跑腿钱，我不赚白不赚。"说完，也不管陶铭心同意不同意，踮着小脚跑了出去。

李婆挎了一篮子鸡蛋和糕饼在等着，一同去了张何氏家。

坐下寒暄两句，张何氏就猜到了她们的来意，笑道："两位大娘不必说了，我虽然没说守节，但暂时也没想着再嫁。以后若是串门子聊天，随时来，若是说媒，就不必进我的门了。"李婆猛一拍手道："爽快！我常说，张妹妹爽直起来，就是个穿裙子的好汉，温柔起来，石头见了也化成泥，这三村五乡的，就没第二个像妹妹这样的人物。"

七娘也笑道："妹子忒急了些，也听听我们说什么。"张何氏冷笑道："能说什么？无非那人模样怎样怎样齐整，家里怎样怎样有钱，田地怎么怎么多，嫁过去怎么怎么享福，衣裳有多少多少，首饰有多少多少，还能说什么？我这些年听了成百上千次了，莫非你们能说出新花样来？"七娘一时愣住了，李婆反应快，笑道："哎哟，妹子果然是老成人，听妹子的声口，是不稀罕这些的了？"

张何氏笑道："谁说我不稀罕了？谁不想过好日子？我只是嫌你们做媒的最爱吹嘘撒谎，太阳说成了月亮，公的说成了母的，说是嫁个马，最后却是嫁个驴，睁着眼说瞎话，为了那几两谢礼，昧了良心做事。"七娘不快道："你这话也太刻薄了，我们还没说什么，倒被你骂了一顿。"

李婆笑道："这不算刻薄，这是妹妹的心里话，又何尝不是我的心里话！我做媒人，从来不说谎的，咱撒一句谎，别人也许就遭一辈子罪呢！死了要下地狱涮油锅哩！暗室亏心，神目如电，我可不敢做那等亏心事。妹妹，你听老姐姐说，我要说的人家，正经是个好人家，如假包换的秀才，这也罢了，秀才多是穷的——这个秀才可不穷！他在苏州第一富豪家做先生，每年光馆金就一千两银子，家里黄的是金，白的是银，圆的是珍珠，方的是玉，别说这辈子花不完，就是死了，也能用金子打个棺材住，做鬼也享受不尽哩。"

张何氏忍住笑，装作感兴趣，笑问："哦？还有这样的秀才！他婆娘是死了还是怎样？"七娘搭腔道："他婆娘最近瘫了，还吊着两口气，也快死了。"张何氏使劲憋着笑："这么说，是要我做妾？"李婆摆摆手："虽说是妾，和正房奶奶也没什么区别，他婆娘一蹬腿儿，还不是你做主母？"张何氏道："咱们别绕弯子了，这位相公是谁？"

李婆清了清嗓子："按说妹妹也该听过的，咱们同村的——任弗届，任先生。"

张何氏再也憋不住，捂着肚子哈哈大笑起来，在床头睡觉的莲香也醒了，见母亲笑，也咯咯地笑。七娘也惊呆了，李婆并没有跟她说是给任弗届说媒，她只听有银子赚，也懒得打听是谁纳妾，只帮着吹嘘罢了，如今听到任弗届的名字，也干哕了两口，推了一把李婆："我的娘咧，你说你揽了个什么事！"

张何氏笑够了，抚了抚胸口："多谢大娘来说笑话，我这几天心里正不痛快，听了这笑话舒畅多了。"李婆还要争取："妹妹，我可不是说笑话，任先生可是认真的。只要妹妹点个头，一应聘礼跟头婚娶太太一样，也不要什么嫁妆，任先生就图妹妹这个人儿。"

张何氏又笑了两下，脸上渐渐变了颜色，将手中的茶杯往地下一掼，指着李婆骂道："快夹紧你的臭嘴滚了！再说一句，我拿火钳子戳瞎你的狗眼睛！给你脸让你坐下喝茶，竟如此羞辱我！任弗届人皮底下裹着狗骨头，畜生都不如的人，竟敢在我身上起邪心！就算天下的汉子死绝了，剩下他一个，我也先上吊自杀，省得恶心死自个儿！"她又指着七娘，"袁大娘，咱们两家是有交情的，我不拿难听话甩你脸，但大娘也自重些，再多说一句，我也撕破了脸皮！"

七娘什么也不敢说，拉着满面惊惶的李婆慌不迭地出去了，路上不住地埋怨："老娘真是后悔跟了你来，早知道是老任纳妾，打死我也不管！要是我家老爷知道，少不了又得骂我一顿。"李婆恨得牙齿都要咬碎："说媒半辈子，就没遇到过这样的！谁想她平日里温温柔柔的，竟这样厉害，不知好歹的贱货！反正老任给了四两银子，咱们挨场骂，也不算亏，这事不管了！老任也真是的，看上谁不好，看上这么个贱货！"

两人刚走，正巧青凤和刘雨禾来看莲香，见张何氏满脸是泪，抱着莲香只是哭，问她怎么了也不说，只好走了。晚饭时，青凤问七娘："姨娘跟张婶子说什么来，为什么她哭成那样？"陶铭心听见了，忙问："你不是说好言好语的么，怎么还把人弄哭了？"七娘无法，只得说了实情："都是李婆糊涂，连累我也蹚了浑水。"陶铭心少不了一通发怒，命七娘隔日就去赔罪。

第二天，陶铭心和青凤去学堂了，保禄最近住在城里，珠儿最厌读书，在家里随七娘学做针线。李婆又悄摸摸来找七娘，还没说话，先拿出一锭十两的小银元宝："你先收了，我才好说事情。"七娘攥攥拳头，忍住了："你先说事情，我再说要不要。"

两人来到葡萄架下坐定，李婆低声道："还是任弗届托的差事，要咱们如何如何。"说完，七娘使劲摇头："这怎么行！我可没胆子干这种事，我虽然爱银子，但也怕报应呀！干这样没天良的事，以后在地狱里你替我下油锅么？"李婆示意她小声："什么报应不报应的，你还真信这个！老袁，咱们也认识好些年了，你的性子我知道的，胆大起来，敢拔阎罗王的胡子。这事你思量思量，只要把她弄过去，事成不成，都是二十两银子，眼下你点点头，这十两就拿走。"

七娘依旧摇头："不成，我家老爷要知道了，非得把我休了，我这辈子就完了。"李婆冷笑道："不是我说，你也忒让着陶相公了，凭你的能耐，稍微使点手段，能把他降服得乖孙子一样。这件事你做成了，顶他教一年的书哩！我是想着和你好，才和你分银子，不然我自己就干了。"七娘摆手道："你要干自己干，别拉扯我。"李婆抱着她的胳膊道："你瞧瞧你，总把话往冷了说。她对你还讲情面，对我恨如头醋，要没了你，我自己能做成？你想想罢，明天我再来讨信儿。"

夜间，陶铭心在书房看书，七娘端着茶点进来："老爷歇一歇，我有事要说，不说心里不踏实。"陶铭心瞥了她一眼，问怎么了。七娘道："老李早上来找我，又要我帮她为任弗届搭桥，还是为了张妹子，但不是说亲了，是要——是要奸她。"陶铭心一听，连忙把书放下："还有这种事！"

七娘叹道："过两天不是观音菩萨出家日么，任弗届拜托了李婆，李婆又拜托我，让我骗张妹子去祇园寺随喜，把她引到祖师堂的一间小屋子里——任弗届提前在里面躲着，准备用强得手。"陶铭心气得一捶桌子，不小心打翻了油灯，手忙脚乱地收拾了，恨道："我已经不知道怎么骂姓任的了，这种人活在世上真是玷辱了这天这地——你怎么回的李婆？"

七娘道："我肯定回绝她了呀——我还想跟老爷商量商量，怎么着想个法子，教训教训任弗届。"陶铭心道："明天我去县学里告他，你去张娘子家，告诫她不要轻易出门。"七娘笑道："县学？就是告到巡抚那里也没用，他是乔陈如家的西宾，苏州没人奈何得了他。而且告他什么呢？品行不端？还不够搔痒的。告强奸？他只是有这个打算，还没做出来，又没有个证见，指望李婆？指望她良心发现还不如指望龙下蛋呢，给她仨瓜俩枣，她连观音菩萨都敢骂——找官府铁定是没用的，咱们就自己来教训他——我已有妙计。"

隔日，陶铭心去学堂后，李婆鬼鬼祟祟地过来，问七娘考虑好没有。七娘叹道："珠儿也大了，这两年就要说婆家了，总要赚点嫁妆钱。"李婆开心非常，将十两银子塞给她："事不宜迟，过两天就行事。"

待到九月十九这天一早，七娘去找张何氏，约她一起去祇园寺拜观音："李婆家有个骡车，咱们一起坐了去。"张何氏向来信佛，昨天就把莲香送去了娘家，准备今日去祇园寺随喜的，见七娘如此说，就答应了。七娘为上次说媒的事向她赔罪，张何氏一笑而过。

李婆亲自赶车，舞着鞭子比汉子还威风。七八个同村的妇人带着各样礼佛的供品，满满坐了一车，叽叽喳喳张家长李家短地说闲话，张何氏也不和她们搭腔。到了祇园寺，七娘挽着张何氏的胳膊一起进去，秘密地叮嘱了她些什么。两人先拜佛，又拜菩萨，献了米糕、软香糕、干枣、桃杏、馒头等供品，听和尚们唱《法华经普门品》，七娘和张何氏在观音殿前帮着施舍米粥和面饼。

忙到午后，两人才得闲吃了口斋饭，坐在放生池边歇息。李婆早看到了，凑过来说："下午要开无遮大会，听说从广东来了个八十八岁的老和尚，极有功德的，还会卜算吉凶，现在在祖师堂，咱们去拜拜他。"张何氏不屑道："怎么又有个老和尚，难不成也叫江澈？真有功德的，不做算命的事。"李婆道："管他叫什么哩，反正灵验就是了，妹子就没什么要算的？"

一句话勾起张何氏的心思，她哥走了大半年，音信全无，之前还听嫂子说去衙门里认尸，虽不是她哥，心里也觉得不踏实，可以找这和尚问问吉凶。七娘也想给素云算命，两人便随李婆去了祖师堂。这里极安静，一个人也没有，堂侧有一间香头和尚住的小屋，李婆让二人在里面等候："要一个一个进去拜，先在这里等着，等我完了来叫你们。"说完去了。在小屋子坐下没一会儿，七娘揉揉肚子："哎哟，吃差劲了，我去解个手。"握了握张何氏的手，张何氏点点头："大娘去罢，我没事的。"

屋子里昏暗暗的，墙角一堆杂物，张何氏有些不自在，心里忖度："既然老和尚神通，为何这里没有信众来拜，这样安静？"正起身要出去，突然从黑处的角落里跳出一个人，正是任弗届，淫笑着关上了屋门，转身就朝张何氏扑来。张何氏冷笑道："老畜生，终于现身了！"从怀中掏出一把匕首，朝着扑来的任弗届用力一刺，正中他的胸口。任弗届躺在地上抽搐了几下，蹬腿死了。张何氏啐道："老畜生，一进来就闻见你的狐臭味儿了！"

"不行不行！太过冒险！"听了七娘这番计划，陶铭心不住摇头，"你这计策，要提前跟张娘子商议好，万一她不肯去祇园寺呢？而且，她为什么要冒险杀任弗届？即便她愿意为民除害，也得是个女中豪杰才做得到，万一她临场惊慌呢？万一她打不过任弗届呢？总之太过凶险。"七娘道："这个计策是险了些，但好处是，张娘子就此杀了任弗届，也只是恶徒逼奸，自卫杀人，没有罪过的。"

陶铭心道："不成，想别的法子罢。"

七娘又出了一计。

李婆赶车去祇园寺的路上，七娘假装惊叫："糟糕！我家老爷抄了经，要我今天在寺里烧了，我怎么就忘带了！"众人叫她下次再烧，七娘坚持要回去拿，下了车，说："你们先去，我晚些再来。"

众人来到祇园寺，分头去逛。张何氏拜佛，帮着舍粥，忙到中午才歇口气。李婆瞧见了，过来约她去找老和尚算命，张何氏惦记哥哥，便答应了。来到祖师堂，李婆让她去旁边的小屋子里等着："要一个一个拜老和尚，妹子在这里等着，我拜完了来叫你。"

一推门，却推不开，李婆正困惑，里面突然有个女人大喊了起来："啊呀！这下可死了！"紧接着，门从里面开了，任弗届提着裤子满面通红地跑了出来，看见李婆和张何氏，更是羞愧，低着头跑了。屋内那个女人追了出来，哭着骂道："老畜生！老禽兽！"

李婆认识这妇人，是任弗届的儿媳妇，绰号胡剌子的。她一把拽住胡剌子："你怎么在这里？"胡剌子见是同村认识的，更加疯狂了："啊呀！没脸见人了！"一头就往墙上撞去，幸亏张何氏眼疾手快，上去拦住了。胡剌子在地上打滚，撕扯自己的头发，大哭着寻死觅活。李婆稀里糊涂，全然不知怎么回事。

原来，胡剌子是七娘接过来的。她早就听村里的长舌妇说胡剌子爱勾引男人，胡剌子长得有两分姿色，性子极风骚，整日头上插着花，叉着腿，坐在家门口择菜，过往的男人但凡长得俊俏的，她便言语撩拨。她丈夫——任弗届的儿子任有为，最是个不成器的，仗着他老子溺爱，在城里妓院流连忘返，十天半月不着家，两口子各耍各的，倒也相敬如宾。任弗届常年在外，他妻子又被他折磨得半死不活，管不得家事，任儿子儿媳胡闹。

最近，胡剌子和邻村一个十八岁的泼皮孙棒槌缠混上了，两人常常趁夜里在桑间濮上幽会，打得一片火热，被孙棒槌的父亲知道，将孙棒槌打了个半死，拘禁在家。附近村乡都知道的。七娘得知了任弗届的诡计，将计生了一则毒计，去祇园寺的半路上托故下车，来到任弗届家门口。胡剌子正坐在门槛上大咧咧地嗑瓜子，七娘上前道："胡妹子，你可认得我？"

胡剌子瞟了七娘一眼："你不是那个秀才老婆么？"七娘看四周无人，低声道："有个姓孙的后生要我给你带话儿哩。"胡剌子把手里的瓜子一扔："姓孙的？孙棒槌？"七娘道："我不知道名字，刚才在村口遇到，他给了我两钱银子，要我告诉你，他在祇园寺等你，有要紧事跟你说。"胡剌子一听，来了精神，笑道："多谢大娘，我知道了。"七娘道："我正要去祇园寺拜佛，妹子要去的话，咱们就个伴儿。"胡剌子搓搓手："大娘等我一会儿，我换身衣裳，梳个头就走。"

两人四只小脚辛辛苦苦来到祇园寺，胡剌子到处找了一圈，见不到孙棒槌，急得乱骂。七娘一拍脑门："想起来了，他说在祖师堂旁边的一间小屋子里等着。"两人又去祖师堂，看见那间小屋，胡剌子犹豫了："这是个什么地方，可稳妥？"

七娘笑道："我表兄是这寺里的香头和尚，这是他的屋子，再稳妥不过的。"胡刺子乜着眼睛笑道："棒槌这事安排得好，多谢你了。"七娘叮嘱她："他就在里面等着，进去了千万不要高声说话，也不知道他找你做什么，反正动静小些，这里常有和尚经过，听见了了不得！"胡刺子笑道："放心，我忍着便是。"

胡刺子进了屋，迫不及待地从里面闩上了门。七娘看事情已成，笑个不住，瞧见李婆正带着张何氏朝这边走来，忙进祖师堂躲起来了。之后，便有了任弗届奸儿媳的闹剧。

"我这一计，叫扒灰计。"七娘笑个不住，陶铭心也大笑了一阵，还是不赞成："虽然解恨，但也太毒辣了些，弄不好，这胡刺子真得自尽。虽说她是个不端的妇人，但也不至于逼死她。还是想个别的计策罢。"七娘不耐烦道："老爷真是挑剔！行，我再想一计！"

坐骡车去祇园寺的路上，七娘依旧悄悄对张何氏说："寺里鱼龙混杂，什么人都有，妹子不要乱走，更不要去人少的地方。"张何氏笑道："多谢大娘提醒，我知道的。"七娘仍找个借口半路下车，回家取了十几个鸡蛋、半袋米，还有几块碎银子，去村南的罗光棍家。

罗光棍住的屋子窗不是窗门不是门的，土缝里长满了杂草，用几根木头撑着房顶，风一吹直摇晃。他正在门口晒太阳，两手在衣服里捉虱子，捉着一个就送进嘴里，香香地嚼了。脚边趴着一条大黑狗，看到七娘，呜呜叫了一声。

七娘忍着恶心，上前招呼："罗老爹闲着呢。"罗光棍也不看她，又开始抠脚指头缝儿里的泥，放在鼻子底下闻。七娘把鸡蛋和米放在他面前："给老爹的。"罗光棍已经几天没吃饭了，见到鸡蛋，立刻扑上去，咔咔磕开四五个吞进了肚子里，将蛋壳扔给黑狗，狗也嘎嘣嘎嘣嚼了。罗光棍又把米袋抱在怀里，一把一把抓着看，眼睛放出光来，对七娘笑眯眯道："我认得你，你是那个陶秀才的婆娘。你送我东西，是要我做什么法事么？"

七娘走近了两步，一股酸臭熏得她头昏，好不容易站住了，强笑道："确实要请老爹做法事，降一个不要脸的老鬼，这老鬼可厉害了，就怕老爹本事不济。"罗光棍笑道："凭他什么鬼，遇到我都得递了降书——不过听你的意思，要我对付的不是鬼，是人吧？"七娘笑道："老爹聪明，对付这个人，对别人来说是个苦差，对老爹来说可是个美差哩。"

七娘豁出去面皮，大胆说了要托他做的事。罗光棍听了大笑几声，摇头道："扯淡哩，你别看我落魄，咱也是个挑嘴的人哩。那任弗届糙得老树皮一样，老子好鞋不踏臭屎，这事干不了！"七娘从袖子里拿出碎银子，托在手上："老爹恶心一场，两三个月不挨饿，这买卖大概也做得？"

罗光棍看着那几块闪着光的小银子发了会儿呆，上前一把夺下："他娘的，这事在我身上！我早就看任弗届不顺眼了！"他扑扑身上的土，穿起破草鞋："这会儿就走？"看看日头，七娘笑道："还早哩，我先去，你一个时辰后再来，祖师堂门口接着你。"

九月十九这天，放了学，陶铭心又给一个学生开了会儿小灶，匆匆赶回家中。七娘正在床上躺着，捂着肚子全身颤抖，陶铭心问她怎么了，她说不出话，只是摆手。见青凤和珠儿在旁边翻花绳玩，陶铭心责备道："你姨娘不舒服，你俩也不知道照顾照顾，还只顾玩。"青凤笑道："姨娘没有不舒服，她是笑成这样的，一回来就笑，笑得肠子疼才躺下了。"

陶铭心推推七娘："起来说话。"七娘挣扎着坐起，又扑哧笑了出来，终于忍住了："哎哟，我这辈子都没这么乐过，不行，我——"说着又大笑起来，陶铭心斥道："当着孩子，不要这样没规矩，好好说话！"七娘好不容易平静下来，让青凤和珠儿出去玩，方道："今天任弗届可吃了大亏，被结结实实地教训了一顿。"

"你上次不是定了个计么？当时让你说，你又不肯说。今天计成了？"

"成了！"

且说罗光棍来到祇园寺，先去佛像前拿了些供品吃了，和僧人吵了几句，便折去祖师堂，碰着七娘，七娘指着正殿一侧的屋子："就在那里头呢，你进去了不要说话。"等罗光棍进去关上了门，七娘在外面故意高声道："张妹子在这里等会儿，我拜完老和尚就来叫你。"

　　屋里黑黢黢的，罗光棍坐在床上一动不动，今天吃杂了东西，肚里翻腾，一连串放了七八个大响屁。背后有人笑道："原来私底下，张妹妹也这般豪放。"罗光棍忍住笑，也不说话，只四下看。任弗届从一堆杂物后面钻出来，昏暗中看见床上坐着一个瘦瘦的人，一股酸臭味儿腾腾地袭来，皱眉笑道："寡妇家就是不讲究，平日也洗洗身子才好。"

　　任弗届坐在罗光棍身边，一把搂住了他："只见过妹妹两三次，我这魂儿就丢了，今天妹妹成全老任罢！"罗光棍推了他一把，装作不好意思，惹得任弗届欲火烈烈，二话不说，扑上去将罗光棍压倒，撩开衣襟，脱下裤子，嘴里越发下流起来，心肝儿宝贝儿叫个不停，双手在罗光棍胸前乱抓。忽然，他停住了，惊道："妹子的两只奶哪里去了？"

　　罗光棍再也忍不住，哈哈大笑起来："长你娘身上了！"一巴掌打翻任弗届，拽住他的辫子，在手上绕了几遭，死死按在床上，也褪下裤子，往下面吐了口唾沫，照着任弗届的后庭就冲锋起来。任弗届疼得哇哇大叫，后颈上又挨了几计老拳。罗光棍骂道："老子纡尊降贵，干你这么个老东西！"干到兴头上又笑："咱俩也是有缘，都有狐臭，臭味相投！"

　　折腾完毕，任弗届趴在床沿上一动不动，嗓子也喊哑了，只是一阵阵干号。罗光棍一脚将他踹在地上："还不快滚，等着老子来个双响炮么！"任弗届连滚带爬地打开门，提着裤子一瘸一拐地跳了出去，迎面撞到李婆和张何氏，两人震惊地看着他，李婆问："任老爷，你——"任弗届"啊呀"一声，用袖子遮起脸，迈着内八步跑了，李婆边喊边追去了。

　　罗光棍敞着胸口走出来，踩在门槛上，用手在脖子里搓皴泥："大秋天了，还他娘这么热！"见张何氏正呆呆地瞅着他，往地上啐了一口："臭婆娘！看什么看！"又放了两个屁，腆着肚子得意扬扬地去了。

七娘在正殿里早已笑成一团，张何氏来殿里问她："这是怎么回事？"七娘笑停了，把这件事的来龙去脉告诉了她。张何氏脸红到了脖子根儿，扑通跪在地上："若不是大娘相救，我今天就死在这里了！"七娘拉起她："本想提前告诉你，但怕你知道了就不出来了，岂不错过这场好戏看？——这叫反奸计，他想奸人，不想却被人奸。"

张何氏想起任弗届刚才的丑态，也忍不住笑了："大娘这计，真是又毒又有趣！"两人一起回到村中，张何氏道："那个罗光棍做了这事，任弗届肯定会报复的罢？"七娘笑道："这事妙就妙在这里，任弗届这是哑子梦见妈——有苦说不出。他是要脸的人，这事传出去，岂不羞死？他要敢报复，罗老爹一个光棍怕什么？把这事说破，任弗届一辈子就抬不起头了——被光棍强奸——"七娘又大笑起来。

说笑一会儿，七娘随口道："这件事呀，是我家老爷决心要帮你，点了我做军师。"张何氏微笑道："陶老爷为人正直，真是志诚君子。"七娘笑道："志诚不志诚有什么用，我们老爷到底是福薄，一把年纪了也没个儿子，我这肚子如今就是一面鼓——里面不结子儿。我是个大度的人，想给他纳个妾，续上香火，可惜我们家清贫，做不起那等事。妹妹，你和我说句知心话儿，你愿意吗？"

张何氏绞着双手："啊？我——"

她话还没说完，七娘就暴跳起来，指着她的鼻子大叫："我就说吧！我就说吧！狐狸的骚尾巴露出来了！我稍微试你两句，你就现出原形了！"七娘骂了几句，自己倒没了意思，叹道："唉，你也不要介意。我们家的事也说不得，我如今还是妾呢，老爷也不扶正我，你要嫁过来，是和我一起做妾呢？还是让你做太太？你做妾，咱俩一起不尴不尬的；你做太太，岂不是压了我一头？我也不乐意。"

张何氏微笑道："我本来就没这个想法。"七娘笑道："这才是。你趁早死了这个心，咱们还能好好来往，不然啊，以后再有谁想奸你，我可不管了！"

第 24 章　吴松的坦白

冬至这天，上了半天课，陶铭心给学生放了假，看天朗气清，也不甚寒冷，便徒步去城中的利贞书店。娄禹民见到老友很开心，叫来茶点，他知道陶铭心的习惯，给他的那碗加了蜂蜜，两人落座闲谈。之前听保禄说了娄禹民在乾隆南巡时组织刺杀的勾当，陶铭心不怎么惊讶，他早知道娄禹民绝非等闲之辈。

娄禹民道："那个乔陈如，之前请陶兄在家坐馆的，竟是皇上跟前的心腹人儿，两江总督见他都三鞠六躬的，这人怕不仅仅是个财主，到底什么来历？"陶铭心笑道："也许有咱们不知道的能耐。"娄禹民道："陶兄知不知道，他们家出了件新闻，倒很有趣。"陶铭心问什么新闻。

娄禹民说，任弗届有个女儿，叫英娥，今年刚十四岁，相貌美丽，性情柔顺。任弗届起了个奇货可居的心思，竟将一个女儿许给了十户人家，空落了许多彩礼。前阵子那些人家合着找上门来，一顿乱砸，还闹到了县衙里。知县知道任弗届是乔家的先生，向着他判了，将那些人家都打发了，彩礼也不给退。这一闹，名声传出去了，谁也不敢娶任家女儿了，还说难听话，什么一女十夫，给她起了个绰号，叫"十茶姑娘"。别看父亲混账，这个英娥倒很知廉耻，听见闲话，寻绳子上了吊，幸亏被人发现，救了过来，闹得鸡飞狗跳。

任弗届看女儿如此烈性，想尽快嫁出去。谁知他起了个歪主意，连媒人也不找，自个儿去乔陈如面前磕头，说想把女儿送给乔陈如做偏房——"陶兄想想，一个秀才，也是有头有脸的，竟上赶着把女儿给教书的东家做妾，这不是件笑话么？"陶铭心叹道："他做过没廉耻的事多了，这一件不算什么。"

"这还不算完，乔陈如说自己已经有几房小妾，不想再收，劝他：你任先生也是名教中人，不该将女儿给人家做妾的。陶兄猜老任说什么？他说英雄不论出处，女儿不论偏正，只要有个好结果就是福。乔陈如执意不肯收，老任说你乔老爷不想收，就给乔少爷收，一样的。跪在地上只是恳求，搞得乔陈如倒不好意思了，知道他女儿人物齐整，也就答应了，给足了老任情面，三礼六聘地娶了过来，给乔少爷填房。"

陶铭心拧着眉头笑了："到头来，成了阿难的妾？"娄禹民道："谁想这个乔阿难竟是个迂腐的少夫子，他爹给他娶了个美妾，他还不乐意，说眼下只想专心考举，不想在儿女之情上耽误。洞房花烛夜，这阿难竟拿了本《朱子语类》，在窗前念了一宿的书，让老任的女儿尴尬得什么似的，哭了一晚上。现在的后生呀，功名心重到这个地步了！"

陶铭心大笑道："娄兄不了解我这个学生，他与他父亲是截然不同的两种人。他那么做，是故意羞辱任弗届——他最讨厌老任，如今娶了他女儿，老任岂不成了他的岳父？他定是生气，又不好发作，便以读书做幌子，只是委屈了任家女儿。"娄禹民将着胡子点头："原来如此。这些事也是乔家仆人跟我店里的伙计絮叨的，乔阿难常派人来买小说传奇，昨天买的是《鸳鸯针》和《醉醒石》。说来也是，功名心重的人，谁有闲工夫读小说呢？"

两人正说着，一个小厮模样的少年来到店内，娄禹民忙低声道："这就是阿难的新小厮儿，叫卢智深。"陶铭心差点笑出声来："这孩子真会作怪。"卢智深上来给娄禹民规规矩矩行了礼："娄先生，贵店有没有《石头记》？"

娄禹民笑道："哎哟，你家少爷竟知道《石头记》！"卢智深笑道："昨天北京来了个亲戚，说这本书最时兴了，京城好多人家都抢着看，抢着抄。我们小爷一听，急得不行，一定要马上看，就派我出来买，上您这儿碰碰运气。"娄禹民道："你还真碰上了！这书的作者去年刚死，书还没刊印过，流行的都是手抄本，整个苏州只有我这里有一套，最近我夫人在看，天天迷得不吃饭不睡觉，我可不敢跟她要，那可是虎口夺食呢！"

卢智深从怀里掏出一包银子："我们爷说了，不管多少钱，都要买。先生疼一疼我，少爷发狠了，说苏州买不到就让我去北京买，买不到就不准回家——这书肯定不止一册，拜托先生跟太太说说，哪怕不卖，把看过的借我们两本，看完了我再来还。"说着把银子递上去："这算租金了。"娄禹民看他心诚，便去后面和夫人说了，拿了两册出来："这是头二十回，先看着罢。跟你家少爷说，看的时候可要小心，别弄坏了、弄脏了，看完了速速还回来，这书我回头还要看哩。"

卢智深如获至宝，拿帕子包了书，千恩万谢地去了。回到乔宅，先绕到后面马厩处，隔着墙把书扔了过去，进门的时候管家上来搜身，智深抱怨："兄弟好歹是大爷的人，不是贼！"管家攥了一把他的蛋，笑道："少废话！老爷交代了，大爷的人出去进来都得搜身，咱也没办法。"搜完进去，智深去马厩拿了书，来到阿难的书房，将书捧得高高的，笑道："哥儿可要好好赏我。"

阿难解开帕子，抱着两册书欢喜得乱跳，从腰上解下一块玉佩，扔给智深："好小子！赏你了！没被人发现罢？"智深笑道："我这么机灵，怎么会让人发现！"拿了玉佩高兴地下去了。阿难迫不及待地坐在书桌前，打开书看了起来，刚看几页，便全身酥麻了，感叹道："我读的小说也不少了，这样不落窠臼的倒是头一回见！"

晚饭草草扒了两口，又回来读，一会儿哭一会儿笑，不住地感叹："古话一点儿没错，世事洞明皆学问，人情练达即文章。这位曹雪芹先生，真可谓通达世事了。"如此读到东方发白，细细读完了前二十回，直觉得口齿生香，魂魄似在天上飞翔一般。

伸伸懒腰，去卧房准备睡下，谁知英娥还没睡，正挑着灯绣一只扇套。阿难打着哈欠道："你一夜没睡？"英娥笑着摇摇头，去暖炉上端来一碗燕窝汤："我看你夜读，也不敢打搅，丫鬟们早睡了，我再睡，怕你没人伺候，提前让厨房炖了碗汤，你赶紧吃了补补气。"阿难接过碗，还是温热的，心里也一热，一边吃一边拿起那只扇套看，针脚绵密，花样精美，故意问："你给任先生绣的？"英娥白了他一眼："谁拿着就是给谁绣的。你要看不上，我拆了给文姐儿做鞋面儿。"

阿难看她嗔得可爱，虽谈不上沉鱼落雁之貌，但身材窈窕，皮肤白皙，眉宇间清丽灵动，颇有《石头记》中林黛玉之风姿，不禁动了情："从你进了我家门，受了不少委屈，我给你赔个不是。"英娥眼泛泪光，笑道："哦？我自己都不知道自己受了委屈，大爷赔哪门子不是呢？"阿难拉住她的手："我和你父亲，相处得不太好，可谓厌屋及乌了，你不要介怀。"英娥轻轻叹了一声："你拎得清就好，我和我父亲到底是两个人，他的事，我做子女的不好劝，但我的为人，他也影响不了。"两人携手上床。合卺数月，至此才做了真夫妻，两个少年人，都是头一遭，情意浓浓，颠鸾倒凤数回，直到天大亮了，才相拥睡去。

午后才醒来，阿难立刻将两册《石头记》包了，呼唤智深。另一个小厮儿吴松先跑上来，笑道："哥儿要买小说么？也派咱走一遭儿，不要每次都便宜老卢。"阿难笑道："罢了，这次你去，把这两本还给利贞书店的娄先生，再借几册来。"给了他书和一把碎银："要恭谨些，嘴甜些，借不到不准回来。"

吴松去了书店，等了一个时辰，终于等娄夫人读完了第三册，给娄禹民租金，他不要："上次给的够多了。"吴松带着书离开书店，心想：娄禹民不要银子，大爷也不会问，我可以空落个便宜，上次在赌场输了个精光，还欠下一些，何不再去博一把？眼看时候还早，吴松将书塞进怀里，揣着银子去了相熟的赌场。不到半个时辰，又输了个干净，不服，找庄家借了三两银子，继续博，很快又输了。他不认账，说骰子灌了水银，要砸开检验，和庄家争执起来，一直打到街上。

对方人多势众，吴松很快被打倒在地，大嚷："我是乔家的人！你们敢打我！"庄家指着他骂道："王八东西，管你瞧家看家的，给我往死里打！"也是吴松幸运，乔陈如正好从巡抚衙门里做客回来，路过这里，听见有人自称乔家的人，命仆人上去拉开，瞅见鼻青脸肿的吴松，大怒道："吴松！你为何与人打闹！"吴松爬起来，垂头不敢说话。

有赌场的篾片认得乔陈如，在庄家耳边说了些什么，庄家上前拱手道："乔老爷，贵府的这位吴哥儿欠了我十来两银子，还在此耍赖。"乔陈如铁青着脸，问吴松，吴松承认了，乔陈如让仆人还了钱，拉着吴松走了。

回到家，乔陈如执行家法，打了吴松四十大板，将他逐出，永不收用。管家为他求情："吴松打他爷爷起就在咱们家当差，没有功劳也有苦劳，这次犯了错，也吃了教训，求老爷发发慈悲，饶他这一回。"乔陈如怒道："在外惹祸，还打着我乔家的旗号，决不可恕！收拾行李赶紧滚！"

吴松哭道："老爷，我再也不敢了，饶了我这次罢！"说着不住地磕头。乔陈如也有些心软，谁知磕着头，他怀里的那册《石头记》掉了出来。乔陈如看见了，让人拿上来，看到书名，又发怒："这是哪里来的？你给谁买的？"吴松撒谎道："这是小的自己买来看的。"乔陈如啐道："放狗屁！你认得几个字？敢读两行听听么？"吴松只得说出了实情："大爷派小的去书店买的。"

乔陈如骂道："混账东西！让你们伺候大爷，净帮他干这种事！本来还打算饶你一次，看来对你们这些狗奴才就不能心软！背地里不知道还干了多少坏事呢！赶紧的，现在就走人！"吴松听这话说得绝，也不求了，只说："求老爷让小的去给大爷磕个头，告个别，也是主仆一场的情分。"乔陈如点头道："你还是知礼的，去罢。走之前，到账房领十两银子，以后做个小买卖罢。"

吴松挨板子时，阿难已经知道了，他不知道吴松赌博欠钱的事，还以为买书被父亲抓住了，心里有些愧疚，找英娥拿了几样金银首饰，还有些零花的碎银子，一股脑都给了吴松："是我连累了你，你出去了好好生活。"吴松感动不已："是小的该死，供出了少爷买书的事。"阿难摆摆手："不要紧的。"吴松磕了头，正要退下，阿难又叫住他，把身上的一块玉佩给了他，"智深有一块，也给你一块，不是什么好玉，留个纪念罢。"

吴松落了两行泪："少爷如此重情，小的再瞒着少爷，真是连禽兽也不如了。"他左右看看，低声道，"少爷，不是小的挑拨离间，平日里少爷也要警醒些，有时候，连最亲的人都靠不住的。"阿难听他这话奇怪，忙问："这是怎么说？"

吴松道："之前吴狗儿的死，少爷一直被蒙在鼓里。狗儿的死，本来是要安在少爷头上的，但没想到少爷吓得生了病，所以才让元凶牛大出来投案，什么喝醉了酒泄露案情，都是他故意的。"阿难纳闷道："什么叫本来要安在我头上？"吴松凑近了，低声道："整件事，都是老爷筹划的，他想让少爷背负杀狗儿的罪名。"

阿难大惊："我父亲？他为什么要这么做？"

吴松摇摇头："小的也弄不懂，谁会故意陷害自己儿子呢？但老爷的命令，我们又不敢不遵。狗儿死前，老爷派我结交了牛大，和他一起引诱狗儿赌博——我也是那会儿染上了这恶习。迎神赛会那天，少爷为了保禄和狗儿打架，牛大趁乱拿着毒钉刺中了狗儿。少爷，你怕是不敢想，你和狗儿他们打架，也是老爷安排好的。"

阿难背上阵阵发寒："这怎么能安排？"

"老爷知道村中的孩子一定会戏弄保禄，提前吩咐了我们，等少爷和保禄去看戏时，让我们把狗儿叫过来，怂恿他带头挑衅保禄。少爷最讲义气，肯定要出头，打起来的时候，少爷记得那条竹竿么？是我递给少爷的，那块石头，是宋管家故意丢到少爷脚下的，就是要少爷下狠手。少爷忙着打架，没注意到我们也在人群里藏着。"

阿难全身发软，坐在椅子里，摇头道："不对……若想陷害我，为何不让仵作直接说是我砸死的狗儿，还撒谎是什么气血内崩的鬼话。"吴松苦笑道："老爷确实提前买通了仵作，让他到时候就说是少爷砸死的，这事是让宋管家办的。但那个仵作没听明白，当爹的怎么会陷害自己儿子？肯定是要维护儿子的，所以当时说不是少爷打死的。那之后，少爷吓得生了病，老爷很担心，便让牛大出来认罪。"

阿难依然不解："老爷既然想害我，为什么又让牛大出来？"吴松道："小的猜，老爷并不是真的想害少爷，只是想吓一吓，把这案子糊涂结了。谁知少爷内疚得生了重病，知县想糊涂结案已经不能了，必须有人顶替。没办法，只能让真凶牛大出来。为这事，另给了牛大一千两银子——之前让他暗杀狗儿，给了五百两。整件事里，独独少爷生病这一茬，是老爷没算准的。"

阿难忙问："可是，老爷为什么要杀吴狗儿？是和他有冤仇吗？"吴松摇头："说起来，狗儿发羊角风那次，老爷让我找些泼皮，教训狗儿一顿，着重吩咐我了，至少要断他一条腿。我带人去打狗儿，刚动手，他就发了羊角风。也许是狗儿做了什么事得罪了老爷？我也不知道。"阿难头晕目眩，久久说不出话来。

第 25 章　噩梦

失魂落魄地过了两天，阿难数次想跟英娥倾诉，但无法开口——父亲害儿子，这如何说得出口？而且真相如何，还不好说，也许是吴松从中挑拨呢？阿难不敢想象父亲会故意让自己成为凶手，可想起父亲的言行，一向神秘莫测。他不知道如何面对父亲，便谎称生病，不再晨昏省问。母亲来看望他，他试探地问："爹是不是不待见我？"乔夫人笑道："傻乖乖，你爹要有三五个儿子，或许不待见你，但就你一根独苗儿，他老乔家的命根子，怎么可能不待见你？"

这天，乔陈如派丫鬟将吴松借来的那册《石头记》给阿难送来，阿难很诧异，问父亲可捎了话，丫鬟说："老爷说让少爷宽心养病，这书可以解闷儿。"还好《石头记》是一剂消愁良药，阿难聚精会神地读到天黑，看到"埋香冢飞燕泣残红"一节，吟哦林黛玉的《葬花吟》，不禁潸然泪下，长叹道："向来说情多不寿，这四个字大有意味。"把这诗给英娥读了一遍，英娥听不大懂，只说感觉很悲伤。

夜深，两人正要就寝，乔夫人突然来了，慌得英娥光着脚下了床，亲自给婆婆奉茶。乔夫人不坐也不接茶，白了她一眼："大半夜的，谁要喝茶？还光着脚，成何体统！到底是小户人家出来的！"阿难知道他母亲向来瞧不起英娥，耐着性子："娘这么晚还不睡？"乔夫人一把拉住他："走，有点事跟你说。"

来到书房，乔陈如、任弗届正等着，地上一只红漆匣子，里头装满了金元宝，估摸着得有千余两，金灿灿地闪着光。阿难略略行了个礼，乔陈如一如往常地面无表情，而任弗届脸上有些瘀青——也许是前阵子被"亲家们"打的，眼睛通红，似乎还有泪痕。

乔陈如冷不丁来了句："你尾巴翘上天了？"阿难以为是责备他读小说的事，忙道："儿子因为皇上叮嘱，想着学写诗，才看《石头记》，里面的诗极好的。"乔陈如冷笑道："写这书的曹雪芹我在北京见过，看他那窝窝囊囊的鬼样子，能写出什么好文章来！"阿难来了一丝精神："这位曹先生是个什么样的人？听说去年病死了。"乔陈如一摆手，不愿意谈这个，语气温和了些："让你来，是有些话要问你——你觉得皇上怎么样？"

阿难听这问题突兀，便随口道："皇上是古往今来罕有的圣明君主。"他这话本有几分讽刺的意思，乔陈如却以为他是真心的，点头道："确实。历史上，也就唐太宗李世民可以和皇上比一比。既然有这样的明君，你可愿意为他赴汤蹈火？"阿难不知道父亲为何这么问，继续用套话对付："能给皇上效命，是儿子的福分。君臣父子，不就是这个意思么？"

乔陈如又点点头："不错。上次吴狗儿的案子，你吓得快病死了，爹急得什么似的，派人调查此事，才将牛大揪了出来，救了你的性命。阿难，你可感激爹？"阿难没想到父亲直接提及此事，忙说："儿子的命是爹娘给的，爹又为我做了这么多，做儿子的一辈子都还不尽。"

乔陈如继续问："爹既然为你做了这么多，那你听不听爹的话？"阿难聪明，瞬间明白了，父亲之所以算计自己，就是要牢牢地控制自己，让自己一辈子听他的话。他平复了心情，嗫嚅道："我，听爹的话。"乔陈如转头对任弗届道："任先生，这些金子，还是收起来吧。"

任弗届擦了擦眼角："老爷……我……"乔陈如笑道："怎么，嫌不够？"任弗届忙摇头："够，完全够了。可我心里……"乔陈如有些焦躁："先生，你不拿，我怎么好吩咐阿难？"任弗届踌躇了会儿，长叹一声，把那些金元宝都装进一只袋子里，沉甸甸的，蹾在脚边。

又是一阵沉默。乔夫人开了口："好乖乖，你觉得英娥怎么样？"阿难道：

"英娥很好。"乔夫人微笑道："再给你娶个更好看的媳妇，你愿意吗？"阿难明白过来，看样子是要给他说亲了——英娥名分上只是妾，他摇头道："不要，有英娥就够了，她是最好的。"乔陈如冷笑了一声："看来你很喜欢她，有多喜欢？"

阿难大为害臊，不知如何回答。乔夫人白了丈夫一眼："哪有你这么问的！瞧他这样，肯定是极喜欢了。"任弗届双手捂着脸，悲哀地长叹一声："啊——少爷……"

乔陈如站了起来："之前你娘跟你说了咱们家的身份，是上三旗的旗人，你肯定想，这么光荣的事，为什么要瞒着你。其实不是我们故意瞒你，是不得已而为之——爹为皇上做的事，是大清国头等的秘密，关系着皇上和整个国家的安危。早早跟你说了，只会带来麻烦。"他从怀里摸出一把泛着寒光的匕首，语气陡然冷了，"你如今大了，我有心历练历练你，将来好接我的班。"说完，将匕首扔进匣子里。

乔夫人接过话头："好儿子，你若铁定了心这辈子效忠皇上，效忠大清，就拿这把刀——杀了英娥，把她的脑袋提过来。"

阿难惊讶得叫出了声，恍惚间还以为是在噩梦中。母亲又说了一遍，他没有做梦，也没有听错，确实是命他去杀了英娥。他看着父母，吓得呆了。乔陈如悠悠说了句："任先生？"任弗届张着嘴巴大口喘息，如一条夏日里的老狗："啊……阿难……是……听老爷太太的话……杀了英娥……杀吧……"阿难哆嗦着问："这是怎么回事？英娥犯下什么罪了？"

乔夫人道："她没有罪，你照做就是了。我已经把她身边的丫鬟都打发开了，任先生也同意了，回头就说她暴病而死，不会给你惹麻烦。"阿难生了气，大声道："莫名其妙！你们被鬼附身了不成？"乔陈如来到他面前，平静地说："阿难，让你杀英娥，是考验你的忠心。爹的差事迟早由你来继承，做这差事，心要狠，情要绝，亲手杀了你最心爱的人，皇上就信了，爹也信了，才好告诉你一切。"

他指着任弗届："你先生，就在帮我做这差事。为了证明自己可靠，他之前杀了你师娘。他这不好好的吗？大胆去杀，没人可以找咱们麻烦。"阿难镇定了一些："到底是什么差事？为什么要这么折磨自己？"

乔陈如笑道："爹当年也是这么问你爷爷的，被你爷爷好一顿打。罢了，我就稍微说一些。你刚才问的曹雪芹，是我把他杀死的——你别慌，我不是一下子杀了他，是慢慢磨挫他，磨挫死的。爹杀他，不是因为私仇。这其中的缘故，等你杀了英娥，我会告诉你。"阿难大惊，壮起胆子道："爹不让我和陶先生往来，也是因为要折磨他？也要杀死他？"

乔陈如不耐烦道："不止是他，天底下还有别的人，也不一定要他们受苦，适当的时候还要他们享福。比如前阵子，我就让你陶先生发了笔横财。至于杀不杀死他们，不是我说了算，也不是皇上说了算，得看命运，这里头大有玄机。阿难，要想知道全部，赶紧动手罢。"他捡起匕首，放在阿难手中。

阿难握着匕首，全身颤抖，呆在原地一动不动。乔陈如很焦躁，骂了几句。乔夫人上来，摸着他的脸蛋："好宝贝，告诉你吧，你爹一开始和他表妹定的亲，为了接下这差事，狠心杀了她，后来才和娘成亲。你不要觉得残忍，凡事都有本钱。得了这件差事，真个是一人之下万人之上，一辈子享不尽的荣华富贵。而且也是为了大清，为了皇上。"

阿难淌下眼泪："娘，为什么非要这样呢？"乔夫人道："这是大清国的规矩，接下这差事的，都要过这一关，好自证忠心。男子汉大丈夫，不应该被女色绊住脚，好儿子，你前途无量，不要犹豫！"阿难摇摇头，把匕首扔在地上："我不管是什么好差事，要我杀英娥，绝不可能！"

乔陈如忍着怒气，再次捡起匕首："阿难，咱们家所有的产业，都是皇上给的，你从小吃的、穿的、用的，你买小说的钱，都是皇上的恩赐——皇上上次见到你，认准你是个大才，要我尽快把你培养起来，到时会直接赐你进士出身。乖儿子，杀了英娥，你以后在大清国可以呼风唤雨，就是两江总督也要对你点头哈腰。"

阿难使劲摇头："简直荒唐！"乔陈如翻了脸："懦夫！我早就知道你是个烂泥扶不上墙的窝囊废！"阿难也不顾了，直接道："我是懦夫，那爹呢？杀了一个孩子还不敢承认，这是不是懦夫？"乔陈如挺着匕首，凶狠地瞪着他："你说什么？"阿难终于道："是你派牛大杀了吴狗儿。"乔陈如狠狠抽了他一耳光："胡说！谁告诉你的！"

阿难捂着火辣的脸，完全不怕了："杀狗儿，害陶先生，这样的缺德差事，我才不要做！"乔陈如气得举起匕首，那气势，似乎要凌迟了阿难。阿难更坚决了，昂首道："什么荣华富贵，不是我主动求的，便是爹娘不给，我也不抱怨。咱们家虽是旗人，但我知道，其实就是包衣，是皇上家的奴才！我一点也不觉得光荣——跟你们说吧，我已经立下了志向，将来要做一个小说家，才不要继承什么差事来害人！"

乔陈如气得刀把儿都要握碎，额头青筋暴起，一拳把阿难打翻在地，又狠狠踹了几脚，指着他骂道："从今往后，我乔陈如没你这个儿子！"一脚踢开门出去了。乔夫人还不放弃，抱着阿难哭道："你父亲的事虽然不善，但也是迫不得已，皇上指定了咱们家做那差事。乖儿子，只要你继承了，这辈子都锦衣玉食，这不好么？你不要怕报应，以后娘死了，会在地下保佑你，为你积福。你快跟你爹认个错，杀了媳妇，之后你想要几个女人，娘都由你。"阿难被打得鼻青脸肿，推开母亲的手："我不认得你们了。"

他挣扎着站起来，跌跌撞撞地回到卧房。英娥见到他，大惊："我的老天，谁打的？"阿难不言语，坐在椅子上发呆，脸上满是悲伤。英娥让丫鬟打来热水，用帕子为阿难清理脸上的伤口，心疼得直掉眼泪："你说说话，不要憋着。"阿难握住她的手："英娥，你能过苦日子么？"英娥微笑道："你又不是不知道我父亲，我从小就过苦日子的。"阿难一把将她抱在怀里，羞得英娥满面通红："你是怎么了？"阿难哽咽道："我不该生在这个家里。"

英娥不知发生了何事，见阿难如此伤心，在床上温情款款地抱着他。阿难闻着英娥身上的香气，缥缥缈缈进入了梦乡。蒙眬中，他置身于一座漂亮的花园，到处都是花树、假山、溪流，树上各样的鸟儿，山上有小鹿，水里有很多鸳鸯，彩色的鲤鱼一群群地游来游去，抢亭子里的姑娘们抛下来的食物。这些姑娘个个花容月貌，见他过来，纷纷朝他招手："二爷！快来看，这条鱼身上有个人脸儿，真真地像你。"阿难恍然道："啊呀，我在大观园里！我是贾宝玉！"

转瞬间，他认出了这些姑娘，是黛玉、宝钗、探春、湘云、李纨，还有她们的丫鬟。来到亭子里，顺着黛玉的手看下去，果然见到一条老大的彩鲤，浮在水中不动，背上的鳞片神奇地构成了一幅肖像，却并不像自己："你们看差了，这哪里像我。"宝钗笑道："宝兄弟朝水里照照，怎么不像了？我们都觉得像哩。"阿难朝水中一望，面目竟不是自己的，而是另外一个人——脸若银盆，眼如明星，唇红齿白，像个女孩儿。阿难暗道："这是贾宝玉，不是我，我可没有这副好相貌。"

这时，那条彩鲤忽然跃出水面，在空中越变越大，越变越长，浑身萦绕着七彩光，没一会儿，竟化为一条龙，咻的一声朝天上飞去了，洒下来一片香喷喷的雨雾。众人呆了半晌，探春拍手笑道："这是个好兆头，那鱼的背上是你的画像，如今变成了龙——二哥哥，你就要飞黄腾达了！"阿难摆摆手："谁稀罕飞黄腾达，我只想和你们在一块儿。"黛玉笑道："话说得好听，还没问我们想不想跟你在一块儿呢！"这时，袭人来了："找了好半天，原来在这儿呢。老爷叫你，说是来了一位贵客，快跟我回去换衣服。"

阿难快快地随袭人去了，在怡红院换了衣裳，来到贾政的书房中，却不见父亲。房中只有一位陌生人，长了两道浓眉，眼睛极亮，一缕稀疏的胡子，干瘦矮小，穿得也普通，蓝色长衫洗得发了白，正背着手看墙上的画儿。看阿难进来，他拱手微笑，也不说话。

阿难还了礼："先生贵姓？"

"贱姓曹。"

不见父亲，阿难和这位曹客人单独对坐，属实尴尬。曹先生看着他只是微笑，阿难不问，他也不主动说话。阿难更别扭了，沉默了好一会儿，才问："我父亲哪里去了？"曹客人道："刚才皇上突然要召见老先生，进宫去了。"

两人又沉默了会儿。曹先生主动道："给你看个戏法儿。"大手一挥，墙上挂着的康熙御赐的书法条幅忽然动了起来，那些斗大的金字竟从纸上飞了下来，一个个字儿，像燕子一样在屋内盘旋，阿难看着这幅奇景惊呆了。那位曹先生抓住一只字，递给阿难，那只字还挣扎，发出尖刺的叫声，阿难不敢接。曹先生笑了笑，一挥手，那些字又飞回到条幅上。

阿难暗暗叫苦："这个客人太古怪了，还不如见贾雨村，哪怕扯一番俗论，也比这样不尴不尬的好。"曹先生又说："我家里犯了罪过，此来，是求令尊在朝廷里斡旋斡旋。"阿难忙问："敢问是什么罪过？严重么？"曹先生轻叹道："有些严重。我家本是江宁织造府的，当年有一笔公帑被太监贪污了，却嫁祸到我家，雍正爷下令抄了家产，革了祖宗爵禄。前阵子那太监死了，做的许多坏事真相大白，我想给祖宗沉冤昭雪。令尊是皇上的心腹，这事，也许他能主持公道。"

阿难猛然站了起来，说话也哆嗦了："先生……是曹雪芹？"曹先生笑道："哦？你知道我的名号？""当然知道！我是贾宝玉，是你写出来的人物。"阿难激动地握住他的手，"曹先生，你快走，我爹要杀你呢！"曹雪芹很是惊讶，瞪大眼睛看着阿难："你爹要杀我？你是宝玉？怪了，这里不是乔府？你不是乔阿难？"阿难急道："我是阿难呀！不对，我是贾宝玉……"

阿难正和曹雪芹面面相觑，忽然听到一声："大爷快起来，老爷叫呢！"猛地惊醒过来，窗外的丫鬟在喊："老爷让大爷去见客呢。"阿难烦躁地骂了一声，扯动了脸上的伤口，不住地哎哟。英娥伺候阿难梳洗了，叮嘱他："机灵些，不要又惹老爷生气。"

乔陈如骂他慵懒，让他给客人赔罪。那客人穿着官服，连说不敢，又问阿难脸上的伤是怎么回事。乔陈如道："他去城外打猎，从马背上摔下来了。"那客人笑道："所谓守成不忘创业，如今天下太平，也不能荒废了咱们祖宗在马上的本事，世兄当为我辈榜样！"

阿难看他有一丝眼熟，也想不起是谁。乔陈如介绍了，这是新任元和知县宋好问，刚刚到任。阿难想了起来："原来是陶先生的女婿！前几年来三棵柳村提过亲，见过一面，怪道说有些面熟。"

乔陈如问："贤侄一路可顺利？"宋好问叹道："不瞒老世翁，在沂州附近遭了些难。在山中遇到了八卦教的反贼，倒没怎么动粗，只是将小侄的盘缠全部劫去，连上任的文书也烧了，还说了些大逆不道的话。小侄位卑言轻，说句放肆的话，山东乱得不像样子了，什么八卦教、一炷香教、闻香教、黄天教，五花八门的邪教数都数不清，连年在深山密林打劫官民，遇到荒年，直接攻打州县。山东的官儿，竟都是吃干饭的！"

乔陈如道："山东的邪教作乱也不是一年两年了，确实棘手。你说的这些教派，怎么没有白莲教？"宋好问道："老世翁不知，白莲教只是个统称罢了，教内早已四分五裂，什么八卦教、黄天教都和白莲教有关系。民间的邪教如同乱麻，他们自己也打来打去的——这也是件好事，回头各个击破，只是山东的官儿下不了决心。小侄听说，这些邪教不少给州县送好处呢。"

乔陈如严肃道："你做官的，不要信这些道听途说。眼下四川金川、缅甸都不安生，都在打仗，山东不能再动兵了，你不在其位，不要谋其政。"宋好问连连称是，又抹泪道："文书好说，禀明事由，重新让部里办一份，只是三千两盘缠丢了，一时难处。小侄选的这个官，花了不少人情，部里的人还说，元和县上任知县亏空了两千多两账目，小侄要想做这个官，就得先补上这项窟窿。如今可好，银子全没了，家里也凑不上来，这账目还不知道怎么办。"

乔陈如笑道："果然是孩子家，这点子事，值当哭？你一会儿去账房里支两千两银子，先补上账簿的亏空。"宋好问一听，立刻跪在地上磕头："老世翁真是小侄的再生父母！小侄用性命担保，三个月内，将银子还上，三分利钱，一丝儿也不敢少。"乔陈如不屑地挥了下手。

宋好问一脸媚态，对乔陈如各种奉承，说自己刚来苏州，一应事务求他指教。又夸阿难文名响彻南北，他要勤来府上请教文章，弄得阿难老大不好意思，连说谬赞。宋好问倒也不避讳，直说："弟得这个官，用了不少人情，其实经济学问浅薄得很。"又擦着眼睛哽咽，"加上父亲死得早，没个人教导，越发不成才了。以后只求老世翁将我当个孙子，世兄将我当个儿子，多多教训指点，就是我的福分了。"

乔陈如微笑道："我与令先尊是朋友，令先尊前些年犯事，我还试图营救，到底没做成，心里很过意不去。贤侄颇有令先尊的风采，区区一县的事务，决不在话下的，也用不着乔某指教。"宋好问欠身笑道："老世翁肯抬举小侄一二，小侄这辈子都受用不尽。家严在时，常常提起老世翁，说老世翁举世罕见的人物，品行高洁，才略经天，是真正国柱之臣，不仅江南，就是整个大清国，也少不得老世翁运筹帷幄。"

乔陈如淡然道："都是给万岁爷办事的，谈不上国柱不国柱的。"又诡异一笑，问道，"你父亲不是有两个金兰兄弟么？其中那个陶铭心，还是你的岳丈，就住在三棵柳村，你去拜过他没有？"宋好问道："清早刚到，到衙门放下行李，就来拜访老世翁，还没去拜别人呢。"乔陈如点点头，起身道："都是世交，我也不客套留你吃饭了，你去支了银子，快回衙门交接了公务，去拜一拜你岳丈才好。以后日子长呢，随时来走走。"

宋好问连连说是，跪在地上给乔陈如、阿难磕了头，弯着腰退下了，那举止，像是家里的小厮似的。阿难心里嘀咕：这样一个没骨头的狗奴才，竟是陶先生的女婿，素云姐姐的丈夫，真是可叹。

乔陈如看阿难眼圈黑青，无精打采的，又骂了几句，说道："任先生生了病，回家休养几天，你不要放松了功课，我会常打发人去查你的。还有，屋里添了人，也要懂得节欲之道，不要淘渌坏了身子！"阿难唯唯而已。乔陈如又说："昨晚突然跟你说那些，想必你也吓坏了。你好好想想，我再给你一次机会。"

第 26 章　丑闻

这几天，陶铭心在家日夜期盼素云回来，纳闷道："按说早该到了，怎么一点消息也没有，不会在路上出了什么事罢？"七娘道："光猜没用，让保禄去城里打听打听。"保禄去城里转了一遭，回来道："问了元和县衙门的人，说新知县已经到了半个月了，也打听了名字，确实是济南来的宋好问。"陶铭心很不高兴："来了半个月，也不说来拜访岳父母？"

正抱怨着，余庆骑着马来了，行礼见过，赔笑道："老爷、姨娘恕罪，我们大爷这几天忙着和前任知县交割公务，钱粮账目出了些纰漏，每天着急上火，昨儿个才彻底弄清楚了，所以没来拜望陶老爷。明天一早，大爷带大小姐、小少爷回门儿。"陶铭心这才消了气："既然有公务牵绊，那也是没办法的事。"

吃了碗茶，余庆便匆匆回城了。陶铭心背着手在屋里边溜达边笑："明天就见到老大了！上次见还是个孩子，如今已经是当娘的人了。"又搓着手发愁，"只给外孙打了个金锁，怕礼薄了些。"七娘笑道："咱们又不是财主，金锁就很好了，我还给外孙做了几套衣裳——自己闺女还抱怨不成？"

一家人其乐融融地吃晚饭，陶铭心心情高涨，喝了一大碗酒。珠儿在旁道："爹少喝，人家说喝酒乱性。"七娘喷饭大笑，用筷子敲了珠儿脑袋一下："傻丫头，学个新词儿就瞎用！"珠儿吐舌道："这个词还是跟姐夫学的。"陶铭心皱眉道："你姐夫教你这些话？"

珠儿摇摇头："不是他教的，我和他没说过几句话。是在济南时，有天半夜，我饿得睡不着，去厨房里找吃的，经过宋太太的卧房，听见姐夫在里头说：'顾不得了，就当我喝酒乱性罢！'我从窗户往里一看，他正光着身子跟他娘打架哩，打得他娘乱叫，可见喝酒不好。"

一通话说完，陶铭心和七娘都惊呆了，青凤还笑问："他喝了酒为什么要打他娘？他娘没骂他？"保禄是模糊知道男女之事的，赶紧拉拉她的袖子，示意她不要问。珠儿还想回答，被陶铭心甩手打了一巴掌。珠儿捂着脸蛋大哭起来，七娘赶紧拉着保禄和青凤出去了。陶铭心将酒碗也摔了，攥着拳头一言不发。

七娘回来，抱着珠儿抚慰了好一会儿，埋怨道："你干吗打她，她孩子家懂什么？"珠儿撇着嘴道："我说错什么了？"七娘摸了摸她肿起的脸蛋："好孩子，这件事你还跟别人说过吗？"珠儿抹泪道："没说过。"七娘问："没跟你姐姐说过？"珠儿摇头："没说，打架不好，我不想让姐姐生气。"七娘叹道："没说就好，以后也不准跟任何人说，记住了么？"珠儿点点头，不住地啜泣。

陶铭心又肝疼起来，一夜未眠。七娘也气得乱骂："那个宋太太，原来是个老骚货！干这样下流没脸的事！"又哭，"素云上辈子造了什么孽，嫁了这么一个畜生。"哭着哭着又埋怨宋知行："俗话说，子不教，父之过。他也是读书人，怎么就养出这样一个禽兽不如的东西！"这回反而是陶铭心先消气，安慰她："罢了，我也想通了，高墙深院的大户人家，哪一个是干干净净的？龌龊肮脏事数也数不清，都是牙齿掉了咽肚里。宋家的事，我们也不好管，嫁鸡随鸡嫁狗随狗，这是素云的命。"

次日一早，先来了几个宋家的仆人丫鬟，送下各样礼物和肴馔美酒。中午，宋好问和素云坐了两顶软轿，带着一应执事吹吹打打地来了。陶铭心和七娘坐在正堂上，受了素云的跪拜，宋好问只作了揖，陶铭心也不计较，打起精神笑颜相对。

七娘拉着素云的手大哭："想不想娘？娘想死你了。"素云眼睛红红的，忍着没落泪。珠儿和青凤上来扑到她怀里："姐姐！"素云这才忍不住哭出了声。七娘擦了泪，反而劝起素云来，好一会儿，素云才笑道："今天应该高兴，咱们不哭了。"连声让奶妈把小升哥儿抱上来，"快给外公磕头。"

奶妈扶着小升哥儿在地上给陶铭心、七娘磕头，陶铭心欢喜不已，抱起外孙笑道："哎哟，好沉！"捏着他的鼻子夸赞，"真是好模样！"升哥儿抓着他的胡须咯咯笑。七娘取来金锁，给他挂在脖子上，升哥儿大喊："金子！金子！"七娘笑个不住。

女眷们都去厢房聊天，陶铭心请宋好问入席饮酒，让保禄作陪。宋好问瞥了一眼保禄，问陶铭心道："这位洋公子，现在跟着老泰山生活？"陶铭心道："是，有好几年了。"宋好问点点头，也不说话，劝酒，他说这两日心口疼喝不得，劝菜，他只夹了一块鸡肉，咬了一小口，又放下了。没一会儿，他借口如厕，起身出去了。

陶铭心叫来余庆，不快道："这酒、这菜是你家送来的，你大爷这是什么意思？"余庆将陶铭心请到一侧，轻声道："不瞒老爷说，我们大爷最讨厌洋人，说洋人最脏，保禄这孩子在席上，他是不肯吃的。"听了这话，陶铭心气不打一处来，冷笑道："洋人脏？我看你家大爷才脏呢！"余庆的一张老脸瞬间红成了猴屁股，尴尬地笑道："陶老爷宽宏大量，不要和晚辈计较了罢。"

宋好问回席略坐了坐，便起身告辞。陶铭心也不留他，只说让素云和升哥儿在家住几天。宋好问答应了，正要出门，忽然院门咣当一声开了，刘雨禾拉着一个妇人气喘吁吁地跑进来，带着哭腔喊："先生救命！我爹要杀我娘咧！"

孙兰仙看到这么多人在，满脸通红，胸脯大起大伏，胳膊上还有两处伤，鲜血湿透了袖子，正往下滴。陶铭心惊讶道："这是怎么回事？你爹发疯了？"雨禾哭道："可不是！突然就疯了！"这时，刘稻子疯狗一样跑进来，手里提着一柄短刀，大骂："臭淫妇！臭婊子！敢做不敢认么！"瞥见妻儿躲在陶铭心后面，他还要冲上来。陶铭心上前拦住，怒喝道："刘兄弟，你要在我家行凶么！"

刘稻子脖子上的青筋一跳一跳的，双眼通红，压抑住怒气，倒提着刀，对陶铭心一拱手："陶先生，你闪开，这是我家的私事，我把他俩带出去，不连累你！"孙兰仙语气中透着威严："姓刘的，我挨了你两刀，给足了你面子，你再闹，别怪我不客气！"刘稻子一听，怒气更盛，提着刀就要奔上来。

宋好问在旁喝道："哪里来的刁民！本官在此，你敢逞凶！"一个皂隶骂道："狗日的擦擦眼！这是元和县宋父母！你吃了熊心豹子胆，敢在朝廷命官跟前杀人！"刘稻子刚才盛怒中，眼中只有妻子，没留意旁人，听皂隶一喝，才发现院中站着不少差人，自己也有些蒙，气势很快短了一截儿，把刀袖起来，躬身道："草民该死，惊扰大人了。"瞪了妻子一眼，转身就走。

宋好问在后面喊道："慢着！"刘稻子转过身来，讪笑道："大人叫我？"宋好问蹙眉看了他半晌，突然下令："左右的！给我拿下！"皂隶们立刻扑上来。刘稻子往后远远一跳，冷笑道："大人，我不过和自己老婆吵嘴打架，凭你多大的官，也管不着别人的家事，平白无故拿我做什么？"宋好问怒道："本官拿的就是你！给我抓起来！"皂隶们一同扑上去，刘稻子也急了："狗官，欺人太甚！"他逞起能来，挥刀砍翻了几个皂隶，被众人用长枪打掉了兵器，又施展起神鞭的绝技，一条大辫子舞得嗡嗡作响，扫到人身上，衣服破碎，皮开肉绽，打得皂隶哀号连连，混乱间，竟一辫子将那座葡萄架也劈倒了。

有个机灵的皂隶寻来一支木叉，在空中绞住刘稻子那根耀武扬威的辫子，往后一拽，将他拖翻在地，十几个皂隶扑上去，叠罗汉一般将刘稻子死死压在底下，用绳子捆成了个粽子，又是一顿拳脚，打得他满脸是血。急得雨禾大喊："不要打我爹了！"陶铭心劝宋好问："让他们住手罢！他杀人，你也要杀人么！"

宋好问无动于衷，看皂隶将刘稻子打得不省人事，走上去对着他啐了一口，又踹了一脚："猖狂狗贼！"让皂隶抬牲畜一般，用一根杠子穿了手脚，抬回衙门审问，也不对陶铭心行礼，骂骂咧咧地上轿走了。

闹腾一场，升哥儿吓得哭个不住，素云抱着他去厢房喂奶安抚。孙兰仙的胳膊还在流血，满面苍白，陶铭心让七娘带她回房包扎伤口，问刘雨禾："到底怎么回事？"刘雨禾撇着嘴只是哭，青凤在旁道："瞧你那尿样儿！问你话你就说，小娘们儿一样哭个什么！"雨禾颤声道："我爹说我不是他亲生的，是个小杂种。"刚才刘稻子乱骂，陶铭心已经隐约料到了，听刘雨禾这么说，便知是他家中的丑事，也不好再打听，让保禄和青凤好好安慰雨禾。

孙兰仙包扎好了伤口，出来给陶铭心道谢，脸上泛了红。陶铭心劝她："不管怎样，刘兄弟是你丈夫，这次冲突了知县，伤了公人，脱不了是个重罪，你该送饭就送饭，该打点就打点。等知县消了气，我也会帮他求情。"孙兰仙气鼓鼓地说："他都要杀我母子了，我还要给他送饭？饿死在大牢里算了！"陶铭心不快道："这是什么话！他休了你没有？要没有，他还是你丈夫。夫妻之道，丈夫就是天，你做妻子的还咒他死不成！"孙兰仙冷笑了一声，叫上雨禾，扶着他走了。

一整天鸡犬不宁，陶家人人疲惫，吃晚饭时也没什么心绪。临睡前，七娘来到他房中，一脸泪痕，说有事情商量。陶铭心问怎么了，七娘道："素云不想在宋家过了，老爷能不能做个主，让宋好问休了咱们素云。"陶铭心错愕道："这是什么话？好端端的，干吗要做个被休的媳妇？"

七娘急道："好端端的？哪里好端端的了？这次素云回来，我看她强颜欢笑的，肯定心里有事，刚才我拉她在厨房细问了，果然有件大事——咱们姑娘，现在不是宋家的大奶奶，而是妾！"陶铭心惊叫道："什么？！"

七娘道："去年宋叔叔的孝刚满，他们宋家就上下筹备婚事，素云还以为是她的婚事，谁知竟不是！宋太太那个老娼妇，私下里给宋好问说了个济南官宦人家的小姐，姓刘，大吹大播地娶进家门，做了正房奶奶！咱们素云就这么着被晾在一旁，问也不好问。还是外孙的奶娘看不过去，去问宋太太，那个老娼妇说，素云也是宋家媳妇，这叫两头挑，也是奶奶，家里人都叫素云二奶奶——狗屁！这不就是妾么！"陶铭心瞠目结舌了好一会儿："这是我和三弟定下的亲，明明白白是让素云做正房，她一个妇人家，怎么敢擅自改了！"

七娘哭道："死鬼哪管得了活人！素云刚才哭得都喘不上气来，我做娘的，心里真是滴血！什么不要脸的人家做出这样的事？素云说，听家里丫头说的，之前宋好问强奸她，是宋老娼妇默许的，俩人串通好的计策——他们就没把素云当人看！幸亏素云生了个儿子，家里面上对她还客气；若生个女儿，还不知道要怎么折辱她呢！"陶铭心狠狠扳着桌角，咬牙不语。

七娘边哭边将素云说的一股脑都告诉了陶铭心："宋好问这次来上任，老娼妇没跟来，那个新娶的刘大奶奶和素云跟来了。素云说，这个刘奶奶长得小猫儿似的，乍看上去乖乖巧巧的，人皮底下是个母夜叉，一句话不顺心，打骂下人不说，连宋好问都劈头盖脸地打。今天宋好问手背上有瘀青，问他，说是磕到了门框，其实是刘奶奶拿火钳子拧的。她父亲是朝廷的什么大官，俩哥哥，一个在甘肃当将军，一个在四川当总兵，宋好问在她跟前跟耗子见猫儿似的。这位刘奶奶虽然没打过素云，但骂也骂了上千回了，也不让宋好问进素云的屋子。自然，素云也不稀罕他来，只是各种受气，月例钱克扣着不给，饭菜也常是冷的馊的。素云自个儿倒没什么，只是担心那个刘婆娘对升哥儿起歪心思，她自己还没怀上孕——老爷，你想想，这样的家，素云待得下去么？"

陶铭心发愁道："但要宋好问把素云休了，也不是办法。"七娘道："怎么不是办法？我知道老爷的心思，闺女被丈夫家休了，觉得丢人现眼。但闺女是自个儿的，管别人怎么看呢？素云是我身上掉下来的肉，她现在受苦，我做娘的就要想法子不让她受苦。休了回家，别人笑话就笑话，只是别让我知道，我要知道了，撕烂他们的嘴，戳瞎他们的眼睛！"

陶铭心烦躁道："这就不是你该说的话！你是她娘，应该劝她忍耐，凡事放宽心，等升哥儿长大了，有出息了，难道不会照顾他母亲？一个女人家，嫁鸡就随鸡，嫁狗就随狗，哪有说不过就不过的道理？况且这门亲事是我和老三定下的，他夫人已经不仁，我不能不义，不然对不住老三。"七娘哭道："忍耐，放宽心——这些话咱们说得轻松，一天天忍气吞声的是素云。"陶铭心摆摆手，让她出去："这事不准再提，你也不许撺掇素云！"七娘不服道："姑娘受了委屈回娘家诉苦，咱们不说给孩子撑腰，还要她忍耐，这不是缩着脑袋当王八么！"陶铭心发了怒："给我出去！"

住了两天，宋家人来接，素云抱着升哥儿眼泪涟涟地去了。陶铭心很不舍，但也没说什么。七娘跟在后面一个劲地叮嘱："过阵子再回来住几天，他们家要不肯，你就说我生病了，要死了，他们也不好不放你。"

第 27 章 祇园寺一夜

数日后，刘雨禾来家哭求陶铭心救他父亲："先生是宋知县的丈人，先生说说情，定能救出我爹。"陶铭心奇道："你娘呢？怎么让你一个孩子家来求情？"雨禾道："娘说爹自讨苦吃，不管他了，这几天我都是自己煮米粥，给爹送吃的。"陶铭心恨道："你娘真不知天高地厚！自己丈夫也不管了！你起来，我本就打算这两天去办你爹的事。"

换了身整洁衣裳，戴了顶瓜皮帽，陶铭心骑驴进了城，来到元和县衙门。门子认得他是宋好问的丈人，满口老先生老太爷，请在耳房里坐着，飞跑进去报了。等了好一会儿，宋好问才请陶铭心进正堂说话。

陶铭心开门见山："姑爷，上次在我家抓的那个刘稻子，是我的一位朋友，平时很和气的一个人，那天的事实属意外，姑爷看我薄面，教训教训，就将他放了罢。"宋好问略略一揖："按说老泰山亲自为他求情，小婿不敢不依。只是那人伤了我七八个皂隶，有两个重伤，至今还起不得身。小婿审他，他口出不逊，一点软也不服的。这样一个刁恶之徒，放出去，岂不为害乡里？国有国法，他打伤公人、冲突官员，就应该严惩。"

陶铭心道："他本来是夫妻争吵，算不得什么大事，不巧正好遇到了你，本来也服软了，要走，你又命人拿他，逼急了，才动起手。打他几十板子，就饶过了罢。"宋好问咧嘴一笑："他两口子打架，小婿自然管不着，小婿拿他，不是为这个事。"陶铭心奇道："他还有什么事？"

宋好问乔模乔样地喝了口茶："几年前老泰山来山东，半路是不是遇到八卦教打劫了？把素云的嫁妆抢了大半儿。"不等陶铭心回答，他又说："小婿这次南下，也遇到这帮反贼打劫，盘缠、家当被洗劫一空，上任的公文也给他们毁了，为首的，就是这个刘稻子。"陶铭心心里咯噔了一下，乾隆南巡之后，刘稻子确实消失了一段时间，娄禹民说他回山东办事，谁想又去做强盗，抢了钱财用来造反。他故意问："你确定是他？"

宋好问道："他们蒙着脸，我认不得长相，但记得声音。那天他一开口，我就听出来了。"陶铭心笑道："光凭声音就断案，怕不妥当。"宋好问笑道："所以小婿这几天正要严加审问，以免冤枉了好人。老泰山，这案子非同小可，您老还是不要插手了。"又怪声怪气地说，"这姓刘的是个剃头待诏，据说以前还在街头卖艺，这样下贱的人，老泰山还与他做朋友？"

陶铭心哑口无言，脸也红了，来之前，他不知道刘稻子打劫宋好问的事，稀里糊涂地让女婿膌了一顿，恨不能抽自己几个嘴巴，这不啻于自取其辱了。本来因为素云的事，他对宋好问没好气，还想今日说了刘稻子的事，顺带教训他一番大道理，谁想却被人家教训了。

要走时，小升哥儿骑着一匹小木马吱呀呀地在院子里玩，陶铭心看见外孙，高兴非常，抱着他逗了会儿，问奶娘："你们奶奶呢？请她出来见见。"奶娘看了眼宋好问，宋好问点点头，奶娘去了里头，很快出来："二奶奶说今天身子乏，不好走动，改日再给老爷请安。"陶铭心知道，素云在生他的气，那晚上和七娘说的话，她肯定也知道。今天真是霉运，朋友救不成，又接连被女婿、闺女戗了，陶铭心脸上挂不住，悻悻地去了。

奶娘抱着小升哥儿来到房中，素云问："我爹走了？脸上什么样儿？"奶娘道："走了，脸上黑青青的，看来生了气。奶奶干吗不见自己爹？"素云苦笑道："嫁出去的女儿，泼出去的水。我不这么想，他这么想，见了也没用。"她将升哥儿抱在怀里，解开扣子，捧出一只奶来给他吃："也吃吃我的，光吃你的，以后长大了跟娘不亲。"

等升哥儿睡了，素云要茶喝，寡淡无味，问丫鬟小樱桃："这茶叶泡了几道了？不知道换的？"小樱桃撇嘴道："这是前天的茶叶，咱们屋里没新茶了。"指着刘奶奶那边低声说："我要了好几次，大奶奶说咱们屋里喝茶太费，不让余管家发份例。"

晚间吃饭，厨房送来一碗煎煳了的豆腐，一碗没油花儿的水煮白菜，米饭里还有糠秕，素云赌气不吃睡下了。刚躺下没多久，刘奶奶陪嫁过来的大丫头来叫："我们奶奶叫二奶奶过去，有话吩咐。"素云不耐烦道："有事明天再说，已经睡下了。"那丫头怪声道："那就劳烦二奶奶起来，要我进去服侍穿衣么？"

素云装作没听见，只是不理会。没一会儿，宋好问来到窗外："装死的臭蹄子，磨蹭什么呢！叫你一声奶奶，还拿起架子了！有事找你的才是正经奶奶呢！别让我发性子打进去！"说完开始捶门。小樱桃害怕："奶奶，您还是去看看吧。"素云擦着眼泪，穿上鞋出去了。

刘奶奶歪在一张贵妃榻上抽旱烟，铜烟管足有三尺长，像在噆一把剑。两个丫头给她捶腿，她嘴里哼哼唧唧的，见了素云，招呼她到跟前，一把拉住她的手，喷了口烟："好妹妹，不知道怎么了，我来苏州后全身不自在，月事也停了，早上请大夫看过，你猜怎么着？原来我有喜了！只是胎脉有些不稳，听说城外的祇园寺拜佛最灵，赶明儿正好十五，你去寺里给我烧几炷香，布施几吊钱，保佑保佑我。"

素云为难道："寺里人杂，我一个妇人家，不好抛头露面，让大爷去吧。"刘奶奶道："大爷哪有空闲去？每天衙门里的事就忙昏了，辛苦妹妹跑这一趟，我记着你的恩，以后咱姊妹也好好相处。"素云又说："大爷没空，就让家里的老妈子去吧。"刘奶奶道："她们从里到外脏兮兮的，佛菩萨见了就恶心，一发怒，我肚里的种子岂不坏了？还是妹妹去，我跟大爷说了，他也同意你去。妹妹要不去，是成心不想让姐姐好了。"

无奈之下，素云只好答应了。

大清早，素云喂饱了升哥儿，交给奶娘，换了身素净衣裳，戴了顶风帽，只带了贴身丫鬟小樱桃和两个老妈子，雇了一顶软轿，便去往祇园寺。刚出城，就下起了小雨，天色昏暗了一些，素云反而轻松了不少，望着苍翠的藏鼎山，心胸澄澈。春雨轻轻柔柔，如升哥儿的小手抚在脸上，心中长久以来的郁闷缓缓裂了条缝，随着地上的涓涓水流，淌入寺外的沟渠中。

将带来的几吊钱施舍给寺院门口三五成群的乞丐，进了山门，天王、菩萨、力士、佛陀乃至本寺祖师一个个都拜了，素云至诚敬佛，礼拜的时候全心全意为刘奶奶祈福。今天香客不多，多是歪瓜裂枣的老太婆，素云在其中显得尤其扎眼，往来的和尚对着她挤眉弄眼地笑，让她大为局促。

正准备离开，这天就像破了窟窿，哗啦啦下起大雨来，雷鸣电闪，刚过中午时分，已经黑得如同深夜。那雨似是一串串小斧子，砸到地上啪啪响。香客们聚在山门里、走廊上、大殿中躲雨，好一会儿，天才亮了一些，雨势却丝毫未减，甚至有渐大的意思。素云发愁："这可如何是好！"老妈子笑道："奶奶耐心等着吧，没别的法子。"

雨下了足足两个时辰，才稍小些，天色重新亮起来，但寺门前的沟渠早已泛滥，加上藏鼎山上流下来的山洪，将眼前一片弄得汪洋似的，还是走不得。和尚们端来茶水和馒头给众人吃，两个老妈子和几个婆子抢馒头打了起来，扯得头发都散了，满口脏话，素云呵斥老妈子也不管用，还是一个老僧出来劝架："这是什么地方！你们污言秽语的不怕报应！"

素云烦躁得不行，让小樱桃去找轿夫："给你们二两银子，抬我们回城。"轿夫冷笑道："给二百两也干不得，你瞧瞧这大水，抬轿子去东海龙宫么！"无法，只能等水退去。山门里挤满了香客，浓烈的酸臭味激得素云反胃，有个年轻和尚自称方丈大弟子，看素云尊贵，请她去茶室休息，还熏了一把香："那些人臭，太太委屈了。"素云羞得也不答言。

眼看天晚了，雨依旧不停，素云坐不住，又回到山门看水势。几个会凫水的农夫想出一门生意：背人到远处的高地上，收银三钱，没银子给铜钱也可以，先交钱，再渡水。几个婆子急着回家做饭，忍痛给了钱，趴在农夫身上下了水。年纪轻的婆娘都不好意思："趴在汉子背上，这成什么了！我们当家的要知道了不得打断我的腿。"

又过了一会儿，到底耐不住等候，这些婆娘连同轿夫一个个都叫人背过去了，只剩下素云一行。几个农夫涎皮赖脸地看着她："这位少奶奶，这雨一时半会儿停不了，这水也退不下去，再不走，家里老爷不急的么？"素云啐了他们一口，背过身去。

两个老妈子晚上约了赌局，急得不行，劝素云："奶奶，时候不早了，我们也这么着过去吧！"素云急道："胡说！那些女人都是村婆子，她们不要脸面，咱们也不要么！"小樱桃也说："就是！瞧他们脏兮兮的，这水也脏兮兮的，我才不要过去！"素云让小樱桃去问僧人，寺里可有船只，僧人回话说："谁家寺庙里放着船呢？普度众生也不用船呀！"素云彻底无法了。

老妈子阴阳怪调地抱怨，僵持了一会儿，素云对老妈子道："这么着，你们过去，回城给大爷带句话，让他赶紧派人来接我。"两个老妈子得了特赦一般，让素云给了钱，猴儿一样扑在农夫背上，一脚深一脚浅地过去了。又呆等了一个时辰，寺里暮钟都响了，雨反而又大了起来。小樱桃叹道："看来今天回不去了，咱们在寺里过夜吧。"这时，那个年轻和尚又过来了："夫人，时候不早了，若有意留宿，小僧这就去禀过方丈，给夫人安排客房。"

素云不说话，小樱桃看她的意思是默许了，便道："我们是元和县县父母的家眷。你去跟方丈说，安排一间最整洁的客房，被褥器皿全换新的，我们给房钱。"和尚去了一会儿，回来道："方丈允了，吩咐把珈蓝殿旁边的一间客房给夫人住，那客房平时没人，专门给外地的高僧来挂单时预备的，离僧寮也远，没有杂人，夫人可以放心。"

小樱桃挽着素云的胳膊跟这和尚前去客房，问他："你法号叫什么？"和尚道："小僧法号缘冲，是方丈的大弟子。"小樱桃又问："你多大岁数了？几岁出的家？哪里人？"缘冲笑着一一答了。到了客房，房内确实整洁，被褥也是新的，一座小泥炉生了火，烘着一壶茶。缘冲安置妥当，便退出去了。

素云"哎哟"一声，坐在一只蒲团上："站了大半天，腿都要断了。好樱桃，过来给我捶捶。"小樱桃蹲下来给她捶腿，笑道："奶奶，那个小和尚长得好俊秀，对比起来，咱们大爷就是个生面团子。"素云戳了她额头一下："小妮子，怎么，你想让他还俗娶了你？"小樱桃咯咯笑了，轻叹道："奶奶还是这样好。"

素云问："哪样好？"小樱桃道："轻松点儿，说说玩笑，奶奶平时太抑郁了，不抑郁的时候吧，又太正经了。"素云扑哧笑了："咱们做女儿的，规矩本来就多呀。"小樱桃道："昨儿个我瞅见奶奶的爹了，皱着个眉头，凶巴巴的，一看就是爱立规矩的人。"素云道："我爹倒也不凶，我记得小时候他可爱说笑了。后来他遭了难，就变得很拘谨。他每天读书，想的都是天地圣人什么的，和咱们不一样，他给自己立的规矩更多。"

主仆两个聊着，缘冲又敲门，来送晚饭。一碟香油拌豆腐干，一碟韭黄炒木耳，一碗清炒藕片，一碗蘑菇烩芦笋，还有一大盘霉干菜馅儿的包子、两碗莲子粥，另有一些糕点。看着满桌鲜菜，素云极是感激，对缘冲行礼："多谢小师父盛情。"缘冲笑道："夫人吃了好好休息，明天一早，估计这水就退下去了。"

素云吃完，小樱桃将剩下的饭菜吃了个精光。素云笑她："你上辈子是牛么？怎么跟我妹子一样能吃！"小樱桃舔着嘴道："我哪比得过二小姐！这寺里的伙食倒很好，比咱们在家吃的强，刘奶奶欺负奶奶脾气好，给咱们吃的跟猪食一样。"素云道："她比我大两岁，娘家又有势力，咱们只能忍她。"

天大黑了，雨也停了，主仆两个收拾睡觉。小樱桃伺候了一天，很快就呼呼地睡着了。素云有择床的毛病，换个地方睡就失眠，只能闭着眼静静躺着，耳听着雨水从房檐上滴滴答答地掉落，一阵阵的蛙鸣高一阵，低一阵，她想起小时候在南京，家外就是秦淮河，入夏的时候也有蛙声，她躺在母亲的怀里，恍惚间总以为蛙声是从娘肚子里传出来的。

夜长，却没有睡意。素云忽然想如厕，房中什么都不缺，独独没有溺器，看小樱桃睡得死沉，不忍叫醒她去找，只得轻轻起身，来到外面。月亮出来了，今天十五，月亮圆亮如镜，庭院中一片片水，倒映出一片片月。素云想找个暗处，记得珈蓝殿西侧有一片竹林，便下了回廊，顺着卵石砌就的小路溜过去，还好月光明亮，她也不甚害怕。竹林里黑黢黢的，她实在忍不住，迅速提起裙子，褪下中裤，解了手，整理好衣裳，在池子里洗了洗手。

折过来，发现有巡夜的和尚往珈蓝殿去了，她怕碰见，便从观音殿后面绕过去，瞧见这里有间屋子亮着灯，里面几个人在说话，还好窗子高，她垂着头速速过去，忽然听到"陶铭心"三个字，立刻站住了脚——有人在说爹的名字？

窗户开了条缝，素云踮着脚往里面看了看：一个壮实的大和尚，今天见过，是本寺方丈月清，还有两个须发皓白的老者，穿着宽大的长袍，头上盘着发髻，戴着方巾，也不像道士。三人坐在蒲团上，围着一张茶几，在看一张黄纸。

月清指着纸上道："我知道乔陈如在做这差事，当初他还想让我帮手，我装作不懂，拒绝了，他就找了任弗届。有次，我在他书房里发现了一本花名册，偷偷抄下来了，江南共有十八人，这些人里头，除了陶铭心，其他都是些愚蠢混沌的凡夫俗子。"

一个老者问："这个陶铭心是什么来头？"月清道："他是明末才子张岱的后人，曾是南京的大财主，如今落魄了，在三棵柳村教村塾，性格方正，有些酸腐气。这些都不稀罕，厉害的是——"月清探出身子，悄声道，"他的命极硬——二位不知，他本名叫张慕宗，当年犯了死罪，在地下的棺材里躲了七八天，竟然活下来了。禹民兄弟和他有交情，知道这段秘密。"

一个老者惊叹："还有这种奇闻！当年你们寺里的那个江澈和尚，也玩了个地下藏身的把戏。"月清笑道："那是我的亲叔，生了重病，自愿献身，想临死前给咱们赚些本钱。以后成了事，我要给他立个大碑！藏在地下的法子，就是跟这个陶铭心学的。"

另一个老者道："听起来，这个陶铭心也没什么特别之处，咱们要的人，要么图他有钱，能助起兵大事，比如老兄你；要么图他的本事，可以冲锋陷阵，比如刘稻子；要么图其有谋略，可以运筹帷幄，比如我家兄弟。这个陶铭心，能图他个什么？拉拢他有何用？"

月清微笑道："他没钱，也没本事，谋略或许有些，但也算不上大才。不过我不图他这些，我图的是别人没有独他有的东西。"两个老者问："那是什么？"月清道："他的经历。"两个老者不解，月清来到窗边，往外扫了扫，素云赶紧伏低身子。

月清继续道："乾隆老贼迫害的人有许多，但没人比他的仇恨更深。他这么多年的生活，全都是假的，将来时机合适，我会告诉他真相，不怕他不为咱们效命。后年是老贼六十大寿，我听乔陈如说了，老贼准备请天下同生日者到京赴宴。到时候，就让陶铭心刺杀老贼。老贼一死，天下必定大乱，我们各地的兄弟趁机举事，大功必成。"

一老者拍手赞叹："妙哉！这些年咱们派出去多少刺客，连紫禁城都进不去。老贼出巡的时候，又是千万人护送，多少次都败了。陶铭心若能做一回荆轲，也能青史留名了，羡杀我也！"另一个老者问："话说，乔陈如的那套邪法，到底有没有用？"

月清笑道："老先生这话不高明。每天无数的善男信女来寺里拜佛，到底有没有用？我八卦教百万信众，天天念诵'真空家乡，无生父母'，又有用否？——这种事，信则有用，不信则无用，全看自个儿的心，外人好说什么？"

那老者又问："那乔陈如知不知道陶铭心就是南京的张慕宗？"月清道："他一开始并不知道，后来不知怎么才知道了，不然姓陶的也上不了那本花名册。"他起身道，"我拉拢陶铭心，还有别的打算。咱们这帮人，眼光都太短浅了，光想着反清反清，反清之后呢？"他盯着两位老者，"谁来做皇帝？"两个老者齐声道："自然请朱家在福建的后人做，刘省过大教主做国师，你做天下兵马大元帅，刘稻子做副元帅，我们兄弟做宰相，老三做尚书，这不早商量好的么？"

月清冷笑道："大明就毁在他朱家手里，凭什么我们冒死打回了江山，继续让朱家人做皇帝？至于刘省过，呵，一个无用杀才，何德何能做国师？如今他做教主，只是因为我让他做。八卦教的震卦、离卦、坎卦、艮卦、乾卦，而今都听我的号令，到底谁才是真教主，教徒心中雪亮呢。"

两位老者对视一眼，一个道："这话没错！老弟你才是床头捉刀人，咱们都明白的。"月清继续道："八卦教是他刘家人创的，且推他为尊，不过等赶走了满人，咱们重新算账。同理，我们现在打出反清复明的旗号，因为百姓吃这套，得民心者得天下。等将来大功告成，咱们先推朱家人做皇帝，给陶铭心封个高官，然后暗中将朱家斩草除根，把罪过都推到姓陶的身上，杀他以谢天下。到时候谁做皇帝，看各人的本事！——如此两道转手，天下换了姓，百姓也没得说了。"

两老者齐声惊叹，离席拜在地上："老弟真乃枭雄也！这番偷天换日的计划，可谓妙绝！我两兄弟愿意辅佐老弟成就大业！"月清扶起他俩来："一家人不说两家话。都是为了我汉人百姓，咱们不分彼此。"三人又商量着要救刘稻子。

　　不知是冷还是紧张，窗外的素云狠狠打了个哆嗦，心里小鹿乱撞，惊恐万分，一路小碎步踉踉跄跄地回到客房中，蒙上被子不敢出气。这帮人明显是反清的人了，要让父亲刺杀皇帝？这真是想都不敢想的事。她急盼天亮，好将此事告诉父亲。

第 28 章　西洋钟摆子

"天命之谓性，率性之谓道，修道之谓教。道也者，不可须臾离也，可离非道也。是故君子戒慎乎其所不睹，恐惧乎其所不闻。莫见乎隐，莫显乎微，故君子慎其独也。"陶铭心高声道："这是《中庸》开篇第一章，文字看着简单，可里面的意思相当深奥。"

往下扫视一圈，五六个学生在打瞌睡，两三个看着窗外梁上的麻雀打架，还有一个用毛笔尖儿挖鼻孔，青凤盯着桌上的一只蜜蜂入了神，保禄依旧拿着他的圆规、鹅毛笔埋头在计算什么，雨禾无精打采，一脸丧气——他父亲被断了斩刑，押回山东等待秋审。

学堂里的情形日日如此，陶铭心已经懒得生气，自顾自地讲："孔子所谓道不行……"正说着，学堂大门轰然一声开了，七娘哭喊着跑了进来，哀号着说不出话，后面跟着余庆，先拉住七娘，在院中坐下，又招手将所有学童都赶了出去，紧紧关上大门。

陶铭心忙问怎么了，余庆流泪道："老爷，素云奶奶……死了。"陶铭心眼前一黑，摇摇晃晃站不住："死了？素云？"余庆哭道："今早上，在房里吊死了。"陶铭心张着嘴巴"啊"了两声，双手抓着地上的土，眼泪如豆子般吧嗒吧嗒地往下掉。余庆握着他的胳膊："陶老爷，你要挺住。"他看了眼在那边痛哭的七娘："姨娘只知道素云奶奶死了，还不知道升哥儿……"陶铭心一把抓住他的衣领：

"升哥儿？升哥儿怎么了？"余庆哽咽道："奶奶把升哥儿也吊死了。"

七娘听见，愣了刹那，野兽一样猛扑上来，对着余庆又咬又抓："我撕烂你的嘴！你说什么！"余庆脸上被抓得血淋淋的，不敢反抗，只是流泪叹气。七娘又开始撕打陶铭心，她头发散乱，两只眼睛瞪得要裂开，嘴角全是涎沫："你还我闺女来！你还我外孙来！是你逼死了我闺女！你个猪狗不如的东西！"

接着，七娘大呼一声，朝后昏死过去。余庆慌不迭掐她人中，将她救醒，七娘擦擦眼泪，呜呜地号了两声，已然声嘶力竭。过了好一会儿，她撑着膝盖站起来，整整头发，扑扑身上的土，嘶哑着嗓子说："走，去给孩子收尸。"

素云停在衙署的正堂上，旁边一张小桌子，停着升哥儿。宋好问拉着升哥儿的小手哭得肝肠寸断，看到陶铭心夫妇来，跳脚大骂："日你家祖宗！你们养了什么畜生女儿！自己死，还要把我儿子拉上！你陶家的贱人做了不要脸的事，却祸害我家的骨血！"

陶铭心和七娘一声不吭，看着素云的尸体，齐齐发呆。素云穿着石榴红小褂，葱绿色背心，月白色裙子，裤脚黄黄的，是上吊后失禁的尿。她脖子上一圈深紫色的瘀血，像是戴了一串紫玛瑙的项链，舌头硬硬地抵着嘴唇，露出来一小截儿，两眼肿胀，鼓了出来，脸颊上布满了细细的、青红色的血丝。才个把时辰，人已经变了样儿。再看升哥儿，身上盖着一块布，只能看到他的一只小手耷拉下来，粉嫩嫩的，微微拳着，像是树上的一只小桃子。陶铭心让余庆找一块丧布，给素云盖上。

宋好问大骂："盖他娘的盖！她哪有脸盖！"七娘走上前，狠狠给了他一巴掌，打得宋好问瞬间呆了，七娘又接连打了几个大嘴巴，宋好问急了，张牙舞爪地要还手，早被余庆在中间拦住了。刘奶奶也出来劝："你嚷什么嚷！人家女儿在你家自杀，可不得打你！莫说升哥儿是你儿子，也是人家外孙呢！只你心里疼么！"她又对陶铭心行礼，擦泪道："老亲家千万节哀，云妹妹怎么就这样傻呢。"

余庆找来一块粗麻布，遮住素云的尸体，把陶铭心夫妇请到客房休息。陶铭心用指甲掐着手心，全身不住颤抖，七娘此时却异乎寻常地平静："早上谁发现的？叫过来，我有话要问。"余庆叫来一个丫鬟，给夫妇俩磕了头，回道："云奶奶染了风寒，这几天身子不舒服，我每天给云奶奶送饭喂药，今早吃了半碗山药粥，奶奶说感觉好些了，想升哥儿，让我去叫奶妈抱过来。奶妈抱着升哥儿来了，奶奶说困，想和升哥儿一起睡觉，打发我们出去了。过了个把时辰，我熬好了药，叫奶奶起来喝，敲门也不应，推门也推不开。我心里急得慌，使劲一撞，原来门后面被桌子挡着，抬头一看……"

丫鬟捂着脸又哭起来，好一会儿才哆哆嗦嗦地说："奶奶在房梁上吊着，小升哥儿……太可怜了……在奶奶腰里吊着……跟西洋钟摆子似的……翻着白眼儿，吐着舌头……"陶铭心"啊"了一声，闭眼泪流。七娘打量了这丫鬟一会儿："你平时不跟素云吧？上次见到的那个小丫头呢？叫什么樱桃的。"丫鬟道："小樱桃因为偷了大爷的东西，被大爷卖了，大奶奶就分派我来服侍云奶奶。"七娘问："跟素云的不是还有两个老妈子么？加上奶娘，跟前儿应该有四个使唤人。"丫鬟道："那两个老妈子因为赌钱，被罚去干粗活儿了，不让她们近前伺候。奶娘又要照顾升哥儿，这几天都是我自己服侍云奶奶的。"

七娘冷笑道："真巧，凑一起犯错了。"又问，"你家大爷刚才骂得那么难听，我听着，敢是你云奶奶做下了什么辱门败户的丑事？"陶铭心猛地睁开眼："那是宋好问满口胡呲，污蔑素云的，素云大门不出二门不迈的，做什么丑事！"

那丫鬟道："老爷、太太不要急。云奶奶平时对我们下人都和气，从来不打骂我们，今天出了这么大的事，断不是突然。所谓的丑事，是云奶奶几天前去了趟祇园寺烧香，遇到大雨，困住了，在那里住了一晚上。隔早回来后，大爷气得乱跳，说了多少难听话，云奶奶就病倒了。"

"被困住了？你大爷为什么不派人去接？"陶铭心瞪着眼睛问。

"奴婢这就不知道了。"这丫鬟回头看看没有旁人，从袖子里拿出一只脏兮兮的手帕，递给陶铭心："奶奶死时，这条帕子塞在腰里，我不认字，怕是她的遗言，我想，肯定是什么委屈的话，所以没敢给大爷。"陶铭心接过来，上面是咬破指头写的十个血字："父亲勿去京城，提防月清。"陶铭心不解其意，去京城会如何？月清，自然是祇园寺的月清和尚，又提防他什么呢？七娘凑过来看了，也不懂何意。陶铭心紧紧攥着手帕，心如刀绞。

七娘让这个丫鬟出去了，叫来余庆："余管家，丧葬的事，你家是怎么打算的？"余庆道："过了头七，我把奶奶和小少爷的棺材带去徐州，宋家在那边有祖坟，老爷的灵柩也在那儿。"七娘看着陶铭心，抽了抽鼻子："我有个主意：素云是自杀的，不配入宋家的祖坟。让素云留下，我们买地单独葬她。"陶铭心眼泪哗啦就下来了，点头道："让云儿留下。"

七娘对余庆道："你去跟你家大爷传话，说我们家决定了，单独葬素云。他要不同意，等着我去巡抚衙门告状，说他停妻再娶，伙同刘氏逼死我家姑娘。他要同意，就好好给素云装殓，那块木头、衣裳、陪葬，马虎一点儿，我也告——小升哥儿是你宋家的骨肉，我不强求。至于素云到底为什么自杀，那丑闻又是怎么回事，咱们之后慢慢计较。"

余庆去跟宋好问夫妇说了，跑回来传话："大爷答应了，就按老爷和姨娘说的办，一应开销都在我们家。"又叹道，"姨娘哎，我说句不知天高地厚的话：云奶奶最疼小升哥儿了，母子俩一块儿死了，入葬却要分开，一个回北边儿，一个留南边儿，想着心里怪难受的。"

七娘掏出帕子擤了擤鼻涕，冷笑道："当娘的杀了自己孩子，地下还怎么好意思见面？我知道我闺女，看着菩萨一样好脾气，心里也有气性的，兔子急了还咬人呢！她就是死，也不给你们天杀的宋家留种！你瞧见她穿的了吗？那是我当年亲手给她缝的嫁衣，她就是死，也不穿你们宋家的衣裳！"

请风水先生点了穴，选在三棵柳村附近的一块小山上破土，安葬了素云。宋家只派了余庆和几个仆人过来，娄禹民作了篇祭文，在大风里稀稀拉拉地念了，又帮着唱礼：起，拜，起，拜，答礼，答礼，答礼……一下下地，唱得死气沉沉。陶铭心忙于答谢来祭拜的村民，七娘反反复复将祭品摆来摆去，保禄和青凤哭得死去活来，珠儿颤抖着嘴唇，闷声抽泣。

回到家，到处乱糟糟的，正是夏季，屋里却冷冰冰的。邻居李婆还有几个常串门的娘们儿，围着七娘滔滔不绝地安慰，七娘只是不言语，婆娘们说累了，自去了。余庆吩咐跟来的家人将陶家归置归置，自己去厨房里烧火做饭，刚淘米下锅，一回头，七娘正瞪着他，手里提着一把菜刀。余庆吓了一跳，往后一退："姨娘，你这是要干吗？"

七娘举起刀，在他面前晃了晃，放在灶台边上："素云的那个贴身丫头，叫小樱桃的，卖到谁家了？"余庆道："不知道呀，是大爷卖的。"七娘问："你是管家，家里卖个丫头，你不知道？"余庆道："小樱桃被卖了第二天我才知道，还是听家里老妈子说的，大爷根本没吩咐我办这事。"看七娘怒气上来，他又忙说，"姨娘，你知道我的，不管大爷怎么着，我心里一直是向着咱们家的，云奶奶死得是有些蹊跷——这么着，给我两天工夫，我找出那个小樱桃来，有什么话，姨娘亲自问她。"

第二天，余庆来回话："偷偷打听了，大爷卖小樱桃没要钱，还另给了三十两银子，让牙婆子将她卖到外地，越远越好，幸好还没动身，现住在牙婆子家，明天就走。牙婆的老公收了我的好处，答应让咱们见面问些话，事不宜迟，咱们现在就过去。"七娘寻思片刻，叫上青凤，随余庆出门，陶铭心问他们做什么，七娘也不说。

来到城内阴阳巷的一家民房，余庆先进去了，七娘和青凤在外面等着。青凤问："姨娘，咱们来见谁？"七娘道："见你素云姐姐的丫头。"青凤问："见她做什么？"七娘道："问你姐姐的事——老三，一会儿可能要委屈委屈你，你也机灵些。"正说着，余庆在里面和人吵嚷了起来。

一个汉子道："这孩子不想见你们，我也没法子。"余庆烦躁道："一个臭丫头，还拿起款来了！你让我进去！"那汉子不许："丫头不丫头，也是我的人，指望卖了她生活的。她说了，逼急了她就咬舌头自杀，她死了你赔我银子么！走走走，不要胡搅蛮缠！"

七娘听见，拉着青凤进了门，看那汉子瘦瘦小小的，瞎了只眼，两撇八字须颤悠悠的，正和余庆推搡。那汉子被余庆缠住，拦不得七娘，大喊："当家的，有人闯进来了！"屋门响处，牙婆子跳了出来，五大三粗的水桶身子，手里提了一只大棒槌，两腮横肉，胸前两只奶如两袋大米，活活儿一个雌门神，指着七娘道："臭娘们儿，你要怎样！"

七娘笑道："你们家这是干吗呢？做不做买卖？"那牙婆子用棒槌指着余庆："哎？你们不是一起的？"七娘道："不认得呀，在外面就听到你们里头打架，还以为你们偷了人家孩子呢。"她把青凤推上前，"请您老给这孩子找个买主儿。"

那牙婆子顿时脸上堆起笑来，把棒槌插在腰间："哎哟，误会误会，我还以为是那谁家的人咧，自家姑娘上吊死了，要找丫鬟索命呢，把小孩子吓得直哆嗦。"余庆反应过来，叫道："都说好了！让我把丫头带过去问一问，人家在家等着呢。"

牙婆子也不理他，拉着青凤的手上下打量，捏捏脸，掐掐腰，边看边唠叨："这孩子长得真水灵！几岁了？这么个好模样，做丫头可惜了，至少能做个偏房，我这张老嘴忽悠忽悠，以后做个太太也说不准哩。——呐，我做买卖向来先小人后君子，说明白了，我担保找个好人家，身价我拿六，你留四，不答应就算了。"

牙婆子正念叨个不住，忽然窗子处有人喊："她们就是陶家的人！我认得！"牙婆子还没来得及反应，七娘喊了声"青凤"，青凤忽然一头撞在牙婆肚子上，牙婆哎哟一声朝后摔了个四脚朝天，七娘拽上青凤冲进了屋子，关上门，用桌子板凳牢牢抵住。牙婆夫妇在外面撞也撞不开，又舍不得砸窗，大声咒骂。余庆在旁大笑："你俩这对儿老狗，着了道儿喽！就让人家问一问，有个三长两短你们可以告状，亏个什么呢？"

小樱桃正在床上坐着，见到七娘和青凤进来，吓得蜷缩在角落，身子筛糠一样抖。七娘走上前，冷笑道："小贱人，你这么怕见我们？"小樱桃在床上磕头："老太太饶命，奶奶的死跟我一点关系没有的。"七娘道："谁说和你有关系了？我来是问问你，你奶奶在祇园寺发生什么事了，从寺里回来又怎么回事，为什么突然就上吊了？"

小樱桃啜泣道："在寺里什么事都没发生，回来了和大爷吵架，赌气上吊了。"七娘不信："你奶奶为什么要去祇园寺？她轻易不会出门的。"小樱桃道："大奶奶有了身孕，要云奶奶去祇园寺给她祈福，大爷也同意的。云奶奶开始不乐意去，还被大爷骂了。"

七娘问："宋家人说你奶奶做下了没脸的事，显然是在寺里出了什么事，你是她的身边人，怎么说什么都没发生？"小樱桃捂着脸只是哭，什么也不说。牙婆子还在外面擂门，青凤焦躁起来，看桌上的针线筐里有一把剪刀，抄在手里，一把扯散了小樱桃的发髻，二话不说，照着她浓密的头发咔嚓咔嚓就剪，吓得小樱桃乱叫，生怕被剪刀伤到，也不敢挣扎，只是求饶："三小姐饶命！三小姐饶命！"青凤将一大把头发往地上一扔，把剪刀逼在她脸上："小贱人！没工夫跟你耗！你要不说，我不光剪光你的头发，还要在你脸上划两下，给你破了相，变成丑八怪，连人家的丫头都当不成，到街上当花子去！"

小樱桃被青凤吓住了，也不哭了，用绳子绾好头发。青凤给她倒了碗水，她一口气喝了，长叹道："我本以为，我救了云奶奶，哪知道她还是想不开自杀了……"她抱着膝盖，撇着嘴道，"我原本不知道的，我真的不知道……"

临去祇园寺前两天，刘奶奶将小樱桃叫到跟前，让丫鬟给她拿点心吃，还送了她一包旧衣裳，几个香囊，夸她聪明伶俐，想把她留在身边使唤。小樱桃说云奶奶最仰仗她，她要离开了，云奶奶会伤心的。

刘奶奶笑道："那你离了她，你伤心么？"小樱桃道："我们做奴才的，伺候谁不是伺候呢，也不见得只有云奶奶善待下人，好主子也有不少呢。"刘奶奶很是高兴："就说你这孩子聪明，说话也有意思。"

刘奶奶将自己的丫头打发开，单留下她："我要给你奶奶派个活儿，去祇园寺给我烧香，你也跟着去。"她拿出一只手帕，里面裹着一对儿珍珠耳环，两个金戒指，还有副翡翠手镯，"你留着玩。我要拜托你件事儿，等办好了，我给你的好处还多着呢！你也不小了，咱们家的小子你看上谁，我就把你许给他，以后就不用在跟前伺候人了，管个厨房菜园子的，不比做丫头好？"

小樱桃问何事，刘奶奶道："你们去了祇园寺，会有和尚送吃的，你劝你奶奶多吃些，若你奶奶不舒服了，就劝她在寺里过夜，那是个大寺，客房多着哩。家里不要担心，让老妈子回来报个信就行，大爷也不会说什么。"小樱桃愕然道："奶奶的意思，要把我们云奶奶困在寺里？"

刘奶奶乱了她脑门一下："刚夸你聪明，你又乱说话。谁要困你奶奶了？她想回来就回来，就是怕她不能够，所以我提前给你们打算。等到晚上，肯定你俩睡一间，你警醒点儿，寺里的和尚好几百个，保不定就有下流奏货。小樱桃，我问你，真要遇到坏和尚了，你怎么办？"

小樱桃很不自在："奶奶什么意思？我怎么听不懂呢？"刘奶奶笑道："就打比方，你和你奶奶在客房里睡着呢，一个和尚拿把刀冲进来，要欺负你们，你喊吧，就杀了你，你跑吧，也跑不脱——你是个大脚，你云奶奶又是个小脚儿，还没蚂蚁走得快哩。这种情形，你要怎么办？"小樱桃彻底糊涂了："我……我不知道呀……"

刘奶奶微笑道："傻桃儿，我告诉你，真要那样了，你就不要动，装睡着了，不要叫，不要反抗。你一个丫头，模样也平常，坏和尚也看不上，听到什么动静，也不要慌乱，蒙着头睡你的就是。你云奶奶我会另外交代她，你们主仆两个可得注意。"

小樱桃一肚子困惑，整个人如在黄山顶上——烟笼雾罩的，心想："刘奶奶这些话好奇怪，我们就去烧个香，怎么倒交代了一车子的话，又是在寺里留宿，又是有坏和尚，简直莫名其妙，我们烧了香自然就回城来，谁要在寺里住呢？"

过了两天，小樱桃陪素云去祇园寺，出门的时候天阴沉沉的，带了几把雨伞，走到半路就下起了小雨。素云心情很好，卷起小布帘，从轿子里往外看风景，和小樱桃随意聊着天。在寺里烧完香，本想立刻就回城的，谁知一串儿闷雷响过，下起大雨来，半顿饭的工夫，祇园寺门口就淹成了一片。素云唠叨："这寺四遭里没有排水渠的么？怎么这一会儿就淹水了。"

许多香客冒着雨蹚水跑了，素云催轿夫动身，轿夫说要等雨小些，谁知越来越大，老天就没歇口气儿，一注一注往下浇。在山门里等着时，一个叫缘冲的和尚过来，自称是方丈的大弟子，说素云是官宦人家的女眷，不该和这些村民混在一块儿，请她们去茶室里歇息。

缘冲和尚非常客气，小樱桃看他长得细眉大眼，高挑白净，心中陡然生了爱慕之心：这么个相貌气质，家里的小子们给他提鞋都不配，我将来要能嫁个这样的也不虚此生了。素云也觉得和这些杂人处在一起不好，便随缘冲去了茶室。

茶是龙井茶，点心是绿豆糕、枣泥山药糕、核桃酥，素云只喝茶，不吃点心，小樱桃在旁边馋得直流口水。素云让老妈子出去看雨势，等雨小了立刻叫她动身。等老妈子出去，素云把点心盘子递给小樱桃，让她随意吃。小樱桃也不客气，将所有点心吃光了。

大雨仍不停，素云喝了几碗茶，等得不耐烦，起身来到山门里。几个农夫正在做背人过河的生意，素云决不肯让他们背，小樱桃看着他们黑油油脏兮兮的膀子，也很嫌弃，最后让两个老妈子去了。眼看今天回不了城了，小樱桃猛然想到：刘奶奶之前说我们回不去，是算准了今天会下大雨么？这怎么可能？她又不是龙王的女儿。算到下雨并不难，最近正是梅雨季节，但下这么大雨，淹了寺门，是谁都想不到的。

二人只能在客房留宿，斋饭很丰盛，小樱桃却心里忐忑：刘奶奶还说我们若留宿，晚上遇到坏和尚如何如何，难不成，我们真会遇到坏和尚？她有些害怕，伺候素云洗漱更衣了，闩好房门，又挪来桌子挡住。素云问她："你这是做什么？"小樱桃说："藏鼎山有很多野兽的，万一晚上跑进来吃了咱们怎么办？"

床上只能睡一人，小樱桃在地上打了个地铺，主仆俩聊了会儿天，分头睡下。吃饱喝足了，虽然心里不踏实，但小樱桃立刻就睡着了。后来，一阵开门声惊醒了她，蒙眬瞅见素云出去了。一阵凉风吹进来，小樱桃清醒了，口中干渴，去桌边倒了碗茶喝。正要重新睡下，发现窗外有一团黑影闪过，吓得她汗毛倒竖，也不敢喊，赶紧缩在床上，直着脖子看。那团影子晃了晃，又消失了，不知是人还是鬼，小樱桃的心怦怦乱跳。

隐隐地，她闻到一股细丝丝的香甜，越来越浓，脑门好像被一只小锤敲了一下，立刻就发起昏，身子软瘫了下去，倒在床上，眼睛还能睁开，神志也明白，只是四肢软绵绵的不能动弹，舌头、嗓子也不听使唤，发不出任何声音。小樱桃瘫在床上，暗道："坏了！这肯定就是说书的讲的那种迷香了，这寺里果然有坏和尚！"想起刘奶奶的话，她更害怕了，动也动不了，喊也喊不出，急得两只眼睛溜溜乱转。

好一会儿，素云推门进来了，小樱桃想提醒她有迷香，可胳膊抬不起来，嗓子也说不出话，只能看着素云关好门，来到床边，推了推自己，纹丝不动，念叨："这小蹄子，怎么睡到床上了。"拉自己的腿，也拖不动，骂道："小蹄子，死沉死沉的，自己睡床，让主子睡地上！明天再跟你算账！"素云脱了裙子，钻进地铺的被窝中，很快，她也没了动静，不知是睡着了，还是中了迷香瘫软了。

过了不知多久，小樱桃迷迷糊糊快睡着时，听见门闩啪嗒一声掉在地上，有人从外面用什么东西拨开了，门吱呀一响，进来一个和尚，借着月光，看得清，正是缘冲。他蹑手蹑脚地跨过地上的素云，摸到床边，捏了捏小樱桃的胳膊，揉了揉她的胸脯，一张脸贴上来，又亲又舔，顺手将小樱桃的衣裳一件件褪下来，整个人骑了上来。小樱桃心跳得厉害，全身发烫，却不能动不能说，只能由他轻薄了一回。

小樱桃说到这里，见青凤已是面红耳赤，知道她还是黄花闺女，听不得这些话，便住口不说了。七娘道："你继续说。"对青凤点点头，"三姐儿，你听着，这跟你姐姐的死大有关联。"青凤又羞又怒，背过身去骂窗外吵闹的牙婆子："死婆娘！再不闭嘴，我把你屋子烧了！"

待缘冲去后，小樱桃想哭却哭不出来，痛苦愤懑中又有一丝难言的快慰：今天缘冲莫非也看上我了，知道我对他也有意，所以直接来幽会？但细想，明显不是，缘冲下迷香，是要奸床上的人——素云奶奶。阴差阳错，自己睡在了床上，所以遭了他的毒手。

她早在济南时就和家里一个小厮偷尝过男女滋味儿，后来那小厮得病死了，宋好问也对她下过手，要说羞，倒也不羞了，要说怒，也还好。和缘冲这么个俊俏人物亲热一回，着实不亏，只是郁闷——这都是怎么一回事？

天亮时，小樱桃才醒转过来，动动胳膊，有了知觉，忙翻身起来，活动活动身子，推醒了素云。素云睁开眼，立刻坐了起来，两腮绯红，朝着小樱桃的脸蛋狠狠一拧："混账蹄子！让你主子在地上睡！"小樱桃忙磕头认错，又试探问："奶奶……昨夜睡得可好？"素云啐道："在地上睡，你说呢！"

小樱桃又问："奶奶……昨夜可听到什么？"素云白了她一眼："听到什么？你猪一样打呼噜。"小樱桃这才放了心，伺候素云收拾了。一个小和尚来送早饭，小樱桃追到走廊上，塞了几块碎银子给他："这是房钱。"悄悄问，"小和尚，我问你，你缘冲师兄在哪里？"小和尚道："师兄在念经，说外面水退了，让你们快点离开。"

天气大晴，寺门口的水果然退去了，露出泥泞的、灰黄的地面，水汽蒸得远处的山和树缥缥缈缈的，素云站在山门处发起了怔。和尚们念完早课，宋家的骡车也来了，两个老妈子将素云扶上车，小樱桃坐在车尾，一起回到城中。

一进家门，宋好问就骂骂咧咧的，嘴里很不干净，说素云私自在外留宿，偷汉子云云。素云委屈地大哭，小樱桃解释，被宋好问踹了几脚。素云生了气，哭道："昨天就让老妈子回来报信，你不派人来接！我稀罕在那里留宿？"宋好问怒道："老妈子能回来，你怎么不能回来！定是和谁约好了，做些见不得人的事！"

素云跑到自己房中，趴在床上只是哭，小樱桃劝不住，来到刘奶奶房中："求奶奶跟大爷说一声，昨天那么大的雨，云奶奶实在是迫不得已，大爷实在冤枉云奶奶了。"刘奶奶冷笑道："你一个奴才，敢挑主子的刺儿？大爷骂错了吗？"她陡然提高嗓门，故意让隔壁的素云听到，"一个妇人家，在和尚堆儿里过夜，传出去了，大爷这官还怎么做！宋家的脸面往哪里搁！"

小樱桃气不过，也豁出去了，直接道："这次的事儿，全是刘奶奶一手安排的罢！"刘奶奶大怒，用手中的烟管儿朝小樱桃劈头盖脸地打："狗杂种，你说什么！那么大的雨，也是我安排的么？谁不让你们回来了？腿长在自己身上呢，是你奶奶自己浪，贪图和尚，舍不得回来哩！"

素云让小樱桃传信，让娘家人来接自己回去，宋好问下了命令，不准任何人给素云传信，将主仆软禁起来。小樱桃百般安慰素云，素云心情才平复些，但已经有了以死明志的念头，她说有要紧事要告诉父亲，苦于无法联络。

就这么着，过了两天，宋好问找来牙婆子，将小樱桃卖掉。分别时，素云抱着小樱桃痛哭："好桃儿，委屈你了。"小樱桃流泪道："那晚上，其实奶奶没睡着吧？"素云哭道："没有，好桃儿，姐姐谢谢你。"

小樱桃跟牙婆子走了，本来要卖给苏州的一户人家，宋好问不许，要往远处卖。小樱桃也是听牙婆子说的，自己前脚刚离开宋家，素云便上吊自杀了，还带上了小升哥儿，母子俩一同归了西。

"老太太，三小姐，云奶奶的死，我就知道这么多。"小樱桃擦眼抹泪，"我听说陶家要找我，吓坏了，以为你们要跟我打官司。云奶奶太可怜了，她就是被冤枉了，说也说不清楚，就用死来证明清白，可是人死了，又怎么证明清白呢？"

七娘忍着眼泪："这些话你没跟宋家人说？"小樱桃摇头："我怎么说呢？我无意间救了奶奶的名声，奶奶也护了我的名声——可是如何让宋家人信呢？他们认定奶奶做了丑事，哪怕我出来作证，他们也会说我们主仆勾结。至于那个缘冲和尚，也拿不到他一丝儿的证据，这种事，如果没有当场拿住，什么都是糊涂账。"

第 29 章　青凤的誓言

"各位衣食父母，咱们好久不见。这两年，老赵我在甘肃陕西学了些歪腔歪调；在云南贵州学了些山歌民谣；在两广呢，没学成什么，那边儿的方言太拗口。这次回苏州，我这皮囊里装了不少好货，所谓吃橘不忘洞庭湖，我要好好伺候大伙儿，献献丑。

"昨晚上，苏州弹词第一高手王周士王老先生，在鹤松轩做东请我，同席的还有扬州、常州、无锡的几位朋友，都是身怀绝技的艺人，江南的顶尖高手。跟我说，说书到底太俗，是皮糙肉厚、大字儿不识的泥腿子听的，下流的北方玩意儿，不如本地的评弹风雅，四六七字对仗，带着韵脚，配上三弦儿，唱得也好听。

"按理说，我赞同他们的话。我们说书的，就是俗，也没乐器，只靠一块醒木。可我不明白，你们若觉得我这手艺庸俗，为什么饭局上凑出钱来请我哩？何必怕我区区说书的呢？说到底，是不如我老赵吸引人。诸位，别怪我骄矜，咱有一说一，心里要没底，也不敢出来显摆。闲话少提，咱们正经说书。

"不管读没读过书，都应该听过二十四孝的故事，什么彩衣娱亲、卧冰求鱼，还有缇萦救父、木兰从军，都讲的是个'孝'字。所谓羊羔跪乳、乌鸦反哺，连畜生都知道孝，可见孝纯是天理，做人若不孝，那真是枉生于天地之间了。各位听多了孝子贤孙的故事，今天却讲个反的——母亲对孩子的孝。有些人不懂了，啊呀，老赵你疯了，这是什么糊涂话！父母怎么要孝顺孩子了？

"诸位听我说：孝是与天地并存的大道，不仅儿女奉养父母是孝，父母对儿女的舐犊之情也是孝，咱们看'孝'这个字，上头半个'老'，底下一个'子'，这里头有两层意思：子背着老；老在上头也护着子呢！

"所以我说的孝，是上下贯通的至亲之爱。为人父母的，如果不爱、不孝顺自己的子女，使他吃饱穿暖，教导他，疼爱他，那怎么指望他以后能反过来爱你、孝顺你？这是最自然不过的道理，大家可以思量思量。

"本朝康熙年间，江苏湖州城内，有一对老夫妻，丈夫叫张老，妻子名八娘。也许是张老上辈子在佛前烧过断头香，与八娘结婚多年，无儿无女。家里又赤贫，纳妾的事，有心也无力。老两口求神问卜，什么法子都试，什么经都念，至诚动天，终于在八娘五十岁之际，肚子有了动静，十月生产，是个俊俏的女孩儿。

"夫妻俩对这女儿爱如珍宝，取名霖儿，意思是这孩子就像甘霖，来得及时，来得大喜。老两口对霖儿悉心教养，培养得这孩子极是温柔贤淑，长得也是粉雕玉琢，清婉可爱。霖儿十四岁上，老两口开始盘算她的婚姻大事。这天，家里忽然来了位客人，穿得富贵华丽，张老一时认不出来。那客人笑道：张兄不认得同窗旧友了？张老细细一认，原来是三十多年前的一位同学，叫宋合一，当年他考场得意，去京城做官，往来自然少了，这些年他在外地宦游，也不曾谋面，一时认不出了。

"原来宋合一做巡抚时，动用官银凿渠修坝，现任总督是他在朝廷里的对头，查了账簿，参了他一本，说宋合一滥支公帑，核算出来需要补缴三万两银子。宋合一变卖家产补齐了，对官场也冷了心，辞官回乡。两人年轻时交情就好，宋合一回乡后，两家常常往来。宋合一有个儿子叫宋勤学，刚满十六岁，自然而然，两家结了亲。成婚不久，宋合一夫妇先后生病死了，霖儿辛苦操持生计，让宋勤学安心读书备考。

"不久，霖儿生了个儿子。也是宋家时来运转，宋合一做官时提拔的一个下属，如今发达了，得知宋家遭难，主动报恩，给宋勤学捐了监生，送了银子，还许诺为他谋个官，宋家摇身一变又成了财主。谁知宋勤学发达后便不安分，开始有不足之心，不顾霖儿反对，娶了个卖唱的做妾，大吹大播地迎进门。这妇人姓刘，乃湖州城有名的粉头儿，长得极标致，性子极风流，活脱脱一个狐媚子，将宋勤学迷得神魂颠倒。刘氏恃宠而骄，虽说是妾，哪还把正房的霖儿放在眼里？只把霖儿当作肉中刺、眼中钉，久而久之，心思越来越毒，竟想除掉霖儿，自己一家独大。

"这个世界怪得很，越是无德无行的人，就越迷信鬼神，和尚庙、道士观、土地城隍、花神痘娘娘，见什么信什么，见什么拜什么。这个刘氏就特别痴迷礼佛拜道，湖州城内有一座圆通寺，是她最常去的，寺里有个眉清目秀的缘虚和尚，最信奉佛家"三宝"，哪"三宝"？赌钱吃酒养婆娘。一来二去，两人就勾搭上了。

"偷情这种事瞒不住旁人的，霖儿也听到一些风影，拿出正房太太的身份，用话刺了刺刘氏：'你以前怎么样咱们管不着，既然从了良，就要有个人妇的样子，没事不要在外面抛头露面，尤其是寺庙那种都是男人的地方。'刘氏当面儿没说什么，私下里恨得咬牙切齿。

"这天，刘氏又跑去圆通寺和缘虚幽会。俩人腻歪一番，刘氏闷闷叹气，缘虚问她怎么了，刘氏擦眼抹泪地装委屈，说在家遭霖大奶奶虐待，饭不给吃，衣不给穿，动辄打骂，这条薄命朝不保夕。缘虚很是心疼：'那可怎么办？'刘氏看他上了钩，随口说：'要是怎么着除掉她就好了。'缘虚大惊：'你要杀她？这可不是玩的！'

"刘氏啐道：'呸！亏你是出家人，什么杀不杀的，我也不敢杀人，只是设法教训教训她。'便将自己的主意告诉了缘虚，缘虚惊喜道：'好人儿，你这是便宜我了呀！'刘氏笑道：'肥水不流外人田，便宜你我也乐意——你把她糟蹋了，毁了她的名声，她自然没脸活下去。你受用一番，又除了我的心病，岂不两全？'

"两人商议定了，按计行事。回到家中，刘氏装起病来，哼哼唧唧地不肯下床，说后天是宋老爷的忌日，自己在圆通寺许了愿要斋僧的，这下去不成了，把宋勤学也急坏了。刘氏建议让霖奶奶去，代宋家做功德。宋勤学开始不同意：'不行我去吧。'刘氏骂他：'放屁！你在家，她还不敢对我怎样，你若出了门，不知她用什么法子害我呢！'

"无法，宋勤学便吩咐霖儿去圆通寺斋僧，霖儿不愿意去，被宋勤学一顿骂，无奈答应了。到了这天，霖儿带着丫鬟、嬷嬷坐轿子去了圆通寺，上了香，斋了僧，大三伏天，忙得一头汗，便坐在廊下休息。

　　"这时，缘虚和尚走了上来，请霖儿去茶室纳凉，经不住丫鬟嬷嬷撺掇，霖儿看时候还早，坐坐无妨，便去了茶室。谁知吃了茶点，顿时觉得晕晕沉沉的，眼皮上下打架，困得不成样子，丫鬟和嬷嬷见状，便伺候她在榻上躺下休息。缘虚又请丫鬟、嬷嬷去别处吃点心，自己偷偷折回来，奸污了昏迷中的霖儿。——不用说，大家都猜到了，这点心里，下了迷药。

　　"等霖儿醒来，发现自己衣衫不整，知道吃了哑巴亏，敢怒而不敢言，不声不响地带着丫鬟和嬷嬷回了家，仔细想来，肯定是刘氏和那个和尚串通好了，自己不慎，遭了他们的毒计，羞愧万分。这时，宋勤学冲进她房中，二话不说就是一顿毒打，骂她淫妇：'老妈子说了，你在和尚屋里喝茶，还在和尚屋里睡觉！'

　　"霖儿百口莫辩，受了天大的羞辱，愤恨无比，恨宋勤学无情无义，恨刘氏狠毒，也恨自己性格懦弱。看着小儿子，更是心疼，刘氏已有身孕，等自己死后，她定会折磨死这个孩子。她狠下心来，把几条汗巾绑在一起，搭在房梁上，套住脖子，又用一条绳绕了儿子的脖子，拴在自己腰上，踹翻椅子，母子俩一齐归了天。"

　　故事说到这里，底下有人喊起来："这不是宋知县家的事么？这新闻全苏州都知道的！""说的是三棵柳村袁七娘的女儿，故事里叫八娘，不管七娘八娘，反正最后都死了。"还有人问："上吊的那妇人，会不会变成厉鬼回来报仇？"赵敬亭摇摇扇子："我不知道苏州的新闻，我讲的故事是康熙年间的。诸位耐心些，底下的才是正文呢！

　　"且说霖儿死后，张老夫妇伤心欲绝。八娘虽不知道霖儿在圆通寺的遭遇，但她知道那个刘氏向来狠毒，女儿没少受委屈。如今上吊，定是被逼到了绝路，撺掇张老去告状，张老是个懦弱人，伤心之余，他恨女儿害死了外孙，不肯再管。无法，八娘亲自出面，往巡抚衙门告，宋勤学用银子打点了，衙门只说是负气自杀，还连累上自己儿子，残忍至极，可谓死不足惜。

"八娘不服，嚷着要去北京告御状，可她一个妇人家，又是小脚儿，怎么去得了北京？便是去了北京，难不成跪在紫禁城门口喊冤么？官司打不成，正路走不通，那就走小道儿——八娘决定亲自为女儿报仇，她先找到女儿贴身的一个小丫鬟，问了当日在圆通寺的事。小丫鬟纳闷：'从寺里回去，当晚奶奶就自杀了，不知道发生了什么事。'

"丫鬟还说，刘氏与寺里的缘虚和尚不清不白，那天正好是缘虚接待的她们，离开圆通寺时，她瞧见霖奶奶偷偷哭了。八娘立刻起了怀疑，女儿莫非在圆通寺受了什么侮辱，不好跟人说的？若如此，肯定是刘氏和那个和尚串谋，以此逼死霖儿。

"八娘独自去了圆通寺，找到缘虚，问他霖儿来烧香那天发生了何事，缘虚自然装作不知道。八娘没有证据，不好拿他怎样，便藏在寺中。等入了夜，和尚们都睡下了，她来到寺里的水井边，把辘轳上的一大团绳子解了下来，偷偷来到缘虚的僧房。

"她将绳子打了个圈，轻轻套在缘虚脖子上，另一头搭过房梁去，她把绳子缠在胳膊上，爬上桌子，往下一跳，就像钓鱼一般，把缘虚吊在半空，不住地扑腾。吊了一会儿，八娘将桌子拉到缘虚脚下，缘虚脚尖踩住了，才缓过气来，不住地咳嗽。八娘拉着绳子，让他将将能呼吸，命他交代那天对霖儿做了什么。缘虚吓得魂飞魄散，便将刘氏的计谋说了出来。等他说完，八娘把绳子那头系在床脚上，挪开桌子，眼睁睁地看着缘虚悬空，挣扎至死。

"下一个，要杀刘氏。刘氏有身孕，不便出门，也不知道缘虚惨死的消息。八娘在她家门口偷窥了两天，发现有个接生婆常常出入，便去结交了这个婆子，随她串街走巷给孕妇看病接生。刘氏见过八娘两次，八娘怕被认出来，就学古代刺客豫让漆身炭嗓的法子，抹黑了脸，凿掉几颗牙，假扮的样子连女婿宋勤学都认不出。

"八娘渐渐和刘氏熟悉了，常来看望她。这天，八娘和刘氏闲聊，说有个土法子，可以让肚里的孩子生下来不怕天花。刘氏一听来了兴头，忙问什么法子。

八娘说把庙里点灯用的上等香油，涂满全身，念一段咒语就可以。刘氏说家里有的是香油，让八娘立刻就帮她施法。卧房中，刘氏脱光了衣服，让八娘用香油抹遍了全身，连头发也浸湿了。八娘摸着她高高隆起的肚子念叨了些什么，拿过桌上的油灯，对刘氏笑道："你死后一定会下油锅，让你活着的时候先尝尝滋味！"说完，将油灯往她身上一扔。

"刘氏被活活烧死了，宋家也被烧得七零八落。八娘躲回家中，张老不知她报仇的事，还以为她天天在外面求人打官司，劝她：'虎毒还不食子呢，霖儿自杀还带上了自己的儿子，天下怎么会有这么狠毒的妇人。'八娘只是冷笑，并不理他。

"罪魁祸首的奸夫淫妇已经死了，还有一个也不能饶，便是宋勤学，他娶妾忘妻，听人挑拨，冤枉霖儿，也必须偿命。她以假身份出入宋家几个月，发现宋勤学很少在家，常去醉春院喝花酒。原来刘氏有孕，又不准他和丫鬟胡闹，宋勤学耐不住寂寞，便去青楼偷腥，刘氏也睁只眼闭只眼。

"八娘装作乡下人，在醉春院做了粗使婆娘，每天帮姑娘们洗衣服收拾屋子。这日，宋勤学又来嫖宿，在相好的房内调笑，相好的出来叫八娘：'老娘，帮我烧水，我要洗澡。'等烧好水了，那妓女下楼去洗，对八娘说：'宋大爷睡着了，你去把他的衣裳熏熏香。'

"八娘进了房，看见宋勤学躺在床帐子里，呼呼睡得正香，她从怀里拿出准备好的剪刀，悄悄来到床边，去解他的中裤，宋勤学喝了半醉，笑说：'心肝儿，别闹。'八娘一把握住他裆里那话儿，二话不说，用剪刀咔嚓一下，齐根儿剪了下来。宋勤学大叫一声，疼得摔下床去，满屋子打滚儿。

"八娘将那玩意儿扔在他脸上，照着他的脖子又是一剪刀，宋勤学脖子里开了花，血喷得到处都是，八娘吓得双手发软，丢下剪刀，匆匆跑了。她跑啊跑，来到湖州城外的霖儿坟前，哭着说：'好孩子，你死得冤枉，娘已经为你报了仇，一个都没放过！'说完，一头撞在墓碑上，脑浆迸裂，登时毙命。"

底下稀稀拉拉地鼓掌，大家对今天这段书反响平平。有个中年汉子凑上前坏笑："老赵，昨天这段书可不是这么讲的，昨天你说八娘杀宋勤学，是割了他的鸡巴，用针线缝在他嘴上，跟个鸭子一般，今天这段书平庸了。"赵敬亭冷笑道："这位爷，快住嘴罢！看不见今天在座的有几个年轻姑娘？见人说人话，见鬼说鬼话，昨天跟你们那么讲，今天这场合就不合适了。"

早上只说一场，众人纷纷散去，青凤在后面坐着，面无表情地对赵敬亭点点头，赵敬亭招招手，两人来到二楼坐定。

青凤腰上缠着一块白布，这是在给七娘戴孝。当日审问了小樱桃后，正如赵敬亭说书讲的，七娘去巡抚衙门告状，但官官相护，状子都没收，就将她赶了出来。她又去祇园寺找缘冲和尚对质，缘冲自然不承认。蹊跷的是，从寺里回来第二天，七娘就死在了素云的坟前——头上一个大窟窿，墓碑上一片血迹，所有人都说，七娘是自杀死的。

青凤不信，她肿着两只眼睛："要真像二叔讲的那样就好了，可惜姨娘到底没能给姐姐报仇，宋好问那对奸夫淫妇，还有那个缘冲和尚，如今都逍遥法外。我是姨娘带大的，最了解她的性格，天塌下来，她也不会自杀。我敢说，一定是宋好问派人杀的她。"

赵敬亭道："素云和七娘的死，都有很多疑点。我书里说的，都是你告诉我的，可你想的也不一定是对的。青凤，其实我本不愿意说这段书，谁都听得出来是咱们家的事，今天在座的就有三棵柳村的人，回去一传，让你爹知道了可怎么想。"

"我爹怎么想不重要。二叔，你把这段书讲出来，越多人听越好，传得越广越好，最好让宋家也知道，让那个缘冲和尚也知道，以后他们会像书里那样死掉——二叔，你编得很好。"青凤攥紧拳头，牙齿咬得咯咯响，"我将来要像书里讲的那样，给姐姐和姨娘报仇，一个都不放过。"赵敬亭皱眉道："青凤，你这话是什么意思？"青凤冷笑了笑，没说话。

出了茶馆，刘雨禾在外面等着："他们都说赵先生今天这段书，说的是你家的事，那个霖儿，就是素云姐姐。"青凤朝他脸上劈手一个巴掌："要你说！"刘雨禾委屈地捂着脸不敢说话，跟在青凤后面出了城，回到三棵柳村，本要跟她回家，又被青凤骂："你没家么？狗一样跟着人做什么！"

珠儿在葡萄架下蹲着，痴痴地看蚂蚁搬家。近来发生了太多事，一家人都没怎么注意到她，自从上次吃饭，陶铭心打了她一巴掌，珠儿就有些"福去心不灵"了，素云的死，更是令她失魂落魄，回到以前的状态——憨憨呆呆，混混沌沌。

保禄在厨房烧火，一股股白烟从窗户里滚出来，他在里面咳嗽个不停，青凤一脚踏在门槛上，抱着胳膊问："怎么你做饭？那个不要脸的没来？"保禄擦擦脸上的汗："你跑哪里去了？眼看就中午了，这灶火却烧不起来。"他拉了拉风箱，里面嘎啦啦地响，已经坏了。青凤鼻子有些发酸，这风箱，是七娘弄坏的。素云刚死那阵，七娘如同行尸走肉，轻易不说一句话，整日坐在厨房的灶台前，将一锅水烧开，加凉水，继续烧，这么着一烧就是一整天，生生将风箱拉坏了。

这时，张何氏带着莲香，提着一只大竹篮进来了，跟三人打了招呼，怯生生地说："我蒸了些米糕，自己吃不完，给你们送一些。"刚放下篮子，珠儿就抓了两块开始吃，底下还有几样点心，香气扑鼻。青凤瞪了她一眼，转身进了屋。

张何氏来到厨房帮保禄煮饭，保禄偷偷道："张婶子，你三天两头来，也不怕村里人说闲话？"张何氏笑道："他们说的还少么？我不在乎，就是青凤，怎么突然不待见我了？"保禄轻叹道："青凤和七娘感情很深，你天天来照顾我们，她心里就不是滋味了。"

正说着，陶铭心从学堂里回来了，和张何氏微微点了点头。摆好了饭，一家人团团坐下，张何氏吃过了，抱着莲香坐在旁边。青凤偷偷捅了下保禄："我怎么觉得怪怪的？"保禄不解："哪里怪了？"

陶铭心吃了几口饭，放下筷子，徐徐道："跟你们说个事。你们还小，吃喝拉撒都要人照顾，我是连饭都不会煮的，以后，何大娘会住在咱们家——你们也不要叫她张婶子了，她本姓何——莲香就是你们的妹妹。"青凤大惊，将筷子一放："什么？"保禄早料到了这一天，反而有一丝欣喜，珠儿依旧埋头吃饭，跟没听见似的。张何氏垂着头，紧紧抱着莲香，仿佛是她做错了什么事。

静了会儿，保禄打破沉默，笑道："恭喜先生，这是好事。"青凤冷笑一声，咣当把桌子掀了，饭菜洒了一地，她气得眼泪直流："好事！"陶铭心并未发火，平静地问："青凤，你有话说？"青凤一脚将一只瓷碗踩碎："我没话说，地下的人有话说！姐姐和姨娘死得不明不白，冤还没有洗，仇还没有报，这才过了几个月，爹就续上弦了？是有多寂寞！"

陶铭心脸上猛地红了，去了趟书房，出来时拿着一块手帕，扔给青凤，青凤看了那十个血字，极是糊涂。陶铭心道："这是你姐姐临死前留下的，是给我的话。她若有什么冤情，为什么不写明白，让咱们给她做主？为什么只写下这几句？"青凤盈满眼泪："那姐姐为什么自杀呢？"陶铭心夺过帕子，愤然道："无非是夫妻反目，置气而死！一个自杀带上了儿子，一个自杀撇下了家人，这里头有什么冤情？之前你就说素云是被害死的，现在又说你姨娘是被人杀的，有一点证据么？口说无凭呀青凤！"

青凤哑口无言，当日她和七娘听了小樱桃说的，回家告诉父亲，商量打官司。陶铭心不赞成："素云留宿祇园寺，是因为天降暴雨，这是谁能设计的？单凭这一点，这官司就没得打。说他们冤枉素云，以致逼死上吊，更是说不清楚——素云死前，那个小樱桃也不在身边，无人作证说是他们家逼的。宋家随便编个说辞，说素云赌气使性，甚至发了疯，所以才上吊，我们如何反驳？"父亲说的不无道理，就眼下说，姐姐、姨娘的死，都没有证据说是别人害的。青凤感叹，赵敬亭书里说得轻松，去威逼和尚说出实情，可那是说书，自己一个文文弱弱的女孩儿，哪有本事去威逼别人？

陶铭心拉住她的手："青凤，你和保禄、珠儿，还有爹，都需要人照顾。"青凤气鼓鼓地甩开手，高声道："我不要人照顾！你也不是要人照顾，你是老没廉耻，想生儿子继承你的香火！我们几个姊妹对你什么都不是，你在乎什么！"她站起来，指着张何氏骂道："不要脸！"啐了一口，跑出去了。保禄要追，被陶铭心拦住："不要管她！由她闹去，真是从小惯坏了她！"张何氏一声不响地收拾了满地狼藉，偷偷对保禄说："傻小子，还不去找！"

家附近找不见，保禄一想，青凤肯定去了素云和七娘的坟上，跑了一程，果然远远看见她跪在坟前，但不是一个人，还有刘雨禾。保禄心里有些别扭，不好叫她，悄悄走到附近，躲在一棵树后面。

青凤对雨禾哭诉道："我爹就是不明白，他不明白素云姐姐到底是谁害死的，姨娘的死他也不在乎——他其实一直讨厌姨娘，讨厌我们姊妹，因为我们不是儿子，他甚至也不喜欢保禄，因为他是洋种。他一直觉得自己才是对的，其实他才是最毒辣的那个。"刘雨禾搂着她的肩膀："陶先生并不毒辣，只是有些……我也不知道。"

青凤把头埋在刘雨禾怀中，大哭了一场。保禄在树后面同样心如刀绞，不知道是心疼青凤，还是嫉妒刘雨禾。好一会儿，青凤才止了哭，理了理鬓角，用帕子揞了揞鼻子，严肃地看着雨禾："雨禾，咱们跑罢！"

刘雨禾不解："跑？什么意思？"

"你带我走，离开这里，离开苏州，跑远一点，再待下去，我就疯了。"

刘雨禾抓抓脑袋："这……我们去哪儿呢？"

"去扬州找你母亲，我要拜她为师，学习武艺。"见刘雨禾犹豫，青凤搡了他一把，"你不愿意么？我自己走！"

刘雨禾忙拉住她："豁出去了！我带你走！"

保禄再也忍不住，从树后跳出来，吓了两人一跳。他满脸焦急："青凤！你不能走！"青凤冷笑道："呵，连你也要管我？"保禄急道："我不是管你，我是舍不得你。"青凤愣了下，走上前，拉了拉保禄的手，冰冰凉凉的："保禄哥，你要保重。"

麒麟

下册

周游 ◎ 著

长江出版传媒
长江文艺出版社

目 录

第 30 章 保禄决定去欧罗巴

这两天，陶铭心只差将苏州城翻过来，赵敬亭和何姑也火急火燎地到处寻找，不少人看见过青凤，但不知去了哪里。陶铭心急得坐立不安："肯定是给花子拐走了，老天爷是多恨我，要这么惩罚我！"保禄终于不再隐瞒，告诉陶铭心，青凤是离家出走了。陶铭心气得踹了他一脚："好畜生！你为什么现在才说！"

保禄垂头道："青凤怕家里找她，要我帮她瞒过三天，等她走远。"陶铭心大怒："她让你瞒，你就瞒着！她让你死，你死吗？"此时，保禄的心中如有一只刺猬乱撞，扎得他周身难受，想着青凤离开时决绝的神情，那只刺猬就翻滚起来，心里乱痛。不知从哪里来了一股邪劲，他憨憨地说道："她让我死，我也死。"

陶铭心愣住了，竟一时不知道说什么。赵敬亭赶紧上来劝开，问保禄："青凤跟你说了吗，她为什么要离家出走？"保禄道："素云姐姐、姨娘的死，她怀疑都是宋家陷害的，她要报仇。和她一起走的，还有刘雨禾，说是去找他母亲。"赵敬亭叹道："果然，这孩子认准的事，一定要做成。"他劝陶铭心，"大哥，事已至此，找也没法找，将来她肯定会回来的。"

陶铭心又恨又怒："我家里撞了什么邪神，这到底是怎么了！接连自杀了两个，又离家出走了一个……"他哽咽了，咬咬牙，语气又硬了起来，"素云死，把小升哥儿也带上；七娘死，把一家子都撇下；青凤又跟姓刘的小子私奔了，真是不知廉耻！我这是个什么家……祖宗的名声，全毁了！真后悔没给青凤裹脚，要裹成小脚，我看她能去哪儿！"他扭头又朝赵敬亭发泄："还有你，老二！我知道你在城里说书又编排我们家的事，我懒得和你计较，只是你要分清，说书说成习惯，什么是真什么是假都不知道了！"

看陶铭心发狂一样指责人，保禄忍不住道："先生！就是因为您这个样儿，青凤才走的！"陶铭心震惊地看着他："你说什么？"保禄道："我说青凤就是因为您这样，才离家出走的。先生只在乎名声，只相信自己，家里其他人想什么说什么做什么，您都不在乎。青凤说，若素云姐姐和她是儿子，先生就不会这么待她们。"

赵敬亭在旁重重叹了口气。保禄不敢直视陶铭心的眼睛，只瞥了一瞥，那双眼睛满是血丝，滚着眼泪的亮光，却已不是愤怒，而是七分失望，三分伤心。只听陶铭心冷笑道："是，可惜我没个好儿子，没个自己的儿子！"说得急了，他竟道："果然！一个个都是白眼狼——非我族类，其心必异！"保禄全身冰凉，转身离开了陶家。

保禄在耶稣圣像前祈祷了许久，祝福素云、七娘都能升入天堂，希望能早日再见到青凤，少不了又落了几滴眼泪。葛理天要他把心里的事倾诉出来，保禄摇摇头："全是罪过，我要在心里消灭它们。"消沉了两天，保禄恢复了精神，将落下的功课都补起来，除了祈祷和念经，其余时间全部投入到研究西学之中。他对葛理天说："这个世界，人会变，事情也会变，这是我们一切痛苦的根源。只有算学不变，一就是一，二就是二，加起来永远等于三，海枯石烂，斗转星移，那也是三——我们上帝就住在数字里面。"他对科学研究得愈投入，对天主的信奉也愈坚定，对青凤的思念，还有更强烈的嫉妒、痛苦，也稍稍能减轻些。

葛理天看保禄专心致志地研究学问，也很欣慰，从洋商那里购买西洋最新的书籍和各种仪器，供保禄使用，不过他也规劝保禄："你着迷这些学问是好事，我不拦你，但你要知道，所有知识都不如这本书里的话来得神圣与准确。"他拍拍那本黑皮的《圣经》，"参透了上帝的话语，就参透了这个世界。"

这天，葛理天去一个改信佛教的教民家中游说，保禄在教堂给汤普照写信，准备写好了让葛理天交给洋商，带回欧罗巴——自从葛理天来时带来汤普照的信，就再也没收到过汤普照的信了，保禄很想念他，为了让汤普照高兴，保禄用拉丁文磕磕巴巴地写，颇是费力。

他记得葛理天刚来苏州时，给他画过一张字母表，好像夹在哪本书里了，在书架上翻了好半天，都没找到，想着葛理天床下的木箱子里也有些书，便拖了出来，多是西洋文的宗教书籍，还有一捆设计拙政园大水法的图样，翻了半天，终于找到了那张发黄的字母表。

无意间，书籍磕到箱底，发出清脆的一声响，保禄用指头敲了敲，底下似乎是中空的，他立刻兴奋起来："有夹层！葛先生藏着什么宝贝呢？"好奇心作祟，他腾空了箱子，找来圆规，小心翼翼地撬起箱底的木板，底下果然是个空格，有一个用油布缠裹着的包裹，一尺见方，掂量着好像是书籍。

保禄解开油布，是个牛皮袋子，里面装着厚厚的一沓图纸。保禄一张张翻看，似乎是某种器械的构造图，每一张都画得极为精细，每个齿轮、铆钉、杠杆、轴承都清晰毕现，如一只只蚂蚁、蜈蚣、蝴蝶，爬满全纸，画得极有生机，仿佛正慢慢蠕动。所有纸张都标着序号，零件旁边用漂亮的花体法兰西文写着各部位的名称、尺寸、重量，这简直不是设计图，而是精美绝伦的绘画珍品。保禄看呆了，不仅画得精妙，各个部位的零件设计得也很巧妙，他在心里算着各种数字，每一项都能得出最迅捷、最稳固、最省力的结果，禁不住赞叹："葛先生的技艺，真是深不可测！"但他有些困惑，足足七十多张的设计图，每一张都是局部的，不知道到底在造什么。他将房中的家具挪开，把所有图纸按照编号一张张拼在地上，站在板凳上往下一看，差点从板凳上摔下去。

所有图纸，拼成了一只巨大的麒麟。

所有的内部构造、外形设计，都清清楚楚地呈现在他面前，像一条吃光了肉的鱼骨架——似是横剖开了一头巨兽，躯干内有七个座位，脚下有踩水车样式的踏板，各种齿轮、摇杆和西洋最先进的球形轴承连接着麒麟的头尾和四肢。

保禄亲眼见过那头麒麟如何奔跑跳跃，简直活的一般，后来每次怀疑这麒麟是假的，心里便嘀咕，若是假的，谁能造出这样一个复杂无比、精妙至极的机械麒麟呢？而他万万没想到，竟是葛理天造的。他拍了下额头，骂自己愚蠢——整个江南，甚至整个大清，有这种西洋技艺的，也只有葛理天了。早听说北京宫里有一位叫西澄元的洋人，为乾隆造了一只木头狮子，拧上发条可以行走——那只是个玩具，远不能和这头精巧的麒麟相比。

之前在陶家，听刘稻子说这麒麟是假的，是他们在里头操纵的，保禄还不相信。不相信是不愿意相信，他一直希望那只麒麟是真的神兽，如今看到这些图纸，仅存的幻想破灭了——抬头看着墙上挂着的耶稣受难十字架，保禄的脸上现出似是利刃割出来的、扭曲而痛苦的笑容。让他震惊的，已经不是葛理天造了麒麟这件事，而是他内心深处的一个事实：他对上帝的爱与信仰，始于一场神迹——当年与葛理天在藏鼎山上看星象，偶遇了这头麒麟，葛理天念着《圣经》的经文将麒麟吓退。

之后他不断告诉自己，那头麒麟是真实存在的，不管刘稻子他们怎么说——他们反清的，什么谎言编不出来？保禄默默相信那头神兽就在藏鼎山，而葛理天可以用耶稣的箴言将其斥退。当时的感受太过震撼，随着时间流逝，保禄反复回想那个场景，竟连这个场景是幻觉还是回忆也分不清了。一旦连记忆都变得模糊，信仰就有了立足之地。

现在，他确信了麒麟是假的，自己再怎么强作不信也不能了，葛先生亲自设计的图纸就摆在面前，他对于上帝的信仰，也塌了一角。至少，他明白了，不存在什么神迹，都是虚无缥缈的，都是伪造的。听说，古代有一种绳技，爬着绳子上云层，爬了好久好久，人看不见了，绳子也掉下来。现在的他，就是那个消失的人。

保禄平静下来，收好麒麟的图纸，放回夹层中，正要合上箱子，发现箱盖上也有薄薄的一个夹层，保禄犹豫片刻，又撬开了，里面是一沓信，用麻绳捆着。保禄以为是葛理天的私人信件，不便偷看，扫了一眼信封就要放回去，忽然看到几封信的信封上写着熟悉的字迹——是汤普照的来信。

自从汤普照离开中国，只寄过一次信，就是葛理天带来的，这些年保禄常问葛理天："为什么汤老叔也不来信？"葛理天每次都说："中国和西洋隔着上万里，商船来回要一两年，中间遇着大风浪，翻船的有，扔行李的也有，一百封信里有五六封能寄到就不错了。稳妥点的话，从欧罗巴先寄到印度，然后再转到澳门，再从澳门发到内地，估计得一年半或两年才能送到哩。汤先生的信，不是丢了，就是在某个传教士手中没送出来呢。"

谁想到，汤普照的来信都被葛理天藏了起来。保禄大为愤怒，拿出那几封信，理直气壮地打开看。信是用佛郎机文写的，保禄这几年勤加学习，已经能顺畅地阅读了。这些信都是写给保禄的，字里行间很关切他的学业，说自己在佛郎机的一所乡间教堂内任职，等过几年想再来中国云云。汤普照非常贴心，每封信末尾都用汉字标写中国纪年，乾隆二十七年、乾隆三十年等等，方便保禄计算时间。

最后一封信，信封还比较新，显然是最新寄来的，打开，里面却没有信纸，保禄在那捆文件里找了半天，依旧没找到，直觉有些不对劲——这封信的内容肯定非同小可，不由对葛理天十分愤慨。

临晚，葛理天才满脸疲惫地回来。教堂中有专门做饭的婆子，给葛理天和保禄上了饭菜，保禄没心情吃，葛理天也吃不下，摇头感叹："短短一天，损失了五个教民，就因为那个当爹的，昨晚梦见了观音菩萨，说他们家东南角地下有财宝，天还没亮，他们一家人就挖，挖了快一丈深，挖出来个生锈的宣德炉，就当宝贝供起来了，就要全家信佛。我真是一点办法没有，跟他们辩论了一整天，就是不肯再信，一只生锈的宣德炉啊……"

保禄微笑道："至少有个香炉，总好过什么也没有，人家信菩萨也说得过去。"葛理天歪头看着他："我不懂你在说什么。"保禄冷笑一声，问道："《圣经》里有个故事，我想不明白，想请教先生。先知约拿掉进大海，被鲸鱼吞了，在鲸鱼肚子里憋了好几天，最后活了下来。这个故事到底想说什么呢？鲸鱼的肚子，是不是有什么寓意？"

葛理天笑着解释了几句，忽而脸色变了，紧张地看了眼自己的床那边。保禄问："那么，葛先生，有没有可能，约拿可以控制鲸鱼？"葛理天咽了口唾沫："保禄——你看到什么了？"保禄笑道："我看到了什么不重要，我已经不敢相信自己所见的了。"他从怀里掏出一个纸包，在葛理天面前摇了一摇，"先生别怪我狠毒，饭菜里我下了毒药，一个时辰之后，毒性会发散，杀不死你，但会让你眼睛瞎掉，舌头烂掉，你这一辈子，别想再看到任何东西，说出任何话。"

葛理天惊讶地张大嘴巴，想呕却呕不出来："保禄……"

"这是解药。"保禄将纸包攥在手中，"你若好好回答我的问题，我会救你。"

葛理天一脸苍白："保禄，我瞒着你，是为你好。你知道的越多，就越危险。既然你发现了，我就告诉你，不错，那头麒麟正是我造的，刘稻子他们反清的事业，我也有参与——你早就知道了。"保禄道："但我并不知道你图什么，你以前不肯说。"葛理天脸上痛苦万分："我……我是为了报仇！"

葛理天生于法兰西京师大巴西里城，父亲是帽子商，母亲是著名的园艺师，他有三个哥哥，两个姐姐，作为富裕家庭的幼子，他从小备受宠爱。从他记事起，就是最虔诚的教徒，每天对着耶稣像忏悔和祈祷。八岁时，他进入教会学校，学习西洋各国的语言、算学、地理，当然最主要的还是研读《圣经》。十四岁时，他升入一所高等教会学校研修，同学中最要好的是两个佛郎机人，一个叫黄安多，一个叫谈方济，三人智力相当，性格也契合，整日形影不离，他们在教义、仪轨、教史等方面的造诣出类拔萃，是教会学校中最耀眼的年轻人。

临结业前，葛理天在学校的图书室中发现了一本书，是耶稣会传教士金尼阁撰写的关于中国地理文物的专著，书中所描述的中国之丰盛之美丽深深吸引了葛理天，他将这本书推荐给两位伙伴，也引起他们极大的兴趣。三人为此着了迷，把能找到的关于中国的书籍都读遍了，共同立下志愿：要去遥远的中国做一名光荣的传教士。

葛理天道："保禄，你不了解，中国作为一个大教区，在这里传教的权力归属于佛郎机王室，所有来中国传教的传教士，不管哪国人，必须宣誓效忠佛郎机国王，来中国的船只，也只能由里斯本出发。他们两个都是佛郎机人，帮我打通了关系，所以我比其他传教士更为优先地申请到了传教的资格。"

然而教会自有安排，黄安多先被派去了中国，葛理天和谈方济只能在里斯本苦苦等待教会的任命，顺便跟随一个去过中国的传教士学习中文。两年后，他们两个才拿到任命书，坐上商船，历经种种艰险，来到澳门。

澳门有传教的总会，先安排二人在此学习了不少传教的技巧和中国南方的风俗，过了半年，才将二人分派出去：葛理天去蛮荒的云南南部开辟教堂，谈方济则去了江西，此时黄安多在南京，三人只能靠时断时续的通信保持联络。

在云南的高山密林中，葛理天吃尽苦头，终于感召了十来名百姓信奉天主，并建起一座教堂。这里是中华帝国的边疆地带，北京的禁教令根本传不到这种化外之地，传教的事业反而顺风顺水，短短五年，葛理天便在云南发展出一千多名信徒。澳门总会对葛理天的成绩大为赞赏，葛理天想念两位密友，安顿好云南的教务，便先去了谈方济所在的江西。

江西是大省，各级官员严守乾隆的禁教令，谈方济在这里传教举步维艰，加上水土不服，身体非常虚弱，葛理天便帮他秘密传教。他口才极佳，风度翩翩，对中国文化相当了解，在当地的百姓中很快有了名声，吸引了不少人信教，和官府也建立了交情。等谈方济身体大好了，两人便北上至苏州，看望黄安多。

那一年，是乾隆九年。

江南传教的形势更为严峻，从明朝耶稣会传教士入华以来，这里一直都是天主教最为普及的地区，乾隆的禁教令一下达，这里也成为最危险的地区。作为洋人，别说传教，连上街都要小心翼翼，三人只能见缝插针地布道，不敢有任何招摇的举动。虽然传教受阻，但三位至交密友在异国他乡重逢，实乃生平乐事，他们依稀又回到在大巴西里的求学时光，同榻而卧，同桌而食，亲密无间。

传教的环境越来越恶劣，乾隆十一年，福建福安县发生教案，五名神父遭到拘捕，其中白多禄神父乃德高望重的前辈，在狱中惨遭杀害——如果从唐朝贞观年间的阿罗本算起，天主教传入中国一千余年，这是第一次当朝杀害传教士。葛理天、谈方济、黄多安都极为紧张，在苏州静观其变。

福建教案后，乾隆下令全国严查传教士，葛理天三人躲在常熟的一个教民家中，不敢露头。然而灾祸还是不期而至，与福建的教案一样，也是被教民出卖。在这一带他们虽然不敢传教，但会处理教民的私事，有一个教民贪心不足，和族中的寡妇争夺田产，遭到黄安多的训斥，这个教民便怀恨在心，偷偷去苏州告状。幸亏有教民在城外发现了官兵，得知是捉拿传教士的，赶紧进城来报。逃跑已是来不及了，教民家的灶台下有一个藏身洞，只能容得下一个人，三人互相推让。谈方济和黄安多说，葛理天是罕见的传教奇才，对中国文化研究也最深入，绝不能让他被抓——他们从小受过优良的教育，理智冷静，葛理天也不再坚持，含泪躲进去了。官兵很快来到，将黄安多、谈方济，还有一众教民都抓走了。

官兵去后，有城外的教民闻讯来救，把葛理天接到乡村中藏了起来，那时候是乾隆十二年十一月，极冷的一个冬天。教民每天进城打听，葛理天得知在北京宫中效力的几位传教士如刘松龄、郎世宁等在竭力营救，澳门总会也在想办法斡旋。

起初葛理天以为并不严重，最多教训一番逐回广东，坐船归国而已，谁知过了年，案情没有任何好转的迹象。第二年春天的一个早上，葛理天接到教民的消息，黄安多和谈方济在狱中被绞死了，被抓的教民也多发配充军。朝廷为了防止教民祭奠，将两人的尸体秘密埋葬了，葛理天悲痛欲绝，想为两位好友收尸都不能。等风声过去，葛理天离开常熟，由海路返回澳门。

葛理天拭泪道："在澳门，我遇到了汤普照，那会儿你还是个襁褓中的婴儿。我心灰意冷，在日夜的祈祷中也无法解脱，企图自杀，被汤先生救了下来，他耐心地劝解我，鼓励我，把我从深渊中拉了上来。我振作精神，决心继续传教的事业，并为两位好友报仇。"之后，南京和苏州又多次搜捕传教士和教民，也许是宫中洋人的恳求感动了乾隆，没有再对传教士处以极刑，只将他们驱逐出国。葛理天在广州十三行的西洋教堂里蛰伏了几年，大清的禁教之风缓和了许多，他又接到澳门总会的指令，北上顶替汤普照，负责苏州地区的传教。

至于和刘稻子等人相识并结盟，则是另一段故事了。葛理天本来的计划，是想通过贿赂手段，去北京钦天监任职，接近乾隆，伺机报仇。在江南传教需要不少钱财去打点各级官员，澳门总会会提供一定的资金支持，但很微薄，最大的金主是杭州、宁波等地的洋商。其中有一位英吉利的商人，在华买卖丝绸、羊毛多年，中文名叫洪任辉。此人是狂热的天主教徒，倾力支持葛理天的传教事业，并且将刘稻子介绍给葛理天。

原来，洪任辉在经商之余，还和山东、浙江、福建的反清势力有关联，用自己的船队帮他们走私武器和粮草，并提供财物支持。他和反清人士有协定，若将来汉人重得天下，会全面开放通商口岸，并由他负责整个中国海关的税务。认识葛理天后，他的野心更加膨胀：把未来的中国，变成一个天主教国家——这与葛理天的计划不谋而合。后来，洪任辉因为清廷海关索贿的问题向乾隆告御状，反而遭到监押，在澳门被困了三年才设法脱身，之后也不敢公开露面，在东南沿海一带继续活动。前几年葛理天因为修水法与明德冲突，就是洪任辉秘密送来许多西洋珍宝供葛理天打点，才最终获得在苏州传教的默许。

葛理天主动留辫，借着剃发的幌子和刘稻子常相往来。刘稻子作为八卦教的首领之一，之所以从山东潜入江南，就是看中了这里富庶繁华，计划在此经略数年，燃起反清的火种，然后沟通山东民间的反清主力，先不打北京，直接南下，占住南京、苏州、杭州一带，等于扼住了清廷的七寸，恢复汉人社稷，易如反掌。葛理天也赞同这个计划，并乐意提供帮助，在江南制造恐慌。刘稻子派手下在各地偷剪百姓的发辫，到处宣扬大清气数已尽的舆论，又让葛理天造出麒麟，在藏鼎山装作崇祯帝转世的神兽杀戮满人，进而在苏州发动暴乱，可惜那一晚没能占领巡抚衙门，教堂还差点被暴民烧毁，功败垂成。

保禄听得入了神："那头麒麟，现今在哪里？"

葛理天道："在祇园寺观音殿，就是观音菩萨的坐骑。藏鼎山与祇园寺之间有密道，罗汉堂、观音殿、祖师堂、方丈室都有入口，等使用麒麟时，便将坐骑分解，通过隧道运到山上，拼接起来，便是一头可以行动的神兽。后来官兵围捕紧急，就将里头的机关全拆除了，灌入泥浆，彻底废了。"

保禄问："这么说，祇园寺的和尚也是你们一伙的？"葛理天点头道："他们的方丈月清和尚，真实身份是八卦教震卦的卦长——震卦卦长本姓王，月清用诡计害死了那人，夺了教权，又联合其他几大卦派，要挟大教主，将其当傀儡。如今月清才是八卦教真正的教主，连刘稻子也要听他调遣，至于娄禹民、何万林等人，都是刘稻子招揽入伙的。"

保禄忙问："麒麟里的七个人都是谁？"葛理天掰着手指头道："月清、他的徒弟缘冲、刘稻子、孙兰仙、薛神医、何万林，和娄禹民。"保禄点点头，把那包解药在茶碗中倒了一半："你先喝下，我还有话要问。"葛理天抱起茶碗咕嘟嘟喝了，额头上满是汗水："我还要传教，我的眼睛可不能瞎，保禄，你快问，我都会告诉你。"

"这些年，汤老叔的来信，你为什么都藏起来不给我看？"

"我……"

保禄不耐烦道："算了，我只问你最近这封信藏在哪儿了？"

葛理天不停摇头："保禄，不要看了。"他激动起来，握拳道，"我不会让你看的，不管你真下毒还是假下毒，哪怕你死了，也不会让你看的，我已经把那封信烧了，你找不到的！"保禄急得眼泪打转："为什么不肯告诉我？"葛理天拉住他的手："因为我想让你留在中国，你是我亲手培养出来的学生，你是个天才，等我的事业成功了，你会成为整个中国的教宗，你是最完美的人选——你精通西学，又在中国长大，又是最虔诚的教徒，将来我死了，全凭你来主持天主教在中国的大业。"

保禄怔了一会儿，忽然将茶碗在桌子上砸破，用锋利的边缘抵住自己的脖子："先生，你如此指望我，那我就以死来要挟你。把信交出来，若是烧了，就告诉我内容，要不肯——"保禄一使劲，脖子上渗出血来。葛理天被保禄的举动吓住了，忙举手道："保禄！不要！"僵持了一会儿，他投降了："我把信给你看就是，千万不要伤害自己。"他去了卧室片刻，将那张信纸递给保禄。

信是用佛郎机文写的，保禄边看边在脑海中译成中文：

挚爱保禄：

　　你在遥远的中国读到这封信时，希望我这个有罪之人还活着。天主保佑，我必须撑住，见你最后一面。今年春季的一个雨天，我去附近的村庄主持一个葬礼，结束后，我乘坐马车返回教堂，石桥湿滑，马跑得太快，连人带车翻进了河中，幸亏由附近的村民救起，我才免于一死。但天主自有他的意志，我因此生了重病，怕难逃死亡了。我现在在佛郎机里斯本附近的一个名叫圣奥利布拉的小山村，住在一个虔诚的教徒医生家中，这里空气清新，也许有益于我的健康，虽然我并未好转，每天只能在户外散步一小段，饮食也渐渐减少，不停咳嗽，医生说我的肺部出现了许多小气泡，情况不妙。

我的孩子，这一生，我没有别的遗憾，只是想到再也见不到你，心里便无比悲伤。我日夜思念你，慈悲万能的天主可以作证，你是我在这世上唯一的牵挂。我犯下过不可饶恕的罪行，但便是死后下了地狱，我也不想为这件遥远的往事悔过，因为你是如此优秀的孩子，你是天使，你有圣人的品行，我时时刻刻都以你为骄傲。孩子，我要感激这场重病，死亡的威胁让我无所畏惧，终于可以告诉你：保禄，我是你的父亲，你唯一的、真正的、血肉上的父亲，你的母亲是一个美丽的中国女人，可惜在你小时候她便离开了我们，不知道她现在在哪里，愿主保佑她。保禄，不要怨恨，我相信她和我一样，也在某个角落默默地为你祈祷。

这件事，以前没有告诉你，是我顾忌自己的名誉，忌惮教会的惩罚，如今我是将死之人，不能再瞒着你了。保禄，若你能原谅懦弱的、罪恶深重的父亲，请来看望他，他只有无尽的感激和炽热的爱——将这封信出示给葛理天先生，他欠我一份人情，如何从广州搭船来欧罗巴以及相关一切事宜，他会竭诚帮助你。

末尾，用汉字写着“清国乾隆三十三年五月初八日”——已经是一年前了。保禄整个身子缓缓从椅子上滑下去，瘫坐在地上，眼泪簌簌地往下掉，又突然从地上跳起来，紧张地原地转圈儿，像是旋涡中的一片树叶——他想立刻去广州，坐上回欧罗巴的大船，奔到佛郎机，去见汤普照——自己的父亲。

慌乱了一会儿，他趴在桌上，大哭了起来：他最爱的姑娘走了，他无比崇敬的神叆叇了，而他的父亲在异国他乡奄奄一息，等着见他最后一面。保禄从未如此大哭过，葛理天摸着他的头感叹：“好孩子，过去这么久，汤先生大概已升入天堂了，我不给你看这封信，就是怕你担心，无济于事了。”保禄擦干眼泪，将信郑重地折好，塞进怀中：“我要去广州，坐船去欧罗巴。”

第31章　皇上请吃饭

蒙蒙细雨下了一夜还未停。赵敬亭早上起来就神思昏昏，脑中一团糨糊，强撑着讲了段《英烈传》——洪武皇帝麾下头号悍将常茂大战元朝的脱金龙，中间有好几次口误，一套赞颂禹王神槊的套词儿没背下来，呜哩哇啦糊弄过去了，还好早上的听众稀稀拉拉，有几个人对他投来宽容的目光——这对老赵来说是耻辱。

躲在二楼休息，茶馆小二送来一壶滚烫的酽茶："给您老多抓了两把茶叶，东家说了，您老要是累了，今天就歇歇，不打紧——您老连续几天都不大精神咧。"赵敬亭又羞又气："不累，下午我再不精神，这辈子也没脸进你家店了。"

"我是怎么了，难道是老了？"赵敬亭喝着喷香的茶，在心里默诵禹王神槊的套词儿——好似千丈黑龙平地起，搅长江，翻大海，鱼鳖惊惶；又如万钧雷霆从天降，劈高山，击——击什么来着？他娘的，果然想不起来了，不是一两个字，是三四句。他揉揉太阳穴，咂咂嘴巴，心里烦闷极了。

将近中午，茶馆里鼎沸起来，小二催请了几次，赵敬亭下来，不说《英烈传》了，改说《武穆精忠传》，这是他初学说书时日日演练的箱底货，早已滚瓜烂熟，到死也不能忘的。只见他轻启檀口，目露寒光，银瓶泻水一般说了起来，开始很顺利，但没一会儿，后脑勺就针扎似的疼，眼冒金星，头痛了起来，还好这套书过于熟，不至于猛然断掉，只是渐渐有些磕巴，底下的情节如树林的群鸟，呼啦一阵飞到四处去了。

他是说书一艺的绝世高手，并未慌乱，此时可以托故暂停，但他不想令听众失望，早上就没讲好，下午不能再砸了。头痛欲裂，脑子一片混乱，一想原书情节，就有一束金针在后脑勺钻，罢了！赵敬亭咳嗽一声，微闭上眼，开始施展即兴的能耐，丢开原本故事，开始随心所欲地添油加醋，想到哪里说哪里——让岳飞突然生了一对儿肉翅，口吐烈火，眼射霹雳，和长了三头六臂的金兀术在天上打，在海里打——底下的听众哪里听过这样的岳飞？倒十分新鲜，一个个瞪得眼珠子都要掉下来，耳朵似是夏日里的荷花，舒展得老大。

底下有两个汉子不乐意了，开始挑刺儿："这说你娘的《封神演义》呢？""怎么瞎编了起来！"开始两人还只是嘀咕，后面就花样百出，尖着嗓子怪叫，又唱起戏来，闹得全场听众都烦。赵敬亭不动声色，依旧唾沫横飞地讲着。那两人更加胡闹，拿了块烧饼，掰成碎块朝赵敬亭丢去，叫狗一样唤他。

赵敬亭干这行几十年，见过各种泼皮无赖，也不以为意，闹得厉害了，自然有茶馆伙计将他们请出去，他现在头痛减轻了一些，但更麻烦的事儿来了：他的舌头开始发麻，从嗓子眼儿里开始，如一长溜儿蚂蚁，渐渐往上爬，说话越来越费劲，字儿咬不清楚，嘴巴里似含了一把铜钱，舌头长了骨头，打不过弯儿来了。

两个汉子讥讽道："这样的口条，好意思出来丢人现眼！""不是会口技的吗？来一段放屁声儿给咱们听听。"

实在讲不成了，赵敬亭停了下来，舌头完全麻了，暗暗咬了咬也没知觉。那两个汉子正和上来解劝的店伙计争执，眼看就要动起手来了，店伙计推搡了一把，一个汉子大喊一声，扑通倒在地上抽搐，另一个嚷着打杀了人，要喊官府来抓人。茶馆乱成一团，赵敬亭也麻成一团，手脚都有些僵硬了。

正在这时，一个黑面皮水桶腰的婆娘提了两只脏兮兮的水桶挤过来，废话没有，一手一桶，倾在那两个汉子身上，一股刺鼻的臭味儿轰然散开，熏得众人哇呜一片哀号。那两个汉子从头到脚都是屎尿，身上着了火一样上下乱跳，用衣襟擦着脸跑出去了。这臭气是带刺儿的，熏得人眼睛睁不开，赵敬亭在椅子上摇摇晃晃，就要往下栽倒时，被一个人上来扶住，迷迷糊糊地趴在谁的肩膀上，眼前一黑，没了意识。

过了不知多久，赵敬亭才恢复神志，睁眼一看，正靠在一张太师椅里，面前一位年轻的公子，还有茶馆掌柜、几个伙计，伙计踩着十来岁的店小二，把他手脚都捆了起来。赵敬亭看这公子有些眼熟，一时想不起来，两边太阳穴不舒服，一摸，各贴着一块膏药，不耐烦地揭下来，顿时冰冰凉凉的，精神了许多，问道："过了多久？"那公子笑道："才一个时辰，赵先生吃差了东西，没有大碍。"

茶馆掌柜上来毕恭毕敬作了个揖："先生恕罪！"他指着地上的店小二，"这小畜生暗算先生，在茶里放了些邪门药，让先生贵体不适，不过这药也不打紧，效力过了就没事了。这王八羔子招了，他和那两个捣乱的汉子是一伙儿的，是一个叫王什么周的派来砸场子的。"

赵敬亭冷笑道："王周士。"掌柜惊讶道："苏州弹词行的领袖王周士？他和先生有仇？"赵敬亭道："无非是恨我抢了他们的买卖。"掌柜道："咳，我就不爱听他们弹词——先生，您说怎么办吧，把这崽子送去官府，咱们和那个姓王的打官司，狠狠诈他一笔。"赵敬亭摆摆手："算了，都是吃江湖饭的艺人，无非是下个绊子，我也没大碍，把这孩子赶出去就是了，不必要动官。"

掌柜让伙计给小哥儿松了绑，小哥儿跪在地上哭着认错，磕头如捣蒜，赵敬亭看着心烦，骂了几句，让他去了。掌柜很惭愧，说这个月的食宿钱都免了，只怕赵敬亭去了别家，又说多亏了这位公子，闻出茶里不对劲："倒屎尿的婆娘，也是这位小爷花钱请的。"

赵敬亭对那个年轻人拱了拱手，越发看他眼熟："哎，你……可是乔家少爷？"那公子欠身道："见过赵先生，好些年不见了。"赵敬亭哈哈大笑："可不是么！你长高了，也胖了，胡须都冒出来了，差点认不出你。听你先生说，你已经成家了？"

阿难点头道："儿子都会走路了——这两年先生没来苏州，我是日想夜想，听说先生来了，我又不得自由，昨天终于从家里搬了出来，不想今早又有事绊住了，还好赶上了中午的场子。"赵敬亭问："从家里搬出来了？你是千顷地一根苗，和谁分家呢？"阿难苦笑道："我爹把我赶出来了。"赵敬亭奇道："哦？

这是怎么回事？"

阿难道："一言难尽。我爹早瞧不上我了，先把我软禁了一段时间，上个月，一个姨娘生了对儿孪生兄弟，爹看香火续上了，就把我赶出了家门。我娘舍不得，闹了几天，拗不过爹，就在昨天，我和贱内、小犬搬出来了，暂住在一家客栈，还没来得及找房子。"

赵敬亭招呼他坐在身边，劝慰道："也许只是一时的，你在外面住一段时间，你父亲肯定还会接你回去的。"阿难叹道："父亲去衙门告了我忤逆，把我从家里的籍贯销去了。赶我走，可不是一时置气。再说，就算接我我也不回去了，我早想离开这个家了。"赵敬亭问："你是富贵公子，肩不能扛手不能提的，靠什么生活呢？"

阿难微笑道："我有些梯己钱，将来花完了——反正天无绝人之路，船到桥头自然直，我一个爷们儿家，总不会饿死。"赵敬亭笑道："你瞧，这就是孩子说的话了。普天之下，饿死的爷们儿多的是。你现在有些积蓄，省着点儿花，还是要想个长久之计，做个小买卖什么的，真想自食其力过起来，就得放下脸面。"

"所以想和赵先生商议。"阿难脸上泛起红，忽然扑通跪在地上，"我从小就崇拜先生，喜爱说书这行当，先生若不嫌弃，请收我为徒，教我以后也吃这碗饭。"说完嘣嘣嘣磕了三个响头。赵敬亭连忙扶起他，笑道："你这孩子，学什么不好要学说书！"阿难坚定道："我已经打定了主意，若能学到先生一半儿的本事，这辈子就心满意足了。"

赵敬亭淡淡地说："说书虽是贱业，但也要祖师爷赏饭，你的那颗心，是不是玲珑多窍的？你的脑袋瓜，是不是机灵有趣的？你的嘴巴，是不是妙语连珠的？——这跟你读多少书没个必然的关系，你让那些状元榜眼来说书，他也只能干瞪眼。阿难，你想说书，但你有什么天赋呢？"

阿难道："我这些年在家憋着，只干两件事：读小说，写小说。不瞒先生，我已经作了二十来篇小说了，有的是演绎历史故事，有的是独创世情传奇——作小说和说书差不太多，一个用笔，一个用嘴而已，我用起笔来行云流水，怎么编排情节，怎么制造转折，怎么吸引看官，我心里都明明白白，这不是我的天赋么？

有作小说的本事打底,学起说书来岂不是近水楼台先得月?"

赵敬亭捋着胡子笑了:"果然是初生牛犊不怕虎,年轻人就该这个样儿!只是,我不能收你。"他举起手,"你别急,这真不是一项好营生——说书吃的是风雨饭,你有家室的人,不可能像我一样漂荡江湖,你总不能一直在苏州说书吧?说个一年半载,百姓腻,你也会腻。而且,你并不了解我,也不了解我说的书——如果咱们有缘做师徒,也不是现在。"

阿难很是失望,嘟噜个嘴巴,简直要哭出来了。赵敬亭又道:"你也说了,说书和写小说差不多,这话不能说对,但也不能说错——你既然爱作小说,何不就以此谋生呢?"阿难很是惊讶:"怎么可能以此谋生呢?"

赵敬亭笑道:"怎么不可能?写出来请娄禹民刊印了,就在利贞书店卖,所得的钱你们对半分,若走运,也是个糊口的法子。大名鼎鼎的李笠翁,就靠写戏、写小说谋生的,当然,他也喜欢到处打抽丰,你若不屑于此,就要用心写得比他更好。"

两人正说着,进来一个十二三岁的孩子,裤腿上都是泥点子,淌着两条黄鼻涕,扯着脖子乱喊:"老赵呢?老赵呢?"赵敬亭从二楼望下去,见是陶铭心的邻居李婆的孙子,偶尔也来城里听他说书的,忙应道:"小崽子!喊你爷爷做什么!"那孩子跑上来,抱起茶壶咕嘟嘟喝了一气儿:"老赵,陶爷家里出事啦!好多当差的!陶爷还给人家磕头!我奶奶说陶爷遇到大麻烦了,让我赶紧来叫你回去看看。"

赵敬亭和阿难惊慌不已,立刻奔下楼,朝三棵柳村而去。路上,阿难紧张得手直抖,自从皇上上次南巡后,他就再也没见过陶铭心,听说陶家出了好多事,素云、袁姨娘都死了——赵敬亭讲的那出《母孝记》,小厮卢智深跟他说过,他本来计划明天一早去看望先生,谁知先生又陷入麻烦了。

当初父亲暗地里盘算陶先生,也不知道盘算个什么,图个什么,这个疑问一直盘桓在他心头,但他拒绝继承父业,这个秘密也不得而知。他哀叹:陶先生的命真是不好,回想起来,打从认识他起,就看着他不断地摔跟头、吃苦头。

一边赶路,赵敬亭一边叹气:"陶家是怎么了?母女死了,青凤和保禄也走了，你先生的日子苦得不能再苦了。"阿难惊讶道："青凤和保禄走了？"赵敬亭道："青凤是离家出走，保禄，听那个姓葛的传教士说，是去广州了，要从那里坐船回西洋看望他父亲，就是之前的那个传教士——汤普照。"阿难更加讶异了："汤普照是保禄的父亲？"赵敬亭点头："以后保禄回不回来还不知道呢。青凤又不知下落，你陶先生哭得眼睛都凹进去了，好好一个家，眼看就这么垮了。还好村里那个寡妇，姓何的，倒有几分豪杰气概，不顾世俗眼光，甘心照顾你先生，要没她，你先生现在怕早进棺材了。"

雨停了，空气里吸饱了水汽，潮湿闷热，两人赶回村中，全身都汗湿透了。远远看到陶家门口围着好些百姓，还有几个穿着公服的差人和百姓有说有笑，走近了，又看到房檐下挂了两个红艳艳的大灯笼，上面写着"学政"二字。

赵敬亭和阿难对视皱眉："怎么回事？看样子不是灾祸。"拉住一个公人问，说是来道喜的，至于什么喜，就不知道了，还拦着不让进，村民说是陶铭心的把兄弟和学生，才放进去了。正堂门口摆了一地的礼物，那半扇子猪脖子上还系着一朵大红花，诡异又滑稽。里面挤满了差人，陶铭心正和一个穿官服的说什么，瞧见门外的赵敬亭，无奈地撇撇嘴。

厨房门口，扈老三正催促何姑泡茶，赵敬亭上去问："这是谁来了？"扈老三瞄了他一眼，记恨当初赵敬亭为救陶铭心戏弄他狗吃银子的事，嘴里也没好气："关你屁事！臭说书的，就爱打听！"

阿难从后面走上来："老三，你野鸡戴着皮帽子，充鹰哪？"扈老三一看是阿难，立刻行了个请安礼："哟！乔少爷好，好久没见您老了。少爷的先生有福气啊，皇上要请他去北京坐席哩，苏州学政大人亲自来请，还送了这么多礼物！"赵敬亭一听便笑了："老三笑话人呢，皇上怎么可能请我大哥坐席？"

扈老三冷笑道："我敢笑话你，不敢笑话陶老爷，人家可是皇上的客人，谁像你，江湖野狗一条。"他又对阿难说，"今年八月是皇上的六十大寿，皇上最是敬老爱老的，吩咐礼部，请全国一千个六十岁往上的老人去北京参加宴会，君民同乐的盛事，咱们苏州有一百来人，其中就有陶老爷。"

阿难问："谁举荐的我先生呢？"老三道："不用举荐，陶先生呀，天生身上就有一块儿金牌——他和万岁爷不仅同年，还是同月同日生！想想，这是多大的福气，顶了天了！这次皇上六十大寿，凡是同生日的都要请，不管你是干吗的，富贵也好，穷光蛋也好，都是万岁爷的座上宾。比起来，那些上了九十、一百岁的，也不如和皇上同天生日的风光。"

这时，学政大人从正堂里走了出来，陶铭心在旁送着，学政拉着他的手在耳边说了些什么，陶铭心只是微笑不语。送到门口，学政又问本村保正是谁，公差一连串呼唤，扈老三屁颠屁颠地跑上去伺候，学政细细交代了几句，上轿走了。

堂上，阿难跪在地上向陶铭心行了礼，开口就哽咽了："见过先生。"陶铭心见到阿难极为开心，枯瘦蜡黄的脸上现出红光，拉起他笑道："刚才没看见你，你怎么来了？你都好？你真是个大人了！"赵敬亭笑道："他的事多着呢，晚些再聊，大哥先说说皇上请吃饭的事。"陶铭心苦笑道："有什么好说的？我拒绝了。"

这时，扈老三走了上来："学政大人说，陶老爷推了皇上的邀请？这不是疯了么！陶老爷，您老敢是困了？累了？中毒了？怎么皇上请吃饭，还不乐意了？上辈子得是积了山大海大的德，才能有这样的福气呀！万里挑一，十万里挑一都不够！陶老爷，这次盛会您老必须得走一遭，快点答应，学政和巡抚那边才好安排行程呢。"陶铭心摆摆手："我近来身体不好，行不得远路，这事就别算上我了。"

扈老三拍手道："哎！陶老爷想坐四匹马的车，还是八个人的轿？一句话不就完了！软乎乎颤悠悠地把您老扛去北京，您老脚不挨地，风刮不着，太阳晒不着，好吃好喝伺候着，舒舒服服地就到了。学政大人交代我了，陶老爷提什么条件都得答应，您呀，比那些上百岁的老人还珍贵，就是要人背，也把您老背过去。"陶铭心还是不乐意。老三有些急了，赵敬亭打圆场："我来劝劝这事，老三先请回，明天来讨信儿。"

院中，老三低声对赵敬亭道："赵老兄务必要劝同意了，这事马虎不得，不就去宫里吃个饭么？还有赏赐，回来了就是苏州的大德大贤，巡抚见了也得客气，逢年过节还要给你送礼，要衙门办什么事，递一个巴掌大的名帖，全给你办妥当，为什么？就因为万岁爷请你吃了生日宴，这件事儿能得意一辈子！别装模作样地假清高摆架子，真顶了牛，给脸不要脸，敬酒不吃吃罚酒，大家都不好看。"

送走扈老三，赵敬亭回到厅上，劝陶铭心道："大哥近来心情抑郁，北上一趟正好散发散发胸怀，男儿丈夫，精神不能萎靡。"他不等陶铭心反驳，接着说："这只是其一，大哥你听我说，其二呢，青凤和刘雨禾出走，很可能去了山东，那里是刘稻子的地盘，大哥去北京过山东，可以打探打探青凤的下落。还有第三个好处呢，大哥进宫吃顿饭，回来了在苏州就是有头有脸的人了，再也不会遭人欺负，这没什么不好的。"

陶铭心冷笑道："青凤不要我这个爹，我干吗要找她？不要拿这个引诱我——我就不明白了，老二，你为何撺掇我跑上千里路给那个人庆生？在你眼里，大哥是这样的贱骨头？"赵敬亭摆摆手："算了，我找不自在呢。"转问何姑："嫂夫人说说，愿不愿意让我大哥去北京。"

何姑微笑道："我愿意他去。"陶铭心不快道："奇怪了。你不是最讨厌我和当官的打交道么？这是和天下官儿的主子打交道，你就愿意了？"何姑叹道："我希望老爷去，不是因为什么官不官的——老爷怕是忘了，我的亲哥何万林，好些年前就去北京了，说是修紫禁城，这都多少年了？连个音信都没有，我嫂子和我打听了多少人，都没个消息。老爷若去北京，可以找一找我哥，我怀疑他在那里另娶家室了呢。"

陶铭心一怔，何万林在水法里刺杀皇帝的事，是一件大秘密，何家人至今还以为他是去了北京。看着何姑满怀希望的眼神，他有些惭愧，想说，却不好说。何姑又道："还有一件，咱们生活太紧巴了，去趟北京，拿些赏赐，也是好事。这话说出来俗，但柴米油盐酱醋茶就是俗事。我知道老爷不惦记这些，可管家的才知道日子苦。"陶铭心不快道："日子紧巴就紧巴过，何必谄媚人去！"何姑满腹委屈，鼓起胆量道："别的省省就罢了，蜂蜜是可以省的？没了蜂蜜，你就气虚心慌，觉也睡不着，现在好蜂蜜越来越贵，我已经当了许多首饰，老爷又爱买书——"陶铭心不耐烦地挥了下手，何姑不敢再说。

正僵着，娄禹民气喘吁吁地来了。赵敬亭笑道："正说买书呢，卖书的就来了。"娄禹民抱拳扫了一圈，咕嘟咕嘟喝了两杯茶，瞅见了阿难："哎哟，乔大公子在呢，好久不见。"阿难拱了拱手："娄先生好。"陶铭心问："老娄，急匆匆的是有什么事？"

娄禹民四顾一周："咦？怎么不见三小姐？"陶铭心阴沉着脸："她去南京一个亲戚家了，要住一阵子。"娄禹民搓着手："哎，青凤这阵子一直在南京么？"陶铭心纳闷道："怎么这么问？"娄禹民道："有件奇事，必须要跟陶兄说。"

娄禹民常去北方收购古籍善本，各地都有朋友，北京的一个开刻版印刷作坊的冯姓朋友和他关系最好，两人时常书信往来，也有些生意上的交道。今早娄禹民收到这位冯爷的信，也是寻常的问候，说些最近流行的书籍等等，但冯爷在信里偶然提及了一件事，让娄禹民很是困惑。

冯爷的刻版作坊是租来的铺面，房主是宫里的一位伺候了皇太后三十多年的老太监，很是得势，这些年捞了不少油水儿，在京城置了多处房产。饶是如此，心还不足，看冯爷的作坊生意兴隆，便要涨三倍房租。冯爷托人说情，谈不拢，无奈，不能做赔本买卖，便立意要另寻地方。这老太监又不乐意了，派人传话，要交给冯爷一个差事，办好这差事，免他一年的租金。

什么差事呢？冯爷在信里说起来很惭愧，是帮这老太监照顾家小——这没脸没卵的老货在外面有二十来个干儿子，在家里有八房姨太太，依然贪心，从牙婆子那里又买来一个姑娘，要做九房。这买来的姑娘一万个不乐意给太监做小，性格如火，抓着什么就打人，将老太监的家人伤了多少个。老太监软硬兼施，只是降不住，还被这姑娘赏了几个耳刮子，脾气上来，让家人结结实实打了一顿。谁知这姑娘跟野兔儿一样，气性极大，被打后饭也不吃，水也不喝，要绝食寻死。老太监完全无法了。

给冯爷的差事，就是把这姑娘接到自己家中，好好照料，不准她死，不准她逃，等忙完了皇上的寿诞大典，老太监要和她正式成亲。若中间出了什么差错，不仅作坊开不成，还要拿到衙门问罪。冯爷为了生计，只好答应了，把这个姑娘接到家中，让他老婆用心照料。冯爷一家良善本分，这姑娘也分得清好坏人，渐渐地和冯夫人熟悉了，开始进饮食，身子好些，便求冯爷夫妻放她走，说自己姓陶，名青凤，本是苏州人，正经良家女儿。

一屋子人惊呼："什么？青凤！"

娄禹民点头道："是，这姑娘这么说的。我心里纳闷，天下哪有这么巧的事，这姑娘难道是咱们家的青凤？但也对不上，她说自己有个亲哥哥，兄妹俩来京城投靠亲戚，在通州郊外遇到恶匪，杀了哥哥，将她卖到妓院。她在妓院寻死觅活，老鸨子嫌弃，又将她卖给牙婆，才落到如今的地步。"

陶铭心急得站了起来："可不就是青凤！她说的亲哥，肯定就是刘雨禾！"说完泪如雨下，不住地自责，"都怪我，我不该对她那么严厉的，把她推到火坑里了！"娄禹民云里雾里地不明白，赵敬亭解释道："青凤没去什么南京，她和我大哥置气，和刘雨禾一起走了。只是怎么到北京了？"

娄禹民扶额道："这么说，真是咱们家的青凤？"赵敬亭很着急："大哥，看来必须要去趟京城了。"又问娄禹民，"青凤要走，那位冯爷信里怎么说？"娄禹民道："他惧怕老太监的势焰，哪里敢放？只是好言好语宽慰她。你们放心，冯爷老两口对青凤百般照顾，不会让她受委屈。冯爷信里说，那老太监忙于宫中事务，暂时也没逼迫青凤，只是皇上生日过后，就不好说了。"陶铭心擦了把眼泪："不行，我得尽快到北京。"赵敬亭点点头："我也去。"

"当然要去，但要想好怎么办。"娄禹民捻捻胡子，"找到冯爷，总不能抢人——当然，若是硬抢，冯爷也不敢阻拦，但那老太监在京城到处都是眼线，怎么跑得了？这事难办，打官司是不可能的，九门提督也不敢得罪那老太监。除非——"

"除非是告御状。"赵敬亭猜到了娄禹民的话，"皇上可以管，但咱们平头百姓，连皇上面儿都见不着的，如何告状？"

陶铭心沉沉道："那我就去参加皇上的寿宴，找机会当面告状。"

这时，阿难插了一句："也可以求我父亲——他应该还认我这个儿子。我爹去年花了上万银子买寿礼，月初由任弗届陪着去北京，准备给皇上贺寿。他在京城有不少人情，大不了多给那老太监一些银子，救出青凤不成问题。总之必须要去趟北京了。"

何姑下意识地摸了摸自己微微隆起的小腹："我身子不方便，走不了远路，辛苦二叔叔，陪你大哥去罢！"赵敬亭惊喜道："嫂夫人有喜了？"陶铭心咳嗽了一声："谈正事。"赵敬亭大笑道："就我去罢，咱们老哥俩互相照顾。这事急也没用，就随官府的安排北上，反正在皇上大寿之后老太监才行动。"

"话是这么说，还是越早见到青凤越好，她现在无亲无故的……"陶铭心哀叹一声，垂下头去，忽然想起什么，看了眼兄弟，敬亭也明白过来了："大哥是不是想起素云的遗言了？"陶铭心点点头。娄禹民忙问："什么遗言？"敬亭道："素云死前留了话，让我大哥不要去北京，还要提防那个月清和尚。"娄禹民抹了一把光脑袋："这话从何说起？"敬亭道："我们也不明白。难不成素云料到皇上要请大哥赴宴？这怎么可能呢？"

纠结片刻，陶铭心发话了："多想无益。不管怎样，青凤有难，就是有凶险，我也要去一趟。"赵敬亭道："正是，我陪你去，咱不信邪。"陶铭心又道："还有一件事，说起来不合时宜，但又很紧要。昨天学生们的家长送来了下半年的束脩，求我加力教导——年初朝廷下令，因为皇上大寿，八月会开恩科乡试，有几个学生想下场，我是肯定要去北京的，但学塾也要有个人照管，才不负人家的重托。"娄禹民道："眼下的情形，管不得那么多了，还是青凤的事更重要。"

阿难站了起来："我有个两全之法。我陪先生去北京，我在那里住过，地面儿熟悉，宫里的规矩也知道，可以给先生当个参谋，而且我可以当面儿先求我父亲救青凤，告御状毕竟是冒险的事。赵先生就留在苏州，最近弹词那帮人找碴儿，先生正好也歇一歇，别在茶馆说书了，干脆来村子里教书罢！赵先生博学多闻，四书五经想必也熟读过的，教几个村童不在话下。"

赵敬亭想了想："也未尝不可，大哥觉得呢？"

陶铭心也满意阿难的法子："只是，家里让你出门么？"

阿难微笑道："还没来得及跟先生说，我已经自立门户了。"

第 32 章　孔圣人当骑战马

扈老三讨了回信，欢喜非常，去城里禀报了学政，得了一两赏银。过了几日，又到巡抚衙门代陶家领了六十两赈金，还有两匹绸缎，一套御制诗集，中间又克扣十两。陶铭心去衙门谢了恩，巡抚说盂兰盆节后会组织江南地区赴宴的老者在南京会合，一起北上。陶铭心惦记青凤，等不得，想立刻北上。巡抚也同意了，给他一纸加印公文，命他在八月十日之前必须抵达通州，届时将公文交给州府衙门，赴宴者将在那里会齐，一起入京。

陶铭心去书店告别娄禹民，家人说娄禹民已离开家，去安徽收书去了。在村口正巧遇到阿难，骑着一头大青骡，拉着一辆牛车，上面全是家当，任英娥抱着儿子坐在车尾，见到陶铭心欠了欠身子。阿难下了骡子，笑道："我以后住回村里了，我娘做主，把这里的宅子给了我——这些年我父亲也不怎么回来住，闲着也是闲着。"

中元节这天，阿难带着妻小随陶家一起给素云、七娘上坟，想起幼时相处的岁月，阿难也洒了一把泪。坟前，何姑局促地站在一侧，不敢直面七娘的墓碑，生怕她从里面跳出来和自己吵架。赵敬亭看出她的心事，捧起一碗祭酒对着七娘的碑道："七娘，你生前也是个女英雄、雌好汉，天底下没有心眼儿小的英雄好汉，你老爷年纪大了，要人照顾，你在地下好好保佑咱们家，不要嫉妒，不要怨恨。"

七月十八，陶铭心和阿难收拾了行李，搭船北上。师徒二人多年不曾亲密相处，自然有说不完的话，阿难将父亲把他赶出来的事从头到尾说了一遍，还说了当初乔陈如要他杀英娥，好继承神秘的父业。陶铭心感叹："这个谜题解了好些年都解不开，你父亲给皇上做的差事到底是什么呢？"阿难道："我有预感，咱们这次上京，会知道这个秘密——我娘偷偷跟我说，今年过了年，我爹在皇上跟前有些失宠，也不知道为什么。"

不日，两人坐船到了顺河镇，往前就是山东省界。运河岸边有旅店，连日在船上作息，狭窄不便，反正盘缠充足，师生两个便上岸休息。这家店很简陋，好在宽大，像北方那样，砌了一丈多长的大土炕，只有他们两个客人。

店主叫许大眼，四十出头的年纪，嗓门大，性子热情，他妻子是个哑巴，负责做饭。村野地方，没什么稀罕物，晚饭做了猪肉炖白菜、鸡蛋羹、煮荠菜，倒很下饭。师生俩吃了个浑圆肚饱，陶铭心喝了浓浓的蜜茶，又要热水洗了脚，浑身通泰，在大炕上舒展了身子，很快甜甜地睡着了。

半夜，忽然被一阵吵闹声惊醒。阿难起身去看，外间屋的灯已经亮了，两个公差押着一个戴枷的犯人，正嚷着要店家打火做饭。许大眼见他们是公差，不敢抱怨，叫起妻子去厨房收拾。两个公差坐在桌旁，命那个犯人蹲在墙根底下，嘴里骂骂咧咧的，听意思，好像这犯人半路上投河自杀，两人费了好大力气才救起来，错过了脚程，半夜里才找到下处。

许大眼端来吃食，两个公差狼吞虎咽一番，吃饱了，唤来那犯人，把些残羹剩饭都倒在他的枷板上，这犯人用两手抓着往嘴里塞，样子恶心，还发出享受的咂嘴声。那两个公差喝着酒，看戏一样笑个不住。

阿难这才看清那犯人的模样，头发灰白，胡子蓬乱，身子不高，瘦得皮包骨头，衣衫褴褛，脸上黑黢黢、脏兮兮的一道道泥巴，眉目之间觉得有些眼熟，不过这个岁数的人，只要留着胡子，长得都差不多。

犯人吃完了，往地上啪啪吐了两口浓痰："娘的，让人干眼馋，给两口酒喝！"两个公差骂道："喝你妈的驴奶去！你下午在河里没喝饱么！要不是你死了得连累我们哥俩，谁稀罕救你！吃饱了就挺在地上睡，老老实实到了京城，我们顺利交了差，到时候给你买一坛子好酒，留着刑场上喝。"

那犯人冷笑道："刑场上喝？呵，这次去了，还不定谁有罪呢！我好言劝你们，对爷爷好一点，这人的命运啊，朝夕可改！万一爷们儿我翻了案，春风得意起来，你俩岂不是要吃大亏？不如现在咱们彼此和气，将来都有个退路。"那公差一碗酒泼在他脸上："狗杂种，瞧瞧你的狗样子！还翻案！这天地翻过来，你也翻不了案！"

这犯人的声音有些熟悉，像是在三棵柳村听过，莫非是个同乡？阿难正想着，陶铭心在后面低声道："是罗光棍，他怎么在这里？"阿难一拍脑门，也想起来了："对，就是他，他犯了什么罪？先生，咱们可要打听打听？"陶铭心摆摆手："不要多管闲事，罗光棍是个难缠的无赖。"

两个公差举着灯进来，见有两个人睡在一侧，骂了几句，脱了靴子上炕，将罗光棍的脚铐锁在大门上，又扔给他一卷席子："大夏天的，你就在地上睡，才凉快。"罗光棍抱怨了几句，只得躺下睡了。刚躺下没一会儿，外面又嘈杂起来，听起来足有几十个人，无数火把照得窗外亮堂堂的，这些人吆五喝六地，也不敲门，一拥而上将两扇门撞开，大喊："都抓起来！"大眼夫妇赶出来看，被打翻在地，用脚踩着。这边，一众官兵冲进来，将炕上、地下的五人都拖了出来，用铁链锁起。

没人知道怎么回事，公差连说大水冲了龙王庙，拿出押解犯人的公文，官兵看了，放了他们三个，两个公差牵着罗光棍慌里慌张地去了。陶铭心缓过神来，摸出巡抚盖印的公文："我受邀去京城参加皇上的寿宴，这是我的学生，路上照顾我的。"为首的看了公文，对他拱拱手："得罪！陶老爷担待！"大手一挥，将他师生二人也放了，只剩下大眼夫妇，还在地上哀号。陶铭心看他们可怜，问了句："官爷，这是为什么事？"为首的道："反贼！这两口子！"

大眼高喊冤枉："俺们做小买卖的，哪里是反贼！反啥呀！贼啥啊！"官兵骂道："前几天有一帮八卦教的反贼在你这儿打尖儿，有人瞧见你们一桌子喝酒，称兄道弟的，这不是反贼是什么？皇上新下的谕旨，与反贼同桌同席的，都算反贼！"

陶铭心皱眉道："这是哪门子谕旨？怎么会有这样的谕旨？"为首的烦了：

"这里没您老的事！赶紧走开，您老不是要参加皇上的宴会么，留着不懂的，当面问皇上去！"说完，将大眼夫妇拖走了，不知道是故意的还是失手，一个士兵手中的火把掉了，烧着了墙根的稻草，很快，大火腾起来，烧得这所村店如地狱一般。

官兵来去不过一碗茶的工夫，陶铭心和阿难仿佛经历了一场乱梦，站在火房子前迷迷瞪瞪地，火越来越大，脸上被火苗烤得生疼，才反应过来，一脚深一脚浅地来到河边。船家正到处寻找，见到二人激动坏了："老远就看到着火了，还说两位爷在那儿呢！"

一夜折腾得疲惫，等醒来时，船行了好远，已经中午了。四下风光旖旎，绿树倒映在清透的河水中，树影和水下的荇叶搅成一团，大小胖瘦的鱼不知道是游在水草里，还是游在树上。日头不太辣，照在身上微微暖。船家煮了鱼汤，鲜滑爽口，泡着米饭吃了，师徒两人心情都放松了许多，昨晚的事似乎真的是一场梦了。

走了几日，到了济宁地面，船家说前方运河有淤泥，行不得了，两人只好下船走旱路。走了半日，发现路上多是惊惶逃难的百姓，一打听，才知道前方有八卦教造反，和官兵打了好几天了，难民劝陶铭心绕路北上。

无法，师生二人只好往东北到曲阜，这里平安无事。休整一晚，陶铭心起了个大早，要去曲阜孔庙祭拜圣人，这是他多年以来的夙愿。上次送素云去济南，本想去的，遇到刘稻子等人打劫，心情不畅，返程时又生了病，再次错过，趁着此次机会，必须要遂个愿。

他对阿难说："圣人的学问，现在已经没人讲了。圣人的学问是什么？就是三个字：做圣人。时文是八股，八股是代圣人说话，可惜，都不知道怎么做圣人，又怎么代圣人说话？有些人不懂人人可以做圣人，妄自菲薄，埋没了天性里的那点光，一辈子庸庸碌碌，和牛马有什么分别？"阿难有些困惑："先生，我从小在家里看那些小厮、丫鬟，还有浆洗衣服的、看大门的、浇菜园子的，这些所谓下人，一个个也不读书，认字的都不多，只要工钱按月放，主子不严酷，他们活得也挺开心，为人也挺善良，他们哪懂什么圣人贤人，难道他们活这一辈子就不值一提吗？"

陶铭心摇了摇头："阿难，你要知道，所谓的下人不是说他的身份低贱、营生低贱，是他的心思低贱——除了吃喝拉撒睡，别的一概无所追求，这样的人，能指望他做什么忠臣良将？民族有难，国家有难，能指望他们力挽狂澜么？他们呀，有奶便是娘，不正是和畜生一般？"

阿难并不同意他先生的看法。他虽是富家出身，但从小被父亲逼着念佛抄经，也有一副慈悲心肠，他觉得陶先生对那些"低贱之人"过于苛责了——谁说没读过书的、不知道圣人学问的，就不值得活在世上？小说中常有一句俗话：仗义每出屠狗辈，负心多是读书人。陶先生以为读书人知道廉耻大义，是天下的脊梁，岂不知正因为他们知道各种大道理，所以才能圆滑地粉饰自己的无耻行径。

阿难随陶铭心读过几年书，知道他对前朝灭亡的事激愤颇深，将天下崩溃的原因归结为"道德人心"四个字，眼中只有几个气节慷慨的遗民，看不起那些归降清廷的顺民，但他却忽略了一点：大明的朝廷，和以往、现在的朝廷一样，都是读书人把持的。大明亡就亡在他们读书人手里，跟下面的百姓关系不大。——这些想法，他不敢和陶铭心说，也不大想说。

陶铭心算着日子，到曲阜正好是月底，早两日就断了荤酒，沐浴了，在旅店休息一晚，初一这天天刚刚亮就来到孔庙。今天有月朔行香的祭礼，已经有不少百姓在大成殿外等着了。陶铭心想，此地果然是圣人故里，逢着祭祀都来瞻仰，谁知听旁人聊天才知道，他们是来等着分东西的——祭祀结束后，衍圣公会派人施舍一些祭品和钱粮。陶铭心有些懊恼——孔庙怎么像和尚庙了。

衍圣公的家族主持了祭祀，陶铭心、阿难和一众百姓只能远远地看。陶铭心默默念着什么，浑身微微颤抖，眼角含泪，惹得阿难偷偷笑。祭祀完毕，果然分了些猪肉、馒头，还有几盘铜钱，也允许百姓进大成殿礼拜。

孔圣人头戴十二旒冠冕，穿十二章服，手持镇圭，面南静坐；颜回、孔伋、曾参、孟子，分侍东西两侧；此外还有十二圣贤像，将大殿挤得满满的；各样精致的青铜、玉石礼器摆满供桌。陶铭心庄重地行了三跪九叩之礼，阿难也依样画葫芦地拜了。

出了大成殿，两人参观了东庑的碑刻，逛了杏林，陶铭心流连忘返，摸着大杏树，对阿难念叨："还记得呢，我十三岁那年，孔庙遭了雷火，说是烧毁了好多殿堂。消息传到南京，学政里组织募捐，我是生员，先父为我捐了八百两，南京秀才里第一。现在回想起来，还颇为得意，你先生也为圣人贡献过哩。"

两人穿过奎文阁，在御碑亭里转了转，顺着一条鹅卵石小路拐出来，曲折乱走，看到一道绿油油爬满藤蔓的矮墙，有一个单扇木门。推开了，迎面看到一方极大的花圃，和一泊漾漾的池塘。又走了一截，看到塘边有一座小亭子，里面坐着一位白衣少年，正拿着一卷书在看。陶铭心不想打扰，拉着阿难从小路绕去，却被那少年发现了："你们是谁？怎么擅闯孔府花园？"

躲不过，陶铭心和阿难只得走上前来，看清楚了少年的脸，吓了一跳——本来很英俊白嫩的脸上有一道瘆人的伤疤，寸把宽，拃来长，从右眼角划到嘴角，连带着眼角也往下坠，显得那条伤疤像是一把凿子，鬼模鬼样的；可另一半脸却极雅丽，白腻腻得发光，简直如女孩子般。看穿着打扮，显然是一位贵公子，应当是孔家的后辈了。

陶铭心赶紧低头施礼："公子恕罪，在碑林那里迷了路，左转右转，不期来到贵府禁地，请公子指明出去的路径，我们即刻便去。"那少年看陶铭心师徒是读书人举止，笑道："碑林那里是容易迷路的，我看二位都不是俗人，这日头也大，何不来亭子上坐坐，纳纳凉，聊聊天？"

陶铭心看他大方风流，便告了扰，来亭子里坐下，通了姓名。原来这公子是当今衍圣公孔昭焕的堂弟，名叫孔昭炼，算起来是孔夫子的第七十代孙。陶铭心一听，立刻起身不敢同坐，阿难看老师起身，也不得不起来站在身后，孔昭炼劝了半日，两人方重新坐下。

得知陶铭心要去京城参加皇上的寿宴，孔昭炼冷笑道："诗云，哀哀父母，生我劬劳。古时候的明君不会庆祝生日，这个皇帝不光要庆祝，还要请全国的老人来庆祝，表面上是与民同乐，实则是劳民独乐！"陶铭心见他说话耿直，不禁笑了："孔公子说的有理，不过皇上此举，也有个敬老的意思，请我们这种没用的老货去吃寿宴，也能教化风俗。"孔昭炼啐了一口："圣人才能教化风俗，当今这皇帝，差得远哩！"他从腰间拿出折扇，打开扇了两下，清香四散，悠然道："陶先生，你不觉得这天下，就好比是一只黄金马桶？什么意思，大家心里透亮。"

陶铭心和阿难面面相觑，颇有些尴尬，没承想遇到孔圣人的后人，更没承想这后人有一段愤世嫉俗的心肠，他刚才说皇上那几句，足够杀头了。他的话，陶铭心听着很受用，但毕竟初次见面，不好附和，只笑道："公子的话，有些石破天惊了，恐怕有违中和正道。"

孔昭炼啪嗒一声合上扇子，指着自己脸上的伤疤："陶先生，乔公子，您二位看这疤，吓不吓人？我这个模样，还是个人么？"陶铭心见他主动说起来，问道："公子这伤是怎么弄的？"孔昭炼轻轻摸了摸那条疤，如抚一条沉睡的蛇，怕唤醒了它跳起来咬人："这又是一段故事了。"

七年前，乾隆二十七年，皇上第三次南巡，从杭州回銮京城时，专程来曲阜拜谒孔庙。乾隆之前便来过数次，和以往朝代的君主一样，对至圣先师尊崇备至，堂堂天子，除了天地祖宗，在孔圣人面前也要行三跪九叩的大礼。之前来孔庙，乾隆都跪了，但七年前这次，不知怎么，乾隆不跪了。

那天大晴，孔庙里里外外打扫得干干净净，到处熏着香，从门口到正殿铺着猩红大地毯。按礼仪，乾隆要步行进庙，走到大成殿中，跪拜圣人像。前面一截路还好，乾隆迈着方步，气宇轩昂，两侧跟着文武满汉众臣，衍圣公作为天下文臣之首，踏着小碎步紧跟在后面。皇帝跪拜时，他们也要跟着拜，口呼：大成至圣先师，千秋万岁皇上。

至少以前是要这么喊的，但这次没喊出来，因为乾隆走到大殿门口，突然停住了。他一只脚——记得好像是右脚，穿着粉底高靿明黄色盘龙刺绣长靴，踩在高高的朱漆门槛上，就是不跨过去，时间仿佛静止了，就那么一动不动，如蜡像，如睡着了。身后的大臣们也愣住了，谁也不敢动弹，就这么待了足足一刻的工夫，还是衍圣公鼓起胆量走上前跪下，轻轻呼唤："陛下？陛下？"

乾隆深吸了一口气，"哦"了一声，终于将右脚迈了过去，可能是定了太久麻了，脚着地的瞬间使不上劲，乾隆的左脚绊在门槛上，咕咚栽倒在地上。没等大惊的文臣武将上来扶，乾隆自己爬了起来，拍拍身上的土，爽朗大笑道："拜早了。"他走到圣人像前，背着手，昂着头，盯了半晌，脑袋晃了几晃，怪模怪样地作了个揖，转身就走了。

群臣万分惊诧，也不敢表露出来，只得随皇上出了孔庙，回到本地的古泮池行宫。皇上说困倦，便就寝了。外面，大臣们早已乱成一锅粥：自汉代以降两千年，从来没遇到过这样的事情，一国之君对孔圣人大不敬，简直不可思议。

皇上为什么突然做出这样的举动？随驾的群臣百思不得其解，只好公推出两人——最受乾隆信赖的心腹满臣——阿桂，新晋国史馆总纂、乾隆最欣赏的汉臣之一——纪昀，让他们去探听皇上的意思。

陶铭心听到"纪昀"的名字，心里咯噔一下：当年旧友归八爷就是将倪瓒的美人图卖给了此人，才引发题诗一案，之后归八爷被杖杀、自己被判斩立决，都是这位纪昀经手办理的。早听说过此人的才名，但陶铭心对他心存鄙视：再有才学，也是老贼皇帝的走狗。

阿桂和纪昀晚间来到古泮池行宫，皇上兴致很高，和皇太后在庭院里喝酒赏月，命二人陪坐共乐。席散后，看皇上高兴，两位大臣小心翼翼地问了："万岁爷今天早上为何不跪拜圣人？"皇上未怪罪他们，坦率地回答了，但还不如不回答——并非又说了些大不敬的话，而是，他回答时说的满语。

皇上在宫里经常说满语，有时候在养心殿见臣下时也说，在承德避暑山庄、去木兰打猎时更是轻易不肯说汉语，大多时候说满语——皇上称之为清语，也说蒙古语，甚至还能和喇嘛讲几句藏语。总之，当两位大臣问皇上在大成殿为何不照旧例跪拜时，皇上用满语回答了一长串话。除了几个字眼儿，纪昀全然听不懂，满心想着皇上肯定要说一遍汉语给他听的，不过他也明白，皇上说满语，是摆明了有些话不想让他听懂。果然，皇上没有再说什么，一招手，让他二人退下了。

一是羞耻，二是愤怒，纪昀脸红到了脖子根儿，想问阿桂，又开不得口——皇上都不想让他知道的，阿桂怎么敢说？强问，只会自取其辱。闷闷出了行宫，出乎他意料的是，阿桂竟然主动跟他说了："皇上说，今天进殿时，看着圣人的像，突然不满起来，不满什么呢？皇上不满孔圣人太儒雅了，穿着大衣裳，端着圭，那圭跟戒尺一样，一副教书先生的模样。这模样当然没错，但不够，缺什么？缺的就是古往今来汉人没有的那股子勇猛劲儿。孔子自然是圣人，但圣人能化天下而不能平天下，平天下靠什么？靠武勇之道。所以呀，皇上想着，给圣人像加个底座儿，弄一匹战马，如此，文武双全，天下永治。"

纪昀紧皱眉头："皇上在那里静默了那许久，就是揣摩这些？"阿桂点头。纪昀苦笑道："国朝文治武功最盛者，当数康熙爷，这是皇上也承认的。康熙爷将孔圣人奉若神明，今上是最讲究孝道的，如此评点圣人，岂非不妥？"阿桂微笑道："康熙爷心里到底怎么想孔夫子，是不是心口如一，咱们也不好说。"纪昀问："即便想给圣人加一匹战马，那为何不行跪拜的大礼？"阿桂道："皇上并没解释这一点，我想，皇上就是不肯拜而已。"纪昀犯了难："实录要怎么写今天的事？皇上难道不顾忌后人的看法？"

阿桂意味深长地说："你们国史馆，不能写今天这件事——纪大人，你要记着，史官也是皇上的官。"纪昀又问："那么，下官如何跟衍圣公交代？今天的事，最担惊受怕的就是孔家，两千年来，没有皇帝这么行事的。皇上的话，要原封不动地转告孔大人吗？"阿桂捋捋胡子："依我，不要实说。只说皇上近日疲倦，为了祭孔多日竭诚斋戒，本来龙体欠安，今天着了风，所以在殿上有些恍惚，就这么遮掩过去罢。"

纪昀连夜去孔府见了衍圣公孔昭焕，后者正惴惴不安地在堂上等着，陪伴的还有另几位汉族文官，纪昀按皇上龙体欠安的口辞解释了一番，孔家方才放了心，几个汉臣铁青着脸不说话。孔昭焕不住地擦汗："若是这样，便是我家侥幸了。万岁爷为了斋戒，坏了龙体，让我们家如何担待得起，明天一早，我们就去请安。"

在场的文官、孔家人都信了，只有一个人不信。"就是我。"孔昭炼轻蔑地笑道，"我堂兄是个窝囊的人，皇上对圣人不敬，他不恨皇上，却担心自己的安危。谁让他是族长，谁让他袭了衍圣公的爵位呢？可我知道，什么龙体欠安的话纯是狗屁！"等众人散了，孔昭炼私下去找纪昀，叩问原委，纪昀也是一时不平，将实情一股脑全告诉他了。

不用说，孔昭炼气得七窍生烟，一时间连弑君的念头都冒了出来，痛骂："妄自尊大的狗皇帝，竟然傲慢到这个地步，要给圣人添战马！凭你是谁，也大不过我祖宗！如此侮辱孔家，冒天下之大不韪，简直神人同诛！"他翻来覆去一晚上，盘算着如何报复皇帝。

清晨，孔昭焕带领孔家成男去行宫给皇上请安，孔昭炼决定豁出去——弑君就算了，自己没那本事，也会连累族人，但当面斥责乾隆几句总是可以的——任何皇帝在孔家面前都不能放肆。

不知乾隆在行宫里忙什么，孔家众人在外面直直跪到了已时，膝盖将碎时，才有太监掀起帘子请众人进去。跪久了，一时间站不起来，小太监上来，一人搀一个，进了殿内，皇帝正在一张大榻上和阿桂下围棋。

孔昭焕上前请安，皇帝说了几句客气话，又解释昨天身体不适云云，孔昭焕感激涕零，恳请皇上以金体为重。孔昭炼忍耐了许久，终于忍不住了，也上前跪下："请皇上再去孔庙祭祀，完成大礼。"乾隆举着棋子的手停在半空，冷笑了一声，转过身子来，好一会儿才问道："你叫什么？"

孔昭炼报了名字，着重说："圣人第七十代孙。"乾隆点头道："孔家成男中，朕看你最健壮，长得也俊秀，敢是个文武全才？"孔昭炼道："臣不才，书读过些，拳脚也学了几套。"乾隆笑道："好呀！有出息！文才不必考了，你们孔家的孩子不可能差的，今日天气好，朕高兴，就考考你武艺罢！"

当下点出一员御林军大将，要和孔昭炼比武。孔昭焕很是惊慌，要皇上收回成命是不可能了，忙给孔昭炼使眼色，暗示他找借口推辞。孔昭炼确实学过拳脚，但并不精通，因为心里有怒气，也是年少，血气上涌，昂着头接了令。

在行宫的院子里，孔昭炼和那武将比画上了，他使大刀，对方使剑，双方武艺差得天上地下，那武将故意逗他，招式轻浮，用绳子逗猫儿一般，处处羞辱他却不下狠招胜他。乾隆在廊下看得津津有味，不住拍手叫好。

皇上越高兴，孔昭炼越气恼，下手也乱了，那武将也厌倦了陪他玩耍，玩了个花活儿，剑锋如写字儿一样挑了个钩儿，孔昭炼俊美的脸庞上登时就出现了一道可怕的大口子，鲜血淅淅沥沥淌了一身。

众人惊呼，皇上忙传太医医治，又责备那武将下手没有轻重："不识抬举的东西！到底是个粗人、夯货！切磋武艺，点到即止，如何把人伤了！这是孔圣人的后代，你伤了圣人的骨血，可担待得起！"吓得那武将在地上不住叩头，也碰了满脸血。

孔昭炼讲完，长叹了一口气："陶先生，乔公子，你们想得到么，大清国的皇帝竟然是这样一个人？"陶铭心气得脸色蜡黄："他将圣人做靶子，其实是在侮辱全天下的汉人！"

阿难试图缓和气氛："我斗胆说句话，孔公子、陶先生别介意。古往今来的皇帝，不管汉人还是外族人，到底有几个真心诚意地敬重圣人，实在不好说，不过是做给天下人看的把戏，笼络人心而已。今上如此做，只是将幌子撕开了，咱们心里应该早有数了，不值得如此愤慨。皇帝御国，臣子尊上，其实都是把戏。"

"把戏？"孔昭炼用扇子敲着手心不住地冷笑，但并未反驳。陶铭心倒赞成："我也觉得，他们是演戏。"说了一通，天色渐昏，陶铭心起身告辞，孔昭炼也不留他们，指明了出去的路径，师生二人迅速离去了。

离了孔庙，阿难道："先生，孔昭炼说的事，我怎么觉得不太真？皇上再糊涂，也不敢在尊孔上头马虎，两千年的戏，皇上没必要弄破了。"陶铭心道："也许，皇上在那天，就是不想演戏了，就像你说的，撕开了幌子。他们哪懂圣人的学问？只不过为了迷惑汉人，做出崇拜圣人的架势，骨子里，还是草原上骑马射箭、吃生肉喝凉水的野蛮人。"

阿难是八旗包衣，听了老师的话，心里有些不舒服，但他也知道，自己首先是汉人，然后才是旗人家奴，嘀咕道："倒是孔公子说的金马桶的话，有点意思。"

次日起早，师生二人继续上路。重新下了大运河，一路到了通州，才八月六日，提早了四天。上了岸，已经半下午，来不及进京城了，便找了家旅店住下，准备明天再去找青凤。

通州紧邻着北京，也是个繁华地界，卖吃食的、卖玩意儿的、画圈子卖艺的、杂耍的、搭棚子唱戏的，千千万万的人，芦苇一般，一丛接着一丛。陶铭心自小生长在江南，对北方打心底里有些抵触，越近北京，越容易想起一百多年前那点子事儿，什么崇祯皇帝、李闯王、多尔衮、吴三桂、陈圆圆等等，加上青凤的事，心烦意躁。不过在街面上走一走，陶铭心很快就被这种北方集市特有的嘈杂、欢快、粗野所吸引，比江南别有一番趣味，加上有阿难在旁解说，这是什么，那是如何，让陶铭心长久以来紧绷的神经终于放松了些，脸上挂起笑容。

晚饭在一家大酒楼吃，阿难说之前上京城，在这里吃过，口味一绝。他执意要做东孝敬老师，点了栗子烧鸡、东坡肘子、炒羊肚、鸭丝掐菜、拌豆芽、珍珠丸子白菜汤，还有酱肉卷烙饼，爷俩吃了个饱。天已经大黑了，各处上了灯。喝了茶，正要回旅店休息，忽然发现馆子二楼垂下来一面丈宽的大白布，上面光光的也没个字儿，师生俩不知道这是要做什么。旁边那桌人说："从陕西来了个皮影戏班子，最近都在这儿演戏呢。"

"皮影戏，听说过没看过，咱们看看？"阿难兴趣浓厚，陶铭心也好奇，便点了壶菊花茶，一碟瓜子，坐下来看戏。

没一会儿，白布后面就影影绰绰地忙了起来，许多人影儿坐定，点了灯，又将白布上下左右调了调位置，一阵轻轻的鼓响，紧接着锣、铙等也鼓捣起来，白布上就出现了皮影。偶尔能看见艺人摆弄的手，皮影乱舞，唱腔高亮，铆足了劲儿要唱给月亮听似的。

戏文没什么稀罕，依然是三国、西游那一套，阿难半张着嘴巴，看得入了迷。陶铭心却越来越不舒服，那用线牵引的皮影，让他有些恐惧，白天在街上看过木偶傀儡戏，江南也有，不过皮影戏更加僵硬，也更加诡异。总之，整出皮影戏让他不寒而栗。他硬着头皮听了几出，拍拍阿难的肩膀，在桌上放了一把铜钱，起身走了。

第33章　青阳居偶遇

陶铭心考虑得细密，若不先去州衙应卯，误了参加寿宴，倘若无法解决青凤的事，便是告御状也没了门路，便耐下心，先去通州府衙递了公文。知府在堂上接见了，陶铭心说想提前进京探亲，知府倒也通情达理，派了辆牛车送他。

黄昏时进了京城，稀里糊涂地拐了许多弯儿，进了一条东西向的胡同，停在一处大宅前。车夫说："这是朝廷租下来专门给赴宴的老爷们住的，陶爷提前来了，就提前住进去罢。"胡同名叫鲜鱼口，这宅子有三进，每座宅子配两厨子、一个管家、四个使唤老妈子，众人接待了陶铭心，很是客气。

无心吃晚饭，师生俩放下行李就出去，按照娄禹民给的地址，一路找到冯爷的作坊，咚咚敲门。一个仆人开了门，陶铭心拿出娄禹民的信，让仆人通报冯爷。等了一会儿，冯爷打着灯笼亲自出来迎接，人矮矮胖胖的，态度怪怪的，推了推鼻梁上的近视眼镜，凑着光打量陶铭心："娄兄信里说，陶爷是青凤姑娘的父亲？"陶铭心点点头："劳烦冯爷带我去见小女。"冯爷并不挪动，一脚踩在门槛上："怪了，青凤姑娘说他父亲已经去世多年了，这中间是不是有误会？"

陶铭心很生气，青凤竟然说自己死了，此刻也来不及计较，无奈道："她说的是气话！没什么误会，娄禹民的信里写得清清楚楚！"他很着急，侧着身子就往里挤，冯爷只好让开，带他转过影壁，来到亮着灯的厢房前，兀自唠叨："又哭了一天。"

冯爷敲门："青凤姑娘，你爹来看你了。"里头一个女子喊道："什么爹！我爹早死了！"陶铭心猛皱起眉头，听起来不是青凤的声音，也顾不得了，忙推开门，冯夫人见是个陌生男人，忙躲到屏风后面。桌旁坐着一位细皮嫩肉的姑娘，年纪双八上下，颇有姿色，但不是青凤。

陶铭心震惊得一时哑口，还是阿难上前问："你……你是青凤？"那姑娘看着他俩："我是呀，你们是谁？怎么占人家的便宜说是我爹？"阿难又问："你是苏州人？姓陶？青凤是青天的青，凤凰的凤？"

姑娘道："是呀！"她警惕地站起来，"你们是老太监派来抓我的？"阿难跺了下脚："这是什么事儿啊！"陶铭心一把拉过冯爷："那个老太监让你照顾的就是这个姑娘？"冯爷点头道："是呀，在我们家都个把月了，她和陶爷的千金同名同姓？啊呀呀，真是奇了！"陶铭心使劲拍了下额头："唉！白忙一场！"

那姑娘喊道："说什么呢？我怎么一句也听不懂！你们要是老太监的人，就帮我传个话，我想通了，不是不能答应，但我只做正房，才不做老九！不同意，我就死！"阿难哭笑不得，嘴巴撇到了眼睛边儿："我的妈，闹这半天，就为了这个？"

别过冯爷，师生二人回到鲜鱼口胡同的住处。陶铭心纳罕不已："天底下还有这么巧的事？说书也不敢这么说呀！"阿难咯咯笑道："我写小说也不敢这么写呀！看官肯定会骂我。罢了，虽然白忙一场，但往好处想，凤妹子没事，先生不用忧愁了，我也不必低三下四地去求我爹了。"陶铭心长叹道："话是这么说，可我更担心了。"

空空着急了一场，陶铭心想回苏州。他来京城参加皇上寿宴，就是为了处理青凤的事，如今既然是误会，也没必要在此待着了，给皇帝庆寿？就是赏他一万两黄金，他也不稀罕，心里说：我要参加了皇帝寿宴，祖宗在天上怎么看我？明末遗老张岱张大名士，至死不肯媚清，他的曾孙张慕宗竟然跪在清帝脚下喊万岁？不成，这绝对不成。

同阿难合计回南，阿难也无不可："先生好不容易来趟京城，哪怕不参加皇上的宴会，也逛一逛，松松筋骨，等大后天十二，寿宴前一天，咱们悄悄地走。"陶铭心赶路多日，也实在疲乏，就答应了。隔日，阿难带陶铭心出去逛了半天，回来发现又有十几个老汉来此落脚，都是从各地邀请来参加皇上寿宴的，听说朝廷在城里各处租下了八十多座宅子，足有近千老者来赴宴。

管家的是个姓孙的年轻太监，瞧着还不到三十，长了一张老长的脸，黄蜡蜡的，辫子像大姑娘那样撇在肩上，说话时总装作嗓音浑厚，更显得别扭："我说，诸位老爷子，京城可不是你们老家的田间地头儿，想怎么走就怎么走，这里每一步都有规矩哪。任何人出入都要跟我汇报——你们也没必要出去，咱们家里什么都不缺，等万岁爷的正日子到了，我领诸位去参加宴会，玩儿两天，咱们彼此欢喜，我好好交差，你们也高高兴兴回家，脸上有光。"

大家无话，唯唯而已，踏实睡了一晚。早上，宅子的大门紧锁，谁也出不去，众老人只能互相攀谈。他们多是农夫、渔民、手艺匠人、做买卖的，只有陶铭心是读书人，大家对他都尊敬，称呼他"大先生"，不太敢和他搭讪。众人里头有个会算命的刘瞎子——只瞎了一只眼，另一只眼睛亮得跟鹰似的，极为健谈，松江华亭人，自称和皇上同天生日，皇上亲笔写帖子请来赴宴的，大伙儿都围着他问东问西。

临近中午，管家太监才来开了门，大伙抱怨："这是他娘的关牲口呢？万岁爷请我们来坐席，也没说不让我们上街呀！"太监不耐烦，吵嚷了几句，也觉得过意不去，就同意让众人出去，天黑前必须回来，明早要去畅春园演习参拜的礼仪。

家里的厨子懒得做饭："晌午热，不做饭了，各位爷出去吃罢，想吃便宜的往西，胡同口儿多是小吃摊子，花不了几个铜板儿就能吃撑肚儿；想吃好的往东走一截儿，有个二层小楼儿，叫青阳居——这个馆子了不得，杓口儿公认的京城第一，想尝尝的，现在就去，再晚一会儿就没座儿了。"

阿难大喜："青阳居就在这条胡同呢！"他兴冲冲地拉着陶铭心去吃，"这馆子名气大得很，我之前来总想去吃，任弗届那老狗不让我去，天天憋在我外公家里。"陶铭心这些年落魄了，但对美食一向很有兴趣，早些年在南京时便听过青阳居的大名，乃京城第一美味，也满怀期待过去尝尝。

门口已经聚满了人，吵吵嚷嚷的，几个脖子上搭着白手巾的伙计到处鞠躬赔罪："您担待！您体谅！您恕罪！爷们儿消消气，我们也没法子，人家也是给钱吃饭，咱总不能赶客呀！什么来头儿？小的也不知道呀，这京城，满地都是大官儿，咱敢问么？人家来得早，一百两细丝儿雪花银，把咱们家包下来啦，就是不让别人进。诸位爷，别难为我们啦！赶明儿再来，赶明儿再来！"众食客咒怨个不停，那几个伙计也懒得解释了，派了俩人在门口守着，其他人都进去伺候了。阿难踮着脚往里面瞅，一楼七八张桌子摆满了菜肴，二楼窗边隐隐约约有两个人在喝酒，伙计们流水般来回伺候。

阿难上前问："这是要办酒席请客吗？"门口的伙计摆摆手："不请客，就俩人，两位爷开了二十桌，都是最贵的菜！京城里什么人都有哇！没见过这么阔气的。"陶铭心摇头道："真是奇了，没见过这么铺张的。"有些食客不愿意走，忍着辘辘饥肠，想看看这俩人是什么来头，在墙根阴影处聚着聊天，等着一睹那两位豪客的真容。陶铭心不想看这种热闹，拉阿难要走，阿难指着里头道："先生快看！下来啦！"

那二人腆着大肚子，从楼梯上摇摇晃晃下到一楼，在摆满佳肴的桌子间来来回回，大吃大嚼，一手提着酒壶，一手胡乱从桌上抓东西吃：整只的烧鸡，咬一口便扔；大肘子，舔舔酱味儿，也当球一般踢开。两人已然醉饱，吃得满脸是油，上等细绸大褂襟前都是汁水，大呼小叫着胡闹，将菜品当粪土一样糟蹋，伙计们敢怒不敢言。

外头的食客大声呵斥他们："天打雷劈的东西！这是要遭报应的！"其中一个听见了，来到门口指着众人骂："狗东西，管得着老子吗！"另一个不骂，将一盘盘菜泼水一样泼出来："心疼？你们吃！爷请你们吃！"

陶铭心觉得两人万分眼熟，仔细一瞧，不禁惊呼了出来，阿难也认出来了："啊？怎么是他俩？"

里面那两位饕餮，一个是罗光棍，另一个是任弗届。

两个人吃也吃疲惫了，闹也闹腻歪了，罗光棍一挥手，任弗届从腰间解下钱袋，高高地丢给伙计："小子们，领赏！"然后跑出店外，吆喝众人让路，"让开让开！不服的打死！"罗光棍使劲往后仰着那根细脖子，仿佛辫子上坠了个一百斤的秤砣，鼻孔恨不得冲着天，趾高气昂地出来，甩头喷了两口炮弹似的浓痰，围观的众人慌忙躲闪。

阿难喊道："任先生！"任弗届看到阿难，本来醉酒涨红的脸唰地白了，又看到陶铭心在一旁，更是大不自在，说话也结巴了："阿难……你……怎么在京城？"罗光棍也瞧见他俩了，对陶铭心诡异一笑："啊呀，这不是陶相公么？巧了！"他热络地拍拍陶铭心的肩膀，"以后咱们要多打交道啦！"陶铭心往回缩了缩肩膀，眼神看向别处，并不理他。

阿难问："任先生，我爹呢？"任弗届大为局促："啊，乔老爷，我和乔老爷前几天就分开了，不知道他在哪里。"阿难正要追问，任弗届明显有些恐慌，陪着罗光棍慌不迭地走了，罗光棍还骂他："瞧你那拉稀的屄样儿！还怕他儿子么！"

陶铭心皱眉道："这是怎么回事？罗光棍不是押解来京的犯人么，怎么又没事了？还这么风光！而且还和任弗届混到了一起，更是八竿子也打不着。"他想起当初为了给张何氏出气，七娘唆使罗光棍在祇园寺奸了任弗届，任弗届恨不得将他碎骨剔肉，如今却成了他的跟班儿，实在太出人意料。阿难抓抓脑袋："不对，先生，这事不对劲，我得去找我爹！"

昨天进城后，阿难就犹豫着要不要去外祖府上拜望——外祖父、外祖母早几年都去世了，只剩两个舅舅在，关系并不亲密。母亲说了，父亲和任弗届来京，就住在舅舅宅上。之前父亲将他赶出家门，宣称与他断绝父子情分，阿难也不敢上门，怕白找不自在。可眼下的情况实在诡异，阿难隐隐感觉父亲遇到了麻烦，立刻要去舅舅府上探询。陶铭心也撺掇他去："怎么说也是你父亲，去打听打听，没事最好，有事的话你也帮着料理料理，有什么情况派人通个信儿，免得我悬望。"

"若我爹有事，我怕明天就不能陪先生回苏州了。"

"你不要操心我，百善孝为先，先顾你父亲。"

陶铭心也没心情逛了，心烦意乱地回到住处，拿了把铜钱，请厨子下了碗素面，草草吃了。看了会儿书，正想午睡，有人轻轻敲门："陶先生在房里呢？"一开门，是同院住的那个算命的刘瞎子。陶铭心拱拱手："刘爷有事？"刘瞎子眨巴着仅剩的那只大眼，嘿嘿一笑："没事，天长无聊，找老兄聊聊天。"

陶铭心不想和这种算命术士聊天，也不好推辞，不情不愿地请他进屋。刘瞎子也不客气，径自坐下，四处打量一番："分给陶先生的这屋子是咱们院儿里最敞亮的，还是读书人体面呀。"陶铭心客气了两句，越发反感这个人。聊了几句，刘瞎子看他态度冷淡，没意思地走了。

一夜睡不踏实，陶铭心反复琢磨罗光棍的那句"以后咱们要多打交道啦"是什么意思，是他随口一说吗？隐隐觉得不像，之前不知道他犯了什么罪，而今又不知怎么脱了罪，不过可以猜个大概：一定与乔陈如有关。

天还没亮，孙太监叫起所有人，每人从上到下里里外外发了新衣裳，分拨儿坐上骡车，在北方清冷的初秋拂晓，出了西直门，浩浩荡荡地赶往西北的畅春园。明天才是寿宴，孙太监说这是带众人走走过场，熟悉熟悉礼节规矩。

半上午时终于到了，千百老者如蚂蚁一样进了园子。园子里很漂亮，八月了，依旧花花绿绿，秋气还没鼓起肃杀的劲儿来，暂时无力摧残此处的盛景。每个太监领着自己管下的老头子，按照明日宴会时的程序进行预演：怎么叩拜，喊什么口号，怎么落座，皇上下来敬酒时如何应对，以及其他一串儿的禁忌，一个个说得唾沫横飞。

孙太监一抹嘴："诸位爷都牢牢记住了，明天大日子，千万不能出错。不过也别太紧张，局局促促、畏畏缩缩的也不好，大方点儿，明天好日子，真犯了错，皇上也不会跟你们计较。但最好还是别犯错儿。"

瞅着空子，陶铭心装作病恹恹的，找到孙太监："公公，初到北方，我水土不服，染了风寒，明日的寿宴，我怕不能参加了，向公公告个假。"孙太监瞅了他两眼："面皮儿是有些黄，不要紧，我让大夫给你瞧瞧，晚上吃顿药，包你明天好好的。陶爷，明天的寿宴你可不能缺席，你不是一般人儿呢。"

陶铭心道："千把人呢，少了我也不算什么。"孙太监笑道："嘻，我提前跟您老说吧！这上千老爷子，缺谁都行，但其中有十八个，绝对不能缺，花名册都交上去了，皇上都看了。您老就是这十八个人之一，明儿的寿宴，专给你们开一片地方儿，离万岁爷最近，万岁爷还要下御座给你们敬酒哩！"

陶铭心依然不解："不明白公公的话，这十八个有什么不一般？"

"你们这些人呀，和万岁爷同年同月同日同时生！大清国两万万人，活到现在的和万岁爷同时生的，就剩下你们十八个了，你说这是什么福气！万岁爷要重赏你们呢！"孙太监挤眉弄眼地说，"本来担心别人眼红，说朝廷的安排偏心，所以没准备告诉你，我看陶爷竟然不想参加，索性说了。陶爷，好好养病，明儿是您老这辈子最得意的一天呢。"

陶铭心却没有任何喜悦之色，皱眉问："以前只知道和皇上同天生日，不知道时辰也一样。"孙太监笑道："你们当然不知道！皇上的八字能公布天下么？都在宗人府的玉牒里头呢，百姓只知道皇上的年月日，不知道具体时辰，就怕邪门歪道的人下咒呢！不过这也不是什么绝密的事，外面多少人都知道，我也不必瞒您老。"

陶铭心又问："可我们的生辰八字，朝廷又怎么知道的呢？"孙太监被他弄烦了，焦躁起来："哪来这一车子问的！陶爷，别怪我话直，你们这些人算个什么有头有脸的？您老好点儿，也只是个秀才。你们嫁娶丧葬的不露八字儿吗？算什么稀罕的秘密，各地官府什么不知道？你们拉完屎用哪个手擦屁股官府都知道！"

陶铭心冷笑一声，正要走，孙太监又叫住他："被你问得差点忘了，礼部刚下来指令，有差事派给你呢。上面说要你们这些读过书的，每人写一首贺寿诗献给万岁爷，明天早上前必须写好，本事大的可以多写几首，也可以写词写赋，陶爷千万记着！写得好，皇上或许封你个翰林做做哩。"

回去的路上，陶铭心谎称要小解，孙公公派了两个兵跟着。进了一个胡同，陶铭心佯装解衣方便，趁着两个兵不注意，拔脚就跑。他多少年都没这样跑过，作为读书人，这样奔跑有失体统，不过眼下顾不得了，他准备明天城门一开就立刻出城，留在住处的行李和盘缠也不要了，只要离开这座可怕的城市，远离宫中那个可怕的皇帝。

回头一瞧，两个官兵紧追不舍，指着他大喊大骂，陶铭心慌了，他这辈子还没被官兵追捕过，胯部的老伤也不争气地复发了，腰间似有几个锥子在攮，疼得全身发软。真是令人气闷，这伤，也是因为不肯让保禄留辫子被官府打的。

眼看官兵越来越近，陶铭心一瘸一拐地扶着墙走，心里越发害怕起来，这样被抓回去，惩罚是小，羞辱是大。光顾着赶路，没留意脚下，咣当一下，膝盖撞在一块大石头上，疼得他大喊一声，身子萎在地上。两个官兵赶上来，一把将他抓住，气喘吁吁地骂："× 你娘的，跑什么跑！"一个举拳要打，另一个拦住："算了算了，打坏了他，上面追究起来也麻烦，赶紧带回去交差就是了。"交代陶铭心，"一会儿别说你跑，就说迷了路，不然有你受的。"

陶铭心又愤怒又羞耻，膝盖疼得钻心，一时走不得，两个官兵搀着他，出了曲里拐弯儿的胡同。孙公公的轿子正等着，烦躁道："你掉到粪坑里了？撒个尿撒到明儿了！"官兵上前说："这片胡同绕得很，他迷了路。"孙公公气得啐了一口："果然是乡巴佬！"

孙公公领着陶铭心来到一辆八头牛拉的车前，陶铭心平生还未见过这么大的牛车，外面罩着毛毡大帐，堪比一座小房子。孙公公说："你跟着这辆车走，今晚另有地方安置你们，明天直接去畅春园。"

上了车，里面坐着两排人，天色暗了，也看不清楚面容，众人挤出一块地方，让他坐下。陶铭心揉着肿胀的膝盖，觉得自己像是一头待宰的牲口，尊严全无，咬着牙，攥着拳头，重重地从鼻子里喷气。

"陶先生。"旁边的人碰了碰他，是同院住的刘瞎子。虽讨厌他，但此时见到一个熟面孔也是安慰，陶铭心拱拱手："刘爷好，咱们这一车要去哪儿？"刘瞎子低声道："我不知道，据说咱们这车人很特殊，说是明天要挨着皇上坐哩。"

陶铭心一皱眉，默默点了点人数，算上自己，车里一共十八个人。不用想了，正是孙太监说的那十八个人——和皇上生辰八字相同的十八个人。

第34章　甲子羹

　　大车折返，天黑前又出了西直门，走了一程，停在一座大寺前，昏暗中瞧见山门石匾上写着"敕建护国万寿寺"。陶铭心纳罕：万寿寺是有名的皇家寺庙，平头百姓不能进来的，带我们十八人来这里做什么？

　　这时，一队士兵从里面出来，命众人下车，按照名册点人，唱姓名和户籍。刘瞎子的正名叫刘从周，是松江人，其他十六个都不认识，但故乡都是江南一带的。陶铭心越发糊涂了：照孙公公说的，如今天下与皇上八字相同的只有这十八个人，为何户籍都是江南一带？大清疆土辽阔，百姓万万，莫非与皇上生日碰巧的都出在江南？什么陕甘云贵、湖广四川、直隶山东，竟然一个也没有，这怎么可能呢？

　　有个太监模样的出来，提着一盏暗红的灯笼，引众人进去。过山门，是天王殿，左右乃钟楼、鼓楼，又顺着幽深的回廊拐过大雄宝殿，四下漆黑如墨，只听见橐橐的脚步声，还有身后官兵的刀剑清脆的碰撞声。今晚十二，月亮圆了大半个，躲在浓浓的云彩里，死人眼一样，透出寒森森的光晕。

　　刘瞎子紧张得直咽唾沫："我怎么觉得不对劲……"陶铭心也浑身不舒服，懊悔自己来这一趟，青凤的事是一场误会，自己却深陷泥潭，走也走不得，为了那皇帝的生日，不得不忍受各种屈辱。

　　来到一座宽敞的禅堂，四下空落，只中间有一座木雕的四面观音像，莲花座下点着一圈三五斤重的大红蜡，倒也明亮。那太监依然不说话，等众人都进来了，他又出去了，关上沉重的大门，几个官兵巨大的黑影盖在门窗上，像是用身子上了锁。

十八个人在禅堂里不知所措，喊喊喳喳一阵，有人嚷了几声，要开门去问，被一柄长枪当头砸了一下，捂着脑门缩了回来。眼看出去无望，众人只好既来之则安之，席地而坐，纷纷杂杂地猜测。

陶铭心全身打了个冷战，不是这里阴冷，而是他看到其他人，感到深深的恐惧——在亮堂的烛光下，这里仿若地狱，这些人，全都不是正常人的样子，简直是畸人的大聚会。每个人或多或少都有残疾，这个缺只耳朵，那个没有鼻子，要么少条胳膊少条腿，要么如刘瞎子一样瞎一只或一双眼，还有的半张脸都是烧伤疤，甚至有个人没有嘴唇，龇着两排参差不齐的大牙，不住地用袖子去擦哈喇子。

刘瞎子也注意到了，拉拉陶铭心的袖子："我的天，陶先生，这些人……"他眨着仅剩的那只大眼打量了一番陶铭心，"不对呀，先生，怎么就你是完好的？"陶铭心苦笑道："我胯上受过伤，做跛子好些年了。"

没一会儿，这十八人都发现彼此乃残疾的同类。一个荡着一条袖管儿的先开了口："这怎么一回事？皇上要特别赏赐咱们这些残疾人么？"这话让几个人兴奋起来："对，肯定是皇上开恩，看咱们缺胳膊少腿儿的，比其他来赴宴的都可怜，要另加照顾。""咱不多指望，给五十两银子，回去修修房子，舒舒服服过两年。""要不说么，皇上真是大圣人，又是免赋税，又是敬老，明天可要使劲多磕几个头。"

众人放松下来，捉对儿闲聊。刘瞎子随口问一个盲了双目的："爷们儿，你这眼是怎么弄的？"那瞎子道："别提啦，提就伤心。我这就是命，俗话说得好，灾数到了呀，喝凉水也能噎死人。那年我们湖州城来了个苗子，在街上杂耍卖艺，耍的是一条大黑蛇，粗得很，那芯子一吐一吐的，吓死个人！那苗子却不怕，蹲在蛇前吹笛子。一吹，那蛇就跳舞，稀奇得很哪。咱们哪见过这玩意儿，围了不少人，我那会儿十五六岁，那个年纪谁不爱瞧热闹？我也往前挤着看，挤到最前头，也不知道是谁在后面踹了我一脚，我往前一扑，就栽到了那蛇跟前儿，那蛇箭一样朝我咬过来，那苗子厉害哪！一把就捞住了蛇，差点没咬到我。谁知道那蛇会喷毒水，不偏不倚，正喷到了我眼睛里，一顿饭的工夫，我俩眼就跟火烧一样，疼得死去活来。咱穷人家，哪请得起好大夫看？过了一晚上，就彻底瞎了。那苗子也跑了，踹我的那人也找不到，只能认命呗！"

刘瞎子叹道："确实够惨的。我这眼哪，也是个意外。那年我跟着我九叔进山里打野猪，追着跑了好久，不小心进了绿营兵的练兵场，正演练骑射呢。不知哪个小妇养的，一支箭偏了靶子，嗖的一下，正中我的左眼。后来打官司，拖了大半年，兵营赔了我十两银子、两石米，也就打发了。一只眼睛十两银子两石米，呵！他娘的。"

有人听到了他们的聊天，渐渐围拢过来。一个齐根儿断了右腿的说："我这条腿是被盐院的马车碾的，我是家里的顶梁柱，这可不完了么？不过人家盐院是真有钱，也不磨叽，赔了我足足三百两银子！我在田里埋头干一辈子，能赚这么多银子么？所以我挺知足，还希望他们把我另一条腿也碾了。"

众人大笑。另一个道："我丢了这耳朵才冤哩！因为划田界的事，我和同村的董老贼打了一架，嘿，打得那叫一个解气！谁知他衙门里有人，把我关进大牢，当天晚上，有个头上长癞的王八蛋，把我打了一顿，活活把我耳朵撕了下来，疼得我昏了过去。等醒来，那癞子也不见了，告状？没银子，牢里的人哪管你？"

众人纷纷说了自己致残的遭遇，连陶铭心也经不住大家追问，说了被打而跛足的事，大家都羡慕他运气好，残得有限，废得不重。终于，那个最瘆人的、没了嘴唇的汉子说话了，因为没唇，兜不住口水，气口儿拿不准，含混一通，大家也没听明白，安慰他："还好啦，也不耽误你吃饭，就是没法儿和你老婆亲嘴儿。"

说到半夜，大家都开始打瞌睡，又不满起来："没铺盖可怎么睡？""皇上要额外优待我们也不给几张床吗？"又有人推门去问，又被打了回来。众人开始慌了："这到底要怎么着？不能就这么关着我们呀！"

终于，门开了，还是那个接他们的太监，脸上阴森森的，冷冷念了个名字，是被盐院碾断腿的那个，高兴地用一条腿蹦起来："在呢！是带咱睡觉去吗？"

那太监勾勾手："跟我走。"那汉子拄着拐，一跃一跃地跟去了。

门又关上了。十七个人纳闷："要是给咱们分屋子睡觉，怎么只叫了一个去？"很快，飘飘渺渺起了阵念经的声音，嗡嗡的如群蝇乱舞，接着，突然传来了一声惨叫，这叫声洪亮，穿墙过院地传了过来，很是凄厉，众人齐齐打了个哆嗦："怎么回事！"

门又开了，一个官兵念了个名字，那人不敢答应，喊了三次，才战战兢兢起身："要做啥？"官兵不多说话，拖着他就走。没多久，也是一声惨叫。众人这下彻底乱了："我日他娘，是要害咱们哪！"但没人敢冲出去，只是慢慢地缩到了角落，像一群受惊的鸡。

再来叫，不走便打，质问也打，一声声惨叫陆续传来，殿内的人越来越少，剩下的人开始对着四面观音像咚咚磕头，急急祈祷，菩萨并未显灵，他们接连被拖出去，接连传来惨叫。如此十六番，只剩下刘瞎子和陶铭心。

"陶爷，凶多吉少哇！"刘瞎子眯着眼睛，右手大拇指飞快地按着其余四指，"怎么算都是凶多吉少哇！"陶铭心也害怕起来，那十六个人，莫非被拖出去杀了？他手无缚鸡之力的老书生，腿脚不方便，膝盖还肿着，打打不过，跑跑不脱，真是束手待毙了。他从来不信佛的人，也对着观音像祝祷起来：青凤和保禄尚不知下落，珠儿、莲香和何姑还在家中等待，何姑还怀着身孕，不知是男是女，这个家已经岌岌可危了，自己可千万不能死。

官兵进来，喊了"刘从周"，刘瞎子忍不住哭了起来："小蚂蚱还没娶媳妇呢，他还等我回去呢……"官兵上前拉他，陶铭心想拦着，被推翻在地。好一会儿，才听到刘瞎子一声惨叫，陶铭心心口猛地一颤，忽而，又听到刘瞎子啊呀啊呀叫了一串儿，陶铭心眼睛睁大了："看来没有死！要一刀砍了脑袋，不可能再叫，刘瞎子是在给我传信，让我放心。"

最后才将陶铭心召了出去，他拖着剧痛的腿，跟官兵左拐右拐走了一截，来到一个小庭院。四下都有火盆，照得如同白昼，廊下一大丛宦官和官兵，还有八个喇嘛，戴着窄长如船状的黄色僧帽，手里摇着转经轮，盘坐成一排，呜呜念着听不懂的经文。东北角处，蜷缩着那十七个同伴，一个个连声呻吟，衣服上都是血，两个大夫提着药箱在给他们包扎伤口。

冷硬的初秋空气中浮着一股腥臭的血味儿，陶铭心没忍住，弯腰呕吐了起来，脑子里想着素云的遗言，真是万分不该来北京的。官兵也不催迫，等他吐无可吐时，轻轻推了他肩膀一下，来到庭院中间，有张矮桌，桌上一只大瓷盆，凑着光，看得清了，里面是一块块连皮带血的肉。也许是眼花，其中有两块似乎还在缓缓蠕动。陶铭心又干哕起来，却什么也吐不出了。

这时，那八个喇嘛右手高高举起转经轮，转得愈发快了，左手齐齐指着陶铭心，念经的声调陡然高了起来，像在施展什么法术。陶铭心感到一阵眩晕，不知是惊恐，还是喇嘛的咒语起了效力。定了神，不知何时面前多了一位穿皮围裙的汉子，手里提着一把模样怪异的刀子，不过拃来长，刃口是卷的，使劲一甩，上面的血肉沫子砸在地上，发出噗噗的细微声。两个官兵叉住陶铭心，拿刀汉子捏了捏他的大腿，隔着裤子，用手里的刀大略比了比，找准了地方。

陶铭心只觉得天旋地转，双腿发软，一点反抗的力气也没有，问道："你要做什么？"那汉子笑道："做道菜。"陶铭心没有听清，腿上刚觉一点刺痛，就看到拿刀汉子往后栽倒，脸上多了一支还在剧烈震颤的箭。紧接着，空气中响起唰唰的声音，一丛箭射向廊下，登时大乱。官兵大喊："有刺客！"陶铭心扭头一看，从墙头跳下来七八个黑衣蒙面人，拿着刀剑杀向官兵，瞬间打成一团。扭着自己的两个官兵转眼被杀，陶铭心正要跑，只觉双脚离了地，原来被人扛在了肩上，在一片混乱中辗转腾挪，上下跳跃，翻过墙时，他的脑袋撞在砖头上，失去了知觉。

等醒来时，一片昏黄的光中悬着一张模糊的脸庞。陶铭心感觉额头有些疼，揉了揉，坐了起来，这下才看清楚了，面前这张脸上有一块巴掌大的黑黢黢的胎记，极是骇人，不过陶铭心却开心起来："啊，刘兄弟！"

刘稻子微笑道："陶先生，好久不见。"从他身后又转过来一个妇人，是孙兰仙，端来一碗凉茶，陶铭心渴坏了，一饮而尽，擦擦嘴："我是在梦中么？"孙兰仙笑道："陶先生，你没有做梦，半个时辰前，我们把你救出来了。"陶铭心奇道："刘兄弟，你不是被押回山东等待斩刑么？怎么会出现在京城？"

刘稻子笑道："本来要在苏州杀我的，教里的兄弟使了些银子，把我弄去山东受刑，这岂不是放虎归山？兄弟们在路上救了我。我为何出现在京城？陶兄，你忘了我是干吗的了？我来京城，是给皇帝庆祝六十大寿，我还准备了一份大礼呢——给他吃我一刀。"说着用手在空中砍了一下。

陶铭心忽然想到什么，转问孙兰仙："弟妹，青凤是不是和雨禾在一起呢？她在这里么？快带我见她！"孙兰仙摇摇头："不瞒先生，青凤现在已经是我的徒弟了。她和雨禾在外地的亲戚家，没有跟我来北京。青凤很好，不必挂念。这孩子，脾气偏，气性也大，对先生有些怨言，等忙完这里的事，我回去再劝劝她。"

陶铭心叹了口气："好罢。"又问刘稻子，"刘兄怎么知道我被困住了？难道是偶然碰上了？"刘稻子嘻嘻笑了，似乎不好意思回答一般，孙兰仙解释说："娄禹民给我们来信，说先生来北京参加皇帝宴会，你兄弟说先生必有大难，这几天一直暗地里跟着先生。今晚看你们去了万寿寺，那些人要对先生用刑，不得已便出手了——当年你救过他的命，他一心报答你。"

陶铭心更加困惑了："刘兄弟，你怎么知道我必有大难？你会算命不成？"刘稻子大笑道："我哪里会算命！不过陶兄身上的事，实在是稀奇，我三两句话也说不清楚，走，我带陶兄见一个人。"

陶铭心挣扎着起来，顺嘴道："你俩和好了？"孙兰仙笑道："他低三下四地求我，不然我理他呢！"刘稻子笑了笑，没言语。跟他夫妇出了屋子，是一个很小的院子，明显是贫民之家，来到西边一间亮着灯的屋子，刚一进去，一大股酸臭味，黑压压挤满了人，个个相貌凶恶，手里提着兵器，在听一个光头和尚说话："眼下万事俱备，离卦的郜兄弟，震卦的王兄弟，坎卦的张兄弟，还有艮卦、乾卦、兑卦的人马，都来了不少。可惜没个内应，若能先将官兵头儿放倒了，趁乱猛攻，这事就稳妥了。"

刘稻子咳嗽了一声，那和尚立刻止了话头，拨开众人，上来对陶铭心深深一躬："陶先生，你醒了！"陶铭心看了他半晌，终于认了出来："月清长老！"月清爽朗地笑了："几年不见，先生还认得老僧。"又有两个人上来相见，是薛神医和葛理天。

一下子见到许多熟面孔，陶铭心又是激动又是惊奇："诸位，都在呢！"着重问葛理天："我不知道葛先生也是反清的好汉，这是怎么回事？"葛理天道："说来话长。保禄就是知道了这个，才离开苏州的。"月清对众人道："兄弟们去休息罢，养精蓄锐。我和这位陶爷有话要说。"众人齐齐喊了句"圣帝老爷早歇"，鱼贯而出。月清叫住薛神医和葛理天："你俩认识陶先生，就留下罢。"

余下的人都落座了。陶铭心正要开口，月清举手道："我知道陶兄有一肚子的疑惑，不急，待我慢慢解释。"他深深叹了口气："先生，狗皇帝对你的所作所为，真是神人共愤。今晚将你们十八人关进万寿寺，轮番动刑，你可知是为了什么？"陶铭心摇头："看那架势，是要挖我的肉。"

"没错。"月清点点头，"挖你们的肉，炖成甲子羹，给狗皇帝享用。"陶铭心疑道："甲子羹？"月清缓缓道："你们十八人和皇帝，明天都是六十大寿。乾隆信奉一种邪法，以为吃了你们的血肉，他的福寿就会绵延不尽，还能再活一甲子呢！"陶铭心很是震惊，忽而又笑了："这也忒荒诞了，哪有这样的邪法？"

月清苦笑道："先生这就觉得荒诞了？我怕说出其他的，先生会觉得我得了疯病，在说胡话呢！"他往前探探身，"先生，想必你也知道了，今晚在万寿寺的十八人，不是一般百姓，你们的生辰八字和乾隆一模一样。同样的命，运却大不相同，他是天下至尊的皇帝，你们只是一群残疾的畸人——你们所受的苦难，都是狗皇帝暗中害的，你们受苦，他就享福。"

陶铭心愣住了，类似的话他多年前听老吴讲过，老吴说乔陈如暗中在控制他，"偷吸"他的福运，像是吸血的蚊子，又像是传说中的吃面虫，躲在肚里，你吃的所有东西都给它受用了，自己不过是个僵尸皮囊。老吴的话给他印象极深，他半信半疑，后来日久，渐渐忘了这件事。而今听月清如此说，陶铭心重新恐惧起来。

"帮皇帝控制你们、迫害你们的，就是乔陈如。"月清似乎听到了陶铭心内心的疑问，主动说了出来，"天下所有和皇帝八字相同的人，他们的一举一动，都在乔陈如的掌控之下。你们这辈子所经历的事，不敢说全部，但很大一部分，都是乔陈如编排的。"

刘稻子夫妇、薛神医、葛理天，都轻轻摇头叹气，葛理天还念了天主的神号。

陶铭心发怔了好久，胃里又一阵恶心，往上顶了顶，紧闭着嘴巴才没哕出来，抓过茶碗喝了一口，冰凉彻骨："我不明白，这有什么根据呢？八字相同，难道命数、福运就可以来回传递？简直玄而又玄。"

月清笑道："陶先生不相信也正常，一般人谁能相信呢？先生没听过这种夺人福运的法子，总听过诅咒压胜之术吧？那种用针扎小人儿的，写别人八字下咒的，全天下城里乡村都有这种邪术，并不稀罕。皇帝对你们的控制，和这种诅咒压胜术差不多，只是更复杂些，但他是皇帝，想做什么做不到呢？"

薛神医插话道："在古代医术中，也有禁咒之法。人的四柱八字是一生命数，命不可改，运可以改，要说偷取福运之法的根据，不能说没有——陶先生，我们知道了你的遭遇，都很难过。"陶铭心歪着脖子嚷起来："你们！什么时候知道的？"薛神医忙举手道："先生别急，也是知道你来北京后，月清长老才告诉我们的。刘兄弟说你是他的救命恩人，定要将你救出火坑，所以你才在这里。"

葛理天叹道："贵国在怎么折磨人控制人上头，真可谓冠绝天下了。西洋也有邪恶的巫女，也害人，不过直来直去，至少不会暗中编排人家的生活，此事真是荒唐，无法理解。"

陶铭心依旧不信："这种荒诞的邪法，他们怎么就信呢？"月清微笑道："云贵的人下蛊，江南的人叫魂，北方的人跳大神，天下的人拜神佛，哪一个不荒诞？哪一个真就有效应？不怕跟先生说，我们八卦教拜无生老母，怕也是虚妄。要紧的根本不是这些法术灵不灵，而是人信不信。很倒霉，皇帝就信了，你们就遭殃了。"

"那么，"陶铭心的声音让人心生怜悯，"你又是怎么知道这一切的？"

月清脸色凝重了起来："因为，我祖上就干过乔陈如的差事——当然不是为清廷干，而是为大明干。"他说，这套邪法，始于明太祖朱元璋，他出身卑微，做了皇帝后，担心和他八字相同的人会威胁朱家的江山，便命人秘密搜寻天下和他八字相同者，严加监视，并创了个极秘密的官职，叫"八字官"，此官不在文武之列，只有绝少的人知道。八字官的职责，就是用损人利己的邪法，控制那些人的命运。皇上遇到疾病、患难或任何不顺心的事，便折磨他们，轻者受些意外之伤，重者家破人亡，好将福运转到自己身上；若皇帝遇到了吉祥喜事，就发一发慈悲，让这些八字相同者也沾些运气，或发一笔横财，或平息一场官司等等。总之，好坏都由皇帝说了算。帮皇帝总理这一切的，就是八字官。大明亡后，崇祯皇帝的一个贴身太监将此秘密泄露给皇帝，沿用了这一邪法。月清的祖父，就是大明永历帝的八字官。说完，他念了声佛号："罪过罪过。"

陶铭心不言，众人也不语，彼此沉默了许久。忽然听到了一声鸡叫，"刺啦"，油灯的灯芯儿清脆地响了一下，火光跳了两跳，众人投在墙上的影子也迅速闪了闪。陶铭心忽又想起素云的遗言，勿来京城那句应验了，来了只有种种苦果；第二句是提防月清，此刻不容他不信了，站起来道："我不信！皇帝、乔陈如，怎么能编排我的生活？我活生生一个人，走去哪里，说什么，想什么，别人怎么编排？"他怒视着月清，"和尚，你不要危言耸听！"

刘稻子看着月清，微微摇了摇头；葛理天紧张地来回看，生怕起什么冲突；薛神医则气定神闲地笑了笑；孙兰仙端着茶壶给陶铭心续了茶，劝他坐下。月清对着陶铭心一抱拳："先生恕罪！老僧唐突了。刚才说的，都是老僧打诳语，真是罪过！"

陶铭心被他突然的请罪惊呆了："这怎么说？"月清用袖子擦擦眼泪："先生听我说。我拿这些话骗先生，是为了利用先生，惭愧！"陶铭心更困惑了："利用我？我有什么可利用的？"月清道："我们要做的事，先生肯定也料到了，能否恢复我汉人社稷，全在明天。我们在北京有数百兄弟，个个儿勇猛无敌，只可惜没有内应，无奈之下只好计划强攻，但强攻的胜算，我们都没底——刘兄弟救回先生后，趁先生还昏迷着，我想出了这个下策，想用八字邪法的话来激怒先生，让先生对皇帝恨之入骨，然后，可以在宴会上充当我们的内应，一举功成——"他说得激动，洒下一片泪，"老僧自私自利，让先生受惊了，实在惭愧！"

陶铭心愣了片刻，大笑起来，全然将素云的叮嘱抛在脑后，双手扶起月清："和尚请起。原来一片苦心为了这个。我虽是一介书生，但对抗清的好汉向来敬仰。若说对皇帝的恨，不需你们刺激，我心里的恨早满了，满得往外溢呢！这一路，我又见到、听到许多狗皇帝的恶行，想杀他，但我不会武功，也不懂谋略，若能和诸位联手，彼此支持，我在所不辞！"

众人大喜，刘稻子跪拜在地上："陶兄深明大义，受小弟一拜！"薛神医和葛理天也很兴奋："陶先生做内应，再合适不过！"月清激动地拍手："陶兄有古时荆轲、贯高之风也！"只有孙兰仙苦笑着，不知在可怜谁。

陶铭心发愁道："可是，我怎么杀狗皇帝呢？总不能携带暗器，上前击杀吧？我这老胳膊老腿的，实在做不来激烈的事。"月清笑道："不消先生动武！"他对薛神医示意，薛神医从怀中拿出一只红色的小纸包来："这是天下无解的毒药，我花了多少心思才配成的。不是我自夸，这毒的妙处也是空前绝后了——直接碰，直接吞，都安然无事，只有将这药泡进酒中，它的毒性才发作。"

他伸出手掌："借先生尊辫一用。"陶铭心狐疑地扯过辫子，递给他。薛神医提起辫子梢儿，将那包毒药全撒了上去，用力捏了捏，笑道："明天宴会，先生这些和皇上八字相同的，要坐在最前面，皇上肯定赐酒给你们吃，先生回敬时，只消将辫子梢儿在酒里轻轻一浸，献上去，这事儿就成了！先生放心，这药毒性很慢，大约一刻钟之后才发作，那时候，我们已经打进来了。"

陶铭心小心地将辫子放回背后："恕我愚笨，不大明白，皇帝赐酒是肯定的，但我们回敬，怎么确保他会喝呢？而且，我什么时候下毒，你们什么时候动手，里外不通，如何配合？"

葛理天笑道："陶先生回敬，皇上肯定会喝的。晚宴是在畅春园，露天而开，先生要注意着东北方向，会出现一条巨大的火龙，直冲云霄。这条火龙就是信号，先生看到后，立刻倒酒，泡了辫子，出去跪献皇上，说这是罕见的祥瑞，昭示皇上万岁，江山永固云云，来回那些鬼话。若是寻常的祝寿酒，皇上也许不喝，但为出现祥瑞而敬酒，皇上肯定会喝，就是图个好兆头呀！埋伏在外面的兄弟，也是以火龙为信号，一刻钟后发起进攻。如此里外配合得天衣无缝，大事必成！"

陶铭心糊涂道："听起来确实很妙，但那只冲天的火龙……葛先生就笃定天上会有一条龙？"葛理天笑道："当然笃定，因为那条火龙就是我做的。我在宫里有几个传教士朋友，也要献寿礼，听了我的建议，用猪皮、竹条、火药箭，扎成一条五六丈长的大龙，点火冲天，作为祥瑞。这件寿礼是秘密做的，皇帝并不知道。明晚由我亲自来放，万无一失。"

陶铭心赞叹道："真是狡猾至极，巧妙至极！"月清再三确认："葛先生，那条火龙至关重要，你们几个传教士，确保能顺利升空？就怕跟受了潮的烟火似的，飞不上去。"葛理天自信地笑了："长老，咱们道不同也相谋。别看我是外国人，杀皇帝的决心不比你们弱半分。不信我的为人也罢了，但请务必相信我的技艺。哪怕明晚下雹子，这条火龙，也会顺利升天！"

刘稻子解脱地长叹一声："真是老母有灵，让陶兄帮助我们，这一切才能严丝合缝儿。诸位都出了力，明天冲杀，就看我老刘夫妇的罢！"陶铭心看着孙兰仙道："弟妹瘦瘦弱弱的，明日也要冲锋？"众人大笑，月清道："先生不知，我们这些人里，就数孙妹妹武功最高，我们加一块儿都比不过她的。"刘稻子憨笑："打不过自己老婆，也不丢人。"

这时，外面传来一串急促的、高昂的、抖擞的鸡鸣。陶铭心一拱手："商议定了，我得回万寿寺。"月清道："先生回去，怕要受些皮肉之苦了——不瞒先生，甲子羹的事是真的，我刚才也是顺着这件事，编造出那些八字邪术的谎话。"陶铭心坚定一笑："挖块肉算什么！甲子羹，就当是他的断头饭！"

第 35 章　东北方有火龙

　　陶铭心从来没听过这么好的戏。安徽来的戏班子技艺卓绝，那身段儿、腔调儿、一颦一笑，整套的切末，光彩夺目，恨不得用金丝银线缠裹起来。稍微比得上的，还是小时候在南京看过的几次，父亲不爱看戏，是兄长带他去玄武湖上看赵敬亭家的中秋夜戏。看了会儿戏，陶铭心觉得身上不那么疼了——额头和膝盖都是肿的，右大腿少了块肉，刚才如厕揭开布条看了看，一个枣子大小的肉坑。敷了金疮药，凉丝丝的，那个麻子脸大夫说："别担心，用了这药，你这伤口就像时时刻刻被狗舔着。"这话风趣，陶铭心当时竟然笑了。

　　回到万寿寺后，那个一直冷面冷语的太监难得地客气，夸赞他"有信义，真君子，没有趁乱逃跑，事后还找了回来"，又解释说："要你们的肉，是祭天，给圣上祈福，算是你们给圣上的寿礼。"

　　从早上到下午，皇上一直没出现，都是他们这些受邀而来的老头子自娱自乐。在数百张小条案间，来回伺候的太监、宫女蜜蜂般繁忙。皇上和大臣入夜才来，白天就放任他们恣意欢笑，不少老头子喝得酩酊大醉，吐得狼藉，还有的调戏宫女，被太监拿鞭子教训。

　　四周都是竹林花树，和畅的惠风缕缕拂来，令人清爽。陶铭心坐在一个蒲团上，将两腿叉开，古人所谓的"箕踞"便是如此了。他摸摸自己的辫子，发觉比前些年变得细了，今天他也六十岁了，圣人说：六十而耳顺。"耳顺"的意思很精微，他大概有些体会，不过他还做不到耳顺，别人说什么，还是能轻易地影响他的心境。可是，关于对错，他有自己的尺度，今晚要做的事，就是对的事。

刘瞎子喝得半醉，拖着伤腿蹭过来："陶兄，你发什么呆呢？昨晚我瞅见有人把你劫走了，你怎么又自己跑了回来？"陶铭心扯淡了几句，糊弄过去。刘瞎子道："听公公说，晚上皇上要赏金元宝，咱们这十八个人，每人一个，另外还有一柄玉如意，啧啧，想想！"陶铭心推开刘瞎子递过来的一碗酒，他今晚只喝茶，保持清醒。

黄昏时，无数太监在宴席中间来回呵斥，让众人整理衣冠，回到座位。戏班子也停了，将戏台的猩红绸大毯换成杏黄色蟠龙纹的，又摆上了一尊香檀木龙椅，一张高脚桌，以及脚踏、痰盂儿、花瓶等物，几个太监提着袅袅的香炉在台上转了几圈，喷鼻的香气烈烈四溢。而后，十六个妖娆宫女手持长柄摇扇上来，雁列两旁，又有几十个穿盛装甲胄的侍卫站在戏台之下，个个高大壮实，目光坚毅。

四处的灯笼也挂了起来，戏台周围挂的是上等羊角大灯，如梦如幻。陶铭心等十八个人，左右各九张小案，九个蒲团，离戏台最近，能清楚地看到龙椅上面雕刻的花纹。十八人后面，空出来数百个座位，是文武大臣所在，最后面一大片星罗棋布的大桌长椅，则是近千名赴宴长者。

十来个侍卫上来，恭敬地请陶铭心等十八人起身，以极利落的手法将他们从头到脚搜查了一遍，鞋袜全脱下，掏了掏胳肢窝和屁股沟，连辫子都握了握，仿佛辫子里能藏下匕首似的。进畅春园前，他们就被细细搜了一遍，连腿上的伤口也要看一看，那个将军说："万一在肉坑里藏一包毒药呢？"陶铭心不由感叹，薛神医的法子真是妙绝，将剧毒的药粉撒在辫子梢儿上，任谁也查不出来。

接着是默默地等待，满园鸦雀无声。不知打哪里传来一阵鼓吹之声，声音越来越近，陶铭心下意识地往后一看，不知什么时候，数百文武大臣已经落座，一个个正襟危坐，面无表情，如刚死的尸体。已看到宫廷乐队华丽的仪仗，一大群太监、宫女簇拥着一抬肩舆往这边徐徐而来，模模糊糊地，看到肩舆上面坐着一团黄色的身影，那就是乾隆皇帝了。有太监站在戏台子上挥舞了几下胳膊，大喊道："接！驾！"底下十来个太监接连传话，"接驾"二字如青蛙般一跳一跳往后去了。

窸窸窣窣一阵衣服响，夹杂着零星杯盘摔碎的声音，满园凡是两条腿的活物，都跪在地上。陶铭心感到右腿的伤口渗出了血，疼得冷汗淋漓，另十七人一个个都痛不欲生，匍匐着打哆嗦。台上宫女们垂下金光闪闪的摇扇，组成一面闪耀的金墙。等摇扇撤去时，乾隆已经端坐在龙椅上了。太监又高喊："免——礼——"底下的众人这才缓缓起身，也不坐，垂头站着。太监又喊："赐——座——"文武大臣那一片齐喊："谢——主——隆——恩！"

太监没有交代陶铭心等人要称谢，有两个缺鼻子少耳朵的乡下老汉一时紧张，想跟上大臣的声口，拖在后面喊："谢主——"他们不懂"隆恩"这种文词儿，一时不知道接什么，一个没胳膊的接上去："谢主子！"他嗓门大，场面又安静，远近都听见了，传来一阵偷笑。乾隆在上面也笑了："行了，朕听到了。"

像年轻时看美人一样，陶铭心贪婪地望着大清国的皇帝，他身上很瘦，脸有些浮肿，两个眼袋不情愿地往下垂着，眼神却很锐利，又足够温柔，看哪里，如一条鞭轻轻扫过，嘴角总是微微挑着，带着轻蔑的、自豪的、发自内心的笑意，好像什么事都难不倒他，好像深深地笃信将来定是圆满吉祥的。奏乐声又响起来。陶铭心一望，宫廷乐工挪到了湖中的亭子里、假山上，飘飘摇摇的乐声有股子湿气，让他感到闷热。皇帝举杯，底下举杯；皇帝饮酒，底下饮酒。酒是好酒，有点花雕的意思，刘瞎子咂着嘴说：抿一点儿就知道年头儿不短。

接连有大臣跪在台子底下敬酒祝寿，乾隆有的喝，大多不喝。菜肴一道道端上来，都是极新巧的菜品，陶铭心只能认出单个的食材，凑一起就蒙了，吃了两口，大概是心里有事，觉得恶心，只好不停地喝茶，不时望一眼东北方向的夜空，背上已经汗透了。

两个太监抬着一尊古色古香的青铜小鼎走过，陶铭心往里面瞥了一眼，咕嘟咕嘟炖着肉羹。陶铭心大腿猛然一疼，这大概就是甲子羹了。小鼎摆在乾隆面前，太监用长勺舀了一勺，倾在一只水晶碗中，将一把纯金小匙用帕子托上去。乾隆接过小匙，在碗里搅了搅，凑下头喝了一口，咀嚼十八人里某一个腿上的、炖得稀烂的肉，吃了三口，摆摆手，太监将小鼎端了下去。乾隆看了眼身边的太监，那太监立刻上前俯身，用肩膀托住龙手，支撑他站了起来。吭啷啷一阵急响，整个园子的宾客都站了起来，奏乐的也缓缓停了，再次鸦雀无声。乾隆不满地摇摇头，太监会了意，高喊：“安——坐——”一连串传下去，众人才又纷纷坐下，喜庆的音乐继续吹奏。

乾隆下了台子，来到陶铭心等人面前，笑道：“各位老先生，这几天在京城可开心？”几个人激动得涕泗横流：“开心！这辈子没这么开心过！”没鼻子的道：“做梦也不敢想，能这么近地见到皇上，我祖宗在天上乐开花了！”没腿的擦着眼泪说：“皇上保重龙体，一定要活一万岁，大清国永远好下去！”乾隆笑道：“活到六十，朕已经很知足了，你们瞧过去的帝王，有几个活到六十的？来，各位先生，朕敬你们一杯酒，也祝你们长寿。”

众人乐不颠儿地抓来酒杯，一口吞尽，有几个颇有江湖气概地一擦嘴，将酒碗倒扣下来，表示一滴不剩：“万岁爷，草民干了！”乾隆忍着笑，也干了一杯，又有人来敬，乾隆想喝，太监抻着脖子在旁念叨：“太后交代了，主子少喝些。”乾隆竟像孩子一样不高兴地撇撇嘴，不情愿地放下酒杯。

乾隆和几个人话了话家常：家乡何处，家里几口人，儿子娶媳妇没有，闺女嫁人没有，有几个孙儿，家里几间屋、几亩田，地方上的官好不好，每年交的赋税重不重……陶铭心在旁冷眼瞧着，乾隆确实亲切，而且很有魅力，他问出来的话，让人感觉是真心诚意的，至于他心里怎么想的，似乎并不重要。

“这位老先生，一直没怎么说话呢。”乾隆笑眯眯地看着陶铭心。老太监在旁道：“这位是苏州的陶铭心，这十八个人里头唯一的秀才。”不得已，陶铭心上前跪拜了，乾隆用手轻轻碰了碰他的肩膀：“老先生请起，不用多礼。”乾隆细细打量了他一番，点头道：“果然是读书人，腹有诗书气自华也。陶先生，你写的那首贺寿诗极好，那两句‘桂花落处疑金屑，清风吹过共欢娱’意思很妙，不过格律不大对，可见先生平时不怎么写诗。”

陶铭心道：“皇上明鉴，草民在诗赋上技艺可怜。”乾隆将须道：“朕给你改一改：桂花落处疑金屑，这句尚可；第二句‘清风吹过’四字牵强了，改成‘明月圆时'吧，明月圆时共欢娱。"陶铭心微笑道："皇上，'清风'改'明月'……"

乾隆明白了他的意思，大笑道："写诗而已，何必认真！不过陶先生能有这份顾虑，就足见一片赤心了。"态度也越发热情起来，"陶先生在科场上一直不如意么？为何六十岁了还是秀才？"陶铭心道："草民自忖资质愚钝，不敢下场蒙羞。"乾隆背着手笑了："先生这话有意思，其实是无心于仕途了。怎么，觉得我大清的官不值得做吗？"

老太监在乾隆身后不住给陶铭心使眼色，陶铭心垂首道："不敢，草民只不过有些自知之明，实在不是做官的料，在乡野之间读读书，教教村童，此生足矣。"乾隆微微一叹："像先生这样不求功名的读书人，真是少之又少。以前的帝王得意天下太平，总说野无遗贤，觉得天下才士都为我所用才好，可朕觉得，有些遗贤也是好事，都往官场里钻，一片清净心也给弄成一团糨糊了。"

乾隆又去大臣那边敷衍了一番，大臣敬酒，他只在唇边放一放，虚应一套。走累了，坐上肩舆，在几百个老人堆儿里转了一圈，受了跪拜，又回到戏台，宣布赏赐。陶铭心等十八人——宣旨的老太监称他们为"同福寿星"，每人二十两黄金，一只玉如意，一柄沉香拐杖，一把写着御制诗词的折扇；其余来赴宴的老者——老太监称为"同喜人瑞"，每人一百两银子，一把扇子，一块玉佩；没有赏文武大臣，刘瞎子说，他们是给皇上进贡的，不能反着来。

陶铭心不住地望向东北方，心里越发紧张起来，他直觉那条火龙快出现了——乾隆已经面露疲态，再不出现，怕就要起驾回宫了。他偷偷拿起辫子稍儿看了看，白色粉末还有不少，他在脑中一遍遍练习将辫子稍儿在酒里迅速一涮，端着酒杯离席，跪在台下，高喊吉祥之语，恳请皇上饮酒，这一系列动作。

夜色渐深，天气也凉了，太监给乾隆披上一件深紫色的披风，乾隆从怀里掏出一只金光闪闪的东西看了看——陶铭心知道，那是西洋的小钟表，乾隆喜欢这类洋玩意儿。这时，眼角簇簇地闪起来，扭头一看，东北方升起了一条火龙，如元宵节的火箭般迅猛地朝月亮飞去。火龙周身的火光如绸子一样软飘飘地飞舞，腰身处有几簇长长的花火，喷着往上蹿，远远看去犹如一条蠕动的、会发光的蚯蚓。很快，更多的人注意到了，指着东北方争先恐后地嚷起来，台上的太监也看到了，指着夜空给乾隆看。

陶铭心深吸了一口气，机不可失，趁人都望着天上，立刻将辫子梢儿在酒杯里搅了搅，看着粉末迅速消融在酒中，忍痛站了起来，端着酒杯，如端着给中毒的挚爱之人的解药，万分小心地来到台下，双腿跪地，大喊道："人间龙寿，天龙现身！此乃万古罕见的祥瑞，恭喜皇上，贺喜皇上！"

乾隆没理会陶铭心，眼巴巴地望着那条火龙，看着它冲入月亮的光晕之中，留下一片片微小的火星，终于消失。他怔了一会儿，缓过神来，脸上还有震惊之色，看陶铭心在底下举着酒跪着，问道："你说什么？"陶铭心忍着尴尬，大声又喊了一遍。乾隆笑了："是，是，你很会说话。"陶铭心双腿不住地打战，举着酒，拼命克制住颤抖的嗓音："请皇上满饮此杯，方不负上天眷顾！"

乾隆站了起来："好！"老太监下来接过酒，躬身递给乾隆。乾隆望着东北方，高高举起酒杯。陶铭心万分紧张地看着他，这一刻，所有声音都消失了，风也停了，疼痛也停了，只看得到乾隆的两只手，还有那杯满满的酒。

谁料，乾隆突然将那杯酒往地上一洒，自喊道："天龙有灵，护我大清国祚永继！"陶铭心一瞬间委顿下去，差点失望地叫出声来，但随即又欣喜地发现，乾隆祭天龙只用了半杯酒，并未洒光，剩下的，一仰脖，全部灌入肚中。

陶铭心激动得简直要晕厥过去，薛神医明明白白说了，这药剧毒，融在酒中，不拘多少，一口一舔都必死无疑。连日以来、连年以来对这个暴君的愤恨，如今终于报仇了，今晚说的谄媚话，做的谄媚事，丢人至极，令他面红耳赤，不过这些都是权宜之计，能杀这个狗皇帝，这一切都值得。

陶铭心松弛许多，身上也爽快了，久违的喜悦之情鼓荡着他的全身，他笑盈盈地望着乾隆，没有一丝内疚和悔恨。今晚的事做得万死不悔——这样一个昏君，这样一个世道，早该要换一番面目了。他太高兴，以至于手抖，洒了些茶，顺着小案的边缘滴落，一下一下，如计时的滴漏。陶铭心在心里也念着数。按约定，火龙升天后一刻钟，刘稻子等人便动手，他们提早埋伏在畅春园的几个大门附近，快了，马上就要打进来了。

看乾隆，面色红润，在吃一块点心，龙的出现让他兴致重燃。他知道那条龙是宫里的传教士造的么？他是不是以为世上真有龙这种祥瑞？就像上次南巡，在拙政园的树上见到了一只凤凰——阿难放上去的孔雀——他会不会相信大清真的受到上天的眷顾？他怎么想的，不重要了，因为他马上就要死了。陶铭心重新紧张起来，一刻钟早过去了，菜肴里的油腥结了一层白色的脂膜，乾隆笑着和太监说话，没有任何中毒的迹象。一切都是祥和喜庆的样子，听不到什么打斗的动静。再等等，也许薛神医的药发作得慢，也许刘稻子他们已经杀光了外面的侍卫，正悄悄潜进来，打算趁人不备偷袭。

乾隆每隔一会儿就掏出怀表看一眼，似乎也在等待什么。忽而，有个穿黄马褂的大臣从侧面上了戏台，俯身在乾隆耳边说了些什么，乾隆用手捏了捏耳垂，仿佛那个人的话烫到了他，微微笑了，亲昵地拍了拍大臣的肩膀。大臣躬身退下，从宴席中间经过，那颗大脑袋闪着腻腻的油光，是罗光棍。从陶铭心案前走过时，还朝他笑了笑。

冷不丁地，太监高声道："起——驾——"一声声传下去，底下上千人波浪一般层层叠叠站了起来，陶铭心仔细盯着乾隆，只见他气定神闲，步履稳健，毒性依旧没有发作。乐声停了，四下沉寂，没有任何刀兵之声，也不见刘稻子他们的踪影。陶铭心原地愣了好久，直到刘瞎子催他动身："别愣着了，咱们快去领赏。"

抱着金子如意，拄着拐杖，从畅春园出去的时候，陶铭心闻到一股冲鼻子的血腥味儿，夜里看不清地面，灯笼闪耀处，隐约在街边看到一些摞得高高的死尸，但看不真。刘瞎子那只大眼却看得清，说确实看到好多死人，他跳下车，在地上抹了一把，又跳上车，凑在灯笼下给陶铭心看："我就说吧！是血！"

第36章　人生戏

回鲜鱼口胡同的住处，一路上，关于今晚畅春园外官兵血战反贼的传言已经炸了锅。有的说官兵只有三百人，反贼足有两万，最后动用了红衣大炮，将反贼炸成了粉末儿。有的不信："要放炮，咱们在里头能听不见？可见没有放炮，是一个西藏的喇嘛念咒，咒得反贼不能动弹，官兵割庄稼一样收拾完了。"

押车的孙太监忍不住骂道："少闲言碎语！喝了几杯猫尿，上了天了！这里是京城，天子脚下，是你们传闲话的地方么！"陶铭心一路无话，听着他们议论，五脏六腑都冻在了冰块里，又提着心吊着胆，不知那杯酒毒性发作没有。

一夜未睡，后半夜下了一场雨，如墨一样，刷得这黑夜彻底地黑了。屋子里闷热无比，一丝风没有。陶铭心全身冒汗，大口喘着气，想起多年前在地下棺材中的时刻。

隔天吃了早饭，孙太监拿了一沓公文，念着姓名发给众人："昨晚也赏了你们了，盘缠足够了，这公文别丢了，拿回去给当地的官府，证明你们参加了寿宴，地方官儿多少还得赏你们几两银子。想在京城玩一玩的，随意，只是这宅子不能住了；想走的，也随意——我劝你们还是赶紧走，实话说吧，昨晚出了点事，这阵子城里会有很多兵，诸事不便。各位爷，这一趟也值了，回去多多保重，以后万岁爷七十大寿、八十大寿，保不准儿还请你们哩。"

陶铭心领了公文，也不和众人打招呼，抱着行李就走，在胡同口租了辆驴车，连催车夫出了城，黄昏时赶到了通州。车夫抱怨把驴累伤了，要了双倍租钱。陶铭心依然在来时的客栈住下，心口还扑通扑通跳，实在疲累，洗了脚，倒在床上就睡着了。

睡得深沉，直到有人摇了摇他，才缓缓睁开眼。眼前一片火把，一屋子拿刀的官兵，陶铭心以为刺杀皇帝的事破了，吓得够呛。官兵问他是否叫陶铭心，他也说不出话。官兵将他用绳子捆了，带出客栈，火急火燎地来到一处衙门，带进正堂。

正堂里一个人也没有，官兵让他不要走动，给他松了绑，便出去了。陶铭心忐忑地等了好一会儿，终于从屏风后面转过一个人来，穿着簇新的官服，戴着暖帽，走到灯下，看清楚了，忍不住"啊"了一声——是薛神医。

薛神医在高处坐下了，指着一张圆凳："陶先生请坐。"陶铭心瞬间明白了，昨晚事败，是薛神医在中间捣鬼，看他这打扮，明显是投靠了清廷，出卖了月清等人，而他给的毒药，不用说，也是假的，怪不得乾隆喝了毒酒并无反应。事已至此，自己必死无疑，也不再惊慌，反涌起一股正气，冷笑道："薛先生，是不是该称你薛大人了？"

薛神医微笑道："陶兄聪明人，想必不用我解释了。"陶铭心怒道："不，我想听你解释。到底为了什么？为了做官？为了荣华富贵？"薛神医摇摇头："凭我的医术，不做官，我也活得衣食无忧。我这么干，不为别的，是为天下苍生——也是为我自己，陶兄大概也知道，刘稻子和我有冤仇，因为兰仙妹子，他一直忍着，这次起事，他本来要趁乱杀死我的，只不过差了我一手。"陶铭心怒喝道："薛师佗！你这个卑鄙小人！狗！"

"陶先生骂得好，我确实是卑鄙小人。"薛神医平静地看着他，"月清、刘稻子这种邪教狂徒，打着反清复明的旗号，做的却是伤天害理的事。反了大清，夺回汉人江山，又能怎样？如今天下太平，正逢盛世，皇上更是千古罕见的明君，他们一味兴兵起事，祸国殃民，都是为了一己私利，为了自己做皇帝。这种人，不值得效忠。"

"好一个颠倒黑白！"陶铭心气得浑身发抖，"中了你的奸计，我无话可说，要杀要剐，任你处置！"薛神医摆摆手："我不杀你，不光不杀你，我还会放了你——陶先生，你是我的亲家，想必你早知道了，雨禾，是我的亲骨肉。你的女儿青凤，是我的儿媳，我怎么会杀你呢？"听了这话，陶铭心更加生气，走上前，朝他喷了口唾沫："天打雷劈的叛徒！谁是你亲家！我昨晚下定决心要杀狗皇帝，是我自己要杀，你想单单放了我，是故意羞辱我！"

薛神医苦笑道："陶兄，你一直被蒙在鼓里，外面怎么敲，你就怎么听。你不知道，你只是个傀儡而已，是我们绑着线摆弄玩的。你想杀皇上，真的是你想杀吗？"陶铭心被弄糊涂了："你这话什么意思？"薛神医用力拍了拍手，外面的官兵齐齐"喳"了一声，很快押上来一对满身血污的男女，蓬头垢面，身上的衣裳破成一条条的，麻袋一般被官兵提着，瑟瑟发抖。

薛神医问："陶兄，认得这对夫妻吗？"陶铭心还以为是刘稻子夫妇，恨他明知故问，细细一看，并不是刘稻子和孙兰仙，而是两个陌生人，才二十出头："他俩是谁？我并不认识。"薛神医笑了笑，又拍拍手，外面的官兵押上来一个年轻的汉子，同样衣衫褴褛，却还有意识，看了陶铭心一眼，立刻垂下头，发出令人心酸的哀叹声。薛神医微笑道："陶兄，认得这个人吗？"官兵将那人的脑袋扳起来，陶铭心看到他脸颊上有一道粗大的伤疤，陡然想起，这是在曲阜孔庙遇到的圣人嫡孙孔昭炼，不由大惊，扑上前扶住他："孔公子！你怎么在这里？"转头质问薛神医，"姓薛的，你疯了！怎么抓圣人的后人！"薛神医大笑道："他是哪门子的圣人子孙？这个人本姓王，外号王疤瘌，是八卦教在曲阜的小头目，刘稻子的得力徒弟。"

"什么？"陶铭心瞪大了眼睛，忙问孔昭炼："孔公子，他说的是真的吗？"孔昭炼羞愧地低下头："陶先生，唉……"陶铭心惊讶道："这是怎么回事？"

"先生耐心些，还有几个人要给你见见。"薛神医招呼道，"将那一家三口也带上来！"只见冯爷、冯爷妻子以及一个十来岁的姑娘被一条绳子穿蚂蚱一般连串儿捆了上来，一看，那姑娘正是在冯家误认的青凤，她瞪着薛神医不住咒骂，言辞不堪入耳。薛神医让官兵用绳子把她的嘴巴勒了一道儿。

陶铭心简直要发了疯，往后退了几步："薛师佗，这都是怎么回事？为什么抓他们？"薛神医指着他们道："这个姑娘，是姓冯的女儿，冯家一家是八卦教在京城的眼线，和娄禹民一样，听从月清和刘稻子的号令。昨晚事发，这家人救下许多同党，今早假扮商客出城，被我在通州拿获。"

"陶兄，你此番北上，一路所遇到的事，都是月清暗中安排好的，你每一步，都被算计了。"他指着最先押上来的那对夫妇，"你当然认不得这俩人，你只见过他们一面，在顺河镇渡口。这汉子叫许大眼，他老婆是个哑巴，你和乔阿难住在他们客栈，半夜有官兵将他俩抓走，说他们串通反贼，皇上下令一律斩首。你不知道，那些人根本不是官兵，都是八卦教的人——陶兄，这是演给你的一场大戏！"

陶铭心摇摇晃晃地站立不住，歪在刑具架上，撞得哐当哐当响。薛神医一挥手，官兵将三拨人都带下去了，他也从上面下来，站在陶铭心跟前："陶兄，月清城府极深，掌控八卦教，是山东、江南反清团伙的总头领。此次皇上寿宴，他想利用你来刺杀皇上。知道你受到邀请，又算准了你不屑参加，所以让娄禹民谎称青凤可能在北京，诓你北上。你北上一路，先遇到客栈许夫妇，目睹他们被抓走，而后在曲阜遇到假冒的孔昭炼，听他编了一段皇上侮辱圣人的故事——大家知道你最崇敬圣人，编出这段故事，就是为了激怒你，让你憎恨皇上。等到了京城，得知青凤的事乃是误会，你又难以脱身，那晚在万寿寺，皇上要取你们的肉做甲子羹，刘稻子将你救出，月清施展口才，让你自投罗网——这一系列的事，都是他们的圈套。"

陶铭心急喘了几口气，皱眉想了想，摇头道："不对！怎么可能所有事都是他们的安排！我从济宁绕路去曲阜，之后遇到孔昭炼，实在是偶然的事，他们怎么可能算得准呢？"薛神医微笑道："陶兄，当日你为何要绕路去曲阜？"陶铭心道："船夫说前面河道淤了，走陆路，又遇到逃难的流民，说前方有战事。"

薛神医笑着摊摊手。陶铭心颤声道："你是说……船夫，连那些逃难的，也是他们的人假扮？不对，就算用计把我骗到北京，就算路上安排人演戏来激怒我，那我到北京后，他们在万寿寺救下我，如何就确定我一定会答应刺杀皇上？就为了这个，兴师动众、费尽心机地安排这么多事？"

薛神医道："我们没有赌，我们一万个确信你会愿意。因为，我们知道你的过往，别忘了，娄禹民是我们的人——你原名张慕宗，乾隆二十二年，因为一首画上的题诗被定为反诗，惨遭抄家，你假死一场，躲过此劫。有这份旧怨，再加上月清告诉你的八字官秘密，新恨旧怨、一路积怒加在一起，给你杀皇上的机会，你一定不会推辞。陶兄，你不知道月清有多可怕。八卦教有五戒，戒杀、戒盗、戒淫、戒毁、戒欺——你数数他们犯了几戒？"

陶铭心震愕道："月清不是说八字官的事都是假的吗？"

"他是看你太过震惊，怕你会发疯，误了大事，所以改口安慰你。陶兄，不仅皇上一直在用八字邪法诅咒你，就是反清的这帮人，也在蚊子吸血一样利用你。"看陶铭心情绪平稳，他继续说，"当朝八字官，本是乔陈如，前阵子遭罗阳那个无赖告了一状，被皇上革了职。那罗阳的来历我也不知，这人极为阴险，以后，他将操控你的生活。陶兄，你是个好人，往后可要小心！"

陶铭心努力想证明薛神医的话是假的："可是，参加寿宴的十八个和皇上八字相同的，为何都出在江南？怎么可能有这样巧的事？难道其他地方没有这样的人了？"薛神医笑道："陶兄，你想得太简单了。你们十八个人，自然是全国各地的，只是早年间因各种缘由定居在江南——都是八字官暗中安排的。集中在江南，就是为了好管控你们，设计陷害你们。"

陶铭心还是不信："既然想管控我们，为什么不圈在北京？在皇帝眼皮底下岂不更好管控？"薛神医耐心地解释："这门邪术根子上是压胜之法。自从清兵入关，江南一带一直是反清的大本营，皇帝认为，在那边施展此术，可以压住乱党的气运。"陶铭心还想说什么，只感觉眼前一黑，昏了过去。

等醒来时，陶铭心正躺在客栈的床上，头昏如灌铅。坐起来，看到地上有两个官兵背靠背地打盹儿，吓了一跳。两个兵听见动静，清醒过来，极是殷勤："您老醒啦？得嘞！"将一只包袱放在桌上，"您老的行李盘缠，分文不少。薛大人命我们守着，等您老醒了才能走。累死了，回家过中秋喽！"

陶铭心问道："前晚京城里出事，杀死多少反贼？"一个兵道："听说杀了五六百，拿了二三百。"问有什么大角色，官兵道："八卦教一个头领刘稻子重伤被俘，当晚就咬舌自尽了，此外还有些小头目也死了。据说带头的反贼，是一个和尚，不知下落。"

陶铭心赏了他们二两银子喝酒，两个官兵欢喜极了。陶铭心道："我待两天才走，劳烦二位爷在街上打听打听，若遇到一个从苏州来的叫乔阿难的，让他来这里找我；若遇不到，也就算了。"两个官兵答应着去了。

客栈掌柜看陶铭心与官府来往，也巴结着伺候，好酒好菜供应，还送了几块自家烤的月饼。到处一派过节的热闹气氛，陶铭心却没有半分快乐，神思混乱，想着昨晚薛神医的话，脊背上如有几只大蝎子游走，时而痒，时而疼，真是坐立难安。此番北上，被月清算计了，这且罢了，但薛神医说，月清所言的八字邪法是真的——自己此生一直被乾隆吃得死死的，这无论如何也想不通。

黄昏时分默然独坐，窗外秋风萧瑟，身在异乡，陶铭心伤感起来，以酒消愁。他向来不善饮，今夜却千杯不醉，足足喝了一整坛，心情倒放松了些，在窗边看着明晃晃的大月亮，咕哝了几句不知什么话，眼角攒起泪花来。

这时，听见一缕烟儿也似的哭声，悠悠扬扬，是男子的哭声。探出头，往下扫了扫，窗外是马厩，旁边的墙角，有一个汉子跪着，正在烧纸，火光幽幽，口里念念有词："爹，娘，您二老在地下可好……小蚂蚱他娘，辛苦你，在地下也要照顾好爹娘……"陶铭心听这声音很是耳熟，忙呼唤道："刘兄弟？"那汉子往上一抬头，一只眼睛闪着光彩："是陶先生？"

陶铭心大喜，和刘瞎子相处几日，两人颇谈得来，他性子豁达，便是有些市井气，也不妨是个趣人。陶铭心从楼上下来，刘瞎子道："先生怎么走得那么急？我还说跟你做伴儿回南方呢。"陶铭心扯淡几句，问道："刘兄在祭奠亡亲？"

"可不是，雍正五年的中秋节，我爹娘同天死了，说是中毒，也不知道什么毒。我小时候吃了多少苦，好不容易娶了老婆，老婆也死了，活生生淹死的。唉，说不得！单剩下儿子小蚂蚱，我一个人把他拉扯大，此次来京城没带他，怨我得很。我哪里是不想带他，只是少个人就省些盘缠，多出来的给他攒着娶媳妇。幸好皇上赏赐了不少……"刘瞎子絮絮叨叨说个不停。

刘瞎子用三根木头当神位，摆了几碗菜作祭品，晚风一吹，纸灰乱飞。陶铭心叹道："说起来，我爹和兄长的祭日，是明天，刚才我还想着，明天去城西的大佛寺做些功德。说起来很巧，和令尊堂一样，我爹和两个兄长也是雍正五年故去的。"刘瞎子用袖子擦擦泪，苦笑道："咱兄弟俩也是有缘。"

陶铭心让他将行李搬来自己房中，吩咐店家重整杯盘，二人把酒夜话。不由地，刘瞎子提到那晚在万寿寺的事："陶兄，咱们和皇上八字相同，照命理来说，不该活得这么悲惨。"陶铭心道："命同，运不同，这也正常。"刘瞎子低声道："我爹娘死后，我才学的算命，因为我想弄明白，人这一辈子，是怎么一回事。"不待问，他自答："可我弄不明白，平时，总有种奇怪的感觉，觉得谁在盯着我，暗地里盘算着害我。"

陶铭心忽然想起什么："刘兄弟，你瞎掉的那只眼睛，不是说被校场上的兵误射的吗？那是哪一年？"刘瞎子掐指算了算："乾隆二十六年。"陶铭心下意识地一拍大腿："我这腿，被打成残疾，也是二十六年！"刘瞎子皱起了眉头："陶兄，你这是什么意思……"

"我觉得不对劲。"陶铭心在房间里踱步，又问，"乾隆二十二年，你家发生过什么事？"刘瞎子挠着头："小蚂蚱生在二十年，二十二年……三岁，哎！那年他娘死了呀！就五月份，天热起来了，他娘进城买布，回来的路上脚滑了，一头栽进路边的稻田里，弄了个倒栽葱，挣脱不出来，活活淹死了。"

陶铭心呼唤小二哥拿来文房四宝，紧紧关上门，在酒桌上摊开纸，中间画了道竖线，左边写了个"陶"，右边写了个"刘"，顶头写上"二十二年""二十六年"的字样，刘瞎子看不懂："陶兄，这是要记什么？"陶铭心道："咱俩这些年发生的事儿，好像都是差不多的时间。"

两人又合计了一些大大小小的事，都写在纸上，果不其然，凡是灾祸，都在同年同月，偶尔隔开，也差不过一个月。更神奇的是，便是大小好事，二人经历的年月竟也差不离：自己定亲时，刘瞎子认了一个差人当干爹——后来犯事死了——过了段好日子；宋知行帮自己赎回南京的部分藏书，刘瞎子的娘舅传了他三间土房；自己获得地下那五十两藏银，刘瞎子打鱼捞起宋代的古董金盒。

刘瞎子拿着这张纸也看傻了："还有这么巧的事？"陶铭心自言自语："原

来都是真的……"刘瞎子吸了吸鼻子："等下，和我一起出城的还有几个。"转身跑出去，没一会儿，拉上来好几个残疾老汉，都在万寿寺见过。陶铭心备下纸，让他们回忆在几个重要的年份、月份上发生过何事，他们口说，陶铭心笔记——大多都记得，因为发生的要么是大惨事，要么是大喜事。念叨至半夜，刘瞎子让他们回去了，问陶铭心："怎么样？"陶铭心在灯下将许多纸张来回对照，身子缓缓地靠在椅背上，苦笑道："都一样……都一样啊……"

刘瞎子拿起来看了一番，抓得脑门一道道红印子："咱们这辈子怎么活的？一直在被算计呢？被谁算计？谁在暗地里使坏呢？"他越说越急，将那几张纸翻来覆去地比对，看着另几人在某年月的遭遇，哑着嘴："这里头有讲究，陶兄你发现没有：你父亲哥哥死在河里，我老婆死在水田里，常熟那瘸子的儿子死在井里，湖州那个的爹死在粪坑里，另一个的闺女喝茶呛死了——这都死于水；老哥你腿瘸是板子打的，我眼瞎是箭射的，常熟那瘸子是车轮碾的，嘉兴那没耳朵的是竹篾子削的——这又都是木……"

"咱们这些人，每个人发生的事，但凡大事，都是按照五行来排的，金木水火土……暂时看来如此，要把所有人发生的事记下来，对照年月，大概就能看清楚了，可惜大部分人都走了……咱们的八字，辛卯年，丁酉月，庚午日，丙子时……"刘瞎子对种种疑问入了迷，亢奋起来，好像解开了疑团就能发现藏宝的所在。

不知不觉天亮了，刘瞎子趴在桌上呼呼大睡，哈喇子流在纸上，上面是他画的许多卦象，也不知参明白没有。陶铭心坐在太师椅里，表情僵硬，间或眨下眼睛，才知道他还活着。他想，原来这一切都是假的，原来这一切都是真的。此时此刻，他才信服了素云，那两句遗言好比纶音佛语，一丝不错。京城，万不该来；月清，万不该信。可素云又是如何料到的呢？莫非她临死前遭神仙附了身，所以留下这两句箴言么？

他感到有些头痛，双手扶着椅子勉强站起来，想迈步也迈不出去，手一软，扑通摔倒在地。刘瞎子惊醒过来，见状，忙上前将他揽起，扶到床上。陶铭心口角流出白沫，全身抽搐了起来。刘瞎子见识多，知道这是中风的迹象，忙将手帕塞入他口中，防止他咬到舌头，又让店家去请大夫。

大夫来了，在头上下了十来针，陶铭心悠悠睁开了眼，也有了意识，只是从天灵盖中间一条线，左半边身子都不能动了，眼睛一大一小，嘴巴一高一低——偏瘫了。大夫开了方子，店家买来药煎了，喝了两顿，陶铭心能说话了，但说不利索，左胳膊、左腿也没知觉，眼中流下泪来："这……醒醍病……"刘瞎子宽慰他："老兄，知足罢！大夫说，你这是要命的内风，凶险得很，差点蹬腿儿！能活下来就不错了！"

休养了两天，陶铭心精神好些，但半张脸已经塌了，像是香案前的一对儿蜡烛，一支静静燃着，另一支呼呼地烧，底座儿上熔了一摊，看上去不对称，令人难受。陶铭心恨得拍打左脸，打得手都疼了，左脸一点知觉也没有，整个人废了一半儿。

刘瞎子和他商量回南方，陶铭心等不来阿难，这样拖延也不是办法，便答应了。刘瞎子雇了辆骡车，铺了厚厚的稻草、棉褥，将陶铭心放在上面，一路陪他谈天说地。秋景萧瑟却也涤荡心胸，陶铭心逐渐接受了患病的现实，或者说，逐渐接受了这些天所知道的整个现实。

第 37 章　改命记

从来不解天公性，既赋形骸焉用命。

八字何曾出母胎，铜碑铁板先刊定。

桑田沧海易更翻，贵贱荣枯难改正。

多少英雄哭阮途，呼叫不转天心硬。

"这首诗单说一个'命'字。修仙求道，超凡入圣的且不说，咱们这些凡人呀，一辈子的穷通贵贱、荣枯寿夭，都是八字注定的。街上算命的，不看面相不看手相，只要知道你的八字，就能将你这辈子算个差不离儿。每个人生下来的年月日时，四柱八字，就像诗里说的，'铜碑铁板先刊定'，不是人能改的。常言道：一饮一啄，莫非前定；生死有命，富贵在天。说的就是这个道理。

"不过呢，天底下的事也没个绝对，什么话也不能说死了。我老赵就知道一段改了八字、命运转折的奇事，说来新一新诸位的耳目。

"前朝成化年间，福建汀州府有个后生，姓蒋名成，从他爷爷辈儿起，就是大富人家，家里肥田千亩，房舍万间。蒋成三岁时，父亲病死，上头有俩哥哥，很不成器，吃喝嫖赌，将偌大的家产糟践得七零八落，到他这里，屁也没剩一个响儿。两个兄长还算有点良心，安排他做了刑厅的一个皂隶，让他糊口。

"咱们都知道在衙门里捞钱容易，只要你会钻营，里头的油水成千上万。

但蒋成是个老实孩子，阿谀谄媚、欺下瞒上、虚与委蛇的手段一概不会，所以也谋不到什么好差事。等到用刑时，他也舍不得打别人，到底是心太善良，所以一味吃亏。折腾几年，钱没赚到，还贴进去许多，受了无数欺辱，日子过得越发不堪，破衣烂衫的，说是个皂隶，跟乞丐也差不多了。衙门里的人给他起了个绰号，叫他"晦气蛋"。

"这日，他在街上遇到一位算命先生，想着半生不顺，得算一算才好。将生辰八字告诉了先生，这先生看了命纸，大喊一声，往纸上吐了口唾沫，扔在地上，用脚使劲地踩：'我的个娘，这是什么命，太倒霉了！这命，从一岁看起，到一百岁，没一天好运，没一点好星，就是当叫花子，也讨不到剩饭啊！'

"蒋成一听，伤心大哭——知道自己命不好，但竟然这么不好，当叫花子都没出路？这不是一条死命么！算命先生看他实在可怜，就对他说：'别哭了，我给你想个法子，将这命改一改！'蒋成又惊又喜：'头一次听说，命是可以改的？'算命先生说：'一般人改不得，但你的命惨得无以复加，所谓上天好生，可以给你改一改。'说完拿过一张纸，将蒋成原来的八字改了改顺序，批了些吉利话，交给他：'这就是你的新八字，新命！'

"所谓信者则灵，蒋成如获至宝一般，将命纸藏在袖中，回到刑厅当值。刑厅大人升堂时，他不小心把那张命纸掉了出来，慌慌张张的样子让刑厅大人起了疑，命人将那张纸递上来，展开一看，写着生辰八字和批语，问蒋成，才知道是他的八字。

"刑厅大人当下没说什么，下了堂，回私衙跟自己夫人说：'今天遇到件奇事，那个叫蒋成的皂隶，生辰八字竟然和我一模一样，年月日时，一点儿不差！可我是个官，他是出了名的晦气蛋，可见命这种事到底不准。'他夫人说：'怎么说也是和老爷同时生的，这是缘分，以后多照顾他才是。'刑厅大人点点头：'我也是这个意思。'

"之后，刑厅大人对蒋成青目相看，有好差事先派给他，还不时赏赐他。蒋成忠厚，竭诚给大人卖力，扶助他做了一任好官儿，自己也积攒起一份家私，娶了老婆，生了孩子。本来一个晦气蛋，千年不遇的烂命，竟然好转了起来。

"日子好过了，蒋成念着那位算命先生：不是他老人家，我这辈子怎能翻身？要好好谢他才是。于是买了礼物，去拜望算命先生。先生得知了他的经历，极为吃惊：'世间哪有这样的事？应该还是你原来的命好，当日我看错了也不一定。'便将蒋成原来的八字细细推敲，当真是一条人嫌鬼弃的烂命，又把给蒋成改的新八字推敲：'你有今日，都是新八字上发来的。可是，当初我给你改八字，其实是看你伤心，写了个好命来安慰你的，谁知竟然应验了……'

"老话说得好，衙门里面好修行。蒋成天性善良，宁可自己吃亏，也不肯仗势欺人，所以开始在衙门里混得凄惨。不过老天有眼，他吃亏，便是积德，终于将他的命掉转了过来，才有了后来的好事。孟夫子有云：'修身所以立命'，就是这个道理。"

赵敬亭说得口干，喝了口茶，往底下一扫，看见阿难坐在最后头，两人点头致意。赵敬亭继续道："刚才这段书，是根据笠翁先生的一篇小说改的，只算入话，让大家知道八字之重要。正话，也是关于八字的故事。蒋成行善积德，所以改命转运，但有些人，不仅不积阴骘，竟然在八字上头想法子害人。天网恢恢，疏而不漏，岂能轻饶这等人？

"元朝至正末年，洪武高皇帝朱元璋以布衣出身，南征北战，先后灭陈友谅、张士诚、方国珍，定都南京，创立大明基业，不学南宋偏安，兴兵北伐，一举将元人赶出关外，黄河以北，终于恢复我中华衣冠。这等伟业，可谓震古烁今！"

赵敬亭声音有些哽咽，话锋一转："可惜啊可惜！创下如此功业，洪武爷却过河拆桥，兔死狗烹，将开国功臣杀戮殆尽。去宰相，杀功臣，都是为了大权独揽，天下唯其一人独尊。洪武爷生性多疑，清理了权臣，依旧睡不安稳，不知什么由头，让他担忧起另一件事。

"原来，洪武爷出身卑微，放过牛，当过和尚，他心里寻思：我这种平头百姓，泥巴烂草一般的出身，如今也做了天子，享不尽的荣华富贵，说不尽的风流得意，我的命也太好了！一个人的命，是由八字定的，年月日时，总有一样的，若和我八字相同，岂不是也有做皇帝的命？他们要闹起来，我这簇新新的、热乎乎的江山岂不是坐不稳了？

"他立刻召来心腹大臣刘基——便是刘伯温，跟他商量，要把天下和自己八字相同的人都秘密杀掉。刘伯温一听，觉得这是杞人忧天，堂堂大明天子，何必害怕几个生日相同的百姓呢？但洪武爷心魔已生，根本听不进去。刘伯温好言劝谏：'陛下，这些人没有罪过，只因和皇上八字相同，就要被杀，传出去，怕民心生变。'洪武爷道：'所以要秘密地做！先让各州府调查管内百姓的八字，若有和朕相同的，咔嚓砍了！大明的基业刚建立，不能掉以轻心，所谓千里之堤溃于蚁穴，敢不谨慎！'

"刘伯温无法，只得按照洪武爷的意思办。忙活大半年，各省府州县陆续递上来普查的结果——洪武爷的生日是万寿节，天下皆知，但具体的出生时辰并未对外透露，地方官搜集了和洪武爷同年同月同日生的百姓名录，共三千多人，刘伯温又从中剔选出和洪武爷八字相同的，总共两百七十七人。

"洪武爷很震惊：'原来天下和朕八字相同的有这么多！这两百多人里头，但凡有一两个见识不凡、野心勃勃的，肯定要做下造反的大事！能不谨慎么！'洪武爷计划，等今年万寿节，邀请同天生日的三千多人来南京参加寿宴，将其中那两百七十七人一举除掉。

"刘伯温随洪武爷征战多年，运筹帷幄，号称神机军师。他生性仁慈，不赞成洪武爷的计划——那两百多人清清白白，只因为和皇上生在同时命就该绝？便是桀纣始皇也没有这么霸道。不过，刘伯温也深知八字命理之重要，细想，洪武爷的担心不能说全无根据，左思右想，他想出一个折中的法子。

"刘伯温私下参见洪武爷，说：'臣有个法子，可以不杀他们，也能确保他们不会危及大明社稷。'洪武爷听他说完，捻着胡须犹豫：'听起来倒很神妙，只是……会有用吗？'刘伯温笑道：'陛下既然相信八字相同者会威胁社稷，为何不信臣的法子会有利于社稷呢？'洪武爷下定了决心：'好！一客不烦二主，就由你来办这件事，朕要给你封个新官衔。'刘伯温忙道：'万不可封官，不仅不能封，还不能让文武百官知道，这是绝密之事，涉及陛下安危、大明安危，只能陛下、皇后及臣知道。'洪武爷笑道：'如卿所言，朕不告诉他人就是了，本也不好跟人说。'

"刘伯温的法子到底是什么呢?

"这法子,叫'八字驭人术'。刘先生天文地理无所不知,阴阳八卦、紫微斗数这些自然不在话下。他的八字驭人术,顾名思义,就是用八字来控制人。这套法术,根本上算是一种压胜诅咒的邪门左道。

"这套法术怎么施展呢?刘伯温先派人暗中监视和洪武爷八字相同之人,就跟我老赵编书一般,刘伯温要编排他们的生活。比如,洪武爷最近龙体不适,那就立刻传下密令,让几个八字相同者吃些苦头,或者官府随意寻个罪名抓去关两天,或者让他家里失一场火,或者让几个泼皮在街上打他一顿——如此,以惩罚他们,来给洪武爷积福。

"刘伯温认为,两个人的八字相同,天定的命数自然也相同,但人的荣辱贵贱是由命运决定,命相同,运可能不同,而运,是可以变化的。说白了,这运,是可以偷、抢、挪、借的。洪武爷遇到麻烦,便让八字相同者吃苦头,以此将他们的运挪到自己身上,化解灾祸。

"洪武爷虽是天子,但也是凡人,少不了有个病痛,皇帝的家室又大,嫔妃许多,儿女许多,难免有坎坷,那两百多个八字相同的,就好比是散在各地的灵丹妙药,随时取用。他们吃亏,皇帝一家就受用。

"不要以为他们只会吃亏,也有交大运的时候,比如突然发一笔横财,在家里挖出了银子,或者在打的官司突然结了、儿子高中了、女儿嫁了好人家等等。这些好事,也是刘伯温暗中安排的。为何要他们交运?因为皇上交了大运,比如边关打了胜仗,比如新添了皇子皇孙,比如今年国库充盈等等,会奖赏这些八字相同者,这是一种积德,求福报的。

"总之,这些人吃亏还是享福,都是皇上说了算。皇上不好,你就要吃亏;皇上好了,你可能就会享福——也可能还会吃亏。刘伯温操纵的这套法术,说简单也简单,说复杂也复杂,只是极其耗费心神——如何在那些人无知无觉的情况下,精心地、秘密地、准确地控制他们,两百七十七个人,每个人的经历都靠人设计。得亏是刘伯温,脑子风车似的转得极快,要是其他人,根本做不来这件事。多年后,洪武爷创建了锦衣卫,最开始的动机也是处理八字驭人术的事,这是后话了。

"且说这两百七十七人之中，有个南京的书生，姓朗名学圣，本是旧家子弟，在他十来岁时，父亲兄长的船在燕子矶翻了，做了水下冤魂。他做惯了富家公子，不会经营，坐吃山空。等他成年，家业败落，平时给人家抄抄字、选选时文集子过活，很是清贫。大明开国，他高兴得涕泗横流——时隔百年，终于恢复华夏河山，哪一个读书人不为之振奋？

"但国家兴盛，他的日子却越发难过起来。洪武二年春天，他的发妻染了风寒，被庸医耽误了，三天便死了。夫妇俩伉俪情深，朗学圣肝肠寸断，谁知这只是个开头，厄运接二连三地降临。这年夏天，他的儿子吃了几块板鸭，竟腹泻起来，他不敢大意，砸锅卖铁延医买药，拖了半个月，这孩子依旧命归黄泉。

"朗学圣一夜之间白了头，虽然才四十多岁，看着跟六七十的一般，他膝下还有两个幼女，只能强撑着活下去。这年除夕夜，最小的女儿不知怎么掉到了井里，那年的南京极为寒冷，等救上来时，孩子全身已经冻僵了，暖了半日，还是没活过来。

"一年之内，家破人亡，只剩下叫文淑的大女儿，父女俩相依为命。朗学圣怀疑家里风水不好，卖了房，搬去牛首山下的乡村居住，对文淑百般疼爱，轻易不让她出门，站在墙下怕墙倒了，走在河边怕掉进河里，吃饭喝水都要盯着，生怕她再有意外。

"洪武三年夏，皇上下诏将于八月开科取士，朗学圣抖擞精神，日夜温习经典，准备下场。文淑这孩子极孝顺，才十三四岁，揽了家中的大小活计，将父亲照料得无微不至。等到八月，朗学圣一举高中甲等第八名，欣喜若狂，以为否极泰来，前途大有指望。

"隔年会试，朗学圣下笔如有神，文章写得花团锦簇一般，本以为铁定能中，谁知竟名落孙山。文淑劝他：'爹的才学是不必说的，这次不中，是老天爷的安排，爹下次再战，一定马到功成。'一番话说得朗学圣心里熨帖，越发疼爱这个女儿。

"做了举人，有地方乡宦主动来结交，别的不说，光是求笔墨求文章的就日日不绝，给人家写篇祭文、楹联，润笔少说二十两，家里的日子好转起来。俗话说得好：世间好物不坚牢，彩云易散琉璃碎。日子刚好起来，文淑又出事了。

　　"和兄妹、母亲一样，文淑的死也非常突然，非常蹊跷。朗学圣中了举人，自然有人家来提亲说媒，开始要给朗学圣续弦，他也想再娶，生个儿子继承香火，又怕新夫人待文淑不好，所以决定先将文淑嫁出去。

　　"说媒的挺多，朗学圣做主，和一个扈姓人家结了亲。扈家先祖做到元朝的大官，到这一代落魄了，仍有诗书之家的风范，扈家儿子也知书达理，相貌端正，文淑知道了也很高兴。三礼六聘后，择吉日过门，谁知刚拜完堂，站起身，文淑忽然捂着心口说痛，扑通栽倒在地，两口茶的工夫儿，已经断了气。

　　"文淑莫名而死，朗学圣整个人彻底垮了。亲朋私下嘀咕：朗家到底犯了什么灾星，怎么一两年里倒霉运到这个地步？

　　"咱们老百姓呀，逢着什么横祸，无法解释的意外，总禁不住感叹一句话：这就是命！亲朋也是这么劝朗学圣的：这就是命，也许是家里风水不好，让阴阳先生看看，请道士驱驱邪，去庙里烧烧香。来回无非这些话。朗学圣不吃不喝好几天，瘦得皮包骨，不成个人样儿，等家里没人了，解下腰带，想上吊自杀——死了，也就不难过了。等他脖子套进圈儿里，街上的狗叫了一声，吓了他一跳，狠狠打了个激灵。他突然想：如果，万一，这不是命呢？妻子、儿子、两个女儿接连死去，万一是别人陷害的呢？可自己向来没有仇家，一个穷书生而已，谁会平白无故害自己呢？朗学圣想不通，但他铁了心要调查一番——家中这一连串的事故，到底是不是所谓的命。他细细回忆文淑出嫁那天，早上起来梳妆，是邻家的芳姐儿帮忙的，俩人一起吃了早饭。

　　"朗学圣找到芳姐儿，问她那天早上的事。芳姐儿咬着指头回忆了一番，也没什么异常。朗学圣问她那天早饭和文淑吃了什么，芳姐儿说：'我俩合着吃了一碗牛肉面。后来我娘来串门儿，带了一块点心，单给姐姐吃，不让我吃。'朗学圣忙问：'什么点心？'芳姐儿说：'就一个荷花样儿的面馃子，油炸的，香喷喷的。'

　　"朗学圣认定是这块点心害了文淑的性命，立刻写了状子告芳姐儿母亲。县里一看是人命大事，立刻提审。芳姐儿母亲吓坏了，说那块点心是朗学圣的堂兄给的，让她送到屋里给文淑吃。朗学圣大惊，说自己并没有堂兄，一问相貌——跛了只脚，下巴有颗大痣，猛然想起来，是那天一个挑担子卖胭脂鲜花的，邻村的一个老鳏夫。

"抓来老鳏夫，刚一审，他就慌了，磕头求饶命，说是县衙里的书办，给了他一两银子，让他将点心送给文淑吃。他见钱眼开，也不多想，就谎称是朗家的亲戚，让芳姐儿母亲把点心送了进去。知县立刻从后堂召来书办对质，书办开始还不承认，打了一顿板子才松了口，说是应天府通判的指示。知县和朗学圣极为惊讶：此事竟然牵扯到应天府，已经不是知县所能管的了。

"知县一方面同情朗学圣，一方面也想弹劾上级，办一件大案扬名，便允诺继续调查。之后数月，朗学圣常去催问，知县只是避而不见，不得已，朗学圣便以举人的身份，召集许多同学，在衙门前喊冤。

"知县被逼无法，只好将朗学圣请入内堂：'朗先生，我跟你直说罢，这件事非同小可，靠着家尊在朝廷的关系，我使了多少手段，才慢慢查明这件事——给令爱吃那块点心的命令，是一层一层传下来的，最上头下令的人，咱们谁也惹不起。朗先生，我劝你收手罢，搞不好，咱们都得掉脑袋。'

知县说，最上头下令的，是当朝诚意伯刘伯温大人。刘大人为何要下令给朗家女儿送点心，知县并不明白，问朗学圣可与刘大人有冤仇，朗学圣一万个糊涂：'他是朝廷重臣，我怎么会与他认识？更谈不上冤仇。'此事大为蹊跷，知县也无能为力，他说刘大人下了密令，底下人也不知道缘由，只是遵令行事。

"朗学圣自然认定，妻子、儿子、幼女也是被刘伯温害死的，内中原因，光想想不明白，必须要当面锣对面鼓地质问他。事到如今，朗学圣可谓无家无亲，也没了顾虑，一心要为家小报仇，学起古代刺客的法子，吞炭变声，毁了容貌，改名换姓，混入刘府做了个杂役。

"摸清了刘府的底细，一个深夜，朗学圣怀揣利刃，来到刘伯温的书房外。刘伯温有夜读的习惯，每天在书房忙碌到深夜。朗学圣轻轻推开门，冲入房内，用利刃将刘伯温制服。朗学圣报出了自己的身份，刘伯温愣了片刻，摇头自叹：'报应。'他将所谓的八字驭人术全部告诉了朗学圣。果然，朗先生的妻子、儿子、幼女，都是刘伯温派人害死的，表面上是暴病、堕井的意外，其实都是暗中安排的。

"'没想到，你竟能一步步查到我这里。'刘伯温心里内疚，拜在地上谢罪，'不是每个和皇上八字相同的都要死，但对你家，确实严厉了些。因为皇上说，你姓朗，寓意狼，对朱家大不利。'

"听完刘伯温的解释，朗学圣震惊得难以言表，又是哭，又是笑，简直发了狂。最后，他问刘伯温：'我中举人，便是你们给的甜头？'刘伯温点点头：'那个月，皇上新添了皇子，便让你们同八字者都享些福。'

"朗学圣暴怒起来，朝着刘伯温的胸口便是一刀，然后刎颈而死。刘伯温命大，这一刀并未丧命，后来虽然伤愈，但元气大损，过了两年，回到故乡调养，很快就去世了。

"正所谓：

生事事生何日了？害人人害几时休？

冤家宜解不宜结，各人回头看后头。

"刘伯温临死前上书洪武爷，恳求停用此邪术。但咱们前头说了，一个人心魔已生，信仰愈深，根本不能翻转头的。洪武爷信这套邪术，渐至走火入魔，乃至于有了好事，就以为是这套法术起了作用；有了坏事，就立刻命令刘伯温施展这套法术。如此，怎么会听进刘伯温的劝谏呢？

"八字驭人术到底是损阴德的勾当，人的命是天定的，人的运是自己造的，怎能按照你的意愿随意给人更改呢？哪怕你是皇上，头上也还有个天比你大。做这种事，自然要遭到上天报应，哪怕刘伯温天天念佛吃斋，也抵消不了他的罪过。

"为了朱家皇帝，活活坑了几百个家庭。要知道，不管惩罚还是奖励，都不是一个人的事儿。只要和皇帝八字相同，不光你自己被控制，你妻子、儿女乃至朋友，都可能被控制，毕竟，弄死你的儿女，也是让你吃苦。只要能伤害你，什么事都可以做。你受苦，洪武万岁就享福。咱们所有人的脑子加一块儿，也比不上一个刘伯温，他若动了邪心，弄出一套邪法，说实话，那肯定也是精妙无比的。

"是不是很玄乎？是不是很荒唐？

"各位肯定要问，刘伯温的这套八字驭人术到底有用吗？那是几百年前的事，咱们也无法确证，不过老赵觉得，重点不是有用没用，是你信还是不信。你若不信，当然是荒唐不羁的；但你若信了，就好比拜佛求神一样——你就觉得有用。信者则灵，就是这个意思。洪武爷信，刘伯温也信，所以这事才能做成。

"有些人不服气，说刘公是万人景仰的神仙，怎么会做这样的缺德事？其实，这里头还有说道儿。大明开国后，洪武爷滥杀功臣，危机四伏，刘伯温私下算卦，发现大明挺不过头三年，之后将陷入天下混战，民不聊生。若施展八字驭人术，就能给洪武爷转运，让大明国祚长久——和朱元璋八字相同的两百七十七人，便寓意着大明国祚两百七十七年。"

底下一片"哇啊"的低呼，沉沉如一片乌云飞过。赵敬亭微笑道："有些人还要问了，刘公既然精通命理，难道算不到自己的下场？难道算不到那晚上会有人来刺杀自己？其实刘公算到了，但他不想避祸，他想以死赎罪。"

赵敬亭一拍醒木，唤醒痴呆如木的听众，他们似乎还在品味这段神奇而恐怖的故事，没有几个人鼓掌，大家眼神空洞地望着台上。茶馆里一片沉默，没有人挪动。

听众里一个须发皤然的老者开口了："赵先生，你以往讲的书都有个劝善惩恶的意思，今天这段《改命记》，也是劝善惩恶，做坏事的人没好下场。但八字驭人术，太荒唐不羁了，你这么说，耸人听闻了。"

赵敬亭用手帕擦擦嘴角的唾沫，笑道："您老包涵，我说书的过个嘴瘾，大家过个耳瘾，不必较真。再说了，这种事到底真不真，只有遇上了才知道。"有个坐在最前头的年轻人，低声问赵敬亭："赵先生平时说起明朝的书，都是夸赞的，怎么今天说起洪武爷的坏话了？"赵敬亭苦笑了笑。

第 38 章　乔陈如出家

"我母亲死了，活活气死的。我妹子也是伤心而死。"阿难用手帕擤擤鼻涕，眼睛血红，"城里的宅子给罗光棍占了，任弗届派他儿子和媳妇，把母亲、几个姨娘都赶了出来，除了几件衣裳，其他家当都昧了，连我的藏书也一本不给我。"

"你父亲呢？"赵敬亭问。

"从北京回来后就不怎么说话，总是发呆，整个人丢了魂儿似的——一夜之间翻天覆地，谁不丢魂儿呢？听赵先生讲这段《改命记》，看来都知道了，是陶先生告诉的？——陶先生终于知道我父亲到底为皇上办什么差事了。"

赵敬亭道："你先生告诉我了。这次去北京，知道了好多事，对他打击很大，回来后，何姑又没保住胎，是个儿子，他整个人都垮了。但你父亲这边的事，我们都不清楚，具体是怎么回事？"阿难长叹道："我爹啊，正应了那句古训：使心用心，反害其身！"

两个月前，乔陈如派任弗届到各地采买了三万两银子的珍宝作为寿礼，亲自送到北京。乾隆欣喜非常，照往年惯例，这些贡品不能全要，选了十来样心爱的，将剩下的退回。乔陈如不好留下，当顺水人情送出去了。

饶是乔陈如深谙官场世故，也不能将北京所有的同僚都照顾到。再说，他是什么人物？一品的总督，二品的巡抚，比不过没品的乔陈如。他在朝廷里有呼风唤雨的本事，犯不着上赶着去讨好谁，所以只打点了几个位高权重的太监、要员。要命的是，他偏偏忘了一位朋友——督察院左都御史，两人是乡会同年，官场上互相扶持，交情很不错。御史听说乔陈如在京城里各处散财，满心期待也能捞一笔好处，谁知等来等去，乔陈如不仅不送礼，连上门拜望都免了，只送来一封信，催他赶紧处理罗阳的事。御史心中很不满，算是埋下了之后灾祸的种子。

在说乔陈如怎么垮台前，需将罗阳的来龙去脉介绍清楚。谁都看不出来，猥琐龌龊的罗阳——也就是罗光棍，其实是宦官之后，他不是南方人，而是正经的北京人，在三棵柳村做人人厌恶的老光棍，纯粹是他的伪装。

崇祯皇帝的最后一任八字官，是贴身服侍他的一个老太监，鼎革后，这太监成了大清第一任八字官。顺治爷驾崩后，老太监殉了葬，康熙爷钦选了乔陈如的祖父继任八字官。他差事办得好，康熙很满意，祖父死后，乔陈如的父亲乔攀龙秘密袭了职，挂名在国子监。但在乔攀龙这一任上，出了差错。

康熙晚年，九子夺嫡，明争暗斗，各自拉拢大臣结党，搞得朝廷上下乌烟瘴气。康熙爷不胜其扰，恰逢那阵子皇四子——便是后来的雍正爷，生了一场大病。康熙爷内心已经定了传位老四，立刻命乔攀龙施展八字驭人术，给四皇子消灾。乔攀龙马上安排下去，具体办事的，就是罗阳的父亲罗旭，当时他在礼部任侍郎。没多久，四爷好了，之后康熙驾崩，雍正爷继位，开始清算皇兄弟、旧臣。罗旭早就想上位，便诬告说当初为四爷转运，乔攀龙勾结某皇子，故意拖延，想害死四爷，要夺皇位。

雍正立刻将乔攀龙革职查办，把八字官的差事转派给罗旭。审查了大半年，查不到任何把柄，雍正爷便将乔攀龙官复原职，只是不再负责八字驭人的事。乾隆爷登位大宝那年，乔攀龙去世，三年丁忧结束，乔陈如连战连捷，高中进士。乾隆念着乔家功勋，委以重任。而乔陈如也开始计划为父报仇，以其人之道还治其人之身。在乾隆十二年、十三年之际，皇家接连遭遇灾祸：孝贤皇后、皇子接连去世，乾隆深受打击。乔陈如趁机举报罗旭，说他私下里用邪法诅咒皇家。

乾隆深信此说，杀了罗旭，将八字官的差事又派回给乔家，峰回路转，乔陈如终于继承了父职。而乔陈如没料到的是，乾隆心机极深，表面上信任他，暗中还藏了一手。他派罗旭的独子、年轻的罗阳来到苏州，监视乔陈如的一举一动，还鼓励他告密，若发现乔陈如有不轨之举，立刻让他顶了这一肥差。乔陈如多年来兢兢业业，从乾隆十四年至乾隆三十五年，大清国力趋于鼎盛，而乾隆龙体安康，皇室也算兴旺，所以即便罗光棍经常在密折里诽谤乔陈如，乾隆依然不为所动，对乔陈如宠爱有加。

乔陈如对罗光棍的监视也有察觉，但不敢害他，若害了他，必然触怒皇上——不仅不敢害他，乔陈如还让他三分，由着他在村里胡闹，自己愈加谨言慎行，不给罗光棍抓住小辫子。而去年年末，罗光棍在给乾隆的密折中提及一件旧事——乔陈如草菅人命，罔顾国法，儿子乔阿难斗殴杀死同村吴狗儿，为了救子，乔陈如以重金买通邻村牛大，冒名顶罪。这件多年前的案子，罗光棍早就向乾隆报告过，乾隆并未理睬，也许是觉得乔陈如劳苦功高，用些手段救儿子也不为过。

但这次罗光棍不知从哪里得来的消息，密折里写得更详细了，指出关键的一点：三棵柳村老吴头一家，都是被乔陈如暗中害死的，之所以害死他们，是因为老吴头与乔陈如八字相同。乔陈如胆大包天，八字驭人术本是为皇帝所用，他贪图福运，竟擅自施展起来。密折里还说，老吴头本是山东人，乔陈如设法将其骗到苏州，就是为了方便控制。

更严重的是，罗光棍在京城的眼线告诉他，乔陈如还派他住在京城的小舅子，连续多年暗地里折磨一位叫曹雪芹的旗人，坏他家产，吞其土地，杀他儿子。罗光棍一查，曹雪芹的八字果然也和乔陈如的一样，立刻将此事加入密折，禀奏了乾隆。乾隆看后大怒，召乔陈如入京质问，乔陈如反咬罗光棍造谣。乾隆派督察院彻查此事，督察院御史是乔陈如的朋友，收了他不少好处，佯装调查了几个月，跟皇上汇报：乔陈如与吴狗儿、曹雪芹的死并无关联，乃是原告罗阳造谣诬陷。乾隆暂时信了，派人抓捕罗阳，押到北京审问——途中，遇到了北上参加宴会的陶铭心和阿难。

到了北京，刑部、督察院、大理寺三司会审，罗阳不改口供，坚称乔陈如害死了老吴头和曹雪芹一家。问他有无证据，他的回答很奇怪，说等几天证据会自己上门。官员以为这是胡话，加上乔陈如在背后催迫，立刻断了他绞刑，只待皇上批复核准。谁知过了几天，有个人跑到督察院外面击鼓喊冤，一问，说是给罗光棍作证状告乔陈如杀人，众官大惊，问他叫什么，他说姓牛名大。

"牛大没有死。"阿难悲叹一声，"我爹给了他一千两买命，他又用五百两买通了个判斩刑的替死鬼，自己剩下五百两，这些年躲在杭州过日子。罗光棍竟知道这个秘密，为了告我爹，找到了这个牛大，许诺给他五千两银子，要他出来作证。牛大害怕自己杀狗儿、又在狱中买替死鬼的事情败露，很犹豫，经不住罗光棍鼓动：姓乔的倒台，就该我上了。你这点子事不算什么，我一个指头就给你抹干净了。"

牛大的出现，让乔陈如始料未及，案情急转直下。牛大不仅将当年乔陈如如何派他杀狗儿、之后又如何暗害老吴头夫妇的事全盘说出——牛大在深夜里翻墙入户，活活掐死了老吴夫妇，又伪造成他们上吊自杀——还透露乔陈如好几次派他去外地，勾引某人来苏州居住，他也不懂乔陈如为何这样做。

督察院御史本来就对乔陈如有怨气，乔陈如又反复催逼，彻底惹恼了这御史，也不再为他遮掩，将牛大的供词全部呈给皇上。不用说，乾隆震怒，将乔陈如打入死牢。如日中天的乔陈如眨眼间成了阶下囚，墙倒众人推，破鼓万人捶，以往看他不顺眼的同僚纷纷上本弹劾，这个说他在苏州的家中私藏火药，那个说他败坏旗人风俗，花样百出。

烈火烹油的日子过久了，乔陈如在朝廷里树敌无数，也收服了不少心腹，这些官员齐齐为他求情。乾隆反复权衡，最终决定不处死乔陈如，只将他革为庶民，没收所有家产。同时，罗阳举报有功，在刑部为他挂了职，私下里兑现承诺，委任他为新一任八字官。

乔陈如下入死牢的当天，任弗届就去找罗光棍，先是求他开恩，饶过乔陈如。见罗光棍不答应，他干脆跪下认了主子，愿意跟着罗光棍讨口饭吃，于是便有了两人去青阳居胡吃海塞的一幕。

前几天和父亲回到苏州，阿难在家门口又遇到任弗届，他胖了一大圈，也不敢直视阿难的眼睛，看着天上说："皇上有旨，这宅子以后姓罗了。"羸弱憔悴的乔陈如从车上下来，扶着阿难的肩膀，问任弗届："任先生，请问我家人都去哪里了？"任弗届冷笑道："乔先生你未卜先知呀，提前在衙门里把阿难革出籍贯，然后你夫人再将三棵柳村的宅子给了他，这一倒手很妙呀——这番抄家，竟不能抄那里。你多高明，何必揣着明白装糊涂，问我家小去哪儿了？"阿难惊讶地看着父亲，乔陈如不知是疲惫还是内疚，声音颤抖着说："阿难，能否去你的宅上？"

回到三棵柳村的家中，阿难母亲和妹妹已经去世三天了，家人等着主人归来，一直没有下葬。英娥说，抄家当天，她接到消息，去城中将乔夫人接回家中。乔夫人哭了一整天，又气又急，晚上就吞砒霜自杀了。文姐儿本来就有肺痨，母亲死了过于伤心，加上惊吓过度，不住吐血，隔日一早也断了气。抄家混乱，乔陈如的几个姬妾卷了不少细软跑了，生的儿子也被她们带走了，估计是想卖钱。家仆这几日一直在苏州寻找，但杳无音讯。

乔陈如在妻子、女儿的灵柩前怔了一晚上。阿难悲痛之余，问他那几个姨娘的来历，想找回自己的小兄弟，乔陈如只是摇摇头。老管家宋大私下里对阿难说，随姨娘们逃走的，还有一个账房伙计，下人们传言，那伙计和几个姨娘不清不白的，前两年生下的儿子是不是乔家的种也不好说。

安葬了夫人和女儿，乔陈如召来阿难，面无表情地说："你长大了，可以当家了。路上跟你说的事，是时候办了。"阿难看着父亲坚毅的眼神，知道此事绝无挽回了，便照父亲的意愿，将他送到祇园寺剃度为僧。畅春园造反事件后，月清已是全国通缉的要犯，下落不明，苏州府新派了个和尚代为祇园寺住持，乔陈如就拜在新方丈座下，法号缘应。阿难看着苍老的父亲，像是看一段正在慢慢腐朽的木头，而今家破人亡，心中凄恻，洒了两行泪。

临别，乔陈如对他说："我的事，在路上都告诉你了，从今以后，我会为那些人日夜念经，来消我的罪过。"阿难鼓起勇气道："爹，恐怕这些人，有很多事都想知道。"

乔陈如惨笑道："无非是你陶先生想知道。乡下家里书房书架后面，有个暗格，里面藏着我多年的日记，我是怎么害人的，里面写得清清楚楚。你想看，就看；想告诉别人，就告诉别人；想烧，就烧了吧。"阿难又问："当初爹向衙门告儿子忤逆，将我革出乔家籍册，是爹早料到会有这天，好保全我吗？"乔陈如没有回答。

回到家中，阿难将暗格中的日记共二十余册都取了出来，乔陈如保存用心，用油纸包裹，放了许多樟脑片，从乾隆十三年当差起，一直到今年年初，几乎一天不落。阿难终于知道父亲常常躲在书房忙到深夜是做什么事了，每天的记录，几乎没有家事，全都是在筹划如何控制那一百多位"虫草"——乔陈如给那些和皇帝八字相同者起的诨名，而记录最多的，就是陶铭心。

阿难读过数百本小说，但这二十来册日记比任何小说都要惊险、曲折、不可思议。接连多日，他废寝忘食地徜徉在父亲隐秘的世界中，几乎每时每刻都在震惊，每时每刻都经历汗毛倒竖的惊悚。这是他看过的最可怕的文字、最下作的文字，同时又不得不承认，这也是他看过的最吸引人的文字。

当他乌黑着两个眼圈走出书房时，白惨惨的太阳光刺得他站立不住，一阵头晕，坐在阴影下的台阶上歇息。儿子已经能跑了，滚到他怀中，揪他长出来的胡须玩耍。英娥煮了一碗汤送过来："你这些天在忙什么？瞧瞧你，脸上一点血色也没有。"阿难一口气喝完了汤，问道："早上谁来家里吵闹？"

英娥红了脸，叹气道："还不是我那不争气的哥？他说什么，虽然我爹不跟乔家了，但这两年都没拿过工钱，要咱们补上，被我呛了几句，撺走了。昨天他老婆胡剌子已经来闹过一次了。咱家老爷的事，我也知道，我爹不仅没帮忙，还落井下石，摊上这样的爹，这样的哥嫂，我真是……"

阿难安慰她："你不要多想，生在什么家都是命，不是自己能选的。你才应该叫'莲香'呢，出淤泥而不染。当初娶你进门，名分上只是妾，我是不在乎这个的，咱俩好就好了。但我心意早定了，你也趁早放心，从今以后，你就是乔家奶奶——不过咱们家如今没落了，就不谈什么老爷奶奶了。"英娥满脸绯红，微微笑了笑，抱着儿子进屋了。

阿难将父亲的日记包起来，去城中茶馆找赵敬亭。日记中的内容过于恐怖，若直接给陶铭心看，担心会吓垮他，阿难想先和赵敬亭商量，到底如何处置。赵敬亭看着桌上的一大包日记，捻着胡子道："这里头，怕是有不少惊人的秘密。"阿难叹道："只需一两条，就足以摧毁陶先生了。"

第 39 章　日记

深夜，赵敬亭在茶馆二楼的客房中，紧握着双拳，低声悲哭。呜咽起伏的哭声没有惊动人，倒是惊动了上天，很快下起雨来。夜雨最能摧人心肠，雨淋出纷乱的响声，如挠钩，一下下钩着未眠人的皮肉。桌上、椅上、地上，乔陈如的日记摆放得到处都是，如一块块片开的猪肉。

原来乔陈如一开始并不知道陶铭心就是张慕宗，信了宋知行信里的话，只以为他是宋家的亲戚，热情招待，聘为西席。后来看陶铭心性格谨慎，办事稳妥，有心抬举他做自己的帮手，处理八字驭人术的繁重差事。谁知，那年陶铭心过寿，因为七娘一句多嘴，乔陈如无意间知道了陶铭心真实的生日，和乾隆同一天，而且八字也相同，立刻起了怀疑——天下和皇帝八字相同者，都在他的掌握之中，不应该有漏网之鱼，那么，陶铭心到底是谁？

当晚，乔陈如立刻着手调查，很快就抓住了头绪：宋知行举荐陶铭心来苏州的时间，正好和南京的一位"虫草"张慕宗的死相隔不久，陶铭心难道就是这位张慕宗？恰好有个朋友前不久刚从南京回来，连夜去访，一打听，说张慕宗在南京有点名气，有两个结义兄弟，一个叫赵敬亭，一个叫宋知行。

乔陈如不禁叫了出来，顿时明白了，宋知行为了救义兄，施展手段，让张慕宗假死，瞒过了官府。而巧合的是，宋知行得知自己正在给阿难找老师——他托宋知行在北京打听，偏偏把假死的张慕宗推荐给了自己。

他不由恼怒，不仅恼怒宋知行帮一个死刑犯瞒天过海，还恼怒自己粗心大意。当年题诗案发，乾隆下令处死张慕宗，他还上密折劝谏：吾皇登基以来，八字术施展频繁，天下的虫草越来越少，眼下只剩了八十一名，个个金贵。皇上正值壮年，将来的福运，都要靠着这八十一人，病死一个都可惜，何必还要杀之？乾隆并不听劝，给乔陈如的密折回批了圣谕：张慕宗有逆反之心，饶恕不得，少他这一根虫草，也不值什么。

没多久，就听说了张慕宗暴死的新闻，江宁知府抄了张家，还给乔陈如送了许多古董字画。乔陈如当时有一丝怀疑，张慕宗死得蹊跷，但并未多想，只以为他是惊吓过度，激发急症而死。哪想到他是假死，换了名字，自己竟毫无察觉，还聘他为阿难的先生。询问生辰时，陶铭心故意把生日说晚了一天，当时还暗笑：这人侥幸，和万岁爷只差一天，八字合不上，不然也是一根虫草了——饶如此，自己都没想到他就是张慕宗，这真是奇耻大辱。

那之后，乔陈如对陶铭心从热转冷，不让阿难与其来往，重新施展起八字邪法，控制陶铭心的生活，吸榨他的福运。先是让扈老三举报保禄不留辫，命官府杖刑陶铭心。又派周巡检设计给珠儿下药——一种爪哇的邪药，名为"饕餮丸"，不伤性命，但会致其食量暴增。同时，也筹划报复宋知行，碰着那年山东河防的案子，他在朝廷里用了手段，把宋知行断了死刑，不解恨，又派人去大牢中勒死了他。

赵敬亭得知这段真相，伤心得老泪滂沱："老三啊老三，你是为大哥死的呀！"

宋知行本是徐州萧县人，家中赤贫，父母带他来到南京谋生，投在一家绸缎行中做仆役。没多久，父母先后病死，他孤苦无依，好在绸缎商看他聪慧，让他做了公子的陪读。后来这家绸缎行折了本，被赵敬亭家并了生意，宋知行就成了赵家的小厮儿，天天陪赵敬亭一起玩耍。赵敬亭看他伶俐，不忍他一辈子做奴才，求了父亲，使银子给他买了良民籍贯，一起跟先生读书。宋知行勤学苦读，很快中了秀才，继而做了举人。赵敬亭带他和张慕宗来往，张慕宗开始并不喜欢他，觉得他性格狡黠，是下流胚子，后来听说了宋知行的家世，才陡然敬重起来——宋知行的祖父，曾随史可法在扬州抗清，事败后自杀殉明。

那年正逢乾隆下圣谕奖掖明朝忠臣之后，宋知行作为祖父唯一的亲孙，受到朝廷优待，破格拔为翰林候补。陶铭心和赵敬亭劝他，这是清廷媚惑民心的把戏，但宋知行说："兄弟当了官，两位哥哥也有个照应。"在北京守选期间，发生了张慕宗的题诗案。

赵敬亭想起当年在南京莫愁湖上，清风朗月，星辰熠熠，他们三个风华正茂的好友歃血焚香，结为异姓兄弟，发誓今生有福同享有难同当。宋知行践行了诺言，担着莫大的干系，救下了大哥，最后还不明所以地赔上了性命。荒唐的是，宋知行救大哥出了生天，无意间又把他推入死地——若不荐给乔陈如做西席，陶铭心一辈子隐姓埋名，便不会有之后的所有灾祸。

"难道这就是命数吗？"赵敬亭扼腕长叹。

从发现陶铭心就是张慕宗开始，乔陈如的日记里经常出现一个"周氏"，明显是妇人家，但没有名字。乡下许多女人都没有名字，本不是稀奇的事，但这个妇人很不一般，陶铭心平常生活的许多细节，都是由她私下告诉乔陈如——她是乔陈如的眼线。日记中记载，这位周氏，每月月初、月中两次，向乔陈如汇报陶铭心的言行，说的话、做的事，乃至吃的饭菜，知道什么说什么。

赵敬亭想：这位周氏知道得这么周详，肯定是和陶家相熟的，自然而然想到了陶家隔壁的李婆，李婆是随的夫姓，她的本姓并不知道，很可能就是这位周氏——她和七娘关系极好，又是邻居，不时来串门的，平时干些媒婆的营生，出了名的见钱眼开。乔陈如花些钱，命她暗中监视陶铭心，也是合情合理。

不过，在乾隆二十九年，乔陈如在日记中提到一件事："将银一百两交付李婆，埋于界墙之下，特别嘱咐了，待掘出后与陶家对分。虫草吃苦，也要享福。"这则日记里，明确提到了李婆，并没有用周氏的名字，莫非周氏另有其人？不过从这天之后，李婆也频繁出现在日记中，大概周氏与李婆是一个人，乔陈如随意混用。

除了李婆和这位周氏，保正扈老三、张二赖子夫妇，甚至村塾里的两个学生，都收了乔陈如的好处，盯着陶铭心的一举一动。尤其是扈老三，干起这差事来最卖力。当初为保禄留辫子的事，扈老三告到县衙里，打了陶铭心，后来又给知县传信讲情，都是乔陈如一手谋划的。他在日记里不无得意地说：此番惩戒，不仅为他是虫草，更为他蔑视国朝法度。陶也好，张也罢，都是乔某玩耍的木偶而已。

前些年那只麒麟作乱的风波，乔陈如在日记里也提及了，原来他早知道陶铭心藏纳刘稻子的事——娄禹民带刘稻子深夜来躲避时，隔壁的李婆看到了，偷偷报告了乔陈如，但他料定这件事背后有更大的主谋，想放线钓鱼，就没有打草惊蛇，任他们来往，只是派扈老三嘱咐了周巡检，搜反贼时也要留意违逆的字画，果不其然，周巡检拿到了那幅陈洪绶的自画像。

乔陈如写道："此画是江宁知府送的礼，陶铭心便是原主，当初作为寿礼送回给他，就是为了今日派上用场。妙哉妙哉，完璧虽归赵，却要吃场官司。"

读到乾隆三十一年的日记，也就是素云死那一年，赵敬亭看得头皮发麻。原来青凤当年的猜测没有错，素云真的是被宋家害死的。乔陈如写了，宋好问在娶了素云后，是他安排，又让宋好问娶了刘姓的奶奶，以羞辱陶家，之后更是明令宋好问害死素云。宋好问错愕不解，他虽厌倦素云，但念在她生了儿子的分上，对她还有三分感情，舍不得杀她。再说，他也不懂为何乔陈如要杀素云。乔陈如并不解释，只许诺宋好问，只要用计害死素云，三年内推他做到苏州府同知。

官欲熏心，加上刘奶奶的怂恿，宋好问终于同意了。以偷情的丑事逼死素云的法子，是刘奶奶想出来的。她来到苏州后，有一次去祗园寺上香，偶遇了缘冲，两人情投意合，很快打得火热。她早想除掉素云，再折磨死小升哥儿，将来独占宋家的家产。听宋好问说想害死素云，她懒得问缘由，立刻筹划了祗园寺迷奸的诡计。

乔陈如对这套诡计很满意："此法杀人不见血，若真能逼她自杀，省却多少麻烦。陶家要告状，衙门里有我招呼，任何人都不消担心。"又让任弗届帮着参谋，将计划弄得更详细了——任弗届表面上做他的幕宾，其实就是帮他处理八字驭人术的差事。

任八字官头些年，乔陈如一直单干，但此术过于耗精力，他身体吃不消，想找个副手。未知陶铭心的底细前，他本想请陶铭心的，后来知道了其假死的秘密，又瞄准了月清和尚，试探了几次，月清婉拒，不得已，只好找了听话的任弗届。任老贼在学问上一塌糊涂，可琢磨起害人的法子来，简直天赋异禀，江南那么多虫草的生平细节，他都牢记于心。他是钢心铁肺石头肠子，害死人还看出殡的主儿，想出的法子阴狠毒辣，连乔陈如都暗暗敬佩。

通常，皇上有了事，需要施展此术时，乔陈如就命任弗届制订折磨虫草的计划——他称这个过程为"熬药"。任弗届根据眼线们提供的情报，为每个虫草制订专门的方案，再由乔陈如一总修订，之后和官府沟通，委派公差前去江南各地执行计划。官府、公差并不知道乔陈如的勾当，都是听令而动。有些公差偷懒，从赏银中拿出一些，找些无赖、流氓，让他们具体行事。如此一来，好多虫草在日常生活中遇到小灾小祸，也只当是时运不济，没有丝毫察觉是有人暗中使坏。没有人能想到，他们的生活都是被人编排出来的。多年以来，就像是构造复杂的西洋自鸣钟一样，乔陈如的八字驭人术隐秘而精准地运行着。

让赵敬亭不寒而栗的是，乔陈如偶尔也提到自己，第一次就是说了《棺中记》后，乔陈如在日记里讽刺："这位赵敬亭，为些贩夫走卒的铜板儿，胡编乱造。严世蕃喜欢到处题诗留迹，明显在影射今上，真是可恶至极。此人口不择言，日后必有苦果，须严防阿难去听他说书。"

之后赵敬亭说《赈匪记》，乔陈如更加愤怒："此贼自作聪明，夹枪带棒，指桑骂槐，肆意影射前朝与国朝旧事，想煽动听者造反不成？本欲行文官府立刻抓捕此贼，碰巧阿难来书房，竟求我出面，带他拜赵贼为师。严词教训，他又不服。若抓赵贼，他必伤心，再闹出旧病不好。罢，区区说书艺人，还能掀起风浪不成？"

第三次提到自己，乔陈如赞不绝口："赵贼聪明绝顶，竟用《金瓶梅》骗过了周巡检的蠢儿子。妙的是，他不偷画，只改字，'国氓不死，怀忠怀孝'，难为他怎么想来！这等玲珑心思，若能帮我施展驭人术，岂不大妙？陶生乃虫草，此番吃亏受苦，却不能死，便是赵贼不救，我也会出手。"

这天的日记，乔陈如写了很多，最后一段话，让赵敬亭五味杂陈："虫草命惨不假，也有一件万金难买的好处：这等人无比金贵，轻易不能害死，不仅不能害死，还要加以保护。如无锡那个强盗虫草，奸杀数十妇女，官府拿获，断了斩刑，民心大快，我却必须救他一命。常人何来这等运气？陶生亦然，其假死之事，我密奏皇上，皇上既往不咎，笑说此人命大，依旧让他做虫草。此乃皇上隆恩，不然，陶生今日已是白骨矣。"

刚从北京回来时，陶铭心跟赵敬亭说起八字驭人术的事，猜想自己父兄的死不是意外。他的猜想没错，他的父亲、两个哥哥，都是被算计死的。当时的八字官不是乔陈如，而是罗光棍的父亲罗旭。发现陶铭心真实身份没多久，乔陈如在日记里记录了陶家的这段往事：

那年，尚为皇子的乾隆生了重病，雍正命罗旭施行八字术，为弘历祛除灾病。罗旭挑选了和皇帝八字相同的几位虫草，写了熬药方子，雍正不同意："四阿哥弘历，是皇考和朕最疼爱的，此次给他祛病，就不要用朕的虫草了，是时候专为他准备虫草了，第一次服药，药可猛些。"罗旭明白，雍正的意思，是四阿哥迟早要继承皇位，应该按照他的生辰八字去选择虫草，很快就选了头一批，其中便有张慕宗——当时他已经定亲，八字早漏了出去。罗旭本打算让张慕宗残废，雍正不答应，说张慕宗还是少年，不必伤他身体，可以从他家人着手。

于是罗旭便决定杀死张慕宗的父兄，为四阿哥消灾。事先探听了，张家父子在苏州卖了绸缎，正在回南京的路上，便安排水性好的杀手在燕子矶渡口埋伏，待张家的船来，在水下将船凿了窟窿，很快便沉了。张家父子本会洑水，这些杀手在水下又大展身手，拖住他们的脚，将三人活活溺死。

此事过后，弘历果然转危为安，身体愈发康健。雍正大喜，重赏了罗旭，并感激张家的"贡献"，命江宁织造府酌情照顾张家的绸缎买卖。织造府重金收购了张家的生意，让张慕宗过了最后几年锦衣玉食的富贵生活。

张慕宗是乾隆的第一只虫草，皇帝对他印象深刻。乔陈如在日记里记录，乾隆第四次下江南，本想召见已化名为陶铭心的张慕宗，后来不知怎么，许是内疚，许是尴尬，就作罢了，只说等六十大寿时，请他来北京参加寿宴，到时候再见也不迟。

一百多虫草，摧残零落，而今只剩下十八位。这些人的遭遇，在乔陈如的日记中历历在案。二十多本册子里，记录的是这一百多人千疮百孔的生命，无数大小灾难和极少数的喜事，如癞如疮，从字缝儿里洇出腐臭的脓血来。

赵敬亭把日记中关于陶铭心的内容抄录下来，没有想象中那么多，几张密密麻麻的信纸而已。不合时宜地，赵敬亭想：和乔陈如比起来，我真是最差劲的说书人，老乔才是天下第一的小说家，他编造了上百个真实的人生。

早上，阿难来到茶馆，和赵敬亭商议要不要将这些事告知陶铭心。阿难担心道："陶先生已经瘫了，再受此冲击，怕会要了他的命。"赵敬亭却说："其实日记里的事，他也猜到了七八分，只是不知具体的细节。阿难，你要是你先生的话，难道不想知道这一切吗？这毕竟是自己的一辈子。而且，你先生现在是瘫子掉在井里，捞起来也是坐，不怕这几张纸的。"

回到村里陶家门口，一个团头团脑的少年正蹲着弹球，大脑门儿，细眼睛，扁鼻子，看着憨憨呆呆的。珠儿揽着莲香坐在石头上兴致勃勃地看，那少年抓了几个弹珠，塞给她俩，一味傻笑。赵敬亭摸摸两个侄女的脑袋，进了大门。

堂上，陶铭心坐在藤椅里，正和一个老汉聊天。见赵敬亭进来，那老汉起身行礼："赵先生！"赵敬亭一瞧，这人盲了只眼，用皮罩子掩着，原来是之前护送大哥从北京回来的刘瞎子，大笑道："刘爷！久别了，你怎么来了？"

刘瞎子笑道："来苏州做些买卖，顺便来看看陶先生。昨天到的，已经住了一宿了，还说一会儿带小蚂蚱去城里听先生说书，没想到先生来了。"这时，何姑端着茶点上来了，笑道："门口那个孩子，就是刘先生的公子，大名叫刘皆辛。"刘瞎子道："乡下孩子，什么大名不大名的，叫他小蚂蚱就完了。"

赵敬亭笑道："皆辛这名字好，'谁知盘中餐，粒粒皆辛苦'。"

"这孩子天生老实，不太爱说话，也不大会叫人，眼看十七岁了，还是上不得台面。教训了多少次，我说小蚂蚱你个小畜生，嘴甜些，见了比爹年纪大的叫伯伯，年纪轻的叫叔叔，读过书的叫先生叫相公，做官的叫老爷，多鞠躬，多磕头，多请安，说破了嘴，还是跟木头一样，丢人，丢人。"

陶铭心歪咧个嘴笑道："老实好，老实，就好。"何姑对赵敬亭道："都是自家人，又是喜事，告诉二叔叔吧——刘爷这次来，你大哥一眼就瞧上小蚂蚱这孩子了，知道他还没定亲，就说把珠儿许给他。刘爷也答应了，以后彼此就是亲家了。"刘瞎子不好意思地笑道:"陶先生不嫌弃,纡尊降贵地要我们小蚂蚱做女婿,我这跟做梦一样。惭愧得很,家业淡薄,没什么拿得出手的聘礼,但还有十来亩田,几间屋子,小蚂蚱虽笨了些,却不懒,也不喝酒赌钱,地里没活儿了就在家编竹筐、做雨伞,补贴家用。小蚂蚱要不牢靠,我也不敢答应这门亲事。总之呀,我们老刘家不会亏待珠儿小姐的。"

陶铭心说了串什么话,含糊不清。何姑笑道:"他是说珠儿太能吃,怕刘爷家往后吃力。"刘瞎子握着胡须大笑:"能吃是福,再说,她一个小姑娘家,能吃多少呢?昨晚吃饭,我看她就吃了一碗而已。"何姑无奈地笑了:"那是当着您老的面,千叮万嘱她不准多吃,不然显得失礼。等撤了席,她在厨房吃了一整锅哩!反正跟您老先说明了,以后可别被我们二姐吓到,请佛容易送佛难!"刘瞎子大笑:"不怕不怕,还怕人吃饭不成!"

赵敬亭笑道:"珠儿也不小了,到了嫁人的年纪。刘兄的人品不用说了,当年为着一个'义'字,不辞辛苦,送我大哥回来,亲兄弟也不过如此了。刚才在门口见令公子,看着就稳重,怪讨人喜欢的。"

将何姑支使出去了,陶铭心对刘瞎子道:"古董,给敬亭瞧瞧。"刘瞎子进了书房,端出来一尊尺方的宣德炉,里面有些零碎,铜印章、瓷碗、灯座什么的,对赵敬亭道:"上个月在家里种树,从院子里挖出来的,我说苏州识货的人多,想卖了,这不正好,得了钱准备给二小姐打几套头面。"赵敬亭逐一打量这些物件儿:"不算特别好的,不过也能卖个五六十两。这炉子是万历年间的,外面镏了层铜;这印是个私印,不值什么;这瓷碗最好,可能是宋的;其他的都卖不上价。这注财不算多,但也是横财了,刘兄想过没有——"

刘瞎子忙道:"我想到了,这应该是八字官事先安排的,让我享些福。刚才问先生,上个月莲香出天花,有个游方郎中路过,给了一剂药,吃了就好了。我想,这是新一轮的驭人术。"他有些烦躁,"皇帝给好处的时候,咱们自然就受用,但大部分时候,皇帝要害咱们,这可怎么弄?明枪易躲,暗箭难防呀!总不能就任他宰割,杀猪的时候猪还挣扎呢,咱们大活人,就什么也不做,由他害不成?"

赵敬亭摩挲着光溜溜的脑门："我想过这个问题，太难了。如今的八字官是罗光棍，要想防这门邪术，必须得有个眼线，在他身边帮手的，八字官有什么动作，立刻跟咱们通个气。任弗届这个老畜生，要他帮咱们，天塌了都不可能。又或者，咱们在皇上身边有人，皇上遇到好事坏事立即知会我们——这真是痴人说梦了。"

陶铭心费力地起身，去书房里拿来一封信，递给赵敬亭，赵敬亭读后，紧蹙眉头，又递给刘瞎子，刘瞎子一字一句地念："正月初七，太后发热，咳嗽；十九日，贵妃小产；三十日，皇上患风寒，服十全大补汤，又有痢疾之症，二月中旬始痊。二月底，新疆回部叛乱，今日捷报，官兵大胜，皇上狂喜。乾隆三十八年四月初一。"

"这是哪门子流水账？"刘瞎子翻来覆去看信，"也没留下姓名。陶先生知道是谁写的吗？"陶铭心摇摇头："不知道，从门缝塞进来的。"

赵敬亭微笑道："写信者明显是宫里的，知道这门邪术，想提醒咱们。可是，这门邪术不像拔河，能互相吃劲儿。皇帝以举国之力来办这事，区区十来只虫草怎么抗衡？除非永远不出门，永远不吃喝拉撒，不给他们使坏的空子，但人在家中坐，祸还从天上来呢。"刘瞎子叠好信："还是有用的。躲不开，至少心里也有个数，好事坏事来的时候也明白。我宁可睁眼死，也不愿当瞎子活。"

过了会儿，赵敬亭从怀里掏出那两张纸，递给陶铭心："阿难给的乔陈如的日记，我摘抄了些。"又对刘瞎子道，"就是上任八字官的日记。"刘瞎子吐吐舌头："我的娘……里头怕有不少秘密吧？"

陶铭心扫了一遍，出乎赵敬亭意料，他并没有激烈的反应，瘫掉的左脸微微抽搐了几下，右嘴角吃力地挤出一丝苦笑，轻叹了一声。把纸递给刘瞎子，刘瞎子刚看了几行，就瞪大了眼睛："咱们这活了个什么劲……"

第40章　夜行人

这天，赵敬亭讲了一段韩世忠和梁红玉在黄天荡大败金兀术的书，讲得目眦尽裂，声泪俱下。一张嘴，风雨雷电，靡不肖真，舌头与牙齿比得上一整套吹打——波浪荡船声、波浪拍打礁石声、船只撞击声、士兵呐喊声、刀兵相接声、炮声、梁红玉敲鼓声、韩世忠怒骂声，如蜘蛛织网，巧妇织绣，简直人工之极致。在场听众恍如置身于数百年前的黄天荡，恨时同恨，快时同快，眼泪流到嘴巴里却不自知，咬碎了牙也咽进肚里，只恨不能化作韩世忠麾下一小卒，将金人杀个片甲不留。

兴之所至，赵敬亭顺口道："世上的忠臣良将，都是谪凡的神仙，一朝一代地往下投生转世。汉朝的李广、韩信，转世到唐代就是郭子仪、李光弼；宋代的岳飞、韩世忠，转世到大明就是袁崇焕、史可法。那些叛国降敌的奸臣，也能转世，比如董卓就转世成了安禄山，都是大胖子；高俅转世成了魏忠贤，恶贯满盈；最可恨的是宋江，转世成了李自成，而秦桧这个千古罪人，转世成了吴三桂——"

"咳！咳！咳！"底下有人使劲咳嗽，对赵敬亭皱了皱眉。

赵敬亭看了他一眼，白净的大圆脸盘，三缕细须，长眼睛薄嘴唇，双眉之间一颗大黑痣，认识的，乃是苏州评弹的领袖王周士。之前二人有矛盾，王周士恨他抢了生意，数次派人来茶馆捣乱，赵敬亭都隐忍了。不过最近不知怎的，王周士常来捧场，也不闹，就在底下静听，给的赏钱也多，有次直接扔了一两。

这场书讲完后，观众嗟叹着离场。赵敬亭走下台子，来到王周士面前，拱手笑道："王兄贵客，兄弟本事粗糙，老兄多指教。"王周士伸伸手，请赵敬亭坐在对面，要了一壶黄酒、一盘茴香豆，两人聊了起来。

"赵兄，知道我刚才为什么咳嗽么？"

"老兄怜惜之意。"

"不错。"王周士往前探出身子，"老兄讲书的技艺，实在可谓无与伦比了。王某以前总排挤你，是我心眼儿小，见不得人好，惭愧。赵兄若不嫌弃，咱们交个朋友。"

赵敬亭笑道："咱们早该交个朋友了。"

"既然是朋友，就要说心里话。"

"洗耳恭听。"

"赵兄，你讲书的法子，太凶险了。你每一段书，都暗有所指，说白了，就是含沙射影，指桑骂槐，而你射的影，骂的槐，又很浅白，无非是恨满人占了中国。金人算是满人的先祖了，你骂金兀术，就是骂多尔衮；你赞扬岳飞，就是赞扬袁崇焕。不是我聪明才有觉察，笨的听多了也能明白。刚才我咳嗽，就是怕你说出更了不得的话。这茶馆里三教九流，什么人都有，难保没有想害你的——你这么个讲法，会引火烧身哪！"

赵敬亭心里一热："多谢老兄提醒。我何尝不知有危险，不过兄弟这个人，虽然做的是贱业，一辈子无所成就，但也不想混吃等死。"他看了看来来往往的茶客，"想讨好这些人，太容易了，每天讲讲《西游记》《金瓶梅》就够了，他们爱的不就是神鬼打架、男女交合那点子事儿么？可我有个志向，想说些不一样的，也不只是劝善惩恶，还要开化他们的心灵，知道什么叫廉耻，知道这模样，"他提了提辫子，"丑陋，明白这世道，不对劲。只有心里亮堂了，做人做事才有个奔头儿——"

还没说完，王周士哈哈大笑："老兄，你胡子都白了，还和孩子一样天真。老兄听我说，你这些想法对吗？当然对了！一千个对，一万个对！但是，不合时宜。你说书，我评弹，玩意儿虽不一样，但都是引车卖浆者流，咱们卖艺就好好卖艺，打磨本事，不要去想那些空洞无用的。街上的人，哪个不是混吃等死？这有错吗？他们大字不识一个，只能听听咱们的说唱解乏解闷儿，你指望他们听出来个一二三？还开化心灵，简直是缘木求鱼呀！"

赵敬亭笑道："只能说，咱们道不同了。"

"道虽不同，不过咱们照样可以做朋友。老兄是说书的行家，讲什么，怎么讲，我哪敢指手画脚？只是担心老兄的安危，提醒两句。况且，老兄也要为别人考虑。"赵敬亭看看柜台后面的掌柜，正叼着烟管埋头噼里啪啦地打盘算："他让你来说的？"

王周士点头："不出这两天，他会请老兄去别处营生，老兄帮衬得生意再好，他也不敢得罪朝廷。老兄若不改改说书的风格，怕没有茶馆能留你了。只要老兄肯收敛些，由我出面，全苏州的茶馆、酒楼，老兄随便选。"赵敬亭拱拱手："王兄的好意，我心领了。"喝完酒，王周士告辞去了："等有空了，来会馆听听兄弟的评弹，咱们要多走动走动。"

吃过午饭，赵敬亭下午又说了一场，这次没有加那段忠臣奸臣转世的话，口技用得频繁，让他疲惫不堪，舌头被钳子拧过一般疼，腮帮子也僵僵的，喝了好些茶才缓过来些。看日头下去了，想着好几天没见陶铭心了，便换了身衣裳，前去三棵柳村。

初春黄昏料峭，像是秋天的早上。出了城，看着抽了芽的柳树在远处绿烟似的飘摇，燕子一撇一撇地在青灰色的天上盘旋，他心情愉悦了许多。这个节气，勤劳的人家已经种下了一茬儿早稻，田间地头有些歇息的男女，轮流抽着旱烟，热烈地说笑。见赵敬亭经过，有认识他的，招呼他来坐，赵敬亭指指前方，表示有事，悠然去了。

走了一程，已看到那三棵大柳树了，从田间小路上斜插过来一个人，骑着一头壮硕的驴子。离近了，发现这人脸上瘦削，肤色古铜，两只眼睛极为有神，射过来的目光如霹雳般，仿佛带着雷声，让人心生敬畏。更奇的是，他竟然没有留辫子，盘了个发髻，裹着一片红巾，长袍也不是当下的样式，斜襟宽袖，像是明朝的装束。

赵敬亭有些不自在，闪在路边，让他过去。那汉子控住驴，用锐利的眼神扫了赵敬亭一下，轻轻地说："你快了。"而后嗒嗒地走了。赵敬亭愣了片刻，"你快了"，快什么了？那个人的声音像是从蒸笼里冒出来的，裹着水汽，"也许是我听错了。"不过他还是有些不舒服，想起王周士今天的劝告，隐隐有些不安。看着那驴那人越来越小，在三棵柳树前一拐，去往别的村了。

在树下发了会儿呆，赵敬亭转身往东走，来到阿难家。阿难喜出望外，热情地请他进屋："刚摆下碗筷，先生一起吃。"英娥出来礼见了，让儿子小米糕磕了头："他第一次见先生。"赵敬亭摸摸身上："哟，没带见面礼。"摘下手腕上一串楠木念珠，套在他脖子上，"也不是什么好料子，戴着玩罢。"

阿难给赵敬亭斟满酒："实在没想到先生过来，酒粗了些，先生恕罪。"赵敬亭喝了杯酒，正色道："我来，是有句话要问你。你还想拜我为师吗？"阿难惊喜道："当然想！"赵敬亭扭转身子，挺直了腰板端坐，阿难会意，连忙跪下插烛似的拜了四拜。赵敬亭扶他起来，拍拍他的肩膀："好孩子，以后我就是你师父，你就是我徒弟。"

阿难激动不已："先生为什么之前不收我，现在却收我了？"赵敬亭道："都是时机使然。时机到了，不用徒弟找师父，师父会来找徒弟。我快要离开苏州了，以后不知道什么时候才能再见，收下你，全了你的心愿，也全了我的心愿。之前不收你，是不知道你是否真的爱说书这一行，一时兴起的人太多了，这几年冷眼看下来，你确实是块好坯子。"

"可是，我也没上台说过书，只是作些小说罢了。"

"差不多的。"赵敬亭笑道，"我说书，你写小说，差不多的。"他指着一碗粉蒸肉，又指着一碗炒肉，"我是这个，你是这个，用的都是猪肉，做出来的味儿不一样而已。你之前给我看的几篇小说，很好，不差于李笠翁。"阿难不好意思地挠挠头："多谢师父夸奖，但我还是想学说书，还想学口技。"

"恐怕，"赵敬亭微微叹了口气，"来不及了，说书的能耐，没个十年八年，传不成。我怕不能教你这门技艺了，收你为徒，是想把另一件大事传下去。"阿难有些失望，又有新的期待："另一件大事？什么事？"赵敬亭道："我先考考你的学问。你知道'崔杼弑其君'的典故么？"

阿难笑道："这是《左传》的典故。鲁襄公二十五年，齐国的崔杼弑君作乱，齐大史如实记录此事，被崔杼处死，之后他的两个弟弟也如实记录，相继被崔杼杀害，齐大史最小的弟弟依然秉笔直书，崔杼才怕了，接受了现实。"赵敬亭满意地点点头："这个故事还有个后续，有个南史氏听说齐大史都死了，也要奔去齐国记录这段史实，发现齐大史最小的弟弟写下来了，才放心地去了。"

阿难不明白赵敬亭为何要讲这个典故，等他解释。赵敬亭说，他不仅是个说书艺人。这些年，他周游各地，身上另有使命，便是记录各地发生的奇闻异事，偶尔调查一些悬案，有时编成书说给大家听，有时只存在自己心里。记录的，都是见不得光的事，是正史不载的事，可以理解为私史。做他这种事的，在古代有个专门的名字，叫"钩人"——钩沉逸事的意思，后来也叫"夜行人"。

"在齐大史、南史氏的时代，天下纷争，留下的史料还算真。可从秦始皇后，史官记录历史多受到皇帝左右，能写什么，不能写什么，颠倒黑白，曲解粉饰，以致正史中多有舛误。所以才需要我们这种人，写正史不载之事，为后人留下一份凭据。始皇帝焚书坑儒后，钩人代代相传，魏晋时的张华，唐朝时的杜环、段成式，中间还有无数先贤。多年前，我一位学艺的师父，将这份使命传给了我——如今，我传给你。"说完，赵敬亭从腰带里翻出一块黑色的、比铜钱略大的玉玦，递给阿难，"这玉玦传了上千年，乃钩人的信物，以后时机合适了，你也要挑选合适的人，传下去。"

阿难接过来，细看，玉玦躺在手中如一大滴新研出来的墨水，光润可爱："钩人……夜行人……师父，我不是很明白……"赵敬亭看看屋外，已经大黑了，笑道："今晚我住在你家，好好跟你聊聊天，如何？"阿难忙道："徒弟求之不得！"

师徒二人聊了个通宵。天亮后，赵敬亭打了个哈欠，伸伸懒腰，眼睛里全是血丝："年纪大了，熬不得夜，这辈子，还没对着一个人说过这么多话。"阿难却精神昂扬："师父一晚上说了两千年的事，真是如梦如幻。我想，唐朝的那个钩人——杜环，若真是不死的人，现在在哪里呢？"

"万人如海一身藏，哪里不是安身处？或许，我已经见过他了。他提醒我，是时候有个交代了。不过，我是不相信长生不死这回事的，杜环的事迹，多是传说。"赵敬亭道，"我留下不少说书的底本，还有些手稿，放在茶馆的一只竹箱里，万一我出了事，你自己去拿。"阿难疑惑道："师父能出什么事？"赵敬亭没言语。

英娥端上早饭来，师徒二人正吃着，何姑一头大汗地跑进来："二叔叔也在这呢，出事了！你大哥被官差抓走了！"赵敬亭和阿难齐呼："怎么回事？"何姑哭道："昨晚的事，肯定被人告发了！"

何姑说，昨晚夜深，有人在外面急急敲门，一开，是娄禹民和四五个不认识的，一个个提着刀剑，面黄肌瘦的。陶铭心赶紧让他们进来，娄禹民等见七娘和素云的神位前有些糕点，抓起来就吃。何姑端来一锅冷饭，他们也狼吞虎咽地吃光了，这才有力气说话。

乾隆六十大寿，八卦教在京城造反时，娄禹民在通州领着一些教徒等待接应，事败后，立即解散。娄禹民日夜兼程回到苏州，收拾了细软，书店也不要了，领着全家躲入藏鼎山。果不其然，很快他就遭到官府通缉。在藏鼎山避祸的八卦教教徒足有四五十人，如今已经断粮好些天，天天抓老鼠吃。他的两个哥哥尧民和舜民，要学伯夷叔齐，在山上找野菜吃，中了毒，都死了。娄禹民走投无路，只好冒险下山，来陶家求粮。

陶铭心虽憎恨娄禹民算计自己，但看他穷途末路的样子，心有不忍，让何姑将家中的米面都送给他，娄禹民不敢久留，正要离开时，扈老三却堵住了大门。原来，他夜巡时发现了娄禹民一行，心生怀疑，尾随来到陶家，隔墙听了几句，得知是娄禹民——全国通缉的逆党，心里狂喜，来不及叫人，幸亏身上带了刀，便守在陶家门口。

狭路相逢，陶铭心拿出所有的银子贿赂老三，老三不稀罕，一心要拿住反贼去官府请功。不消多话，两边动了手。娄禹民带来的人身体虚弱，打不过立功心切的扈老三，个个重伤。娄禹民情急之下，从怀中掏出一柄西洋手铳，朝着老三就是一枪，老三胸口中弹，狂叫一声倒地，挣扎几下便死了。

何姑在屋里抱着莲香躲在窗户后面，吓得直哆嗦。陶铭心慌了："杀了保正，这可怎么好……"娄禹民道："这狗杂碎早该死了，尸体我来处理，你们咬定不知道就行了。"和几个手下抬起老三的尸体还有粮食，匆匆消失在夜幕中。

闹出这么大的动静，邻里也听到了，老三又嚷嚷反贼逆党的话，隔壁的李婆为求赏金，一大早便去报了官。长洲知县病重着，宋好问如今兼管长洲和元和两县的事务，立刻派周巡检抓走了陶铭心。

赵敬亭冷静地想了想，问何姑："打斗时，邻居在墙头看到了？"何姑道："昨晚没月亮，院子里黑灯瞎火的，我也没敢瞧，但邻家肯定是听到了。"赵敬亭道："这件事包在我身上，我管保把大哥救回来。"何姑问他有什么办法，赵敬亭神秘一笑。阿难缠着要一起去衙门，赵敬亭拗不过他，只叮嘱："一会儿我说话时，你千万别插嘴。"阿难点头答应了。

来到县衙门口，赵敬亭和阿难轮流抢起鼓槌，砸得鸣冤鼓震天响。公差把他俩带进公堂，宋好问正在审问陶铭心，李婆在旁作证，见赵敬亭和阿难进来，宋好问脸上很是不快，命他俩跪下言事。阿难冷笑道："姓宋的，当年是谁要认我做爹，求我指点来着？"宋好问涨红了面皮，命皂隶打阿难板子。

赵敬亭喊了声"慢着"，上前拱了拱手："贤侄，还认得二伯伯么？"宋好问一拍惊堂木："公堂之上，别攀亲戚！赵敬亭，这不关你的事，你来做什么？别以为仗着你和先父有点交情，本官就会徇私枉法。"他指指陶铭心，"想和本官攀关系，看看这位！"

赵敬亭笑道："我不是来求情的，我是来认罪的。"宋好问皱起眉头："你认什么罪？"赵敬亭道："我认陶铭心的罪，扈老三，是我杀的。"陶铭心大惊："老二，你瞎说什么？这不关你的事！"宋好问笑了："有趣，原来是你杀的，那倒省事了，你交代吧，把扈老三的尸体藏在哪儿了？"

赵敬亭不答，扭头先问跪在地上的李婆："你这婆子，昨晚陶家发生的事，你是看到了，还是听到了？"李婆仰着个脖子："打打杀杀的，我哪敢看？但听得一清二楚！又是刀剑，又是放炮，一大堆人嚷嚷，扈老三还骂反贼——老三的声音我熟得很，能有假么！"赵敬亭仰头大笑："你这婆娘，凭着一双耳朵就告人吗？"

宋好问又一拍惊堂木："赵敬亭！你不要在这里打岔，不光她听得清楚，其他邻家也听见了，你刚才都认罪了，现在还不老实招供！要本官上刑么？"赵敬亭笑道："大人误会了，我刚才说是我杀了扈老三，意思是我用嘴杀的他，可没真杀他。"

所有人都糊涂了，陶铭心盯着他："老二，你在说什么？"宋好问也烦躁道："你再胡言乱语，本官就不客气了！"赵敬亭示意陶铭心不要说话，昂首道："大人，昨晚没什么反贼来我大哥家，也没打架，更没开枪——昨晚，是我在我大哥家说书耍呢！"宋好问呸了一声："放屁！你说书，和杀扈老三有什么关系？"

赵敬亭冷笑道："我说书，就是杀扈老三呢！"说完，他从腰里拔出折扇，啪嗒打开，遮住嘴巴，咳一咳嗓子，开始施展口技的绝技。一时间，喧闹沸腾，刀剑碰撞的乒乓声，老三怒骂声，陶铭心和阿难私语声，中间还夹杂了一声枪响，众声交错，惟妙惟肖，硬是凭着一张嘴巴，把昨晚陶家的情形演绎了出来。大堂上所有人都张大了嘴干瞪眼，仿若置身在昨晚的陶家，听得入神。

赵敬亭合上折扇，指着李婆叱问："婆子，跟你昨晚听到的可有一丝不对？"李婆不知是恐惧还是惊奇，颤抖着说："啊……是……"陶铭心惊愕地望着赵敬亭，阿难眼睛里溢满钦敬的神采："师父，师父！"怔了好一会儿，宋好问呵斥那婆子："你到底看没看见！"李婆带着哭腔道："大人，都放炮了，我哪里敢看？都是听到的呀！"

宋好问又问公差："找到扈老三的尸体没有？"公差回道："家里说他一晚上没回，找遍了村子，也没发现尸体。"阿难叫道："断命案，死要见尸。没有尸体，不能诬赖人！我师父解释了，只是说书玩耍，把老三编进了书里，说了场反贼大案，让邻家误以为真——要怪只能怪我师父技艺太高超了。"

宋好问气得嗓子眼儿里咕噜咕噜响，当下无凭无据，只得释放了陶铭心，命他和赵敬亭不准离开苏州，等找到了扈老三的尸体，再行处置。

第 41 章 复仇

赵敬亭巧妙化解了一场危机,继续回茶馆说书。接连多日,掌柜对他冷冷的,赵敬亭有事使唤人,伙计当作没听见,也不奉承。连日淫雨,天色昏沉,如他的心境。这天中午,他换了身衣裳,吃了几个素馅包子,想说一场书。掌柜摇摇头:"您老省省吧,下着雨,也没什么客人。"

赵敬亭自己摆了桌椅,坐在台上自顾自地说了起来。底下零零散散七八个客人,无精打采地盯着他。先说了一段土木之变,大家也提不起兴趣。又讲了一段《赵太祖千里送京娘》,一个涎皮赖脸的汉子来了神,涎笑道:"这段书太假,赵匡胤在路上肯定睡了京娘——怎么可能没睡呢?"

"你懂个屁!"赵敬亭发怒了,他说了一辈子书,这是头一次对听众发怒,这是行当里的大忌,说书时,不管听众说什么闹什么,只能笑颜相对,不能得罪衣食父母,但赵敬亭顾不得了,"狗杂种,最多的就是你这种人!满脑子男盗女娼,看什么都是男盗女娼!这世道,就坏在你们这种畜生身上!"

下雹子般好一顿臭骂,那汉子急了眼,抄起板凳就要砸,赵敬亭站起来,横眉怒目地瞪着他。也许被赵敬亭狂怒的眼神震慑住了,那汉子扔掉凳子,骂咧咧地去了。赵敬亭颓在椅子中,茶馆里所有人都看着他,像在看一个怪物。掌柜一边打算盘一边冷笑,伙计们也没理他。赵敬亭将扇子往桌上一扔,自言自语道:"快了……"

他定了定神，看着稀稀拉拉的茶客，心里又是悲伤又是愤懑，他喝了杯茶，不管不顾地继续说。终于，门口进来四个皂隶，拿着铁链子，瞪着赵敬亭。茶客见状，纷纷跑了。赵敬亭笑了笑，没有停下。等他说完了，那四个皂隶上来，将他锁了。

来到县衙公堂，宋好问已经在上面等着了，得意地笑道："姓赵的，你到底栽了。"赵敬亭微笑无言。宋好问拿起一张单子，甩了甩，哗啦啦响："最近三个月，你讲岳飞抗金二十次，韩世忠十五次，讲文天祥抗元十二次，朱元璋起义十次，袁崇焕八次，水浒人物七次，三国八次。不论讲谁，不论原本故事怎样，你都要妄作改编，诋毁国朝，讽刺满人！赵敬亭，你居心何在！茶馆掌柜、伙计、茶客若干，都在上面画押作证了，看你如何狡辩——本官还没追究你讲《金瓶梅》哩！"

赵敬亭笑得咳嗽起来，像是被人胳肢一样："我不狡辩，我都承认。难为大人这么费心，还计了数目。"宋好问冷笑道："你还不算孬种，敢作敢当。左右的，先打四十大板，押入死牢！"

赵敬亭一声不吭地挨了板子，疼得昏死过去。等醒来时，已在死牢中，到处弥漫着屎尿的臭气，老鼠、蟑螂乱跑，铺在地上的稻草也发了霉，间隙里都是大颗的老鼠屎。唯一的好处是，不用和人挨挤，十来个死囚各有一方天地，扳着栏杆发呆。有认得赵敬亭的，和他打招呼。赵敬亭谁都不理，躺在稻草上，百无聊赖地等待死亡。

隔日下午，阿难得到消息来探监，哭道："师父明明知道有人监视，何苦又讲那些呢？"赵敬亭笑道："求仁得仁的道理，你先生没教过你么？"阿难擦泪道："今早，那个弹词的王周士，得知我是您徒弟，让我传话，他打算集合苏州的一些艺人，联名给巡抚上书，给您老申冤。他自称认识许多大官，您不会有事的。"赵敬亭摇摇头："你不要抱着希望，不然以后会更伤心。"

阿难家的老本儿早被抄了，从北京回来后，偏瘫的陶铭心把村塾先生的位子让给了他，但最近没什么节气，也没有束脩，家里早捉襟见肘了，只好变卖了一些英娥的首饰，为赵敬亭上下打点，使他在狱中不太吃苦。

这天，阿难和陶铭心正在家里商议营救赵敬亭，外面闯进来一个公差，高声问："是不是赵敬亭的徒弟家？"阿难忙出去道："我是他徒弟，有什么事？"公差一脸哀伤："你师父快不行了，你快去看看。我常听他说书的，瞒着上头来通报你。"

阿难赶紧去邻家借了头骡车，载上陶铭心，赶去城中的大牢。赵敬亭蜷缩在墙角，脸色灰白，精神全无。旁边一个矮胖郎中，往赵敬亭的嘴巴里灌了药汤："他的棒疮发作，肉已经烂了，活不成了。"说完，收拾药箱就出去了。陶铭心握住兄弟的手，忍着泪水，太阳穴上的筋一跳一跳的。赵敬亭缓缓睁开眼："大哥……"

阿难用手帕帮他擦了擦满是药汁的下巴，忍不住哭了出来："师父！"陶铭心出奇地镇定："老二，有话留话。"赵敬亭嗫嚅道："大哥，你侄子右耳朵后面有块红色的胎记，杏子那么大。菩萨保佑，若以后见着了，让他给我烧个纸。跟他说，我一直在找他，没找着，怪我。"陶铭心两眼盈泪，答应了。赵敬亭又抓住阿难的手，"好徒弟，师父来不及教你什么本事，给你留句话：做个顶天立地的大丈夫，不要混吃等死，要大胆往前走……"急喘了几声，断了气。

官府说是瘟病，尸身不准领走——不用说，是宋好问故意为之，因为办赵敬亭的案子有功，他已升了苏州府同知——派人运到城外的火化场烧化了，骨灰混着白石灰，倒进了一条没有名字的小河里。头七那天，陶铭心和阿难领着两家家小，在这条小河边摆了香桌，祭祀烧香，从双塔寺请了和尚来念经。陆陆续续地，有好几百人自发赶来，列在河边，对着浅浅白白的河水磕头烧纸。阿难说，这些人都爱听赵敬亭说书。

祭拜的人群里，有个胡子花白的老汉，上来给陶铭心磕头："陶老爷，好些年没见了。"陶铭心认出来是余庆，拉他起来："你还在苏州呢？"余庆一脸悲伤："赵二爷的案子，是大爷审的，我私下劝大爷，看在死去的老爷分上，想法救一救二爷。他说，上面盯得紧，有人放了话，二爷必须死——往好里想，二爷病死了，好歹比砍头强。"陶铭心道："余老弟，以后，不要提宋家的事。"

回家的路上，阿难问怎么没看到珠儿。何姑说珠儿已经嫁去了松江，"亲家是你先生的好朋友。这事办得匆忙，前脚定了亲，后脚就把珠儿带走了。走的时候，你先生难过极了，几个孩子——素云、青凤、保禄、珠儿，都不在身边了。"

阿难问："保禄、青凤，一直没给家里通个信？"

何姑叹道："就说呢，好几年了，一点音讯也没有。这俩孩子也真是的！青凤吧，咱们知道她和刘雨禾在一块儿，又有孙兰仙照顾，想必还好。但保禄，真是生死不知，那个洋人葛理天也不知下落，想起来真是担心。"正说着，后面有人叫阿难，原来是王周士和龙泉茶馆的掌柜。

王周士问："乔兄弟如今做什么营生呢？"阿难道："在村塾里教几个孩子读书。"王周士道："你既然是赵先生的高徒，何不继承他的衣钵？"茶馆掌柜上前，恭敬地呈上一个包袱："这是赵先生留下的书稿，公子收着。先生一死，茶馆的生意一落千丈，乔公子是先生唯一的弟子，想不想来茶馆说书？"阿难接过包袱，紧紧抱在怀里，冷笑道："我可不敢，回头你把我也举报了怎么办？"

掌柜不住地作揖："乔公子可冤枉我了！不是我举报的呀，衙门一直派人盯着，又威胁我们，要是不作证，就关了茶馆，押我们去坐牢。我实在没办法……"王周士也帮着说话："你师父早被上头盯上了，我劝过他，不要那么说书了，他也不听。这话虽不好听，但如此下场，是赵先生自己选的。"阿难也知道，这事儿怪不得别人，师父是求仁得仁。茶馆掌柜又是一顿恭请，阿难看他殷勤，只好说："实不相瞒，师父并未传授我说书的技艺，我怕自己说不得。"

掌柜看阿难松了口，忙道："乔公子听了也有几百场了，没吃过猪肉，还没见过猪跑吗？再者，我听说乔公子也作小说的，书坊刻了几篇，我看了，好看！作小说，和说书差不多一码事，何不来试试呢？敝店决不会亏待您老的——当然，公子可不能像赵先生那么说书，那是玩火自焚哪！"王周士也道："咱们这卖嘴的行当虽是贱业，但也是凭本事吃饭。赵先生收你为徒，眼光不会差。乔兄弟就去说两场，历练历练，你师父地下有知，也会为你高兴。"

阿难想了想，答应在教课之余，过去试试。

第一场说的是关羽过五关斩六将——这是他和掌柜一起商量的，这段书通俗，人们百听不厌，阿难这样新入行的也好上手。阿难从小就听说书，耳濡目染，各种起承转合的技巧烂熟于心，加上他作小说的文才，化笔为口，讲得也极绚烂、自然，和师父比起来相差千里，不过也能抓住底下的听众。

靠说书，家里多了份进账，也实现了阿难长久以来的夙愿，干劲儿越发足了。每天在村塾里上完课，阿难就在家中埋头梳理故事话本，增增删删，修修改改，和赵敬亭一样，加入了许多自己的玩意儿。一开始，众人都奔着"赵敬亭传人"的名头来听他说，渐渐地，他有了些名气，大家都冲着"阿难"的名头来了。头几个月，他多讲三国、西游，不说水浒——掌柜说了，官府传了话，不准讲这群反贼的故事——终于圈住了一群拥趸，而后又从读过的小说里摘选情节进行改编，偶尔也会把赵敬亭的本子重新演绎出来。

这天，他说了赵敬亭自编的那段《母孝记》，讲述八娘为女儿霖儿报仇的故事。这段书，他没怎么改动情节，照赵敬亭的旧本说了一通，不过底下的听众有了新反响："这故事，不就是前几天的那件大案吗？一个女侠，杀了苏州府同知宋好问的全家！""赵先生说过这段书，敢情那女侠按着书里的内容干的事儿？"

阿难微笑不言，离开茶馆，带了个小包袱，里面装着几件英娥的旧衣服，又在街上买了些点心，去了巡抚衙门的大牢。这几天，他每天都来探望一个死囚——青凤。

青凤坐在一团干草上，衣裙脏兮兮的，接过阿难的东西，连声道谢。她气色看起来不错，说巡抚照顾，一日三餐都由牢里供应，牢子对她也客气，只是反复问她杀人的细节，打听她跟谁学的武艺，会不会轻功，会不会点穴等等，惹得她很烦闷。阿难笑道："我也想跟你打听这些的。"

青凤咯咯笑了："你就按二叔的那篇《母孝记》讲，八娘给霖儿报仇的法子，烧死姓刘的，阉了姓宋的，吊死那秃驴，真是痛快！真是解气！我杀人的过程，可不如这段书精彩，手忙脚乱的，回想起来也没什么趣儿。你就继续说那段书罢——反正百姓不知道具体的细节，哄一哄他们也挺好。"

阿难问："素云姐姐的死，我有一点不明白。当天不是因为突降大雨困住了姐姐么？之后才有别的事。那个刘奶奶再有心机，怎么能算到会下雨？那阵子虽是梅雨季，但是那么大的雨，断了路，这是谁能算到的？"

青凤冷笑道："淫僧死前交代了，那天他本来准备在茶点里下迷药的，正好下了大雨，可以困住人，他就没下药，等到晚上用了迷香——他们是一定要让我姐姐吃亏的。"阿难叹息："原来如此——凤妹子，这么大的案子，一定是死刑了……"青凤微笑道："我知道，我没想活。"阿难笑叹："你不知道，外面都把你传成神仙了，说你飞檐走壁，以气御剑，隔着墙就能杀人，手掌可以砍下人脑袋，是聂隐娘转世，是大清第一女侠……"

青凤捧腹大笑："什么女侠呀，听起来，更像是一个女魔头！"笑着笑着，她不作声了。阿难有些伤感："你怕吗？"青凤点点头："不怕是假的。八卦教说，人生虚空，这肉身是累赘，可要分别了，我还是舍不得。阿难哥，不瞒你说，昨晚有那么一会儿，我很后悔干了这件事。我还年轻，有好多事想做。为姐姐和姨娘报仇的念头，压了我太久了，这些年，我活得不是我自个儿。"阿难问："若没有这事，你想做什么呢？"

青凤道："我想在八卦教混出个名堂来。这个教说邪也邪，说正也正，无非是些穷苦人扎堆在一起寻个慰藉罢了，他们的日子太苦，活着就是受罪，不烧香求来世，那真不如上吊。可如今的八卦教，不管是教主还是卦长，满脑子想的都是骗钱，月清算是好的，骗钱不为了享乐，是为了造反，别的人，真是无耻至极。那些教徒本来就穷苦，还要养着这群吸血的蚂蟥，真是悲惨。我想改变这一切，我想做八卦教的总教主，废除什么狗屁真人，所有钱粮均分，教徒没有身份尊卑，都是兄弟姐妹，互助扶持，让这个世界好一些。可这个教，看不起女人，我师父孙兰仙，一身通天的本事，菩萨一样的品格，也只能管管账目。刘雨禾一堆臭毛病，可他还是敬我爱我的，不然我何必跟他。"

阿难笑问："保禄呢？他也敬你爱你。"青凤道："保禄哥是我见过的最好的人，你、雨禾，都比不上他，我爹也比不上他。如果没有大姐和姨娘的事，我的路不会是这样，我肯定会嫁给保禄哥，别人说三道四，我不在乎。但人各有命，我脚下的路，往别处去了，往这里来了。"说完，她哀叹了一声，"说这些有什么用呢？一切都是梦幻泡影，我马上要死了。"

几天前的清晨，一个挑着粪桶的乡下汉子来宋家后门敲门，他每天这个时候来收粪，宋家富贵，吃得好，排的粪尿也肥，能卖个好价钱。敲了好久，没人应，轻轻一推，门竟然开着。这汉子纳闷，平时都是一个老奴准点儿开门，带他去后院倒马桶的，他想，也许老奴今天生病了，留着门给他。反正常走动的，汉子就挑着担子进去了。

宋家的马桶每天早上会放在后院墙脚下，奇怪，今天没看见，汉子往前找了找，在通往前院的小门旁，发现有只马桶，如获至宝一般，他上前揭开盖子，是熟悉的、富人拉出来的、带着山珍海味气息的粪便，但里面漂着一件东西，圆滚滚、黑骏骏的，用粪勺一拨拉，露出一张女人的脸来。

汉子吓得大叫一声，朝后栽倒，把那只马桶也带翻了，那颗人头在粪水中咕噜噜乱滚，直滚到汉子的裤裆旁。汉子全身发软，杀猪似的大喊："杀人啦！杀人啦！"惊动了邻居，过来一看，也吓坏了，赶忙报了官。

公差往前院一看，花圃里并排躺着两具尸体，一男一女，都没了脑袋，腔子处淌出殷红的血来，连成一片，像是两株盛开的月季。看穿衣打扮能认出来，是宋好问和他的夫人刘奶奶。往内堂里搜，十几个头破血流的家仆被捆翻在地，嘴里塞着布，见着公差，呜呜挣扎。救起来后，一个个失魂落魄，能说话的，只有管家余庆。他满脸干涸的血迹，一条胳膊断了，头上开了个大口子，哆嗦着说："是陶青凤，杀了主子……"其实不用他说，内堂粉壁上用血写了一行大字：报仇雪恨陶青凤。

宋好问的母亲和儿子不见了，公差到处搜寻，终于在柴房里找到了：宋夫人吊在房梁上，腰间一根绳子，吊着宋好问八岁的儿子，祖孙两个微微地荡来荡去，无声无息。余庆见状，一屁股坐在地上："全死了！"

猛然间，老夫人动了起来，众人都吓得往外跑："诈尸啦！诈尸啦！"公差的头领周巡检胆子最大，喝住众人，亲自上前检查，原来宋夫人没有死，绳索并未套在脖子上，而是从胳肢窝里穿过去的，宋公子也如此，只是昏迷了。赶紧将二人救下来，灌了一通凉水，终于都苏醒了。宋夫人惊魂未定，牙齿打战："我在地府里么？"宋公子呜呜地哭，在地上打滚要找他娘。周巡检自言自语："真是怪了，陶青凤不杀他们就罢了，怎么还吊起来吓人？"

整理了尸首，淘粪汉子发现的那颗脑袋是刘奶奶的，只是不见宋好问的首级，全家上下找遍了，连花圃也用锄头翻了一遍。紧接着，城外的祇园寺也报了命案：本寺首座缘冲和尚遭人斩首，脑袋挂在钟楼的大钟里。拂晓，僧人敲钟时发觉钟声沉闷，往里头一瞧，铜舌上用铁钩子吊着一颗血淋淋、光秃秃的人头。缘冲的尸体在僧房，胸前用匕首刻着两排血字：报仇雪恨，陶青凤。

朝廷五品命官夫妇遇害，震惊了全城。江苏巡抚派公差将陶铭心、何姑拘来衙门，余庆等宋家仆人黑压压跪了一地。听巡抚说了案情，何姑吓得晕倒在地，被人抬了下去。陶铭心呆若木鸡，感觉脑袋里万针攒扎，瘫掉的半边身子疼了起来，健康的一半身子也有些发麻。他绝望地望着余庆，余庆跪在地上，哭哭啼啼地对巡抚说："青凤小姐说，当年她的姐姐素云奶奶是被老爷、奶奶合谋害死的，她的姨娘袁七娘，也是老爷派人杀的，她这是报仇。我劝她说，老夫人、小少爷无辜，请她饶过。青凤打了我，把他俩都吊了起来……"

巡抚让余庆等人下去，单独审问陶铭心。陶铭心强忍着不适，交代说青凤离家数年，音信杳然，此番行凶，事先并不知晓。又提审了陶家的邻居，四下邻人也说青凤早几年就和人私奔了，一直没回来过。

海捕的文书发了下去，眼看也问不出什么来，巡抚下令将陶铭心暂押在牢中。这时，外面的公人一连串地喊起来："有人闯公堂！"一阵厮打声，众人惊诧地朝外望去，一个女子的身影在公差头上翻翻跳跃，踩着众人的肩膀，蜻蜓点水一般，也不交手，几个筋斗就跳出了包围，身手之高妙，世所罕见。

一个浑身穿黑衣的女子大步走来，跨过门槛，强光里模糊的身子也清晰了起来。她长高了一大截，宽肩细腰，双臂奇长，脸上也黑了些，那双眼睛依旧亮得如夜间湖里的月亮。陶铭心老泪纵横，隔了老远，伸出手去："青凤……"

青凤从腰中抽出一把尺长的钢刀，哐当一声扔在地上："杀宋好问夫妻及缘冲和尚的，是我，陶青凤！"她看着陶铭心道，"爹，当年我猜的没错——宋好问临死前交代了，姐姐是他设计逼死的，缘冲也承认了，是他奉宋好问之命杀了姨娘，再伪装成姨娘撞碑自杀。"说完，从袖子里掏出两张纸，哗啦抖开了，一手一张，高高举起："这一张，是宋好问亲笔写的供词，最后印着他的手模；

这一张，是我的供词，为什么杀宋家，为什么杀缘冲，我都写了下来。"

巡抚从震惊中缓过神来，忙命皂隶将青凤绑了，看了那两纸供词："即便你是为亲人报仇，这罪过也不可饶恕。"看着地上被五花大绑的青凤，巡抚的语气带了丝怜悯，"你敢作敢当，是个女中豪杰。此案重大，本官要申报上司定夺。来人！将杀人凶犯陶青凤押入死牢，严加看管。传话下去，不准上刑，不准难为她！敢违令的，本官决不轻饶！"

皂隶们对青凤又忌惮又钦佩，客气地扶她起来，陶铭心上来拉她手时，也没阻拦。"青凤……"陶铭心哭得喘不上气。青凤也哭道："爹，你现在明白了吗？姐姐是以死明志，她的死就是诉状，又何必写下什么呢？爹，不管帕子上那两句是什么意思，姐姐自杀前，想的全是你呀！"

陶铭心抱着青凤，哭得肝肠寸断。巡抚开始催促，青凤走时，对陶铭心道："爹，好好保重身子。姐姐、姨娘的仇，我报了！女儿死而无怨！"又转身对巡抚说，"别费力找了！宋好问的狗头，在我姐姐的坟前。"

第42章　我回来了

审判结果不出意料，按大清刑律，青凤谋杀本地长官及出家和尚，并肢解人头，实属罪大恶极，拟斩立决。案子惊动了朝廷，乾隆皇帝暴怒，指示三司重判，不等本年秋审复核，定于七月初十将青凤枭首示众。

阿难和何姑不敢告诉病在床上的陶铭心，两人相对哀愁。何姑连连唠叨："他们当官的就没考虑青凤是为亲报仇吗？宋好问已经写下了供词，那个缘冲和尚也死有余辜，青凤是为民除害，怎么说来着？替天行道！"阿难摇摇头："自古以来为报仇杀人的多了，那种皇上特赦从轻发落的例子，都是在戏文小说里。先不说那个和尚，若宋好问是个平头百姓，这案子还有一线生机。但凤妹子杀的是一个五品官，他夫人也是官宦的女儿——民杀官，朝廷怎么可能轻饶呢？若这都能开恩，岂不是默许百姓造反？唉，凤妹子这也算杀身成仁了。"何姑抱着莲香，哭得上气不接下气："陶家是犯了什么灾星，这些年到底怎么了……"

两人在院中正悲戚，门缝儿里有个人影影绰绰地徘徊，阿难开了门，半天才认出来，是刘雨禾。好些年没见，刘雨禾长高了，长壮了，脸上汗水混着尘土，一条胳膊绑着木板，用布带吊在胸前，一副失魂落魄的样子："啊，阿难哥……"

阿难忙拉他进来："进来说话。"刘雨禾脸上有些红，往里面探了探脑袋："陶先生在家呢？"阿难知道，刘雨禾是担心陶铭心恨他拐走了青凤，安慰他道："先生病在床上，也不方便见你，你进来，咱们在院子里说话。"

刘雨禾给何姑行礼，何姑认不出他来。阿难笑道："师娘不记得了？这是刘稻子的儿子，刘雨禾，当年和保禄、青凤一起在村塾上学的。"何姑拍拍脑门："想起来了！长这么大了，快坐，我给你倒茶去。"

刚坐在小板凳上，刘雨禾就绷不住哭了起来，不停擦泪："日赶夜赶，还是晚了一步！青凤到底做下了，怪我，都怪我，我没拦下她……我应该为她办了这件事，不应该由她出手，我愿意为她死呀……"

何姑端来茶，又递手巾给他擦脸，刘雨禾将一壶凉茶喝了个光，抹了把脸，才平静下来，四处看看："家里没怎么变……那几棵树，更高了……"阿难拍拍他的肩膀："兄弟，你从哪里赶来的？"

"新疆迪化，这一路就没敢歇着。"他伸开两脚，布鞋已经穿了底儿，露出脏兮兮血糊糊的脚底板，"没钱买牲口，靠走，穿坏了好几双鞋。我爹在北京被抓自尽后，我娘也遭通缉，她是教内的总流水，掌管钱财，带着我和青凤逃到了新疆，这几年就在那里生活，给回人放羊放牛。两个月前，青凤说要回江南，我知道她是要报仇，这些年她一直惦记着报仇，拜我娘为师，入了教，学得了我娘全部的武艺，没日没夜地练功，最后连我娘都不是她的对手了。我开始并不担心，凭青凤的本事，杀了宋好问，完全可以全身而退，但青凤说，她若逃了，肯定会连累家人，所以她不会逃。这不就是送死么？我娘说她决定了就行，但我舍不得，死活拦着她，可她还是走了，我就追，在兰州追上了。拦不住，动了手，她打断了我一条胳膊，抢走了我所有盘缠……"

刘雨禾哽咽道："当年她跟我离开苏州，虽然没有明说，但每个人都知道什么意思——肯跟我走，以后就是我的人了，虽然我俩还没成亲，但我早已经当她是妻子，我娘也当她是儿媳妇，所以尽心尽力教她本事。但在兰州，青凤说：我当初跟你走，是图你娘的本事，我是为了跟你娘学武艺，好有一天找宋家报仇。"

阿难看看何姑，两人撇了撇嘴，默默无语。莲香要睡午觉，何姑拉着她去了。刘雨禾压低嗓音："阿难哥，我想救青凤出来。"阿难惊道："这怎么救？你想劫狱不成？"刘雨禾一拍膝盖："对！就是劫狱！我已经传了信，过几天八卦教的人就到。只是，青凤杀的那个缘冲，是我们教主月清长老的爱徒。当年去北京造反，教主都舍不得让他去，谁知被青凤砍了头。教主很生气，不支持我救人，我只能使唤几个心腹。"

阿难皱眉道："雨禾，不是我泼你凉水，苏州城里官兵上万，劫狱哪那么容易？就算劫了狱，也出不得城——你以为是在《水浒传》里吗？"刘雨禾绷着张黑脸，不快道："依你说，就眼睁睁看她死？"阿难摊手道："谁忍心看她死？可是，你别不爱听，青凤做下这样的事，就是死罪，她也准备好了偿命。凭良心说，这案子判得很公正，不管你是报仇还是怎样，自古以来杀人偿命，青凤杀了三人，就是要偿命，这并不冤枉。"

"一派胡吣！"刘雨禾气得浑身发抖，"阿难，枉你也是陶先生的学生，从小和青凤一起长大的，瞧你说的什么话！宋好问夫妇和那个淫僧，合伙害死素云，害死七娘，若不是青凤报仇，他们一辈子就逍遥法外了。为家人报仇，又没有滥杀无辜，怎么就该死了？这等律法，是狗屁律法！"阿难苦笑了笑，不再和他辩。刘雨禾起身道："我和我娘都遭通缉，轻易露不得面，本来想求你帮忙，往狱中给青凤传递消息，好里应外合，看来我看错人了。这件事，还是让长着卵蛋的汉子干罢！"说完，他拂袖去了。

被刘雨禾羞辱一顿，阿难心中也很气闷：要青凤活命，他当然愿意，但要朝廷开恩，他也知道痴心妄想。所谓"国有国法"，听起来冠冕堂皇，可自己真的信吗？这个世道，一定要遵循国法吗？侠义报仇的故事，他读过无数，也讲过无数，但内心深处，原来自己并不相信。"侠义"二字，对他来说只是个好听的说辞。可是，若真像梁山好汉那样劫狱救人，像李逵那样挥舞双板斧杀入人群，救得青凤性命，何其爽烈痛快！刘雨禾要能做成了，也足可谓有情有义的好汉。为什么内心矛盾呢？阿难静想，其实答案早就在那里，只是自己故意不去看，远远躲开。答案很简单：自己天性是个懦弱的人。害怕劫狱不成，害怕自己被牵连，英娥、儿子都要搭进性命。他不是不赞同刘雨禾，只是担心他失败。什么杀人偿命、国有国法的话，只是托辞罢了。他已经为人夫、做人父，肩上有担子，没胆魄也没本事帮刘雨禾他们劫狱，可他想试试别的法子。他决定了：要救青凤。

离开陶家，阿难骑着骡子去了祇园寺，这么棘手的事，要求父亲指点，他虽然垮了台，但苏州官场上还有些朋友，或许可以帮忙。但父亲拒绝见他，让人传话：彼此已经断了俗世的父子情，好自为之。碰了个钉子，阿难悻悻回到家，卢智深牵过骡子，低声道："奶奶在堂上和侄子吵嘴哩！"阿难奇道："侄子？哪来的侄子？"

阿难来到正堂，英娥正气鼓鼓地坐在椅子里，脸色苍白，旁边站着一个十三四岁的孩子，五官极是清秀，粉脸蛋，油亮的大黑辫，明眸皓齿，只是气质轻佻，背着手，一条腿吊儿郎当地来回晃悠，正说着："没法子，姑妈好歹疼一疼侄子。"看见阿难，他滑稽地作了个揖，"啊，姑爹回来了！侄子给您请安了！"

阿难坐在英娥旁边，好奇地打量他。英娥忍着羞介绍："这是我哥家的儿子，玉生，我都好些年没见过了，你是头一回见。"阿难笑道："原来如此，贤侄坐下说话。"任玉生摆摆手："坐了一下午了，屁股生疼，还有事等我去办哩。"说完又笑嘻嘻地瞅着英娥。

"他说他娘病重，要借十两银子看病。"英娥叹了口气，絮叨起来，"你娘三天两头来我家闹，要钱的时候底气足得很，怎么突然就病重了？你拿这话哄谁呢？看你穿得绫罗绸缎的，真缺银子，不会当衣服？"

任玉生冷笑道："瞧姑妈说的！孔子还说呢：天有不测风云，人有头痛脑热。我妈突然病了，我有什么法子？干吗拿这个骗姑妈？我就您一个亲姑妈，您就我一个亲侄儿，遇到事儿了不求您求谁？再说了，我爷爷教姑爹读书，最后两年的束脩都没给，一年一百两银子，两年两百两，这笔账怎么算？我爷爷就我爹一个儿子，我爹就我一个儿子。我爷爷的钱就是我爹的钱，我爹的钱就是我的钱，乔家欠的账，都该给我才是。我只要十两银子而已，招来姑妈一箩筐的话！"

阿难笑道："贤侄别急，这里头有你不知道的事。你爷爷在我家最后两年，其实没有教我读书，不算我的先生，只算是我父亲的幕僚，每年三百两银子聘金，这是商议定的。这笔银子是给过的，平时的好处还不算，那几年，你爷爷在我家零零碎碎挣了少说两三千两银子，这还是我知道的明面儿上的账，私底下，你爷爷兴许攒了十万八万哩！你是人在大河边，还拿着碗找我讨水喝呢！"

任玉生不说话了，咬着手指头嘀咕："十万八万……老家伙挣了这么多……"

英娥忍着笑："就说呀，缺银子找你爷爷要去！蛇钻的洞蛇知道，他到底有多少钱，你当面去问他。都说隔代最亲，他就你这么一个孙子，不疼你疼谁？我这里反正是一个铜板也没有的！"

任玉生"哼"了一声，转身就走，英娥还在后面笑他："留下吃晚饭，姑妈给你蒸馒头吃。"阿难跟出去，送任玉生到门外，从钱袋里掏出几块碎银子塞给他："买零嘴儿吃。玉生，你现在住哪里？"任玉生道："住城里，你家以前的大宅子，我爹现在是罗府的管家。姑爹，我看你是好人，坦白跟你说吧，我妈确实没病，我要银子啊，是想走。"

阿难问："你想去哪儿？"任玉生道："去福建，有几个朋友要去那里做生意，我要入个份子。我爹妈自然不肯放我走，我奶奶最疼我，可惜死了。我爷爷？呵！那个老畜生，要不是你们说，我都不知道他是个财主，等我回去臊他！"

阿难好奇："你年纪轻轻的，也不缺吃喝，为甚要去福建？"任玉生重重一叹："待在家里太烦了。算了，跟你说不着。姑爹，你给我银子，怕是为了要我办什么事吧？"阿难笑道："贤侄聪明，请你给你爷爷传个话，明天早上在观前街的龙泉茶馆，我有事要请教他。"

第二天，阿难在茶馆枯坐到午后，任弗届才红着一双眼睛来了，戴了顶瓜皮帽，中间镶了一颗润光的蓝宝石。刚坐下，一串滚滚打嗝，一大股恶臭的酒气喷发出来，两只胳膊往桌上一架，久违的狐臭也如猛兽般扑上来，激得阿难差点将早饭吐出来。

好不容易忍住了，阿难离席，跪下行了大礼："小婿给岳父大人请安。"任弗届被这个新称呼吓了一跳，眼珠子不自在地转了转，让阿难回座，摸出一把小梳子来，滑稽地梳理那两撮稀胡子："叫我先生就行，找我有什么事？"

阿难道："找先生，是想让先生在罗大人面前求求情，救一个人。"任弗届问救谁，阿难道："陶先生的小女儿——青凤，她杀了宋好问——"任弗届举起手打断他："你停着。我知道这案子，苏州城谁不知道？杀了朝廷的五品命官，还想活命？这是做哪门子春秋大梦呢！这案子惊动了皇上，皇上要将她斩立决，你还想让我求情？你是把我往火坑里推呢，还是想把罗大人往火坑里推？"他站起来要走，"看在以前的情分上，放下多少事来见你，谁知道你求我这种事！"

阿难赶紧拉住他的袖子："先生恕罪，听我慢慢说。"回头向小二哥点点头，很快端上来许多肴馔，阿难给任弗届斟酒夹菜，侍奉了一番，任弗届才消了气："一日为师，终身为父。咱们喝酒叙旧，多好，别说些煞风景的话。"

"先生原谅，我还得说。"阿难给他舀了只虾丸子，"陶青凤杀宋好问夫妇，还有祇园寺的那个和尚，是为了给亲人报仇——其实，这件事的始末先生心里都清楚。当年，宋好问夫妇设下毒计，逼素云自杀。为什么害死素云，先生清楚，我爹也清楚。"任弗届神情大为窘迫，好半天才说："你爹的事，你都知道了？"

阿难点点头："那套害人的邪术，我先不说了，陶先生受的委屈，我也不说了。素云姐姐性子贞烈，用通奸的事逼她自杀，真是一条毒计，也是一条妙计。但我有一点想不明白，就凭宋好问那猪脑子，怎么想得出这么又毒又妙的计谋来呢？"

任弗届双手握着酒杯，不安地瞥了阿难一眼："是他老婆想出来的。"阿难笑道："据我所知，不是她一个人的功劳。先生做我爹幕僚好些年，就是帮他设计各种害人的法子。我问过我爹，害死素云，那个刘奶奶只提了个想法，具体的，都是先生的筹划。"

眼看任弗届要急，阿难又道："先生听我说完再发火不迟。青凤是为了给素云报仇才犯下死罪，但她的复仇，单单漏掉了先生，也算是饶了先生一命。如今先生若不出力救她，怕不合适。我要提醒先生，青凤的师父是刘稻子的老婆孙兰仙，八卦教的，这帮杀人不眨眼的，要是知道了这一切的起因，能放过先生吗？先生的儿子——我的大舅哥，先生的孙子——我的侄儿，怕都会遭殃，任家的香火，岂不是要断了？"

任弗届脸上一阵红一阵白，气得胡子乱颤，忽然又笑了出来："哈，差点被你唬住了！既然你打开了窗户，咱们就说亮话。我现在是罗爷的心腹人，凭你什么八卦教阴阳教的，就是两江总督、江苏巡抚，也动不得我！少他娘的吓我，我走过的桥，比你走过的路还多哩！什么世道，学生敢要挟老师了！"

阿难不慌不忙地说："确实，罗大人如今权势冲天，但再怎么冲天，也和我父亲当年差不多。我父亲当年的光景，先生肯定还记得，如今呢？守着青灯古佛去了。我父亲怎么垮台的，先生也知道，但先生想过没有？"他探过身子，"罗光棍能扳倒我爹，是因为皇上派他暗中监视我爹的一举一动，拿住了我爹的把柄。先生怎么就想不到，我爹眼下也可能为皇上监视罗光棍呢？俗话说：金盆虽破分量在，我爹还不到六十，将来的日子长着呢。以后再来点什么变故，先生怎么面对我爹？我当然可以在他面前说些好话，就看先生给不给学生面子了。"

任弗届眼珠子一转："皇上之所以没杀你爹，是为了让他暗中监视罗大人？"阿难笑而不语。任弗届烦躁地捋着胡子，想了好久才说："可是，青凤的事太难了，便是罗大人求情，怕也难以挽回。"

"难以挽回，无非因为宋好问是个官，但如果这个官是个鱼肉百姓的官呢？是个图谋不轨的官呢？是和邪教勾结准备造反的官呢？——救青凤，不一定要从青凤身上着手。"

任弗届笑道："你是说，让罗大人污蔑宋好问，让皇上觉得，青凤不仅是为亲报仇，也是为朝廷除害，如此，死罪就有活转之机——阿难，你真是写小说的，哪想来的歪点子！"他举杯喝了口酒，神色犹疑，"这事办成了，八卦教不会缠我了吧？"

"不仅不会缠先生，还有好处给先生呢。"

"你后天在这里等我消息。"

两天后，阿难在茶馆里说了四场书，直到黄昏，任弗届也没有出现。回到家，英娥病恹恹的，说午睡时做了个噩梦，到处是血，还有无数条大蟒蛇，醒来后心口疼，眼皮跳，胡思乱想得没精神。阿难在家照顾了她两天，才渐渐好了。已经六月中旬了，阿难惦记青凤的事，又给学生放了假，匆匆赶到城中的茶馆。

掌柜说这几天并没有人找过阿难，迫不及待地转过身去，和几个茶客继续热烈地议论什么。阿难一听，他们在说一件凶杀案，听了一会儿，阿难就惊呼起来。掌柜笑道："比陶青凤的案子还要神奇，不是么？乔先生好好听听，编一段书，保准大受欢迎。"阿难忙问："什么时候的事？"

"前天？大前天？反正昨天巡抚断了斩立决，不斩立决行吗？杀公公、杀丈夫，我的老天，这世道真的疯了。"一个戴水晶眼镜的茶客咂咂嘴。

任弗届的儿媳——苏州有名的泼妇胡剌子，将丈夫任有为和公公任弗届用菜刀砍死，并把二人裆里那话儿齐根儿割掉，塞进了他们的嘴巴里。杀了二人，胡剌子还要杀家主罗阳，她到底是妇人家，又不会武功，没杀成，被一众家人拿住了，送到巡抚衙门，很快断了死刑。

胡剌子残杀亲夫及公公，比青凤的罪过还严重，属于十恶不赦之大罪。茶客说："现在是斩立决，等这案子递到刑部，肯定要改判凌迟。多少年没看过凌迟大刑了，哎呀呀，我小时候看过一次，那是剐一个杀了亲爹的畜生，剐了足足九百九十九刀，全身一块好皮肉都没了，眼睛还在那眨呢。等着吧，秋分以后，看剐胡剌子。剐女人，哎呀呀，头一遭——听说这个胡剌子出了名的美貌，是不是？"

胡剌子杀任家父子的始末，也是十足一段丑闻。众人都知道罗光棍好男风，家里的姬妾都是俊俏的少年装扮的，枯树皮一样的任弗届自然入不了罗光棍的青眼，不过他的儿子任有为长得英俊——任有为从小就斗鸡走狗，长大了混迹于苏州的妓院，又会唱戏，多少妓女为他痴狂，倒贴银子养他，为此还争风吃醋，是风月场中出了名的浪子。

任弗届很早就为他娶了妻，想拴住他浪荡的性子，但这两口子是前世的冤家，新婚之夜就打架。胡剌子也不是善茬儿，任有为打她，她便打回去，任弗届老夫妇说两句，被胡剌子骂得狗血淋头，家里天天鸡犬不宁。婚后没多久，任有为干脆不回家了，住在城里的妓院打杂，胡剌子自然不肯守活寡，十里八乡的少年勾搭遍了，任有为也不管，两下"仁者乐山，智者乐水"，各得其便。这两口子的事迹早名彻苏州了。

这些都是前文。后来罗光棍发迹，任弗届附膻到罗府，做了个跟班幕僚，一人得道，鸡犬升天，将儿子一家也接来，做了罗光棍的家奴。罗光棍一眼便瞧上了任有为，经常给些好处，抬举他做管家。任有为是风月场里的老手，自然明白什么意思，再说少年时也做过富人的龙阳，底下开过光了，一来二去，便和罗光棍入了港。

相比府里的男姬，任有为虽然年纪大些，但会打扮，将胡子一拔，脸上细线一刮，胭脂一抹，比妇人还要美艳。更难得的是他察言观色、吮痈舐痔的本事，加上动不动使些小性子，那种可人娇痴的劲儿，难以形容。罗光棍被他迷得如痴如醉，夜夜专宠，真个是"三千宠爱于一身，六宫粉黛无颜色"。

一开始，任弗届很是生气，私下教训儿子，被反呛了一顿："卖不卖屁股是我的事，用不着你管，横竖没累着你就是了。爹，不是我说，你要是年轻三十岁，估计兴头儿比我还足哩。"气得任弗届差点昏死过去，索性睁只眼闭只眼了。至于任有为的老婆胡刺子，知道丈夫干这种事，也不闻不问——她和罗府的几个小厮打得火热，夜夜做新娘，乐得如武则天一般，比丈夫还逍遥。

所谓"人无千日好，花无百日红"，饶是任有为再怎么有手段，时间一长，罗光棍也腻味了，新买了几个少年受用。任有为不会审时度势，还恃宠无恐，拈酸吃醋地胡闹，惹怒了罗光棍，革了他管家之职，施以家法，打得他半个月起不了床。任有为心中不忿，但自己确实年纪大了，颜色衰败，加上一顿大板子，屁股打得稀烂，满是疮疤，再想邀宠已经不可能了。不受宠，就没好处，干巴巴地跟挑水擦地的家仆一样每个月一吊铜钱。由俭入奢易，由奢入俭难，任有为日思夜想，走火入魔，眼神儿瞄上了自己的儿子——十三岁的任玉生。

任有为不相信玉生是自己的骨肉，虽然玉生长得和他一样有股子阴柔气，俊美无比，不过他总觉得这孩子不像自己，囫囵看起来像，细分起来，鼻子、眼睛、嘴巴都不像。任弗届跟他明讲过："这个孩子来路不明，你媳妇什么人你不清楚？什么时候来个滴血验亲——不过滴血验亲也不准，你外面相好的那么多，让谁再给你生一个小子，香火事大，绝不能断！这孩子我是瞧不上的，也别想继承我的家业。"

有次醉了酒，任有为问胡刺子："玉生这孩子，是不是我的种？"胡刺子跳起来抓他的脸，大喊大叫："老娘再浪，也不会给你浪出个杂种！是不是你的种，你自己最知道！"胡刺子这话说得含混，任有为还是不能确定，对玉生也若即若离的，高兴了和他说几句话，不高兴了胡乱打两下。

混在小厮堆儿里，玉生染了一身毛病，向来涎皮赖脸的。关于他爹是谁的议论，他也听过许多，有次任有为因为一件小事打他，他梗着脖子顶嘴："不就是怀疑我不是任家的种吗？跟你说吧，我亲爹姓孙，经常给我买东西呢！"胡刺子在旁听见，抢着扫帚将玉生好一顿打，边打边骂："忤逆的畜生！满嘴胡吣！敢跟你爹炝蹶子了！"

任有为在旁愣了半天，他早听说过，胡刺子和一个叫孙棒槌的相好了十来年，中间多少过客，唯独这个孙棒槌最让胡刺子放不下。照玉生说的，他果然是孙棒槌的种了。任有为不由大怒，质问胡刺子，胡刺子一口否认，又哭又闹，惊动了罗光棍，训斥了两人一番，这事才过去。

任有为暗暗下了决心，要想法子除掉胡刺子和玉生这个孽种。眼下失宠失势，任有为计上心头。这天，他叫来玉生："老爷发善心，要给下人做夏天衣裳，你跟我去后面量尺寸，裁缝等着哩。"玉生毕竟年幼，也没多想，跟着他爹去了后院一间堆杂物的屋子，刚进去，任有为就跳出来，关上了房门。

玉生一跺脚："中计了！"为时已晚，罗光棍从角落里窜出来，将玉生揉倒在桌上，玉生的力气敌不过他，惨遭他奸了。原来任有为事先找了罗光棍，愿意把儿子拱手相送。罗光棍早瞧上了玉生，只是碍着任弗届的老脸不好下手，如今他爹主动来献，何乐而不为？赏了任有为十两金子，要他促成此事。

心满意足后，罗光棍安慰了玉生一番，留下一大块银锭，腆着肚子去了。玉生感觉后庭火辣辣的，拿手一摸，都是血，不住地咒骂，恨不能将任有为和罗光棍碎尸万段。一瘸一拐地回到房中，趴在床上哭泣。胡刺子看他不对劲，百般追问，玉生如实说了。胡刺子气得手指甲都攥断了，安慰玉生说："好儿子，娘给你出这口恶气！"

碰巧这时任弗届来找儿子，胡刺子骂道："你的狗儿子死了，去乱坟岗里找。"任弗届不敢和她置气，正准备走，任有为回来了，穿着一身簇新的绸缎衣裳，摇着折扇，叼着牙签，俨然一个富家公子。

任弗届冷笑道："好啊，得了金子腰板儿都直了。还剩下多少？拿来！"任有为白了他爹一眼："谁得了金子？你听谁说的？"任弗届道："没拿金子，你拿屁买的新衣服？"任有为道："朋友的，借着穿两天不行么？也轮不到你管！"任弗届指着他骂道："没廉耻的畜生！以为我不知道呢！把自己儿子给主子玩，卖子求财！你以为玉生是你儿子你就可以为所欲为？我告诉你，玉生还是我孙子呢！我是你老子，比你高一等呢！让我孙子受委屈，自己却得了十两金子，快拿过一半儿来！不然我今天跟你拼了老命！"

父子俩正吵着，胡刺子去厨房里拿了把大菜刀，一声不响地走到两人跟前，先一刀砍翻了任有为，倒在地上挣扎乱叫，任弗届要跑，被胡刺子从后面赶上，一刀开了背，又对着脑袋连续七八下，好好一颗人头，砍成了个烂西瓜。任有为在地上边爬边求救，胡刺子一脚踩住他，狠狠一刀，割了喉咙。胡刺子越想越气，扒了两人的裤子，唰唰两刀，将丈夫、公公裆里的那话儿全割了，分别塞进他俩的嘴巴里。

下人们闻声赶来，看着这副惨景，谁也不敢上前阻拦，胡刺子揣着刀就往正堂上跑。罗光棍正躺在大榻上乘凉，看见满身是血的胡刺子冲上来，吓得一时僵住了，眼看菜刀砍了过来，旁边一位新收的男宠用胳膊拼死一挡，半条胳膊卸了下来，血溅了罗光棍一脸，激醒了他，跳下床就逃。胡刺子正要追，被身后的仆人用铁锹打倒，用绳索捆成了粽子。

几个茶客说得唾沫横飞，中间也不知道加了多少臆想和揣测，但大体是错不了的。阿难听得心里难过，再怎么说，死的人也是英娥的亲哥和亲爹，要是她知道了，肯定会非常伤心。又想起她前两天做的那个噩梦，也许就是隐隐的谶兆。

一个茶客又道："别看胡刺子名声不好，但这娘们儿真是个硬骨头，巡抚大人问她后悔不后悔，胡刺子说后悔，后悔什么呢？后悔没早动手，这样儿子就不会遭殃了。大人问她玉生这孩子到底是不是任家的骨血，你们猜胡刺子怎么说？她说她也不知道是不是任家的，但不管他爹是谁，他娘只有一个。为这儿子，她谁都敢杀——真是拼着一身剐，敢把皇帝拉下马！诸位说，这位胡刺子是不是比陶青凤还勇猛？"

"罗光棍也有罪吧？"阿难插话。"什么？"那个茶客哈哈大笑，"乔先生糊涂了吧？罗老爷是什么人，谁敢说他有罪？莫说只是奸了个任玉生，就是奸了巡抚的亲儿子，巡抚也得屁颠屁颠地送补品，生怕罗老爷累着呢！"

回三棵柳村的路上，阿难垂头丧气，青凤的事好不容易有点转机，任弗届却突然死了，这条路成了死胡同，真是令人沮丧。也不想回家，便去看望陶铭心。刘雨禾也在，还带来了一位郎中，正在给陶铭心针灸，陶铭心的脸上插满了银针，脑袋像一朵蒲公英，看着怪可怕的。

阿难悄悄把刘雨禾拉到旁边："要我给青凤传什么话？我明天去看她。"刘雨禾摇了摇头："不用了，你进不去的。"阿难道："使钱就能进去，有个牢子我认识——"刘雨禾叹道："用一万两银子也进不去的。昨晚的事你没听说吗？有人去劫狱，十来个人全都死了，官府拨了重兵把守大牢，任何人都不准探视。"

阿难大惊："啊？谁去救青凤了？"刘雨禾恨道："不是救青凤，是救一个姓胡的妇人，说是杀了丈夫和公公的。劫狱的孙棒槌，是我的手下。本来定了过两天动手救青凤，谁知这个狗杂种和那姓胡的有旧情，决意先要救她，瞒着我，带些人就动了手，把那妇人都救到大街上了，却被官兵追上，当场全部杀死，那个妇人死了个痛快，倒省了吃剐了。唉！狗日的孙棒槌，坏了我的大事！害了青凤！"

那边，郎中收了针，开了几服药："老先生是急火攻心，宽心调养几天，应该没什么大碍，下了针，应该舒缓多了。瘫掉的半边身子很难救回来，不过另一边没有事，泾渭分明，哈哈！"又俯身交代陶铭心，"老先生，凡事放宽心，千万不要激动。"

郎中去了，阿难和刘雨禾守在床前，陶铭心眼神亮了许多，看了看二人，拍拍雨禾的手："早上看见你，心里明白，但说不出话，现在好多了。"刘雨禾道："先生，不要为青凤的事焦虑，我一定想办法救她。"陶铭心叹气道："救不得了……"阿难宽慰他："一定有办法的。"

"救得了！有办法！"

窗外传来一个浑厚的声音，接着，卧室的竹帘掀开，钻进来一个三十上下的汉子——高大结实的体格，披肩长的金卷发，深邃的蓝眼珠，一脸棕色的络腮胡，笑着笑着就流下泪来："先生，我回来了。"陶铭心挣扎着坐起来："保禄！"

第43章 八月初一

"你说你有办法，办法呢？只剩不到一个月了！"刘雨禾急得团团转。保禄头也不抬，继续在书案上写写画画，地上、案头上全是散落的纸张，上面写满了各种玄乎的图形、数字还有天书一般的西洋文字。回来后的几天，保禄足不出户，闷头在陶铭心的书房里鼓捣这些，弄得旁人一头雾水。陶铭心问他，他不答；阿难问，也不答；刘雨禾问，更是不答。

阿难将雨禾拉出去："别打扰他，我相信我兄弟，他说有办法，就一定有办法。"还玩笑道，"说起来，保禄对凤妹子的感情，并不亚于你哩。"刘雨禾冷笑一声："怎么？凭着喜欢救人？那我早救了一万次了。"

黄昏，何姑端着饭菜来到书房，拨开桌上一块地方，摆下碗筷："保禄，先吃饭。"保禄满头大汗，正好手中的鹅毛笔写断了，摇了摇竹笔筒，里面几十根用废了的，找不出一支好的，无奈，只好拿起陶铭心的一支小楷狼毫，蘸了墨，在纸上继续算着什么。看得出他好久没用毛笔了，拿不准力道，软塌塌的笔尖不听使唤，写出来的字粗细不匀，将就着，写了十来行，保禄停下了。看着那张乌漆墨黑的纸，保禄发起了痴。何姑蹲在旁边，看看保禄，手上脸上都是残墨，怪滑稽的，想笑也不敢笑。

过了好久，保禄抬起头来，吓了何姑一大跳，心里惊叹：原来洋人的蓝眼珠也会有红血丝，蓝中带红，晚霞似的绚烂，又漂亮，又诡异。保禄揉揉眼睛，端起一碗豆腐汤喝了一口，缓缓道："婶子——师娘，我算了十遍，没错，没错。"

何姑好奇："保禄，你在算什么呢？"保禄站起来伸了个懒腰，舒坦地长吁了一声："秘密！总之呀，"他清清嗓子，欢喜地叫道，"青凤有救了！"阿难和雨禾在外面听见，一齐跑进来："怎么说？"陶铭心也拄着拐杖进来："好小子，有法子了？"保禄坚定地点点头："有了！"看着满脸期待的众人，他又笑道，"不过，我不能说。"

刘雨禾烦躁道："都什么时候了，你卖什么关子呢！有法子了还不说！怕我们泄密不成？"保禄摇头道："我这法子，并不是什么奇妙的法术，也得靠人力，雨禾，尤其要你们的人出力。"刘雨禾得意道："还以为你自己能力挽狂澜呢，说到底，还得靠我们。"

保禄道："你之前打算劫狱，但现在牢狱有重兵把守，这条路显然走不通。除非是青凤上刑场那天，出了大牢，在街上才有机会得手。"刘雨禾失望地跺了下脚："你以为我没想到么！但出了牢，还不是有重兵押着去刑场，街上老百姓也多，我这边就十来个人，毫无胜算！真以为这是《水浒传》呢？我们不怕死，可青凤也活不成呀！这是飞蛾扑火的法子！"

"当然，当然。"保禄背着手徘徊了两步，"但如果官兵、百姓看不见你们，神不知鬼不觉地上去救下青凤，胜算就很大了。"

陶铭心、何姑、刘雨禾互相看看，完全听不懂保禄的话。阿难问道："兄弟，不明白你的意思。看不见我们？我们有隐身术吗？神不知鬼不觉地上去救青凤？官兵是木头人吗？这是上树摘果子呢？你到底在说什么？"

"原谅我不能多解释，一是怕你们大惊小怪，觉得我的法子太玄乎，不肯做；二是雨禾兄弟那边的人，我并不认识，万一走漏了消息，整件事就黄了。雨禾，你别介意，都是为了青凤，我不得不谨慎。"保禄看了眼一桌子的纸稿，拍拍胸脯道，"总之，你们相信我！要按这个法子做，还得要阿难兄弟帮个忙。"

"听你吩咐。"阿难兴奋地笑了，一瞬间，他仿佛回到了小时候和保禄亲如手足的往昔。保禄这次回来后，忙于盘算他的大计，两人还没好好聊过，不过阿难对他完全信任，两人相识多年，保禄从没让他失望过。保禄问："公布的行刑日期是七月初十？"阿难点头："对，午时三刻。"保禄道："能不能想个办法，把青凤受刑的日子延后二十天，从七月初十，改到八月初一，还是午时三刻——当然，砍头的惯例都在午时三刻。"

雨禾又烦躁了："改行刑的日子？这是什么道理？这又怎么改得成？保禄，不是我不信你，只是你的法子听起来好生奇怪，你闷在屋里盘算了这些天，还以为你有什么神机妙策，谁知道办起来这么麻烦！"保禄耐心道："雨禾，天底下没有一步登天的神机妙策，都得靠一丝一缕地算计。这不是阿难写小说，一个人有盖世武功，飞天遁地，凭一己之力救了青凤——没有这么便宜的事，只能沉下心来，靠细细的筹划来行事。"

陶铭心用拐杖敲了敲地："雨禾，相信保禄。阿难，你能吗？"阿难挠挠脑门："改行刑的日子……我现在一点头绪也没有，不过既然保禄说了，我想破脑袋也要想出办法！"

保禄拍手道："好！阿难改了日子，八月初一正午，雨禾你们动手。"他看看陶铭心，"等那天一早，我和先生，还有师娘，提前在城北齐门外十里——我记得那里有个石马村，咱们在那等候。我想，雨禾救下青凤，肯定要躲去山东的，走旱路，必过此村。逃亡前，得让青凤见见自己的家人，还有我。"

回到家，阿难一头钻进书房，苦思冥想如何拖延青凤的死刑。保禄说了，必须在八月初一，七月三十、八月初二都不行，保禄葫芦里到底卖的什么药，他不说，自己也猜不到。本案重大，杀青凤，江苏巡抚将亲任监斩官，死刑的日子也是由他定下，经刑部复审同意的。若要改日子，必须先说服巡抚，由他往刑部递公文，说不定还要皇上过目，任何一个环节卡住，这件事就做不成。

阿难愁得满屋子乱转，嘟囔着抱怨：死保禄，鬼保禄，你派了我一个大难题啊！相比起来，刘雨禾的任务简单多了，到那天动动胳膊腿儿出出汗就行，我这不然了，他娘的全是脑袋活儿，真能憋杀死人！

正烦恼中，卢智深在窗外道："大爷，有个老汉求见，说是姓于，奴才不认得。"阿难纳闷，并不认识姓于的朋友，吩咐把客人带来书房。没一会儿，房门开了，一个驼背的老汉捧着一只小匣子，上前给阿难规规矩矩请了安。阿难认了出来，笑道："啊呀！余老爹！我就说呢，一时想不起姓于的……"

余庆回道："奴才贸然登门贵府，请公子恕罪。"阿难摆摆手："老爹不要客气，你是从陶先生家来的吗？快坐下说话。"余庆不敢坐，苦笑道："现如今，我怎么好意思上陶家的门呢。此来，是跟乔公子告别，我要跟夫人、小少爷回济南。这些年，我攒了些家私。"他将小匣子放在桌上，"我是半截儿身子入土的人了，没老婆没孩子，留着银子下崽儿吗？我想着，陶老爷向来清贫，不如送给他，毕竟，我们宋家对不起陶家……劳烦公子代我转交。"

阿难感叹道："老爹真是有情有义，发生这么多事，搁着一般人，哪有这样的胸怀？"余庆道："我恨青凤小姐，但我不恨陶老爷，陶老爷是个好人。"阿难道："老爹，别怪我唐突，你们宋大爷、刘奶奶，心地也忒歹毒，死在青凤手里，也是报应。"

余庆叹了一回："话是这么说，但毕竟是我的主子，主子被人杀死，我心里能舒坦么？小少爷现在没爹没妈，天天哭，看着真是难过。说句不知天高地厚的话，青凤哪怕只杀大爷呢……饶过奶奶，也给小少爷留个依靠……唉，我能说什么？我伺候了宋家三代人，生是宋家的人，死是宋家的鬼……"阿难问："你家什么时候动身呢？"

余庆道："五天后走，这几天忙着收拾哩！大爷生前和巡抚大人交情很好，这次回山东，要先去徐州，巡抚大人还请了阴阳先生，给我们算好了出发的日子、下葬的日子。大爷比巡抚的公子大整整两轮儿，都属牛，生日是同一天，巡抚大人迷信，大爷死得惨，生怕儿子也招了霉运，所以什么都要管。"

阿难陡然来了精神："哦？他请的哪一位阴阳先生？"灵机一动，又解释了几句，"前阵子不是总下雨么？我母亲托了好几回梦，说她的坟墓地势太低，棺材吃了水，我想着找个稳当的阴阳先生，选块风水宝地，再选个好日子，给母亲迁葬。做儿女的，这上头不敢马虎，只是迟迟找不到牢靠的人，老爹知道，这行当里骗子太多了。"

余庆赞叹道："公子真是孝顺，迁葬事关家族兴衰，可不是得谨慎！巡抚大人找的这位，是苏州有名的张鹤松，人称张半仙，极是神准。巡抚大人最信他了，衙门里、家里有什么事都请他测算吉凶。这次我们回山东，大人送了三百七十三两八钱五分二厘的盘缠，这有零有整的数目，就是张半仙算出来的，说送这个数儿才吉利。你说奇不奇？"

阿难笑道："头一回听说送银子也要卜算的。"

"几年前，巡抚大人把张半仙引荐给我们大爷，大爷也是信得不行，在他身上撒了多少银子呀！我记得，大爷出事前几个月，这个张半仙说他有血光之灾，劝他去别处避难。大爷说，我做官的，怎么可能说走就走？就没在意，果不其然被青凤杀了！这个张半仙，周易测卜、麻衣相法、地理堪舆，都精通的。他就住城东太平巷，公子要找，一打听就知道。"

"太平巷？落花桥往南一直走呗？"

"对，这个人走家串户的，很少在家，而且性情古怪，冷傲得很，不管你是多大的官，不合他的心意了，甩脸子就走，要摆一点官架子，他破口就骂，就这么个脾气，当官的反而更敬重他。只是啊，这个人有个'今贝'的毛病，常常狮子大开口，算个命，百八十两起价，不过用起来也散漫，据说有回醉了酒，随手把身上的一百多两银子分给了路边的乞丐。哦，他最爱喝酒，我们大爷常派我给他送好酒喝。哎呀，我真是老了，本来是跟公子告别的，说了这么多不着边际的话。"

阿难连访三天都不遇，仆人说张半仙去南京办事了，不知道什么时候回来。阿难着了急，派卢智深一天两次往太平巷打听，另一头，刘雨禾也坐不住，天天来催迫，让阿难尽快解决拖延刑期的事。终于，第七天上，张半仙回来了，距离青凤的刑期只剩下十天了。

阿难抱着一坛好酒、提着许多礼物上门拜见，正碰上张半仙要出门，阿难死死把住大门哀求："老神仙，可不能放您走了！先给晚辈解解难！"仆人道："爷，就是这位公子，天天来问。"张半仙将阿难打量一番，着重瞅了眼他怀中的酒："什么酒？多少年的？"

阿难忙道："两斗糯米，三十斤酿出来的，还兑了十二斤烧酒，一滴水也没掺，在地下埋了足足九年零九个月，晚辈跑断了腿才买到这样的极品。"张半仙没听完就开始舔嘴唇，拉着阿难大步往里走，吩咐家仆："不拘什么菜，赶紧上来。"

这酒劲儿极大，喝一杯如一拳打在嗓子眼儿，如炮轰在胃里，炸过了，又有无尽绵绵之意，遍身通泰。阿难喝了两杯就不敢喝了，眼瞅着张半仙杯不离手，干了小半坛子，才略有些意思，脸上红起来，修长的白胡子无风而颤，一双鹰眼更加亮了，悠悠地问："你叫阿难？佛祖那个徒弟阿难？说吧，要我算什么。"

"就算一算晚辈最近的运势。"阿难报了八字。张半仙微闭着眼，几个指头动了动："无风无浪，但会触礁，不用担心，不至于翻船，顶多在船右舷撞个窟窿。要解也容易，这阵子出门，随身带一包香灰，别往北走，东西南随意，最好是往南。"

阿难听得稀里糊涂，奉承了两句，转入正题："老神仙，晚辈还有一件事相求。"他从怀中拿出一包金银，里面是家中仅剩的积蓄和英娥所有的首饰，"我的一位表妹，如今陷在死牢里，十天后就要砍头，老神仙有没有法子，让她晚死二十天？这点薄礼，本不好意思拿出来亵渎老神仙，只是我实在拿不出更多了……"

张半仙笑道："十天后要砍头……你表妹是陶青凤？"阿难点头承认。张半仙一算："初十往后延二十天，是八月初一，为什么要在这天死？"阿难叹道："实不相瞒，八月初一是我姨妈的忌日，我们祖上是江西人，那边的风俗，母子同日而死，来世依旧是一家人。我姨妈死得早，表妹最是孝顺，想死在八月初一，下辈子还可以相见。"

张半仙哈哈大笑，转而变了脸色，指着阿难大骂："小畜生！敢在关二爷面前耍大刀！我就是江西人，我们从来没有这样的讲究，你胡编乱造蒙起我来了！陶青凤是杀官的要犯，你定是打听了我与巡抚大人交厚，想让我劝他改日子，其中必有所谋！"他一边骂，手指头一边掐算，大惊道，"八月初一！啊，你们要造反不成！"

阿难紧张得满头大汗，垂着头，一句话也说不出。张半仙又骂了几句，将一盆煮羊肉往地上一泼，抱起酒坛子咕咚咕咚倒满了，把漂着油花儿的一盆酒推到阿难面前："混小子，喝了！"阿难不知他是何意，看着这盆酒，少说五六斤，心里叫苦：这一口气喝下去，可不要了亲命了！

张半仙催道："喝！不喝我就向巡抚大人告发你！"阿难噙着眼泪，双拳往桌子上一砸："娘的，豁出去了！"抱起酒盆，一口气锁在鼻子里，将这盆混着羊汤的、油腻的、醇香的、暴烈的酒倒入口中，刚喝完，呼了一大口气，左右两边太阳穴擂起战鼓来，咚咚咚咚，胃里一翻腾，嗓子眼儿一提，跪在地上哇哇吐了起来，只觉得天旋地转，脖子上似吊了只水桶，再也抬不起来了。

张半仙提猫一样揪起他的后领子，往他嘴里塞了块凉碜碜的石头："含着，这是醒酒石。"过了会儿，阿难觉得脑袋轻了些，恢复了意识，只是后脑勺一跳一跳地痛，肚里火辣辣的，嘴里含着石头，话也说得含混："老神三，您娄不会各发我吧？我娥子还小……"

张半仙自斟自饮，冷笑道："瞧你这副孬样子！你怕我告发就别来求我。看着人模狗样的，原来是个麒麟楦子——徒有其表的蠢驴！你爹虽不是个好东西，但也是条硬汉，怎么养了你这么个拉稀货！"阿难忙拿出醒酒石："您老认识我爹？"

张半仙愤愤然："整个江南，哪个官不敬我爱我？哪个官不求着我上门？除了你爹这个老浑蛋，守着山一样的金银财宝，连个屁都不给我闻。当年两江总督尹继善荐我上你家打抽丰，被你爹一杯茶就打发了出来——他送我一杯茶，我送他儿子一盆酒，我比他大方多了！"他又冷笑："你爹是木命，这个木还不是普通的木，是箭木，飞得最高，但迟早要掉下来。当时我还说，不出百日，你家有大灾，用火能解。后来可不是么，苏州城里出了只麒麟，百姓暴乱，差点将你家打破，你爹用了火药雷才把乱民吓走，我算得一点没错！"

阿难咂舌道："果然没错！"

"可你爹听不得不吉利的话，当时就耷拉下脸来：'张先生，乔某平日里吃斋念佛，广修功德，原来一点用也没有的？呵！钱，我有的是，但不会给信口雌黄之人。'"张半仙惟妙惟肖地模仿乔陈如的语气，阿难不禁笑了出来。

"不过呢，你爹也讲公道，尹继善那个狗日的后来要害我，是你爹帮忙，救了我一命。他跟尹继善说：'你自己不懂忌满守缺的道理，做事不谨慎，如今被撤了总督，倒怪一个算命先生没有提醒你，这不是自讨没趣么？'几句话，臊了那老狗一顿，救了我的命。"张半仙晃了晃坛子，没剩多少了，举过头顶，一股脑倾到嘴里："真是好酒哇！——我不管你要做什么，看在你爹的分上，我帮你这个忙。八月初一是吧，随便，那就八月初一！但我要警告你，那天是整个苏州城大凶的日子，你可别乱了阵脚！"

阿难喜不自禁，跪在地上行了大礼："多谢老神仙——晚辈不明白，八月初一，到底是个什么日子？怎么整个苏州城都大凶了？"张半仙拧着眉头："浑小子，你选在那天，却问我什么日子？"阿难道："不瞒您老，这个日子并不是我选的。"

"不是你选的？也是，就你这道行，也选不出来这个日子！选这个日子的人，非同小可！他也是算命的么？多大岁数了？这人在命理上的修为，不在我之下。"他紧张地念叨，"这人要在苏州竖起招牌，就抢了我的生意了，不行，必须得赶他走。"

阿难笑道："老神仙安心，我这位朋友不是算命的，我也不知道他怎么选出来的这日子。"张半仙这才放松些："也许是他蒙着了——除了我，天底下没几个人知道那天有多特别。"阿难更好奇了："到底有什么特别的？"张半仙故作神秘："此事乃天机，我可不敢泄露。"

"老神仙要怎么跟巡抚大人说呢？"

"这也叫个事？他是监斩官，要在场的，我只说星位变了，七月初十和他八字不合，冲煞了，八月初一大吉，他不敢不信的。乔阿难，你们那天要劫法场，我不管，事成了，我更不管，但事要败了，你敢供出我来，我让你全家倒霉！"

第 44 章　天意，都是天意

"有首诗说得好：天道报应如转轮，一时凶吉不为真。地府阴曹评功过，岂肯妄收良善人？"

八月上旬，桂花已经开了，苏州城旮旮旯旯弥漫着甜腥醉人的桂花香。街上卖月饼糕点的摊贩多了起来，赛着吆喝。过几天就是中秋节了，早晚凉，中午依然闷热，龙泉茶馆里坐满了茶客，哗啦啦挥舞着折扇，个个挺直脖子，听阿难说书。

"那刽子手满脸横肉，额头发青，身高一丈，腰阔十围，肩上扛的那把大法刀，足有四十斤，一拃宽的刀面，两寸宽的钢刃，砍了太多人头，浸了太多人血，发紫发黑。犯妇陶青凤，五花大绑地跪在台上，背后插着犯由牌，最上面一个血红的'斩'字。

"底下的百姓成千上万，波浪一般来回推挤，苏州城多少年没斩过女人了，大家都兴奋得发了疯。几百名官兵围成个圈子，将众人隔开。后面的亭子里，坐着监斩官——江苏巡抚大人，时不时看一眼怀里的西洋钟，还有一会儿，就是正午三刻。

"陶青凤的罪过，连三岁的娃娃都听说了。为了交代清楚，咱们还是再介绍几句。她的姐姐陶素云，嫁给前任苏州府同知宋好问，宋好问停妻再娶，别立正室，把素云降为偏房，更毒辣的是，竟与新娶的妻子合谋，伙同祇园寺淫僧缘冲和尚，用计侮辱素云，逼她悬梁自尽。素云的生母袁七娘为女鸣冤，宋好问用重金委派缘冲，在野外杀死七娘。陶青凤查清楚了前因后果，杀死宋好问夫妇并缘冲，为亲报仇，实乃千古女侠！"

底下有人欢呼响应："青凤报仇，真是痛快！"

"怎奈国有国法，陶青凤杀官戮僧，犯了重罪，情可恕，法难饶。她的事迹不胫而走，成为全国百姓茶余饭后的谈资。当然，大多数百姓都很同情青凤，认为她是个有情义的女侠，甚至说她是聂隐娘转世。也是天缘奇巧，青凤的新闻，一传十，十传百，传到了数千里外的陕西，惹怒了一位好汉。

"这好汉姓娄，本名不知，陕西蓝田人，从小不爱读书务农，最好打抱不平，使一对双刀，武艺超群，三五十人近身不得，人给他起了个绰号，叫娄金刀。他听说了青凤的事，真个是劈开眉下眼，咬碎口中牙：'这女子出于孝悌之道，只身杀死恶官淫僧，这等气魄，是男子汉大丈夫也比不上的，怎么朝廷不讲人情，竟要杀了她！'

"自古豪杰，气性都大，这股气几天也消不下去，日思夜想，娄金刀竟生了一个疯狂的念头：要奔去苏州，劫法场，救下青凤，哪怕死了，也不枉一世英豪。叫了几个向来服膺他的同伙商议，都是天不怕地不怕、为了义气赴汤蹈火的莽汉，听了娄金刀的想法，个个叫好。一伙人带上兵器，凑了盘缠，隔天便离开蓝田，赶奔苏州。有分教：

义薄云天血气刚，姑苏城里聚豪强。

不辞刀山探虎穴，纵死犹留侠骨香。

"此时，娄金刀等人正在百姓堆儿里藏着，使劲地往前挤，来到守卫的官兵面前站定，冷眼看着上头的行刑台。他们早计划好了，等巡抚大人下令行刑，便一齐动手，同伙里有个使飞镖的高手，先由他射死刽子手，其他人力战官兵，掩护娄金刀冲上刑台，救下青凤。

"别看娄金刀是江湖上的粗人，心思却缜密，救人后的逃跑计划事先想好了，先让青凤换上男装，打扮成商人，从阊门混出城，然后奔去山西，把她安置在五台山的一座道观，那间道观的方丈，是娄金刀的授业师父，已经通过信打好招呼了。

"娄金刀等人紧张地望着巡抚大人，暗暗摩拳擦掌，就等他把竹筒里的那支签子扔下来。估摸着马上到午时三刻了，巡抚大人站了起来，掏出西洋钟看了看，把那支签子拈在手里，旁边的典史高声宣道：'时——辰——到！'

"巡抚大人举起签子，正要扔下去的刹那，忽然，晴空里响了声霹雳，吓得众人一个激灵。接着，不知从哪里刮来一阵阴风，八月初的烈日里，吹得人寒毛直竖。这阵风一过，天色忽然黯淡下来，众人还以为是乌云遮住了太阳。巡抚大人往天上看了看，仿佛受到了什么惊吓，拿着竹签的手剧烈地颤抖起来。

"娄金刀也不由自主地往天上望去，太阳周围并无云彩，只是光线好像被什么罩住了，正纳罕着，只见一片弯弯的黑影从太阳后面闪了出来，像一张大嘴巴，顺着太阳边缘缓缓地挪动，动一点，天色便暗一分，速度越来越快，太阳很快被吞噬掉大半个，弯弯的如初一的新月。

"'啊呀！天狗吞日！'

"一个百姓喊了起来，一百个百姓喊了起来，所有人都喊了起来，街上登时大乱，男女老少惊声尖叫，纷纷逃散。早有人跑去街边的铺子里抢来锅盆，使劲敲打，乱跑乱叫：'救太阳公呀！救太阳公呀！'正在吞太阳的天狗没有被吓到，很快，将太阳吞了个一干二净。整个世界，陷入彻底的黑暗之中。"

底下的几个听众插嘴道："没错儿！我们那天就在场，那叫一个突然，所有人都慌了神。""老人们说，天狗吞日，必有大灾。""黑得什么都看不见，乱跑乱挤，听说踩死了十来个人。"阿难轻轻敲了下醒木，示意他们安静，继续说书：

"娄金刀率先缓过神来，大喊一声：'兄弟们！动手！'在伸手不见五指的黑暗里，娄金刀反拿大刀，抢起刀背，朝着行刑台的方向狂奔，中间不管遇到谁，用刀背狠狠打开。这边舞刀弄枪地救青凤，那边敲着盆盆罐罐救太阳，乱成一团，只听见一片鬼哭狼嚎之声。娄金刀摸黑乱闯，脑袋撞在了台子上，顾不得，飞身跳上去，瞎子探路一样双手乱摸。

"先是摸到一身油腻的横肉，被一拳打在胸口，那人粗声大喝：'滚下去！'

明显是刽子手了，娄金刀掉转刀背，循着声音一刀砍下去，将刽子手断为两截。又在地上一摸，抓到一只纤细的脚踝，一个女子怒喝：'混账！'娄金刀大笑：'陶青凤？'那女子一脚踹在他脸上：'你是谁！'

　　"娄金刀来不及解释，拉过青凤，割断她身上的绳索，又一把提起，背在肩上，把手指头放在嘴里打了一串儿呼哨，这是他们的暗号，表示已经救到了人。这时，天狗开始往外吐太阳，天上洒下来一小片光，依稀能看清地面了，娄金刀扛着青凤朝西狂奔，身后，巡抚大人已经发现青凤逃脱，忙命官兵封锁街口。

　　"太阳重新高举当空，似乎是元气大伤，光线还是阴柔柔的。在闾门附近的巷子里，娄金刀被一队官兵追上，他将青凤护在身后，力战众人，青凤身子虚弱，不能相助，娄金刀打斗的时候总要顾及她，加上天色不明，没注意有人偷偷拿出了弓弩，朝他一箭射去，娄金刀躲闪不及，正中胸口。

　　"这时，同伙们终于赶到，很快将这队官兵杀尽了。娄金刀跪在地上，哇的一声，吐了一口鲜血，摸了摸后背，惨笑道：'日他娘的，穿了心了……'他自知性命将绝，让兄弟带青凤速速出城，他对青凤拱拱手：'陶姑娘，可惜不能和你把酒言欢了！'又吐了几口血，遗言道，'快出城，别管我！'说完，气绝而死。同伴大哭。

　　"青凤完全不知所以然：'各位英雄，你们是谁？这位兄长又是谁？你们为何救我？'一个汉子哭道：'我们娄大哥仰慕姑娘为人，说你是男子汉都比不上的女豪杰，带我们从陕西赶来救你，谁知老天爷有眼，不偏不倚来出天狗吞日，让咱们趁乱成功，可见姑娘真的是替天行道，天也帮你！但老天爷又太瞎了，竟让我大哥死了！'

　　"青凤感动万分，对娄金刀的尸体跪下拜了，众人拿出准备好的衣服，给青凤换上，头上戴了个大斗笠，遮住青丝。另一个好汉掏出匕首，把娄金刀的脸划烂——他们提前商量好了，谁被俘，谁战死，都要毁坏容貌，免得连累亲友。

　　"众人把备下的几条扁担货物分了，个个挑着，装作商人，一溜儿出了闾门。之后远遁山西五台山，找到娄金刀的师父，秘密安置了青凤。过了几年，风头过了，青凤离开五台山，从此浪迹天涯，不知所终。正所谓：

为亲报仇却遭诛，视死如归女丈夫。

遮天蔽日非侥幸，天理昭然在姑苏。

——《救凤记》话本说彻，权作散场！"

阿难将醒木重重一拍，起身作揖，满堂喝彩。

"那天劫法场的是娄金刀？"一个老汉问。不用阿难解释，有人答了："您老头一回听说书？书里说什么你就信什么？这个娄金刀明显是乔先生编造的。"众人笑了一回。那老汉又道："我听说是八卦教的人救了陶青凤，他们算准了那天会有日食。""扯淡，日食是能算出来的？这是老天爷发威呢！老天爷什么时候发威，谁能算定？"很快，众人沸腾了起来，说什么的都有，甚至有人坚信是二郎神奉了玉皇大帝的圣旨，派哮天犬吞了太阳，自己趁机下凡，将青凤救去天庭做殿前女将了。

乾隆四十年八月初一正午三刻，苏州发生日食，全城大乱。阿难当时在围观行刑的人群中，站在刘雨禾身后。他本不必来的，但不想在家苦等消息，壮起胆子来了，想目睹刘雨禾他们动手，或许还能帮上忙。

日食天黑时，刘雨禾慌了："这是大凶之兆！今天要死了！"阿难恍然大悟了保禄的计策，保禄说的"到时候别人看不见你们"，岂不正是此刻？原来保禄要拖延死刑到今日今时，就是为了撞上日食，天色大黑，万民张皇，正好趁乱救人。

经阿难提醒，刘雨禾等人也反应过来，朝着行刑台的方向冲去。一片混乱中，有零星的刀兵之声，几个人的惨叫，终于传来刘雨禾的口哨声，救到了青凤。这时，天狗开始吐日，天色微亮，众人朝北奔逃。阿难跟着跑了几步，一头撞在一顶轿子上，脑袋破了洞，血流满面，猛然想起张半仙的叮嘱：不要去北方，往东西南，最好去南。

此时，巡抚发现青凤失踪，忙令官兵封锁现场，官兵围成圈子想兜住没头苍蝇一样乱撞的百姓，阿难弯着身子朝南疾走，终于跑出了人群。天色大亮了，头上流血不止，想起怀中带着一包香灰，赶紧拿出来撒在伤口上，立刻止了血——

张半仙让他近日随身携带香灰，眼下正好派上了用场，而所谓船破个洞，便是脑袋破个洞。阿难不禁对张半仙佩服得五体投地。

"真精彩，你说得快赶上赵先生了。"保禄走上前，对着阿难拍手。阿难惊喜道："没看见你，你躲在后面呢？"一把拉住他，来到楼上的雅座，叫了几样荤素，三斤黄酒。保禄回来后，他俩还是第一次喝酒谈心。

"估计已经到山东了。"阿难低声道。保禄有些失落："下次再见，不知道什么时候了。"阿难笑道："怎么？还念念不忘？"保禄笑了笑，像小时候那样羞涩，话题一转："金刀娄，金刀刘，你化用得好，而且没提青凤和八卦教的关联，把劫法场这件事说成了替天行道，百姓听了，对青凤只会心怀同情，真是妙。"

阿难问："保禄，你怎么知道那天正午会有日食？"保禄指指自己的脑门："算出来的，用西洋的学问，可以推算出月食、日食，月份、日子、时辰，我的计算可以精确到五分以内——你书里说得神奇了，那天也没那么准时不是么？不过我已经很满意了，钦天监的西洋人，就靠着这种学问做官儿呢。可惜中国人不喜欢这门学问，喜欢的，也用的回人的旧算法，元朝流传下来的，差了十万八千里呢。"

阿难诧异道："怪了，张半仙也能算出来呢！"保禄笑道："你说的那位张半仙，用的法子就玄乎了，也许是他蒙的呢。我是不相信算命这种事的。"阿难赞叹："保禄，你真是个天才。从小你就比我们聪明。"保禄问："'我们'是谁？"阿难尴尬地笑了："反正比周围的人都聪明。"

保禄轻叹道："也是天意。这次回苏州，本想悄悄来，悄悄走，没打算看望陶先生，也没想见你，那句话怎么说来着？关心则乱。这些年我在澳门的教会潜心做学问，满足快乐，见到你们，我怕自己又乱了，又得天天想我到底是中国人还是西洋人，真是够了。但回到苏州，大家都在讨论青凤杀人的事，我知道了原委，不得不露面了，利用这次日食，筹划整个行动。"阿难点头："你说的对，没有一步登天的事，都得耐心盘算。若没有张鹤松，改不成日子；若没有刘雨禾，没人动手。还得有运气，巡抚递上公文，刑部批了，皇上也没干预。雨禾他们装扮成商人，也顺利出了城，守门官兵若严格些……你说的对，都是天意。"

保禄喝了几杯酒，神色感伤起来。

"保禄，瞧你这脸大胡子！"在石马村接到青凤一行后，这是青凤对他说的第一句话，多年不见，她说了这么一句，让保禄本来紧张的心情放松许多，笑说："你长这么高了。"青凤也笑了，但很快变了脸，看看保禄，又看看刘雨禾，冷笑道："谁让你们救我的？我同意了么？你们就自作主张！"

刘雨禾不忿道："凤妹子，我们费了多大力气救你，你半个谢没有，还怪起我们了？我说你一路板着脸，还以为你是受了惊吓，原来是为这个！奇了怪了，我们救你还不对了？谁不想活着！"青凤鼓着气："我杀了人，犯了法，就没想活！"刘雨禾气得面红耳赤："好！是我自作多情，你不想活，就死好了！你先头死，我跟着也死！大家干净！"

看着他俩孩子一样斗嘴，保禄心里万分不是滋味，他不介意青凤的指责，他知道青凤的脾气，让他难过的是，青凤和雨禾可以这样斗嘴，你生我生你死我死的，只有亲密的人才可以这样斗嘴。他不由往后退了一步。何姑扶着陶铭心走上前，打圆场道："三姐儿，保禄、雨禾也是好意，既然救出来了，就好好活着，再赌气，岂不是寒了大家的心？"青凤瞄了她一眼，微微点点头，看了眼陶铭心，老人家眼看又要掉泪，青凤想说几句热乎话，舌头却似打了结。

"快走罢！追上来，就不好了！"陶铭心扬手催促。青凤顿时哭了出来，扑通跪在地上："女儿不孝！"陶铭心也哽咽了："爹错怪你了。见着了，放心了，快走！"刘雨禾拉起青凤，对保禄拱手道："兄弟，这事多亏了你，我欠你一份大人情！来日报答！"保禄笑了一声，心里更加难过了。青凤拉过他的手："保禄哥，请你照顾好我爹。"又对何姑点了点头，"婶子，费心了！"

"保禄，你发什么呆呢？"阿难举起酒杯。保禄和他碰杯，一饮而尽。阿难道："之前听说你离开苏州，是要回西洋看望汤先生，汤先生可好吗？西洋好玩吗？

有什么新鲜的事跟我说说——保禄，你不知道我多想你，你走了，我连个知心朋友都没有，你快跟我多说说话，这些年的事，都告诉我。"保禄道："我没有回西洋，这些年，我一直在澳门。"

当初，保禄得知那只在苏州叱咤风云的麒麟是葛理天造的，深为震愕，又看到葛理天隐藏的汤普照的信，知道了自己身世的秘密，整个人陷入狂乱。他的世界被大风卷到高空，撕成碎片，加上青凤出走，陶铭心盛怒下的那句"非我族类，其心必异"，决绝地离开，是他唯一的选择。

没有盘缠，南下一路受尽苦楚，加上相貌也特别，总有人找他麻烦。在泉州附近的一个村子，他被村民当作洋人的探子抓了起来，送到县衙里，保禄极力自辩。那个知县也有意思，让他默写《论语》，能写出来就证明他自小生长在中国，幸亏陶铭心给他打下了根基，写了十来条，知县信了，大为赞赏，还送了他几两银子。

到了广州，盘缠花光了，保禄浑身褴褛，和乞丐无异，在十三行的街头流浪了几天，被一个好心的郎中收留。这个郎中喜好西学，对西洋医术尤其着迷，苦于语言不通，让保禄为他翻译了一本从教堂里得来的治疗疟疾的法兰西文的小册子，保禄翻译得又快又明白，郎中大为满意，将他介绍给一位相识的法兰西商人。

当时保禄急于坐船去西洋，恳求这位法兰西人帮助。这人同意带他回佛郎机，条件是要他做随身翻译，在广州收购一批瓷器和药材才动身。忙活了两个月，大船将要起航了，这位法兰西商人却丢下了保禄，悄悄一个人走了。无奈之下，打听到澳门还有商船去西洋，保禄又辗转来到澳门，寄身在当地的一所教堂。主持教堂的神父是佛郎机人，中文名叫金松客，见保禄精通中西语言，颇赏识他，要他帮忙翻译一些传教的小册子，分发给中国人。

保禄看金松客善良，便如实说了去西洋寻父的事，求他相助。金松客听说保禄的父亲竟是汤普照，又惊又喜，原来他和汤普照是老相识，前几年还通过信，汤普照违反教规，娶妻生子的事，整个耶稣会都知道。过了几天，从印度来的一艘运茶的商船在澳门停泊，金松客通过耶稣会的关系为他订了一个舱位，还送了他几本书在路上消遣。保禄坐在甲板上，闲看民夫往来搬运茶箱，等着两个时辰后开船，这船在澳门卸下货物，要去广州补给。

邪门的是，一直挂在脖子上的那只象牙十字架忽然掉了，民夫没看见，一脚踢开了，保禄忙去拾，又被其他人踢开，如此几番，终于捡起来时，面前站着一个胡须花白、瘦骨嶙峋的西洋人，佝偻着腰，背着一只小包袱，吃力地拄着一根拐杖，眼睛里一层灰色的阴翳，急促喘着气，正小心地一阶一阶下梯板。保禄看他有些面熟，他看着保禄也发了呆。

保禄咽了口唾沫，嘴巴里迸出话来："汤——"一瞬间又卡住了，"先生！"那人眼睛里的阴翳消失了，现出亮光来，苍白憔悴的脸上现出无比欣喜的笑容："保禄？是你吗保禄！"

两人紧紧相拥，往来扛箱子的民夫大声抱怨："让开！让开！"保禄扶着汤普照下了梯板，将自己的行李也搬下来，租了顶轿子，和汤普照一起回到了教堂。金松客看着这对父子，惊讶得用佛郎机语乱叫，上前紧紧握住汤普照的双手，看着保禄道："是我做梦呢？这么快把汤兄接了回来？"

保禄笑着解释了，金松客也很欢喜，收拾了客房，让二人安歇。汤普照洗了脸，疲惫得站不住，歪在椅子里哼哧哼哧捯气儿，细看，脸上没了一丝肉，两腮和眼窝深深陷了下去。保禄一头跪在汤普照膝下，抱着他的腿，呜呜咽咽地哭起来。

原来汤普照苦等不到保禄的回信，决定重返中国，临死前再见保禄一面，哪怕死在路上也在所不惜。强撑着病体，在一个教民的帮助下上了船，在海上的几个月，他数次陷入膏肓，在鬼门关徘徊，夜以继日地祈祷，也许一片诚心感动了上帝，身体竟然挺了过来，还有好转的迹象，能起身走几步路了。

"都是天主的安排，你上船，我下船，就差那么一点，咱们就错过了，你真要随船走了，那真是……"汤普照哽咽了，两行老泪滚了下来。保禄抚摸着那个象牙十字架笑道："这个十字架还是先生当年临走前送给我的，今日多亏了它，又见到先生，真是险，差点就错过了！"保禄脸红了起来，垂头闷了一会儿，鼓起勇气喊了出来："父亲……"

汤普照咯咯笑了："好孩子，还是叫我先生，或者老叔罢，不必讲究口头上的规矩。你陶先生都好吗？这些年，全靠他照顾你。葛理天先生对你怎么样？他的学问极好，希望你学到了不少知识。"

父子俩亲密相聚了半个月，汤普照的病情急转直下，金松客请了西洋大夫来看，大夫束手无策："这种病情，能活到现在简直是奇迹。"临死前，汤普照眼巴巴地望着保禄，满脸微笑，说了几句话，就死去了。按照天主教的仪式给父亲下了葬，保禄伤心欲绝，也茫然无措，不知今后如何。金松客要他留在澳门，帮忙处理教会的事务，继续钻研各项西洋学问。澳门是中国教区的大营，西洋的学者、书籍、仪器应有尽有，保禄同意了。和父亲的重逢，让他重树对天主的信仰——那只十字架在那个时机掉下去，这纯然是上帝的旨意。

在澳门的数年，保禄得到许多传教士的指点，葛理天为他打下的西学底子很牢，许多学问触类旁通，很快，他就成了耶稣会中国教区里有名的年轻学者，尤其精于算学和天文学，因为澳门有佛郎机军队驻扎，他还学习了火炮火枪的原理，并练就了不错的枪法。

今年初，他和几名传教士协作，预测八月初一会发生日食，又经过精密计算，发现以苏州为中心的江南大片地区可以观测到此次日食。早在明末时，利玛窦就计算出南京、苏州、扬州等地的纬度，其中，苏州的纬度是三十四点五度，但这一带的经度却很含糊，因为测量经度需要日月食的精确数据，只能看天行事。

一同工作的传教士知道保禄在苏州生活过多年，鼓励他北上苏州，观测八月初一的日食，记录数据，来算定这一区域具体的坐标。离开多年，保禄也思念陶铭心、阿难等人，过去的芥蒂，已在岁月的消磨中化为云烟，再说，他也惦记青凤，她现在应该和刘雨禾成亲了，或许已经有了几个孩子。

初夏，保禄收拾行囊北上，先到了南京，造访了几个传教士，他们有一批在南京北极阁天文台观测天象记录下来的数据，保禄为他们整理了数日，解决了一些疑问，修理了路上摔坏的用来观测日食的仪器。到达苏州，已是六月下旬。在城中的客店刚住下，就听到人们议论青凤杀人的案子，于是，便有了之后的所有事。

听完保禄的讲述，阿难长叹："天意，都是天意啊！"

第45章　日有所思，夜有所梦

救下青凤，保禄留在苏州。此次北上，除了观测日食，他还有个没有跟任何人讲的目的：寻找自己的母亲。当初看到汤普照的来信，得知自己的父亲并非什么西洋来华的商人，而是自己从小跟随的汤老叔，保禄的震惊难以言喻，而随之他也有了一个新问题：汤普照是父亲，那么，母亲是谁？

在澳门与汤普照重逢后，保禄总想问他，却又不好开口。在汤普照弥留之际，保禄泪眼涟涟，纠结半晌，终于将那个深埋心底的疑问说了出来："先生，能不能告诉我，我娘是谁？叫什么？长什么样？"汤普照紧提着一口气，断断续续透露出一些信息：广州一个财主家的丫鬟，姓胡，主人给起名叫春梅，个子娇小，长相甜美，比他小整整十二岁，如今若活着，得五十整了。"她呀，爱抽旱烟，烟不离嘴，身上有烟味儿。"说完，汤普照便断了气，嘴角带着笑。

知道了母亲的名字和大概的样貌，总比大海捞针容易些，保禄拜托在广州的传教士朋友打听，有教民说隐约记得是有这么一个妇人，但很早前就离开了广州，不知去了何处。保禄身在苏州，也不知道该怎么入手寻找，总不能去街上逢人便问，正一时无措，恰好接到澳门教会的来信。教会命他将葛理天留下的苏州教务重新收拾起来，为这里的教民服务，教会会定期寄来银钱，供他传教和生活。

乾隆三十六年时，天主教发生大变动，西洋教皇下令解散了耶稣会——在华传教士多属这个教派，乾隆三十八年时，中国的耶稣会也被取缔，不过这些教会内部的派系争斗对在华传教士的影响不大，耶稣会没了，传教士还是传教士，依然以传播天主教为最重要的使命。保禄北上时，澳门几个教派之间正斗得厉害，他也不想回去蹚浑水。

城内的教堂还在，这处房产是葛理天当年买下的，后来他下落不明，一家贫困无产的教民就暂住进来。门口没有了那只铁十字架——禁教的风声时紧时松，教民不敢张扬，只在正堂里秘密设了个祭坛，每个月举办四次礼拜。

教民还记得保禄，如今重逢，喜出望外。保禄这些年精研教义，在教堂开了几场讲经会，受到教民的热烈拥护。保禄趁机向他们打听一位叫"胡春梅"的五十上下的妇人，可惜无人知晓。为了引起教民的重视，保禄说这位胡春梅是圣母玛利亚身边的一位天使转世，找到这个妇人，是一件大功德，果然，教民踊跃积极地四处打听。

此后，保禄便住在教堂，由那家教民照顾他的饮食起居。处理教务之外，保禄依旧孜孜不倦地钻研各种西洋学问。阿难常来看望他，两人时不时去陶铭心家坐坐，如此过了一段平静的时光。偶尔想起青凤，还会有些伤感，他禁不住想：是不是因为不能和青凤在一起，自己才选择做了传教士？传教士不能结婚，不能有爱情，反过来也强迫自己不再痴恋青凤。

这天，保禄看望一个病重的教民，听他忏悔了一下午，傍晚时才回教堂。经过一座小桥时，栏杆边靠着一个披斗篷、戴瓜皮帽的人，轻声笑道："汤神父，你好吗？"保禄扭头一看，竟是葛理天，他长胖了好多，胡子花白，戴着一副银脚水晶眼镜，在夕阳下映出彩光。"葛先生！"保禄热情地拉住他的手，"你这些年去哪了？"葛理天道："这里不是说话的地方。"

两人回到教堂，葛理天四处看了看，感慨不已。住在教堂的老夫妇见到葛理天，也很激动，准备了丰盛的饭菜为他洗尘。保禄忍不住问："多年前八卦教在北京造反的事，我听陶先生说，您也参与了？事败后，官府没有追捕先生么？这些年在哪里躲避？"

"就在朝廷眼皮子底下躲避。"葛理天微笑道，"我如今在钦天监任职，帮皇上看星象、算吉凶，偶尔也修修宫里的钟表、八音盒、天文仪器，给皇上造些新奇的玩意儿。"

乾隆六十大寿那年，薛神医背叛八卦教，向朝廷告密，八卦教诸好汉在畅春园外遭到官兵伏击，刘稻子被俘自杀，月清下落不明，葛理天当时没有在现场，在钦天监和几位西洋传教士鼓捣火龙祥瑞。事发后，薛神医列出同犯名单，其中就包括葛理天。危难关头，时任钦天监监正的西洋人刘松龄，把葛理天藏在宣武门大教堂的密室内——这密室是传教士私修的，用来藏匿传教的书籍和一些仪轨法器，外人不知。

躲了几天，听到消息，薛神医率兵在通州抓捕八卦教余党，夜里熟睡中，被自己的表妹、曾经的情人孙兰仙杀死，喉咙被割开，眼睛被剜下，满床的血。孙兰仙在墙上留了字："背信弃义，天理难容"，最后还署了大名。薛神医的尸体早上才被人发现，官兵到处缉捕，早已不见孙兰仙的踪影。

这案子闹腾几个月，杀了许多人，风声也渐渐松了，刘松龄、傅作霖、鲍友管等宫内传教士趁机为葛理天辩白，说薛神医在苏州时与其有私怨，所以才有前番诬告，关键的说辞是：葛理天信奉西洋天主教，怎会与八卦教这种邪教相勾结？乾隆也信了，亲自接见葛理天，考问了一番学问，很是满意，令他进入钦天监，任职天文科。

葛理天道："这次南下，有两件事，一是到南京的观星台见几位同僚，改造两件观星仪。他们说和苏州的一位精通天文学的汤保禄常有书信往来，我一听，高兴得什么似的。其实我早知道你在澳门，汤普照的事我也听说了，天主保佑他！北京的传教士和澳门有联络，教会说你学问有成，是新一辈里的翘楚，我很为你高兴。"

保禄问："第二件事呢？"葛理天道："皇上过了年又要南巡，知道苏州园林的水法是我修的，派我提前下来，整修整修。本来就是给皇上玩的东西，好些年没用，都已经荒废了。织造府的十来座西洋钟也要维修，还有些别的琐碎事，这次至少要在苏州待半年。"保禄笑道："听起来，先生在皇上跟前很吃香。且说，皇上如今对我教是什么态度？"

葛理天道："还是老态度，总体来说是禁止的。不过只要咱们警醒些，不煽动教民，不诋毁儒教，不惊动官府，就没有大碍。我们在北京也偷偷传教的，有些官员也在家里供奉天主，拿捏好分寸，慢慢来吧！皇上今年也七十了，天有不测风云，等下一个皇帝上台，兴许就爱我们呢，康熙爷一开始还鼓励我们传教呢！"

临睡前，两人一起跪在耶稣像前祈祷，葛理天向保禄真诚道歉："我当初造麒麟、和八卦教反清，不该瞒着你、利用你，藏着汤先生的信，更是不对，我无数次忏悔，希望能当面求得你的宽恕。保禄，我没有亲人，也没有知心朋友，天底下你是我最亲的人，我能得到你的原谅吗？"保禄也感动了："过去的事就过去了。葛先生，你永远是我的老师。"

隔日，保禄陪葛理天去三棵柳村看望陶铭心。三人在书房密谈，说起当年在北京的事，不胜感慨。葛理天道："八字驭人术这种邪法，是恶魔之法，开始我也以为是月清编造出来骗你的，后来和钦天监的一位中国官员喝酒，他大醉后提起来了。原来他哥哥是督察院的，参与了乔陈如的案子，知道了乔陈如的差事，这个秘密就此传播了出来。如今朝廷很多人都知道，只是不敢公开谈论而已。"

陶铭心从书箱中拿出一沓信："葛先生，你认得这是谁的笔迹吗？"葛理天翻了翻，摇摇头："不认得，都是皇上的起居生活，怕是朝中官员写的？"陶铭心道："这几年时不时收到，像是在提醒我。"

葛理天叹道："要我说，此邪术本就虚无缥缈，信则有，不信则无，有无之间，多少人一辈子就赔进去了，想来真是令人毛骨悚然！"说着又聊到月清，"他呀，本名袁坤，是袁崇焕的后代——他先祖是明朝建文帝的八字官，当年成祖朱棣篡了侄儿的皇位，建文下落不明，其实躲去了云南。后来建文死了，他祖宗出来做官。他曾祖，就是袁崇焕，祖父那辈，又给永历皇帝做八字官。吴三桂杀死永历帝后，月清的父亲逃到了山东，入了八卦教，后来生了他。月清确实有能耐，做到了八卦教的震卦卦长，后来和刘稻子联手起事，遇到官府镇压。月清为隐藏身份，挂羊头卖狗肉，出家做了和尚，辗转来到苏州，看中这里富庶，千方百计笼络钱财，为八卦教起义做准备。谁能想到，一个和尚竟是八卦教的头领呢？老奸巨猾如乔陈如，也猜想不到，还和他讲经谈玄的。月清铁了心反清复明，要恢复汉人江山呢！"

陶铭心愕然道："原来如此！"

葛理天继续道："此人心深如海，当初和他们结盟后，我就知道，此人手段阴邪。刘稻子有勇无谋，被他玩弄于股掌之中。他常说，等赶走了满人，就让刘稻子做皇帝，他要做周公，把刘稻子哄得晕头转向的。不过他千算万算，没算到薛师陀和刘稻子为了孙兰仙争风吃醋。当年薛师陀为了孙兰仙，救下了中毒要死的乾隆，刘稻子大为恼怒，本想杀他，月清让薛师陀戴罪立功，加上有孙兰仙在中间阻挡——刘稻子爱他老婆爱得发疯，不敢伤她的心，所以苦于无法下手。畅春园那次，刘稻子本想公报私仇趁乱杀死薛师陀，不想却被姓薛的先下手为强。一段拈酸吃醋的风流情事，竟毁了月清筹谋多年的计划，想来真是可笑。"

正说着，莲香在外面哭了起来，何姑焦急地连喊："香儿，你怎么了？哪里疼？"保禄忙跑出去，见何姑正揽着莲香给她揉肚子。莲香脸白如纸，嗓子里呼噜呼噜的，双手捂着脖子，哇地吐出一口黑血来。陶铭心也跟出来："怎么回事？"何姑哭道："不知道呀，突然就这样了！"保禄四下一瞧，见葡萄架下有半块月饼，果脯馅儿的，已经发了黑，闻了闻，恶臭，忙道："吃差了！快催吐！"将莲香抱过来，用膝盖抵着肚子，把手指头在她嗓子眼儿里一阵捣，莲香吐出来好些腌臜，一阵腥臭。又灌了一大碗盐水，莲香伸着舌头大口喘气："嗓子疼……"

保禄用手帕裹起那半块饼，等大夫来时给他瞧了，大夫掰开闻了闻："是了，这馅儿有毒。"何姑急得满头大汗："家里的月饼都是火腿馅儿的，没这种，我怕她坏牙，不给她吃甜的。"问莲香，"哪里来的？"莲香嗓子哑得厉害："一个大人从门口过，给了我一块……"话没说完，莲香猛地咳嗽了一阵，吐出一股脓血，便说不出话来了。

大夫检查了，说莲香的嗓子烧坏了："这毒的配方我一时晓不得，但肯定是大热之物，这孩子的嗓子怕是不好了。"又把了把脉，"性命无忧，这毒不往下走，烧的就是嗓子。我开些去火的药，吃吃看罢！"抓来药给莲香吃了，缓和了些，沉沉睡去了。何姑哭得两眼红肿，守在莲香床前啜泣。陶铭心悔恨不迭："都怪我！那人最近的信里说了，皇上生了病，可能要有灾祸……"葛理天倒吸一口凉气："这种事简直防不胜防……给一个孩子下毒，何其狠毒！"

保禄又伤心又气愤，莲香是他从黄金坑救上来的，从小看着她长大，前阵子回来，隔了多年，莲香还认得他，一口一个"保哥哥"，乖巧又可爱。听陶铭心和阿难说八字驭人术的事，他还有些半信半疑，现在亲眼看到莲香无缘无故地被人毒害，联系起陶家的诸多经历，不得不信了。

没两天，莲香身子复原了，依旧活蹦乱跳，但嗓子无法救了，成了一个小哑巴。把这件事报了官，县里派人调查，但要找一个过路人，简直如同海里捞针。陶铭心也知道查不出个所以然，无凭无证，无人可告，虽然他无比确信，就是罗光棍捣的鬼。

他给亲家刘从周写了信，刘从周很快回复了，说小蚂蚱下田干活儿时被一条毒蛇咬了，幸亏小蚂蚱跳得快，只咬到了脚指头，立刻用镰刀砍了下来，才保住性命，如今正在休养。还夸奖珠儿勇敢，用锄头砸死了那条蛇。小蚂蚱受伤，莲香中毒，前后只差两天。刘从周信里还说，邻村有个同八字的虫草，他去打听了，那个虫草如厕时墙倒了，砸断了腿，差点没命，时间也差不多。

陶铭心恨骂一通，又陷入深深的无奈："怎么防备呢？没法防备。"保禄也不知道有什么办法阻止这一邪术。杀了罗光棍？他府上守卫森严，轻易也不上街，便是能杀他，也是治标不治本，皇上会任命一个新八字官，继续折磨这些虫草——虫草，多么滑稽而残酷的名字。

这件风波暂且过去了，大家都很气闷，却无计可施。保禄忙于传教，葛理天每天穿梭于各个园林，向巡抚衙门支取银两，雇民夫修理损坏的水法，闲暇时，也帮保禄处理教务，一起研究学问，师生之间尽弃前嫌，很是默契。皇上南巡的消息很快传来，衙门催促百姓打扫街巷，翻修织造府行宫，整座城忙得热火朝天。

这天晚饭时，葛理天问保禄："保禄，我一直想问你，我和陶先生之前密谋反清，你是个什么态度呢？支持我们还是反对我们？你对大清国有什么想法？"保禄讶异道："怎么突然问这个？"葛理天耸耸肩膀："很想听听你的想法。"保禄沉吟道："我——没什么想法，满人做皇帝也好，汉人做皇帝也好，我都是外人。阿难常跟我聊历史，说起来，明朝没几个好皇帝，一个个不是暴君就是昏君。本朝呢，从顺治、康熙、雍正到今上，虽然也有些混账事，但比明朝的皇帝出色多了。"

葛理天拊掌道："你说到我心坎上了——在钦天监这些年，我深切感受到，咱们真是外人，皇帝到底不信任，中国的同僚也排挤我们——我们也要心眼儿呢，好多算法、原理也不告诉他们，天文这块的能耐，是咱们在中国安身立命的宝贝。"

保禄道："我在澳门听说了许多钦天监的事，西洋人之间也不和，有的坚信哥白尼的日心说，有人坚信第谷那套旧理论。只要算过，都知道日心说才正确，但钦天监有些西洋人却不肯承认，觉得承认了就有损西洋天文的权威，被中国人笑话——这种想法，太'中国人'了，他们被同化了。"葛理天仰头大笑："一点没错。"他起身关好了门窗，又问，"你如今既然是传教士，想不想把天主教推行到全中国？"

保禄笑道："当然，不然传教做什么？我笃信天主，也相信我教有益于中国百姓。"葛理天道："我们这种以卖弄技艺来指望皇帝开恩的法子，到底是没用的。汤先生行医看病，我看星象、修水法、修钟表，时间一长，都忘了我们来中国的本心是什么了。我之前和八卦教结盟，条件是我帮他们夺取江山，他们允诺事成后任我教自由传播。眼下这条路是死了，但我有个别的办法，让皇上允许传教，你会帮我吗？"

保禄警惕起来："若是杀人或胁迫的法子，我帮不得。"葛理天笑道："我哪里敢杀皇帝或胁迫皇帝呢？再说，也没有必要。满人当皇帝还是汉人当皇帝，对我们来说都无所谓。乾隆是个聪明的君主，只是守着祖训，天生蔑视我教，咱们若能钻进他的肚皮，改变他的想法，也许就能让他解除教禁。"

"先生，我听不懂你的意思。"

"钻进他的肚皮里。"

"钻进他的肚皮里？"

"当然，这只是个比喻。"

"比喻什么？"

"你知道佛教是怎么从印度传到中国的吗？"

"阿难讲过，是汉朝的哪个皇帝，派人去西方取经，迎到洛阳白马寺。"

"是汉明帝。你说，他为什么派人去取经？"

"这我就不知道了。"

"他做了个梦。"

"做了个梦？"

"他梦见西方有一个金光神人，肃穆威严，醒来后，立刻派人去西方寻找这位神明，找到的神明，便是佛祖，之后便有了佛教在中国两千年的盛况。"

"先生想说什么？"

"我们让皇帝做个类似的梦，让他主动请天主降临中国。"

"让皇帝做梦？先生，我越发不懂了……"

"保禄，我们给他造个梦，让他自以为在梦境中，为他演演戏，让他见识到天主的神力。等他醒来，定会改观对我教的印象，我和钦天监的朋友再活动活动，也许能让皇帝解除禁令。总之，这个法子就是：我日有所思，让他夜有所梦！"

"先生，"保禄啧啧赞叹，"我好佩服你的想象力。这个法子闻所未闻，妙是很妙，但也太异想天开了，怎么可能做到呢？我们为皇上假造一个梦，这，简直匪夷所思！退一万步说，这个梦造成了，皇上就一定会信奉我教吗？"

葛理天振臂道："不一定会，但若不做，就一定不会。敢想就要敢做，只要敢做，就有机会。当年月清要我造一头用来造反的麒麟，我一开始不也觉得不可思议？但最终还不是成功了？如今我们的事业在中国如一潭死水，全国的教民加起来才十来万人，大清两万万人口，任重道远呀！不剑走偏锋，怎么可能有转机呢？保禄，我们是为上帝做事，上帝万能，会帮助我们。"

保禄依然不信："怎么接近皇上？怎么让他自以为进入了梦境？我们又怎么演戏？皇上身边那么多太监、宫女、大臣，又怎么骗得过他们？万能的上帝会帮我们解决这些问题吗？"葛理天笑道："这些问题，用不着上帝帮助，我已经有计划了。"

乾隆的母亲孝圣宪皇后三年前驾崩，之前皇帝数次南巡，这位皇太后都随驾同行。皇太后钟爱苏州风景，而且信佛，本地诸多寺院中，最喜欢祇园寺，每次来苏州都会在祇园寺吃斋布施。临崩前，她还说自己梦到了祇园寺的那片竹林。

乾隆出了名的孝顺，命宫女收集了母亲床榻上的遗发，弄成一绺儿，用金盒装了，派专使送到祇园寺建塔供养。建塔，中国不缺手艺高超的匠人，但乾隆心细，想着母亲生前常夸赞西洋水法有趣，突发奇想，要在塔周围建一处水法，给母亲在天之灵赏玩。苏州的水法都是葛理天造的，此番，也命他承办此事。

那座塔前阵子刚建成，江苏巡抚率百官前去参拜，葛理天也顺便去勘测地形，设计了水法样式，向巡抚支取了工银，这几天已经募齐工匠开工了。昨天，池子挖好了，要注水进行试验，却发现池水不断下渗，一顿饭的工夫，竟然全渗下去了。葛理天猛然想起一件事：多年前，他造了麒麟，和八卦教的人作乱，正是通过祇园寺与藏鼎山之间的密道来回活动。月清说过，他做方丈那些年，苦心经营，祇园寺下面的密道四通八达，通往藏鼎山，仿若耗子洞。这水池渗水，定然是底下有密道的缘故。

紧接着，葛理天有了个主意：皇上早说了，这次南巡，要来祇园寺参拜母亲发塔，还要做三天功德，为母亲祈福，届时他会住在祇园寺，亲自诵经——寺里的方丈室已经在装潢整修了，作为皇帝的寝宫。何不利用密道，对皇帝做些手脚？刹那间，他起了造梦的疯狂念头。掩住狂喜，葛理天谎称此处沙多，不适合挖池，选在塔的西侧开挖，将这里填埋了。黄昏时，等匠人们放了工，葛理天住在寺内，耐心地等僧人们都睡下了，从祖师堂的一个秘密入口，下了隧道。

虽然多年前常跟着月清、刘稻子在密道里穿梭，但里面错综复杂，很容易迷路，还好墙壁上有木牌，标示寺院各处所在，珈蓝殿、大雄殿、罗汉堂等等，下面都有密道连接。葛理天顺着木牌来到方丈室下面，登上几级台阶，有一个石盖，用力顶开，发现自己在一个大柜子里，周围摞着数百册经籍，散发着浓烈的樟脑香气。

听得外面寂静，葛理天推开柜门。佛像前有供灯，凑着灯光，看到墙角设了一只大床——皇上在祇园寺的龙床。紫檀木床头雕着九龙戏珠，并无枕被，锦绣明焕的垫褥绣着百子嬉戏图，蝉翼般轻薄的帐子上也是龙凤图案，地下还有两尊仙鹤踏龟铜香炉，袅袅飘着醉人的香烟。

"祇园寺下面的密道，除了我和八卦教少数人，余人一概不知。皇帝住在祇园寺，是天赐良机！过阵子他到了，在方丈室里睡下，咱们偷偷下密道——入口多得是，放心，我都熟悉——从那只柜子里出来，用什么法子让皇帝神志不清，然后把他拖入密道，一直来到藏鼎山的山顶，在他如梦如幻之际，施展咱们的把戏。之后再将他原路送回，神不知鬼不觉，连他一根毫毛也不伤，只是造一个梦而已，这岂不稳妥？"葛理天眉飞色舞地阐述他的计划，唾沫横飞，保禄听得瞠目结舌。

好一会儿，保禄才问："要让皇上神志不清，用迷药吗？"葛理天摆手："不行，迷药会让他昏迷，得让他似睡似醒，虚幻缥缈——跟做梦一样，可不能真的昏过去。"保禄又问："那醉酒呢？"葛理天笑道："一阵风就吹醒了。"

保禄实在猜不到："那怎么办？"葛理天微笑道："我早想好了，用福寿膏。"保禄奇道："福寿膏？"葛理天点头道："就是鸦片。"保禄恍然道："鸦片？我在澳门听说过……"葛理天笑道："现在京城最时兴吸这个，印度贩来的，比旱烟劲儿大，让人飘飘欲仙，抽一口，一个时辰都缓不过来，人醒着，跟做梦一样。我就准备给皇上来点子鸦片烟。"

第 46 章　造梦记

"这就是鸦片？"保禄仔细打量一块焦黑粗糙的、馒头状的东西，"还福寿膏呢，跟牛粪蛋子一样……"凑上去闻闻，"有股子尿臊味儿，怎么会有人吸这种东西？"葛理天笑道："你不知道它的妙处是最好的。永远别碰，碰上就甩不掉了，京城多少人吸得跟骷髅鬼一样。这东西又贵，这么一小块，竟要一两银子，普通百姓若上了瘾，不出三五个月，定教你家破人亡，卖老婆卖孩子的多的是。朝廷也禁，但禁不住，当官儿的还吸呢。照这样下去，再过些年，这东西会把大清国掏空的。"

保禄问："那要我做什么呢？"葛理天道："这场戏，你是主角，你就站在十字架上，对皇帝念咱们的经文。"保禄大惊："要我扮耶稣？"葛理天微笑道："我在山顶备下了两根大木头，等行事时，拼成个十字架，我加了踩板，你就站在上面，光着身子，腰里挂片布，双手张开——反正耶稣怎么个姿势，你就怎么个姿势。保禄，不要担心，这不是亵渎天主，这只是权变，咱们最终的目的还不是为了光大我教？"

保禄摇头大笑："乾隆该是多愚蠢，才会信这个。"

葛理天正色道："你这孩子！我这么大岁数的人了，不会胡闹。单靠这场人造大梦，我也没指望让皇帝信奉天主，只是让他有个念头，心里起些波澜。中国自古以来的皇帝都迷信，梦到什么奇怪景象，一定要探究其中的寓意。乾隆

152

梦到耶稣受难像，等他醒来，心里肯定会琢磨，这意味着什么呢？你除了念经，还要对他说些吉祥话儿，哪怕他不信我教，至少也会对我教产生好感。禁教的事，也许会放松些。"

保禄挠头道："我知道先生不是胡闹，就是……"

"保禄，我在钦天监天文科任职，你以为天文科是观测天象计算历法的么？不是的，算历法是时宪科的事，西洋人都在这个科。天文科就我一个西洋人，为什么？因为天文科的任务是观测天象来为皇帝卜算吉凶，跟正经科学八竿子也打不着，其他西洋人不屑做这个。皇帝把我派到这个科，开始我也不愿意，后来想通了，正好可以利用皇帝迷信来游说他。等他梦醒询问这梦的寓意，我会编造些天象变动来唬他，让他知道解禁我教乃是天意——如此双管齐下，成功的把握更大。"

乾隆的圣驾到了苏州，江南大小官员率领百姓恭迎——这是皇帝第五次来了，每次来都游街，让百姓瞻仰圣容。苏州百姓见惯了大场面，已经波澜不惊，依然山呼万岁，但无甚激情，喊得干巴巴的。等皇帝过去，也不再像以前那样跟着，拍拍膝盖上的土，和邻居调笑两句，各回各家，该烧火的还得烧火，该做饭的还得做饭。

隔天，乾隆用过早膳，迫不及待地率百官离开织造府行宫，浩浩荡荡出了城，来到祇园寺。全寺僧人跪列在山门外迎着。喝了茶，乾隆换了一身素服，步行来到竹林中母亲的发塔前，焚香祭奠了，跪在地上磕了四个头，放声大哭，在场官僧无不动情。

哭了足足一刻钟才起身，太监端来温水，伺候着洗了脸。乾隆笑道："额娘生前最爱喜庆热闹，咱们尽了礼，也要高兴起来，她老人家在天上看着也开心。"百官纷纷称是。乾隆扶着太监观赏旁边的水法："哟，这水法新鲜。"

葛理天造的这处水法规模不大，丈宽的圆形池子，四角竖了四尊天王石像，雕工精湛，比平常寺庙里供奉的要小很多，不过神情威严，姿态霸道，很有风采。妙的是，四天王手持的四样法器中有机关，水柱就从法器里倾泻而下，四注水汇聚在一只大石龟背上，水珠四溅，在阳光下闪耀着七彩光。

"漂亮极了！"乾隆啧啧赞叹，"相比起来，圆明园的水法虽壮观，却不如这个新巧，四大天王配西洋水法，中间还有只神龟，可谓中西合璧了。别说，这种玩意儿还是他们西洋人擅长，哎，葛理天呢？"葛理天在群臣最后面站着，听见皇上召唤，忙跑上来跪下："臣在，这水法赶工建造，有不足之处，还求皇上恕罪。"

乾隆笑道："你的想法很不错，只是不够尽善尽美。比如中间那个大石龟，龟嘛，祥瑞之物，这很好，但水柱砸在背上稍显单调，不如在龟背上嵌上一只聚宝盆，里头装满宝贝，水流在那里头，寓意大好——太后也会喜欢。"

葛理天忙道："皇上高明！臣下去就改。"众大臣也纷纷附和："皇上的巧思，可谓妙绝。""这和写诗作文一个道理，心中有锦绣，想法儿自然也不俗。""皇上既然喜爱，何不题诗纪念？把圣诗刻在碑上，立在水池边，当是一处盛景。"

乾隆先是婉拒："在太后发塔旁题诗立碑，怕是不敬。"一个大臣道："太后生前最爱读皇上的诗文，在这里题诗竖碑，给太后赏读，不仅不是不敬，而且还是大孝呢！"乾隆被这话正挠到痒处，大为欢喜，要来笔墨，文不加点地写了首七律，又洋洋洒洒写了数百字的序文，大笔一挥："着匠人刻碑去罢！"

伺候到黄昏时分，葛理天离开祇园寺，却不回城，而是走小路，绕开大批守卫在寺庙周围的官兵，上了藏鼎山。半山腰，保禄正坐在一棵树下打盹，见到葛理天，提了提一只布袋："按您交代的，都带全了。"葛理天打开一看，是斧头、凿子、蘑菇钉、灯油、蜡烛、烟花、鸦片、烟枪、衣服等物，笑道："很好，这些东西足够我们造梦了。"他一边换下官服一边说，"皇上明天一大早要给太后做功德，今晚肯定早睡，咱们也别磨蹭，赶紧准备吧！"

上山的路上，保禄想着今晚要做的事，心跳越来越快，看葛理天，满头大汗，兴致勃勃得一脸通红，禁不住问道："先生，我怎么觉得，你一点都不怕呢？这要出点纰漏，咱们这身肉会被剐个干净。"葛理天拍拍他的肩膀："咱们为天主做事，主在上头保佑我们，有什么可怕的？放松点，没问题的。"

到达山顶时，太阳已经落了西，残余的紫金色晚霞铺满天际，潺潺流动，层层浸染，时刻变幻，美不胜收。俯瞰苏州城，像一块黑乎乎的糍粑；祇园寺，则是一块龙须糖，无数条须须儿，是寺外驻扎的官兵营帐。

保禄感慨道："好多年前咱们来这里，遇到了麒麟，先生你临危不乱，大声念经，终于赶走了麒麟，那出戏演得真是高明。"葛理天笑道："浑小子，你还挺记仇。"搬开几块石头，在一棵枯树的树根处，葛理天找到密道的入口："八卦教的人把这座山挖成了耗子洞，光入口就十几个，我以前就从这里下去的，幸好还在。"保禄不安地问："如今这山洞里还有八卦教的人吗？"葛理天笑道："这里头大得很，藏得下上万人，管他有没有呢，咱们干咱们的事。"

保禄随葛理天下了山洞，里面果然极大，一个接一个的大洞互相串联，像是在一颗巨大的石榴里溜达。费了好半天时间，葛理天才找到一个继续往下走的入口，碎石烂叶堵着，两人好不容易挖开，跳下密道。葛理天点起蜡烛，在前引路，亏他此前熟悉，不至于迷失，很快，葛理天指指头上："咱们在祇园寺底下了。"

墙上有木牌，过了观音殿和祖师堂，来到方丈室下方，葛理天压低了声音："皇上就在这里睡觉。"保禄连呼吸也小心起来。两人上了台阶，打开暗门，悄悄地来到柜子中，面前一道细狭的黄光。已能听到乾隆的声音，在责备太监："狗奴才，这被子怎么熏的百合香？你不知道朕只要檀香的？"太监请罪说立刻去换，乾隆说不必了，明天再换，又要太监端温酒来，他要服药，之后便命太监退下。

这时，有一个女子的声音："皇上龙体如此壮健，是天下苍生之福。"乾隆笑说："岁月不待人，朕也老了，早二十年，你这样的女子，朕一晚上要临幸五六个呢。"那女子调笑道："吓死人！还请皇上怜惜，臣妾身子瘦弱，真龙飞天，怕承受不起哩。"惹得乾隆一阵大笑，细声问："你可见过这个？"女子道："这是什么宝贝？臣妾没见过。"乾隆笑道："这是缅铃，热了会自己动，有趣得很。"

葛理天和保禄不自在地对望了一眼，尴尬得直咽唾沫。"缅铃是什么？"保禄低声问。"多问！"葛理天打了保禄一下，咕哝道，"原来这样斋戒呢……"

乾隆和那女子狂荡起来，待云散雨歇，两人说了些海誓山盟的情话，渐渐了无声息，很快，鼾声响起。保禄蹲得腿麻了，低声道："动手吧！"葛理天摇头："再等等。"又过了会儿，确定他们睡熟了，葛理天轻轻推开柜门，蜷着身子，一步步蹭到龙床前，从怀中掏出一根烟管，里头装好了鸦片膏，在蜡烛上烘了烘，猛抽一大口，撩起帐子，喷了进去。

如此喷了十来口，乾隆幽幽哼了两声，那女子也娇喘了几下，连鼾声都没了。葛理天干脆伸出胳膊去，将烟嘴儿放在乾隆口鼻之下，如鱼儿离水一般，乾隆不自觉地开始大口吞吐，一边吐一边舒服地呻吟，直到烟管出不了烟了，乾隆才停下来，嘴角缓缓流下涎水。

"行了。"葛理天招手让保禄出来，掀开帐子，一个赤身裸体的妙龄女子正偎在乾隆臂弯里酣睡，保禄看了一眼，脸上唰地红了，赶紧扭过头去。葛理天伸出颤抖的手，轻轻推了推乾隆的肩膀，没有反应，胆气壮了，加了点力，竟拍了拍乾隆的脸颊，也只是轻哼一声，醒不过来。葛理天推开那女子，和保禄一人抬头一人抬脚，把乾隆从床上搬到柜子中，保禄先下去接着，抱着温热精瘦的乾隆下了台阶，葛理天关好柜子，也跳下来，从布袋里取出一件袍子，给乾隆披上。乾隆眯着眼睛，脑袋摇摇晃晃，神志全无。

"皇上？"葛理天变换嗓音，轻轻呼唤。

"啊……"乾隆嘴巴里呼出一口气，"唔……"

保禄紧张得全身发冷："先生，赶紧的！"

两人架起全身瘫软的乾隆，顺着密道疾行，不知道是地下闷热还是紧张，保禄全身都汗透了，简直要晕倒过去。终于，出了密道，来到藏鼎山的山顶，让乾隆靠在一块大石头上。头顶星辰闪烁，新月藏在一团黑云中。山上风大，凉爽，保禄大口喘着气，舒服得长吁一声。葛理天掏出一块手帕，蒙住乾隆的双眼，拍手道："事成一半儿了！保禄，快把那两根木头拼起来！就在那棵大树下面，快点！"

保禄呆呆站着，一动不动。"保禄！发什么愣！"葛理天急了，保禄依然不动，兀自摇头。葛理天无法，自己跑去搬来那两根木头，用皮绳捆好，用力竖了起来，地上是提前挖好的一个深坑，埋好十字架，将土踩实了，拉来保禄，给他戴上一顶草编的头箍："快脱了衣服，站上去，你是耶稣！别磨蹭，快点受难呀！"

保禄缓过神来，不情不愿地站在十字架下，慢慢脱衣服。葛理天又搬来柴草，在十字架周围烧起火来。这柴草是提前用水浸过的，火焰小，烟雾却大。他跟保禄说，造梦就要像梦，要想让梦境看起来虚幻缥缈，少不了烟雾。

跟布置戏台一般，葛理天围着十字架忙前忙后，不是嫌火苗小了，就是嫌烟雾太大，又点燃几支烟花，火树般刺啦啦喷散火星，来回跑着调整，终于弄得满意了。看着十字架上的保禄，葛理天指指点点："傻孩子！没见过受难像么！头要歪着，两只胳膊伸直喽！把头上的荆棘冠扶一扶，快掉下来了！"又上前给保禄身上抹了些草灰，看上去脏兮兮的。

"记着，先念经，然后发出圣谕：大中华皇帝乾隆听旨，吾乃上帝之子耶稣，你禁止我教在中国传播，法令粗暴，本应惩罚，但我教本仁爱之教，你也可谓雄主，吾愿给你个机会赎罪改过云云——就这么说，咱们演练多少次了。大点声音，不要怕，四周没有人家，没人听得到。不要紧张，嗓子要低沉些，打雷一样，语气要庄严！"保禄憨憨地点了点头："好……"

忽然想起什么，葛理天又跑去一堆乱石中，接连搬出四尊雕像，原来是四大天王像，和祇园寺水法的那四尊一模一样。葛理天之前造水法时，特意造了两套，就是为了今晚造梦所用。他将四尊天王像摆在乾隆面前，自言自语："日有所见，夜有所梦。"

又找来一段木头，操起斧头和凿子运斤成风，三下五除二凿出一个木槽，放在四尊天王像中间。深吸一口气，来到乾隆面前，揭开他脸上的帕子，跪在地上大声道："回皇上，聚宝盆已修好！"乾隆不停憨笑，身子左右摇摆："好……好……"

葛理天退到黑暗中，站在乾隆身后的大石头上，看着眼前的景象：一圈火焰与腾腾的白烟中，有一只巨大的十字架，上面站着一个中年汉子，头戴荆棘冠，双臂张开，一动不动。后面就是乱石嵯峨的悬崖，还有更远处的、黑乎乎一团的苏州城。

乾隆一只手抬起来又垂下，嘴里哼着不知说些什么。稻草太湿，烟雾太浓，一阵烟袭来，呛得乾隆咳嗽了两声，"啊，啊"叫着，葛理天蹲在石头上，吓得冷汗涔涔，不停地给保禄打手势，要他开始演戏。谁知皇帝不急太监急，葛理天急得乱跳，保禄却并不念经，反而悠扬地吹了声口哨。葛理天发了疯一样挥舞胳膊，恨不能冲上去打保禄。这时，悬崖边的乱石堆后，忽然出现了一团红光。那团红光如瓮口般大，缓缓上升，升到最高处，又往下落。葛理天惊讶得手足无措，这番景象，并不在他的造梦大计中，那团红光从哪里来的，他完全不知。

一刹那间，葛理天以为自己才是在梦中。

那团焰焰的红光又升了起来，再落下，如此足足四遭。这时，不知从何处传来一声野兽的低吼，吓得保禄一激灵，慌忙从十字架上跳下来，从暗处爬到大石头上，和葛理天并排趴下。葛理天细声问："那是什么声音……"保禄惊恐地摇了摇头。

四下的火渐渐灭了，光线越来越暗，那低吼阵阵逼近。忽然，从乱树丛中跳出来一头庞大的野兽，浑身焦黑，依稀能看出来，是一头熊。它四下一望，看到坐在石头下的乾隆，扭动肥壮的身躯朝这边奔来。葛理天赶紧埋下头，乾隆吓得呜哇乱叫，身子却不听使唤，摇摇晃晃站起，扑通又晕倒过去。那头熊在乾隆身上嗅了嗅，看了眼趴在大石上的葛理天和保禄，呜呜几声，回转身跑了，黑暗中，传来一阵窸窸窣窣的树枝响。

葛理天擦了一把汗："真是险象环生！"忙跳下石头，看看天色，来不及再演了，扶起昏迷的乾隆，下了洞口，让保禄背着，在密道里一溜小跑。此时轮到葛理天紧张，保禄反而轻松了，还打趣："先生是不是对着那头熊默念《圣经》了？果然吓跑了它！"葛理天啐道："别放屁了！快点回去！"

顺着木牌指引正要去方丈室，忽然听到有人声，吓得葛理天和保禄立刻停下，竖起耳朵一听，可不是有人在说话——"仔细找了吗？""找了呀！不在床上！床上只有一个小娘们儿！""是睡在这里吗？""肯定！那是龙床！被子上都绣着龙！""是不是撒尿去了？""皇帝撒尿还要出门？再说，我在柜子里等了好久，尿满那池子也够了，还是不见回来！"

声音越来越近，葛理天拉着保禄，保禄背着乾隆，连忙躲入观音殿的那条密道中。从那边照过来一团光，来到岔路口站定了，三个人，两个年轻力壮的拿着短刀，一个身材修长的老汉拿着一支手铳，看身形，听声音，葛理天和保禄都认出来了——这年长汉子不是别个，正是娄禹民。"不要慌，老贼肯定在这座寺里，这样，你俩从观音殿上去，查看查看。"

两个年轻人答应了，朝观音殿的密道走来，吓得葛理天和保禄大气儿也不敢出。若娄禹民撞见他们在这里，一定逼他们交出乾隆，但他俩想好了，不再掺和反清复明的事，乾隆若死了，对他们没有任何好处，今晚造梦就只是造梦，万不能伤害乾隆。再说，就算交出乾隆，娄禹民怕也饶不过他俩，定会灭口，莫说什么以往的交情，八卦教的人在刀尖儿上干事的，决不会讲什么情面。

眼看那两人快走过来了，葛理天从腰间扯下斧头，准备硬拼，保禄也紧握着拳头，心都提到了嗓子眼儿。万幸，娄禹民发话了："算了！别去观音殿，那里离方丈室太近，惊动侍卫就麻烦了，你俩还是从祖师堂上去。记着，见着乾隆，不要犹豫，一刀砍死，若有侍卫，万万不要缠斗，走为上计。还有一点，不用我交代吧？"那两人道："不用娄爷说，咱们知道，被抓了，咬舌自尽，决不叛教。密道的事，也决不告诉任何人。"娄禹民抱拳道："辛苦两位兄弟！杀了乾隆，你们是头等大功！"

那两个年轻人快步去了，娄禹民原地发了会儿呆，放了一声响屁，也消失在幽长的隧道中。等四下都安静了，葛理天和保禄扶着乾隆出来，顺着台阶上了方丈室，出了经柜，将乾隆安放在龙床上，给他塞好被子。那个女子还在昏睡中，毫无知觉。

第 47 章　星变

　　两人顺着密道又回到山顶，拆了十字架，将四尊天王石像和木槽扔下悬崖，用树枝把四下的灰烬扫净了，看不出任何痕迹了，才闷闷无言地下了山。此时天微微亮了，城门刚开，起早营生的百姓往来进出，两人随人流混了进去。

　　回到教堂，葛理天一肚子火终于发泄了出来："你说你！我是拿刀架脖子上逼你了吗？是以自杀要挟你了吗？你是自愿帮我的，可瞧你那慌乱的样子！《圣经》你背得滚瓜烂熟，怎么几句经文也念不出？天天布道，说几句劝他信教的话也说不出？亏你还是个传教士！唉，唉，唉！费尽心机造梦，却造了个乌七八糟！谁做了这个梦会信天主？"

　　保禄不服道："便是我说了又怎样？那头熊谁能料到——山顶上怎么会有一头熊呢！"葛理天背着手踱步："你个傻孩子，那头熊明显是人假扮的，弄一身熊皮穿上，也容易。但那团起起落落的红光是怎么回事……难道有人知道了我们的计划，故意跳出来捣乱？谁会捣乱呢？为什么不抓住我们请赏呢？这可是救驾大功……不对，不对……这个计划只有咱们两个人知道……保禄！"他站定了，一双蓝眼睛瞪得牛铃般大："你说实话！"

　　保禄强忍着笑，俯身给葛理天深深作了个揖："先生，你先答应我不生气，我再告诉你。"葛理天使劲一跺脚："果然是你捣鬼！快说，这都是怎么回事！"保禄道："那头熊，是阿难扮的。那团红光，是一只扁形的灯笼，蒙了层红绸子，是阿难举着竹竿弄的。"

葛理天奇道："乔阿难？你俩到底要干什么？熊、红光，都是什么意思？"保禄笑道："造梦。我们也是造梦，只是造出的梦，不是为了让皇帝信天主——先生恕罪，我真的不相信你的计划能奏效，所以我和阿难设计了另一套戏，让皇上做了这个梦，可以信另一件事。"葛理天更好奇："你们想让他信什么？"

听了保禄的解释，葛理天气得七窍生烟，对他一顿臭骂："混账东西，原来是我种竹子，给你们吃了笋！你坏了我的大事！坏了我教的大事！坏了天主的大事！"架不住保禄软言温语地劝，葛理天最后消了气："罢了！我看走眼了，用了你这么个鬼滑头！早知道，还不如我一个人办呢！"保禄恳求道："皇上若问起这个梦来，还求先生按我和阿难的意思解释解释。"

葛理天冷笑一声，扬扬手："不然呢？你们把梦改成这样，只能照你们的法子解释了，好不容易给皇帝造个梦，总不能糟蹋了，能用就用。白白便宜了陶铭心……唉，也不能这么说，你和阿难的初衷也是好的。对了，那身熊皮多少钱买的？"保禄大笑："我们哪有钱买熊皮呀，是他多留下的一件羊皮大袄，阿难老婆缀了许多马鬃毛上去，又用竹条编了个熊脑袋，用墨涂黑了，大晚上也看不出来——这不差点儿就骗过您了。"葛理天凿了他脑袋一下："好啊！把你先生当猴儿耍！"

吃了碗稀饭，葛理天洗了头面，换过官服，赶去祇园寺应卯。江苏本地官员、随驾南下的京官在方丈室旁的暖阁里等候奏事，正三五成群叽叽喳喳地聊天，见葛理天进来，也没人搭理他，有几个官还朝他翻白眼儿。此次南下，钦天监只派了葛理天随驾，并无其他西洋同僚，他有些不自在，一个人缩在角落，看着架上的盆景发呆。

"葛大人？"

葛理天一回头，是个汉人大臣，有些面熟，但不知姓名。他在钦天监供职，除了监内同僚，很少和中国文官往来，乾隆也严格限制西洋臣员的交游，怕他们宣扬邪说，结党营私。面前这位大臣，约莫花甲之年，身材清癯，四方脸，山羊须，气质儒雅，看他官服的服色，乃是二品高官，葛理天忙欠身道："卑职见过大人。"

那人笑道：“葛大人不认得我？年初我随皇上去钦天监看玑衡浑天仪，就是葛大人讲解的呢。”葛理天陡然想起来：“啊，纪大人！恕罪恕罪，卑职有眼无珠。”

这人，便是太子詹事、内阁学士兼礼部侍郎纪昀，乾隆最宠信的汉人大臣之一。纪昀笑道：“葛大人不要客气，我想问问大人，这几天观看天象没有？”葛理天道：“苏州没有观星的仪器，只能肉眼观看，这几天没什么异样。”

“哦？”纪昀沉下嗓子来，“一点异样也没有吗？”葛理天何等聪明，在朝中做官几年，熟稔中国官场的规矩，立刻领会了纪昀的意思，微笑道：“也不是一点没有，天上有成千上万的星辰，时刻在变化，不知纪大人想知道哪方面的变动？”纪昀问：“紫微星附近的天魁、从魁、禄存等星，有没有什么变动？”

听纪昀这么问，葛理天心里打起算盘：紫微星是帝星，主皇上；天魁等星都是紫微下属，主臣子。纪昀问这些臣星有无变动，肯定是要弹劾某位大臣，找他要星象上的佐证，好说服皇上。他正苦于在朝中没有相熟的中国高官，如今有机会帮助纪昀，乃是天赐良机，以后若能让纪昀在皇上面前颂扬天主教，解除教禁的事就有眉目了。想到此，不禁眉开眼笑：“大人提醒我了，昨晚是看到从魁星发出一道白光，从紫微下面掠过去了。”

纪昀点头笑道：“好，我知道了。”亲昵地拍了拍葛理天的肩膀，“等回北京了，欢迎葛大人来敝府做客。我对西洋乐器很有兴趣，家里有几件铜管和竖琴，当摆设怪可惜的，回头葛大人教教我。”

这时太监进来禀报，皇上已经用毕早膳，在藏经楼内接见大臣。群臣鱼贯而出，来到藏经楼，乾隆正坐在一张大榻上喝茶。大臣们行了礼，轮流上前奏事：俄罗斯又在黑龙江边境闹事，台湾有人造反，云南土司需要册封，蒙古王公求亲等等，乾隆一一做了指示。

一个武将上前道：“启禀万岁，昨夜在寺内抓到两个形迹可疑的人，身上带有兵器，臣率侍卫将其制服，谁知二人一齐咬舌自尽。臣怀疑二人乃八卦邪教的教徒，已经画了二人的像，去城中张贴，悬赏辨认。此外，这寺紧邻藏鼎山，山上多茂林，容易藏匿反贼，臣斗胆请万岁移驾回城。”

乾隆冷笑道："寺里进了贼，是你们太草包，怎么倒想让朕移驾？朕要留在寺里，给皇太后念经超度，回不去！你们继续吃睡等死，等反贼杀到朕的床头，你们才高兴哩！"一顿话，吓得那武将在地上叩头不止，连称不敢。乾隆一挥手，那人惊惶地退下了。

等纪昀上前要奏事时，乾隆正往指甲上倒鼻烟，猛一吸，连打几个喷嚏，涕泗横流，太监忙上去帮忙擦拭了。乾隆打了个哈欠道："昨晚大概着了凉，没睡好，醒来就头痛。"纪昀忙关切地问候了几句。乾隆突然想起什么，笑问："葛理天来了吗？"葛理天忙从后面站出来："臣在。"

乾隆笑道："葛理天，你个伶俐东西，朕昨晚梦到你了，你说那个水法改好了，给神龟背上加了聚宝盆，朕在梦里一瞧，什么狗屁聚宝盆，是个马吃草的食槽！"

众臣大笑，乾隆也笑得很开心："这个梦有意思。罢了，你也别改了，有神龟就行了。说起来，朕活了七十年，第一次做梦梦到西洋人，还不是什么西洋美人，竟然是你这个糟老头子。"群臣又是大笑。葛理天跪在地上道："臣三生有幸，能出现在皇上的金梦中，一般人想都不敢想呢，想必臣的西洋祖宗这会子正在棺材里拍手乐哩！"乾隆笑得前仰后合："行了行了，别抖机灵了。"

一瞬间，乾隆收起笑容，大臣们也立刻肃静了。乾隆又吸了一口鼻烟，打完喷嚏，长吁一口气，疲惫地说："纪昀、葛理天留下，其他人先退下罢。吩咐御膳房，今天中午不用开伙，就吃寺里的斋饭，你们也不要回城，留在寺里陪朕吃斋。"众臣接令下去了。

纪昀上前又要奏事，乾隆摆摆手："晓岚，一会儿你再说。朕有别的事想问。"招手让葛理天近前："这几天，你看星象没有？"葛理天瞥了眼纪昀，说道："回皇上，臣昨晚看了，从魁有白光掠过了紫微，不算大凶，但也不太吉利。"乾隆捋着胡子："唔……月亮呢？太阳呢？"

"日月并没什么特别变化。"

"朕昨晚做了个奇怪的梦，先是梦到你说水法修好了，这没什么，但梦里还有个巨大的十字架，上面好像还有个人，跟你们天主教的耶稣像差不多。可能昨天江苏巡抚跟朕说南京有传教士秘密传教的事，日有所思夜有所梦吧。蹊跷的是，朕还梦见了太阳，红彤彤的，像是灯笼，但朕在梦里知道，那就是太阳，从东边起，往西边落，反复四次。朕好生纳闷儿，这种星象是个什么意思？"

葛理天故意道："臣愚钝，书上从未记载过这样的天象，一时想不出。"

纪昀想了想道："也许这不是天象，而是一个谜语。"

"谜语？那谜底是什么呢？朕觉得，这个梦是有寓意的。那太阳落下去后，朕又看到了一头大黑熊。晓岚，你应该知道朕小时候的一件事：朕随圣祖康熙爷去围场打猎，圣祖用火枪打倒了一头黑熊，朕自告奋勇上前查看，谁知那熊并未死透，张牙舞爪地朝朕扑来，要不是护卫放箭，朕也许就命丧熊口了。这件事，也不是什么秘密，宫里宫外的都知道。这头熊，朕少年时经常梦到，它是朕的大灾厄，每次梦到，准没好事。太阳起落和这熊连在一起，让朕非常担忧。"

君臣沉默了一会儿，葛理天道："纪大人所言极是，这是一个谜语。臣以为，太阳四次起落，是一个字谜。"乾隆来了精神："哦？你说说。"葛理天用手在空中比画着："太阳从东向西反复四次，便是四次夕阳，'夕'上一个'四'，便是'罗'的俗体，如此隐着'罗阳'——皇上身边可有叫这个名字的人吗？"

乾隆和纪昀同时大惊，尤其是纪昀，用意味复杂的眼神看着葛理天，不知是责备还是欣赏。乾隆怔了会儿，笑道："你一个西洋人，竟然能解中国字，难得。晓岚，你说他解的对吗？"纪昀道："若是个字谜，未免太简单了些，不过从四次日落解出'罗阳'二字，还是说得通的。"乾隆点点头，小声念叨："罗阳……行了，你们先下去罢。哎，等等，晓岚，你刚才要奏什么事？"

纪昀从袖子里拿出一本折子，恭敬地递上去："臣，有本弹劾罗阳。"乾隆一时懵然："你要弹劾罗阳？"指着葛理天道，"你们两个给朕演戏呢？"葛理天忙跪下道："臣连罗阳是谁都不知道，纪大人要弹劾他的事，臣更不知道了。"纪昀也跪下解释："臣万万不敢欺君，实在是巧合。这本奏折臣昨天就写好了，皇上刚刚才说的梦，葛大人也是听了皇上的梦后才解出的字谜，臣哪有机会和葛大人串通？"乾隆摸了摸下巴："是了，差点冤枉你们。先下去罢，这奏本，朕慢慢看。"

出了殿，纪昀一把拉住葛理天，来到偏僻处："葛大人，我要做的事，你事先真的不晓得？"葛理天摊手道："下官从何晓得呀！"纪昀眼珠子一转："你也不认识罗阳？"葛理天装糊涂道："闻所未闻，他是一位官吗？"纪昀呵呵一笑，上下打量了葛理天一番，背着手走了。

两天后，乾隆结束斋戒，回到城中的织造府行宫。当晚，宴请苏州耆宿，陶铭心也受邀在列。他穿着官府给定做的新绸衣，坐在最前面一排。相隔十年，陶铭心再次见到了大清皇帝，同庚八字的两人都老了，脸上皱纹密了，相貌也相似了。陶铭心眼神老花，看着模模糊糊的天子，像是看着另一个自己，不禁有一种荒唐之感。

罗光棍没有穿官服，套了件黄马褂，在御前伺候，不时跟皇上交头接耳。陶铭心瞧他们君臣相契的样子，郁闷无比——他们肯定又在商量什么害人的计谋。身后，是文武百官的酒席，他转身一瞧，纪昀恰好也看着他，两人点头致意。

他跟纪昀刚认识几天——乾隆二十二年题诗案发，他第一次听说了纪昀的名字，就是他，买了归八爷的那幅美人图，说起来，纪昀算是他中年变故的始作俑者。后来在曲阜见到假扮的孔昭炼，听他讲述乾隆侮辱孔圣人的故事，再次听到纪昀的大名。孔昭炼是八卦教的人假扮的，但他讲的故事，据纪昀证实，却是真的。

数日前，乾隆圣驾刚到苏州，入了夜，纪昀身着便服，领着两个跟班，抬了许多礼物，来三棵柳村拜访陶铭心。陶铭心并不认得他，邀入书房坐定，纪昀开口就说："下午，已派人将隔壁李婆一家押入县牢，没有罪，明天就放。只是我来，不能让人知道。李婆，之前是乔陈如的，现在是罗阳的眼线，想必陶兄也知道。"

陶铭心微微点头："知道。"纪昀俯身道："在下纪昀，草字晓岚。这些年一直给陶兄写信的，就是我。"陶铭心惊呼道："都是你写的？"

"早些年我在史馆做编修，又伴随皇上左右，知道宫里的吉凶事，抄送给陶兄，是让陶兄提防。八字驭人术的事，乔陈如的时候，我就知道了。"他看陶铭心欲言又止，笑道，"我知道陶兄想问什么，我为何这么做？陶兄，我亏欠你很多，乾隆二十二年，因为一幅画，我害得陶兄家破人亡。"

"那件案子，实在是我的罪过。那时候刚入官场，意气风发地想大展宏图，皇上命我负责这案子，我不得不依法办理——我何尝没有劝皇上？但无济于事。为了前程，我只好奉命办事。后来，听乔陈如说陶兄没有死，我极高兴。乔陈如垮台后，我知道了八字邪术，想帮你们解困。今晚来，就是想问问陶兄，有没有什么罗阳的把柄，告诉我，我要在皇上跟前弹劾他。"

陶铭心道："纪大人，多谢你的好意，但你帮不得。"纪昀笑道："陶兄是说，哪怕我扳倒了罗阳，也只是扬汤止沸，抽不得釜底之薪？皇上自然会派一个新八字官，但陶兄想过吗？下一个八字官，也许就是我。"陶铭心诧异道："你？"

纪昀点头："要皇上放弃这门邪术，是不可能了，用了这么多年，皇上深信不疑。但陶兄你们这些苦命人，又实在可怜，唯一的办法，就是由我做八字官，用些阳奉阴违的手段，保你们周全。这差事，不在朝廷监管之中，由八字官直接和皇上沟通，中间做手脚非常容易。"陶铭心问："纪大人，你不怕？若欺君，会灭族。"纪昀拈着胡子探出上身，直勾勾地看着他："若刘雨禾、陶青凤他们努把力，也许这三五年就要变天呢！"

见陶铭心惊恐万分，纪昀得意地笑了："我认识令千金。大概十年前，我因事被贬到新疆，在迪化认识了孙兰仙，见到了刘雨禾和青凤，叙起来，才知道青凤是陶兄之女。有此缘分，我更要义不容辞地帮陶兄了。我虽是文官，但将来起事，未尝没有作用。"

陶铭心紧张地咽了口唾沫，与其说惊诧于纪昀所言，不如说更惊诧于纪昀的坦率。二人初次见面，纪昀就说了一通足以灭族的话，这是对他的信任，还是一个诱引的圈套？经历了大半生的欺骗和背叛，陶铭心难以相信任何人。"唔……"他缓缓道，"罗阳的把柄，我没有。"纪昀追问："听说，罗阳之前害死了姓任的一家人？姓任的，是陶先生的学生、乔陈如儿子乔阿难的老丈人，具体怎么回事，陶先生知道吗？"陶铭心摇摇头："不知。"纪昀看出陶铭心的提防，也不问了，起身告辞："时候不早了，陶兄好生安歇。纪某今晚的话，字字真心诚意。"

陶铭心缓过神来，台上正在表演的是苏州弹词的高手王周士，弹唱了几段，果然绕梁遏云，温雅清扬。乾隆赞叹不绝，摘下手上的一枚玉扳指赏了他，王周士激动得浑身颤抖，趴在地上高呼万岁。

弹词后，又是唱戏，闹腾腾的《武松打虎》。扮武松的那武生精神抖擞，身手敏捷，一出场就连翻了七七四十九个跟头，引来台下阵阵叫好，乾隆也欢喜地拍手。此情此景，让陶铭心想起当年在北京畅春园的夜晚，似乎已经隔了半辈子了，虽恨乾隆，但就算是仇人，相隔十年再见，心里也会有一种令人感动的滋味。

乾隆让罗阳代替自己为老人敬酒。这个光棍倒越活越年轻了，步履轻盈，红光满面，陶铭心还记得多年前他在三棵柳村的情景，那般龌龊，那般落魄，跟冬天柴火堆里的老猫一样，当时哪能想到他有今天呢？

罗光棍给陶铭心敬酒时，笑说："陶先生，好久不见，平日也不说来敝宅串串门儿。"陶铭心浅浅一笑，没有说话，他想起在通州看过的皮影戏，自己就是那皮影，罗光棍，之前的乔陈如，就是在幕布后面操纵皮影的艺人，他不能和罗阳说话，皮影哪能和艺人说话？

听了一下午的戏，乾隆坐得不耐烦，下了高座，来到底下溜达，和臣民话家常。来到陶铭心面前，乾隆亲切地拉起他的手："老先生，朕还记得你，畅春园一别，咱们有十年没见啦！你身体可硬朗？"陶铭心俯了俯身子："都好，谢陛下，垂问。"旁边的太监道："陶先生中风了，说话不利索。"

乾隆啊呀呀叹了几声："咱们是同天生的，今年都七十了，人一老，病就多。"他拍拍陶铭心的手背，"回头让太医给先生瞧瞧，中风这种病最是恼人，脑子清亮，手脚却不听使唤。陶先生凡事放宽心，不要着急上火，朕管着两万万人，每天的烦心事没有一万也有八千，事事要上火，早急死了。人生七十古来稀，咱们要看开些，乐天知命。"陶铭心笑道："谨遵陛下教诲。乐天知命。"

这时，《武松打虎》结束了，乾隆大为满意，命太监抬着一簸箩的铜钱往上面撒。那武生跪在台上谢赏，久久也不起身，就那么铁硬硬地趴着，像是一尊上马石。众人都觉奇怪，戏班的人来拉他，他竟哇哇大哭起来。老太监上去问，他高声喊起冤枉来："皇上给草民做主！皇上给草民做主！"

乾隆不耐烦地抱怨："哎哟，唱个戏罢了，怎么还告起御状了？"命那武生上前，"你这孩子，叫什么？哪里人？有什么冤屈？"那武生一把鼻涕一把泪：

"回皇上的话，小人艺名千里云，本名叫任玉生，就是苏州本地人。小人的爹任有为、爷爷任弗届，都被苏州恶霸罗阳害死了，小人的娘为了救小人，也被罗阳杀死了。罗阳就是罗光棍，苏州人都晓得他的。"

罗阳从众臣中跳出来，慌慌张张地跪在乾隆跟前，指着任玉生道："皇上，千万不要信这个刁民的胡言乱语！他的爷爷任弗届，本是臣的幕宾，臣看他办事殷勤，抬举他儿子任有为做了管家，谁知这对父子贪财成性，为了钱反目成仇，不知怎么，被他儿媳胡氏杀死。他们的死，和臣一点关系也没有的！这奴才来臣的家里闹了几次，想讹钱，臣不理他，谁想他今天竟当着皇上的面儿诬告臣！"

任玉生指着他大骂："姓罗的畜生，你休想糊弄皇上！"他对乾隆哭诉，"罗阳在苏州鱼肉百姓，祸害了多少人家的孩子！他家里养着一百多个少年，扮作女子，供他享乐，苏州百姓哪个不晓得？这些少年，要么是他花钱买的，要么是他抓来的，弄得多少人家断子绝孙！万岁爷圣明，给小人做主啊！"罗阳气得大骂："狗混账，你血口喷人！"

乾隆大怒，狠狠摔了茶杯："都是什么糊涂账！你这戏子，既然在朕跟前告状，可知若是欺君，朕要灭你全族的！你告罗阳害死你的父母，败坏风俗，可有什么证据？"任玉生道："皇上派人去街上打听打听，百姓的话，就是证据。而且，"他从怀里掏出一块脏兮兮的手帕，高高举过头顶，"小人还有物证！这手帕是罗阳的，上面有他的字迹。当年小人年幼，遭了他的毒手，他许诺给小人多少好处，小人留了个心眼儿，让他写个凭据，他便写在了这块帕子上，请皇上明鉴！"

太监上去拿过手帕，摊在手上给乾隆看，上面写着给银若干两，衣服若干套，还说要为任玉生开一间当铺经营云云。乾隆厌恶地皱起眉头："罗阳，这是你写的吗？"罗阳吓得面如土色，知道那帕子末尾有自己的署名，千不该万不该，当年给任玉生留下这个把柄，如今也不敢回答，只是使劲磕头："皇上恕罪，皇上恕罪！"乾隆气得手直发抖："好啊，真是个好奴才！原来是个龌龊下贱贼！江苏巡抚呢？按察使出来！"两个官员连忙上前跪下。乾隆恨道："这案子就交给你们审，三天之内，给朕一个结果！"

陶铭心又惊又喜地看着罗阳被侍卫押下去，再去看纪昀，正朝他点头微笑。

陶铭心不知道，那晚纪昀离开后，没有回城，而是去了阿难家。纪昀来访时，阿难正在屋里试穿英娥做的那身熊皮衣，听到敲门声，还以为和保禄的计划败露，官兵来抓人了，吓得来不及脱衣服便躲在床下。卢智深说是乔陈如的一位叫纪昀的故人来访，阿难才放了心——他年幼时随父亲在北京见过纪昀，还向他请教过学问。

以子侄之礼见过了，阿难亲自奉茶："世伯深夜造访，不知有何急事？"纪昀道："下午去祗园寺看望了令尊，想问他一些事，谁知他是柳絮沾泥，心如死灰了，对俗事一概不管。得知皇上要来寺里做功德，他为避免尴尬，今晚要坐船去常州的一处寺庙。无法，事情重大，我只能来打扰贤侄了。"阿难躬身道："世伯客气了，不知世伯要问我父亲什么事？"纪昀道："贤侄，我也不和你兜圈子，直说吧：我准备弹劾罗阳。他在苏州作恶多端，早传到北京了，我派人来苏州探查，舆情也是如此，但苦于没有证据，有些人光是说，但不敢出来作证。令尊是被罗阳害的，我想，照令尊往日行事的风格，这些年一定暗中监视罗阳，搜集他的罪证，我问令尊，谁知他真个是一心向佛了。无奈，我只好来问贤侄，是否知道罗阳的一些不法之事，好支持我的弹劾？"

阿难笑道："有是有的，不过小侄想问问世伯，为什么要和罗阳做对头？"纪昀把对陶铭心解释的缘由向阿难复述了一遍，阿难听后极是佩服。他和保禄计划给乾隆造梦，目的也是为了扳倒罗阳，没想到和纪昀殊途同归了，不过没必要告诉他这个计划，只问："除掉了罗阳，世伯就那么有把握可以继任八字官？"

纪昀笑道："令尊在北京受审后，朝廷里，八字驭人术已不是什么秘密，大家心照不宣而已。能做这个差事的，一要皇上信任，二要行事机敏，三要足智多谋——非纪某夸口，没有第二个人比我更合适。加上太监那边我也有门路，帮着吹吹风，罗阳一倒，皇上筛选继任，定会选中我。"

阿难道："世伯如此有信心，那我就放心了。只是，做八字官，要杀死最心爱的人自证忠心，这规矩，世伯晓得不晓得？"纪昀点头："我晓得，上一任的八字官会选定让你杀谁，除了父母，谁都可以杀的。若上任八字官犯了罪，就由皇上指定——做大事，总要下本钱。当年罗阳初任八字官，杀的是自己儿子；

你父亲，杀的是自己表妹；我——我会听从皇上指派。"

阿难看他心意已决，便道："我有个亲戚，对罗阳恨之入骨，这些年忍辱偷生，在戏班子里讨生活。如果大人肯为他做主，他肯定愿意出头告状。"他将侄子任玉生的遭遇，连同胡剌子杀夫杀公的案子一并告诉了纪昀。

纪昀听完一拍大腿："罗贼的死期到了！"

"凭这个案子，能扳倒罗阳？他可是皇上最宠信的心腹。"

"这个案子能占五分，我的弹劾再占两分，剩下三分，我再想想办法，总之值得一搏。"

"剩下的那三分，"阿难指指房顶，"要看天意，不过，天意也可以人为。"

纪昀眼神猛然一亮："贤侄提醒我了……钦天监……"

临走，纪昀看着阿难书架上的众多小说，笑道："这几年，我奉御令在编纂《四库全书》，要将天下所有图书收录在内，贤侄这些小说，若有孤本的，可以上交给巡抚衙门，他们派人抄录后会奉还，还有赏金。若有犯禁的，贤侄最好藏起来，官府知道了，会有麻烦。"阿难道谢了，亲自打着灯笼，送纪昀出了三棵柳村。

两天后，江苏巡抚和按察使将审理结果呈给乾隆：罗阳蓄养男妓、霸占民男等伤风败俗之事，证据确凿，害死任玉生祖父、父母之事，却有疑点。奏本里说：任玉生祖父任弗届、父亲任有为，乃任玉生之母胡剌子所杀，据胡氏口供，罗阳强奸任玉生后赠予厚财，任弗届父子为财相争，胡氏深以为耻，故杀死二人，并杀罗阳未遂，后勾结强盗越狱，遭官兵诛灭。

看了审判结果，乾隆怒不可遏，但念在罗阳忠心耿耿，开始只想照乔陈如的旧例，将他革为庶民。纪昀接连上本建议严惩，还让葛理天拿出天象的佐证，说："罗阳罪大恶极，所作所为，不仅辜负圣恩，还有损朝廷清誉。正应了从魁犯紫微，以下冲上。杀罗阳，实乃天命也。若只革为庶民，怕会招致上天谴责，也难平苏州民愤。"乾隆无奈，只得下令将罗阳杖死狱中，抄没家产。

正如纪昀所料，乾隆私下命他为新一任八字官。

第 48 章　庄夫人的回忆

皇帝离开苏州，继续巡游去了，但苏州城并未恢复平静，祇园寺那两个刺客的事，让江苏巡抚胆战心惊。虽然皇帝没有明说，可巡抚知道，此事若查不出个所以然，自己的乌纱帽必定不保。刚送走皇帝，巡抚就派兵在城内外大肆搜捕反贼。谁是反贼？无人知道，便抓了许多乞丐、江湖卖艺的，一一审问，打死了十几个，也没有任何收获。

巡抚不甘心，划定了祇园寺附近的七里八乡，派人挨家挨户地搜查，若有可疑人物，立刻抓捕。官兵趁机巧取豪夺，比强盗还不如，光天化日之下上门抢劫，百姓敢怒而不敢言。搜到三棵柳村，没有发现反贼，却在阿难家搜出四五百本小说。

也是阿难命中有劫，寻常的官兵不识字，识字的也不读书，看不出这些书有什么不妥，但带兵的周巡检偏偏最爱读小说，知道朝廷这几年在编纂《四库》，在全国征集图书，看到阿难藏有不少宋明小说珍稀刻本，又有《金瓶梅》《姑妄言》《大明英烈传》等禁书，更甚者，还有顾亭林、钱谦益、屈大均、黄宗羲等人的文集，不由分说，以"不应朝廷征书之令并私藏禁书"的罪名，将阿难捆到了衙门。

英娥心急如焚，拿出家中所有积蓄，派卢智深去找周巡检求情，被其一口回绝。原来，这个周巡检不是之前为陈洪绶自画像抓捕陶铭心的周巡检，而是他的独子。老周死后，小周花钱袭了父职，也袭了父亲的品性，奸诈卑鄙，人都叫他小周巡检。他当年被赵敬亭用计骗了，对那幅画做了手脚，后来从扈老三处得知，那老头就是大名鼎鼎的赵敬亭，心中生恨。又听说阿难乃赵敬亭唯一的徒弟，此番抓到他的把柄，于公于私，小周巡检铁了心要报复。

阿难后悔没听纪昀的建议，将这些书藏起来，而今果然出了事。英娥来牢中送饭时，阿难让她去找保禄，让保禄拜托葛理天，给纪昀写信求助，纪昀是《四库》总编纂，一定有办法相救。保禄听说，也很着急，但葛理天已经随皇帝离开苏州了，只能让一个去杭州办事的教民帮忙送信，过了十来天，也没有音讯。

另一边，江苏巡抚为了确认两个刺客的身份，加印了一千份那两人的画像全城张贴，认出来的，赏银一百两。很快有人出首，说这两个刺客是何家庄的一对兄弟，哥哥叫何栋，弟弟叫何梁，家中只有个老娘，兄弟二人很早就加入了八卦教，最近几年很少在家乡出现。巡抚大喜，赏了此人，派兵去何家庄把何家兄弟的母亲和邻居抓来衙门，老妇耳背眼花，染着病，一问三不知，邻居说两兄弟常年不回家，不知道在外面做什么。巡抚无奈，放了邻居，将老妇暂时收监，指望隔日再审，谁知这老妇吓破了胆，当晚就在牢里呜呼哀哉了。

巡抚一时没了头绪，只好将这案子归为八卦教造反——反正他们在山东三天两头就造反——上奏了事。将最近抓来的百姓释放宁家，唯独阿难藏书的案子特殊，也懒得亲管，就移交给长洲县处理。小周巡检怂恿知县，把阿难定罪为私藏禁书存心谋反，被知县一顿骂："王八羔子，就是你这种人，唯恐天下不乱！"

长洲知县姓于名梦麟，河南人，最近新上任，看阿难是个村塾先生、说书艺人，他小时候也爱听说书的，心生同情，便从宽判了：销毁阿难所藏禁书，其他珍版图书待官府抄录后归还，此外，杖二十，罚银一千两，限三天缴齐，以示惩戒。

"一千两？"英娥听到这个数目，吓得腿都软了，为了打点阿难的案子，她已将家里能卖的都卖了，莫说一千两，就是十两也无能为力。无法，只好找房牙子要卖掉村子里的家宅，但一时半会儿也找不到买主，三天期满，英娥只得去县衙请求宽限时日。于知县顿时变了脸："本来这样判就是便宜乔阿难，你知不知道，照旧例，私藏禁书要杀头的！现在让你拿钱消灾，你不烧高香，还敢跟本官打马虎眼！"当即命皂隶拖出阿难，狠狠打了一顿板子，阿难疼得哀号，英娥在边上哭得梨花带雨，无可奈何。于梦麟说："一天交不上来，我一天打他二十板，不要丈夫的，尽管拖延！"

走投无路，英娥只能向陶铭心和保禄求助。陶铭心听说她要卖房，极力劝阻："那是家，不能卖！"把所有家底儿翻出来，有一百多两，还是之前余庆离开苏州前让阿难送给他的私财，保禄手上有两百多两，是葛理天留给他翻修教堂的官俸，两下凑一起也才四百两出头。英娥哭哭啼啼："差得远呢……还是卖宅子吧，没有阿难，这家也不成个家呀！"

保禄道："我听教民说了，这个于梦麟出身贫寒，品格不算坏，可能是小时候穷怕了，极为贪财，动不动就让人拿钱赎罪。前不久罗光棍死了，城里的大宅子入了官产，听说他想买下来，钱不够，这不正好遇到阿难的案子，趁机捞一笔。"听保禄一说，英娥又伤心又气愤："那宅子本来就是乔家的！公公被革了官，宅子归了罗光棍，罗光棍死了，于梦麟倒惦记上了，让我们家出钱给他买我们家的旧产，这算什么事？老天爷就不讲公道了吗！"

沉默好久，陶铭心发话了："银子，就这么些，我去跟姓于的说。"保禄劝道："您老行动不便，还是我去求情罢，有个教民在县衙里当差，或许能帮忙说上话。"陶铭心摇头道："你去，不顶事。我参加过皇帝寿宴，有点面子，便是江苏巡抚，也不敢为难我。这个于梦麟，我会会他。"

英娥陪同陶铭心来到县衙，呈上仅有的四百两银子："若不是有儿子，民女恨不能卖身救夫，家里已经没米下锅了，这四百两还是借来的，恳请大人通融通融。"于梦麟大怒："放屁！我不通融，你丈夫能活到今天？一千两，一厘也不准少！本官早说了，你一天不交齐，你丈夫便受一天罪！来人，把乔阿难拖出来，打二十大板！"

"慢着！"陶铭心用拐杖敲了下地，对于梦麟拱了拱手，"敢问大人，罚银一千两，是按照大清国的哪一条律法？"于梦麟冷笑道："你是谁？见了本官为何不下跪！"英娥代为回答："这位是陶老先生，我丈夫的授业老师，去北京参加过皇上的万寿宴，皇上不久前来苏州，还请陶先生坐一块儿看戏呢！"

于梦麟脸上的肉抖了抖，让皂隶给陶铭心搬来一张椅子："老先生请坐。

本官说了，要死抠律法，乔阿难私藏禁书，不说砍头，充军总是少不了的。但律法是死的，人是活的。我们做父母官的，都说爱民如子，谁想动不动把自己孩子发去充军呢？乔阿难的禁书，也不是什么邪逆妖言，小说而已，所以本官愿意从轻发落。就是罚一万两银子，也是入官库，将来孝敬皇上的——"

他喝了口茶，话锋一转："老先生既然是万岁爷的座上宾，亲自来说情，本官岂敢不给情面？四百两也罢。来人，传我的令，释放乔阿难。"皂隶下去，很快跑上来："回大人，乔阿难不在狱中，老夫人刚刚把他叫去问话了。"于梦麟惊讶道："老夫人叫他问话？这可奇了！"当下退了堂，匆匆去了后面。

陶铭心和英娥也相对犯疑，英娥道："知县的娘找阿难？不会又有什么事吧……"陶铭心道："别急，咱们就在这等消息。"好一会儿，有一个家仆来唤："哪位是陶先生？于大人有请。"陶铭心更加不解了，跟着家仆转过几道小门，来到衙门后面的宅院，于梦麟已经换了便服，上来搀扶陶铭心，脸上全是泪水："老先生，家母请您说话。"陶铭心问："令堂是谁？认识我？"于梦麟擦擦眼角的泪水，叹了一声，并不回答。

来到一间暖阁，阿难正在圆凳上坐着，上面一张黄梨木大榻上端坐着一位老太君，约有六十上下，长得慈眉善目，服饰雅素，额头上勒着一条抹额，正在用手帕擦眼泪，几个丫鬟在旁劝解："老太太别急，病刚好呢。"

见到陶铭心，老夫人慌忙从榻上下来，直直地盯着他看。陶铭心很不好意思，欠身施礼道："老太君找老朽何事？"老夫人声音发颤："老先生，你姓陶？"陶铭心点点头，说了姓名。老夫人又问："老先生，你认不得我了？"

陶铭心细细看她的容貌，隐约好像见过，但老妇人长相都差不多，想了半天，摇头道："并不认识老太君。"老夫人颤抖着嘴唇："不对……不对……我记得你，你可是我张伯伯？南京水西门，秦淮河边，咱们邻家……"陶铭心一听，心里响了声霹雳，再看这老妇，又扭头看看于梦麟，眼泪流了下来："老太君，莫非是，庄弟妹？"

老夫人登时大哭："真是张伯伯！我是在梦里么？梦麟，快跪下！这是你父亲的结义大哥！"于梦麟扑通跪倒在地，在陶铭心脚下痛哭。陶铭心俯身一看，于梦麟耳朵后面果然有一块红色的胎记，真个是泪如泉涌，摸着他的头："原来是侄儿！"老夫人也不顾礼节，拉着陶铭心的手，哭得上气不接下气："伯伯，景亭死了吗？他真的死了吗？"

这老夫人，便是赵敬亭的发妻。当年赵家的货船撞了皇上的龙舟，弄得家业凋零，赵家父子被捕入狱，父亲、弟弟接连死在狱中，经过陶铭心等友人相助，赵敬亭终于脱罪，但夫人和儿子却不知去向。他夫妻感情深笃，友人劝赵敬亭再娶，赵敬亭执意不肯，此后，便做了说书艺人，周游各地，暗暗寻访妻儿。

赵敬亭本名赵景亭，因看了张岱和黄宗羲的书，知道有个叫柳敬亭的说书人，乃是此艺的大宗师，所以入行后，改"景"为"敬"，以表敬意。庄夫人并不知道这一节，这几天染了风寒，休息在床，闲来问丫鬟："大爷这两天审什么案子呢？给我说说解闷儿。"

丫鬟说在审一个乔阿难私藏禁书的案子："听小厮们议论，这个乔阿难是说书的，他的师父在江南可有名了，叫赵敬亭，乔阿难是他的徒弟——"庄夫人听见"赵敬亭"三字大惊："赵景亭？在苏州？快叫这个乔阿难来！"

等召来阿难，庄夫人细细一问，才知是"敬亭"而非"景亭"，顿时泄了气，但又听阿难说赵敬亭有两位把兄弟，一个叫陶铭心——不认识，一个叫宋知行——庄夫人立刻精神了，但其中疑云重重，不好确认，听说陶铭心今日来了衙门，便让于梦麟请来相问。

庄夫人问："张伯伯怎么改名了？"陶铭心红着眼圈叹道："说来话长。弟妹，你和侄儿，这些年在何处生活？我兄弟……"说着哽咽了，"敬亭临死前，还念叨你们……"庄夫人又是一阵痛哭，于梦麟连连解劝。

原来，庄夫人嫁到赵家没多久，父母接连去世，赵家遭难后，庄夫人带着幼子梦麟无处安身，她有个嫡亲的叔父庄老二，做了回好人，将她母子接回自己家中。庄老二品行下作，这些年常来赵家打抽丰，在外面吃喝嫖赌无所不为，如今赵家没落，他又欠了大笔赌债，收留侄女，实则怀有私心——他见侄女青春年少，侄女婿又在狱中，便谎称带庄夫人去城外寺庙烧香祈福，赚其上轿，竟把她卖给一个姓于的大财主做了妾。庄夫人身陷高墙深院，叫天不应叫地不灵，真个是叫苦不迭。

卖了侄女，庄老二又打起年仅四岁的侄孙儿的主意，男孩子不缺买主，都找好人家了，庄老二到底良心上过不去，不忍让他母子分别，就用了些人情，把梦麟卖到了于财主家做小厮儿，让她母子还能见着面儿。

小梦麟由一对老仆夫妇收养，饥饱不定，吃了不少苦头。庄夫人常私下照顾他，人多眼杂，几年后就有风言风语，说这小厮儿其实是庄夫人改嫁前的儿子。于财主听说了，质问庄夫人，庄夫人无法，只得说明了原委。谁知这财主是个心善之人，听了庄夫人的遭遇，深表同情，他没有子息，也不让梦麟做下人了，收为义子。

梦麟十岁时，于财主花钱捐了河南陈留的知县，带全家赴任，正房夫人病死在途中，于财主看庄夫人温良贤惠，便将她扶为正室，只是常常感叹，庄夫人未能再孕，自己终究没个嫡亲的儿子。因为这点执念，于财主在陈留大肆采买姬妾，服用春药，沉溺于女色，庄夫人劝谏，于财主还不高兴："我对麟儿不薄，但他毕竟不是我的亲骨肉，你拦着我，是想断我的香火，好让麟儿继承我的家业么？"这话说得庄夫人心中大愧，也不好再劝。

梦麟十五岁那年，庄夫人偶然得知，一个叫"赵敬亭"的说书人在城中卖艺，她秘密派心腹丫鬟去打听了，长相、来历，确实是自己丈夫，一时间五味杂陈，想哭也不敢哭泣。她想过偷偷去见赵敬亭，但心中有两段苦处：一是自己两嫁，已是不贞之妇，见到赵敬亭无地自容；二是于财主对自己母子甚厚，不想辜负他的情意。

思量许久，庄夫人终究挂念赵敬亭，虽没有亲自去找他，但吩咐老嬷嬷、丫鬟、小厮，天天去赵敬亭说书的茶馆中捧场，大块银子打赏，有次还特意支派梦麟去听书，只不告诉他赵敬亭是谁，让这对父子在不知情的情形下相见，也让庄夫人有所安慰。

后来，只要赵敬亭来河南说书，哪怕不来陈留，庄夫人只要知道了，都会派人走州跨县地去捧场，大赏金银。赵敬亭是聪明人，看这些人出手阔绰，定是有人在背后授意，追问起来，这些奴仆被庄夫人叮嘱过了，含糊应对。如此一来，反而让赵敬亭心里不踏实，渐渐便不来河南了。

"我那些年天天盼着他来，虽然见不着他，但丫鬟、小厮去听他说书——他年轻时就爱这门技艺，经常在家对着镜子练——回来跟我一讲，就跟当面听他说似的，锻炼得我的丫鬟一个个伶牙俐齿的。"庄夫人摇头笑着，又喟叹，"谁知道，他竟然不来了。他是个正直的人，太多银子，让他心下不安，我总想着对他好，没想到却吓跑了他。"

那年冬天，长年纵欲的于财主终于垮了身子，汤药无效，在床上悲叹："上辈子造了孽，这辈子吃苦果。"临死前，将所有人都支出去，单独跟庄夫人说："那个说书的赵敬亭，我知道，就是你的前夫。你派人给他银子，我也知道。之前不说破，是给彼此存些体面。一日夫妻百日恩，现在我要死了，所有家产都是你母子的。你可以去找赵敬亭了，我不怪你，但麟儿一定要姓于，继承我家的血脉。"说完，于财主咽了气。庄夫人又羞愧又伤心又感动，痛哭流涕。

之后，庄夫人把家里的姬妾都打发嫁了人，等梦麟三年孝满，便将深埋心底的秘密告诉了他。梦麟这才知道自己的身世，说书的那个赵敬亭竟是自己的父亲，自己还听过他讲三国水浒，一时间心如锥刺，母子二人相拥痛哭。

寻找赵敬亭，成了母子二人的夙愿。谁知那以后赵敬亭再也没来过河南，派人去直隶、江南一带打听，都没有他的踪迹——他们不知道，那时候赵敬亭已经死在苏州府的大牢中了。两年前，于梦麟中了进士，外放时用了许多银子打点，谋到了长洲县知县。庄夫人盘算，赵敬亭最喜欢苏州，在这里打听他的下落更为方便。"哪知道，他已经死了呢……"庄夫人抽着鼻子，眼泪如雨。

陶铭心叹道："谁能想到，弟妹、侄儿，也在找敬亭。"于梦麟道："我一直想改回赵姓，母亲总不同意，大伯以为呢？"庄夫人说："我不让他改姓，是为了遵守对于老爷的承诺。"陶铭心点头道："那位于老爷，对你母子恩情不浅，既然答应了，就姓于罢。不管你姓什么，都是敬亭的儿子。"

临晚，于梦麟吩咐家中设下盛宴，又让人将英娥请到后面，众人欢饮。阿难说了原委，英娥口念菩萨不绝。于梦麟道歉再三，弄得阿难和英娥倒不好意思，自然，那四百两银子原数奉还，还另拿出一百两孝敬陶铭心。陶铭心不肯受，说：

"贤侄，我做大伯的，说你两句：你做官，要记着——仁爱廉洁，才是正道。"于梦麟脸上红了一阵，唯唯而已。阿难半玩笑半认真地说："于大人，我的书，能不能都还给我？您知道，我是说书、写小说的，那些书都是自己看着借鉴，咱也不刊印卖，也不借人，于国于民都无害。"于梦麟笑道："那些善本，等抄录了自然还你，那些禁书可不能，朝廷法度在呢，还望乔兄体谅。"

最后，于梦麟举杯道："大伯不必说了——我父亲的把兄弟，我的至亲长辈，乔兄也是我父亲唯一的高徒，咱们算是兄弟，以后啊，都是一家人！"

第49章 选书

何姑哭得嗓子都哑了："天底下，我一个亲戚都没了。"原来，在祇园寺刺杀乾隆的那两个汉子，便是何万林的两个儿子，何姑的亲侄子。母亲死后，兄长下落不明，何姑与嫂子一家来往渐少，两个侄子入了八卦教，行动诡秘，常年不着家，更是没有音信。前几天嫂子死在牢中，牢子打听了一大圈，才找到陶家来："那婆娘就你一个亲戚了，赶紧去收尸埋葬，停了好几天，尸体都臭了。"

将嫂子安葬完毕，何姑又念叨起何万林："哥哥离开快二十年了，生死不知，莫非在外地成了家，不要这边的亲人了？"陶铭心沉吟半晌，终于说了："何万林，已经死了。当初他说要去京城，其实没去——他死在了拙政园的水法里。"何姑震惊得站了起来："哥哥死了？这是怎么回事？"断断续续地，陶铭心说了何万林刺杀乾隆的始末，索性将当年张卯死亡的内情也说了出来："之前不告诉你，是怕你伤心。"

何姑已经哭成了泪人儿："怕我伤心？应该是怕我走漏了风声，坏了你们的大事吧？"她越说越气，嫁给陶铭心后还没有这样激动过，"你们这些年鬼鬼祟祟的事，背着我说，背着我做，以为我什么都不知道呢？一个屋檐底下生活，我能什么都不知道吗？对，那是你们男子汉的事，我一个妇人家，知不知道又有什么要紧？张卯的死，是他倒霉，我也认了，可我亲哥的死，你都不肯告诉我，害我这些年日盼夜盼，提心吊胆。你又不是不知道，我从小跟哥哥最亲……"

哭闹一场，这件事也就过去了。平静下来，何姑恳求陶铭心："老爷这么大年纪了，不要和八卦教那帮人折腾了，稍有不慎，就是灭族的罪过。青凤上次是死里逃生，再被抓住，总不能指望再来一次日食，我两个侄子的下场老爷也看到了，真要有个三长两短，我和香儿以后可靠谁呢？"陶铭心安慰她道："我和八卦教多少年没来往了，我一个老废物，话都说不利索，人家不稀罕我。"

这天，于梦麟带着随从来陶家做客，送了各样礼物，还带来一个医生："上次听伯父说，莲香妹子的嗓子不大好？这位付大人在太医院供职多年，一手好本领，最近回苏州丁忧，侄子擅作主张，请他来给莲香看看。"

陶铭心见过付太医，一寒暄，原来是薛神医的徒弟，付太医笑道："我还记得呢！我师父给陶先生看过病，我挑着药箱跟着，来过的！"陶铭心笑道："有印象，眨眼好多年了。"付太医给莲香检查了一番，按了按她的喉咙。何姑在旁道："城里的郎中说是中毒，吃差了东西。"付太医道："毒不毒不好说，至少是大热之物。摸着嗓子眼儿有肿块，还不太硬，脓血瘀住了，所以发不出声。要耽误几年，就治不得了。"何姑一听有救，高兴得直掉眼泪。付太医麻利地开了方子，胸有成竹："过年前，应该能好。"

他又给陶铭心把了脉，掏出银针灸了一番："感觉可松快些？"陶铭心点头："是觉得清爽些。"于梦麟鼓掌道："果然好手段！还请付大人多给我伯父治几回，所费医金，都在于某身上。"付太医道："我一时半会儿不走，陶先生中风多年，根治是不可能了，不过可以缓解些。今天我还有事，后天我再来。"说完，告辞先去了。

何姑摆下家宴，于梦麟和陶铭心对坐饮酒。陶铭心兴致很高，说起赵敬亭的往事，听得于梦麟又哭又笑，感叹道："真是惭愧，活这么大，没孝敬过父亲一天，这份遗憾，此生难平！"陶铭心道："二弟要知道你这么有出息，在天上也高兴。就是命，他到处找你们母子，等你们母子反过来找他，他却去世了。"

酒过三巡，于梦麟道："今天来，还有件事跟伯父商量。这几年，朝廷不是在编纂《四库全书》么？皇上新下了圣谕，催促地方加快搜选。收上来的书，要遴选抄录，顺便呢，把一些歪门邪道的销毁掉，这件事，需要有学问的人来帮手。经书这一部分，关系尤其重大，多有野狐禅对孔孟胡乱注解然后私印流布，毒害多少士子，对天下的教化有害无益！这一块儿，我想请伯父来把关，好的，就留选，坏的，就一把火烧了。"

陶铭心一听，很是兴奋："这是好事！前代大贤的注解，已经尽善尽美，有些无知狂徒，曲解圣训，自诩真知，好欺世盗名。我也不客气了，贤侄说的，我答应。"于梦麟大喜，举杯道："这是正经的勾当，我回去了就告知学政，挂了伯父的大名。伯父行动不便，不必去城里办事，我让人定期送来书籍，伯父选好了，我再派人来取。这是给朝廷做事，自然也有薪俸，每月十两银子，足够伯父生活了。"陶铭心喝得脸上绯红："银子事小，圣人事大！"

之后，陶铭心在家中开始选书、编写目录，每天忙得不亦乐乎。莲香的嗓子果然每日渐好，已经能开口说些简单的话了，付太医定期来针灸，陶铭心本已瘫痪的半边身子也有些细微的知觉。生活平静得如夜里的湖水，连一圈涟漪也无，家中衣食无忧，做的事又合脾性，陶铭心不禁感慨：这是多年来最好的时光了。

于梦麟送来的书越来越多，书房放不下，便将厢房的家具都搬空，没多久，连厢房也堆满了。而且送来的书越发杂乱，不仅是经史类的，还有许多笔记、小说、诗集、游记、地方志甚至家谱、乐谱等等。家里到处弥漫着书香，书香里还有浓烈的霉烂受潮的味道。

陶铭心不堪重负，向于梦麟建议，让阿难来把关这些杂书——他将经史以外的统称为杂书。于梦麟同意了，派人给阿难送了请帖，约定每个月五两薪俸。接到邀请，阿难本不乐意，他知道朝廷征书的目的其实是为了毁书，但凡犯禁的，一律销毁，他热爱的各类小说自然首当其冲。但他家中境况不佳，英娥常年多病，前段时间因为阿难的案子到处奔走，日夜焦虑，病愈发严重，已经很少起床了，日日延医拿药，靠教书、说书已经不能支撑。每个月五两银子，对他来说不啻雪中送炭，犹豫少时，便答应了。

来到陶家，阿难粗略地看了看收来的杂书，有不少都在犯禁之列，按规矩，应该用朱笔在这些书的封皮上标明犯禁缘由，学政给了一份批语的参考，比如"内容淫秽，误人子弟""尖新志怪，无教化之功""厚古薄今，影射朝纲""言语鄙陋,故事俗滥,以教化为名行诲淫诲盗之实""有涉前明兴亡故事,煽动人心""宣扬华夷之辨,污蔑满人"等等。有些书实乃好书,阿难自然舍不得销毁,至于那些确实无才无学的粗糙之作,他也心怀同情。他想:天下文士千千万万,才华优劣不齐,不能指望每个人都写出佳作,佳作自然要努力保全,但劣作似乎也不能狠心毁去——诚然,岁月流转,自然会淘沙留金,但这是岁月的事,不应该由人来决定这些书的命运。

陶铭心看阿难忙活多日,竟保全了绝大部分杂书,要销毁的只有不疼不痒的破旧刊本,不禁有些不满:"阿难,这事是梦麟交给咱们的,为人做事,就要尽忠,他也没有逼你做这个,每个月还有银子发给你。你这么着应付,有些不妥。"

阿难叹道:"先生,我打心眼儿里不想干这种事,我是为了银子才干的。我实话跟您说罢,不仅这些小说,就是先生筛选的经书,我都觉得没有一本需要销毁。咱们干的事,和秦始皇焚书坑儒有什么分别?"

陶铭心生气道:"你这是什么话?这些书,许多是蛊惑人心的邪书、妖书,不毁了,贻害无穷。照你说的,什么都留,就好比种田,杂草高过了庄稼,人心大乱。这世道这么糟糕,就是因为人心坏了,必须要好好整顿!"他拿过一本,"比如这本,圣龙教的,教人取婴儿血喝,好成仙。这种书,能留着?"

阿难道:"这种邪书自然该毁了,但是,但是……"他努力梳理要说的话,"不是所有犯禁的书都是这种邪书呀,比如这本——"他拿起一本《醉醒石》,"先生还记得吗?我小时候给您看过这书里的一篇小说,就因为激愤于明末乱象,感伤故国,这本小说就要毁掉,这太不公平了。"陶铭心看着那本书,陷入沉思,许久才说:"涉及明末的小说,你想留就留。别的,你要下狠心。"

阿难长叹一声:"我下不得狠心,罢了。"他一抱拳,"先生恕罪,我不干了!"

回到家,英娥正在床上喘息,看阿难面色不好,问他:"不是跟陶先生选书吗?怎么这么早就回来了?"阿难苦笑了笑,也没解释,随口叫丫鬟,英娥笑道:"哪还有丫鬟?都卖了八百年了。"阿难摸摸她的额头:"你感觉怎么样?大夫说吃人参有用,我想法子给你弄两根。"英娥叹道:"总是头晕,老病缠人,天天跟坐船一样。人参也不管用,还两根呢,咱们连两条须须都吃不起。"

阿难四下看看："小米糕呢？"英娥道："卢管家带去外面玩了。茶炉上温着药，你拿给我喝。"给英娥喂了药，看她躺下又睡着了，额头上满是细密的汗珠，慢慢汇聚，流在深陷的眼窝里，阿难摸了摸她的袖子，捏不到胳膊，已经瘦成筷子一般。不由地，阿难鼻子一酸，悄悄离开屋子。

卢智深带着小米糕回来了，小米糕手里拿着一串糖葫芦，舔得满脸都是糖水儿。阿难用手帕给他擦了擦，问卢智深去哪玩了。"突然要吃糖葫芦，走到城门口儿，才遇到卖的。说来巧，还遇到保禄爷了，背着个包袱，说要去福建办事，来不及跟大爷告别，让我转告一声。还给了瑞哥儿一块银子。"卢智深掰开小米糕的手，拿出一块银锭。

卢智深去忙活别的了，阿难揽着小米糕坐在台阶上，墙外的大槐树被风吹得呼啦啦响，初秋的下午还有些燥热，到处亮堂堂的，晃人眼睛。小米糕把糖葫芦伸过来，阿难咬了一颗，细细嚼着。屋里头，英娥不时咳嗽两下，阿难的心也疼两下。看样子，英娥命不久了，再怎么逃着不去想，这事实也明晃晃摆在面前，跟把刀似的。她的病根是生小米糕时落下的，血崩，灌了十来碗香灰水，竟救了回来。坐完月子就常常头晕恶心，前几年，又接连两次小产，身子更虚弱了。大夫私下说，她能活到现在，已经是老天开恩了。

半后晌，何姑来了，带着一篮子鸡蛋和几包红糖。英娥病倒后，她三天两头来看望，和英娥说了几句话，英娥又昏昏然欲睡。何姑将阿难拉到屋外，从怀里掏出一包银子塞给他："好孩子，你接着，不接我就恼了。"阿难道谢收了，问："先生没生我的气吧？"何姑笑道："糟老头子，年纪越大，脾气越大，最近连我都骂呢，咱们别管他。"她朝屋内努努嘴，低声道，"阿难，师娘有话直说了，你媳妇，看样子不大好，衣裳、那块木头，该提前准备了，不然到跟前了抓瞎。"阿难点点头："我知道。"

何姑脸上突然现出一丝不安的神色，抿抿嘴唇，小心地问："有件事一直想问你。几年前，赵叔叔还在的时候，有一次你俩来家里，给你先生看了封什么信。你们谈事情，我从来不听的，那次偶然听了几句，好像是你父亲写的日记——我知道八字驭人术的事，也知道是你父亲做的，我想问你，他的日记里提没提到我？"

阿难忙道："师娘不要多虑，没提到你。我爹日记里头，围绕着陶先生提到许多人，但没有师娘。我爹犯下这样的罪过，我做儿子的也觉得羞耻。"何姑又问："都提到谁了？谁在背后害你先生？"阿难道："李婆是一个，还有张二赖子两口子，扈老三，这都是认识的，唯一不认识的是一个周氏。咱们村里也没有姓周的，可能是城里的某人罢。"

何姑叹了几声，又想起什么："阿难，选书这差事，你还是不要丢下，家里也需要进账。而且，你不做，自然有别人做；你不忍心毁书，别人忍心；你咬牙毁三本，别人眨眨眼毁三百本。你本可以做好事的。"阿难点头："容我想想。"

隔日一早，阿难再去陶家，陶铭心正在喝粥，瞥了他一眼，用筷子指了指对面："坐，一起吃。"吃完早饭，阿难老老实实地开始了选书的活计，一上午选出十来本标红的。中午，县衙来了几个差役，赶了辆牛车，运走了几大箱书。阿难问他们运去哪里，回说运到圣塔寺，那有个大香炉，在里面烧掉。

过了几天，小周巡检将阿难的一部分藏书送了回来，还送了二两银子："抄录完了，不白抄你的，这是酬金。"阿难瞪了他一眼，接过银子，胳膊一伸："走好，不送！"小周巡检笑了，低声道："乔老弟，你别急着恨我，你马上就要感激我哩。你的那些禁书，我偷偷留下来了，没有烧掉。等我抄一份，回头也还你，事关重大，你不要跟别人讲就是了。"阿难有些欣喜："不怕我告发你？"小周巡检笑道："都是爱书的人，你才不会告发我。还有一件事，你不是正在帮陶铭心选书吗？这个差事不如让给我，每个月的薪俸，我一文钱不要，全给你。"

阿难很是不解："你图个什么？"小周巡检眼神泛光："这是件美差呀！乔老弟，你别以貌取人，我看着是个粗人，其实最爱读小说、收藏小说了。利贞书店那个反贼娄禹民，你也认识吧？早些年他犯了事逃离苏州，整个书店的书来不及处理，都被我收了。你师父赵敬亭玩弄过我，我也折腾过你，恩怨两清。咱们应该交个朋友，咱们有缘！回头你来我家做客——我家就是你家，罗光棍死后，我买下了那座大宅子。选书这差事让给我，我比你还谨慎呢，而且我衙门里吃得开，有些书我能保全，你就不能。怎么样？"

阿难大喜："若如此，我何乐不为呢？但你要跟陶先生说。"

"唔，"小周巡检拧紧了眉头，"我不要去他家，你代我说罢。"

正说着，莲香从大门口进来了，用清亮的嗓子高喊："乔大哥，我妈让我来送东西。"小米糕在旁道："我爹能做你爹了，你还叫哥。"莲香朝他做了个鬼脸："懂不懂辈分！我娘是你爹的师娘，我和你爹平辈，乖侄儿，快叫姑妈！"小米糕啐了一口，钻进屋里了。

阿难接过东西，无非是些吃食和药材，摸摸莲香的脑袋："跟师娘说，多谢她费心。还有啊，你不要欺负你侄儿，以后说不准你要嫁给自己侄儿呢！"莲香脸上唰地红了，白了他一眼："你乱说，我告我妈去！"阿难笑道："你去告，就是你妈提起来的！"莲香哼了一声，扭头跑了。

小周巡检看着莲香的背影，若有所思，问阿难："这姑娘，就是当年从黄金坑里捞出来的？"阿难问："你也知道这回事？"小周道："知道的。这孩子，长得很好，她娘老子跟老弟提亲了？"阿难摆手道："说着玩笑罢了，他俩还小，过两年再正经说吧。"小周撺掇道："这姑娘和令郎很般配。老弟不如正式提个亲，趁早定下来。"

闲话几句，小周巡检去了。隔天一早，阿难来陶家，说了想让职给小周巡检的事，陶铭心纳闷道："你拿钱，他干活？那样一个大老粗，会不会选书？"阿难笑道："先生别小瞧他，这个人猥琐下作，不过是真的爱书，我们聊过，读过的小说比我还多呢。再者，我也想多陪陪英娥，她不大好……"陶铭心同意了："书都在我这里，他过来选，还是怎么着？"

何姑在旁一直闷不做声，听到陶铭心这句，立刻道："来什么来！"觉察到自己失礼，平静了语气，"衙门里当差的走狗，我最讨厌，让他们上门，招来晦气。阿难，你弄辆车，给他拉去就是了。你啊，少和这种人来往！你是正经人，别和衙门狗瞎混。"阿难笑道："师娘真个是疾恶如仇。我听您的便是了。"

将差事让给小周巡检后，阿难乐得无事，私塾放了假，说书也没兴致，安心在家陪伴伺候英娥。两个月后的一天凌晨，英娥推醒阿难，说口渴。阿难下床倒了一杯茶，送到英娥嘴边时，发现她已经没了呼吸。没留下遗言，连小米糕也没见最后一面，就这么如风吹灯似的死去了。

第 50 章　爱吃河鲜，爱穿绸子

　　忙完英娥的葬礼，阿难瘦得脱了相，两只眼睛浸了红漆似的，血红如鬼。七七这天，他带着小米糕来到祇园寺，请这里的和尚作法超度亡妻，少不了又哭一场。正要离开，一个老和尚过来说："乔先生留步，缘应和尚有请。"

　　缘应，是乔陈如出家后的法号。阿难一听父亲要见，很是惊讶，忙带小米糕随那和尚来到僧寮尽头的一间幽室。乔陈如正坐在禅床上写字，看到阿难父子，难得地开口笑了："来了。"阿难让小米糕跪下行礼："叫爷爷。"小米糕不情不愿地磕头叫了。乔陈如上下打量孙子，眼中满是爱意："好个小小子儿，虎头虎脑的。"伸手从盘子里拿了一只橙子，递给小米糕："去外面玩吧，好多小和尚捉迷藏呢。我和你爹说说话。"小米糕拿了橙子跑出去了。

　　乔陈如指了指对面的蒲团，阿难坐了上去："爹身体都好？"

　　"还好，戒了荤酒，果然百病不侵。我现在过午不食，早睡早起，没事到山上散散步，练一练八段锦，强身健体，感觉比年轻时还要精神。你也要学我，尽早改吃全素，这不媳妇死了么？你不要续弦，反正有儿子能传香火，要女人做什么？你老大不小了，时刻记着，女色最伤精气。"乔陈如唠叨了一堆，阿难随口应和，心里嘀咕：父亲今天怎么如此反常？对小米糕，对自己，都拿出慈祥长辈的架势——他以前反复说，心如死灰，世间没有乔陈如这个人了，和自己也断了父子之情。

父子俩默默喝了会儿茶，乔陈如冷不丁地问："上次皇上到苏州，纪晓岚私下找过你？"阿难点头："他本想见您老的，您不是拒了他么。"乔陈如在齿间缓缓咀嚼一片茶叶，眯缝着眼睛，腮帮子上的肉一抖一抖的，仿佛在想什么事。打从阿难记事起，乔陈如就经常这样若有所思，后来知道了他的差事，才明白每逢这样，就有虫草要遭殃了。眼下又如此，阿难不禁有些担忧。

乔陈如微笑着点了下头，转问起别的："之前给你的日记，你都读了？"阿难点头。乔陈如问："恨爹吗？"阿难连说不敢。乔陈如叹道："我要是你陶先生，会来寺里杀死我报仇。"阿难想起什么，问道："爹日记里那个周氏，到底是谁？村子里没有姓周的妇人家。"乔陈如笑道："你留意到这个人了？她，不是谁。"

阿难正想追问，乔陈如陡然高声道："你去罢！记着我的话，保养好身子。"又从身后摸出一包银子，抛给阿难，"人瑞这孩子，你好好教养，别跟村里的孩子混，惹一身穷酸气。吃的、穿的，都要好的。他要什么，你就给他什么。钱花完了，再来找我要。每个月的十五，带他来看我一次。"

阿难捧着那袋沉甸甸的银子，惊讶得说不出话，想问也不好问，只得收下。从院中叫来小米糕，一齐给乔陈如磕了头，满腹狐疑地走了。出了寺，小米糕问："爹，那个老和尚是我爷爷？我怎么没见过。"阿难道："他出家时你还吃奶呢。"

快到村口了，远远看到三棵柳树下聚着一堆人，群情激愤，大声嚷叫着，好像在围殴什么人。阿难走上前，圈子里一个中年汉子，被打得面目全非，鼻梁歪了，眼睛紫青着，脸上全是血，衣裳也全撕烂了，赤着脚，躺在地上呻吟。旁边一个婆子胳肢窝里夹着靴子、脖子上挂着袜子，正朝他吐唾沫："婊子养的贼！敢拐孩子！打死！"

几个年轻人拿着棍棒还要打，阿难拦住："别闹出人命！你们说他拐孩子，拐谁家的孩子了？"这时，何姑从后面钻过来，拉着莲香，脸上满是泪水，指着地上那人道："这个贼要拐莲香！给她银子，被我当场抓住了！"莲香半张脸红通通的，定是挨了打，撇着嘴闷声哭。阿难挠挠头："这么着，送去官府吧，动私刑可是犯法的！"

这会儿，地上那人喊了起来："乔兄弟……救命……"阿难听他声音熟悉，细细辨认，竟是小周巡检，不由大惊："周兄！怎么是你！"小周巡检抓住他的胳膊，艰难地坐起来："误会，他们误会我了，我不是拐孩子的！"

众人又骂，还数落阿难："你怎么认识这种贼人！"阿难解释道："诸位乡亲，这人是城里的周巡检，衙门里当差捉贼的，他怎么可能在咱们村拐孩子？这里头一定有误会。"这话说完，众人没了声音，那几个最凶的年轻人立刻跑了，余人识趣地散开，小声议论："原来这人一开始嚷他是公差，没撒谎啊！这下可惹了祸了！幸好我没打他……"

阿难扶起他："老兄，你怎么不穿公服呢？"小周巡检只是叹气，捂着伤处哎哟哎哟哼唧，也不回答。何姑没有离开，护着莲香，怒道："阿难！不管你和他什么交情，他就是想拐莲香，要害莲香！你不能放了他！"阿难道："那把他送去衙门罢！有什么误会，在县老爷跟前说清楚。"小周巡检连连摆手："不要！不要去衙门！"

何姑也不同意："干吗去衙门？他就是衙门的！上下都一伙儿的！衙门里才没有天理！"阿难摊手道："师娘，您来说，到底要怎么处理呢？"何姑用袖子擦擦眼泪，脸色煞白："打死他！阿难，你不知道，上次莲香被人下毒，就是他害的！莲香认出他来了，要跑，被他抓住，还给她银子——天知道他要干吗！"小周巡检丧着一张脸："我不知道……你不要这么说……"

阿难劝解道："师娘，这样，我先带他回家处理下伤，问清楚到底怎么回事，我来给他担保，不管是送官还是怎样，回头一定给您个交代。"何姑恨恨地从鼻子里喷气，僵了一会儿才道："不要送官！不用你给我交代，随你们便罢！"拉上莲香快步走了，刚走一截，又转身回来，指着小周巡检道："你这个狗贼，敢乱说一句！我做鬼也不放过你！"

阿难和小米糕扶着小周巡检回到家，让卢智深烧了热水，给他擦洗了伤口，家里有治外伤的药粉，敷上去，用布条包裹了。小周巡检连连道谢："乔兄弟，今天多亏了你，要不是你仗义执言，我真就给他们打死了，冤枉死了！"

"你为什么给莲香银子？搁谁不起疑心呢？"

小周巡检重重叹了一声："我对不起那孩子，想补偿她而已。"

"果然是你给她下的毒？"阿难站了起来，等他承认，就要赶他出去。

"我没有！"小周巡检使劲摇头，弄痛了伤口，捂着脖子道，"我根本不知道那月饼有毒呀！那天，我在衙门里当值，罗光棍的一个家人来找，给了我一块月饼，要我来村里送给陶家的人，不要被发现。兄弟，你不知道，罗光棍没死前，气焰冲天，江南的官谁敢得罪他？我小小一个巡检，平时就听他差遣——他派给我的事都很奇怪，给这家送个东西，给那家打一顿，我也不知道缘由，问他也不说，就听令办事。我常出公差，江南一带到处跑，他死后我才消停了。对了，你爹以前风光的时候，还不是让我那死鬼老爹干各种差事？奇奇怪怪的，什么事都有。我们爷儿俩，用苏州话说，是从地上爬到席上——差不多！反正呢，那天就派我送月饼，我来到村里，在陶家门口看他女儿，就顺手给了她，匆匆去了。后来才听说，这孩子中了毒。我事先根本不知道呀！我再不是东西，怎么忍心毒一个孩子呢？"

阿难已经明白过来，自言自语："原来罗光棍施展邪术，就是靠你这样的人……"小周巡检问道："什么邪术？"阿难摆摆手："没什么，周兄，别怪我无礼，你老兄是什么样的人，我大概也了解。你因为愧疚所以要补偿她？我不相信。"小周巡检道："有什么不信的？西门庆也有为李瓶儿哭的时候哩，我也有好的一面。"

阿难搓着嘴唇上的小胡子："不对，你不对劲，何姑也不对劲。老周，你和何姑是不是认识？"小周巡检问："谁是何姑？"阿难喝道："你别装糊涂！"小周巡检歪在椅子里，揉着肿胀的额头："我可不认识她！"阿难冷笑道："你要不说，行，选书的事，你别掺和了，私留下来的书，你也老老实实交出来。此外，你的巡检也别想干了。你肯定要问，我哪有本事要挟你？你怕是不知道，你的顶头老爷于梦麟，是我师父的亲儿子，我要他整治你，应该不费什么劲。"

小周巡检坐正了，指着阿难咬牙切齿："好哇！我看差你了，你毒辣得很哪！"阿难大笑："老周，还不老实交代？"小周巡检彻底无法了："这让我从何说起呢……"

直直说到天黑，喝了三壶茶，小周巡检才将整件事的来龙去脉说完了。他看了看天："快关城门了，我得回去了。"他起身抱拳，"阿难，这件事于我无所谓，我一个爷们儿，还怕人戳脊梁骨吗？但对那个人，这可是天大的丑事。这乡下，人们的嘴都是他妈的洋火枪，能喷死人的。你要慎重，嘴巴把住门儿，不然上吊跳井有的闹呢！"

　　阿难厌恶地瞥了他一眼，也没相送，在屋里徘徊许久，迈出门槛，又退回来，终于又迈出去。刚走出家门，黑暗里一个妇人道："阿难，你要去哪儿？"等她走到近前，看清了，正是何姑，昏暗的光线中显得她脸色灰冷冷的："刚才看见那狗贼走了，在你家待了这么久，定是说了不少话吧？"

　　阿难背着手不看她："说什么话，与你无关，我去找陶先生说。"何姑一把抓住他的胳膊，眼泪掉了下来，身子发软，贴着阿难仿佛要跪下去："师娘求你，不要告诉你先生，你要说了，我只能死……"阿难顿时心软了，双手扶起她，长叹无言。

　　十八年前，张卯去世。家里顶梁柱一垮，张何氏衣食不周，哥哥虽然常接济她，但仨瓜俩枣的到底紧巴，张何氏横下心，厚着脸皮出去做工。她嫂子给荐了城里的一户财主家，张何氏做针线、浆洗衣裳。她干活舍得卖力，手上活儿也精细，财主喜欢，又将她荐到别人家趁短工，如此一来，张何氏穿梭于许多富人家，日夜操劳，也积攒了一些银子。

　　那会儿，村里捕风捉影，说她和好几户财主不干不净，背后叫她"半掩门"，张何氏敢怒却不敢辩。相熟的妇人还劝她，苍蝇不叮无缝蛋，你天天往城里跑，免不了大家说闲话。张何氏忌惮人言，就停了工。过了两年，何万林杳无音信，亲娘在兄长家，两个侄儿还小，嫂子是没本事的，家里很快揭不开锅了。张何氏三天两头周济，很快花光了积蓄，无奈之下，也不管别人怎么说了，去城里找旧主顾，继续在各家做起了短工。其中一家，就是周家。

　　那时候老周巡检还在，他为人狡诈狠毒，敛财无数，攒起老大的家业。区区一个巡检，日用豪奢，家仆二十来个，依旧忙不过来，管家便请张何氏来家做针线，每个月来十次，按天算钱。小周那会儿十七岁，正是风华正茂的年纪，在家中碰到过张何氏几次，见她长得不俗，深为喜爱，私下打听，得知她二十出头，新死了丈夫，不禁大喜。

逮着机会，小周没事就找张何氏攀话儿，张何氏看他是年轻少爷，也没多想，后来小周就开始私送礼物，张何氏觉察到不对劲，为了避嫌，就不来了。谁知小周去别家闹事，说张何氏是他家的人，要绝她的生意。无奈，张何氏只能答应回来做工。

过了数月，张何氏看小周言行虽轻佻，但性格温柔，尤其体谅下人，没有公子架子，毕竟是新寡的少妇，心性未定，耐不住寂寞，渐渐对他也有了好感。一来二去，两人就做成了事，每次张何氏来家，应付些活计，便偷偷去小周的房中和他私会。

小周巡检说："我觉得她是爱我的，不管是爱我家的钱，还是爱我的相貌——我长得还算俊。当然，这是我以为的，你要问她，她肯定不承认，会说中了我的计，被我强迫云云。阿难呀，女人的话，十有八九是假的，美人的话，全是假的。什么？我对她？说实话，我是爱她的，我当时许下的诺言也是认真的，但事情不是我能控制的。"

小周和张何氏海誓山盟，决意要娶她为妻，打算鼓起勇气跟父亲坦白。但还没来得及说，已经有嫉妒的家人跟老周巡检告状了，这天，老周巡检佯装去衙门应卯，偷偷折回来，带着家人将这对儿鸳鸯堵在了屋里。

小周巡检说："为了她的名节，我死死撑着门，等我爹打进来，我拿匕首抵着脖子，跟他说：你敢羞辱她，我让你周家绝了后！就这么着，我爹才退出去了。但这么一闹，我娶她也成了白日梦，我爹决不答应的。他将我软禁了起来，我再以死相逼，我爹就笑：你扎啊，往脖子里扎，我看你有没有胆子。唉……我不敢啊，太疼了。"

就这样，两人断了来往，老周巡检很快定了一门亲，给小周娶了妻。小周只得顺水推舟，娇妻在怀，心里愧疚，派人给张何氏送银子送礼物，都被退了回来。这件事，渐渐成了少年风流的回忆，多年过去，小周也淡忘了。后来听说张何氏再嫁了陶铭心，恢复了娘家姓，他还很欣慰，私下为她祝祷了一番。

直到那次给莲香下毒，事后打听，那女孩是张何氏的养女，竟是从那个臭气熏天的黄金坑里救上来的。小周巡检猛然想起来，当年他二人被父亲拆散前，张何氏已经有两个月没来月事，之后派人送礼时也悄悄问过是否怀了孕，张何氏将周家人打了出来，自然也不会回答这种问题。小周巡检想着莲香的面容，夜夜难眠，越琢磨，这孩子越和自己像，都说女儿随父，这个莲香，莫非是自己的亲女儿？他想找何姑当面问，但料到她必有激烈的反应，也胆怯了。后来乾隆南巡到苏州，祇园寺里拿到两个刺客，有人供出了他们的母亲。小周巡检打听得知，这妇人就是何姑的亲嫂子，立刻去狱中见她，问她关于何姑和莲香的事，还许诺放她出去。那妇人为活命，就将何姑的丑事说了出来。

原来和小周分开后，何姑发现自己怀了孕，又伤心又害怕，想过买堕胎药偷偷拿掉，但不忍心，她信佛，害怕报应。拖了几个月，肚子眼看藏不住了，只好回了娘家，跟家人坦白了，自然挨了一顿痛骂，但事已至此，无可挽回了。何万林气坏了，不管这件事。三个女人商量计策，还是何姑自己想出了法子：在娘家秘密养胎，足月后生下一个女儿，喂养满月，由何姑嫂子扔进黄金坑——那阵子，保禄和青凤天天晚上忙着填那黄金坑，何姑都知道的，她熟悉保禄，清楚他的为人，生性纯良，见到弃婴一定会救，所以大胆冒了一次险。

她没看错人，嫂子将女儿扔下黄金坑后，青凤和雨禾犹豫不决，保禄却不顾污秽，奋勇而出，把孩子救了上来。之后收养莲香，顺理成章——她在祇园寺对陶铭心和七娘说"想收养一个孩子就伴儿"，这些话都是埋下的伏笔。如此一周转，女儿回到了自己手中，而丑闻也遮掩下了，简直天衣无缝。

得知莲香果然是自己的骨肉，小周巡检极是开心——妻子为他生了三个儿子，但他最想要个女儿，也有两房妾，但都未结果。何姑嫂子没福，小周巡检本想救她，谁知她当晚就病死在了狱中。之后，小周巡检在阿难家中见到了莲香，大为欢欣，撺掇让小米糕娶了莲香——这是他的真心话，嫁给阿难做儿媳，以后更方便来往，甚至可以父女相认。

那之后，小周巡检常来村子里转悠，想多看看莲香，今天终于撞到莲香在外面玩耍。小周巡检上去抓着她看，越看越像，心里狂喜，就塞给她银子，让她叫爹，兴奋激动的样子，竟将莲香吓哭了，很快引来了何姑。何姑看到他和莲香在一块儿，登时暴怒起来，一把揪住他，大喊有贼人拐孩子，引来村民。乡下百姓最恨拐孩子的贼人，不问青红皂白，将小周巡检打了个半死。

阿难嘀咕："怪不得……何姑不想惊动官府，是怕官府一审问，周老兄说出实情，那就着死人了。"小周巡检又说："你家没败落时，我爹不是经常帮你爹做些蹊跷事吗？有次我爹很晚回到家，喝了几杯猫尿就笑我：你这傻小子，现在回想，那个张寡妇有什么好？当时为了她要死要活的，丢不丢人？从小我就跟你说，女人心，海底针，千万别被她们哄过了！我听他说话莫名其妙，很不忿，问他从何说起，我爹说，原来张何氏私下给乔大人做密探，监视什么人，当然，不白忙活，有银子拿。你爹没出家前，不是经常在祇园寺静修么？我爹有事去找他，正巧碰见张何氏跟他汇报。张何氏走后，你爹还开玩笑，说这妇人差点成了你周家媳妇。吓得我老爹汗如雨下——你爹怎么跟城隍神一样，什么都知道！"

阿难"啊呀"一声，全身都麻了，他豁然明白，父亲日记里的那个"周氏"，不是别人，正是张何氏，至于为何称她为"周氏"，明显是父亲的笔墨游戏。日记里说了，周氏每个月初一、十五分两次跟父亲汇报陶铭心的言行，比其他眼线勤快得多。当年自己和保禄与何姑走得近，何姑常问他们陶铭心的事，原来都是为父亲打探消息，好施展八字驭人术。

这一切太不可思议，阿难突然对这世上的角角落落都害怕起来，有光的地方太刺眼，无光的地方太黑暗，张目所及的所有人，甚至活物，都变得不可相信起来，凶险起来。何姑这样贤淑温柔的妇人，竟有这样惊人的秘密——私生莲香不算什么，可监视陶先生？有那么一会儿，阿难甚至觉得已经入土的英娥也不那么亲切了，她是不是也有什么秘密？她是不是私底下也盘算自己？他吓坏了。小周巡检看出他的反常，忙问："她为你爹监视谁呢？做什么呢？"阿难没回答，让他去了。

此时，何姑哭得喘不过气，眼泪将胸前打湿了一片。阿难还没见过一个女人这样痛哭过，但又不好劝，茫然坐在椅子里，瞅着地上的砖缝儿一动不动。何姑哭不动了，用嘶哑的嗓音道："我后悔死了……"

何姑说，她嫂子将莲香扔进黄金坑的那晚，她也在，和嫂子躲在一棵树后面，亲眼看到保禄把女儿救了上来，感动得无以复加，朝着保禄的方向磕了一个头。但她后来才知道，那晚上扈老三从朋友家醉酒而归，看到她和一个妇人抱着孩子鬼鬼祟祟地疾行，心中起疑，就悄悄跟在后面。何姑和嫂子躲在树后看保禄，扈老三躲在更远的地方看她俩，演了一出螳螂捕蝉黄雀在后的夜戏。

扈老三也是乔陈如的眼线，隔天就将这件怪事通报了。乔陈如之前对何姑和周公子的风流事略有耳闻，立刻召来老周巡检，核实确有此事，又找了个借口将何姑叫来家里，拿私溺婴儿的罪过吓唬她。何姑开始还不承认，乔陈如把扈老三和老周巡检的话抖搂出来，何姑顿时傻了眼。

何姑抽泣道："要不是为了莲香，我当时就想一头撞死。"被拿住了把柄，何姑开始还以为乔陈如要做什么下作事，谁知他只要求何姑监视陶铭心，用各种法子探查陶铭心的一举一动，定期向他报告："你的这些风流事，我不关心。你放心，照我说的做，这个秘密我不会说出去，扈老三和老周也绝不敢。"

何姑完全不知乔陈如的目的，并不愿意，乔陈如许诺说不是要杀陶铭心，"只是怀疑他和反贼来往，朝廷命我调查。"无奈之下，何姑只好答应了。如此，她也成了乔陈如在村中的眼线。等七娘死后，又是乔陈如，私下命何姑嫁给陶铭心，还撒谎说："你这些年为我做了不少事，查也查够了，陶铭心果然是个良民，和反贼没有瓜葛，为了奖赏你，送你一个好归宿——你就嫁给他好了。"

何姑开始并不乐意："虽然村子里有些流言蜚语，但我对陶先生只有尊敬，并没有爱慕之心。我守着女儿过已经心满意足了，不想再嫁。"乔陈如讽刺道："你要为张家守节么？怕是已经晚了。我让你嫁给陶铭心，是命令，不是和你商量。"

何姑不服道："刚才还说是奖赏呢，现在又成命令了！嫁不嫁，是我自己的主意！你又不是我爹，轮不到你做主！"她突然明白过来，"我知道了，你是想让我继续监视他，有什么探子比做他老婆更方便？你查了这么多年，也没抓住他是反贼的把柄！"乔陈如只淡淡地笑道："扈老三的傻儿子最近在寻亲事，不过莲香还小，我可以让扈老三等两年。"

一句话，唬得何姑立刻安静下来，莲香是她的亲女儿，心肝儿肉，扈老三的儿子从小就是憨傻的，天天露着屁股、流着哈喇子在家门口发痴，乔陈如如果施展手段——他有这个本事，强迫莲香嫁给这么个货色，那女儿一辈子生不如死。

"我最终同意嫁给你先生，不仅是你父亲逼迫，我心里其实也没那么抗拒，这算不上是什么屈辱。当时素云、七娘接连死了，保禄、珠儿、青凤三个孩子没人照顾，你先生又是个正人君子，若有人提亲，我未尝不会考虑。我这样一个人，还求什么爱慕不爱慕呢？何况还是我尊敬的人。我只是不喜欢被你父亲像一双筷子一样用来用去，他没把我当人。"阿难满面通红，对着何姑深深一躬："师娘，我代我爹给您赔罪。"

"嫁到陶家，引起多大的风波，你也知道。"何姑长叹一声，"不过，我是开心的。"她信佛多年，每个月都去祇园寺烧香，顺便在那里向乔陈如汇报陶铭心的近况。何姑越来越不明白，乔陈如为什么对陶铭心如此上心，非要知道他说什么、做什么甚至想什么，渐渐也怀疑，乔陈如根本不是在调查什么勾结反贼的事，但到底在筹划什么，她也猜不到。

何姑心中矛盾，日夜痛苦，她和陶铭心虽然年龄相差很大，但相敬如宾，极是亲爱。陶铭心经常问她怎么愁眉苦脸的，何姑都搪塞过去，心里很不是滋味。那几年，家中没有进项，日子捉襟见肘，陶铭心又是讲"君子固穷"的，对此毫不上心，柴米用度都得何姑操持，若不是乔陈如给的好处，一家大小只能喝西北风了。慢慢地，何姑也不大自责了，甚至觉得这是占便宜的买卖。陶铭心有时候问哪来的银子家用，她只含糊说："带来的嫁妆。"

乾隆六十大寿那年，陶铭心受邀去京城参加寿宴，何姑当时怀有身孕，她强烈预感这会是一个儿子，可以给陶家延续香火，自己也有了个终身依靠。而在陶铭心北上的第三天，她去十字街口的井边打水，那个木辘轳架突然垮掉了，水桶掉了下去，拽得辘轳的摇把飞速转，狠狠打在她肚子上，当下就疼晕了过去。醒来时，在自己家，一群邻家妇人围着她，有的还抹眼泪。何姑挣扎着起来一看，地上的木盆里，躺着一个小小的、紫红色的婴儿，一动不动，像根茄子，两条细腿间，挂着不起眼儿的小鸡儿和卵蛋。

直到陶铭心回来，何姑日夜啼哭，没有哭瞎眼睛，也可谓奇迹了。陶铭心在伤心之余，无比愤恨，坚称儿子是被八字驭人术害的。何姑懵然，陶铭心解释了这种邪法的门道儿，何姑这才明白过来，之前乔陈如那般好奇陶铭心的生活，原来是为了设计意外来控制他，为皇帝做虫草，供给福运。而多年来，自己则是帮凶，也许还是最大的帮凶。

夫妻俩认定儿子的流产是乔陈如的阴谋，恨不能活活吃了他的肉。陶铭心发誓，等乔陈如回到苏州，扯着半边身子，拼了老命也要杀他。但真相似乎不是这般，村民凑钱造了一个新水井辘轳架，拆掉旧的时，发现底下全是蚂蚁，旧架子脚早就被咬得朽烂了。而何姑去打水时，排了好几个人才轮到她，有个婆子还提醒她小心些，架子有些摇晃。这并不像是乔陈如暗中安排的，也无法安排，蚂蚁咬蚀，众人打水，到何姑这里发生了意外——这应该是一次实实在在的意外，没有阴谋，没有猫腻。

陶铭心开始并不愿意相信："用八字驭人术的，心思都极细！有可能就是乔陈如安排的！"但冷静下来，他也知道这次事故真是偶然，天命罢了。为夭折的儿子痛哭一场，夫妇俩除了互相安慰，也无其他能做的了。后来，乔陈如被革为庶民，返回苏州，陶铭心最终也没找他报仇。

本来，乔陈如出家后，罗光棍派人招揽过何姑，想让她继续做探子——由任弗届——指认，乔陈如的眼线，多被罗光棍收为己用——何姑断然拒绝了。但她到底没有跟陶铭心坦白这一切，她无法开口，她已经深深地爱上了陶铭心，也爱上了这个家。

听完这一切，阿难痛苦地抱住脑袋。何姑平静了下来，苦笑着说："这一切，都因为我是个坏女人。从一开始，我就走错了路。别人家的寡妇，给夫家争气，足不出户，吃糠咽菜也能过下去，可我非要出去做工，可能我心里最旮旯的地方，是脏的，不想守寡。我年纪还轻，我想再嫁人，我爱吃河鲜，我爱穿绸子，这一切，都是我自己造成的。我不能怪姓周的，甚至不能怪你爹，我不能怪任何人。"

第 51 章　于梦麟的困境

保禄从福建回来了，带了许多当地的土产，其中有一大包硬邦邦紫坨坨的东西：“这叫番薯，那边山里种了好多，蒸着吃、煮着吃、生吃，都好吃的。”阿难笑道：“我认得的。小时候吃过一次，我娘说这是穷人吃的，上不了台面。”吩咐家人煮了两只，果然香甜软糯，小米糕狼吞虎咽得直吸溜嘴巴：“烫！烫！”

阿难问：“你去福建传教？怎么说走就走。”保禄剥开番薯皮，咬了一口，云淡风轻地说：“找我妈去了。”阿难惊道：“你妈？”保禄道：“有个教民打听到消息，说她在福建、广东交界的一个村子。”阿难忙问：“见着了？”

保禄摇头：“没，说是死了。几年前那里刮台风，海水倒灌，那个村子的人一夜之间全淹死了，连坟墓也没有，我对着大海磕了几个头，就回来了。英娥的丧事，我也错过了，回头领我去坟上祭奠祭奠罢。”又问：“陶先生家里都好？”

“挺好，先生忙着给朝廷选书，也有钱拿，日子比以前好过多了。他老人家胖了，病也见好些，说话没那么磕巴了。只是，”阿难边摇头边叹气，“师娘有些事。”他将何姑、周巡检、父亲等人的往事跟保禄述说了一遍。谁知保禄并不震惊，只笑说：“我就说莲香越长越像何姑，原来是她亲闺女。”

阿难问：“你不生气吗？她扔了孩子，指望你跳下去救——这心机，啧啧！”保禄摆手：“这有什么生气的，难得她信任我，她是个可怜的女人，为了和自己孩子在一起，不得已想出那样危险的法子，我没让她失望，我挺得意的。”他起身踱步，"至于她帮你爹监视陶先生，唉，她当初根本不晓得里头的事，不知者不罪罢。一年年长大，我觉得我的心越来越软了，谁没些见不得人的秘密呢……"

吃过午饭，阿难陪保禄去探望陶铭心。正遇着陶家待客，原来刘瞎子来走亲戚，阿难和保禄都见过的，互相问候了，落座同席。何姑上茶时，对阿难尴尬地笑了笑，阿难对她轻轻一点头。

保禄没告诉陶铭心自己去福建寻母，只说去处理教务。陶铭心问他："葛理天还在宫里任职么？"保禄道："是，在钦天监观测天象，好几次来信要我去，我不乐意。"刘瞎子在旁笑道："你要给朝廷效力，你先生会生气的。"保禄道："我不去，是我不想去，不是为了别的。我先生不是也给朝廷选书么——咱们活在大清国，哪能跟朝廷一点关系没有呢。"

阿难看他们说得不愉快，忙转移话头："刘老爹，珠儿妹子还好吗？"陶铭心笑道："你们来时，我们正说着呢，珠儿上个月刚生了一对儿双胞胎儿子，真是天大的喜事！"刘瞎子也乐道："都是老天爷保佑，陶先生积德，刘家祖宗庇护，才能一下子得俩胖孙子！我们那村子，几百年里，还没出过双胞胎的儿子呢。媳妇真了不起，让我们老刘家光宗耀祖！"

刘瞎子说，珠儿本来不知自己怀孕，和往常一样下田干活。她食量依旧很大，身子也胖，性子又憨，那天在地头儿吃午饭，忽然说肚子疼。小蚂蚱还以为她吃差了东西，摘了点草药给她嚼，但越来越疼，小蚂蚱也背不动她，还是邻田里忙活的老太婆过来看了，说是要生产了。夫妻俩吓呆了，一句话也说不出。老太婆纳闷，一问，才知道俩人根本不晓得怀了孕。

亏得这婆子做过稳婆，就在地头儿给珠儿接了生，一开始接了个儿子，大家欢喜。刘瞎子也接到消息，兴冲冲地借来一辆牛车，接媳妇和孙子回去。半路上，珠儿还喊肚子痛，没一会儿，又生出来老二。高兴得刘瞎子对着老天磕了几十个头。小蚂蚱还说："等等，看有没有老三？"被珠儿一巴掌打在脸上："三你娘！"

何姑摆下看馔，在围裙上擦擦手："这俩孩子，憨憨痴痴，倒是天造地设的一对儿。还就是这样的人，最有福气。"

刘瞎子又道："今年下半年真是时来运转。夏天时，连着七八天暴雨，我们那的河道崩了，官府征募民工去修堤，小蚂蚱也去了。那水多凶险呀！老大的石头，扔下去就没了影儿，多少民工都死了，小蚂蚱有次脚滑，掉了下去，正好被一根树枝挂住了，捡了条命。不光这，河台大人微服来视察，看小蚂蚱做工卖死力，很是喜欢，提拔他做了工头，工钱加倍，又让他在县衙里做个差役，河道没工时，也算是个铁饭碗。不过我跟小蚂蚱说，衙门里当差少不得昧良心，就把这个缺租给人了，每年也有一项进益，咱们还是老老实实种地。"

陶铭心沉吟道："亲家，这些事，你不觉得诡异？我今年过得也顺心如意。"刘瞎子笑道："陶爷是说八字驭人术？我觉得不像，人不都这样吗？否极泰来，泰极否来，谁都有翻身的时候。陶爷你想，八字驭人术怎么可能让咱们接连遇到好事儿？照以前来说，撑破天，也就遇到一件好事，接着就是不断倒霉，现在不断来好事儿，怎么可能是这邪法呢？"

阿难在旁道："因为现在的八字官是纪昀，他之前答应过不再害你们。"刘瞎子挠挠头："纪昀是谁？""朝里一个大官儿，很受皇上信赖。扳倒罗光棍，他有大功劳。"阿难说完，和保禄相视一笑。刘瞎子咂巴着嘴："有意思了，他这是图什么呢？哦，补偿我们过去受的苦呗？敢情这不是八字驭人术，而是八字助人术了？"

陶铭心笑道："说不定就是的。纪大人乃天下名儒，我汉人同胞。上次来家，我们谈过，他最信圣人之学的。圣人讲仁民爱物，他做八字官，自然会同情咱们这样的。"他拍拍刘瞎子的手，"若都是给咱们安排好事，你乐意吗？"刘瞎子仅剩的那颗眼珠转了转，大笑道："傻子才不乐意！安排吧！接着安排！"

阿难看着这对饱经风霜的老人，心里极不是滋味，心想：安排坏事，安排好事，都是安排，还是活在别人的戏里，就好比我小说里的人物，遇到什么事，作何反应，命运如何，都是我一人决定的。当然，有时候写着写着，人物也会暗暗使劲儿，和拿笔的角力，仿佛从纸上活了一样。陶铭心和刘从周也是这样，八字官写他们的生活，他们不如意了，也会较劲，像骡马一样，急了也尥蹶子，可怎么现在都是好事了，就安之若素起来？豺狼虎豹是假的，香草美人也是假的，这有什么分别呢？这些想法，他只存在心里，不好说出来，也无必要，一个饱受猛兽侵害的人，遁入镜花水月中安乐，这也无可厚非。

眼看天黑，保禄告辞回苏州城。陶刘二人喝得醉醺醺的，阿难陪了会儿，也起身告别。何姑将他送到门外，低声道："你看出你先生有什么不对劲吗？"阿难纳闷道："看着挺正常，怎么了？"何姑双手绞着衣襟："我……我告诉他了。"阿难很不解："为什么要告诉他？"

何姑道："瞒着他，我心里过意不去，能跟你说，也能跟他说。"阿难忙问："他说什么？"何姑摇头："只是发呆，接着刘亲家就来了，你先生跟没事人一样，让我去整治酒菜，还安慰我说：都过去了，别挂在心上。但他这么平静，我心里更不是滋味了，而且还有点害怕。他刚才看莲香的眼神，你注意到没？冷冰冰的。"阿难一时不知说什么，宽慰了她几句，独自去了。

何姑伴着莲香睡了一觉，醒来时，陶铭心和刘瞎子还在喝酒，两个空坛子歪在桌下。老来发狂，两人又是背书又是联诗，陶铭心还缠着刘瞎子教自己划拳。看何姑醒了，陶铭心让她去买酒，何姑道："都半夜了，哪里还有酒卖？别喝了，快睡觉吧。"陶铭心哐当一拍桌子，舌头都打卷儿了："去借！偷！拿酒来！"刘瞎子颤颤巍巍站起来，脸上红得火炭似的，连连摆手："哎哟，亲家，你的酒量见涨得厉害！我喝不得喽，喝不得喽……"一手扶着墙，进了书房，闷闷一声响，栽倒在床上，很快响起雷鸣般的鼾声。

陶铭心用两个指头捏着空空的酒碗打转儿，也不说话，睃一眼何姑，便垂下头，重重冷笑一声，如此七八回，羞得何姑快哭出来了。一咬牙，她跪在了地上："老爷，我对不住你。你想怎么罚我都可以，想休了我，便休，不要我们娘儿俩，我们就走。只是别这么阴阳怪气儿的，我受不了。"陶铭心大笑了两声："你起来。"何姑道："老爷要不说清楚，我不起来。"陶铭心撑着桌子费力地站起来："我说不清楚。"他拿过拐杖，一下一下地点着地，挪去里屋睡了。

何姑被冷清清地撇在原处，又羞又愧，兀自起身，收拾一桌一地的狼藉。这时，大门咚咚乱响，吓得何姑一阵哆嗦。来到院中，听到大门外有牲口的动静，紧张地问："是谁？"外面一个汉子道："伯母，我是你侄儿！快开门。"何姑听出声音，忙开了门，于梦麟气喘吁吁地走进来，后面跟着阿难，还有两个公差，牵着一匹马。于梦麟大步往里头走："伯父呢？睡下没？"

何姑道："家里来了客人，喝了一天的酒，醉得什么似的，刚躺下。"转身问阿难，"怎么了？大半夜的？"阿难摇头叹了一声，也进了屋。于梦麟在床边呼唤陶铭心，果然睡得死沉。何姑递过茶来，他一饮而尽，唉声叹气地，一屁股坐在凳子上，使劲抹着汗涔涔的大脑门子："唉！有急事和伯父商量，谁知他醉成这样了。"何姑忙问："出什么事了？"阿难抱着胳膊站在墙角："梦麟兄，你自己说。"

"我活不成了……"于梦麟用拳头使劲钻自己的太阳穴。

"梦麟，你不要慌，到底怎么了？"

"过了年，皇上要南巡——"

"这才隔了几年，怎么又要来了？"

"哎呀，伯母，你听我说完，皇上下了圣旨，等来苏州时，要我献上一头麒麟。"

"什么？麒麟？"

"对，麒麟。"

"皇上怎么会有这种要求？"

于梦麟一连串叹气，脸上的汗更密了，一口接一口地喝茶，扭扭捏捏说出了原委。

原来，两个月前，他得知皇上要南巡的消息，一时鬼迷心窍，想借这个机会飞黄腾达，用了一个俗套的法子：写了一份奏表，称有樵夫在苏州附近的山中砍柴，看到了一头焕彩麒麟——这是罕见的祥瑞，正应了皇上要南巡的消息。

这种阿谀奉承的奏表本不稀罕，各地官员经常用"报祥瑞"的法子讨皇上的欢心，不乏由此官运亨通的。特别是偏远地方，尤其爱报祥瑞——天上出现龙凤，河里捞起巨龟，树上生了甘露，田里长了多穗佳禾等等，无不昭示着皇帝有德、国运昌隆。往常，皇帝看了这类奏表，没有不高兴的，报祥瑞的官员即便不升迁，也会受到皇帝嘉奖。至于祥瑞之真假，报祥瑞的官员和皇帝之间，是心照不宣的事，没必要点破。即便真核查起来，地方官也会贿赂几个百姓，让他们做个见证。俗话说，"嗔拳不打笑面"，本来是报喜的事，皇帝也不会在这上头过分计较。

但也许是乾隆皇帝接到太多这样的奏表，心生厌倦了，也许是皇帝年岁已高，看透了这个在君臣之间存在上千年的不成文之传统，又或许是皇帝那天那时心情很不好，反正，乾隆看了于梦麟报祥瑞的奏表，竟然一反常规地批了几句圣谕，将奏折发了回来。回批说：既然说苏州有麒麟，朕来春南巡，尔就献出麒麟给朕瞧瞧，也开开朕的眼界。若不能，以欺君大罪论处。

接到圣谕，于梦麟彻底慌乱了，连夜和僚属商议："皇上要看麒麟，这可如何是好？"众人如霜打的茄子，一个个垂头无语。于梦麟发怒："报祥瑞，是你们怂恿的，说这样讨圣心欢喜，大家都有好处。现在皇上认真了，咱们做奴才的，抱怨没用，事儿是自己找的，也得自己圆。别他妈的给我装哑巴，这事儿弄不成，皇上自然饶不了我，但用你们的榆木脑袋想想，能饶得了你们么！"

一个书办说："春秋时是有麒麟的，孔圣人闻获麟而绝笔，史书上明确写了的。之后的朝代，也常说出现麒麟，也不乏有人说见过，但麒麟和龙、凤一样，都是在口传笔记里头才有，真有人见过吗？大人没见过，我也没见过，在座诸位，整个苏州，整个江南，整个大清，真的有人见过吗？"另一个人道："明朝的时候，把外国进贡的长脖子大鹿也叫麒麟，不行，我们找一只那种鹿来应付？事有典故，也不算欺君。"

于梦麟啐道："屁话！长脖子鹿叫麒麟，那是没见识的人瞎叫的，怎么可能拿来应付皇上？我报的麒麟，是文庙门口儿的那种麒麟！不管天底下有没有这东西，不管谁真见过还是假见过，现在皇上要看，咱们就得弄出一头来——别说什么造一个，石雕的木雕的麒麟哪儿都有，我要一个活的！能动的！"

有人说找匠人造个内有机关的麒麟，也能活动，再按照书上记载的麒麟样子，外面加以装饰，大概也能蒙混过关："别心疼银子，请最好的匠人造。只要皇上不亲手摸，大概也瞧不出来。"于梦麟气得乱跳："又是混账话！皇上要我献麒麟，是铁了心要我出丑，有心如此，怎么可能看不出真假？木头就是木头，铁就是铁，随你怎么造，怎么伪装，怎么可能和真的麒麟一样呢？"那僚属也不服，讥讽道："如此，只能抓个真麒麟了，明天就贴出告示，悬赏个千八百两的，鼓动樵夫、猎户、全苏州的百姓去山里找罢！"

发愁了一整夜。一大早，于梦麟正想合会儿眼，江苏巡抚、江苏按察使、苏州知府、苏州织造等众多官员一齐来到长洲县县衙，吓得于梦麟迎接不迭。原来，皇上要看麒麟的圣谕整个江苏官场都知道了，巡抚气得青了脸，先打了于梦麟几个嘴巴，其他长官也喷着唾沫星子乱骂，于梦麟跪在地上只是哭，求众官解救。

巡抚痛骂道："猪脑子猪心的狗王八！瞒着我们上本子呵脬捧卵，捧着老虎的卵了吧？呵着狮子的脬了吧？就你这脑子，还指望升官？做你娘的春秋大梦呢！被你这一弄，整个江南的官都别想好过！麒麟，麒你妈的麟，谁他妈的见过麒麟？皇上要看，你拿不出来，你一个臭蚂蚁死不足惜，老子们呢？都被你害了！"

于梦麟咚咚地磕头："卑职知错了，卑职该死！"

和于梦麟交好的元和知县看不过，站出来道："各位大人息怒，于大人也是一时糊涂，闯下这样的大祸。但大人们岂不知一句话：城门失火，殃及池鱼。于大人唇亡，咱们也齿寒。当下应该赶紧商量出一个法子，看怎么给皇上交代——献麒麟别想了，那是痴人说梦，不可能的事，不如赶紧派人去朝廷里打点，让皇上放弃这个念头。"

江苏按察使道："这也是糊涂话！皇上已经下了圣谕要看，天子的话，怎么可能收回去？再说，京城官场人情复杂，咱们这些人，谁在朝廷里没几个对头？一旦派人去活动，仇家中间使点绊子，在皇上跟前一参，还没南巡呢，咱们就死了。"

江苏巡抚已经镇定了下来，捻着胡子道："这话不错，不能妄想要皇上收回成命。来之前，我想了一路，既然献麒麟是不可能的，那咱们就想想实在的法子。于梦麟！"于梦麟忙道："下官听着！"巡抚道："俗话说，解铃还须系铃人，这事是你惹下的，也只能你解。"于梦麟忙道："请大人吩咐，下官无不从命！"

"你死了罢！"

"大人？"

"你死了，大家都有余地。就说你寻麒麟不着，献麒麟不成，畏罪自杀，我们再帮你分辩分辩，想必皇上也不会追究。你的家小，我们会另加照顾。这么着，总好过皇上来了，你拿不出麒麟，定了欺君大罪，你死，我们也受牵连，还不如你现在就死。你要是不肯，我跟你直说罢，也是一个下场！而且你的家小也别想好过，让他们准备几个破碗，去街上要饭吧！"

于梦麟吓得魂飞魄散，愣了好久才道："大人，不是下官贪生怕死，下官虽然不成器，但也是条汉子，晓得一人做事一人当，怎敢连累大人。只是，家有老母在堂，下官死了，老母无人奉养，而且，拙荆眼下有孕在身，还不知道是男是女，我家只有我一个儿子，死了，香火就断了。下官已经不忠，怎敢又不孝！"

巡抚拍案而起："狗奴才！你死了，你媳妇不会奉养你母亲么？有我们做主，她敢不奉养么！说一堆放屁的话，其实就是胆小怕死！你掂量掂量我刚才说的，你不自杀，我就饶得了你么！"于梦麟直挺挺地跪在地上，咬紧牙关不说话。这时，又是元和知县出来打圆场："于大人，敢问尊夫人几时生育？"

于梦麟道："还有两个月。"元和知县点点头，对巡抚道："大人，下官有个法子：皇上还有三个月南巡，于夫人也还有两个月生产。何不先寄下于大人的性命，等他夫人生了，若是儿子，他家香火续上了，他也安心上路；若是女儿，那是他倒霉，老天要断他家血脉，到时候再让他自决，想必也没有借口可寻了。"他又对于梦麟道，"于大人，多有冒犯，请您担待，这件事必须解决。"

巡抚大人想了想，点头道："也行。等你老婆生了，我看你还说什么。那会儿再死也来得及。这两个月你什么都别干，要么真给我弄出一头麒麟来，要么，就烧香拜佛，求你老婆生个儿子，乖乖赴死。还有，别想逃——你逃得了么！"于梦麟看事情到这个份上，再不答应无法收场，只好服从："下官，遵命！"

听完于梦麟的讲述，何姑焦急道："我和你伯父还纳闷呢，说你这段时间怎么不来走走，原来遇到这样的大事！你怎么不早来和我们商量呢？"于梦麟苦笑道："何必给你们添乱呢？您二老也不能帮我弄一头麒麟来呀！"

何姑发愁道："我也不懂这是怎么一回事，老人家都说龙啊凤啊麒麟的，我没见过，但以为一定是有的。那是神兽，哪能随便见得着呢？"忽然想起什么，忙问，"那你媳妇生了吗？"于梦麟擦擦眼角："今天凌晨生了，是个闺女，果然是老天要断我家香火了。这消息还没敢跟上面说，我愁闷了一整天，去祇园寺拜佛……伯母，我不想死啊……"他像个妇人般抽抽搭搭的，"巡抚天天派人来问，明天铁定瞒不住了，我的死期也到了……"

"你没错！"陶铭心突然在床上发话了，强撑着坐起来，瞪着于梦麟："出息！多大的人了，哭什么！"于梦麟听了这话，哭得更厉害了："赵家、于家的血脉，都要断在我身上了，教我怎么能不伤心？"陶铭心吐出一口酒气："上次你带来为我治病的那位付太医——薛师陀的徒弟，还在苏州吗？"

于梦麟急道："伯父问他做什么？侄子眼看就死了，您老的病先放一放罢！"陶铭心啐了一口："问你话，你就答！"于梦麟道："他满了孝，过了年就要回北京的。"陶铭心问："这人牢靠吗？"于梦麟道："他是我的好友，牢靠的。"

陶铭心吩咐道："你回去就立刻装作生了重病，命不长久的样子，让他作证——巡抚总不会逼你在病床上自杀，如此先拖延阵子，我帮你想办法。"于梦麟眼神一亮，又一暗："可是，只能苟延残喘……"陶铭心道："能多活一天是一天。阿难，你赶紧的，把保禄叫回来！"

第52章　麒麟记（上）

　　草茫茫秦汉陵阙。世代兴亡，却便似月影圆缺。山人家堆案图书，当窗松桂，满地薇蕨。

　　侯门深何须刺谒，白云自可怡悦。到如今世事难说。天地间不见一个英雄，不见一个豪杰。

　　"这首词，乃是元末大名士倪瓒倪云林所作，这词意思不难，大家一听就能明白。倪云林是什么来头？想必不用我多介绍，咱们苏州有古玩铺子卖他的画儿，少的也要一千两，这还是明人临摹的，要是真品，那是价值连城。五百年中，论丹青之艺，倪先生当得起头名状元！"

　　阿难看着底下的人群，如看一丛枯草，看不清一张面孔。如今是乾隆五十二年三月初九，三年前的今天，苏州死了好多人，其中就包括陶铭心。陶铭心死前一晚，他的父亲乔陈如也死了。今天，刚刚三年孝满，一大早，他脱了孝服，在家中祭拜了父亲和老师，重新回到城中的龙泉茶馆说书。

　　三年中，他流了许多泪，眼睛老花得厉害，四十出头的年纪，辫子里已经有了白发，脸上的皱纹也密密的，简直像个老头子。底下的听众里，于梦麟也在，穿着寻常衣裳，一脸沧桑。上次乾隆南巡后，他被革为庶民，永远也做不成官了。于梦麟旁边，坐着何姑，全然是个老太婆，不过她脸上有一丝喜气，因为下个月，莲香就要和小米糕成婚了，她从阿难的师娘，变成了阿难的亲家。

今天这场书，阿难准备了好久，前后写了十来稿，都不满意，他想将三年前的事说出来，太直白，则犯禁，太隐晦，相当于没说。今天这段书，是前天刚写出来的，大体还算满意。他心里感叹：我到底比不上师父，按师父雄烈的作风，这故事必会说得伶俐辛辣，直抵人心，而我只能绕来绕去，底下人明不明白，看机缘吧。再说，明白了又能怎样呢？

"关于倪云林，有许多逸闻趣事，比如他的洁癖。有一天，他做官的亲外甥来探亲，半夜里咳嗽了一声，倪云林担心他吐了痰，第二天要全家人在地上找，家人们找不到污秽，只好拿一片脏树叶交差，倪云林让家人把这树叶扔到离家三里以外的地方，心里才好受些。洁癖到这个地步，可谓走火入魔了。

"不过咱们今天要讲的，是关于倪先生另一段不为人知的故事。他生长在元末，本是富家子弟，却无心仕途，一味沉浸在诗书琴画上，尤其是绘画，日复一日废寝忘食地钻研。他天分奇高，功夫也深，渐渐闻名遐迩，元顺帝也听说了他的大名，派使者带着重礼来到无锡，要请他去大都，给皇帝、皇后画像。

"倪先生作画，主要是写山描水，给人画像，那是街上庸俗匠人的活计，他这样一个清风朗月般的高人，自然很不屑，便回绝说：'我倪某人有个规矩，画山画水画云画木，就是不画活物儿，人虫鸟兽，不入我的笔端，这规矩天下人皆知的，别说是皇上皇后，就是玉皇佛祖，我也不画的！'

"使者无奈，只得回去如实禀报。元顺帝大怒：'一个臭画工，敬酒不吃吃罚酒！'便欲派人将倪云林抓来大都。皇后劝阻道：'皇上，如今江南乱贼四起，正是动荡的时候，折磨一个手无缚鸡之力的文人，岂不是给了那些反贼口实，说皇上是不仁之君？千万三思呀！'

"元顺帝一想，皇后说的有理，但死活咽不下这口恶气。皇后笑道：'臣妾有个法子，既能为皇上出气，又能不给人口实。'元顺帝一听，忙问如何。皇后说：'前天，江浙省的一个官上奏当地出现了麒麟，皇上很高兴，还考虑升他的官。但皇上心里也知道，祥瑞这种事，虚幻缥缈，世上有没有龙凤麒麟这种东西，谁也说不定。臣妾认为，这是他们汉人欺上瞒下的把戏，这把戏玩了两千年，

已经成了心照不宣的游戏：底下报祥瑞，说好听话，帝王就高兴，就赏赐。'

"元顺帝拍手道：'皇后的想法，何尝不是朕的想法！朕也不信什么狗屁祥瑞，只是千百年传下来，这已然成了传统，朕的先祖虽不是汉人，但也信了汉人的这套说辞。之前上报祥瑞，祖宗也都赏赐的，朕不好打破成规而已。可是，麒麟这件事，和倪瓒有什么关系？'

"皇后笑道：'皇上是真不明白还是假不明白，倪瓒不给咱们画像，难道是他真的有什么规矩么？呵，就算有这规矩，他们汉人，谁不爱钱？谁不爱和皇室攀上关系？他不肯画，实际上是心里看不起咱们是蒙古人！'元顺帝气得豹眼圆睁：'狗东西！朕就说呢！那皇后想怎么惩治他？'

"皇后道：'自然不能动粗，汉人正造反呢，他是大名士，杀他就是火上浇油。咱们只要侮辱他出出气就好，没必要杀一个只会舞文弄墨的废材。皇上派使者去请他时，臣妾私下查了他的底细，江浙省报祥瑞的那个官，叫赵梦熊，是他的亲外甥。倪瓒幼时丧母，跟姐姐感情深厚。他少年时染了瘟疫，奄奄一息，人不敢接近，他姐姐听说了，从夫家回来，不离不弃地照顾他，最后倪瓒好了，他姐姐却染病死了，留下赵梦熊一个儿子。所以倪瓒对这外甥极是疼爱，当作亲儿子一般。'

"'哦？然后呢？'元顺帝迫不及待。

"'赵梦熊不是报告出现了麒麟么？那皇上就坡下驴，下一道圣谕，让赵梦熊把那头麒麟献上来，就说想亲自瞧瞧。臣妾倒想看看，赵梦熊要怎么圆这个谎！先这样吓他一吓，让他慌几天，然后皇上再下圣谕，说麒麟是神兽，抓不到也情有可原，那就将麒麟出现的场景画下来，聊可一观。但画麒麟的，必须是倪瓒。事若不成，以欺君大罪处死。如此，逼迫赵梦熊去求倪瓒，倪瓒若不肯画，就是亲手害死他外甥。'

"元顺帝狂喜：'皇后此计真是绝妙！就这么办！'

"很快，赵梦熊就接到了元顺帝的旨意，大为慌张，他一万个没想到，元顺帝竟然要亲眼看麒麟。自古以来，历朝历代的正史、野史，都有许多祥瑞的记载——我想问问在座的诸位，天天听说龙啊凤啊麒麟的，你们有谁亲眼见过、亲手摸过？我常讲的《封神演义》，里面闻太师、黄天化，坐骑就是什么碧眼墨麒麟、玉麒麟，可那是小说，谁真的相信世间有这些神兽呢？"

台下有人说不信，有的说不好说。一个老太婆接荏道："我没见过，但我信！没有龙，天上怎么会下雨？还有，叶公好龙的故事我也听过哩，叶公见过龙，怎么能说没有？"

阿难笑道："天上下雨，是不是真有龙王在上头施法呢？我也不知道。叶公好龙只是个故事，类似的故事多了去了，但没亲眼见过的事，还是不要轻易相信。咱们先不在这上头抬杠，继续说书。

"赵梦熊接到圣旨后急得团团转，麒麟的事，本是一个樵夫进山砍柴，说看到一头麒麟跑过去了，兴冲冲来官府报告求赏，赵梦熊也不计较真假，赏了樵夫，又上贺表拍元顺帝的马屁，指望能升官发财，可惜，拍马屁拍到蹄子上了，反被尥了一蹶子。

"惶恐地过了几天，又接到元顺帝的一道旨意，这回不让他献麒麟了，点名要倪瓒画一幅祥瑞图。赵梦熊真是如逢大赦，欢喜不已，虽然知道舅舅向来有'不画活物儿'的规矩，但他想，舅舅最疼爱我，为了我，破一次规矩也没什么。

"办了厚礼，洗干净头面，换了身簇新的衣裳，他兴冲冲地来到倪瓒府上。舅甥二人喝过茶，赵梦熊往地上一跪，哭道：'舅舅救命！'倪瓒忙把他扶起来：'你这孩子，遇到什么事了？'赵梦熊哭着说了事情原委。听了外甥所说，倪瓒恍然明白了，之前拒绝给皇帝画像，肯定惹怒了他，这是在变着法子报复呢，狗皇帝果然阴毒，竟用外甥的性命来要挟自己。

"倪瓒是牛脾气，越想越气，骂外甥道：'谁让你谎报麒麟！从小我就教导你，不要迷恋功名富贵，谁知你长大了越发下流了，天天想着升官发财，哪里配做我的外甥！我念在你母亲的分上，才让你这种俗物进我的家门！如今要我自坏规矩给你画麒麟，休想！做梦！'

"赵梦熊哀求道：'舅舅！您老也说了，就看在我娘的分上，给外甥画一幅罢！皇上点名要您画，我实在是没办法，只有舅舅能救我了。'说完，不住地磕头。倪瓒冷笑道：'你指望我救，何不早听我的话，离开官场这个大粪坑？

现在要淹死了，又连累到我！画麒麟，那是街上年画儿匠干的事！山水树石才有真性命，不管人还是兽，都是俗物！我是什么人，去画那种玩意儿？'

"赵梦熊看舅舅犯了犟脾气，听不进好言软语，心一横，一头就往桌角撞去，幸亏仆人眼疾手快，上前拦住了，赵梦熊大哭道：'要我死了吧！反正舅舅不画，我也是死，还不如现在死了利索！'他撒起泼来，哭喊着要去阴间找母亲，倪瓒在旁气得胡子乱颤。

"这时，他夫人听见吵闹，从后面赶来，问了大概，劝倪瓒道：'相公只有这一个外甥，就眼睁睁看他死吗？姐姐在天之灵作何感受？我说句大胆的话，要不是姐姐，相公现在在哪儿还不知道呢。'倪瓒和夫人伉俪情深，是人人艳羡的神仙眷侣，夫人说什么，他向来都听的，但自坏规矩给向来蔑视的狗皇帝画麒麟，而这一切又是皇帝设下的诡计，这让他如喝汤见了苍蝇，能恶心半个月。沉默了好久，他长叹道：'梦熊，你回去罢，明天来拿画。'

"赵梦熊欣喜若狂，拜谢了舅舅、舅母便去了。倪瓒在书房发呆了一下午，只是不动笔。倪夫人是个趣人，见状，挽起袖子亲自研墨、调色、裁纸，准备了当，对丈夫行了个礼，玩笑说：'奴婢请倪大相公动笔。'

"倪瓒来到画案前，看着五颜六色的颜料，嘟囔道：'用彩色，根儿上就俗了。'倪夫人在旁笑道：'麒麟哪有黑白的？相公就画个焕彩麒麟罢！'倪瓒提起笔来，在半空僵了一会儿，突然道：'夫人，我可以坏规矩，但我不要为一只麒麟坏规矩。'

"倪夫人纳闷：'相公什么意思？'倪瓒说：'我要给你画一幅行乐图，你这样一位绝妙美人，才值得我坏规矩。'倪夫人笑道：'老大的人了，还说疯话！你画我有什么用？皇上要看麒麟，不要看我。要救外甥，必须画麒麟。'倪瓒摇摇头：'我只想画你，不想画麒麟。'倪夫人皱眉道：'相公就忍心看外甥死？'倪瓒微笑道：'放心，麒麟会有的。只是，我坏规矩要画的，是夫人你。'

"说完，倪瓒伏案挥洒，时而大开大合，时而丝毫必较，他不画活物，是不想画，不是不能画，到他这个境界，描摹天地万物也不在话下。天色暗下来时，他画完了一幅《美人行乐图》，钤上私印，请夫人观看。夫人看后，感动得热泪盈眶，画里的女子，是自己年轻时的容貌，姿态婀娜，站在山岗上，明月下，

裙带飞扬，飘飘然有飞仙之意，不禁赞叹：'相公的画道，已经入了化境。'随即又焦虑，'可是，麒麟呢？'

"倪瓒道：'明早来书房，我给你看麒麟。'

"夫人半信半疑，不好再问，只得去了。倪瓒端坐在书房中，闭目养神，默默祝祷：天地神灵在上，我倪瓒一生孤傲，只愿意为夫人破戒，誓死也不愿向元帝低头，麒麟，我决不肯画的，但又必须救外甥梦熊。我已衰老，时日无多，此生也活够了，愿神灵施展神力，将我变为麒麟，以助梦熊脱困。

"如此祷告数百遍，天即将亮时，倪瓒忽然看到一道白光闪过，自己头顶奇痒起来，一摸，竟然长出了犄角；脸上也痒，长出了长长的鬓毛；身上刺疼，长出了鳞片；手足变成了蹄子；不一会儿的工夫，全身上下都发生了变化，自己已然成了一头麒麟！

"这时，赵梦熊和倪夫人来到书房外，呼唤无人答应，一开门，发现长榻上竟卧着一头焕彩麒麟，吓得齐声尖叫。麒麟开口说话道：'你们不要惊慌，我是倪瓒，借助神力变成了麒麟。'家人听说，放声大哭。然而事已至此，无可奈何了，赵梦熊只得听从麒麟的命令，将其装在笼子里，送去大都。

"接到赵梦熊要献麒麟的上书，元顺帝和皇后大惊，这个赵梦熊，是自寻死路吗？怎么可能有麒麟！但赵梦熊在奏疏中信誓旦旦，不像是假话。元顺帝和皇后心里揣着无数疑问，等来了赵梦熊，帐幕掀开的瞬间，看到笼子里的麒麟，元顺帝夫妇震惊得目瞪口呆，文武百官更是错愕不已。元顺帝下了御座，绕着笼子看了半晌，这是头如假包换的活麒麟，和书中记载的样貌一模一样，他大起胆子伸手碰了一下，麒麟嘶吼了一声，宫殿摇颤，吓得元顺帝一屁股坐在地上。

"本想以不可能之事逼迫赵梦熊，谁知赵梦熊真的弄来了不可能之物。元顺帝无法，抓不着把柄，只得赏了赵梦熊，命人将这头麒麟送去皇家林苑，好生供养。

"隔日一早，喂养的宫人打开林苑的麒麟房，发现麒麟已经无影无踪，慌忙通报皇帝。元顺帝派人在大都附近搜索多日，一无所获，不由感慨：果然是神兽，不能当普通的野兽豢养。便将麒麟住的那所木房改成麒麟殿，塑麒麟像，按时供奉，祈祷大元国祚绵长。

"没几年，朱元璋在南京建国大明，兴师北伐，攻入大都，元顺帝率妃嫔、大臣仓皇北逃，至此，蒙元的统治彻底结束。而那座麒麟殿，也在战火中烧成了灰烬。有人要问了，倪瓒变成了麒麟，麒麟又消失了，那倪瓒还活着吗？

"他活着。麒麟离开林苑后，施展神力，夜行千里，悄悄回到了江南，变回了倪瓒的人身。经此一事，倪瓒对世俗之事越发淡漠了，和外甥赵梦熊也断绝了往来，此后散尽家财，携夫人隐居于太湖一带，入明之后，才寿终正寝。

"而他给夫人画的那幅《美人行乐图》，也成为倪瓒传世的仅见的人物画像，堪称无价之宝。据说，这幅画后来被南京的一位姓归的大财主弄到了手，后来他家里发生了火灾，家道中落，将这画又卖给了纪昀，纪昀又献给了今上，如今藏在紫禁城，乾隆爷常常拿出来赏玩呢。

"诸位，倪瓒变麒麟，麒麟变倪瓒，听起来无比荒唐，其实常人不知，这是天机的幻化，神明的威力，并非不可能的。咱们做人，要像倪先生这样铁骨铮铮，有操守，有气节，不怕老天不护佑你。"阿难把醒木一拍："苏州乔阿难说书《麒麟记》毕，权作散场！"

底下掌声雷动，阿难起身鞠躬致谢。

那个坚信麒麟存在的老太婆凑上前来，低声问："乔先生，上次万岁爷来咱们苏州，在藏鼎山也见到麒麟了，这事你知道不知道？"阿难点点头："当然知道。"她问："那次的麒麟，是真的，还是有人变化的？谁变的呢？"阿难微笑道："这我就不清楚了。"老太婆兀自絮叨："祇园寺没了，藏鼎山也塌了，这麒麟，怎么带来了厄运呢……"

阿难朝于梦麟使了个眼色，两人来到二楼的雅间。刚坐定，于梦麟推过来一只小包袱，刮得桌面吱吱响："这是给侄子结婚的贺礼。"阿难不肯："你要走了，该我送礼给你，怎能收你的礼？"于梦麟神色严肃："你要跟我客气，我就不高兴了。明天一走，不知道什么时候再见了。"

阿难道："将老夫人的灵柩送回河南，你再回来罢，保禄也去杭州传教了，我在这里寂寞得很。"于梦麟摇摇头："苏州，我再也不想回来了。对我来说，这里是天堂，也是地狱。你们为了救我，牺牲那么多，我得好好活着。河南老家还有些田地，够我用度的，剩下的半辈子，我就教教村童，读读书，做个本分的人。"

两人默默喝了会儿茶，于梦麟突然问："兄弟，我不问清楚，心里实在堵得慌。那只麒麟，怎么就飞上了天呢？我伯父到底怎么死的？你能不能告诉我？"

"那只麒麟活了，自己飞上了天。"

"阿难，那只麒麟是假的。"

"后来变成了真的。"

"怎么可能呢？我当时按照你们的吩咐，该做的都做了，等麒麟跑上了山顶，我就不知道了。远远看着，好多人在打斗，杀声震天，皇上用千里镜看，我也借了个千里镜看，只看到一团烟尘。过了好一会儿，就看到一只七彩麒麟飞上了天……飞得老高，那场景，所有人都看呆了，简直跟做梦一般！那麒麟就这么飞着，浑身闪光，消失在云彩里……而且，麒麟出现后第二天，皇上竟然下令夷平祇园寺，炸了藏鼎山……我听街上传言，藏鼎山的废墟里，足足有上千人的尸体……我彻底糊涂了，这三年，我想破了脑袋也想不明白这里头的门道儿。阿难，我问了你无数次，你今天能不能不要再瞒我了，告诉我到底怎么回事！"

像之前无数次回答于梦麟一样，阿难平静地说："我没有瞒你什么，除了我告诉你的，我什么都不知道。"

第53章　麒麟记（中）

小米糕和莲香的婚礼办得简单，两家在三棵柳村都没什么亲朋，阿难本想邀请一些街坊，何姑坚决反对，数十年中，她受够了这些下流龌龊的村民的指指点点。她愤然道："你知道这些畜生最近又传什么吗？他们说，闺女配儿子，师娘配徒弟！你听听这是什么话！你先生说的对，这些人，同情不得，亲近不得，他们不是正常的人，他们什么都不爱，就爱看别人受苦受难。"

倒是苏州城里来了不少宾客，几家茶馆的掌柜送了厚礼，常听阿难说书的茶客也有几个亲自来贺，评弹行会的也派人来送了人情。不过所有礼物加一块儿，都不如小周巡检的。他足足送了五百两银子，二十匹绸缎，一整套纯金头面首饰，还有几大件日用家伙，在廊下堆成了小山——摆明了，他在给亲女儿莲香送陪嫁。

为了避嫌，他事先跟阿难通气，想借此机会尽尽心意，话说得可怜："香儿是我亲闺女，她嫁人，我能装不知道吗？一应嫁妆，都出在我身上！放心，我不冒这个功，对外只说她娘攒下的嫁妆，只是让我为女儿尽一点心。"阿难把他的意思转告了何姑，何姑犹豫片刻，也同意了，但提出条件，不准小周巡检露面："他要来，这婚就别结了。"

新人进了洞房，宾客也一拨一拨送走了，阿难和何姑疲累至极，酒菜还有许多，两人对坐饮酒消乏。春末的晚上，凉爽舒适，两人怅怅无言，脸上都有悲伤的神色。阿难是在想英娥，叹息她没福气看到儿子成婚；何姑则是在想过往的一切，事事都伤心。

不知不觉，两人喝了许多闷酒，都有些醉了。何姑先打破了沉默："阿难，你先生那么做，是恨我吗？"阿难被这一问吓了个激灵，想了想说："不是的。陶先生那么做，不是因为爱谁恨谁，他那么做，是因为他只能那么做，他一生下来，就注定要那么做。师娘，我先生就是麒麟转世。"

何姑带着醉意哼笑了一声："麒麟……鬼才信什么麒麟。我知道，都是你们三个搞的鬼。"说着，她委屈地哭了起来，"他就是报复我，他宁肯死，也不愿意和我过下去。"边哭边连连饮酒，"我小时候在你先生家做丫鬟……他那时候风流，看上了我，我才十三四岁……他强迫我……被太太撞见，哭闹，他就找了个借口把我卖了……后来遇到，我装作不认识，其实我都记得……"

阿难以为何姑醉了酒胡言乱语，命人收拾出一间空房，扶她去睡了。自己却毫无睡意，让卢智深掇来梯子，上了房顶，望着藏鼎山的方向，那里星星点点还有灯火——三年前，乾隆下令夷平藏鼎山和祇园寺，将他母亲的发塔迁回北京。寺庙好说，山却难办。苏州官员募集数万民夫，日夜不停地挖山运土，忙了三年了，还未将这座方圆数十里的大山挖平，时不时会响起闷雷般的轰隆声，那是在用火药炸山。看着黑暗中如坟头的残山，阿难心中凄恻。

三年多前的那天晚上，于梦麟火急火燎地深夜造访，说了乾隆逼他献麒麟的事。一开始，阿难啼笑皆非："还有这样放屁的事！自古以来的帝王和臣民，对祥瑞的事都有默契的，怎么今上偏偏较起真了？"想了想，一拍脑袋："我知道了！皇上不是平白无故要整你的——好多年前，苏州发生了一起麒麟大案，闹得满城风雨，最后也没查出个所以然，不了了之。那件事惊动了皇上，本来就对麒麟心有芥蒂，如今你身为苏州的官，又报麒麟的祥瑞，这岂不是捋虎须？"

"麒麟大案？"

"你竟然没听说过？"

"没听说过啊……"

"也难怪，那时候你还在河南老家呢。当年苏州好多官，都在那场风波里被暴民杀死了，死得好惨。你来上任时也没人跟你提起过？"

"没有，上任时看往年的县志、文书，也没见说什么麒麟案。"

阿难叹道："看来那件案子被朝廷压下来了，封锁了消息，县志里不准记载，除了苏州一带，外地人也绝难知道了。"

"那是件什么案子？"

"说来话长。你这件事我也没主意，咱们还是去找陶先生商议罢。"

听了陶铭心的建议，天亮后，于梦麟急忙回城，开始装病。陶铭心送走刘从周后，阿难和保禄也赶到了，三人躲在书房里，商议如何帮于梦麟解困。自然，三人想到一处去了：当年葛理天为八卦教造了一只麒麟，制造的样式图纸还在，保禄又心灵手巧，完全可以再造一只，用来交差。

至于如何在皇上跟前蒙混过关，三人又苦思冥想了一番，最后的法子是，不能让皇帝近距离看麒麟——任凭保禄的手艺再出神入化，造得再逼真，假的就是假的，无生机的一堆铁木玩意儿而已，在跟前一看一摸，就知道是假的。阿难道："这倒不难解决，让梦麟上奏，说麒麟是神兽，只可远观不可亵玩，将神兽抓起来，岂不是大不敬？"陶铭心赞同："对，远远地看，看不出破绽。"

保禄道："皇上本来就不相信麒麟存在，还在乎什么敬不敬呢？再说，宫里的传教士造过许多稀奇玩意儿，皇上见多识广，了解西洋的技艺，肯定会怀疑麒麟有机关。他肯定要抓住麒麟，在跟前看，当面揭穿这场骗局。依我看，不行就冒一次险：皇上来的前一天，我躲在造好的麒麟里，弄个大笼子，关在藏鼎山下——只能在山下，千万不能在城里，不然无法逃脱——让梦麟派心腹人把守。等皇上来看时，我不等他识破，立刻发动机关，操纵麒麟闯破笼子，跑到山上，或烧或埋，将它毁了。如此，梦麟确实献了麒麟，皇上也看到了，就算怀疑也拿不到真凭实据说是假的，让他吃个哑巴亏！"阿难和陶铭心齐拍手道："妙绝！这个法子稳妥！"

"只是，"保禄掐指算计，"造麒麟，花费极大，身子里关键的齿轮部件，须要纯铜打造，光这一项，就得用几百两银子，还有外面的铁鳞片，少说要几百斤。雕木头，锻铁件，这些活儿又不能找外面的匠人，我虽然都会做，但要一个人弄起整套的家伙什儿。葛先生当年有八卦教资助，时间又松，才慢慢造成了。我赶一赶时间，一个月也差不多，可是怕凑不出这么多钱来。"

陶铭心摆手道："你不用操心钱。梦麟家底颇丰，这是他闯的祸，我们救他的命，就是花一万两他也得出。"保禄又看着阿难："还有一件，我计划把这头麒麟设计成一人也能操作的，但运行这个庞然大物，过于耗费体力，两人合作更稳妥些。阿难，你愿意和我一起冒险吗？"阿难拍拍胸脯："当然愿意！给皇上造梦我都敢，麒麟这事算什么！"

计议定了，保禄立刻回到教堂着手准备。深夜，梦麟派家仆悄悄送来三千两银子，说不够了随时开口。保禄推掉教中所有杂事，潜心钻研了好几天，终于参透了葛理天的麒麟图样，央几个心腹教民为他到处采买材料，枣木、榆木、杨木、熟铁、黄铜、锡、铝、牛角、牛皮、马鬃、桐油、陶土等等，还置办了上千斤精炭、将军盔、风箱、大锤、铁砧等物，简直把所住的几间房弄成了木匠、铁匠作坊。

他全身心地投入到造麒麟的活计中，耐心雕琢一个个零碎细件儿。做活儿的间隙，他不时想起何万林——带自己入门的木工师父，何万林曾教导他："我看一棵树，就不是树，只是几十个桌子板凳。木头都是倔脾气，你要压过它，比它更横，一眼就看穿它，干活儿前狠狠抽它几巴掌，它就怕了你，任你雕琢，想要什么样就能做出什么样。"少年时学会的手艺，一辈子都忘不掉。

最难的不是木头，而是铜铁。保禄要先用陶泥塑出零件模子，用小刀一笔一画地刻出精细的构造，再烧结实了，灌入铁浆，淬炼成型后，还得用小锉子慢慢修磨，这是省不得的工夫，这些小部件儿如果出了差错，可能整只麒麟就无法运转。

为了赶工期，保禄每天只睡一个时辰，废寝忘食地劳作。无数次，他忙着忙着就睡着了，手上砸破了多少口子，有次还差点栽进滚烫的铁水中。最累最难的时候，他就想葛理天，暗暗与其较劲——葛先生能造出麒麟，我汤保禄一定也可以，而且要造得更真，造得更妙。论智巧，天底下没几个人胜得过他。阿难和陶铭心偶尔来看看，只能在旁啧啧称赞，什么忙也帮不上。

看着形容枯槁的保禄，陶铭心很是心疼，上次救青凤，这次救梦麟，保禄为他陶家的事可谓尽心尽力。救青凤，还有他的一点私心在，但于梦麟对他无恩无惠，他毫无怨言地埋头苦干，无非是为了他这个先生，半个父亲。想起很久前骂他"异种异心"，陶铭心愧疚至极。

没两天，于家又出了意外，庄夫人死了。于梦麟穿着重孝，对前来吊唁的陶铭心哭诉："我娘见我整天惶惶恐恐的，追着我问，我瞒不过，只能告诉她老人家了。她急得病倒了，说，要是她死了，我得守制居丧，麒麟的事就不用管了，皇上也许会放过我。就这么着，不吃不喝，断了气。我害死了自己的娘……"他使劲抽自己嘴巴，"我真是个畜生！"

陶铭心问："老夫人去世的消息，你上报朝廷了吗？"于梦麟哀叹："报了。皇上铁了心要整我，夸我做官清廉，不准丁忧，要夺情起复。我又不是边关大将，一个芝麻知县，夺什么情起什么复？皇上再次重申，要我献麒麟。巡抚也天天派人催我自尽，我没必要装病了，我已经真的病了……"他眼里全是血丝，脸上憔悴得如同乞丐，"伯父，您有什么法子，快点告诉我罢！皇上马上就要来了，来苏州第一件事，就是要看麒麟。伯父，等不及了，不是今晚就是明天，巡抚一定会派人杀了我。"

陶铭心信誓旦旦地说："梦麟，我不会让你死的。你立刻上奏皇上，说在藏鼎山又发现了麒麟，已经派人在山中抓捕了，你在奏本里向皇上保证，圣驾到来之前，定会抓住麒麟，如期献上。"于梦麟不解："上一个谎还没圆呢，怎么又要撒谎？"

陶铭心道："想圆谎，就得继续撒谎。而且，只要你上奏确认了献麟的事，对江苏的官也是震慑，你许诺了要为皇上献麟，皇上也期待着看——期待着拆穿你，如此，巡抚他们就不敢动你，动了你，皇上那边就无法交代了！懂了吗？"于梦麟恍然大悟："我懂了！可是，伯父，保禄造的麒麟，能以假乱真吗？"

"我自有办法，你就按我说的去准备。"陶铭心搭住他的胳膊，"好孩子，相信伯父，我决不会让你爹绝了后。"

光阴似箭，有去无回。保禄终于将麒麟的所有零部件都造好了，只是教堂地方湫隘，又怕别人看到，所以不好组装。阿难出了个主意，给大小零件标识了号码，又从于梦麟家借来一辆马车，上载稻草，把零件藏在下面，分几次运出了城，卸在藏鼎山山腰的一处空地。

又花了一整天的时间，阿难帮着保禄将麒麟拼装了起来。比多年前的那只要袖珍，只比水牛略大，不过样貌更加漂亮：牛皮粘着木板，木板之间皆是纯铜枢子连接，外面满挂鳞片，鳞片刷了油，锃亮。身子如大鱼，肚儿肥圆。犄角选的牛角，雕了螺旋状的花纹，外面裹了一层精铁，尖儿处闪着白光，似乎跑起来能撞穿藏鼎山。头上的鬃毛是黄马尾鬃，两只眼睛是保禄精心打磨的玻璃凹片，里面的人能清楚看到外面。四肢四蹄用熟铁铸造，上面刻了一些细细密密的蝌蚪纹——这是保禄的即兴创造。

保禄扭开麒麟背上的一块鳞片，啪嗒一声，一只木盖向上翘起。保禄伸手笑道："请君入瓮！"阿难兴奋地爬上去，钻入麒麟的肚里，见有前后两张木头小座儿，他自觉坐在后面，两腿将将能伸展开，左右打量，惊叹不绝。四下全是构造精密的部件，好多年前，他在织造府行宫中见过葛理天修理西洋大摆钟，壳子拆开，里面有布置有序的数百关捩，一动而万动，精妙无比，而这头麒麟的内部，比大摆钟还要复杂一百倍，禁不住道："保禄啊保禄，你不是人啊，这手艺，女娲娘娘造人也比不过呀！"

保禄也钻进来，坐在前面，笑道："先别急着夸我，样儿是成了，能不能发动，能不能行止自如，才是最要紧的。咱们赶紧试试，有什么问题再修整修整，不要到跟前抓瞎。"阿难拍手道："开始罢！等不及了！"保禄扭过身子，将阿难的两只脚放在一个踏板上："踩过水车吧？呸！你可没下过地，但总见过吧？一会儿使劲踩就行了。"

保禄面前有三四柄木头手杆儿，脚下也有踏板，他长舒了一口气，在胸前画十字，默默祈祷几句，将两根手杆儿往上一拨，脚下忙活了起来。阿难见状，也立刻开始猛蹬。只听轰轰隆隆、唧唧吱吱一阵乱响，麒麟竟缓缓移动了起来。阿难感觉身子在抖动，激动地大叫，脚上更使劲儿了，急得保禄连说："慢点儿！

慢点儿！冲下山去了！"

两人配合操控了好一会儿，才渐渐掌握了要领，进退扭转，都可以控制自如。保禄又试验了用犄角和尾巴对外攻击：对着一块山石撞去，闷闷一声，石头粉碎；再让麒麟转身扭过来，甩动刀尾，砍柴似的哗啦啦一阵乱响，一棵小树断为两截。

眼看天色渐晚，两人过足了瘾，保禄又用锉子、刨子里里外外修磨了几处，如释重负地笑道："不完美，但也足够应付了。"两人搬来许多树枝、石头，将麒麟严严实实地遮掩起来，阿难还觉得不稳当，又拔了许多草盖了上去。

两人整顿好了，正要下山，忽然不知从哪里射来一支箭，嗖的一声扎在正前方，箭身嗡嗡地带着响儿剧烈摇颤，接着，又有七八箭嗖嗖射下，围成个箭圈儿，将二人困在里头。阿难拉住保禄的手腕："别跑，估计是劫财的山贼，我身上还有些银子。"

静了会儿，山壁间有人笑了："果然跟兔子一样，吓住了就不敢跑了。"几个灰色的影子如燕子般轻盈地跳到平地上，个个身形壮健，年纪二十来岁，头上裹着红巾帕，手里拿着各样兵器。其中一个去藏麒麟处，三下五除二掀开乱草，"嚯"的一声："他妈的，这是什么东西？"另几个人也上去看，齐惊异道："远远看着是个牛，谁知是个麒麟！"上上下下地摸了摸、敲了敲，"好家伙，这犄角，怪不得能撞碎大石头！""我就说是个麒麟，你们还不信，牛哪有鳞甲！""这是谁造的？会自己动？我的娘咧，这用了什么法术！"

一个汉子用长剑指着保禄："哎！快来瞧！原来是个洋人！"

众人比发现麒麟还要兴奋，纷纷凑上来，围着保禄打量："果然是洋人！瞧他的黄头发！这是俺头一次见洋人哩，小心洋人吐唾沫，沾着身子就烂肉的。"保禄挺着胸膛，气得脸色发白。阿难怒道："你们是谁！到底想干什么？"一人道："这话该我们问！你们两个，鼓捣这麒麟鼓捣了一下午，是想做甚？这麒麟是谁造的？"

保禄看见两个人骑在麒麟上，用匕首在鳞片间乱撬，似是想钻进去操控玩耍，造麒麟花费了他无数心血，别人碰一下如割他的肉，此时也不顾危险，跑上去指着那两人大骂："混账！不要乱碰！"一人跳下来，一掌将保禄打翻在地，另一个把长刀架在他脖子上："狗娘养的洋鬼子，轮得着你指挥我们！你一个洋种，跑我们中国来做什么？该杀！"举起刀就要砍下。阿难见状，忙跑上去护在保禄身上："不要杀！"从怀里掏出一包银子，高高举起："我们有钱，都给你们！"那人冷笑道："谁稀罕这臭银子！你一个中国人，和洋鬼子混在一起，也不是什么好东西！干脆一起杀了！"

这时，半空中响起一声怒喝："住手！"从山壁间又跳下一个人来，长发飘扬，看上去像是一名女子。她身法迅如闪电，在乱石间脚不点地，如猛虎下山，眨眼间就把拿刀的汉子一脚踹翻，又扬起手，将其他几人挨个儿抽了一顿嘴巴。那几个汉子似是极怕她的，也不敢闪躲，等打完了，跪在地上求饶："娘娘饶命！娘娘饶命！"

那女子转过身来，一手一个，扶起保禄和阿难，两眼都是泪水："保禄哥！阿难哥！"保禄和阿难同时抱住了她："青凤！"察觉到过于忘形，俩人赶紧松了手，往后退了一步，"青凤！你怎么在这里？"青凤笑道："一会儿再谈。"指着那几个汉子，"赶紧过来，给两位大爷认错！"那几个汉子上前跪成一排，磕头认错。

青凤拉过保禄："你们这群王八羔子，这是我亲哥哥，你们骂他洋鬼子，就是骂我，你们的人头加一块儿，也比不上我哥哥的一根头发金贵！"那几个汉子连连赔罪，青凤道："保禄哥，你想怎么罚他们？"保禄摆摆手："算了，也是误会。只是麒麟的事，让他们千万别对其他人说。"

青凤交代那几人："听见了么？敢传出去，我要你们的狗命！连教主也不准告诉！"那几人唯唯诺诺："我们眼里只有卦长娘娘，娘娘就是我们的天，我们谁也不告诉。"青凤冷笑道："赶紧滚回去，准备上等的宴席，跟教主说，我要带贵客回来。"那几人领命去了，壁虎一样趴在山石间，不知怎么，往下一钻，都不见了。

青凤这才放下威严，抚着胸口笑道："好险！正好我想出来透透气，碰巧遇到了，不然，那几个莽汉子真杀了你俩，可得哭死我！刘雨禾也是没眼力的，都招揽了些什么脓包无赖！"阿难这些年知道了许多八卦教的事务，笑道："你都成了卦长了？再往上可就是总教主了！"青凤笑道："卦长算什么？也值得大惊小怪。"她来到那头麒麟前，惊讶道："这是你俩带上山的？要做什么？"

阿难看青凤不是外人，就跟她说了整件事的原委。青凤叹道："原来赵叔叔还有个儿子！那肯定要尽力保全他了！这麒麟的法子妙是妙，不过太麻烦了，曲里拐弯儿的！别费心思了，还是让我们办罢！"她调皮地眨眨眼，"你俩都是聪明人，还问我为何在这里吗？"

保禄和阿难相视一笑，都明白了。青凤和八卦教的人集合在藏鼎山，也是为了等乾隆南巡，准备行刺。阿难更是猜中了他们的计划："皇上来苏州，肯定来祇园寺参拜太后的功德塔，你们藏在这里，是准备伏击！"青凤笑道："阿难哥，幸亏你不是朝廷的人，不然我刚才就不拦他们了，正好杀你灭口！"

阿难吓得吐吐舌头："你知道，我多不做官后，我家也被革了包衣，我现在是正经汉人呢！你们要杀满人皇帝，我就算不帮忙，也决不阻拦的！"青凤半讽刺半玩笑地说："阿难呀阿难，你是汉人，你不帮忙，就是在阻拦。不过你这样百无一用的书生，要你帮忙也许会帮倒忙呢。"阿难想反驳，忍住了，心里憋着气，搬木运石，将麒麟又遮掩好了，坐在石头上嘀咕："你和保禄叙旧罢，光会取笑我。"

保禄看着青凤，她也老了，比起上次见面，她更黑、更强壮，脸上还多了两处细细的伤疤，也不知怎么弄的。眼神依旧峻厉，眼角的皱纹，似是眼神射出的锐光刻下的痕迹，也许是做"娘娘"久了，她眉宇间有一种努力端着的威严和冷酷。头上盘了一个圆髻，垂下几条细辫，藏在茂密的散发中，像几条蛇睡在草丛中，越发显得她危险、决绝。而最明显的变化，是她的肚子，圆得像个石榴。

青凤发觉保禄在打量她，轻轻推了他一把："当了传教士了，还不老实！"保禄不好意思地笑了，指着她的肚子："几个月了？"青凤道："还有三个月就生了。"保禄担心道："都这样了，还出来造反？"青凤咯咯笑道："我怀孕时，又没算到乾隆老儿这会儿南巡！机不可失，揣着这个肉球也不妨碍什么。"她爱惜地摸摸肚子，"希望他出来的时候，这个天下已经变了。"

保禄又问："见过陶先生没有？"青凤摇头："昨天刚到这里，没来得及见任何人呢。不急，先带你俩看看我们的地盘儿，雨禾见到你们也一定很高兴——你俩可得把心装好了，别吓得跳出来！"保禄暗笑："你打量我不知道呢！整个藏鼎山就是个蚂蚁窝，里面千横百纵全是密道，是史可法抗清的时候挖出来的。八卦教在江南的老巢，就是这里，外加一个祇园寺。乾隆四十五年皇上南巡，我和葛先生给皇上造梦，在地道里逛了多少圈儿呢。"

青凤没有带他们从刚才的山洞进去，而是往上到了山顶，闪到一块大石后，揭开一块青石板，露出一个腰粗的洞口，随口道："藏鼎山的密道大大小小有十来个口子，真跟耗子洞似的，这么多洞口，被官兵发现就坏事了，只留下山顶这一个就行了。劫你们的那几个，就是我派下来堵洞口的，谁知跑出来欺负你们。"

密道两壁插着火把，来来往往都是忙碌的八卦教教徒，有些聚在一起烧香念经，烟雾腾腾的，只听见什么"老母慈悲，度尽九十二亿皇胎子"云云，这些教徒见到青凤，都自觉让路，低头行礼。阿难早知道藏鼎山有密道，但没下来过，惊奇地看来看去："我的娘，真是螺蛳壳里做道场，壶中有乾坤啊！"青凤带他俩来到一个大石洞，一群人正在商议什么事情，见到青凤，都站了起来。

青凤笑道："雨禾，看我带谁来了！"刘雨禾脸色冷淡，似乎对青凤擅自带人进来颇有不满，对保禄和阿难拱拱手："两位兄弟，别来无恙。"一个老头上前笑道："两位还记得我吗？"阿难仔细一认，原来是多年不见的娄禹民，须发都雪白了，他没有留辫子，头发也快掉光了，腰背佝偻着，看上去像一只大虾。阿难拱手笑道："原来是娄先生！久别了！"而最里头的月清和尚看了他们一眼，对雨禾说了些什么，起身去别处了。

寒暄一番，保禄和阿难都很不自在，八卦教的人紧张兮兮的，强打起精神招待他们。两人对了下眼神，一齐起身告辞。青凤说："正让人准备酒席呢，不要急着走！"阿难笑道："你们要做大事的，我们在这里碍手碍脚的不好。"

刘雨禾也不强留，只说："将来光明正大相聚的日子多着呢！不急这一刻！"青凤见他这么说，也不好坚持了，扫兴地又把保禄和阿难送回山顶，低声道："我不用担心你俩告密吧？"阿难连忙摆手："这是什么话！我们是什么交情！"青凤拍拍他的肩膀："我信你！"又看着保禄："你呢？"保禄摇摇头："你就不该问。"

辗转无眠地过了一晚，阿难午饭吃了个饱，按照和保禄的约定，要去藏鼎山会合。卢智深满头大汗地跑来："大爷，瑞哥儿找不见了！"阿难不以为意："你第一天带他？肯定和别的孩子跑着玩去了，慌什么！"卢智深道："问了别的孩子，说跟一个和尚走了！"阿难笑道："那肯定去祇园寺了，最近常带他去看爷爷的。你别管了，我去寺里看看。"

阿难来到祇园寺，一打听，小米糕果然在乔陈如的房中，围着一张小桌子吃点心。阿难给父亲行了礼，教训了小米糕几句。乔陈如道："你来得正好，我有事要你办。"阿难看看日头，保禄大概已经在山上等着了，心里有些着急，忍耐着问："爹要我办什么？"乔陈如道："皇上明天就到苏州，肯定来祇园寺，晚上寺里要办一场法事，驱妖除魔，好迎接皇上。你闲着也是闲着，我给你安排了一些活计，你帮和尚们驱驱邪，也是功德。"

阿难不情愿道："我又不是和尚，做什么法事？况且我还有事呢，没工夫干这个。"起身就要走。乔陈如在后面大喝一声，门外进来四个身强力壮的和尚，手里拿着棍棒，将门口堵住。阿难大惊："爹，这是什么意思？"乔陈如怒道："畜生，还管不了你了！你哪儿也不许去，晚上我自有吩咐！"说完，乔陈如拉着小米糕出去了，那四个壮和尚将门一关，把阿难软禁了起来。阿难急得团团转，硬闯，别说打不过那四个，一个都够呛。透过窗户，眼看太阳滴溜溜地滑向西方，天边红了又黑，一点办法也没有，只得祈祷："保禄啊保禄，原谅我，希望你自己就能驾驭麒麟，明天逢凶化吉！"

入了夜，一个和尚端来饭菜，阿难看有荤有酒，心里七上八下，父亲说晚上要做法事，断然不是真的法事了，看刚才的样子，父亲好像并不知道麒麟的计划，不然早拆穿他了，硬留他在此，到底为什么呢？他没心思吃饭，只喝了几口酒。

又等了个把时辰，四个和尚终于开了门，将阿难夹在中间，左拐右拐，来到了方丈室。乔陈如正和本寺方丈对坐饮茶。阿难从来没见过祇园寺方丈，据说他常年在城里的一座禅堂修行，很少回寺，寺庙的事务实际上都由乔陈如处理。看着这位方丈，不到五十的年纪，身材瘦小，一对儿三角眼，满脸烟火气，那撮儿山羊胡子看起来尤其别扭。

"阿难，你不认得他？"乔陈如笑问。阿难摇头："不认得。"那位方丈从榻上下来，脸上现出无比兴奋的神色，扑扑两个袖子，上前屈下一膝，嬉笑着叫道："奴才给少爷请安！多年不见，少爷也是大人了，一表人才！"他站直了，揣着手，话还没停，"咱们乔家大起大落，眼么前儿，就要中兴啦！"

阿难猛然认了出来，啊呀一声叫道："吴松！吴大哥！"

这方丈，正是阿难幼时的贴身小厮吴松，和卢智深一同服侍他的。父亲算计吴狗儿的秘密，就是这个吴松告诉自己的，当年他因赌博，被父亲重罚，赶出了乔家。谁承想，几十年不见，他摇身一变，竟成了祇园寺的方丈，实在令人匪夷所思。刚想问，乔陈如一摆手，吴松躬身退下了。

乔陈如笑道："当年我被罗光棍将了军，大家都以为我完了，连你也这么觉得，觉得我这辈子也就如此了，读读经，念念佛，多清净。"他得意地笑了一声，扳住儿子的肩膀，"你爹我呀，是'老骥伏枥，志在千里'！当年我没有急流勇退，但也准备了后路——吴松，就是我的后路。连他自个儿都以为我不要他了，哪里知道，那只是个幌子。那之后不久，我把他送入虎丘的一座寺庙做了和尚，供给他衣食，赡养他的父母，为他打点官场，等祇园寺方丈的位子一空，他便占住了——我也有了个落脚之地。"他点了点脚下，"这里！是天底下最危险的寺庙，也是最富裕的寺庙。这里，是我东山再起的本营！"

阿难听得脊背发寒："爹，你要做什么？"

乔陈如大笑道："我能做什么？我只会继续效忠皇上，也不指望做什么八字官了，做个大财主便好，天底下，最牢靠的就是金银两兄弟。阿难，爹活不了几年了，你还有大把的好时光，瑞哥儿更是前途无量，我不能让他跟那些泥腿子废物一样，去卖膀子吃苦头。我乔家的后人绝不能吃苦！过了今晚，皇上会千万千万地赏赐咱们银子，要多少就有多少！"他激动地说着，唾沫挂在嘴角，脸色红彤彤的，两只眼睛瞪得酒盅般大，像是山门里的天王。

阿难颤声道："爹……你怕不是疯了？"乔陈如狠狠打了他一巴掌："畜生！你才疯了！你过来！"他抓住阿难的袖子，拖到墙角的大橱柜前，一起坐在地上，压低了声音，"老老实实坐着！不许说话！"阿难半张脸火辣辣的，憎恨地瞪了父亲一眼，手臂被他牢牢抓着，心里抱怨："这个老家伙，六十多岁的人了，力气还这么大！不过力气小又能怎样，儿子还能打老子不成？"无奈，只得静静地看着面前这张脏兮兮的、老旧的橱柜，他觉得荒唐又可笑——父子两个盯着一个破柜子，成何体统！

突然，听到柜子里有人敲门，吓了阿难一跳。乔陈如嘴角咧开笑了，橱柜里又响了几下，明显是有节奏的暗号，乔陈如也拍了一串手掌。没一会儿，嘎吱一声，柜门开了，钻出来一个老汉。阿难一眼认出来，这是娄禹民，除了脸上，他浑身黑黢黢、油腻腻的，像是刚从泥潭里爬上来，弥漫着一股又臭又刺鼻的味道。

娄禹民坐在地上喘了几口气，对乔陈如道："乔大人，万事俱备，只欠东风！"扭转头看着阿难，怪笑道："乔公子，咱们又见面了。"阿难咽了口唾沫，看看父亲，再看看娄禹民，一头雾水。乔陈如从桌上拿来一盏油灯，递给阿难，指着黑黢黢的橱柜："扔下去。"阿难凑头一看，橱柜底部有一个大洞，娄禹民就是通过这洞口爬上来的，他隐约明白了过来，看着娄禹民："你！要做叛徒？"乔陈如忙用手捂住他的嘴："混账！喊什么！"

娄禹民从阿难手中拿过灯盏："大人，我亲自动手罢！"

"不！"乔陈如又将灯盏拿回来，端在阿难面前，"阿难，你听着，扔下去，将八卦教一网打尽！整件事，我让你立头功，我不过是辅佐你办事的，娄先生也只是内应。扔下去，简简单单，解决了皇上的心腹大患，这是举世无双的功劳！"娄禹民在旁道："我偷偷将洞壁的木架都涂了油，寺里洞口也已经封堵了，青凤听了我的建议，把山上的也堵了，如今只剩这一个和山顶的出口，山顶上，巡抚大人派了重兵把守，出来一个杀一个。乔公子，这是万无一失的事，你要再犹豫！我就要和你抢功了！"

阿难冷冷地问："为什么？"娄禹民用手擦了把胡子，也弄得一团黑，不屑道："一转念的事儿罢了，我觉得如今这世道很好！地下这帮人，都是叛贼！"乔陈如啐了他一口："你扔不扔？"阿难摇头："我不扔。"突然着了魔似的，冲着橱柜里的洞口大喊："快跑呀！你们快跑呀！"

娄禹民大怒，一把揪起阿难，狠狠摔在地上，乔陈如也大骂，赶紧将那盏油灯扔了下去。几乎同时，呼的一声，火苗蹿了起来，跟铁铺子用风箱吹起的火焰一样，又硬又冲，很快将橱柜烧得七零八落。乔陈如掇来一块早准备下的大铁板，和娄禹民一起，压在洞口上方。娄禹民喘着气笑道："绝对活不成的！"

乔陈如擦了把汗，把阿难提起来，打了他十来个嘴巴，吐了一脸的唾沫："你这个窝囊废！从小到大都是窝囊废！我真该杀了你这个废物！"娄禹民假模假样地上前解劝："乔大人息怒，令公子也是心善，他和刘雨禾、陶青凤都是朋友，不忍心也情有可原。"他又对阿难说，"乔公子，你刚才不是想知道我为何背叛他们吗？我正经告诉你：我的生辰八字，和贼秃月清的一模一样，他对外说的生辰，都是假的。多年前，他派刘稻子引诱我入教，就是要我挡灾的！我的两个兄长被他毒死了，妻子和儿子也被他派人推下了悬崖。这样的仇，我能不报么？这样的人，我能效忠么？"

阿难震惊道："你怎么知道是他杀了你家人？你看到了？"娄禹民摇摇头："我没看到，但偷听到刘雨禾和陶青凤的对话——月清就是派他俩干的。我心灰意冷，所以才联络你父亲，决心反正。雨禾和青凤现在是吃人不吐骨头的大魔头，已经不是你认识的人了！"乔陈如在旁恨道："想当年，我被月清那秃子骗得团团转，将他当朋友，谁知他在我眼皮子底下筹谋造反。皇上当年罚我，也有这个原因。如今，我终于一朝雪恨！"

阿难颓然坐在地上，屁股底下能感觉到一股热浪在涌动，像是坐在船上一般，隐隐约约，他能听到从地下传来的哀号声，呜呜咽咽，像是深夜里水牛的叫唤，也像春天时发情的猫，那种经过大火锻炼的炙热的曲调，听得他耳朵也发烫起来。若地狱真的存在，那此时此刻，贯穿藏鼎山和祇园寺的密道，就是地狱。

这时，吴松带着几个青壮和尚进来："老爷，小米糕已经派人送回村里了。把总大人说，怕山上有别的洞口没堵住，要去搜捕漏网之鱼，我带僧人们跟去，要不要留下几个使唤？"乔陈如摆手道："不用了，你们跟着官兵上山罢，回头论功行赏，全寺上下都沾沾光。"

吴松率僧众去后，乔陈如和娄禹民坐到禅床上，小桌上摆着酒肉肴馔，两人庆功般对饮起来，说些沧海桑田人生如戏的扯淡话。乔陈如看阿难坐在地上发愣，斥道："畜生！你不是想走吗？还不快滚！"阿难一动不动，看着洞口的那块铁板发怔，两眼不住地淌泪。那块铁板被火烧得已经发红，像是一块红色的温润的玉。在猛烈的火焰冲击下，厚厚的铁板如水上的树叶一般微微颠簸，瞅了一会儿，颠簸得越发厉害，伴随着一声声痛苦的嘶吼，似是地狱里受刑的鬼魂。

"那底下有人！"阿难不禁叫出了声。

乔陈如和娄禹民忙跳下禅床，蹲在铁板旁边看，刹那间，只听得巨大的砰的一声，铁板像是烧水铁壶的盖子一般喷到房顶，一大丛火苗噗噗上蹿。紧接着，一团人形的火光从洞口里跳了上来，在地上滚了几滚，衣裳早烧没了，他全身上下没有一块好皮肉，红白相间的肉外翻开来，双脚黑乎乎的已成焦炭，一大股毛发烧焦的刺鼻味，还有烤肉的香味，混杂在一起，激得阿难哇哇呕吐起来。

这人手中还有一把烧得半红的剑，手掌和剑柄已经熔为一体，他冷冷看着他们三人。娄禹民最先从震惊中缓过神来，拔腿要跑，这人一步赶上去，在地上留下一只血肉模糊的脚印，大吼一声："叛徒！"将娄禹民贯心刺通。拔出剑，那人回望正在哀号的乔陈如，原来那只铁板落下来，正好砸中他的大腿，下半截身子被通红的铁板烫得皮肉尽烂。那人忍着巨大的痛苦走到乔陈如跟前，嗓子里哼哼喘着气，虽然已看不出面容，但阿难感觉这身形、这气息很熟悉，哆哆嗦嗦地问："雨……雨禾？"

那人发出一声含混的低吼，不知是答应还是什么，他高高举起长剑，用力一扬，剑身黏连着他的手腕一起飞了过去，把乔陈如的脖子划开一条大口子，鲜血如西洋水法一样喷涌而出。那人摇摇晃晃，一头栽倒在地，面目全非的脸对着阿难，用尽最后的力气喊了声什么。终于，没了声音，身上冒着袅袅白烟。

阿难吓得全身发麻，不知过了多久，手脚才恢复知觉，爬到父亲跟前一看，早已经死透了。他伤心地大哭了两声，对着父亲尸体拜了几拜，连忙跑了出去。

第54章　麒麟记（下）

圣驾到苏州的前一天，纪昀等官员先来打点迎接事宜。忙完公务，纪昀换了便服，带着几个奴仆，来到三棵柳村看望陶铭心。陶铭心心里有事，言辞间不大热情，纪昀笑问："陶兄是在为于梦麟的事发愁吗？"被纪昀说中，陶铭心有些紧张，瞥了他一眼："此话怎讲？"

纪昀道："于梦麟的身世我也知道。皇上这次要整他，他肯定要找你商量的。"陶铭心冷笑道："你又知道？天底下有什么事是你不知道的？"纪昀搓搓手："你们准备怎么圆这个谎，我就不知道。"陶铭心捻着胡子笑道："我琢磨，皇上这么做，是敲山震虎的意思。"纪昀拍手道："正是如此！"

他说出了自己的想法，皇上对于梦麟并无私仇，逼他献麟这件事，是要杀他以儆天下文士。这并非一时兴起，皇上盘算已久了。他做了五十年太平天子，常常愤恨满人被汉人的习性所淫染，学得阿谀奉承，学得八面玲珑，学得骄奢淫逸，学得华而不实。皇上说过许多次，汉人的文化有太多糟粕，须下狠力清理，所以命纪昀主持编纂《四库全书》，以编书为名，行毁书之实。

纪昀道："皇上此举何意？就是要削咱们的脑袋：能想什么，不能想什么；能看什么，不能看什么，都给你规定好了。北京天桥耍猴的，地上画个圈儿，猴儿就不敢出来，就是这个道理。这次要于梦麟献麟，是和编书一个念头，皇上铆足了劲要教训汉人：你们不是整天就爱报祥瑞吗？那我就较个真，看你们怎么办！当然，看到于梦麟的名字，也让皇上起了兴头：你不是梦麟么？那正好，把梦见的麒麟献上来。"

陶铭心听得愤懑不已："果然，什么崇礼尊孔，全都是装架子！"

"不然呢！"纪昀也愤然，"听说了于梦麟的事，我赶紧面见皇上，建议教训于梦麟几句便可，不宜深究。但皇上不肯——他年纪太大了，很多事情已经糊涂了。他直接说，尔等撒谎了几千年，弄出五花八门的祥瑞糊弄君主，但朕是千古第一的帝王，谁也别想蒙骗朕。我退了一步说，麒麟确实有，但不可能抓到，还说孔子见获麟而绝笔。陶兄猜皇上说什么？他竟然说，孔圣人也是假的！听听，这是什么话？多年前在曲阜不跪拜，要给圣人加战马，现在又说圣人也是假的，真是疯了！我见话说不下去，就告退，皇上还不忘羞辱我：孔圣人算个什么东西？靠着孔圣人，宋朝赢了大金大元吗？大明赢了大清吗？"

陶铭心一拳砸在桌上，茶杯咣当乱跳："古人的话一点没错，君视臣如手足，则臣视君如腹心；君视臣如土芥，则臣视君如寇仇。乾隆要断君臣之义，纪大人，你是时候回头了！"纪昀叹道："陶兄，我不怕告诉你，江苏官员逼迫于梦麟自杀，是我的意思，若不能圆这个谎，他必须死。他昨天又上奏，说在藏鼎山拿到了麒麟，我想，这里头肯定有阴谋，是个人都知道有阴谋。皇上明天带重兵去藏鼎山，不管真麒麟假麒麟，一定要抓住的。让皇上抓住一点儿尾巴，于梦麟身死事小，老兄你、我，身死都事小，天底下所有的汉人、读书人抬不起头来，这才事大！几千年来的谎言……呵，我们这辈子的书都白读了。"

见纪昀把话说到这个份上，陶铭心本想将麒麟的计划实言相告，但他受过太多欺骗了，犹豫了一会儿，转开话锋："纪大人，你做八字官这几年，真个是无为而治，我们这些虫草的日子过得很不错。"纪昀一愣，摆手笑道："不值一提。"陶铭心问："许多好事，是纪大人安排的罢？"纪昀淡然一笑："你们应得的。"

"皇上面前怎么交代呢？"

"撒谎而已，这难不倒我。"

"所以，八字驭人术，已然作废了？"

纪昀眯缝起双眼，多年混迹于官场，他心思圆滑而谨慎，见陶铭心如此追问，心里已经猜到了大概："陶兄，咱们不必互相试探了，你问我八字驭人术的事，看我是否说实话，然后你才说麒麟的计划，不是么？"见陶铭心微笑不语，他知道自己猜中了，继续道，"实不相瞒，八字驭人术没有作废，只是我不再对你们使用了。"

陶铭心豁然道："这意思，是你不帮皇帝用了？"纪昀点头承认。陶铭心忙问："那是帮谁？"纪昀淡然道："月清和尚。"陶铭心大为愕然："你……要帮他夺取江山？"纪昀起身到屋外看看，何姑正在厨房忙活，他关好门窗，压低嗓音："月清俗名袁坤，是袁崇焕的嫡孙，人望颇高。崇祯冤杀了袁公，大明烂到了骨子里，谁要复那个明！归根结底，我们是要反满人，复中华！忠臣之后做人主，再合适不过。我为他施展驭人术，名正言顺！"

陶铭心缓缓摇头，问道："天底下有多少袁家的虫草？"纪昀道："一开始将近六百，过了这几年，只剩三百不到了，你那个开书店的朋友娄禹民，就是月清的虫草。"陶铭心沉吟道："原来，你还是信这套邪术。"

纪昀激动道："给满人皇帝用，当然是邪术，但用对地方，这套法术自有其道理。月清长老这些年身体康健，八卦教也势力壮大，可不是此法有效的铁证么？陶兄，我知道你心地善良，又有悲惨的经历，难免对这些新虫草有兔死狐悲之感，但你要知道，历来成大事者，都是舍小取大。这些虫草，等将来赶走了满人，都要入忠臣传的！纪某不才，愿以血为墨，亲自为他们写传。他们是不拿刀枪的英雄，是我汉人的忠烈，值得万世景仰。"

沉默了好一会儿，陶铭心哀叹道："我是快入土的人了，管不了这许多事，只顾眼下罢！"接着，他将与保禄、阿难合谋的献麟计划全盘告诉了纪昀。纪昀惊诧不已："那个汤保禄，竟有这样的本事！"赞叹几句，又叮嘱道，"让老兄劝于梦麟自杀，我知道是不可能了。这头假麒麟能否混过去，也不好说。但是，陶兄，不管出现什么情况，千万千万不能让麒麟落入官兵手中，一旦识破是人造的，皇上在这上头可以大做文章，不仅会株连多人的性命，全天下的读书人也会受此大辱！"

陶铭心握住纪昀伸过来的手："纪大人放心，我有把握。"纪昀又道："还有一件大事，知会你一声——八卦教的主力，如今已经秘密聚集在藏鼎山中，准备皇上来时动手。令千金，如今是八卦教副教主，她和刘雨禾，是月清的左膀右臂。"他扯了扯自己的辫子，"以后，还要不要留这根猪尾巴，全在明天一举了！"

陶铭心兴奋地睁大眼睛："哦？他们来了！"

送走纪昀后，陶铭心在书房枯坐，心激动得乱跳，看日头，保禄和阿难应该已经在山上会合了。按照事先的安排，他二人要钻入麒麟中，然后于梦麟用木笼关住麒麟，等明日请乾隆上山观看。之后麒麟能否撞破木笼，冲出重围，都是未卜之事。他眼皮跳个不停，心里不自在，拿出刘瞎子落在家里的铜钱龟甲，自己卜了一卦，得出第三十六卦——明夷，利艰贞。陶铭心想起多年前藏鼎山杀人卦的事，有些膈应，"明入地中"，这四个字不太吉利。

这时，何姑端着茶点进来："太阳都快落山了，老爷今天还没吃东西呢，我新买了些野蜂蜜，香醇得很，快尝尝。"听到何姑说"太阳快落山"，正合着"明入地中"，又提到"蜂蜜"，勾起他的往事，陶铭心顿时大怒，将龟甲往地上一掼，骂道："晦气东西！"何姑又惊又气，陶铭心从未对她发怒过，更没骂过她"晦气东西"，"晦气"，简直是骂她寡妇再嫁之事了。自从将往事告诉陶铭心后，他就没正眼瞧过何姑。何姑忙活了一天，做了几样陶铭心爱吃的点心，调了蜜茶，本想讨好他，谁知竟惹来这等恶毒之语，不由心中大痛，把茶盘往桌上一放，捂着脸哭着出去了。莲香听见动静跑过来，看陶铭心脸色不好，赶紧去安慰她母亲了。

陶铭心越想越烦躁，又担心保禄和阿难不精细，关键时刻出了纰漏，便决意亲自上山看看，再叮嘱几句。他拄着拐杖，牵了家中的驴，费了九牛二虎之力才将半残废的身子挪上去，在驴屁股上用拐杖一敲，嗒嗒地往藏鼎山去了。

上山途中，看到一队队官兵往上面疾行，陶铭心更不安了，来到半山腰的那片空地，四下一望，保禄正向他招手。来到乱树后面，保禄问："先生怎么来了？阿难呢？"陶铭心皱眉道："我不放心，来看看，阿难还没到？"保禄急道："约了申时三刻在这里会合的，这都酉时快过了，还没到呢！"

正说着，有一队人赶着一辆双驾马车到了。原来是于梦麟，带着他的几个心腹家仆，见到陶铭心和保禄，也不顾行礼，立刻命家仆将车上的木板搭起来，做成大笼子。又问："怎么不见阿难？"保禄叹道："不知道呀，可能被什么事绊住了，罢了，我单独进去。"

于梦麟担忧道："你自己？能行吗？"陶铭心突然道："我和你进去！"保禄忙道："先生，别怪我唐突，您腿脚不方便，在里面伸展不开，还不如我一个人呢。这是我造的东西，我比谁都了解的。"陶铭心坚持，保禄无法，只好带他来到乱石后，打开麒麟背上的入口，扶他进去。陶铭心半边身子麻木，光坐下就无比吃力，单手单脚控制踩板实在别扭，加之头顶的盖子一盖，他立刻就呼吸困难，全身发抖——当年在棺材里的经历，让他无法忍受这种狭窄黑暗的空间。

从麒麟里出来，陶铭心烦闷道："我真是个老废物，这么危险的事，要你一个人做。阿难也是的，怎么不守诺言！"保禄道："阿难最是守信，肯定是遇到了什么意外，不必怪他。"他抚摸着麒麟的脊背，忽然动情了，"先生，这件事本来跟我没有干系，我造麒麟，明天拼命，都是为了报答先生的养育之恩。若明天有个三长两短，那万事皆休；若侥幸活下来，我想离开中国，回到西洋——先生不要骂我不知报恩就是了。"

陶铭心惊讶道："好端端的，你为何要离开中国？"

保禄微笑道："好端端的？先生，不说这个了罢。"

于梦麟在那边喊着笼子已经搭好，保禄左右看看，没有他人，便钻入麒麟，操纵手杆，麒麟缓步进了笼中。于梦麟和家仆用一面黑幔帐将笼子罩了个严实，于梦麟跪拜在地："保禄兄弟，事情成了，我下半辈子天天给你供生祠；事情不成，我死了，转世给你做牛做马！有劳了！"陶铭心好生难过，洒了两行泪，随于梦麟下了山。

保禄躺在麒麟体内，看不见一丝亮光，只能听到山风呼啸。夜间有些凉，睡睡醒醒的，又是腻烦又是躁动，不由自主地想起何万林：他当时在龙头水法里藏着，和自己现在差不多罢？不过何万林应该更紧张些，他要杀人，自己不用，露个面就跑——可是能跑得脱吗？

渐渐，听到些人声，在猜测帐幕底下是什么。有的问："真的是麒麟？怎么一点动静也没有。""麒麟也得睡觉。"保禄并不担心有人进来偷看，笼子外围有官兵，谁也不敢造次的。拿出饭团嚼了两口，在怀里焐久了，有些馊味儿，皮囊里有水，灌了个饱。等到约莫下午了，听到一阵嘈杂的乐声，跟人家娶媳妇儿一般，闭上眼静静听，跟开了锅似的，音浪越来越近，滚到了山上。

"皇帝来了！"保禄兴奋起来。

声音越来越纷杂，保禄感觉周身热了许多，也许是人太多，将笼子围了起来。没一会儿，突然又没了声音，只听见悠悠的风声在山间飘游，像是孤魂野鬼在幽怨地唱歌。接着是于梦麟的声音，发着抖："启奏皇上，捕获的麒麟，就在这只笼子里。臣用黑布罩着，免得惊吓到神兽。"听不到乾隆说什么，只是一个老太监传话："掀开帷幕！看麒麟！"

保禄手脚放好了位置，全身肌肉紧绷，随时准备启动麒麟。从麒麟的眼中，看到那块帷幕缓缓揭开，白刺啦啦的阳光从玻璃片中灌进来，保禄揉着眼睛适应了一会儿，才看清外面的世界。穿红挂绿的都是官兵和大臣，中间明黄大伞盖下，一尊高高的圣辇，当中满身黄的老者，正是乾隆。保禄不敢耽搁，立刻摆弄了几下手杆，麒麟扭了扭脖子，猫似的伸了个腰，全身关节嘎吱乱响。

"喔！"一阵闷雷似的齐呼。

保禄操纵得更加复杂，麒麟在笼子里蹦跶起来，乱跳乱撞。又是老太监的声音："圣驾近前，侍卫警戒！"一大群身着戎装的大内侍卫将笼子围得水泄不通，最前面的一圈兵端着火枪，手指扣在扳机上，后面有拿长矛的，拿戟的，拿弓箭、手弩的，架势森严，这麒麟若有一点不安分，立刻被打成筛子。

保禄头上渗出了汗水，将那一套在心中练习了数千次的动作又默习了一遍，先猛地前后推拉手杆，麒麟摇摆起脑袋，用犄角撞破笼子，再脚上加劲，冲起来，同时还要不断地左右晃动身子，让麒麟在人群中撞出一条路来。要沉着，不能乱跑，必须往山顶的方向去，若下山，必被人捕获。

笨重的御辇到了近前，乾隆一手拿着放大镜，透过镜片看一看，又用肉眼看一看，口中发出几声惊叹，动了动嘴唇。又是老太监传话："皇上有旨，杀死麒麟！"

那些侍卫一时间没反应过来，有几个朝后看了看，保禄在麒麟中也惊诧了片刻，脑袋里轰的一声，立刻手脚大动，用麒麟的犄角撞破了栏杆，侍卫也回过神来，开枪的开枪，射箭的射箭，保禄听到弹丸打在麒麟身上的嘣嘣声，还好用了枣木，外面有牛皮、铁甲覆盖，弹丸打不透，弓箭更是无用。火药烟雾弥漫，反而给了麒麟可乘之机，在一片混乱中，保禄操纵麒麟，撞翻了几个火枪手，朝山上奔去。

　　官兵在后面紧追不舍，山呼海啸地喊着"抓麒麟！抓麒麟！"潮水一般漫山遍野地跑。眼看就要到山顶了，还是甩不掉官兵，保禄急得满头大汗，驾着麒麟狂奔。这时，船迟偏逢打头风，啪嗒一声脆响，连接麒麟右后腿的一只齿轮坏掉了，无奈，只能用剩余的三条腿拖着那条残腿行动。

　　计划撤退的小路上也有官兵抄截，那里有一个事先挖好的陷坑，保禄准备将麒麟就地掩埋灭迹的，没想到皇上竟然带了如此多的官兵，马蜂一样跟着，甩也甩不开。另一条小路也有备用的陷坑，里面洒了油，准备烧毁麒麟的，但眼下也来不及了。保禄只好驾驭麒麟继续往山上狂奔，心里叫苦：这可如何是好！

　　眼看到了山顶，身后却无官兵追上来。保禄跳出麒麟，爬到一块大石上，往下一看，只见数百名裹着红头巾的汉子正在和官兵厮打，杀声震天，枪炮声、刀剑声，震得人耳朵嗡嗡的。又跑去悬崖边，往下一看，底下蚂蚁似的官兵守在祇园寺附近，若把麒麟推下悬崖，零散的残骸也会被官兵发现。只要被皇上发现麒麟是假的证据，整件事都将功亏一篑。

　　保禄正急得七窍生烟，肩膀上突然被人一抓，扭头一看，竟是青凤。她的样子吓得保禄差点晕厥过去——曾经无比细腻可爱的一张脸，一半完好，一半皮肉焦烂，臭不可闻，头发也如冬天的杂草，枯黄发黑，轻轻一动，就落下许多发灰。她衣服脏烂，两腿上尽是干巴巴的血垢，一只脚没了鞋，脚面也烂了，全是模糊的血肉。她剧烈喘着气，已经站立不住。

　　保禄赶紧扶住她，心疼得眼泪簌簌直掉："青凤，这是怎么回事！"

　　青凤痛苦地哼了一声："中计了……教内有叛徒……雨禾也死了……"她咬紧牙关，站直了身子，看着下方教徒们正与官兵血战，她一把拉住保禄的手，仅剩的那只好眼流下一行泪，"保禄，事情败了，我不能苟且偷生。你要永远记着我，记着我的好，忘了我的不好，若下辈子还能见面，我——"保禄紧紧抱着她，脑子里电闪雷鸣，不知从何处涌起一股冲动："青凤，跟我走！这一切，成也好，败也好，真也好，假也好，咱们不管了！好妹子，我一直爱着你，每时每刻都念着你，不要再离开我了。"说着，保禄哭了。

青凤咯咯笑了，用力挣开他的胳膊，用血腻腻的手摸了摸他的脸颊，轻轻摇了摇头，猛一转身，大吼一声，提着长剑奔入杀阵，奋勇杀了几个官兵，很快体力不支，被一支长矛刺中，接着，身子一矮，淹没在乱尘之中。剩下的一些八卦教徒，也渐渐抵不住如潮汹涌的官兵，不住后退，带着哭腔大喊无用的咒语："千手挡，万手遮，青龙白虎来护遮，急急急，杀杀杀，五圣菩萨快下凡！"

亲眼看到青凤战死，保禄跪在石头上伤心欲绝，那只巨大的、死气沉沉的麒麟，正面对着他，僵硬又笨拙，显得那么丑陋和滑稽——再也没有办法让它消失了。有一瞬间，保禄想跳下悬崖去，摒弃这一切的痛苦和烦恼。

突然间，他看见一个老汉，从大石下面的洞口里钻了出来，怀里抱着一大捆长长的箭似的东西，拖着半截身子，吃力地往麒麟的方向挪动。"陶先生！"保禄大惊，连忙跳下来，"您怎么在这里？"陶铭心一脸油汗，喘着粗气，指着洞口，又钻出来一个人，竟是阿难，怀里也抱着许多长箭。

保禄后来才听阿难说了在祇园寺被父亲困住的始末。天亮后，阿难离开寺庙时，正好遇到了陶铭心，原来陶铭心问了小米糕，才知道阿难被乔陈如困在寺中，忙来查看情况。听阿难说娄禹民放火烧了密道，陶铭心担心青凤安危，和阿难一起从方丈室重新下了密道，火早已灭了，踩着无数烧成焦炭的尸体，忍着恶臭，一路往上爬，穿过几堵尸墙，来到山顶的大山洞中。洞口豁然开朗，洒下光线来，四下里空空荡荡。忽而，一声婴儿的啼哭，吓了二人一跳。

循声找去，在一汪潭水旁边，躺着一个奄奄一息的老妇人，她怀中用破布包裹着一个粉嫩的婴儿，地上还有断掉的脐带和一堆血腥的污秽，看来是刚出生不久。阿难扶起老妇人："大娘？大娘？先生，你认识她吗？"陶铭心凑近看了看，惊讶道："孙夫人！"

原来是刘雨禾的母亲孙兰仙，多年不见，头发已经全白了，她小肚子上插着一支箭，鲜血染红了裙子。这时她努力睁开眼，见到陶铭心，笑了："是陶先生，亲家……"陶铭心问她青凤在何处，孙兰仙指指洞口："冲出去了……"她努力将孩子推向前，"青凤的儿子……"陶铭心大惊，颤抖着双手接过婴儿："外孙……"

　　孙兰仙断断续续地说，昨晚发现火情后，众人本想从山顶的洞口逃生，发现外面有大量官兵埋伏，一露头便死。刘雨禾当机立断，发动众人担土灭火，他身先士卒，冲在最前面，但无奈火势太大，来不及后退，想必已成冤鬼。月清看势头不妙，硬着头皮率众从山顶的洞口突围，果不其然，被万箭射死，孙兰仙也中了一箭，只得退回洞中。也许是受到了惊吓，也许是连日奔波劳累，在这危急关头，青凤的肚子竟然闹腾了起来，疼得她满地打滚，孙兰仙一看，知道要提前生产了，忍着箭伤的剧痛，叫来几个女教徒，将青凤抬去角落，很快就生下来一个男婴。孙兰仙嗫嚅道："媳妇是个女中豪杰，用牙咬断了脐带，把孩子塞给我……"

　　青凤支撑着虚弱的身体，先下令用乱石封闭了洞口，阻挡官兵攻入，又指挥余众用死尸堵住隧道，前后布下多道人墙，才勉强阻隔住了烟火，她也被熏烫得面目全非。如此一来，虽然挡住了外敌，自身也陷于绝境。上下洞口都已封死，洞中无风，没多久，几个教徒便窒息而死。绝境之中，青凤抱着儿子亲了两口，托付给婆婆，命余人随她从山顶的洞口再次突围，宁可战死也不能憋死。青凤等人抱着破釜沉舟的决心，终于将山顶官兵杀了个干净，谁知这时山下奔来一头麒麟，后面跟着无数官兵，青凤看今天难以活命，便将孙兰仙安置在洞中，出去带领教众作殊死一搏。

　　说完，孙兰仙吐了一大口血，攥着陶铭心的手，说出四个字："救活孙儿……"身子一软，断气而亡。陶铭心抱着外孙悲欣交集，阿难无暇多愁善感，伏在洞口往外一看，不远处八卦教教徒正在与官兵激战，他们知道投降是死，打也是死，一个个杀红了眼，以少敌多，一时难解难分，而那只麒麟，木驴一般站在悬崖边。阿难焦急万分："保禄在哪儿呢？麒麟可不能落入官兵手中！"

　　一句话点醒了陶铭心，他抱着外孙在洞里急得乱转。阿难发现洞口附近有只大箱子，好奇地打开，高兴得大叫。原来在木箱中，有数百支底部绑着火药的竹箭，是八卦教准备用来袭击官兵的，事发混乱，竟遗忘在此了。阿难道："把这些火箭绑在麒麟上，飞到天上炸个粉碎！不留下任何痕迹！"

陶铭心将外孙放在箱子里，和阿难分批把火箭运出洞外，正好撞到了保禄。听了阿难的法子，保禄大喜："好主意！"陶铭心吩咐阿难："没必要都在这里耗着，情况紧急，你快抱着那孩子，顺着密道返回祇园寺，不管想什么办法，一定要救活他！"阿难看这里事情已定，便跳回洞中，抱着那孩子顺着密道去了。

这头，保禄手忙脚乱地把所有火箭都捆在麒麟身上，将所有引信连成一股，眼看八卦教的人又死了许多，官兵往这边推进了数丈，陶铭心忙催他点火，将麒麟喷出去炸掉。保禄从麒麟肚子里拿出一只火捻子，是他暗中照明用的，吹着了，正要点，猛一拍脑门："不行！我粗略算算，麒麟太重，这些火箭，不足以把它打到天上——就原地炸了它罢！照样留不下什么证据！"

正要点引信，陶铭心突然抓住他的手："慢着！"

保禄不解地望着他："不炸了？"

陶铭心脸上现出一种极为喜悦而兴奋的神色，好像遇到了天大的好事。只听他笑道："当然要炸，但要在天上炸。"他望着山下，"皇帝正在底下看着上面的动静，要炸给他看！"保禄皱眉道："先生，我说了，这些火箭不足以——啊！"他突然明白了陶铭心的意思，震惊道："先生，你不会是想……"

陶铭心拍拍他的肩膀，微笑道："好孩子，我这辈子过得不畅快，至少要我死个痛快。"他打开麒麟背上的盖子，想爬进去，偏瘫的身子却使不上劲。保禄紧紧拉着他的衣裳不撒手："先生！不能搭上性命！没必要如此呀！"说也奇怪，两人争执间，陶铭心那半边身子似乎有了活力似的，借着保禄的肩膀一撑，竟一跃而起，跳进麒麟的肚子中。保禄大哭道："先生，何必非要给皇帝看？在这里炸了麒麟也可以的！"

陶铭心摇头道："保禄，你不懂，必须要给他看见。"说完，他摸了摸保禄的脸颊，潸然泪下，"保禄，我的好孩子，你是一个真正的圣人，你才是圣人，就成全你先生罢——我这辈子都是假的，但麒麟，必须是真的！"

保禄哭得胸膛都要裂开，跪在麒麟脚下。身后的八卦教徒死伤殆尽，眼看官兵就要冲上来了，陶铭心把盖子盖好，在里面大喊："保禄，点火！"连喊数声，保禄擦擦泪，一咬牙，点燃引信，往后跳入洞中。

陶铭心在麒麟的肚子里手脚并用，全力踩动踏板，麒麟缓缓动了起来，尾巴处的引信哧哧冒着火星，麒麟朝着悬崖越跑越快，引信也越烧越快。在悬崖边，陶铭心用尽最后的力气，双脚踩下，踏板踩断了，麒麟也一跃而起，引信点燃了所有火箭，从后面喷射出数百道耀眼的火光，将麒麟推向高高的天空。

躺在黑漆漆的麒麟身体里，陶铭心笑了，他想起在棺材里的时光，想起赵敬亭讲的那段《棺中记》，想起"金瓶梅"的笑话，而这一次，没有人来救他，他将永远沉睡在这一方黑暗之中。他耳边有呼呼的风声，簌簌的火药爆裂声，心脏不断往上蹿，在嗓子眼儿里打转，有那么一瞬间，他恍惚觉得自己就是在棺材里，在苏州的所有事，不过是一个冗长乏味的梦。他自在地放声大笑，又拨弄了一下手杆，让麒麟的龙头高高昂起。

麒麟升到最高处，轰然一声，似是炸了一记闷雷，一大团火光照亮了阴沉的天空，青红黑灰混杂的粉末在空中久久也舍不得散去，仿佛要让全世界都能目睹这一盛景。悬崖边的官兵一个个目瞪口呆，有几个扔掉兵器，跪在地上使劲磕头，大喊神仙保佑。

保禄擦了把泪，顺着密道下去了。

第 55 章　保禄的抉择

"乖，叫舅舅！"

"舅舅！"

"你叫他什么？"

"他也是舅舅。"

"哪个舅舅疼你？"

"洋舅舅疼我。"

阿难笑得前仰后合："还洋舅舅，那我是土舅舅了。"他把这个小男孩抱在怀里，用手捏他滚圆的脸蛋儿，"真是一个粉娃娃，比小米糕小时候还可人呢。这眼睛和鼻子，和青凤一模一样，对了，大名叫什么？"保禄端着茶杯笑道："单字，刘穗，乳名就叫穗哥儿，教名叫约翰。我总担心他的身体，早生了三个月，不是说早产儿的身体会瘦弱些么，但看他的个头儿，应该也正常。"

阿难捏了捏穗哥儿身上："是瘦了些，个头儿是正常的，小米糕八九岁的时候还没他高呢，放心吧，让这孩子多吃肉，保证长得好好的。"他叫来莲香，"瑞哥儿去接你母亲，怎么还不来？你去看看，顺便带穗哥儿在村子里逛逛，这是他的老家呢。"莲香答应了，拉过穗哥儿，摸摸他的脑袋，眼泪忍不住掉了下来："跟三姐姐一个气质。乖孩子，走，跟姨妈去玩。"

只剩下阿难和保禄，近十年不见，他们又老了一大截。尤其是保禄，络腮胡子都发灰了，脖子处的皮肤皱得厉害，常年栉风沐雨的，脸上也多了许多黄斑，有一只眼睛结了层淡淡的白膜，光线一强就疼，看不清东西。怪的是，他越老，越像洋人了，眼窝更深了，鼻子也更挺了。

麒麟那件事后，他带着青凤的遗腹子离开了苏州——阿难带着这孩子从密道里出来后，被官兵当作八卦教反贼抓了起来，多亏祇园寺方丈吴松担保，解释了乔陈如火烧八卦教的始末，官兵才放了阿难。皇上听说了乔陈如的事迹，长久地默然不语，也未嘉奖，也未追究。

保禄对苏州已经彻底了无眷恋，带着穗哥儿先去了松江，有个南京的传教士朋友在那里新开了教会。先是买羊奶喂他，后来在教民中找了个奶妈，将穗哥儿喂到两岁多，保禄又带他去杭州住了几年，在那里偷偷开了教会，之后辗转又去宁波附近传教。保禄感叹："苦了穗哥儿了，和我小时候一样，没个固定的家，江南一带到处跑。"

阿难问："你在松江住过？没去看望看望珠儿吗？"保禄道："去华亭找了，家里没了人，打听到刘家的亲戚，说刘先生那年从苏州回去，染了风寒，不久就病逝了。后来，小蚂蚱跟着什么官去福建上任，珠儿带着俩儿子也随着去了，妹夫是个可靠的人，想必珠儿妹子不会受罪。"阿难感慨道："陶家几个姊妹，到头来珠儿的命最好。"保禄苦笑道："到底有命这种东西吗？"

在宁波时，保禄结识了一位捐钱支持传教的英吉利商人，汉名叫洪任辉，此人已近八十岁高龄，在中国沿海生活多年，和葛理天也认识的。两人颇谈得来。洪任辉见保禄精通中西文化，便告诉他自己的真实身份是英吉利派来中国调研的学者，明年是乾隆八十大寿，英吉利将派使团来华，他愿意推荐保禄为使团当翻译。保禄稍作考虑，便答应了，和洪任辉约定了日期，年末在南京会合，一起北上京城，等待使团到来。此番路过苏州，便带穗哥儿来看望亲友。

"不能多住两天吗？过了年再走罢！"阿难很是不舍。保禄道："约定了日子，明天就得走，南京那边的教会还有些事要办。"阿难道："别哄我了，再忙也不至于此。可见你对苏州是一点留恋也没了，脚沾沾地就厌倦了。不过我理解你，这么多年，这么多事，任谁也难免厌倦，我是从小生长在这里，家在这里，实在没地方可去，不然我也走了。"

保禄笑道："天下这么大，怎么可能没地方去？你是老狗，不想挪窝儿罢了。"阿难大笑："对，我现在就是一条老狗，在太阳底下晒一晒，就别无所求了。"顿了顿，他说，"陶先生死后，何姑把先生多年来的日记都送给了我，好多已经朽烂了，看到咱们出现在他的日记里，偶尔夸，偶尔骂，偶尔抱怨，倒是很有意思的事——你想不想看看？"

保禄摇头："我就不看了。阿难，也许我到底不是纯粹的中国人，这些年我日思夜想，还是无法理解陶先生的选择，他为什么要那么做呢？若是为了救谁，那是圣人所为，但他并没有救谁，只想给皇帝看……这有什么意义呢？我甚至觉得他当时已经神志不清了。"

阿难微笑道："我大概能理解，但说不出来。要说救人，他真的没救吗？可能他救的不是有名有姓的谁。有件事我也是后来才知道，那天，在山底下看着的，除了皇上，还有一位大贵人——这个人，可能是中国人里头最特别的。"

"谁？"

"世袭衍圣公，孔宪培孔老先生——孔圣人的第七十二代孙。"

保禄皱紧了眉头："哦？"

"孔老先生病得走不了路，皇上命人把他抬到了苏州，就想在他面前一举拆穿麒麟的骗局。皇上为什么要这么做？有什么用意？你细细品品，若明白了皇上的用意，就明白了陶先生为何那么做。我只告诉你，传说孔圣人的母亲是梦见了麒麟才生的他。至于陶先生知不知道孔先生在底下，我不知道，他之所以那么做，意味深长。"

两人正说着，瑞哥儿进来了："丈母不愿意来，说见到汤叔叔会伤心，要我传话，汤叔叔也不必去看她，她很好，不用挂念。媳妇带穗哥儿去了，丈母给了穗哥儿一只金元宝，这会儿还在那儿玩呢，我先回来跟爹说一声。"

阿难看着保禄苦笑道："她还是有怨气。瑞哥儿和莲香结婚后，她就不大来我家了，去看她，她也闭门不见。我跟她说了陶先生如何死的，她很伤心，也很生气，她觉得先生是恨她，故意自杀，抛下了她，咱俩帮着先生死，也是忘恩负义。唉！也是气话。"保禄叹道："既然这么着，就不勉强她了，你们住得不远，以后多照顾她就是了。"阿难道："当然，她是我师娘，又是亲家母，肯定要为她养老送终的。"

两人畅谈了一夜，都舍不得合眼，说到天亮，保禄喝了碗粥，背着熟睡中的穗哥儿，起身告别。阿难将他送到村口的三棵柳树下，抱拳道："好兄弟，以后再回来看看。"保禄腾出只手来，拍拍他肩膀："放心罢。对了，阿难，你帮我办件事。"他指着村南的方向，"学塾旁边的那个黄金坑，你找人填了吧——荒废这么多年了，不能任它那么臭着。"

阿难笑道："我明天就找人填了，那坑还是我爷爷在时挖的，你说得对，不能任它那么臭着。"保禄点点头，眼中盈满了泪，转身去了。"保禄！"阿难又叫住他，不由哽咽了，"你是不是不会回来了？给英吉利的使团做了翻译，你就要永远离开中国了，对不对？"保禄没有回头，原地站了会儿，大踏步去了。

保禄带着穗哥儿买船而上，到了南京，住在中华门附近的一所教堂中。过了春节，翻译了一些传教的书籍，他精通拉丁语、法兰西语、佛郎机语，但对英吉利语并不熟悉，随一位精通此语的传教士学了一个春天。到六月份，洪任辉也到了，又雇了几个仆人，一起北上，不日到了北京。

葛理天提前接到了消息，将他们安置在宣武门的教堂。多年不见，葛理天的身子萎缩了一截儿，走路一瘸一拐的，不过精神依然矍铄。他先跟保禄打听："上次南巡回来，皇上生了好久的气，听人说，苏州那边出了只麒麟？这是怎么一回事？"保禄含糊说了几句，葛理天道："去年京畿一带闹了好大的饥荒，皇上很不高兴，怪我们钦天监没有提前报告天象，将所有洋臣打了板子。唉！皇上已经老得昏聩了，但没人敢说什么。"

七月，英吉利使团抵达天津，稍作休整后，顺着运河上溯到通州，到达了北京。乾隆并不在紫禁城，已经移驾去了承德避暑山庄，洪任辉将保禄引荐给使团的正使马戛尔尼勋爵，他先后用法兰西语和英吉利语和保禄谈了一会儿，惊叹于保禄对中国的了解，欣然任命他作为使团的翻译团长官，负责与大清朝廷所有的往来文书沟通之事。

很快，使团在礼部的安排下，前往承德。保禄将穗哥儿托付给教堂的一位神父照管，随团动身，钦天监的几位西洋人，包括葛理天在内，也陪同前往。葛理天偷偷对保禄说："礼部要我们跟着，是居中调停，听说因为参拜礼节的事两边儿僵住了，英吉利人不肯下跪，惹得皇上很是光火。"保禄冷笑道："我知道，天天几十封文书，说的都是磕头的事。"

数日后，使团到达热河行宫。乾隆派一位叫和珅的高官与使团沟通，坚持使团觐见时要行三跪九叩的大礼，马戛尔尼态度强硬："我们的礼品被你们标为'贡品'，已经很不恰当，再要求我们按属国的身份行叩拜礼，决不可能。"来回争执一番，最终，乾隆特别恩准使团以半跪礼参见。

这天是八月十一，正式觐见。太监先捧着贡品册子唱名色，喊得声嘶力竭，带有浓浓的自豪之情。行过礼后，马戛尔尼呈上英吉利国王的国书，乾隆看了翻译的汉文副本，很高兴，回赠了一只尺长的玉如意，得意地说："朕已经八十三岁了，身体还很康健，希望你们国王和朕一样长寿。"

热情客套后，乾隆和马戛尔尼聊了些家常，保禄居中翻译，乾隆惊讶于保禄的汉语如此流利，问他："你在中国许多年了？"保禄撒谎道："草民生长在澳门，所以会中国话。"乾隆点点头，笑道："怪不得。澳门，快成你们洋人的地盘儿了。"

宴会上，马戛尔尼提出来的关于两国通商的建议，乾隆不仅没有同意，甚至连回应都没有，要么闭目不答，要么说别的话岔开，只问英吉利的王宫什么样式，妇女穿什么衣服，海上可有没有怪物等等。提起英吉利近些年在西藏、廓尔喀的活动，乾隆还很不满，说英吉利人心地不正。扯淡半天，通商的事没有任何进展。

下午，乾隆又要观赏礼物，对钟表、八音钟、望远镜一类的玩意儿并不稀罕——紫禁城里司空见惯了，倒是对几艘军舰模型很感兴趣。问来问去，最后摇头说："自从圣祖爷收了台湾，我大清就没有海战可打了，见真章的，都是在陆地上，那才是打仗。这些大船，漂亮是漂亮，可惜没什么用。"又拿着英吉利新产的火枪在手里比画了两下，"倒是挺轻的，没有铅弹？"

老太监忙道："皇上玩笑了，这是贡品，怎敢填入火药。"乾隆下令："弄个靶子，试试准星儿。"侍卫赶紧竖起一只草编靶子，又弄来火药与铅弹，乾隆开了两枪，都未中靶，后坐力震得他肩膀发抖，失望地把枪丢给太监，抱怨道："这火枪不好，一打就往上飘。"马戛尔尼解释说："这是新式的马枪，和贵国军队使用的火绳枪不同，可以连射八发。只需练习一段时间，就能打得极准，而且装弹比旧枪快得多，威力也强大好多倍。"

乾隆不信，让他找人试验。马戛尔尼本想亲自上阵，保禄自告奋勇："我在澳门学过射击，这种枪我也见过，我来演示罢。"保禄走到阵前，端起枪，瞄准了前方的草靶，他用余光看到乾隆站在自己右后方，两个太监搀扶着，正好奇地看着自己。

"只需轻轻扭转身子，扣下扳机，就能杀死这个皇帝，就能给青凤报仇，陶先生在天上也定会狂喜。"但他又想："我如今是英吉利使团的翻译，若杀了皇帝，我死就死了，岂不是坑了人家一国？况且还有穗哥儿，我要死了，谁来照顾他？就算有人照顾，也不可能带他离开这个国家了。"

保禄扣下扳机，稳稳命中靶心。又试了三枪，都是如此。乾隆很欣喜，赏了保禄随身戴的一只黄绸子荷包。马戛尔尼趁机说，只要清国和英吉利通商，可以运来一千支火枪，装备天朝军队。乾隆笑道："火枪这东西是好，朕打猎最爱用火枪，但在战场上，火枪射程有限，不如火炮有用，而火炮再有用，也不如刀剑利索。你们英吉利是个小小的岛国，还不如我们一省大，哪懂什么打仗？我天朝打仗动辄数十万兵马，来回纵横上千里，都不靠这些火器的。"

参加完乾隆的寿宴后不久，使团一无所获地回到了京城，所有人都很沮丧，通商之事没有丝毫商量的余地，使团提出想在北京留下一位公使，也被拒绝了。葛理天分析说："法兰西国内大暴动的新闻已经传到了中国，他们害怕你们带来不好的影响。"马戛尔尼又无奈又愤懑："这个世界早已经变了，中国人却不愿意醒来，继续活在梦里。"

使团计划尽快返回欧罗巴，保禄想带穗哥儿上船，马戛尔尼很谨慎："汤先生，这孩子是中国人，要被中国官员发现我们带着他，会有麻烦。"保禄解释说：“他从小受洗了，是教徒，而且，他还会说几句法兰西话，盘问起来，只需说是爪哇那边的孩子。”马戛尔尼这才答应了。

保禄委婉地试探葛理天，想不想跟着使团回西洋。葛理天道："你又不是不知道，要想在这里做官，必须保证永远不离开中国，我是注定死在这里了，已经在东直门外买好了墓地。我有预感，也不出这两年了，年初我请了匠人给我做棺材，上等黄杨木的，外面雕刻十二圣徒像，雕好七个了。"说着，他突然问，"保禄，你不会是想走吧？"

保禄点点头："我计划了好久了。"葛理天很不快："你忘了你的使命么？你是传教士，要在中国传播上帝的旨意，现在事业未竟——别说未竟了，连起色都没有，正是需要我们努力的时候，你怎么能半途而废呢？我在皇帝的眼皮子底下，这些年努力地在宫里宫外宣扬教义，已经发展了一百多个信徒，难道你比我更难吗？"

保禄突然有些激动："葛先生，我真的传不下去了。我发现了一个事实：这里的人，除了他们自己，除了他们死去的祖宗，除了他们的父亲和儿子，他们谁都不关心，除了家里的牛、地里的庄稼，他们什么都不在乎。也许，这里压根儿不需要上帝。"

葛理天怒道："你怎么可以这么说？你是传教士！"保禄苦笑道："我是注定失败的传教士。"两人闹得很不愉快，保禄随使团离开时，葛理天也没有送别。保禄心里有些不舍，相比陶铭心，葛理天才是他真正的老师，他的学问与技艺，多是葛先生传授，不过他心里明白，葛理天已经不知不觉地成了一名中国人，虽然他还心心念念传教大业，但他已经毫无察觉地融入了这片土地——那尊华丽炫彩的棺材就是明证。

英吉利使团在天津没有走海路，走的运河，一个月后，先到了杭州，再去宁波、舟山，休息了一段时间，继续水陆兼行，终于到了广州。多日在船上颠簸，穗哥儿上吐下泻，精神萎靡，保禄带他去城里看大夫，还好只是饮食不调，肠胃受寒，没有大碍。过了春节，使团与这边洋行的事务也处理完毕，定了明天天亮就启程，返回欧罗巴。

下午，穗哥儿趴在船舷上，闲看水手和划着装满杂物的舢板的小贩讨价还价，突然问保禄："舅舅，西洋有没有冰糖糊涂？"保禄笑道："傻孩子，跟你说了多少次了，是冰糖葫芦，不是糊涂，我也不知道西洋有没有，没有的话我做给你吃，不麻烦的。"穗哥儿不无伤感地叹了口气："离开吧，也没什么，就是舍不得冰糖糊涂。"保禄摸摸他的脑袋："那你等着，我进城给你买一些回来。"穗哥儿开心地拍手："舅舅早点回来！"

保禄下了船，在码头转了一圈，并没有卖冰糖葫芦的，一路往上走，来到城里。街上无比热闹，卖的吃食千花百样，但就是没有冰糖葫芦，打听半天，才得知三条街外有。寻寻觅觅，直到天色擦黑，才找到一个推车的小贩，将剩下的十来串都买了，用纸包好。

回码头的路上，保禄总感觉背后有人尾随，不时回头，果然有一个五十上下的黑胖妇人，鬼鬼祟祟地跟着，见保禄回头，她也不躲闪，直盯盯地看过来。保禄回过身站定，问道："大娘有事么？"

那妇人绕着保禄打量了一番，指着他笑道："哎！没认错，就是你这个洋人！"保禄莫名其妙："你是？我并不认识你。"妇人笑道："你这鬼子，怎么不记得我呢？好些年前，你来我们村里打听人，没记错的话，是找你母亲吧？你给了我一两银子，我给你带路，打听了好几个村子。你的模样太特别，我一眼就认出来了，哎呀呀，气死人，你竟然不记得我！"

保禄也想了起来，忙作揖道："原来是大娘，真是有缘，又重逢了。"他急着回码头，抱歉地说，"大娘，我要赶船，不能跟您多聊了，咱们后会有期罢！"那妇人冷笑道："哎哟，什么事这么急？什么事比你娘还重要？"保禄一听她话里有话，忙问："大娘的话是什么意思？"

妇人道："你娘，叫胡春梅对吧？祖籍佛山对吧？广州一个大户人家的丫鬟出身对吧？信天主教对吧？全对！她没死，还活着哩！我从那个渔村搬来了这里，竟遇到她了！如今就在我的邻家做老妈子呢！"她咂巴着嘴，连连摇头，"哎呀，一把年纪了，破衣烂衫，人不像人鬼不像鬼的，太惨了！"

保禄全身的血都往头上涌，激动得摇摇晃晃，扶住墙才没有摔倒，他从钱袋里抓出一把碎银子，也不计较多少，都塞给那妇人："大娘，快带我去见她！"

那妇人欢喜非常，领着保禄穿街走巷地来到一家铺面前，很奇怪，这铺面没有招牌幌子，不知做什么营生的，几扇门板严密地关着。那妇人对保禄眨眼道："你娘就在这里当下人呢，扫地做饭。"保禄奇道："这是什么地方？怎么连个门也没有？"那妇人笑了两声，对着一扇门板敲了一通，里面有人问："干吗的？"妇人道："骨头缝儿里痒。"啪嗒一声，里面放下了门闩，一扇极窄的小门开了，露出来一个汉子的脑袋，好像在骷髅头上蒙了层纸，瘦得没有一丝儿肉，用那双老鼠似的眼睛瞄了瞄保禄："哟呵，洋人，进来罢。"那妇人在保禄耳边道："这是大烟馆，进去了机灵点儿。"保禄来不及吃惊，被那汉子一把拉住，往里一拽，他侧着身子，才恰恰能进去。那妇人道："你就进去找。我住街对面，有事再叫我。"

屋里非常昏昧，一大股酸臭味儿打着圈儿缠人，头顶有个天窗，用纱蒙着，积满了尘垢，靠东靠南，齐齐两长排土炕——也不能叫土炕，只是用土砌成的半尺高的台子，有的上面堆稻草，有的垫棉褥，旁边燃着一盏油灯，十来个鬼一样的人歪在上头，凑着幽幽的小火苗，将烟枪凑上去，贪婪地吸着鸦片，发出绵软的呻吟声。

那汉子带保禄来到一处空位，伸手道："我们这的规矩，先交钱，再给膏，如果用我们的烟管，添一分银子。"保禄掏出一块银锭："我不吃烟，我找人，麻烦老兄通融。"那汉子将银子在嘴里咬了咬："你找谁？要在这里寻仇打架，可是不许的。"保禄道："找这里的一个老妈子，姓胡的。"

汉子瞥了保禄一眼，嘀咕着"跟我来"，掀开一块油腻腻的短门帘，走了一段湿漉漉的甬道，来到了厨房，指着里头蹲在灶前烧火的老婆子："就她一个老妈子，姓什么我不知道。"说完自去了。保禄深呼吸了几下，抚了抚胸口，走上前问道："胡大娘？"

那婆子扭过身子来，穿着打满补丁的破夹袄，有几处露着黑色的絮，头上包着一块脏兮兮的帕子，正如那妇人说的，"人不像人鬼不像鬼"。保禄从来没见过这样可怕的皱纹，仿佛那不是皮肤，而是雕出来的木头，眼睛、鼻子、嘴巴被密密麻麻的皱纹挤压得看不清形状，在廊下大灯笼的映衬下，仿佛是一只鬼。

她扫了保禄一眼，从灶台上拿过一只烟锅，伸到灶膛里烧了烧，猛吸了一口烟，吐出长长的一条雾："水刚烧上，喝茶要等一等。"

保禄道："我不喝茶。大娘，您老可姓胡？名叫春梅？"

那婆子咳嗽了一串，往灶膛里吐了口痰，滋的一声，并不答话。

"大娘，"保禄的声音都在颤抖，"您可认识汤普照？一个洋人，传教士。"

那婆子明显晃了一下身子，敲了敲烟锅，指着保禄："你是哪个？"

"我叫保禄，是汤普照的儿子——是汤普照和胡春梅的儿子。"保禄哽咽着凑上前去，跪倒在婆子的脚下："您是我的母亲……"保禄哭了好一会儿，也不见那婆子说话。抬起头，那婆子的眼睛里似乎也有一点光，只是面无表情："你是我儿子？啊，好，我儿子……乖儿子……"她摸摸保禄的大胡子，"洋儿子，对，是有个洋儿子……"她突然哭了出来，"你去哪里了？"

保禄哽咽得说不清话，那婆子上下摸他身上："乖儿子，你带银子没有？"保禄忙把钱袋拿出来："娘，您要什么，儿子给您买去。"那婆子指着前面："啊，吃烟，我要吃烟，快点，买膏去，我骨头缝里痒……"说着，她撑着灶台站了起来，夺过保禄的钱袋，颤颤巍巍地往前面走。

保禄不知所措地跟在后面，看着她买了鸦片膏，填在烟管里，就近找了台油灯，呼呼地吸了起来，两口下去，整个人瘫在地上，舒服得直哼哼。保禄看着百般不是滋味，双手抱起她——轻得如一把柴火，放在土炕上，握着她的手，痛哭了起来。

那个汉子过来问："这婆子是你亲人？"保禄哭道："这是我娘。"汉子笑道："哈，奇了！你娘名气大得很，自称广东第一个吃鸦片的，吃破了家，吃死了老公，在我这里做用人，不要工钱，做十天，吸半两膏——哎，你别瞪我，这是她自己定的规矩，不是我好心收留，她早饿死在街上了。你这娘少说吸了三四十年了，能活到现在，也是了不起。"

婆子吸够了，高兴得手舞足蹈，拉着保禄的手："好儿子，娘很想你。你怎么不早点找娘来？你还有多少银子？都拿来，娘给你保管。"保禄擦了把眼泪："娘，我带您走。"婆子一听，举起烟管就往保禄头上敲："我不走！你敢带我走！"保禄哭道："这么下去，会吸死的！"那婆子怪笑道："吸死才好哩！"她用烟管指着保禄，"汤普照不是好东西，洋人都是坏种，他对不起我，你补偿我！银子，银子拿来！"保禄道："银子我有，但您必须跟我走。"

"我不走！你也不准走！"婆子猛抽了一口烟，坐了起来，摇头晃脑地，说话跟唱曲似的："你敢走！我是你娘，你要养我，拿银子来！养老送终，吃烟，福寿膏，天底下最好的东西，拿银子来！你要孝顺我！"那汉子在旁笑道："老婆子，恭喜啦，天上掉下个儿子来，可得抓紧喽，这是您老的福气呀！"那婆子拍手笑道："可不是！昨晚我做梦，银子掉下来……啊，成真了！"

保禄看着她胡闹，只是一味哭泣，不知道是哭母亲悲惨，还是哭自己可怜，找了多少年的娘，已经成了这样。过了不知多久，隐约传来悠长的号角声，保禄知道，这是船上的水手在通知即将开船。保禄抬头望望天窗，天已经微微亮了，一夜都过去了。

他轻轻推了推迷糊的母亲："娘，您真不肯跟我走？"婆子挥舞着烟管大叫："不走！谁他娘也不准走！"保禄脸色忽然冷峻了下来，长出了一口气，跪在地上，用力磕了三个头，额头上顿时鲜血淋漓："既然如此，娘！儿子就做个不孝子吧！我走了！"婆子大惊，连那汉子也大惊："天底下哪有你这样的儿子？不管自己老娘了！这是忤逆的畜生！"

"随便你们怎么说，我必须走！"保禄擦了一把额头的血，对着母亲最后喊了一声："娘！保重！"转身便去，一脚踹开门板，跳到街上，辨清了方向，用尽全力往码头狂奔。他一边跑一边掉泪，船上的号角声也一阵响过一阵，每跑一步，便离这片土地远一步。他的肺要炸了，腿要断了，嗓子要裂了，恨不能肋生双翅飞过去，终于，大船起锚的那一刻，他来到岸边，大喊道："等等！"

在一片咒骂和抱怨声中，保禄上了船，将那包黏在一起的冰糖葫芦递给穗哥儿，穗哥儿抱着他的腰大哭："急死我了，你去哪儿了，你要不来，我可怎么办！"保禄此时畅快无比，脸上血汗与泪水交加，如雨般往下淌，摸着穗哥儿的脑袋："不要哭，要笑，要笑。"

大船离岸越来越远了，东方的天边露出了太阳的边缘，码头，城池，山，这片土地，渐渐清晰起来，也渐渐缩小，似乎能将这一切放在指甲盖上。马戛尔尼端着两杯茶来到甲板上，递给保禄一杯："他们说要去找你，我说不用，你一定会赶上船的。"

保禄喝了口茶："先生，我们下一站在哪里停？"

"爪哇。"

"那里有可靠的人吗？我想寄些东西。"

"有我国的商会，你要寄什么？寄给谁？"

"我所有的钱，寄给广州的一个妇人。"

"没问题，我帮你办。"

"马戛尔尼先生，回西洋了，我能做些什么？"

"你能做的太多了，全欧罗巴所有的科学会、天文馆、研究院会排着队请你去演讲，你可以写书，可以教学，或者在宫廷里做国王的参谋，你是个罕见的人才。不过，汤先生，你在中国活了半辈子，真的舍得离开吗？我才来了几个月，就已经深深地爱上他们的茶叶和食物了。"

太阳升得老高了，烤得身上火辣辣的。保禄望着那片金光笼罩下的、混沌的、沉重的土地，用拉丁语念了段经文："天主要擦去他们一切的眼泪，不再有死亡，也不再有悲哀、哭号、疼痛，因为以前的事都过去了。"

不可信的结尾

　　一声响亮的啼哭，莲香顺利生下第三胎，是个儿子，头两胎都是女儿。胡子花白的阿难高兴得老泪横流，抱着孙子不肯撒手，又装腔作势地教训了瑞哥儿一顿，要他做生意要勤谨，为人要忠厚，要敬天敬神，东拉西扯地说了一通没用的。夜深人静了，他从柜子里取出那幅陈洪绶的自画像，已经烧了一角——当年他在藏鼎山地道里捡到的，应该是娄禹民遗落的——挂在墙上，焚了香，磕了头，想着他的陶先生，说了许多话。

　　半个月后，乔家正忙着筹备办满月酒，官府贴出告示，三个月内不许举办婚丧嫁娶及各种宴乐之事。原来，乾隆驾崩了。这个皇帝活了八十八岁，自古以来的帝王中，罕有比他更长寿的。世道依然在变化，和任何一个上了岁数的老人一样，阿难也常念叨：一切都越来越差劲，远不如我年轻的时候。比如，他常去说书的龙泉茶馆，一壶茶，从三文涨到八文，茶叶从一握减为一撮，茶客们抱怨，掌柜也抱怨，如今国库吃紧，赋税加重，什么都贵，行行都不好过。

　　没多久，茶馆掌柜病逝，家人要做回务农的营生，阿难果断卖了村中老宅，盘下了龙泉茶馆，瑞哥儿成了新掌柜，加上他帮衬着说书，生意倒也兴隆。接手龙泉茶馆的事，还有个小风波。最开始，阿难本已交了定金，谁知第二天，掌柜家人又把银子退了回来，说王家开了两倍的价钱——王家，就是王周士家。王周士死后，他儿子继承了衣钵，已是苏州名手，想把茶馆改成弹词会馆。阿难坐不住，紧急凑了一笔钱，好说歹说，掌柜家人看在多年的情分上，终于和他打了契约。

说起来，王周士死得很惨。藏鼎山麒麟事件后的第二天，王周士在织造府行宫表演弹词，乾隆心绪很差，待王周士唱完，问了他一句："你信不信世上有麒麟？"王周士不假思索地说信。乾隆让他仔细想想再回答，王周士仔细想了想，依然说相信，世上不仅有麒麟，还有龙和凤凰。乾隆冷着脸，命几个武将上前，活活把他打死了——纪昀当时就在边上看着，一句话没说。

阿难认识的老主顾死得差不多了，几乎每天都能听到谁谁去世的消息，只有小周巡检还天天来——他早不当差了，巡检的缺租了出去，给大儿子捐了个监生，又花了上千两银子，谋了个陕西的知县。多年钻营，他家业颇大，住在乔家在城里的旧宅，安稳做他的财主。他每天揣着个紫砂壶来到茶馆，自带茶叶点心，只花个开水钱，但听完说书，给起赏钱来极阔绰，少说也有三四钱银子。

阿难知道，他每天来，听自己说书还在其次，看莲香才是主要目的。莲香过日子节俭，茶馆里只请了一个小二，又接来自己的老娘何姑打下手。何姑看不得小周巡检，只肯在后厨帮忙，大堂里，莲香亲自跑前跑后，陀螺一样忙个不停。她叫小周巡检"周大爷"，每次热情地叫"周大爷来啦"，小周巡检就笑开了花。莲香生了儿子后，小周巡检送了一只足有三斤重的金锁，坠得孩子抬不起头来，照例，他对外只说和孩子爷爷有交情，所以才送重礼。

阿难不太喜欢小周的为人，不过也感动于他对骨肉的真情，这还称得上是个人，再说，旧识老死殆尽，就剩下这一个老伙伴了，所以时常也与他闲谈喝酒，解解闷儿。

乾隆最后一次南巡时，小周巡检也参与了藏鼎山之战，他心眼儿多，趁乱往自己腿上扎了一刀，佯装战伤的，躲在后头呐喊，并不冲锋陷阵。等歼灭了八卦教叛党，他主动向巡抚讨功，官升三级，但很快被一个手下举报冒功，巡抚又把他黜回原职，弄了一场灰头土脸。不过，他当时亲眼见识了麒麟。阿难之后多次讲《麒麟记》，他都忍不住插嘴："对！真有麒麟！我见过！苏州人杰地灵，神兽也爱来我们这儿的。"

私下里，他得知阿难当日并未亲眼见到，惋惜得直拍大腿："你啊，没福！

那真是千年不遇的盛景，所有人，乾隆爷，衍圣公，都惊呆了，那麒麟在天上飞了好久，嘭的一下，化为五彩祥云，消失了！紧接着，云彩流动，在天上拼成了四个大字：国运昌隆！"

阿难笑得前仰后合："真可惜，我没见到。"

小周巡检捋捋胡子："不过呢，也有人传言，那麒麟是假的——咱们年轻的时候，你记得吧？苏州不是也出现了一只麒麟吗？肯定是同一只了。当年就有人说那麒麟是人造的，自然，后来这只也有人怀疑。但怀疑有什么用？没证据啊。但我们——"他指指自己的眼睛，"山底下几千人，眼睁睁看着那麒麟飞了天，化成了祥云，这怎么说？所以啊，老乔，世界之大，无奇不有，这话一点不假。自从我见了麒麟，读书的境界也高了，看《山海经》，里头那么多怪物，太真切了！我看《西游记》《封神演义》，觉得真实无比呀！"

阿难问他："前些年朝廷编书，那些违禁的小说，你都保存着呢？"小周巡检得意地笑道："这是功在千秋的事，我当然保存着。"他凑近了说，"不瞒你，我在家里挖了个大窖子，弄了些木架，把那些禁书都放在里头，光樟脑球就用了几百斤，地上、墙角都墁了砖，防止老鼠打洞。"阿难由衷地抱拳道："老周，你这件功德真心了不得。当年把选书的差事交给你，真是对了。换第二个人，也做不到你这个份上，说明你是真的喜欢。"

小周巡检连连点头："可不么！我是真的喜欢！整个苏州，去他妈的，整个江南，整个大清，谁有我读的小说多？别怪我唐突，老乔你读的也未必有我多。我这辈子，花在搜购小说上的钱，够买下一个拙政园了。我这一生，正所谓——"他摇头晃脑地说，"浮沉宦海如鸥鸟，生死书丛似蠹鱼。可惜啊——"

"可惜什么？"

"可惜我是驴粪蛋子表面光，"小周巡检搓搓双手，丑了丑脑门儿，"只会读小说，这双手，这脑子，没那个本事写。我也试过，写得一塌糊涂，丢人现眼，都烧了。可是我又不甘心，只读不写，到底不过瘾。倒是你老兄，自己编故事自己说，这些年，也留下不少稿子罢？"他挤挤眼睛，讪笑道："老乔，我早想跟你商量了，你这些稿子与其敝帚自珍，何不编出来刊印成书，流芳百世？钱你不用担心，我有，他妈的，用最好的刻版，最好的纸张，最好的装帧，咱弄出来！"

阿难笑道："我那些都是不入流的东西，给老百姓说着玩儿的，还是不要灾梨祸枣了。"小周巡检急得使劲摇头："什么话！咱们老实说，你说的那些书，也不是谁都能明白的。你是继承了你师父的路子，那叫什么，微言大义！市面上那些小说，都是什么玩意儿？你情我爱的，你愁我伤的，浅斟低唱抖搂肚里仨瓜俩枣的，故弄玄虚显摆自己见识超人的，我读的太多了，都该擦了屁股！听我的，刊印出来——当然，既然是我出钱，我的名字也得写上去，你在左，我在右，不委屈你老兄罢？"

阿难最终没有同意，小周巡检悻悻地去了。其实，自从和保禄分别后，阿难在说书之余，一直在写故事。他牢记赵敬亭的教诲，身体力行"钩人"的使命，把这辈子经历过的风风雨雨，编排缝缀，几分虚构，几分实录，又佐以父亲的日记、陶铭心的日记，以及各种见闻，写成了一部小说——几年前就写完了初稿，年初刚修改完毕，藏在床头的箱子里，书名定为《麒麟》。

他也想刊印出来，但一来要花费不少钱财；二来书中内容多有犯禁之处，尤其是涉及乾隆的内容，太多不敬之语，当今的嘉庆皇帝要追究起来，后果不堪设想；三来书中许多人物的后代还在世，虽然用了化名，但还是会有麻烦。种种考虑，让他按下了这个念头，想着先家传数代，以后遇着时机再流布。

经过数年经营，乔家渐有中兴之象，在茶馆后面买下了一座大宅，阖家人衣食无忧。天有不测风云，孙子八岁这年，背上长了个疮，初时只有指甲大，家人不以为意，只说是热毒，贴了几天膏药，这疮越发大了，疼得孙子日夜啼哭，动也动不得。再请大夫来看，用了多少药，如泼在地上，一点效果也没有，疮大如拳，露着骨头和烂肉，惨不忍睹。乔家上下寝食难安，花了大把银子，把江南一带有名气的大夫请了个遍，个个束手无策。

眼看孙子饮食不进，面黄肌瘦，只是等死。经一个热心的茶客提醒，阿难想起一个人来，说起来，他和这人还有点交情，领教过他的神通，如今他已经一百多岁，还在苏州生活——这人便是张半仙。

家人都说阿难是病急乱投医，这张半仙有名的是算卦占卜，从没听说他有行医看病的本事。但阿难笃信他会有办法，携了重礼，去拜访张半仙。张半仙做张做智地说不懂医术，经不住阿难恳求："张爷爷，您老就去看看，看不得病症，至少看看孩子的命，若说他命该当绝，我们家也不费力了，给他准备后事就完了。"说完在地上嘣嘣磕头。张半仙叹气道："你们为人父母的，真是活讨罪受。罢了，我跟你去看看。"

张半仙看了这孩子的疮，不望闻问切，反而将耳朵凑上去听了听，叹道："这疮我治不得。"莲香和瑞哥儿一听，顿时号啕起来。张半仙又道："不过这疮，我是见过的。这种疮叫蛤蟆疮，和一般的疮不一样，它没有腐臭味，但有声音，你们离近了听，会听到呱呱声，跟蛤蟆叫似的，那是脓血在里头激荡哩，所以叫蛤蟆疮。这疮在医书上没有记载，所以大夫没法子治。我师父当年就得过这病，差点死了。"

阿难忙问："差点死了？所以说还是治好了？"张半仙点头道："治好了，但跟医术无关，只需要一样药材，这药材市面上也有卖，便是灵芝。但需要的是千年的灵芝，这可就难找了。我师父当年在终南山修行，自己采药，弄了一朵，病重时，让我死马当活马医，将那千年灵芝磨成粉末，撒在疮口上，没几天就痊愈了。如今要找千年灵芝，可就难喽。"

阿难拜谢道："多谢张爷爷，既然有法子治，找遍全国也要买一只来。"张半仙皱眉道："我略微有点印象，那个做巡检的周家，他爷爷好像有一只老灵芝，说六百年还是八百年的，当年我给他算命，他拿出来跟我炫耀来着，这是他们家的传家宝。不行你去问问他家，不管花多少钱，买过来，我想，也不一定是千年灵芝，六八百年的大概也有些效用。"

莲香忙恳求阿难："爹，您老和周大爷亲近，劳烦您老去跟他求求情罢，这茶馆，这宅子，咱们都可以抵了，只要他肯卖灵芝。"

阿难道："自然我去。"

送走张半仙，阿难急匆匆来到周家，小周巡检正在廊下逗弄一只绿毛鹦鹉，见阿难来了，忙请进屋里让茶。阿难端起茶杯，忽然怔住了，眼珠子转了转，缓缓呷了口茶，并不着急了，将茶杯一放，笑问："老兄怎么好久不去茶馆了？

我心里挂念，就来看看。"小周巡检笑道："之前小犬回来了，任上的账目出了些岔子，朝廷要查办他。为这件事，到处去打点求情，千幸万幸摆平了，忙得我也病了，这两天才好，还说下午去茶馆坐坐，正好老兄来了，多谢老兄挂念。"

阿难又瞎扯淡了一番，冷眼瞧小周，他倒有些坐立不安，终于，他开口了："乔兄，听人说，家里的小孙子生病了？"阿难摆摆手："不是什么大病，生了个热毒疮，已经快好了。"小周巡检皱皱眉头："快好了？唔……那就好。"

两人沉默了一会儿，小周巡检又问："听相熟的大夫说，令孙那疮很罕见，是治不好的绝症，怎么突然就好了？"阿难环顾了一圈大厅，笑道："俗话说，瘦死的骆驼比马大。我乔家也阔过，不然老兄住的这宅子也盖不起来，后来虽没落了，但我爹还留了不少宝贝，其中有一朵千年灵芝，昨儿个将这灵芝磨成粉，给孙子敷上，今早疮口就愈合了，刚才还吃了两大碗饭哩。"小周巡检的脸上现出无比惊讶的表情，哼了一声，垂头不语。

阿难喝光了茶，猛然起身，将茶杯往地上一摔，指着小周巡检大骂："你这个老不死的奸贼！算计到我头上了！你是什么蛇蝎心肠，那是你的亲外孙！你怎么忍心害他！"小周巡检满面通红，嘴唇哆嗦了起来："老乔，你在说什么？我听不懂啊！"

阿难上去，啪啪抽了他两个大嘴巴，家仆上来劝，被阿难一拳打破了鼻子，他揪住小周巡检的辫子，一边凿他脑袋，一边啐他："老王八！还不承认！要让莲香来骂你么！"小周巡检被打得狼狈，好不容易挣脱开，连连作揖："乔兄息怒，乔兄息怒！"他忙唤家仆去取灵芝，立刻送去乔家。

阿难要走，小周巡检赶紧拦住："老兄，不要急，只要敷了灵芝，外孙没有性命之忧，那本就不是什么大病！"阿难冷笑道："我当然不急！他死了，你也别想活，我杀了你这老王八，再去自首！"小周巡检满面羞惭，只得跪下给阿难磕了个头："老兄，原谅我一时鬼迷心窍！"

阿难恨道："你到底为个什么？那是你的外孙啊！"

小周巡检长叹一声："我当然疼他，让孩子受这些苦，我以后也打算好好补偿他的。我……我是为了你床头的那部书啊……"

"啊？"

"老乔，你藏在床头的那部书，我是知道的，茶馆的店小二告诉我的。我早就说过，这辈子，我最不甘心的就是自己写不出故事来，我挣下这么大的家业，死了也带不走，除了我儿子，谁还记得我？我想留个名啊！我又不是什么大将军、大名士，想留名，最好的法子就是有一部传世的书！张半仙是我娘家的远房大伯，我先派人提醒了你，再买通了张半仙，让他给你指点了灵芝的法子，引你来求我，我都计划好了，等你来要灵芝，我就给你，不要钱，只要你那部书……"

阿难一时间哭笑不得，朝他脸上唾了一口："不要脸的老贼！你这么干，知不知道我可以去官府告你？"小周巡检嚼嚼嘴巴："我倒不怕你告我，我儿子也是官，我也有钱，官府不会为难我……我只怕你珍惜那部书，哪怕赔上孙子的性命，也不肯给我，那我就没法子了。毕竟，我也不忍心让自个儿外孙死……他那疮，就是常见的热毒疮，我听说了，买通许多名医，让他们敷衍着治，不能好，也不能坏下去。我告诉他们了，若弄出个意外，我要他们死无葬身之地！"

阿难叹道："你啊，幸亏没本事写故事，就你这套心肠，能写出来什么样的故事？白白毒害了人家子弟！"小周巡检哭丧着脸："都怪我，怪我自作聪明！可我真的想留个名……我这辈子，什么都没干成……"一时间，阿难对他无比同情，心里苦笑：你住这样的豪宅，奴婢成群，家财万贯，竟然说这辈子什么都没干成，让那些贫苦人家作何感想？但我又能理解，你一心想做个小说家，却没才华写出好故事，纵有泼天的家私，心里到底不满足。

想了想，阿难道："你别哭了。那部书就送给你，我不要了。"小周巡检大惊道："什么？你不要了？"阿难道："只是现在不能刊印，你看了就知道了。以后，让你儿子，或你孙子，用你的名字印出来罢。"小周巡检摆手："不，用咱俩的名字！我可不能独擅其美！"

阿难哈哈大笑了起来，笑中含悲："真是可笑，还不能独擅其美。我告诉你罢，我真的不在乎，就用你的名字！"说完，他甩手而去。小周巡检恭敬地送他出去，又问："老乔，你怎么知道整件事是我盘算的？"阿难瞥了他一眼，冷笑道："老周，知道什么叫'观于海者难为水'么？这是《孟子》里的话，你也读读圣贤书罢！我，我老师，我那么多亲友，被盘算了千百次，哪一次不比你这一出更阴险，更隐秘？就你这点小伎俩，还想瞒我呢！"

回到家中，孙儿的疮口已经用灵芝粉敷上了，气息也平稳了，脸上有了血色，莲香和何姑在供奉的菩萨像前不住地谢恩，瑞哥儿也一把鼻涕一把泪的，说要亲自去给小周巡检磕头谢恩。阿难微笑道："你去罢，另外，帮我送件东西去。"

瑞哥儿抱着那个木箱，来到周家，刚进大门就开始磕头，小周巡检大愧，连忙扶起。瑞哥儿把箱子给了他："我爹让我送给大爷的。"千恩万谢后，瑞哥儿别去了。

小周巡检迫不及待地来到书房，取出那部书的文稿，已用针线缀在一起了。他吩咐家人不许打扰，不吃饭，不睡觉，花了一天一夜，看完了这部《麒麟》，真个是心惊肉跳："果然不能印出来！但写得真是好看，他妈的，乔阿难是个高人。写我爹和我的笔墨，不好，回头删掉。反正先留着罢，以后改了天，换了日，再扬我的名！"

他抚摸着封皮，拿起毛笔，蘸饱了墨，在"麒麟"二字旁边，郑重地写下自己的大名：周游。

后　记

　　乾隆三十五年八月十一日中午，北京青阳居，罗光棍和任弗届胡闹一番离开后，众人进内就座，抱怨几句，点菜进食。有客人点了一例新菜品，名"麒麟脯"。菜上来，缤纷五彩，异香扑鼻，尝了尝，果然美味。客人大快朵颐，吃个罄尽，会了钞，正要走，青阳居的厨子跑出来，拉住客人道："您既喜欢，为何不问我怎么做的？用的什么料？文火烹还是武火炒？酱油焖还是炭火烤？"客人道："管你怎么做，好吃就行了，回头再来——你快撒手，油腻腻的，脏了我衣裳。"这个姓周的厨子自顾自地滔滔不绝起来："我用的呀，是驴肉，先炸后焖……当初怎么想出这道菜的？说来话长，有天晚上呀，我做了个梦……"不待他说完，客人挣开袖子，朝他脸上啐了一口，走了。

　　以上是借我自己的小说，虚构二次方，打个比方——写这篇后记的我，就是自命不凡的、啰里巴唆的周厨。我很乐意分享创作这本小说的一些幕后细节，吹扬自己的写作观念，但我无法讨论任何小说内里的层面。天下人，谁都有权利诠释小说，唯独作者没有权利。这份权利，是作者自愿放弃的，分享与吹扬本身就是自负的表达欲的体现，若再得寸进尺地扯着人家"诠释"自己的小说，简直就是无耻了。

　　2018 年底，我完成了一部唐朝背景的长篇小说，其中涉及古代的祥瑞文化，尤其是祥瑞与民间信仰、朝廷政治的关系。古代官民常向朝廷报告祥瑞，如嘉禾、甘露、瑞茧、醴泉、麒麟、凤凰、寿龟、白鹿之属，以粉饰太平、歌颂圣德。惯常的情况是，官民上报，皇帝大喜，赏赐颇丰，上下欢欣。此类行为在历代典籍中屡见不鲜，是一种心照不宣的政治作秀，祥瑞也由此成为特殊的政治符号，在清朝康雍乾时期依然存在。《清高宗实录》记载，乾隆对这种延续数千年的传统厌倦不已，下谕官员禁奏祥瑞事。就此，我迸发出一个念头，如果乾隆朝时，有个颟顸媚上的官员，兴冲冲地上折子：本地山中出现麒麟，昭示国运亨昌，皇上圣德。——乾隆欲杀一儆百，于是责令他进献麒麟，那这位官员该如何应对？以麒麟难捕为由蒙混过关？欺君大罪的铡刀明晃晃地等着；抓来麒麟上贡？何来麒麟？这便是小说中于梦麟的困境。而同样颟顸的我继续想：如果可以造出一头麒麟呢？如果这头人造的麒麟是近乎真实而有生命的呢？本书的故事，就此有了一条关键的提线。

　　2019 年仲春，这部小说的提纲粗具骨架，为丰满细节，我去江南一带进行实地考察，追溯陶铭心、何姑、青凤、乔阿难、汤保禄他们在两百多年前生活过的场景，虽然早已今非昔比，但我习惯于这样的写作筹备。深夜漫游在南京、苏州的大街小巷，似乎可以穿越时空，在街角遇到这些故人。好友兼责任编辑金醉与我同行，徜徉在游人嘈杂的拙政园中，我想出了造水法的情节；耳听禽鸟啁啾，我想出了阿难以孔雀充凤凰报祥瑞的闹剧。在一家旧书店，我拿起一本明代笔记小说《五杂组》，随手翻看，在卷六《人部》中发现一条记载：

　　　　人有同年庚日时而贵贱迥不相同者。相传太祖高皇帝已定天下，募有与己同禄命者，得江阴一人，召至，欲杀之。既见，一野叟耳，问何以为生，曰："惟养蜂十三笼，取其税以自给。"太祖笑曰："朕以十三布政司为笼蜂乎？"遂厚赐遣还。

　　关于朱元璋的逸闻野史多如牛毛，这则小故事我之前便有印象，彼时再读到，突发奇想：何不将这件事小而化大，让朱元璋更加焦虑、更加恐慌，乃至采取一些行动？比如设计出一套严密的管控体系，严防这些八字相同者的行动与思想。而这套秘密邪恶的体系一直延续到清代，毕竟，明清皇权之登峰造极，社会文化之封闭程度，是一脉相承的。离开书店，我将这个想法和金醉说了，老金大为兴奋，鼓励我详细研磨。之后，我又结合其他材料，比如古代命理学、四柱八字之说，还有一些古典小说的情节，比如李渔的短篇小说《改八字苦尽甘来》等，设计出了"八字驭人术"。此术乍看虽尖新不可思议，但并非空中楼阁，而是有根据的。

在当下文界，出于种种原因，历史小说常被归入类型小说一路。可悲可愤的是，对许多读者而言，类型小说意味着"故事读来爽快便可，其他审美标准可以忽略"。于是乎，类型小说杂入大量审美价值粗糙、一味追求情节之媚俗轻佻的作品，读者似乎不以为意，辩云："情节好看便罢了，管它文字如何？管它内涵如何？"另一厢，纯文学的拥趸也借此发难，鄙视类型小说之粗滥，似乎只要加入历史、悬疑、武侠、奇幻等佐料者，都属下流，不配进入文学正殿。类型已成原罪，先天便禀赋不足，生了弱症，只配在"通俗文学"的泥巴路上踉跄。于泥沼欢舞者，于云端睥睨者，各执文学彩帛一端，角力博弈，互不相让，终于撕裂为二。

而我有个幼稚却狂妄的理想，便是打破"类型"，弥合所谓纯与不纯的粗暴的裂痕。小说非名犬名猫，以"血统出身"论本就荒谬——沾满泥巴的中华田园小说亦可大有作为。历史小说也是小说，只不过是历史题材罢了。于读者，不应该以下等小说视之；于创作者，也不应该以低劣的文学审美作为藏拙怯才的安乐窝。故事的娱乐性与文学水准并不矛盾，这本是常识——古今中外文学史中，可以举出无数经典例子。只是在如今，两者的裂痕越发深广，要么只图爽快，不求旨归；要么追求虚幻的精纯，蔑视类型。

我又以为，历史小说的写作不应沦为某种炫耀知识的编造游戏。设定如何新奇，叙事如何精巧，转折如何震撼，史料如何丰详，实在是次要的——并非不重要——首要的，当是其中的内蕴，从古人那里借来两个字，我愿称之为"寄托"。寄，是将澎湃心绪及幽微旨意以文字之飞鸿寄向远方的未知；托，是假托，是委托，是请托。如汉武帝求仙露之巨型铜人的托盘，托着故事，沟通冥冥的天地鬼神。

寄托，是言志一种，是作者一片深心，是漫漫思绪，是抱负，是孤愤，是压抑，是痛苦，是狂喜，是懵痴，更重要的，是不可明言、不愿明言、无须明言的言外之意。没有寄托的写作，是无志之作，是没有灵魂、没有力量的，是百货市场的塑料花，是三家村土地庙的泥像，是九纹龙史进遇到王进前日日玩弄的花棒——架势唬人，却破绽百出，上不得真战场，碰不得真高手。不仅类型文学多患此空洞大病，就是今天所谓纯文学，也有不少病入膏肓。

古人作文章，常有发愤之说。愤，不是简单的愤怒，更非具体指向谁的怨恨，可以解为各式各样的胸中块垒，可以解为难以抑制的复杂心绪，可以解为对自身境遇、对所处环境和对生命本身的无法挣脱的大压抑、大孤寂、大悲痛，最终归于欲哭无泪的大无奈。李贽卓吾先生曾云："古之圣贤，不愤则不作矣。不愤而作，譬如不寒而颤，不病而呻吟也。"

从屈子作《离骚》，从司马迁作《史记》，从韩愈呼吁不平则鸣，从李后主以血泪写词，从施耐庵作《水浒》，从笑笑生作《金瓶》，从陈忱续《水浒》，从丁耀亢续《金瓶》，从蒲松龄作《聊斋》，从曹雪芹作《红楼》，从吴敬梓作《儒林》，从鲁迅作《呐喊》《彷徨》与《故事新编》，从当下无数怀才不遇者、迷惘痛苦者、"在酒楼上的孤独者"的创作，中国文学的发愤传统一直在延续——看上去断了，其实没有断。这些作家因孤愤而书写，以书写而发孤愤，其歌也有思，其哭也有怀，或立锥于当下，直面惨淡与绝望，或假托于过去，深蕴心曲与讽喻，借乌有先生以发泄其黄粱事业。一切文字，莫不从心底流出，千古文心，永不湮没，连缀而成中国小说最重要的文脉之一。

在写作侪辈莫不浸淫于西方文学的当下，发愤之说、寄托之说，显得迂腐可笑，然古今寂寥者心境一也，一千四百年前登上黄金台的陈子昂，是我们每个人的映射。天地悠悠，日月流转，死亡与衰灭是共同的前途。他们不好言说的，我们也不好言说；我们想言说的，他们早已言说。韩愈叹麟，叹的岂止是麟？敬亭说书，说的又何尝只是书？乾隆对陶铭心所做的，朱元璋对朗学圣已经做过；赵敬亭谆谆告诫的，乔阿难继续讲着；保禄离开了，穗哥儿还会回来；麒麟在藏鼎山炸成五彩祥云，凤凰在三棵柳村已翩翩升起。何物可为祥瑞？何人可称圣人？何时没有感慨？何处又没有哀伤？虚构无限漫衍，开出遍地真实之花朵。渺小如蚁的我辈挣扎于世间洪流，寄托发愤而出的文字，或比或兴，吐成一片树叶，爬上去，随波而逝，期待着彼岸，期待着温暖的巢穴，期待着自由觅食的快乐，同时，也荒谬地期待着更大的波浪与毁灭。

最后，深深感谢我的编辑——魔宙文化的金醉和王大宝，从构思创作到后期出版，全程给予我许多帮助，没有他们专业的意见、勤奋的工作和热情的鼓励，这本书是不可想象的。

所以，本书也属于他们，希望我的写作没有辜负他们的才华与辛劳。

魔宙 讲好故事

图书在版编目（CIP）数据

麒麟：全二册 / 周游著． —— 武汉：长江文艺出版社，2022.7（2024.12 重印）

ISBN 978-7-5702-2637-5

I. ①麒… II. ①周… III. ①长篇历史小说–中国–当代 IV. ① I247.5

中国版本图书馆 CIP 数据核字（2022）第 049099 号

麒麟：全二册

QILIN:QUANERCE

周游 著

选题产品策划生产机构 | 北京长江新世纪文化传媒有限公司
总 策 划 | 金丽红 黎 波
选题策划 | 金 醉 装帧设计 | 郭 璐 四阿哥 责任印制 | 张志杰 王会利
责任编辑 | 王赛男 内文制作 | 张景莹 封面插画 | 尚 笑
特约编辑 | 王大宝 法律顾问 | 梁 飞 版权代理 | 何 红
助理编辑 | 魏佳丽 媒体运营 | 刘 冲 刘 峥 洪振宇
总 发 行 | 北京长江新世纪文化传媒有限公司
电 话 | 010-58678881 传 真 | 010-58677346
地 址 | 北京市朝阳区曙光西里甲 6 号时间国际大厦 A 座 1905 室 邮 编 | 100028

出 版 | 长江出版传媒 长江文艺出版社
地 址 | 湖北省武汉市雄楚大街 268 号湖北出版文化城 B 座 9-11 楼 邮 编 | 430070
印 刷 | 天津盛辉印刷有限公司
开 本 | 710 毫米 ×1000 毫米 1/16 印 张 | 34
版 次 | 2022 年 7 月第 1 版 印 次 | 2024 年 12 月第 8 次印刷
字 数 | 490 千字
定 价 | 78.00 元